KB138596

크루얼티

The Cruelty

크루얼티

스콧 버그스트롬
장편 소설

송섬별 옮김

I will find you

arte NOIR

두려움을 모르는 자나에게

●

아이들의 눈에는 어른들이 추해 보인다. 아이들은 보통 아래에서 위를

올려다보는데 그렇게 보면 대부분의 얼굴이 추하기 때문이다.

− 조지 오웰

1장

 아이들은 참수형을 기다리고 있다. 그들은 안달이 난 한 무리의 자칼처럼 완전히 몰입해서는 칼날이 아래로 떨어지기를 기다린다. 하지만 수업 전에 책을 미리 읽고 왔더라면 참수형 장면이 책에 나오지 않는다는 걸 알았을 텐데. 책은 그냥 끝이 나버린다. 마치 마지막 장면 직전에 화면이 깜깜해지는 영화처럼. 그러니까, 인생처럼. 우리의 인생을 끝내버리는 칼날이 다가오는 장면을 우리가 실제로 보는 일은 거의 없다.

 로렌스 선생님은 천천히 책을 소리 내 읽으며 걸음을 옮기면서 아랫입술 밑에 조금 나 있는 흉한 수염을 어루만졌다. 선생님은 발꿈치에서 발가락, 다시 발꿈치에서 발가락 순서로 리놀륨 바닥을 자박자박 부딪치며 걸어왔다. 그 발걸음 소리 때문에 마치 선생님이 교실 뒤편에서부터 단어를 밟으며 걸어오는 것 같았다. "마치 맹목적인 분노가 나를 깨끗이 씻어 내리며 희망을 앗아가버린 것처럼, 징조와 별들로 가득한 이 밤, 나는 처음으로 세계의 정다운 무관심을 향해 마음을 활짝 열었다."

로렌스 선생님의 발걸음 소리가 루크 본템프의 책상 앞에서 멈추더니 선생님이 책등으로 루크의 머리를 툭 쳤다. 휴대전화로 문자 메시지를 보내고 있던 루크는 허둥지둥 휴대전화를 재킷 안에 숨겼다.

"지금 집어넣지 않으면 압수다." 로렌스 선생님이 말했다.

루크가 휴대전화를 주머니 안에 집어넣었다.

"여기서 까뮈가 하고자 하는 말이 뭐라고 생각하니?"

루크는 곤란한 상황에 처할 때마다 늘 써먹는 미소를 지었다. 불쌍한 루크, 하고 나는 생각했다. 예쁘장하고, 무능하고, 멍청한 루크. 그 애의 고조할아버지는 제1차 세계대전 중에 독일군에게는 석유를 팔고 영국인에게는 강철을 팔아서 큰 부자가 되었다. 그 뒤로 그 가문 사람들은 아예 일할 필요가 없었다고 한다. 루크 역시 일을 할 필요는 없을 것이다. 그러니 그 애가 까뮈를 읽어서 뭐 하겠는가?

"'세계의 정다운 무관심.' 그게 무슨 뜻이지?" 로렌스 선생님이 다시 물었다.

루크는 깊이 숨을 들이마셨다. 머리카락으로 보기 좋게 덮인 머리통 안에서 삐걱삐걱 햄스터 쳇바퀴를 돌리는 소리가 들릴 지경이었다.

"정답다는 건 말이죠, 암 같은 거 아닌가요?* 그러니까 세계가 암 덩어리라는 뜻으로 까뮈가 이렇게 쓴 게 아닐까요?" 루크가 대답했다.

교실 안에 있던 스물아홉 명의 아이들 중 루크를 포함해서 스물여덟 명이 웃음을 터뜨렸다. 웃지 않는 건 나뿐이었다. 내가 이 책 『이방인』을 읽은 건 열네 살 때였다. 하지만 그때 이미 프랑스어 원서를 읽었기 때문

---

* 정다운(benign)이라는 형용사는 양성종양(benign tumor)에도 쓰인다.

에, 로렌스 선생님이 세계문학 수업 숙제로 영문 번역본을 읽어오라고 했을 땐 굳이 다시 읽고 싶은 마음이 없었다. 이 책은 뫼르소라는 남자의 얘기다. 어머니가 죽은 뒤 뫼르소는 아랍인을 죽이고 사형선고를 받는다. 사람들 앞에서 참수형을 당하는 것이다. 거기서 소설은 끝난다. 까뮈는 실제로 뫼르소가 참수당하는 장면까지는 책에 쓰지 않았으니까.

나는 아직도 비가 뚝뚝 떨어지고 있는 창밖으로 시선을 돌렸다. 빗소리의 리듬 때문에 교실 안의 아이들은 점점 더 몽롱한 환각 상태로 빠져드는 중이었다. 창밖, 63번가에 늘어선 건물들의 형체가 보였다. 유리에 맺힌 물기 때문에 건물의 윤곽선이 흐릿해져서 형태를 잃어버려 마치 진짜가 아니라 기억 속에서 불러낸 건물들 같았다.

오늘 수업은 『이방인』의 마지막 장면에 대한 토론이었지만, 나의 뇌리에 박혀 있는 건 이 책의 맨 처음 두 문장이다. 'Aujourd'hui, maman est morte. Ou peut être hier, je ne sais pas〔오늘, 엄마가 죽었다. 어쩌면 어제일지도 모른다〕.'

하지만 나는 안다. 엄마가 언제 죽었는지 나는 정확하게 알고 있다. 꼭 10년 전 오늘이었다. 그때 나는 고작 일곱 살이었고, 그 순간 그 현장에 있었다. 그 순간의 기억은 때때로 작은 스케치와 삽화처럼 떠오르다가 하나하나로 분리되었다. 내가 이 기억을 처음부터 끝까지 돌이켜보는 일은 거의 없다. 정신과 의사 선생님은 다들 그런 법이라며, 시간이 지나면 나아질 거라고 했다. 하지만 전혀 나아지지 않았다.

"그웬돌린, 네 생각은 어떠니?" 그때 로렌스 선생님이 내게 질문을 던졌다.

선생님의 목소리도 들었고, 질문 내용도 이해했다. 그러나 내 마음은 너무나 먼 곳을 헤매고 있었기 때문에 대답을 할 수가 없었다. 나는 낡은 혼다 뒷좌석에 앉아서 머리를 서늘한 차창에 댄 채 간신히 눈을 뜨고 있다. 알제리 외곽의 비포장도로 위를 덜컹거리며 달리는 차의 리듬 때문에 점점 더 잠이 온다. 그때 타이어가 과속방지턱 위를 털썩 넘어가는 느낌이 들더니 엄마가 헉 하고 놀라는 소리가 들린다. 눈을 뜨고 앞을 보자 활활 불이 타오르고 있다.

"그웬돌린 블룸! 그웬돌린 블룸을 호출합니다!"

그 순간 현실로 돌아온 나는 로렌스 선생님 쪽으로 고개를 돌렸다. 선생님은 두 손을 확성기처럼 입 앞에 둥글게 말아 대고 "그웬돌린 블룸을 호출합니다!" 하고 한 번 더 외쳤다.

"까뮈가 쓴 '세계의 정다운 무관심'이 무슨 뜻인지 말해보겠니?"

아직도 차 안의 기억에서 마음이 완전히 빠져나오지 못했지만 나는 입을 열고 대답했다. 제법 길고도 훌륭한 대답이었다고 생각했다. 하지만 로렌스 선생님은 심술궂은 얼굴로 나를 쳐다보기만 했다. 입을 연 지 20초쯤 지나자 다들 웃음을 터뜨리는 소리가 들렸다.

"영어로 말해주겠니?" 로렌스 선생님이 교실 안의 다른 아이들을 향해 눈썹을 치켜들어 보였다.

"죄송하지만." 나는 교복 치마를 매만진 뒤 소방차처럼 새빨간 머리카락을 귀 뒤로 넘기며 나직하게 중얼거렸다. "뭐라고 말씀하셨죠?"

"그웬돌린, 너 프랑스어로 대답했잖아." 로렌스 선생님이 말했다.

"죄송해요, 제가 아마…… 딴생각을 하고 있었나 봐요."

"세계의 정다운 무관심에 대해 생각해보라고 했더니."

뒷자리에 앉은 여자아이들 중 누군가의 목소리가 들렸다. "어우, 진짜 잘난 척 재수 덩어리야." 그 말을 한층 더 강조하려고 눈까지 굴리면서 말이다.

뒤를 돌아보았다. 그 말을 한 아이는 애스트리드 푸글이었다. 그 애도 열일곱 살이었지만 얼굴만 보면 아무리 못해도 스물한 살은 먹은 것처럼 보였다. 애스트리드는 항공사 사장의 딸이었다.

"그만해라, 애스트리드." 로렌스 선생님이 말했다.

하지만 나는 이미 애스트리드를 노려보고 있었다. 애스트리드 푸글, 우리 집에 있는 물건 값을 다 합친 것보다 비싼 귀걸이를 하고 다니는 주제에 누구한테 잘난 척 재수 덩어리래!

애스트리드는 선생님의 훈계는 아랑곳하지 않고 말했다. "학기 초에 전학 온 뒤부터 쭉 잘난 척하더니 이제는 우리 같은 멍청한 미국인들은 못 알아듣는 프랑스어로 말을 하네. 고상도 하셔라. 이동주택 주차장에 사는 여왕님이야 뭐야."

선생님이 애스트리드의 말을 끊었다. "애스트리드, 그만하라니까."

하지만 몇몇 아이들은 이미 애스트리드의 말에 동의한다는 듯 고개를 끄덕였고, 웃기도 했다. 몸이 덜덜 떨리고 얼굴이 달아올랐다. 두뇌에 있는 모든 시냅스를 총동원해 이런 신체 반응을 막아보려 했지만 소용없었다. 왜 분노는 이토록 모욕감과 닮은 걸까?

애스트리드의 옆자리에 앉은 코너 먼로라는 남자애가 의자 등받이에 몸을 기대면서 씩 웃었다. "선생님, 쟤 우는데요."

나는 울지 않았지만, 코너가 그 말을 한 순간 교실 안의 다른 애들한테는 내가 실제로 운 것이나 마찬가지다. ㅋㅋㅋ 그웨니 블룸이 세계문학 시간에 이성을 잃고 울었음 #재수덩어리속물 #212justice

복도에서 수업이 끝나는 종이 울리자 다들 파블로프의 개라도 된 것처럼 문 밖으로 달려 나갔다. 로렌스 선생님이 최소한의 질서라도 유지해보겠다며 허공에 책을 휘둘렀지만 소용없었다. "내일, 이 장면부터 다시 시작할 거다." 그러더니 선생님이 내 쪽으로 돌아섰다. "그웬돌린, 너한테 제일 먼저 질문할 거야. 오늘 밤 내내 세계의 정다운 무관심을 곱씹어본 뒤 대답할 거리를 생각해오렴. 그리고 *por favor*〔제발, 부탁한다〕, 영어로 말이야."

나는 알았다는 의미로 고개를 끄덕이고 가방을 챙겼다. 교실 밖으로 나오자 애스트리드 푸글이 언제나처럼 자기 패거리에 에워싸인 채 사물함 앞에 서 있었다. 손가락으로 코를 납작하게 누르고 어깨를 구부정하게 구부리고는 아무렇게나 가짜 프랑스어를 떠들어대며 내 흉내를 내는 중이었다.

나는 열등한 존재답게 눈을 내리깔고 애스트리드 패거리를 지나쳐 내 사물함 쪽으로 갔다. 하지만 애스트리드가 내 모습을 포착하고 말았다. 다들 조용해지더니 애스트리드를 앞세워 내 쪽으로 다가오는 그들의 발걸음 소리가 들렸다. 발걸음이 빨라지는 소리가 들렸기 때문에 알 수 있었다. 마치 '이거 프라다 구두거든? 돼지 같은 년!'이라고 말하는 듯했다. "야, 그웨니." 애스트리드가 입을 열었다. "외국어 문제 하나 낼게. '자살은 답이 아니다'가 프랑스어로 뭐게?"

나는 애스트리드의 말을 무시한 채 발걸음을 재촉하며 속으로는 그 애든, 나든 치명적인 급성 뇌출혈이라도 일으키길 빌었다. 얼굴이 화끈 달아오르더니 화가 분노가 되고, 그다음에는 분노보다 더 거센 어떤 감정으로 변했다. 무엇인지 알 수 없지만 어떤 모양인지는 간신히 상상할 수 있었다. 나는 덜덜 떨리는 두 팔로 가슴 앞에 팔짱을 꼈다.

"장난 아니고 진짜로. 너 같은 애들은 가끔씩 자살 생각할 거 아냐. 당연하잖아? 그러니까 대답해봐. *s'il vous plaît, En français*[부탁해, 프랑스어로]."

그 순간 나는 빙글 돌아서서 나도 모르게 외쳤다. "*Va te faire foutre*[꺼져버려]!"

애스트리드가 입을 다물었고, 0.5초, 아니 그보다 더 짧은 시간이었지만 그 애의 얼굴에 겁먹은 기색이 스쳐 지나갔다. 하지만 곧 그 애는 이곳이 자신이 다스리는 왕국이며, 자기 패거리에 둘러싸여 있다는 사실을 기억해내고는 다시금 진정한 애스트리드로 돌아왔다. 그 애가 예쁘게 다듬은 눈썹을 치켜 올렸다.

애스트리드 패거리 중 하나인 첼시 번치면이 미소를 지었다. "애스트리드, 너한테 꺼지라는데?"

애스트리드가 '오' 모양으로 입을 벌리더니 작게 숨을 내뱉었다. "씨발년" 그렇게 말하며 애스트리드가 한 발짝 나에게 다가섰다.

그 애의 손이 내 뺨을 향해 다가오는 것이 보였다. 봤는데도, 나는 그 손을 멈추려는 시도를 전혀 하지 않았다. 그 대신 고개를, 목을, 어깨를 한껏 움츠렸다. 애스트리드가 온 힘을 다해서 내 뺨을 후려치자 고개가 옆으로 꺾일 정도로 돌아갔다. 그 애의 손톱에 긁힌 뺨이 따끔거렸다.

사람들이 모여들기 시작했다. 루크 본넴프와 코너 먼로가 씩 웃는 모습이 그리고 열댓 명이나 되는 아이들이 이 장면에 충격을 받기는커녕 고소해하며 눈을 크게 뜨고 있는 모습이 보였다. 아이들은 원형 경기장처럼 나와 애스트리드 주위를 둘러쌌다. 이건 아주 오랜 세월 지속되어

온 재미있는 놀이구나. 나는 애스트리드가 나를 주먹으로 때리지도, 발로 차지도, 머리채를 휘어잡지도 않았음을 깨달았다. 그 애는 아주 차분하고, 아주 교묘하게 내 뺨을 때렸다. 높으신 '귀부인'이 한없이 천한 '하녀'를 때리는 것 같은 태도였다.

애스트리드의 뺨을 마주 때려주는 대신에 나는 눈을 감았다. 하긴, 그 웬돌린 블룸이 어떻게 감히 반격을 하겠어. 뜨겁고 거칠고, 며칠이나 멈추지 않는 사하라의 바람 같은 모욕감이 밀려들었다. 다들 교실로 들어가라는 어른의 목소리가 들렸다. 눈을 뜨자 이름을 모르는 중년의 남자 선생님이 카키색 바지 주머니에 손을 찔러 넣은 채 서 있었다. 그의 눈이 애스트리드와 나를 번갈아 훑었다.

"무슨 일이냐?" 그가 애스트리드에게 물었다.

"쟤가 저한테…… 차마 입에 담을 수도 없네요. 저한테 욕을 했어요. 굉장히 심한 욕이에요." 얌전하면서도 상처 입은 듯한 목소리.

"정말이냐?" 선생님이 나를 바라보았다.

애스트리드가 내 뺨을 때렸다고 일러바치려고 나는 입을 열었다. 그러나 그 대신 나는 "맞아요" 하고 대답했다.

*

세계문학 수업에서 읽는 책 『이방인』은 영어로 보통 낯선 사람이라는 뜻의 '스트레인저(The Stranger)'라고 번역한다. 하지만 프랑스어 원어인 '레트랑제(L'Étranger)'는 '아웃사이더'나 '외국인'이라는 뜻으로도 쓰인다. 그게 나다. 낯선 사람, 아웃사이더, 외국인, 그 모두에 해당된다. 나는 미국인이다. 일단 여권에 표기된 국적은 그렇다. 하지만 나는 미국에서 태어나지도 않았고, 지난 9월 고등학교 2학년이 되기 전까지 미국에서 살았던 기간은 엄마가 살해당한 직후의 18개월이 전부다. 우리, 그러니까 아빠와 나는 뉴욕으로 왔고 아빠는 내가 다니는 댄튼 아카데미라는 학교에서 그리 멀지 않은 곳에서 근무하게 되었다.

물론 우리 아빠가 나를 댄튼 아카데미에 보낼 능력이 있는 건 전혀 아니다. 국무부 소속 외교관인 아빠가 외교관 혜택을 받는다고 해보았자 댄튼 같은 동네에 집을 얻기엔 턱없이 모자랐다. 하지만 아빠가 국무부 소속 외교관인 덕분에 우리 같은 외교관 자녀들을 위한 사립학교 학비를 지원받을 수 있었다. 어느 나라에서 근무하는가에 따라서 수천 마일 안에 다닐 만한 사립학교가 단 하나뿐일 때도 있는데, 그러면 그 나라 대통령이나 왕이나 끔찍한 독재자의 자제들과 함께 학교생활을 해야 하는 신세가 된다. 나 역시 그런 일을 겪은 적이 있었다. 수학 시간에 멍청한 대통령의 멍청한 아들이 옆자리에 앉은 것이다. 학교를 둘러싼 담장 밖의 길에선 굶주린 아이들이 한가득인데 그 애는 비엔나에서 맞춤 제작한 5천 달러짜리 신발을 신고 다녔다.

댄튼 아카데미라고 해서 그렇게 다르지는 않다. 이 학교의 아이들도 대통령, 왕, 독재자들의 자제들이다. 부모가 나라가 아니라 기업을 다스린다는 점만 다르다. 나와 같은 교실에서 수업을 듣는 아이들은 대부분 태어날 때부터 부자였다. 그 애들이 살면서 만나본 가난한 사람이라고는 식료품이나 드라이클리닝한 세탁물을 배달하는 외국인 꼬마들이 전부인 경우가 많다. 우리 집 정도면 세상 어느 곳에 가도 꽤 괜찮게 사는 편이라고 할 수 있을 테지만 댄튼 아카데미에 다니는 아이들이 보기엔 우리 집은 말도 안 되게 가난하다.

교감 선생님 방 앞에 놓인 벤치에 앉아서 나는 교복 치마 (맙소사, 치마라니 정말 싫어!)의 밑단을 잡아당겨 조그만 주름들을 펴고 검은 타이츠를 신은 다리를 덮었다. 빈부격차를 줄이려는 시도의 일환으로 교복을 입지만 신발에는 규정이 없었다. 그래서 신발만 보아도 두 부류의 귀족을 구분할 수 있다. 고전적인 부자들은 프라다 하이힐, 구찌 로퍼를 신었고 신흥 부자들은 루부탱 플랫슈즈나 미우미우 스니커즈를 신었다. 나는 딱 두 명 있는 닥터마틴 부족 중 한 명이었다. 내가 신은 닥터마틴은 낡은 빨간색이지만, 다운타운에 사는 예술가의 아들인 다른 한 명이 신고 다니는 닥터마틴은 반짝반짝 윤이 나는 까만색이다. 애더럴*의 안정적인 공급책이었기에 지금까지 아이들은 그 애를 꽤나 관대하게 대하고 있다.

이제 와서 내가 프라다 구두를 신고 나타난다 한들 달라질 건 없다. 내 외모가 애스트리드 푸글 같은 애들이랑은 다르기 때문이다. 나는 키가 너무 크고, 허리도 너무 굵다. 코는 너무 옆으로 퍼졌고 입도 너무 크다. 모든 것이 전부 과하다. 아빠도, 의사 선생님도 내 외모는 지금 모습 그대로 보기 좋다고 했다. 호르몬 때문일 거라고, 아니면 오랫동안 체조를 하면서 근육이 붙었기 때문일 거라고 말하곤 했다. 모든 사람은 서로 다른 몸을 가졌단다, 타인이 강요하는 미의 기준을 받아들이지 말렴, 기타 등등. 지겹도록 들어온 이야기다. 하지만 그런 말을 하는 건 그들의 임무니까 어쩔 수 없다. 결국 나는 편의점에서 파는 염색약을 사서 집에서 직접 머리를 염색하고 닥터마틴의 끈을 단단히 묶은 다음 그런 데는 신경 쓰지 않는 척하며 지낸다.

---

* 기억력과 집중력을 향상시켜주는 각성제.

방에서 나온 교감 선생님은 인자한 미소와 마음에도 없는 관심을 얼굴에 한가득 담았다. 와서만이라는 이름을 가진 교감 선생님은 언제나 머리가 아플 정도로 향수를 잔뜩 뿌리며 억지스러운 쾌활함으로 무장하고 다녔다. 마치 조만간 만화 속 파랑새가 하늘에서 날아와 손가락에 앉기라도 할 것 같았다.

"오늘 하루 어땠니?" 나를 데리고 방으로 들어가며 선생님이 물었다.

"끝내줬어요. 완벽한 하루였죠." 나는 피처럼 새빨간 가죽을 씌운 의자에 앉으며 대답했다.

와서만 교감 선생님은 이제 비즈니스 모드로 들어가겠다는 듯이 가슴 앞에서 양손의 손끝을 맞붙였다. "오늘 네가 같은 반 학생과의 사이에서 개인적인 갈등을 일으켰다는 말을 들었다."

토 나올 것 같은 번지르르한 교감 선생님의 목소리를 들으며 내가 할 수 있는 일은 눈을 데굴데굴 굴리는 것밖에 없었다. 문제는 이 학교 학생들 중 95퍼센트가 굉장히 부유하고 또 굉장한 특권을 가진 아이들이고 거기 해당되지 않는 5퍼센트는 장학생이거나 유엔에 근무하는 사람들의 자녀들이라는 것이다. '5퍼센트'라고 불리는 우리들을 다들 싫어하지만, 우리가 있기에 와서만 선생님 같은 사람들이 댄튼 아카데미가 엘리트 의식에 물든 망나니들을 생산하는 공장보다는 좀 더 나은 곳인 척할 수 있는 것이다.

와서만 선생님이 파일 하나를 꺼내 훑어보았다. "널 그웬이라고 할까, 그웬돌린이라고 할까?"

"그웬돌린이요. 저를 그웬이라고 부르는 사람은 아빠밖에 없어요."

"그럼 그웬돌린." 와서만 선생님이 쿠키처럼 달콤한 미소를 지으며 말을 이었다. "이 서류에, 네가 5개 국어의 AP시험을 통과했다고 적혀 있는데, 맞니?"

나는 어깨를 으쓱했다. "이사를 자주 다녀서요."

"그렇구나. 모스크바, 두바이. 그걸 감안한다 해도 재능이 대단한걸." 선생님이 손끝으로 파일 위에 선을 죽 그었다. "새아버지가 국무부에서 일하신다니 참 힘들겠구나. 몇 년에 한 번씩 새로운 도시, 새로운 나라로 옮겨 다녀야 한다니 말이다."

"그냥 아버지라고 하시면 돼요."

"뭐라고?"

"새아버지가 아니라고요. 엄마와 결혼하면서 아빠가 절 입양했어요. 제가 두 살 때요."

"그래, 네가 원한다면야, 아버지라고 하자." 와서만 선생님은 고개를 절레절레 흔들면서 눈앞에 놓인 종이에 뭐라고 적었다. "자, 어쨌거나 댄튼 아카데미는 안전한 곳이란다, 그웬돌린. 우리 학교는 감정적인 폭력 행위에 대해 불관용 원칙을 가지고 있어."

"알아요, 학교 안내서에 그렇게 적혀 있더라고요."

"그런 폭력적인 행위에는 교직원이나 학생에게 욕설을 하는 것도 포함된단다. 즉 네가 친구에게 프랑스어로 욕을 한 건 폭력적인 행위라는 뜻이 되지."

"애스트리드는 첼시 번치먼이 제 말을 해석해줄 때까지 그 말을 알아듣지도 못했는걸요?"

"중요한 건 네가 타인에게 상처를 주는 말을 했다는 거야, 그웬돌린. 그 말을 프랑스어로 했든, 스와힐리어로 했든 중요한 게 아니야."

"상대가 전혀 못 알아들었다면 상관없죠."

"그건 의미론적인 논쟁일 뿐이다. 의미론이 뭔지 아니?"

"단어의 의미에 대한 학문이죠. 아무 때나 갖다 붙이기 좋은 말이기도 하고요."

선생님의 얼굴이 눈에 띄게 굳어졌다. 선생님이 펜을 집더니 부러뜨리기라도 할 기세로 꽉 쥐었다. "오늘이 어머니 기일이란 거 알아, 참 안타깝구나." 와서만 선생님이 부드러운 목소리로 말했다. 이 사실이 선생님을 불편하게 한다는 것도, 나를 어떻게 처리하면 좋을지 갈팡질팡하고 있다는 것도 알아차렸다. 어머니의 기일에 개인적인 갈등을 일으킨 학생을 처벌해도 되려나?

와서만 선생님이 주먹을 입가에 대고 기침을 하더니 말을 이었다.

"원칙대로라면 다른 사람에게 욕설을 한 학생은 하룻동안 정학 처분을 받게 되어 있어. 하지만 상황이 상황인 만큼, 애스트리드 푸글에게 사과문을 작성하면 그냥 넘어가주마."

"애스트리드에게 사과를 하라고요?"

"그래, 얘야."

아주 쉽고도 뻔한 선택이었다. 나는 의자에 등을 기대고 애써 웃었다. "됐어요. 그냥 정학시켜주세요."

*

여전히 비가 내리고 있다. 곧 눈으로 바뀔 것 같은 찬비였다. 올해 3월은 날씨가 나쁘다. 해도 거의 비치지 않고 봄이 올 기미가 전혀 없다. 오로지 강철 색깔을 띤 하늘과 뉴욕의 시궁창을 흐르는 쓰레기 국물의 악취뿐이다. 길모퉁이에 검은 SUV 차량들이 줄 지어 서 있었다. 댄튼 아카데미의 스쿨버스라고 할 수 있겠지. 최상위 부자들이 타고 다니는 차다. 수업이 끝난 뒤 그 애들이 집까지 걸어가거나 지하철을 타고 가는 수모를 겪지 않도록 그 애들을 태워가는 개인용 미니 리무진인 셈이다.

나는 몇 블록 떨어진 지하철역으로 향했다. 우산이 없어서 낡은 군용 재킷의 후드를 뒤집어썼다. 내가 태어나기도 전, 엄마가 중위였을 때 입던 옷이다. 몇 년 전 아빠와 내가 이사를 준비하다가 상자 안에 있던 이 옷을 발견했다. 아마 두바이에서 모스크바로 이사할 때였을 것이다. 재킷을 걸친 내 모습을 본 아빠의 눈에 눈물이 고였다. 나는 얼른 옷을 벗으려고 했다. 그러자 아빠는 잘 어울린다며 갖고 싶으면 가지라고 했다.

엄마. 나는 온종일 엄마 생각을 하지 않으려 애썼다. 거의 성공할 뻔했다. 세계문학 시간 전까지는. 알제리의 정의에 대해 한 시간 내내 토론하는 동안 엄마 생각을 안 하는 건 쉽지 않았다.

빗방울이 얼굴을 톡톡 치는 바람에 내 마음도 가라앉았다. 지하철역 바로 앞 렉싱턴에 있는 기로스*를 파는 포장마차 차양 아래에는 목에 검은색과 초록색의 카피에**를 두른 남자가 서 있었다. 나는 아랍어로 음식을 주문했다. 이것저것 다 들어 있는 기로스, 양고기도 듬뿍 넣어달라고 했다.

남자가 놀란 듯이 웃으며 나를 쳐다보자, 나는 그 사람이 내 말을 알아들었는지 문득 궁금해졌다. 아랍어 실력이 녹슬기도 했거니와 내가 쓰는

---

* 납작한 빵인 피타에 채소와 고기를 말아서 먹는 그리스 음식.
** 아랍 남자들이 쓰는 스카프.

아랍어는 텔레비전이 아닌 실생활에서는 누구도 쓰지 않는 완벽한 표준어여서다.

"이집트 출신이니?" 남자가 집게를 들고 피타에 양고기 조각들을 늘어놓으며 물었다.

"아뇨. 전…… 여기 출신이에요." 내가 대답했다.

하지만 나는 어느 나라 사람이냐는 질문을 아주 많이 듣는 편이다. 내 눈은 어두운 갈색이고 피부는 새하얗다. 마치 반투명한 피부가 온몸을 감싸고 있는 것 같다. 예전에 모스크바 지하철에서 만난, 마약에 잔뜩 취한 어떤 남자애는 내가 기름종이로 싼 놋쇠 같다고 말한 적이 있다. 그래서 내가 진짜로 어디 출신이냐면, 나도 모른다. 그걸 물어볼 엄마는 내 곁에 없고, 생물학적인 아빠가 아닐 뿐 법적인 의미를 포함해 모든 의미에서 내 아빠인, 우리 아빠도 모른다고 했다. 심지어 내가 태어난 독일의 미군병원인 란트슈툴 병원에서 발급한 출생증명서에도 생물학적 아버지의 이름은 나와 있지 않았다.

"클레오파트라를 위한 특별 메뉴란다." 남자가 피타에 양파를 얹더니 씁쓸한 흰색 소스를 잔뜩 뿌려주었다. 마음만 먹으면 1갤런이라도 마실 수 있을 것 같은, 내가 무척 좋아하는 소스다.

나는 지하철 플랫폼에서 기로스를 먹어치웠다. 입에 음식이 들어가고 나서야 어마어마하게 배가 고팠다는 걸 깨달았다. 아마 천한 사람처럼 뺨을 맞아서 그랬나 보다. 나는 퀸스행 N열차나 Q열차가 오길 기다리고 있었다. 어서 열차가 오면 좋겠다. 어서 열차에 올라타서 이곳으로부터 물리적으로 멀어지고, 까뮈에 얽힌 기억도 사라져버렸으면 좋겠다.

그 순간 내 소원을 알아차리기라도 한 듯이 Q열차가 내 앞에 곡소리 같은 끼이익 소리를 내며 멈춰 섰다. 나는 알루미늄 호일과 종이로 된 눅눅한 기로스 포장지를 쓰레기통에 던져버리고 열차에 올라탔다.

지하철을 싫어하는 사람들이 많지만 나는 지하철을 좋아한다. 열차 안의 이렇게 많은 사람들 속에서 혼자 있다는 건 낯설고도 근사한 일이다. 열차가 출발해 강 밑으로 난 터널을 지나 퀸스를 향하자 나는 책가방에서 책을 한 권 꺼내들고 문에 기댔다. 디스토피아의 미래를 배경으로 10대 청소년인 여주인공이 활약하는 소설이었다. 사실 어차피 내용은 그게 그거라서 어떤 소설인가는 중요하지 않았다. 불쌍한 10대 여주인공은 잘생긴 남자 친구와 도망쳐서 산딸기와 사랑만 먹고 살고 싶지만 전쟁에 나가 승리를 거두어야 하는 신세. 영웅이라는 게 실제로 존재하는 종이 속 세계.

그러나 열차가 막 철로를 벗어나 탈선할 것처럼 덜컹거리며 어둠 속을 헤쳐 나가는 지금, 나는 왠지 책의 내용이 이해되지 않았다. 종이에 쓰인 글자를 해석할 수 없는 기분이 들었다. 이번에는 엄마에 대한 기억이 머릿속을 떠나지 않았기 때문이다. 이 기억은 애스트리드가 때린 따귀처럼 끈질기게 그 자리에 남아서 자기를 좀 봐달라고 외쳐대고 있었다.

오늘은 아빠의 생일이다. 생일치고는 최악의 날인 셈이다. 어쩌면 이 날이 최악인 건 아빠의 생일이라서 그런지도 모른다. 10년 전 오늘 일어난 일은 그 때문이었으니까. 알제의 어느 식당에서 아빠의 직장 동료들이 아빠를 위해 열어준 생일파티에서 돌아오는 길이었다.

생각해야 돼, 그렇잖아? 만약 속에 꼭꼭 억눌러놓으면 더 괴로워질 거야, 그치? 더 이상 그 기억을 억지로 쫓아내서는 안 돼. 그 기억을 똑바로 바라봐야 해. 나 자신에게 그렇게 말했다. 그 기억을 다시 한 번 되살려야 해. 단 한 번이라도 용기를 내자. 10년 전 오늘에 대한 기억.

길모퉁이를 돌면서 엄마가 헉 하는 소리를 낸다. 그 소리에 일곱 살의 나는 잠에서 깬다. 나는 앞을 본다. 불빛이 보인다. 불타는 경찰 트럭이 뿜어내는 불빛에 반사된 얼굴 몇 개가 보인다. 남자들이다. 열댓 명, 스무 명. 대부분 수염 난 얼굴, 앳된 얼굴로, 불길에 반사되어 살갗이 오렌지색으로 보인다. 우리는 우리와는 별로 상관없는 상황과 맞닥뜨렸다. 마피아들이 경찰차에 불을 지르는 현장. 하지만 갑자기 나타난 우리를 본 남자들은 흥미가 동한 것 같다. 그들은 차창을 통해 우리 차를 들여다보면서, 우리의 얼굴을 보고 국적을 알아맞혀보려고 한다.

엄마가 아빠에게 돌아가자고 고함을 지른다. 아빠는 후진 기어를 넣고 등 뒤를 돌아보며 시동을 건다. 우리가 탄 혼다는 재빨리 후진하지만, 갑자기 멈춘다. 뒤에도 사람들이 있다고 아빠가 고함을 친다. 그냥 치고 지나가자고 엄마가 고함을 지른다.

하지만 아빠는 그럴 생각이 없다. 아니, 그런 생각은 있었지만 시간이 없었는지도 모른다. 화염병이 차의 지붕 위에 부딪쳐 깨지더니 운전석 창문을 타고 불길이 번지기 시작한다. 몰로토브 칵테일이라고 불리는, 불붙은 헝겊 조각과 가솔린을 쑤셔 넣은 화염병이다. 가난한 사람들이 쓰는 수류탄인 셈이다.

외교관들은 차에 화염병을 맞으면 차를 멈추지 말고 최대한 멀리 위험에서 빠져나갈 때까지 계속 달려가라는 교육을 받는다. 실제로 자동차는 영화에서처럼 활활 타지 않는다. 곧바로 폭발하는 것도 아니고, 시간이 걸린다. 살고 싶다면 중요한 건 시간이다.

하지만 놈들이 점점 다가왔다. 그들이 무슨 짓인가를 하자 차는 꼼짝도 못한다. 아빠는 시동을 다시 걸어보려고 애쓰지만 공회전만 거듭되고 시동이 걸리지 않는다. 엄마가 앉은 쪽의 문이 열리고, 엄마는 문을 연 남자에게 고함을 지른다. 비명이 아니라 고함이다. 차에 불을 붙였고 무례하게 문을 열어젖혔으니 담당자와 얘기하겠다는 듯한 고함.

그다음에 무슨 일이 일어났는지는 잘 모르겠다. 아빠가 뒤돌아 뒷좌석으로 몸을 기울이고 내 안전벨트를 풀었기 때문이다. 아빠는 내가 누더기 인형이라도 되는 것처럼 앞좌석으로 끌어당긴다. 아빠의 거친 손길이 기억나고, 아빠가 나를 앞좌석으로 끌어낼 때 얼마나 아팠는지도 기억난다. 아빠는 나를 가슴에 단단히 끌어안은 뒤, 나를 으스러지게 한 번 안은 다음, 엄마가 끌려 나간 문, 불붙지 않은 문 밖으로 나온다.

아빠의 몸 위로 골프채와 야구방망이 세례가 쏟아진다. 아빠의 몸이 입는 타격이 생생하게 보인다. 아빠는 나 대신 이 모든 걸 맞는다. 아니, 거의 다라고 해야 한다. 그중 세 번인가 네 번의 타격은 아빠의 팔 아래로 빠져나와 있던 내 다리에 쏟아진다. 너무 아파서 비명을 지르고 싶어도 아빠가 나를 너무 꽉 끌어안고 있어서 비명조차 나오지 않는다.

아빠가 마피아들로부터 도망쳐 달리는 동안 나는 아빠의 어깨에 매달려 있다. 그러다 아빠는 갑자기 뭔가를 찾아 두리번거리더니 몸을 돌려 오던 길로 다시 뛰어간다. 그 순간 총소리가 울려 퍼지는 바람에 귀가 먹먹해진다. 내 머리 바로 앞에서 세상이 끝나는 것 같다. 남자는 총을 쏘고, 또 쏘고, 또 쏘고, 또 쏜다. 갑자기 시야가 좁아지더니 아무것도 보이지 않으면서 나는 기절해버린다.

가슴과 목에 14개의 찔린 상처. 엄마의 공식 사인이었다. 부검 보고서에 적힌 사항도 그것, 내가 나이를 먹어서 아빠에게 물어봤을 때 아빠가 해준 말도 그것이다. 그때 나는 아홉 살, 어쩌면 열 살이었다. 하지만 그게 다는 아니었다. 엄마가 차에서 끌려 나간 뒤부터 칼에 찔리기 전까지 무슨 일인가가 더 있었다. 아빠는 내가 더 자라면 이야기해주겠다고 했다. 하지만 나는 그 일에 대해 물어보지 않았고, 아빠 역시 그 이야기는 꺼내지 않았다. 아빠 입장에서는 그 이야기를 하지 않는 편이 더 견디기 쉬울 것이고, 나 역시 그 이야기를 아예 듣지 않는 게 더 견디기 쉬울 것이다.

퀸스에 도착한 열차는 터널을 통과하더니 환한 곳으로 나왔다. 악마가 울부짖는 것 같은 바퀴 소리를 내며 열차가 모퉁이를 돌았다. 너무 시끄러워서 머릿속 생각조차 들리지가 않았다. 나는 넘어지지 않으려고 머리 위의 바를 쥔 손에 힘을 주었다. 열차가 덜컹이는 리듬에 따라 내 몸도 흔들렸다. 그러다가 축축한 철로 위에서 바퀴가 찢어지는 소리를 내며 열차가 퀸스보로 플라자에 섰다. 회색빛 공업단지, 갓 지은 높다란 아파트들, 환하게 불이 켜지고 유리창에는 복권과 담배, 맥주 광고가 붙은 가게들.

열차가 멈추자 나는 책가방을 고쳐 메고 플랫폼으로 달려 나갔다. 기억들이 뒤뚱뒤뚱 뒤따라왔다. 나는 계단을 두 개씩, 세 개씩 뛰어올랐다. 지상으로 올라온 나는 느릿느릿 걷는 노인들을 헤치고 회전문을 밀치고 나왔다. 가게들 앞 보도에 서 있던 남자들이 나를 보고 휘파람을 불며 능글맞게 말을 붙였다. 교복 차림의 열일곱 살 소녀가 다리를 드러내고 달려가는 걸 구경하기 좋아하는 족속들이다.

나는 달리고 또 달렸다. 전속력으로 뛰어 길을 건너자 택시 한 대가 급정거를 하느라 휙 돌면서 경적을 울려댔다. 폐에 불이 붙은 것처럼 아파오는데도 계속 달렸다. 빗물과 땀에 온몸이 푹 젖어버렸다. 맹목적인 분노가 나를 깨끗이 씻어 내리고 한 점의 희망까지도 앗아갈 때까지. 그리고 네온사인과 별들로 가득한 이 오후, 처음으로, 나는 세계의 정다운 무관심을 향해 마음을 활짝 열었다.

2장

그리고 아주 짧은 시간이지만 나는 몸을 둥글게 휘며 허공으로 날아올랐다. 활시위를 떠났지만 아직 과녁에 박히지는 않은 화살처럼. 이렇게 땅에 발을 딛지 않은 채 허공에 가만히 떠 있을 수 있다면 얼마나 좋을까.

하지만 이 소망은 중력이 있는 한 이루어지지 않을 것이다. 중력은 둔탁한 자석처럼 거칠고 모양 빠지게 나를 거꾸러뜨릴 것이다. 하지만 난 빠르다. 중력 따위가 나를 넘어뜨리게 내버려두지 않을 것이다. 내 손이 평균대에 닿았다. 나무 위에 얇은 스웨이드 천이 한 겹 싸여 있는 평균대 위에서는 조심하지 않으면 목이 부러질 수도 있다. 나는 다시 다리를 허공으로 치켜들었다. 하나, 둘.

물구나무를 설 때 중요한 건 무게중심이다. 평균대의 너비는 10센티미터, 함부로 돌아다니기에는 좁은 공간이다. 단 1, 2센티미터만 헛디뎌도 치명적이다. 1, 2센티미터 간격 때문에 누군가는 올림픽에서 금메달을 따고 누구는 온몸의 힘을 실어 내던진 투창처럼 바닥에 내리꽂혀 척추를 다친다. 중력은 사람 사정을 그다지 따져주지 않는다. 중력은 정다운 무관심을 띠고 있다.

나는 옆으로 재주넘기를 해 숨을 딱 한 번 들이쉴 만큼 짧은 순간 똑바로 섰다가 다시 평균대에 손을 짚고 물구나무를 섰다. 몸이 잠시 휘청거렸다. 거꾸러질 것 같은 기분에 허공에서 다리를 허우적거렸다. 그러나 다음 순간 다시 균형을 잡고 몸을 곧추세웠다. 아무 문제없어.

하지만 조금 전 주춤하는 바람에 팔이 가슴 쪽으로 구부러지면서 내 몸이 앞으로 기울었다. 허리를 기울여 균형을 되찾아보려고 했지만 너무 지나치게 기울인 것인지 이제 다리가 반대쪽으로 넘어갔다. 오른팔이 흔들리더니 사방이 서서히 기울어지는 것이 보였다. 떨어지지 않으려고 허공에서 발차기를 해봤지만 너무 늦었다. 나는 가슴부터 매트 위에 풀썩 떨어졌다. 갈비뼈에 폐가 짓눌리면서 입으로 숨이 토해져 나왔다.

링 연습을 하고 있던 남자애가 바닥으로 내려서더니 내 쪽으로 다가왔다. 전에 몇 번 본 적 있는데, 브루클린에서 온 우크라이나 출신 아이였다. "다친 것 같은데? 물구나무 서는 거 너무 어렵지?" 그 애가 나를 부축해 일으켜 세우더니 수건을 건네주었다. 나는 눈을 감고 수건에 얼굴을 묻은 채로 숨을 몰아쉬었다. "괜찮을 거야." 그 애는 그렇게 말하면서 떨리는 내 어깨에 손을 얹었다.

나는 고맙다고 말한 뒤 술 취한 사람처럼 비틀대며 걸어갔다. 근육에 배수구 세척제 주사라도 맞은 것처럼 온몸에 힘이 하나도 없었다. 탈의실로 들어가서 머리에 수건을 덮어쓰고 벤치에 주저앉아 상반신을 앞으로 완전히 기울인 채 숨을 몰아쉬자 숨이 들고 날 때마다 바람 빠지는 소리가 났고 입안에서 희미한 피 맛이 느껴졌다. 이상한 소리 같겠지만, 좋았다. 아픔이, 거친 숨이, 희미한 피 맛이. 그제야 내가 내 머릿속 상상이 아니라 내가 진짜 존재한다는 걸 느낄 수 있으니까.

나는 바닥에 수건을 던지고 레오타드를 벗었다. 샤워기에서 따뜻한 물이 나올 때까지 차가운 물줄기를 그대로 맞고 서 있었다. 염소 냄새와 녹 냄새가 나는 정제되지 않은 물이 세차게 쏟아졌다. 내 몸에 닿는 샤워기의 물줄기가 나를 콕콕 찔러대는 수억 개의 작은 바늘들처럼 아프게 느껴졌다.

*

체조를 시작한 건 엄마가 살해된 뒤부터다. 나는 일곱 살이었고 사건 뒤 한두 달간 침대에서 공처럼 몸을 웅크린 채 눈물과 침에 흠뻑 젖은 베개에 얼굴을 묻고 온 힘을 다해 비명만 질러댔다. 그러면 아빠가 와서 나를 안아주었지만, 곧 아빠도 함께 울기 시작했다. 그렇게 몇 달간 서로를 끌어안고 나니 우리 둘 다 기진맥진해 있었다. 알제에서 워싱턴으로 이사한 직후였다.

어느 토요일, 아빠가 면도를 하다가 세면대에 빠뜨린 휴대전화를 새로 사려고 전자제품 판매점까지 차를 타고 가는 길이었다. 전자제품 판매점 옆에 체육관이 하나 있었다. 창문으로 들여다보니 안에서 어떤 남자애가 중력의 영향 같은 건 아랑곳하지 않는다는 듯 안마 운동을 하는 모습이 보였다. 모든 것이 결국은 바닥에 떨어지고 마는 법칙에서 혼자만 자유로워 보였다. 아시아인 여자 강사가 나타났다. 강사가 우리에게 이만 가라고 할 줄 알았는데, 오히려 안으로 들어와서 구경하라고 권하는 것이었다.

그때부터 나는 체조에 이끌렸다. 아빠가 다음 발령지로 이사를 가고 나서 나는 웬만한 국가의 수도, 즉 아빠가 일하는 대사관이 있는 도시에는 올림픽 체육관이 있다는 것을 알게 되었다. 최고의 코치들은 미국인 학생이 새로 오면 항상 반가워했다. 특히 그 학생이 미국 달러로 수업료를 낸다면 말이다.

내가 올림픽에 출전할 수 있을 거라고 부추기는 사람은 아무도 없었다. 너무 키가 크고, 너무 뼈대가 굵어. 다들 이렇게 말했다. 우아함이라고는 없어. 나는 가느다란 회초리가 아닌 굵은 사슬처럼 흐느적거리는 본능의 힘밖에는 없었다. 하지만 내가 체조를 쭉 계속해온 건 올림픽에 출전하기 위해서도, 출전을 놓고 경쟁하기 위해서도 아니었다. 나는 허공에 붕 떠서 중력을 속이는, 약물중독자들이 '자유'라고 부르는 그 몇 초간의 짧은 순간을 위해 체조를 했다. 아무 생각도 하지 않을 수 있는 그 들뜬 상태가 고작 10분의 1초 만에 끝이 난다 해도 무슨 상관인가. 땅 위에 나를 괴롭히는 아이들이나 외로움, 기억들이 도사리고 있다 해도 상관없었다. 나는 언제든지 평균대 위로 돌아갈 수 있으니까.

*

시내로 돌아왔을 때 비는 멎어 있었다. 저녁의 어스름이 깔린 도시가 상쾌하게 느껴졌다. 도시의 표면은 번들거리고 맨해튼은 몇 달 만에 처음으로 쓰레기와 가솔린 냄새가 아니라 차갑고 깨끗한 물 내음을 풍겼다. 나는 3번가를 건너 2번가에서 왼쪽으로 꺾었다. 제일 먼저 내가 발걸음을 멈춘 곳은 빵집이었다. 그곳에서 10분이나 고민한 뒤 컵케이크 두 개를 골랐다. 빨간색 아이싱으로 덮은 초콜릿 컵케이크 하나, 분홍색 아이싱으로 덮은 레몬 컵케이크 하나. 점원이 케이크를 작은 상자에 포장해주었다.

가게 몇 개를 더 지나쳐가자 아츠몬 문구점 안에 여전히 불이 켜져 있는 게 보였다. 벨을 누르자 가게 안쪽에서 느릿느릿 움직이는 사람의 형체가 보이더니 문이 열렸다는 신호음이 났다.

"*Guten Abend, Rotschuhe*〔좋은 저녁이구나, 빨간 구두야〕!" 가게 안쪽에 있던 벨라 아츠몬 할아버지가 인사했다. 내가 신고 다니는 빨간 부츠 때문에 벨라 할아버지는 날 빨간 구두라고 불렀다. 할아버지는 헝가리 출신이지만 학교에서는 독일어를 배웠다고 했다.

나는 갖가지 색상과 질감의 공책이 그득한 어두운색 나무 선반들 사이로 걸어갔다. 초록색 갓이 달린 황동 램프가 모든 사물에 예스럽고 따스한 빛을 던져주고 있었다. 그 바람에 마치 이 가게가 백 년 전의 오래된 모습 그대로 이 자리에 있었던 것만 같았다. 이 가게가 영원히 문을 닫지 않았으면 좋겠지만, 요즘 세상에 편지를 쓰는 사람이 어디 있나?

가게 앞쪽에 있는 펜이 잔뜩 전시된 유리 진열장 뒤에 서 있던 벨라 할아버지가 안경알 너머로 나를 흘낏 보며 아는 척을 했다. 할아버지는 80대 후반, 어쩌면 90대일지도 모르지만 여전히 체구가 건장하고 힘이 셌다. 예전에 듣기로는 세상 어느 누구도 대도시라고 부를 수 없는 아주 작은 시골의 농장 출신이라고 했다. "빨간 구두, 오늘이 그날이냐?" 할아버지가 땅콩버터처럼 진한 억양으로 물었다. 벨라 할아버지와 그의 아내인 릴리 할머니는 이 문구점의 주인이기도 하지만 이 아파트 건물의 주인이기도 했다. 아빠와 나는 이 건물 4층에 살고, 할아버지와 할머니는 5층에 산다. 이사하자마자 우리는 할아버지 할머니와 친해져서 일주일에 최소한 두 번은 그 집에 놀러 가서 저녁 식사를 함께한다. 식사가 끝나면 벨라 할아버지는 늘 팔린카라는 헝가리산 과일 브랜디를 아빠에게 억지로 권하고, 넷이서 함께 앉아 이야기를 한다. 정치 이야기, 종교 이야기, 할아버지 할머니가 헝가리에서 살았던 옛날 이야기, 그다음에는 이스라엘에서 살던 시절 이야기까지. 두 분은 그곳에서 30년간 결혼생활을 하다가 미국으로 왔다고 한다. 이야기가 점점 어두워지면 할아버지는 손에 든 네 번째, 아니면 다섯 번째, 어쩌면 여섯 번째 위스키 잔을 지휘봉처럼 흔들어댄다. 그러면 릴리 할머니가 잔소리를 시작하고 할아버지는 얌전해진다. 잠시 후에 나는 숙제를 하러 아래층 우리 집으로 돌아가고, 그러면 할아버지와 할머니는 내 손을 꼭 붙들고 뺨에 쪽 하고 입을 맞춘다. 내 상상 속 할머니 할아버지가 해주었을 것만 같은 일이다. 언제나 내가 무슨 귀한 보물이나 되는 것처럼 바라보는 그 눈빛.

나는 재킷 주머니를 한참 들쑤셔서 오늘 아침에 주머니에 넣어두었던 얄팍한 봉투를 끄집어냈다. 봉투를 꺼내서 안에 있던 20달러짜리 지폐 열 장을 꺼내 카운터 위에 펼쳐놓았다.

벨라 할아버지가 혀를 쯧 차며 고개를 저었다. "아가, 이건 너무 많잖아. 유리에 붙여놓은 광고 못 봤니? '빨간 구두 아가씨에게는 오늘만 무조건 50퍼센트 할인'이라고 써 붙여놨는데."

"그건 공정하지 못한걸요."

벨라 할아버지가 돈을 집어넣으며 절반은 나에게 돌려주었다. "세상이 공정하기만 했더라면 나도 벤틀리를 몰고 베벌리힐스에 있는 저택으로 퇴근하지 않았겠니?" 할아버지는 카운터 아래 서랍에서 기다란 플라스틱 상자 하나를 꺼냈다. "하지만 내가 캘리포니아에 살고 너만 여기 살았더라면 네가 50퍼센트 할인을 받을 일은 없었겠지."

할아버지는 상자를 조그만 벨벳 깔개 위에 올려놓고 상자를 열었다. 피아노처럼 새까만 만년필이었다. 옆면에 '아빠에게, 사랑하는 G가'라는 글자가 새겨진 만년필이 마치 물에 젖은 것처럼 반들반들 윤이 났다. 나는 만년필을 집어 뚜껑을 열고 손안에서 한번 굴려보았다. 만년필 끝에 달린 은색 펜촉이 날카로운 메스처럼 번쩍거렸다.

*

계단을 올라 집으로 돌아갔다. 이 건물은 한 층에 한 집씩 있다. 집 안으로 들어가자 마일스 데이비스의 우아하면서도 서글픈 트럼펫 연주가 홀로 속삭이는 것처럼 들려왔다. '그렇게 나쁘진 않아, 괜찮아. 나쁘진 않아.' 아빠는 늘 이 곡을 들으면 누군가가 이렇게 우아한 방식으로 슬픔을 다룰 줄 안다는 사실에 기분이 좀 나아진다고 했다.

나는 부츠를 벗어던지고 부엌을 지났다. 구석에 놓인 테이블 위에는 아빠와 내가 좋아하는 인도 음식점의 포장 용기들이 놓여 있었다.

"아빠? 왜 인도 음식을 시켰어요? 그웬돌린 특제 스파게티는 잊으신 거예요?" 나는 여덟 살 때부터 아빠의 생일이면 스파게티를 만들었다. 엄마가 살해당한 다음 해 생일에 아빠가 너무 우울해서 외식하러 갈 기분이 아니었기 때문에 해주었는데 그 뒤로 일종의 전통이 되어버린 것이다.

아빠는 소파에 일자로 누워서 목만 까딱 들고 가슴에 올려놓은 노트북 화면을 바라보고 있었다. 아빠는 온종일 영웅처럼 메모며 리포트와 전쟁을 치르고 한없이 지쳐 돌아온 뒤 퇴근 후에는 거의 항상 이런 식으로 시간을 보냈다. 아빠는 외교 행정관이었다. 이름은 꽤 그럴싸하게 들리지만 아빠 말로는 서류를 뒤적이고 회의에 참석하는 것 말고는 할 일이 없다고 한다. 그 서류들은 아빠 말에 따르면 전부 일급 기밀문서인 데다가 하루 전에 통보를 받고 나이로비나 싱가포르에서 열리는 회의에 참석해야 할 때도 있다. 아빠가 하는 일은 온통 서류며 회의뿐인데 재미있을 게 뭐가 있겠냐는 얘기였다.

"너 왔구나." 아빠가 웃었다. 노트북 화면이 아빠의 안경알에 반사되고 있었다. 최근 아빠는 살이 빠져서 얼굴이 길고 홀쭉해졌다. 스트레스 때문이야, 지난주에 걱정된다는 내 말에 아빠는 그렇게 대답했다. 스트레스야말로 진정한 다이어트 비법이지. 나는 소파 옆 바닥에 주저앉았다. "생일 축하해요, 아빠." 아빠는 오늘이 자기 생일이라는 걸 까맣게 몰랐다는 듯 혼란스럽고 멍한 표정으로 나를 내려다보았다. 매년 생일마다 짓는 표정이었다. 아빠가 내 쪽으로 몸을 숙이더니 내 머리를 쓰다듬었다. "인도 음식을 주문해서 미안하구나. 스파게티는 좀 물리더라고. 그래서 오늘 저녁엔 좀 새로운 걸 먹어보고 싶었지."

"인도 음식이 뭐가 새로워요?"

"그럼…… 힙스터들이 가는 채식주의 식당에 가서 케일 수프나 먹을까? 난 그것도 괜찮은데."

나는 미소를 지으며 아빠의 손 아래를 빠져나왔다. 아빠가 들여다보던 노트북 화면에는 뭐라고 쓴 건지 읽을 수가 없는 조그만 글자들과 머리를 빡빡 밀고 눈을 휘둥그레 뜬 뚱뚱한 남자의 사진이 떠 있었다. 동전 하나 크기의 검은 점이 이마 한가운데에 있는 남자였다. 한참이 지나고 나서야 나는 그 검은 점이 총 맞은 자국이라는 걸 알아차렸다. "으으, 대체 이 사람은 누구예요?" 내가 물었다.

아빠가 노트북을 덮었다. "빅토르 조릭. 이틀 전 베오그라드의 자택에서 경찰이 쏜 총에 맞아 죽었어." 아빠가 자리에서 몸을 일으키면서 말을 이었다. "내일 신문에 나올 거야. 세르비아 범죄 조직 우두머리가 체포 중에 사망했다고."

"무슨 짓을 했는데요?"

"굉장히 나쁜 짓들을 많이 했지." 아빠는 말하면서 부엌으로 걸어갔다. 나도 자리에서 일어나 따라갔다. "나쁜 짓이라니, 구체적으로 어떤 거요?"

"최악의 쓰레기 같은 짓." 아빠가 대답했다.

"제가 물어본 건 그런 뜻이 아니잖아요."

아빠는 싸구려 레드와인 병뚜껑을 돌려 열더니 병 주둥이에 코를 대고 향을 맡은 다음 한 잔 따랐다. "신경 쓰지 마라. 그냥 평범한 10대 소녀처럼 굴럼, 그웬."

나는 아빠의 손에 들린 와인 잔을 빼앗아서 한 모금 마셨다. 아빠는 저녁 식사 자리에서 어른들이 와인을 마실 때는 나도 와인을 딱 한 잔 마실 수 있다고 허락해주었다.

"그럼 빅토르 조릭의 체포 과정에 아빠도 관여한 거예요?"

아빠가 접시 두 개를 꺼내더니 내 쪽으로 건넸다. "나야 서류나 옮기고 보고서나 썼지. 이번엔 그나마 누가 실제로 읽긴 했더라." 나는 식탁에 접시를 하나씩 놓는다. "살인범이에요? 마약 거래상? 뭐였어요?"

"거기까지만 하려무나, 그웬."

"저도 신문 보잖아요. 이젠 세상이 무지개와 나비로 뒤덮인 곳이 아니라는 걸 저도 서서히 깨닫고 있다고요."

"그렇게 궁금하니? 좋아." 아빠가 나에게 와인 잔을 하나 더 건넸다.

"살인, 마약, 전부 다 했지만 빅토르의 주특기는 무기 밀매와 인신매매였어. 성매매를 시켰지. 여성, 아주 어린 여자애들한테."

나는 콧잔등을 찌푸렸다. "그렇군요."

"주로 유럽에 팔아넘겼지만 아부다비, 상하이, 로스앤젤레스에도 보냈어. 화물 컨테이너에 가둬서 배로 실어 보내는 거지. 그렇게 LA에 인신매매를 했는데 말이야."

"이렇게 생생하게 알려줘서 고맙네요." 나는 밥과 빈달루 카레를 접시에 담았다.

"컨테이너 안에 음식과 물이 담긴 쇠로 된 상자 하나 그리고 변기로 쓸 작은 양동이 하나만 넣어줬다는구나." 아빠가 말을 이었다. "세관에서 시체로 발견되었어. 러시아와 우크라이나에서 온 여자아이 열네 명이었단다."

"아이고, 거기까지만 하세요. 저녁 식사 자리에서 할 이야기는 아니네요." 내가 아빠의 말을 자르며 말했다.

"네가 물어봤잖니." 아빠는 의자를 보며 앉으라는 시늉을 했다. "그웬, 세상이 얼마나 끔찍한 곳인지 웬만하면 최대한 오랫동안 네가 모르고 살았으면 좋겠구나."

내가 자리에 앉자 아빠는 고급 레스토랑 웨이터처럼 과장된 몸짓으로 내 잔에 와인을 따라주었다. "*Votre vin, mademoiselle*〔한 잔 드리겠습니다. 아가씨〕."

"어머, 메르시." 나는 그렇게 대답한 뒤에 카레를 떠먹기 시작했다.

한동안 우리는 아무 말 없이 음식에 집중했다. 방 안은 우리가 음식을 씹는 소리, 냉장고의 작은 소음, 창 밖 도시의 진동 외에는 소리 없이 조용했다. 혼자 있을 때조차도 도시는 그 자리에서 경적과 사이렌과 고함과 비명을 울려대며 우리가 수억 마리 벌 떼가 들어 있는 벌통 한가운데에 홀로 있다는 사실을 상기시켜주곤 한다.

"아빠, 오늘 학교에서 일이 좀 있었어요." 내가 입을 열었다. "사인 하나만 해주세요."

아빠가 종이 냅킨으로 입가에 묻은 소스를 훔쳐내며 무슨 소리냐는 듯이 눈썹을 치켜들었다. 나는 문가의 옷걸이에 걸어두었던 재킷 주머니에서 와서만 선생님이 준 정학 서류를 꺼내왔다.

아빠가 서류를 펼치더니 한참을 들여다보았다. "그웬, 도대체 무슨 일이니?"

"그냥 하루짜리 정학이에요."

"'그냥' 하루짜리 정학이라고? 이건 그냥 넘어갈 일이 아니잖아?"

나는 숨을 깊이 들이쉬었다. "알아요. 죄송해요."

"무슨 일이 있었던 기니?"

"애스트리드 푸글이 나한테 시비를 걸어서 프랑스어로 욕을 했는데 선생님이 그 얘기를 듣고 절 정학시킨 거예요. 그냥, 사인만 해주시면 안 될까요?"

"애스트리드 푸글이 정확히 뭐라고 말했는데?"

"아빠, 그냥 역겨운 소리였어요. 됐죠? 그러니까 여기까지 하면 안 될까요?"

"그웬, 아빠가 걱정하는 게 뭐냐면 말이다. 넌 미끼를 물지 않을 정도로 똑똑하잖니. 미끼를 물지 마라. 그럼 아무런 문제도 생기지 않을 거야."

온몸에 찌릿한 감각이 안개처럼 퍼졌다. 나는 의자 귀퉁이를 움켜쥐고 딴 데로 시선을 돌렸다. 아빠한테 애스트리드가 내 뺨을 때렸다고 털어놓고 싶은 마음이 간절했지만, 내가 반격하지도 않았고, 최소한 애스트리드의 행동을 일러바치는 일조차 하지 않았다는 사실 때문에 아빠가 나한테 실망할 것만 같았다.

"아빠 말은, 그웬, 이런 일이 처음이 아니잖니. 두바이에서도 그런 애가 있었지? 걔 이름이 뭐였더라? 그리고 모스크바에서도 스베타라는 애가 널 괴롭혔잖아. 거기서도 똑같은 일이 있었지."

"빌어먹을, 그냥 사인만 해달라고요!" 나도 모르게 터져나온 말이었다. 나는 자리에서 벌떡 일어났다. 목이 턱 막혀서 숨을 쉴 수가 없었다. 나는 돌아서서 내 방으로 향했다. 아빠가 따라오며 내 이름을 불렀지만 나는 들어가서 문을 쾅 닫아버렸다. 아빠는 조용히 문을 두드리며 내가 괜찮은지 물었다. 괜찮아요, 하고 내가 대답했다. 완전 괜찮아요. 무슨 일이니? 아빠가 물었다. 이번에는 나도 대답하지 않았다. 문밖에 서서 나한테 혼자만의 시간을 좀 줄지 아니면 계속 물어볼지 고민하는 아빠의 발 그림자가 문틈으로 보였다. 결국 아빠는 문 앞을 떠났다.

내가 왜 이러는지 몰라 아빠는 안달이 나겠지. 왜 이러냐면, 이곳이 싫어서다. 학교도, 이 학교에 다니는 애들도 싫다. 아빠의 직업도, 아빠의 직업 때문에 겪는 일들도 모조리 싫다. 세상에는 태어나서 지금까지 쭉 같은 집에서 사는 내 또래 애들도 많다. 세상에는 유치원 때 친구들이랑 아직까지 친하게 지내는 내 또래 애들도 많다. 그 애들한테는 개도 있고, 마당도 있고, 열 살 때 실수로 지붕 위로 던져버린 테니스공도 아직 그 자리에 있을 것이다.

나는 침대 옆 테이블을 뒤져 로라제팜*이 든 약병을 찾아서 입안에 침을 그러모은 뒤 작은 알약 하나를 삼켰다. 몇 년 전부터 먹기 시작한 신경안정제였다. 약병에는 '필요 시' 복용하라고 적혀 있었다. 하지만 뉴욕으로 온 뒤에 '필요 시'의 빈도가 늘어나서 약이 거의 다 떨어진 상태였다. 20분쯤 지나면 약효가 돌아서 어깨에 포근한 담요를 덮은 것 같은 기분이 든다. 애스트리드 푸글도, 애스트리드에게 맞은 뺨도, 내가 느낀 모욕도 내 생각만큼 대단한 일은 아니라는 생각이 들게 될 것이다. 로라제팜은 알약 형태를 띤 절친 같다. 약병 옆에는 또 하나의 진정제인 트럼프 카드 한 벌이 놓여 있었다. 나는 찌그러진 상자 안에서 카드를 꺼내 섞기 시작했다. 섞고 또 섞었다. 플라스틱으로 코팅된 종이들이 내 손가락과 손바닥에 닿는 생생한 감촉과 수학적인 리듬은 일종의 묘한 강박증처럼 내 마음을 진정시켰다. 이 카드를 마련한 건 언젠가 베네수엘라에서 야바위꾼들이 관광객들에게 '게임'이라는 이름으로 사기를 치는 장면을 보고 난 뒤였다. 몇 년에 걸쳐서 나는 웬만한 사기 수법은 다 익혔다. 로라제팜의 약효가 스며들기를 기다리는 동안 카드놀이를 하면 짧은 정신과 상담을 받는 듯한 효과가 있었다.

---

* 강력한 항불안증 약.

창밖에서 사이렌 소리, 소방차에서 나는 것 같은 크고 굵은 목소리들이 들렸다. 어디선가 불이 났나 보다. 카드를 다시 그러모아 섞고 있는데 버스가 급정거하는 소리와 택시의 경적 소리가 들렸다. 거리의 취객이 누군가 자기 돈을 훔쳐갔다고, 예수가 재림할 거라고 외치는 소리도 들렸다. 제발, 여기서 떠나고 싶다. 나는 그 생각을 애써 도로 잠재우고 다시 카드놀이를 시작했다. 내 손은 질서정연하게 카드를 배열하고 또다시 배열하고 또 새롭게 배열해서 플라스틱으로 된 기회와 가능성의 세계, 매번 새롭게 태어나는 승자와 패자의 우주를 만들어냈다.

*

잠에서 깨어나니 밤 11시 36분이었다. 빌어먹을 로라제팜. 아빠의 생일이 거의 끝나가고 있었다. 나는 침대에서 일어나 문을 열었다.

아빠는 안경을 쓰고 노트북을 들여다보며 소파에 앉아 있었다. 나는 슬며시 부엌으로 들어가서 냉장고에서 케이크 상자를 꺼냈다. 열어보니 빨간색 프로스팅이 덮인 케이크는 옆으로 쓰러져서 엉망이 되어 있었다. 그건 내가 먹어야겠다. 서랍을 뒤져서 성냥과 생일 초를 꺼냈다. 초는 S자 모양이다. 내 열다섯 번째 생일날 모스크바에서 알 수 없는 이유로 샀던 초다. 작은 사물들에 대한 아빠의 감상적인 태도는 때로 이상하게 느껴진다. 나는 컵케이크 두 개가 담긴 접시를 들고 부엌 문간에 서서 아빠가 인기척을 느끼고 고개를 들 때까지 기다렸다. 아빠가 노트북을 덮더니 안경을 벗어 주머니에 집어넣었다.

"뭉개진 케이크라서 미안해요." 나는 아빠 옆으로 다가가 소파 끄트머리에 걸터앉았다.

"생일 축하 노래는 안 불러주니?"

"당연히 안 부르죠. 소원 비세요."

아빠는 잠깐 생각을 하더니 촛불을 불어 껐다. 그다음에는 조심스럽게 케이크를 집어 들고 한 입 베어 물었다. "레몬 맛이네. 아빠가 좋아하는 맛을 기억하는구나." 아빠가 말했다.

그러고 보니 소파 위에 책 한 권이 노트북에 반쯤 가려진 채 놓여 있었다. "무슨 책 읽고 있었어요?"

아빠는 케이크를 쥐지 않은 손으로 책을 꺼내 보여주었다. 조지 오웰의 『1984』였다. 낡아서 닳아빠진 오래된 문고본 책이었다. "읽고 있었던 건 아니고, 친구에게 빌려줬던 걸 돌려받은 거야. 이 책 읽어봤니?"

"아뇨."

"읽어보렴. 미래의 디스토피아를 그린 책이야. 어쩌면, 그 디스토피아는 오늘날인지도 모르지."

오늘이겠죠. 나는 바닥에 떨어져 있던 책가방을 집어 올려 안에서 상자를 찾아 꺼냈다. "올해는 생일 선물을 준비했어요."

아빠는 나에게서 상자를 받아들고는 눈을 가늘게 뜨고 코를 찡그렸다. "혹시…… 낚싯대?"

"장난치지 마세요."

"음, 그럼 새 치인가 보구나?"

"그만하고 그냥 열어보세요."

아빠는 마치 안에 들어 있는 무언가가 아빠를 물기라도 할 것처럼 뚜껑을 살짝 열어 안을 들여다보았다. 아빠의 표정이 단번에 풀렸다. "그웬돌린 블룸, 대체 무슨 짓을 한 거냐?" 화가 날 때와 똑같은 목소리다. 아빠는 상자를 무릎에 놓고 어린 병아리를 들어 올리듯 조심스럽게 펜을 꺼내 들었다. 나는 책가방에서 노트를 한 권 꺼냈다. "자, 한번 써보세요." 아빠는 펜 끝을 종이에 대고 사인을 하려는 듯 뭔가를 끄적거렸지만 처음에는 잉크가 나오지 않아 마른 펜 자국만 남았다. 그러다가 갑자기 잉크가 나왔다. 우아한 푸른색의 '로열블루'였다. '마음에 든다!'라고 아빠는 종이에 썼다.

"정말요? 진짜 마음에 드세요?"

"마음에 드는 정도가 아니지. 좋아서 어쩔 줄 모르겠구나. 마치 진짜 귀족이 된 기분이야." 아빠는 이상한 영국식 억양을 흉내 내면서 그렇게 말했다.

내가 웃음을 터뜨리자 아빠가 나를 끌어안았다. 아빠의 어깨에 고개를 기대고 있자니 아빠의 심장이 천천히 고르게 뛰는 소리가 느껴졌다. 우리 집은 교외에 있고, 친구들은 나한테 못되게 군다. 하지만 그게 다 무슨 상관이야? 두 사람뿐인 가족이라도 어쨌든 가족은 가족이다. 그거면 충분하다. 말도 안 되게 진부한 소리지만 이 말을 해주려고 입을 열려는데 아빠가 먼저 입을 열었다.

"내일 출장 갈 때 가져가야겠다. 아빠가 그 회의에서 제일 패셔너블한 사람이 되겠구나."

내일이라고? 나는 아빠에게 기댔던 몸을 빼내서 똑바로 앉았다. "어디 가시는데요?"

아빠는 뭔가를 깜빡할 때마다 늘 그랬던 것처럼 몸을 움찔했다. "아까 얘기하려고 했는데 네가 잠들어버려서. 내일 파리로 출장을 가거든."

나는 어깨를 축 늘어뜨렸다.

"딱 이틀짜리 출장이야." 아빠가 말했다. "내일 아침에 출발해서, 내일 밤에 회의에 참석하고, 모레 밤 자기 전까지는 집으로 돌아올 거야."

3장

아빠는 출장을 갈 때마다 똑같은 메모를 남겼다. '정크푸드는 먹지 마라. 혹시 모르니 40달러 두고 간다. 필요한 게 있으면 벨라 할아버지와 릴리 할머니한테 부탁하렴.' 하지만 이번에는 그 메모가 내가 생일선물로 준 펜의 우아한 로열블루 빛깔 잉크로 쓰여 있었다. 나는 시내로 가는 6번 열차의 좌석에 등을 기대고 앉은 채 세인트마크스 플레이스에 있는 중고 레코드 가게 주소를 적어놓은 종이를 들여다보았다.

음악에 관한 한 아빠와 나는 거의 모든 면에서 취향이 다르지만 재즈는 예외다. 아빠가 가끔 해외에 있는 재즈 클럽에 나를 데려가면 나는 담배 연기 때문에 코를 쥔 채로 잇따라 펼쳐지는 두 개의 공연을 넋을 잃고 감상했다. 외국의 도시에 갈 때면 아빠와 나는 가장 작고 이상한 동네와 가장 기묘한 레코드 가게를 방문하는 걸 즐겼다. 뉴욕에 올 때 아빠의 턴테이블이 산산이 부서져버린 게 안타깝기 짝이 없다. 언젠가 부자가 되면 좋은 걸로 사드려야지.

정오가 되기까지 아직 시간이 남아 있었다. 텔레비전 앞에 앉아 어제 먹다 남은 차가운 빈달루 카레를 먹느라 오전 시간을 거의 다 써버렸지만, 학교에 안 가는 평일이라는 이 드문 날을 최대한 재밌게 보내고 싶었다. 그래서 애스터 플레이스에서 내려 세인트마크스를 향했다. 조그만 힙스터 바, 문신 가게, 솜브레로*를 쓴 마네킹을 앞에 내다놓은 타코 가게. 나도 문신을 하나 해보고 싶다.

아빠는 100년도 훨씬 더 전에 자신의 가문이 이 동네의 공동주택에 정착했다고 말해주었다. 한 방을 열 명도 넘는 사람들이 쓰는 그런 곳이었다고 했다. 보통 갓 이주한 유태인들이 그런 식으로 살았다고 아빠가 설명해주었다. 아빠는 리투아니아 출신이었고, 원래 블루멘텔이었던 성은 엘리스 아일랜드**에서 블룸(Blum)으로 바꾸었다가 그다음에는 블룸(Bloom)이 되었다. 물론 실제로 아빠의 가족은 피를 나눈 나의 조상은 아니지만 그래도 그 사실이 중요하다고 생각한다.

아빠는 외동아들이었고 아빠의 부모님은 둘 다 내가 태어나기도 전에 돌아가셨다. 아빠가 자란 샌디에이고에서 교통사고가 났다. 나와 피가 섞인 진짜 친척은 이모와 그 딸이 전부다. 이모는 텍사스에서 랍비와 결혼했다. 이모와 이모부는 엄마가 죽고 난 직후 딱 한 번 본 터라, 얼굴도 거의 기억나지 않는다.

레코드 가게 안으로 들어가자 문 위에 달려 있던 조그만 벨이 울렸다. 머리를 빡빡 깎고 요란한 귀걸이를 한 남자가 카운터 뒤에서 고개를 들

---

* 에스파냐, 멕시코, 미국 남부 등지에서 쓰는 챙이 넓은 모자.
** 뉴욕시 가까이에 있는 작은 섬.

었다. 레코드 가게는 먼지와 레코드, 오존 냄새가 났다. 레코드가 든 통이 가득 늘어서 있는 작은 카운터들이 일렬로 가게 안을 꽉 채우고 있었다.

나는 통에서 레코드 몇 장을 골라서 꺼냈다. 마일스 데이비스의 〈비치스 브루〉, 〈엘링턴 앳 뉴포트〉를 꺼내는데, 옆에 있는 통을 누가 뒤지고 있는 기척이 느껴졌다. 고개를 들자 그 손 주인의 몸과 얼굴이 보였다.

옷 때문에 하마터면 못 알아볼 뻔했다. 그 애가 흰 셔츠와 줄무늬 넥타이로 된 댄튼 아카데미 교복을 입은 모습만 보았으니까. 그런데 오늘 그 애는 랄프로렌 화보에서 막 걸어 나온 것처럼 빨간 터틀넥 스웨터에 줄이 선명하게 잡힌 카키 면바지 차림이었다. 그 애의 부드럽고 어두운 갈색 피부는 마치 가슴 안에 횃불이 활활 타고 있기라도 한 것처럼 따뜻한 빛을 풍겼다. 학교에서 그 애는 혼자 다니고, 밥도 혼자 먹고, 거의 아무와도 말을 섞지 않는다. 진짜 이름은 테런스지만 다들 '장학생'이라고 부른다. 컴퓨터공학 장학생이라 전액 장학금을 받는 아이이기 때문이다.

"안녕." 내가 먼저 인사를 했다.

테런스가 나를 쳐다보더니 "안녕" 하고 마주 인사했다.

"테런스, 맞지?"

"맞아."

"난 그웬돌린이야."

"알아."

잠깐이지만 불편한 침묵이 흘렀다. 그러고 보니 이 불편한 침묵이 싫어서 내가 평소에 남자애들과는 이야기를 하지 않는단 걸 잊고 있었다. 그때 테런스가 미소를 지었다. "지금 학교에 있을 시간 아냐?"

"그러는 너는?"

"3일 정학이야. 출석부를 해킹했거든. 다들 유머 감각도 없지. 너는?" 테런스가 말했다.

"난 하루 정학이야. 애스트리드 푸글에게 꺼지라고 말한 벌이지." 내가 대답했다.

테런스는 감동받았다는 듯 눈썹을 치켜들었다. "너 되게 용감하구나. 넌 뭐 골랐어?"

그 말에 나는 들고 있던 앨범들을 멍청하게 내려다보다가 내 손이 떨리고 있다는 사실을 알아차렸다. "소니 롤린스. 하지만 그냥 이것저것 돌아보는 중이야."

"소니 진짜 좋지. 하지만 찰리 파커가 더 좋아."

"당연히 그렇겠지."

테런스가 어깨를 으쓱하고 말했다. "하지만 나는 콜트레인이 최고라고 생각해."

나도 모르게 얼굴에 미소가 떠올랐다. "나도 콜트레인 정말 좋아해."

테런스가 웃음을 터뜨리자 내 얼굴이 그 애가 입은 스웨터만큼 새빨개졌다. "아니, 비웃는 게 아니라⋯⋯." 테런스의 목소리가 잦아들었다. "그러니까, 넌 재즈를 좋아하는구나? 재즈 좋아하는 사람은 우리 둘밖에 없을 거야."

나는 몸짓으로 레코드 가게에 가득한 사람들을 가리켜 보였다.

"그러니까 우리 학교에서 말이야." 테런스는 고개를 숙이더니 메고 있던 가방을 고쳐 멨다. "난 그냥 여기저기 돌아다니는 중인데. 혹시 같이⋯⋯. 물론 네 일정이 어떻게 되는진 모르지만⋯⋯." 테런스가 머뭇거리며 입을 뗐다.

"좋아." 생각이 채 정리되기도 전에 내 입에서 대답이 튀어나왔다.

*

레코드 가게를 나오자 해는 모습을 감추었고 빌딩 위로 꾸물꾸물한 잉크 빛 보라색 구름이 하늘을 온통 뒤덮고 있었다. 우리 둘 다 마땅히 갈 곳은 없었지만, 둘 다 여기 있는 게 만족스러운 것 같아 다행이었다. 우리는 세인트마크스를 두 블록 더 걸었다. 오늘따라 이 도시에 사람이 없는 걸까, 아니면 다른 사람들이 내 눈에 들어오지 않는 걸까?

우리는 좋아하는 음악 이야기, 좋아하는 책 이야기, 우리가 싫어하는 학교 아이들에 대한 이야기를 주고받았다. 테런스는 내가 '그리스나 그쪽' 출신인 줄 알았다고 했다. 아냐, 하고 내가 대답했다. 여권상으론 미국인이야, 하지만 그냥 외교관 자녀지 뭐, 다른 애들이랑 마찬가지로.

멋지네, 하고 테런스가 대답했다.

그러다가 우리는 A애비뉴를 건너 톰킨스 스퀘어 파크에 도착했다. 머리 위로 우뚝 솟은 헐벗은 나무들 사이로 난, 자갈 깔린 길을 산책했다. 한쪽에서 어떤 노숙인 남자가 골판지를 깔고 덮고 자고 있었다. 마치 속을 너무 꽉 채운 샌드위치처럼 더러운 손과 신발, 옷가지가 골판지 아래로 빠져나와 있었다.

"그럼 너는 장학금으로 댄튼 아카데미에 다니는 거야?" 내가 물었다.

그가 눈을 가늘게 떴다. "뭐?"

"네 별명이 장학생이잖아. 다들 널 그렇게 부르던데."

"날 장학생이라고 부르는 사람들은 내가 흑인이라서 그렇게들 말하는 거야. 그러니까⋯⋯."

"그러니까?"

"장학금을 안 받는다면 나 같은 애는 맨튼에 못 다닐 거라고 생각하는 거지." 그는 고개를 절레절레 저었다. 그들을 향한, 어쩌면 나를 향한 고갯짓. "그놈들은 대마초를 얻으러 올 때 말고는 날 철저히 무시해. 하지만 꺼지라고들 해. 나는 마약 거래 같은 건 안 해. 내 인생은 그 녀석들이 보는 영화가 아니거든."

나도 모르게 내 손이 그 애의 손을 스치고 지나갔다. "그럼 너만의 영화를 만들어. 네 인생이 영화라면 네가 원하는 어떤 역할이든 될 수 있잖아."

그러자 내 말이 마음에 든다는 듯이 테런스의 얼굴에 살짝 미소가 번졌다. "그럼 넌 어떤 역할이야?"

"내 영화에서 말이야? 내 인생은 영화가 아닌 것 같아. 그냥⋯⋯ 여러 장면을 무작위로 이어붙인 것 같다고 할까." 나는 어깨를 으쓱하며 말했다.

"아무리 그래도 주인공은 될 수 있잖아?"

"주인공?"

"알잖아. 멋진 모습으로 세상을 구하는 끝내주는 능력치를 가진 영웅 말이야." 이 말을 하면서 테런스는 장난스럽게 주먹을 앞으로 훅훅 치며 허공에 대고 섀도복싱을 했다.

그러고 보니 듣기 좋은 말이긴 했다. 나, 그웬돌린 블룸이 멋진 모습으로 세상을 구하다니. 나는 살짝 웃었다. "그러게."

그러나 테런스는 이미 섀도복싱을 멈추고 강아지 산책로 옆에 있는 두

소년을 바라보고 있었다. 그들은 골판지 상자를 엎어놓고 그 위에서 스리 카드 몬테를 하는 중이었다. 스리 카드 몬테는 길거리에서 하는 게임이지만 실제로는 게임이 아닌 야바위다. 하지만 겉보기에는 멀쩡해 보이기 때문에 사람들은 쉽게 걸려든다. 둘 중 한 사람이 세 장의 카드를 섞더니 조깅을 하는 사람들이나 점심시간을 맞아 밖으로 나온 회사원들에게 "여왕을 찾아보세요, 여왕을 찾아봐요" 하고 호객행위를 하고 있었다.

아빠는 저 게임이 한때는 뉴욕에서 인기를 끌었다고 했는데, 테런스는 처음 본다는 걸 보니 이제는 아닌가 보다. 하지만 나는 전 세계에서 스리 카드 몬테를 봤고 예전에는 딜러가 관광객을 속여 넘기는 모습이 재미있었다. 그래서 나도 유튜브 동영상을 보면서 스리 카드 몬테 수법을 익힌 뒤 모노폴리 돈을 놓고 아빠를 상대로 연습도 했다.

둘 중 한 사람은 카드를 섞고 다른 한 사람은 승리를 과시하고 있었다. 손에 두툼한 돈뭉치를 든, 완벽한 승리를 거둔 듯한 모습이었다.

"한번 해볼래?" 테런스가 물었다.

"저거 사기야, 절대로 못 이겨."

"지금 저 사람이 이기고 있잖아."

"그게 쟤가 맡은 역할이거든. 저런 걸 '바람잡이'라고 해. 둘이 한 패야." 내가 설명했다.

하지만 테런스는 내 말을 듣고서도 결국 그쪽으로 다가가고야 말았다. 테런스가 20달러 지폐를 한 장 꺼내 골판지 상자 위에 올려놓았다. 딜러가 돈을 집어든 다음 카드를 보여주었다. 퀸 한 장, 잭 두 장의 카드는 집기 좋게 살짝 세로 면으로 구부려둔 상태였다. 그러더니 딜러가 카드를 뒤집은 다음 위치를 뒤섞었다. 퀸이 왼쪽으로, 오른쪽으로 가더니 가운데로 자리를 바꾸었다.

처음은 쉽다. 그게 이 게임에 빠져들게 하는 매력이다. 하지만 이 야바위의 기술이자 열쇠이자 핵심은 한 손으로 퀸과 다른 카드를 한꺼번에 집어든 다음 퀸이 아닌 카드를 내려놓는 눈속임이다. 상대는 방금 내려놓은 카드가 퀸이라고 생각한다. 딜러의 손이 빨라서 나도 확실하게 보지는 못했지만 테런스의 눈은 잘못된 카드를 쫓고 있었다. 딜러의 손이 멈추자 테런스는 왼쪽 카드를 가리켰다. 딜러는 살짝 미소를 띠며 카드를 뒤집는다. 클럽 잭.

테런스가 주머니에서 20달러짜리를 한 장 더 꺼냈지만 딜러는 다음 판은 무조건 두 배를 걸어야 한다고 했다. 그래서 테런스는 40달러를 꺼냈다. 다음 판에는 80달러.

"사기라는 걸 어떻게 알았어?" 결국 돈을 다 잃고 그 자리를 떠나면서 테런스가 물었다. "유튜브, 카드 한 벌 그리고 아주 많은 시간이 필요해. 만 판 정도 연습했거든. 나도 쟤들만큼 잘해."

"그럼 우리가 판을 벌이는 게 낫겠다. 너랑 나 둘이서 말야." 테런스가 말했다.

*

우리는 사람들로 꽉 찬 농구 코트, 오토라는 이름의 기니피그를 찾는 손으로 쓴 광고지를 지나쳐 톰킨스 파크 안쪽까지 산책했다. 우리는 해골처럼 뼈만 남은 나무들 아래서 깨끗한, 아니 거의 깨끗한 축에 속하는 벤치를 하나 찾아 앉았다.

"그럼 국무부에서 일하시는 분이 아빠야, 엄마야?" 테런스가 물었다.

"아빠." 내가 대답했다.

"그럼 엄마는 무슨 일 하셔?" 테런스가 물었다.

거짓말을 할까 잠깐 생각했다. 보통 내가 진실을 털어놓고 나면 분위기가 어색해진다. 하지만 왠지 테런스에게는 거짓말을 하고 싶지가 않았다. "돌아가셨어. 10년 전에."

"우리 엄마도. 8년 전이었어. 보트 사고였지." 테런스가 말했다.

나도 돌아가신 이유를 말해야 할 것 같아 입을 열었지만 테런스는 손으로 내 입을 막으며 말했다. "말하기 싫으면 안 해도 괜찮아."

"고마워." 내가 대답했다.

잠깐이지만 우리 둘 다 엄마가 돌아가셨다는 사실을 우리는 곱씹었다. 괜찮다. 소란 떨 것도, 드라마틱한 것도 없다.

"그럼, 어디 갈 거야?" 테런스가 물었다.

"난 그냥 이렇게 돌아다니는 것도 괜찮은데." 내가 대답했다.

"아니, 대학교 말이야."

"아직 딱히 생각 안 해봤어. 그냥 좀 따뜻한 동네에 있는 학교면 좋겠어. 넌?"

"하버드. 아빠가 거기 자리 하나가 있어서."

"자리라고?"

"진짜 자리가 아니라, 음…… 그러니까 아빠 이름을 딴 경제학부의 '무타이 체어'인가 뭔가가 있거든. 정확한 이름은 나도 기억 안 나."

주머니 안에서 휴대전화가 울렸다. 살짝 보니 아빠였다. 하지만 나는 전화를 받는 대신 벨소리를 꺼버렸다. 나중에 전화하면 될 거야. 이 순간을 방해받고 싶지도, 이 마법을 깨뜨리고 싶지도 않았다. 휴대전화 시계는 오후 2시 42분을 가리키고 있었다. 언제 시간이 이렇게 흘렀지? 나무 벤치를 이룬 널빤지 사이로 차가운 바람이 스며들었다. 나는 군용 재킷의 목깃을 세우고 팔짱을 단단히 꼈다.

"왜 그래?" 테런스가 물었다.

"추워." 내가 대답했다.

"일어날까?"

"아냐."

그러자 테런스가 내 어깨에 팔을 두르더니 바짝 몸을 붙였다. 내 몸이 뻣뻣해졌다. 그 애의 체온이 내 재킷을 뚫고 내 몸까지 전해졌다. 지금 무슨 말을 해야 하나? 아니야, 하고 나는 생각했다. 입 다물고 그냥 분위기에 몸을 맡기자. 나는 고개를 살짝 기울여 스웨이드 재킷을 입은 테런스의 어깨에 기댔다. 고급스러운 비누 냄새가 났다. 고급 호텔에서 쓰는 것 같은 비누.

"그럼, 대학 졸업하고 나서는?" 내가 물었다.

"아빠 말은, 자기처럼 헤지펀드에 발만 안 들이면 뭐든지 해도 좋대." 테런스는 이렇게 말하면서 손으로 내 팔을 천천히 쓰다듬었다. "난 아마, 잘 모르겠지만…… 코드 짜는 걸 좋아해. 코드엔 아름다움이 있거든. 수학은 꼭 예술 같아. 수학이 예술이라고 하니까 좀 이상하지?"

나는 살짝 웃었다. "수학은 음악이야."

"뭐라고?"

"수학은 음악이야. 바보 같은 소리처럼 들리겠지만 난 그렇게 생각해.

왜, 디지와 찰리 파커를 합치거나, 콜트레인을 또 누군가랑 합친다면 혼돈이 펼쳐질 것 같지만 아니잖아. 꼭 수학처럼 말이야."

"수학이 음악이라……." 그가 내 말을 따라 되뇌었다. "마음에 들어."

그러면서 테런스는 내 몸을 두른 팔에 힘을 주었다. 나는 몇 센티미터 그리고 또다시 몇 센티미터 그에게 더 바짝 기댔다.

그 순간 커다란 물방울 하나가 내 무릎에 뚝 떨어졌다. 그다음에는 내 손등에 떨어졌다. 그러다가 갑자기 비가 온통 쏟아지기 시작해 벤치 주변은 갈색 페인트를 쏟아부은 것처럼 흠뻑 젖어버렸다. 일어나서 비를 피할 곳을 찾아야 한다. 우리 둘 다 그 사실을 알고 있었다. 분명 1분 안에 소나기가 쏟아질 테니까. 하지만 우리 둘 다 움직이지 않았다. 멀리서 낮게 천둥이 울리더니 하늘에 가느다란 금이 쫙 갔다. 멀리, 빌딩 위의 보라색 구름이 안에서 조명이라도 켠 것처럼 번쩍 빛났다.

"신들이 우리를 떼어놓으려고 음모를 꾸미나 봐." 내가 말했다.

"이만 일어나자." 테런스가 말했다.

*

머리 위에서 하늘에 구멍이 난 것처럼 성난 유령 같은 물줄기가 쏟아졌다. 그 비를 맞으며 우리 두 사람은 공원을 가로질러 달려갔다. 내가 만약 신을 믿는 사람이었다면, 이 비가 낯설고 흥미로운 한 소년과 잠시 즐거운 시간을 보낸 대가로 받은 천벌이라고 생각했을 것이다. 우리는 A애비뉴를 가로질러 공동주택 현관 아래에서 비를 피했다. 공간이 좁아서 우리는 검은 철문에 기대 이리저리 튀는 빗방울을 피했다.

"너 떨고 있어. 이쪽으로 와." 테런스가 말했다.

나는 내가 몸을 떠는 줄도 몰랐고 더 이상 춥지도 않았지만 그래도 그쪽으로 갔다.

테런스가 나를 꼭 끌어안고 팔을 내 몸에 둘렀다.

"그러니까, 경제학부에 '무타이 체어'라는 게 있다는 거지?"

테런스가 웃음을 터뜨리자 내 뺨에 닿아 있는 그의 가슴이 흔들렸다. "정확히 말하면 테런스 무타이 3세 체어야."

"세 번째 체어라고?"

"아니, 우리 아빠 이름이 테런스 무타이 3세거든. 그러니까 난 테런스 4세인 거지."

이젠 내가 웃을 차례다. 제발 내가 못된 애라고 생각하지 말길.

"이름에 숫자가 있어? 너 혹시 귀족이나 왕손이니?"

"아니, 그냥 재수덩어리 속물 집안이라서 그래." 테런스가 대답했다.

"괜찮아. 나도 마찬가지거든." 내가 말했다.

그 순간, 폭풍우가 몰아치는 날 뉴욕에서 일어날 수 있는 모든 통계학적 변수를 저버리고 비극적이게도 모퉁이에서 택시 한 대가 나타나더니 한 여자가 내렸다. 지금 이대로 하루 종일, 어쩌면 일주일 내내 서 있을 수도 있었는데. 하지만 내가 뭐라고 하기도 전에 테런스가 내 손을 잡아 끌고 택시에 올라탔다.

*

테런스는 택시 기사에게 1번가 북쪽 우리 집으로 가는 방향을 알려주었다. "거기에 먼저 내려주시고, 그다음에는 매디슨가 72-5번지로 가주세요." 뉴욕에 산 지 그리 오래되지는 않았지만 맨해튼에서 제일 부유한 동네가 어딘지 정도는 안다. 뉴욕에서는 웬만큼 돈이 많은 사람들도 우리 집처럼 사람이 바글바글한 동네에 있는 좁은 아파트에 산다. 그런데 테런스가 사는 동네는 천문학적인 갑부들만 사는 동네였다. 심지어 댄튼 아카데미에 다니는 속물들도 그 주소를 질투하고 동경할 정도였다.

택시는 비를 받아 검게 빛나는 도로 위를 달려갔다. 나와 테런스는 온풍기에서 뜨거운 바람이 나오는 뒷좌석에서 낮게 몸을 웅크리고 있었다. 손가락이 빨갛고 얼얼했다. 그가 내 손을 잡더니 문질러주었다.

택시가 우리 집이 있는 골목으로 접어들자 나는 차를 세울 장소를 기사에게 알려주었다. 택시가 멈추고 택시비를 내려고 주머니를 뒤지는데 테런스가 택시비는 자기가 낼 테니 괜찮다고 했다. 고맙다고 말하려고 고개를 돌렸는데 테런스의 얼굴이 내 얼굴 바로 앞에 있었다. 바로 그 순간 테런스가 내 입술에 소리없이 재빨리 입을 맞췄다. 대체 내가 어떤 표정을 지었는지 알 도리가 없었지만 테런스는 웃음을 터뜨렸다. "나중에 보자." 그가 말했다.

*

건물 입구로 들어가 계단을 오르는 내내 마음속이 미친 듯이 내달리며 지난 몇 시간 동안의 모든 순간을 분석했다. 2층, 3층, 4층, 테런스 4세.

나는 집 안으로 들어와 2중 잠금 장치와 체인을 걸었다. 테런스가 방금 내 쪽으로 몸을 기울이더니 키스했다고? 세상에, 그게 무슨 의미지?

그 뒤로 몇 시간 동안 나는 숙제를 붙잡고 씨름했다. 언제나 그렇듯 내일은 금요일마다 치는 수학 쪽지시험이 있을 텐데. 고작 하루를 빼먹은 것만으로도 따라잡기 힘들 것 같다. 숙제는 어려웠다. 내 마음이 유령처럼 자꾸만 아까 전으로 돌아가 택시 뒷좌석에서 내 손을 만지작거리던 테런스의 손, 길고 가느다란 손가락이 달린 그 손, 이름에 숫자가 달린 귀족에게만 어울리는 그 손의 감촉을 느끼고 있어서 더 어렵게 느껴진 건지도 모른다. 중요한 건 그거 아닌가? 키스가 문제가 아니다. 테런스가 내 손을 어루만지던 태도가 중요했다. 아, 테런스는 뉴욕에서 내게 상처를 주지 않는 유일한 존재일 거야.

간신히 숙제를 끝낸 나는 11시쯤 샌드위치를 만든 다음 어젯밤 남은 와인을 플라스틱 컵에 따른 뒤 스페인어 실력이 녹슬지 않게 하려고 보는 멕시코 드라마를 틀었다.

휘황찬란한 파티에서 두 명의 연인이 비밀리에 만난다. 이브닝드레스를 입은 여자, 턱시도를 입은 남자가 '코베르티조'에서 만나기로 약속한다. 그게 뭐더라, 통나무집? 오두막집? 아니다. 극히 일부 사람들만 이해할 수 있는 이 단어는 청동 벽시계와 푹신한 가죽의자가 있고 선반 위에는 박제한 매가 앉아 있는 우아한 보트하우스를 가리킨다.

이런 만남은 위험해요, 둘 다 그렇게 말한다. 파티장의 시끌벅적한 소리가 아직도 들려요, 파티장에서 이렇게 가까운 곳에서는 위험해요. 날 사랑해요? 그가 묻는다. Si[그래요], 에밀리오. 그녀가 대답한다. Siempre, Siempre[영원히].

배 속에 와인이 들어가자 몸이 따뜻해지고 머릿속이 어지러웠다. 나는 소파에 스르륵 누워서 베개에 머리를 대고 다시 한 번 톰킨스 스퀘어에서의 기억을 떠올렸다. 오늘 밤 8천 번째로 떠올린 기억이다. 보도 위에 페인트 방울처럼 뚝뚝 떨어지던 빗방울도. 테런스는 부자야. 그 동네에서 살면 당연히 부자겠지. 하지만 그게 무슨 상관이지? 우리가 비를 피하려 들어간 현관에서 그가 나를 끌어안았던 기억은 얼마짜리일까? 몰라. 하지만 돈으로는 환산할 수 없을 것이다.

그런 생각을 하며 눈을 감고 와인의 따뜻한 취기 속에서 스르륵 잠에 빠져들었다. 아직까지 드라마는 계속되고 있었고, 에밀리오가 여자의 아버지인 것 같은 누군가와 격한 말싸움을 벌이고 있는데 누군가 문을 두드리는 소리에도 두 사람은 싸움을 멈추지 않았다. 아이 참, 일단 대답부터 하지.

그 순간 나는 흠칫하며 잠에서 깨어났다. 문 두드리는 소리는 텔레비전에서 나는 것이 아니었다. 누가 우리 집 문을 다급하고 거칠게 두드리고 있었다. "어서 나와." 문 밖에서 목소리가 들렸다. 나는 잠에 취한 동시에 겁에 질린 채 현관으로 다가가 문에 난 구멍으로 밖을 내다보았다. 바깥에는 목욕 가운 차림의 벨라 할아버지가 서 있었고, 그 뒤로 싸구려 양복을 입은 두 사람이 서 있는 모습이 보였다. 한 명은 구정물 빛깔의 옅은 금발을 뒤에서 포니테일로 묶은 여자였다. 예쁘고 몸매가 탄탄했으며 마흔 살 언저리로 보였다. 다른 한 사람은 20대 후반으로 보이는 남자였다. 살집이 있는 붉은 얼굴에 머리카락은 군인처럼 짧게 쳤다.

나는 잠금장치 두 개를 열고 체인은 풀지 않은 채로 문을 빠끔 열었다.

벨라 할아버지가 초조한 표정으로 두 손을 쥐어뜯고 있었다. 초조함뿐만 아니라 다른 감정도 있는 것 같았다. "아가야, 이분들이 너한테 할 말이 있다는구나."

"문 좀 열어주겠니, 그웬돌린?" 여자가 말했다.

나는 문을 닫은 다음 체인을 풀고 다시 문을 열었다. 여자가 안으로 한 걸음 들어오더니 지갑을 펼쳐서 배지와 자기 사진이 있는 신분증을 보여주었다.

"안녕, 그웬돌린. 나는 특수요원 캐배노, 이쪽은 특수요원 매즐로야. 우리는 외교 안보국 소속이란다."

이번에는 남자가 배지와 신분증을 보여주었지만 굳이 살펴볼 필요는 없었다. 나는 이 사람들을 안다. 이 두 사람을 안다는 게 아니라 이런 사람들, 이런 사람들이 하는 일들을 알고, 이들이 나타났다는 게 무슨 의미인지를 안다. 나는 그들이 말을 시작하기 전에 그들의 입에서 나올 말도 이미 안다.

"아빠." 내 입에서 거의 속삭임에 가까운 작은 목소리가 새어나왔다. "아빠한테 무슨 일이 일어난 거죠?"

캐배노 요원이 내 어깨에 손을 짚었다. "같이 가줄 수 있겠니, 그웬돌린?"

나는 그녀의 손을 어깨 위에서 뿌리쳐버렸다. "아빠한테 무슨 일이 생긴 거냐고요?" 나는 똑같은 말을 반복했다. 이번에는 비명에 가까운 고함이었다. "아빠는 무사한가요?"

캐배노 요원이 말했다. "그웬돌린, 네 아버지가 실종되셨어."

4장

소독약 냄새가 풍기는 엘리베이터 안에서 나는 캐배노와 매즐로 사이에 서 있었다. 6층 버튼에 불이 들어왔다. 버튼 옆에는 '외교 안보국'이라고 적혀 있었다.

지난번에 아빠를 만나기 위해 시내에 있는 이 칙칙한 콘크리트 건물, 국무부 지사가 자리한 이곳에 왔을 때는 건물 정문에 금속 탐지기가 설치되어 있었고 나는 '방문자'라고 적힌 빨간 배지를 달았다. 하지만 이번에는 금속 탐지기도, 방문자 배지도 없었다. 캐배노와 매즐로가 사이렌과 경고등이 달린 검은 SUV 차량에 나를 태워 여기까지 데려왔고, 차에서 내리자 보안 요원들이 이리저리 손짓을 하며 나를 데리고 건물 안으로 들어왔을 뿐이다.

나는 작은 회의실로 들어갔다. 서로 어울리지 않는 테이블들이 모여 있고 벽에는 초라한 의자들이 일렬로 배치되어 있었다.

"잠시 기다리렴." 캐배노가 말했다. "혹시 필요한 게 있으면, 문밖에 매즐로 요원이 대기하고 있으니까 얘기하고."

캐배노가 사라지자 회의실 안에는 나만 홀로 남았다. 요원들이 벨라 할아버지가 같이 와도 된다고 허락해주었더라면 좋았을 텐데. 머리 위에서 형광등이 윙윙 울리고 깜박거리면서 방 안의 모든 것에 꺼림칙한 불빛을 던졌다. 딱 하나 있는 창문에는 블라인드가 내려져 있었다. 블라인드의 금속 날 하나를 살짝 젖혀보니 창밖의 복도를 통해 맞은편 방 안이 들여다보였다. 그 방 안에 캐배노를 비롯해 다른 사람들이 예닐곱 명 더 있었다. 그들이 모여 서 있는 화이트보드 위에 타임라인 같은 것이 적혀 있었다.

20:37 블룸이 카페 뒤르뱅에서 파리 지사로 문자 메시지 전송. 이상 무.

20:42 블룸이 딸에게 전화 발신. 받지 않음. 음성 메시지 없음.

20:55 블룸이 페라스에게 전화 발신. 확인.

21:22 카페 뒤르뱅에서 페라스와의 회의 끝. 파리 지사로 문자 메시지 전송. 이상 무.

21:32 휴대전화 전원 꺼짐. 통화 불능.

캐배노와 이야기하고 있는 두 남자는 내가 아는 사람들이었다. 한 사람은 조이 디아즈로, 아빠와 같은 외교 행정관이다. 잘생기고 다부진 체격의 흑인으로 몇 년 전부터 아빠와 친구로 지내는 사람이다. 두바이에도 같이 발령을 받았고, 조이 아저씨 부부와 두 명의 아이들까지 2년 연속으로 우리 집에서 추수감사절과 크리스마스를 함께 보냈다. 다른 한 명도 내가 만난 적이 있는 사람이다. 체이스 칼라일이라는 이름을 가진 그는 아빠의 상관이다. 유서 깊은 남부 가문 출신이며 워싱턴에 인맥이 많다고 아빠가 이야기해준 것 외엔 잘 모른다.

체이스 칼라일은 쉰 살에서 쉰다섯 살쯤 되어 보였고, 분홍기가 도는 피부에 불룩하게 나온 배 때문에 잠긴 단추가 불편해 보였다. 하지만 머리 모양은 내가 기억하는 모습 그대로였다. 옆 가르마를 탄, 갈색으로 꼼꼼하게 염색한 머리. 캐배노가 무슨 말인가를 하자 칼라일이 내 쪽으로 시선을 돌렸다. 그 순간 나도 모르게 뒤로 물러나는 바람에 젖혔던 블라인드가 원래대로 쿵 떨어졌다.

곧 조이 아저씨와 칼라일이 회의실 안으로 들어왔다. 조이 아저씨가 나를 안아주었다. "아무 일 없을 거야, 그웬돌린. 다 괜찮을 거야."

"앉으렴, 그웬돌린." 칼라일이 쾌활하고 부드러운 버지니아주 억양으로 말을 걸었다.

"감사하지만 그냥 서 있을게요." 나는 애써 차분하게 대답했다.

"그웬돌린." 조이가 내 어깨에 두 손을 올리더니 나를 똑바로 마주 보았다. "네 아버지는 파리에서 우리 쪽 동료와의 회의를 마친 직후에 행방불명되었다. 그 동료는……."

"그런 식으로 말하면 안 되지, 조이. 납치라도 당했다는 뜻으로 들리는데 그걸 뒷받침할 근거는 없어." 칼라일이 조이의 말을 잘랐다.

나는 의자에 주저앉아 팔걸이를 움켜쥐었다.

칼라일은 내 반응을 머릿속에 집어넣기라도 하려는 듯이 나를 똑바로 바라보았다. "지금까지 우리가 파악한 건 네 아버지가 실종되었다는 사실뿐이야. 그게 다야. 우리가 아는 건 그게 전부다. 납치를 당했을까? 그럴 가능성도 약간 있지. 하지만 스스로 도피했을 가능성 역시 배제할 수는 없어."

내 얼굴이 주먹을 움켜쥐듯 구겨지는 게 느껴졌다. 눈을 꽉 감고, 입을 벌려 이를 드러낸 표정. 나는 손으로 얼굴을 가렸다. 지금까지 살면서 아빠가 언젠가 병원에서 발견되거나 업무를 수행하다 죽을지도 모른다는 마음의 준비를 쭉 해왔지만, 실종이라니……. 머릿속으로 수천 가지의 시나리오와 고문 장면이 펼쳐졌다. 양쪽 눈에서 눈물이 한 방울씩 비집고 나오더니 코 옆으로 주르륵 흘러내렸다. 나는 애써 고개를 들었다. "아빠를 찾기 위해 정확히 어떤 노력을 하고 있는지 말씀해주세요."

칼라일은 프로다운 표정을 거두지 않았다. "국가 차원에서 할 수 있는 모든 노력을 다하고 있다. 그 점은 믿어도 좋아. 파리에 있는 FBI 지사가 이미 해당 지역을 샅샅이 뒤지고 있어. 프랑스 경찰도 마찬가지고. 지역 경찰도, 연방 경찰도……."

나는 칼라일의 말을 끊고 끼어들었다. "하지만 아빠가 납치되었다고 가정하는 거죠? 그러니까, 아빠가 납치되었다고 가정하고 수색을 하고 있는 거죠?"

칼라일이 대답했다. "그래, 분명히 그래. 지금 시긴트(SIGINT)가 실종된 미국 외교관에 대한 도청 기록을 찾고 있어. 하지만 아직까지는 아무것도 나온 게 없어. 좋은 징조지."

"시긴트가 뭔데요?" 나는 티슈로 눈물을 찍어내며 물었다.

"신호 정보. 휴대전화 도청을 포함해 모든 종류의 전자 통신을 다루는 부서야." 칼라일은 자리에 앉더니 노트패드를 들여다보았다. "그웬돌린, 아버지와 업무에 대한 이야기를 나눈 적이 있니? 무슨 일을 하는지, 일터에서 겪는 고충에 대해 아버지가 무슨 말을 한 적이 있니?"

"없어요. 그냥 스트레스가 심하다는 이야기뿐이었어요. 지난 며칠간은 우울해했어요. 돌아가신 엄마의 기일이었거든요. 하지만 아빠는 일 얘기는 거의 안 했어요. 그냥 서류를 많이 보고, 보고서를 쓴다는 얘기뿐이었어요." 내가 대답했다.

칼라일이 고개를 끄덕이더니 뭐라고 적었다. "아버지가 네게, 그러니까 은퇴하고 싶다는 이야기를 한 적은 없니? 국무부를 떠나 해외로 가고 싶다든가?"

조이가 손바닥으로 테이블을 탕 쳤다. "거기까지만 하라고, 체이스."

칼라일이 조이를 한 번 쏘아보더니 다시 나를 바라보았다. "그웬돌린, 아버지가 어제 오후 너에게 전화를 걸었지만 아무런 메시지는 남기지 않았더구나. 혹시 그 뒤로 아버지한테서 연락이 온 적 있니? 이메일이나 SNS로는?"

"아뇨, 전혀 없었어요."

"고맙구나. 도움이 됐다." 칼라일은 펜을 내려놓더니 가슴 앞에서 두 손을 마주 잡았다. "네가 지금 아주 많이 힘들 거라는 걸 안다. 잠시 너를 보살펴줄 만한 친척은 있니?"

"텍사스에 이모와 이모부가 살고 계세요. 조지나 캐플런과 로버트 캐플런이에요. 이모부는 랍비인데, 정확히는 잘 모르지만 댈러스 교외에 계세요."

"뉴욕에는 아무도 없니?"

"벨라 할아버지와 릴리 할머니 댁에 있으면 돼요. 아츠몬 부부요. 같은 건물에 살고 있는 우리 가족의 친구예요. 5층에 사세요."

"당분간은 아츠몬 부부 집에 머무르면 되겠구나." 칼라일이 자리에서 일어서며 말했다. "오늘 밤은 그곳에서 보내는 게 좋겠다. 수사에 진전이 있으면 바로 연락을 주마."

내가 무슨 말을 하려고 입을 열었지만 칼라일은 이미 문을 나가 사라지고 없었다.

*

앞 유리창에서 와이퍼가 탱고를 추듯 움직여 빗물을 밀어내고, 다시 돌아와서 다시 밀어내고, 또 제자리로 돌아오고 있었다. 나는 머릿속을 비우고 와이퍼의 움직임에만 집중하려 애썼다. 조이가 차량 보관소에서 빌려온 SUV 차량이 새벽 3시의 도로를 뚫고 3번가를 따라 서서히 움직였다. 이번에는 사이렌도, 라이트도 켜지 않은 채였다. 아빠를 도와줄 수 있고, 세상에서 아빠의 유일한 친구일지도 모르는 사람과 함께 있을 수 있다는 사실만으로도 내가 얼마나 다행이라고 느끼는지 조이 아저씨도 알고 있는 것 같았다.

"아저씨 아이들은 어떻게 지내요? 큰 애가 크리스티나, 맞죠?" 내가 먼저 말을 걸었다.

"그래. 다음 달에 열두 살이 되지, 오스카는 이제 막 아홉 살이 됐고." 조이가 대답했다.

"오스카, 전 그 이름이 진짜 맘에 들어요."

잡담 같지만 사실은 테스트였다. 나는 조이의 반응을 열심히 지켜보며 이렇게 물었다. "아빠가 돌아오면 다 같이 만났으면 좋겠어요."

조이가 살짝 고개를 뒤로 젖히면서 작게 숨을 들이쉬는 게 보였다. "당연하지." 조이는 미소를 지으며 대답했다. 하지만 가짜 미소다.

"조이 아저씨, 우리 아빠 못 돌아오는 거예요?"

"당연히 돌아오지." 조이는 그렇게 대답했지만, 그건 암환자에게 어서 나으라고 말하는 것과 똑같이 덧없는 소망에 불과한 것 같았다. 다시 내 얼굴이 일그러지는 게 느껴졌다. 고개를 돌려 빗물이 조그만 강줄기처럼 흘러내리고 있는 차가운 차창에 얼굴을 댔다.

"아빠한테 무슨 일이 일어난 거예요, 조이 아저씨? 제발 말해주세요. 거짓말하지 말고요. 저도 진실을 알 권리가 있어요."

조이가 손가락으로 운전대를 톡톡 두드렸다. "네 아버지는 우리 쪽 정보원, 그러니까 우리와 같이 일하는 어떤 사람과의 회의에 참석했어. 카페에서 열린 회의였지. 두 사람이 그곳을 떠나고 나서 네 아빠가 파리 지사에 아무 이상 없다고 문자 메시지로 연락을 했어. 하지만 그러고 나서 잠시 뒤 휴대전화가 꺼졌지. 아니면 먹통이 됐을 수도 있고. 해당 지역에선 아무런 신고도 들어오지 않았고 폭력 행위가 일어났다는 보고도 없었어. 지금까지 우리가 확실히 아는 건 그게 다야."

복도 맞은편 방 안, 화이트보드에 적혀 있던 타임라인이 떠올랐다. "그럼 그 회의가 페라스라는 사람을 만나는 자리였어요? 화이트보드에서 그 이름을 봤어요."

"그래. 지금 페라스와 연락해보려 시도하고 있지만, 그 사람이 네 아빠의 실종과 무슨 연관이 있는지는 아직 확실히 몰라." 조이가 대답했다.

"러시아인인지, 세르비아인인지는 모르겠지만, 어떤 남자가 생각나요. 전에 아빠 컴퓨터에서 그 사람 사진을 봤거든요. 빅토르 조릭이라는 사람이었어요. 그 사람이 페라스와 관련이 있을까요?"

"아닐 것 같지만, 그런 가능성도 염두에 두고 수사 중인 건 확실해."

나는 손바닥으로 눈가를 감쌌다. 조이가 내 쪽으로 몸을 돌려 내 어깨를 꽉 한 번 잡아주었다.

"이해가 안 돼요, 조이 아저씨." 목소리가 마구 갈라져서 거의 들리지도 않는 소리가 나왔다. "우리 아빠는 그냥 서류나 뒤적거리는 사람이잖아요. 그런 사람한테 대체 무슨 볼일이 있어서 납치를 해요?"

한참 침묵이 흐르더니, 조이가 마침내 입을 열었다. "커피 한잔 마셔야겠구나. 따라 나오렴. 콜라나 뭐든 마시고 싶은 거 사줄 테니까."

조이는 갑자기 차선 두 개를 가로지르며 우회전을 했다. 우리 뒤에 있던 차들이 경적을 빵빵 울려댔다. 조이는 길모퉁이 작은 잡화점 앞에 차를 세우고 시동을 끄더니 차에서 내리며 나에게 따라 내리라는 손짓을 했다.

차갑고 커다란 빗방울이 내 머리 위로 뚝뚝 떨어지더니 내 얼굴과 목을 타고 옷깃 안으로 흘러내렸다. 후드를 머리에 뒤집어쓰는데 조이 아저씨가 죄수를 인도하는 간수처럼 내 팔을 붙잡고 끌어당겼다.

"차 안에서는 이야기할 수가 없구나. 무선 통신이 항상 켜져 있거든. 무슨 말인지 알겠니?" 조이 아저씨가 말했다.

우리는 24시 편의점의 차양 아래에서 걸음을 멈추고, 바나나, 오렌지, 사과가 담긴 나무 선반, 비닐로 싼 싸구려 꽃다발이 담긴 양동이 앞에 섰다. 이 시간에는 지나가는 사람이 아무도 없었다. 조이 아저씨가 내 어깨를 꽉 잡았다.

"네 아버지 직업이 뭔지 알고 있니?" 조이 아저씨가 물었다.

"국무부에서 일하는 외교 행정관요. 외교관이죠."

"애야, 그웬돌린." 조이 아저씨가 다시 한 번 물었다. "아버지가 하는 일이 뭐야? 아버지가 생계를 꾸리는 수단이 뭐냐고."

"맙소사, 조이 아저씨. 대체 무슨 소리를 하시는 거예요?"

조이는 잠시 천천히 숨을 골랐다. "그웬돌린, 네 아버지는 국무부에서 일하지 않아. 국무부에서 일한 적도 없다. 그건 '표면적인 위장'이었어."

그가 잠시 말을 멈추더니 내가 그 말을 이해할 때까지 내 눈을 뚫어지게 바라보았다. 아빠가 국무부에서 일하는 게 아니라면 남은 가능성은 하나뿐이었다. 나는 말을 하려고 입을 열었지만 정확한 단어를 입으로 뱉기까지는 시간이 걸렸다. "스파이였군요." 마침내 내 입에서 그 말이 나왔다. "아빠는 CIA에서 일하는군요."

조이는 슬픈 미소를 지어 보였다. "기억하렴. 내가 말한 게 아니라, 너 스스로 내린 결론인 거야. 알겠니?"

내가 충격을 받은 건 이 사실이 조금도 충격적이지 않다는 사실 때문이다. 아빠가 스파이라는 결론은 마치 예전에 들었다가 잊어버린 수수께끼의 정답처럼, 웃기는 농담의 마지막 한 방처럼 느껴졌다. 어쩌면 나는 속으로는 예전부터 알고 있었던 건지도 모른다. 최소한 이집트에 살던 시절에는, 어쩌면 그보다 더 오래전, 베네수엘라에 살던 시절부터. 그때 나는 열 살 아니면 열한 살에 불과했기 때문에 CIA가 무엇의 약자인지도 몰랐지만, 아빠가 하는 일이 남들과 다르다는 건 알았다. 다른 친구들의 외교관 부모님은 우리 아빠처럼 매일 다른 길을 따라 한 시간씩 운전해서 아이를 학교에 데려다주는 일이 없었다. 다른 친구들의 부모님은 새벽 3시에 회의 같은 데 참석하러 나가지도 않았다.

"그럼 아저씨는요? 아저씨도 스파이예요? 체이스 칼라일은요?" 내가 물었다.

"우리가 무엇인지는 중요하지 않다."

"그러니까 스파이라는 뜻이죠?"

"네가 믿고 싶은 대로 믿으면 돼. 대신 그 결론만 아무에게도 말하지 마." 조이 아저씨가 말했다.

나는 차마 그를 쳐다볼 수가 없어서 고개를 돌렸다. 어떤 노부부가 우산 하나를 같이 쓰고 이쪽으로 다가오는 모습이 보였다. 나는 그들이 지나쳐갈 때까지 기다렸다가 입을 열었다. "그럼 지금까지의 해외 발령은 전부 스파이 업무였던 거예요?"

"네 아빠는 국무부 소속 외교 행정관이었어. 사무 업무만 하는 외교관이었고. 공식적으로는 그게 전부야."

"하지만 비공식적으로는요?"

"비공식적으로 네 아빠는 애국자이자, 내가 같이 일해본 최고의 동료였지." 조이 아저씨가 말했다.

*

벨라 할아버지와 릴리 할머니는 이런 일에 익숙한 게 틀림없었다. 최소한 조이가 두 사람에게 아빠가 알 수 없는 상황으로 파리에서 실종되었다고 이야기할 때 내 눈에 비친 모습은 그랬다. 두 분은 나란히 서서 그 이야기를 듣고 마치 환자의 경과를 듣는 의사처럼 차갑게 고개를 끄덕였다. 목욕 가운이 꼭 수술 가운 같았다.

조이가 떠나고 난 뒤, 나는 세상에는 실종된 아버지의 아이를 위해 치러주는 일종의 의식이 있는 것만 같다는 생각을 했다. 릴리 할머니는 누가 봐도 '둥지'로 보이도록 거실 소파에 퀼트 이불과 베개를 둥그렇게 차곡차곡 쌓아서는 그 안에 나를 아기 새처럼 집어넣었다. 거의 숨이 막힐 정도였다. 부드러운 허브티도 준비해주었다.

한 시간이 지나자 너무 많이 울어서 더 이상 눈물도 나지 않았다. 눈이 아프고, 코는 새빨갛게 부어서 따끔거렸다. 나는 그 상태로 코바늘로 뜬 이불에 난 작은 구멍 속에 멍하니 손가락을 찔러 넣고 있었다. 마치 그물에 걸린 것만 같았다. 벨라 할아버지는 팔린카 잔을 들고 팔걸이의자에 앉아 있고 릴리 할머니는 내 옆 소파에 걸터앉아 있었다.

"할머니, 위로를 정말 잘하시네요." 내가 말했다.

릴리 할머니가 웃으며 담요로 내 어깨를 여며주었다. "우리 고향에선 아버지들이 자주 실종되곤 했거든."

아빠가 나한테 거짓말을 했다. 따지고 보면 아빠는 기억나지 않을 만큼 오래전부터 거짓말 말고는 한 게 없다. 아빠가 하르툼*이나 이슬라마바드에서 돌아올 때마다 나는 회의가 어땠는지, 공식 만찬은 어땠는지, 아빠가 한 발표의 반응이 좋았는지를 물어보았다. 하긴, 정말 거기 가긴 간 걸까? 어쨌든 그럴 때마다 아빠는 광대처럼 눈을 데굴데굴 굴리면서 이렇게 말했다. "베이지색 페인트에 빠져 죽는 기분이지 뭐. 사인은 지루함이었을 테고." 아, 빌어먹을 아빠. 아빠도, 거짓말로 가득한 인생도 다 꺼져버렸으면 좋겠다. 세상에서 거짓말하면 안 되는 단 한 사람인 나에게 아빠는 그 오랜 세월 내내 거짓말을 했다.

나는 다시 화이트보드에 적혀 있던 타임라인과 길거리에서 조이 아저

---

* 수단의 수도.

씨가 해준 이야기를 떠올렸다. 그 얘기를 절대로 입 밖에 내서는 안 된다는 걸 알았다. 그건 다 비밀일 테니까. 하지만 벨라 할아버지와 릴리 할머니는 세상을 잘 아는 분들이다. 그리고 지금 나에게는 이 두 분이 전부였다. 마치 저절로 말이 입 밖으로 나오려는 것처럼 갑자기 입이 활짝 열렸다. "우리 아빠는 외교관이 아니에요." 내가 말했다.

벨라 할아버지가 한 손을 들어 올렸다. "물론 그렇지, 아가. 더 이상 말하지 않아도 된다."

나는 할아버지를 빤히 바라보았다. "아빠가 얘기했어요?"

할아버지는 어깨를 으쓱했다. "얘기할 필요가 없었지. 내가 네 아빠한테 얘기할 필요가 없었던 것처럼. 스파이들은 개나 마찬가지여서 방 건너편에서도 서로 냄새를 맡고 알아차리거든."

나를 바라보는 할아버지의 눈빛에 뭔가 낯선 느낌이 감돌고 있었다. 미안하다는 기색 그리고 장난기였다.

"할아버지…… 할아버지도 CIA 출신이에요?" 내가 물었다.

할아버지가 신나게 웃음을 터뜨렸다. "이런, 그건 아니지. 난 다른 곳이야."

그 말이면 충분했다. 할아버지는 30년 동안 이스라엘에서 살았으니까. "모사드*였군요." 나는 나직하게 말했다.

할아버지는 대답이 없다.

그러니까, 친절한 문구점 주인 할아버지가 한때 전 세계에서 가장 유능하고 가장 잔혹한 정보기관 소속이었다는 거지. 하긴, 안 될 것도 없다. 이참에 세상에 드리우고 있던 모든 커튼을 활짝 걷어버리지 뭐.

---

* 이스라엘의 정보기관.

할아버지가 헛기침을 하며 목소리를 가다듬었다. "네 아빠랑 우리가 한 가지 약속을 했어. 우리는 너를 도와줄 거야."

"그렇겠죠. 아빠가 없을 때 절 잘 돌봐주라는 약속이죠?"

"아니, 다른 약속이야." 할아버지가 내 쪽으로 몸을 기울이더니 손으로 자기 무릎을 움켜쥐었다. "네 아빠나 내가 하고 있는 비밀 임무는 당사자의 가족에게는 아주 잔혹하단다. 그러니까 만에 하나…… 이런 일이 일어날 경우에 네 아빠는 우리가 너의 안위를 살펴주기를 바랐다."

"예를 들면요?"

"예를 들면 네가 헛소리에 속아 넘어가지 않도록 보살펴주는 것."

눈가가 다시 일그러지려 했지만 애써 표정을 풀었다. 물어볼 가치가 있는 질문은 단 하나뿐이었다. "할아버지, 솔직히 말해주세요. 진실을요."

"아빠가 살아 있는지 알고 싶은 거구나."

나는 고개를 끄덕였다.

"놈들의 의도, 놈들의 즉각적인 의도가 네 아빠를 죽이는 거라면, 너도 지금쯤 이미 알았겠지. 벌써 길에서 시체를 발견했을 거다. 이렇게 대놓고 말해서 미안하구나."

"그럼, 그 상대가 누구인지는 모르겠지만, 그 사람들이 아빠를 풀어줄까요?"

"만약 네 아빠를 납치한 놈들이 그가 가진 돈이나 특권 같은 걸 이미 빼앗았다면, 그렇겠지." 할아버지가 말했다.

나는 할아버지를 바라보았다. "그게 아니라면요?"

할아버지는 고개를 저었다.

*

    사진 속의 벨라 할아버지는 젊다. 철길처럼 깡말랐지만, 몸에 맞지 않는 헐렁한 양복을 입고도 잘생긴 외모를 숨길 수는 없다. 막 감옥에서 나왔을 때의 모습이야, 하고 릴리 할머니가 말했다. 총을 안 맞아서 다행이었지. 총이라뇨? 내가 물었다. 할머니는 1956년 부다페스트의 거리에 소련군이 쳐들어와 벌인 학살극과 그 반동으로 일어난 혁명에 대해 이야기해주었다. 릴리 할머니는 당시에 생물학을 공부하는 대학생이었고 벨라 할아버지는 갓 대학을 졸업한 풋내기 화학 교수였다고 한다. 그 뒤에 할아버지는 2년간 감옥에 수감되었고 이때 폐결핵으로 죽을 위기를 넘겼다고 한다.

    할머니와 할아버지가 이런 이야기로 내가 정신을 딴 데로 돌리게 해주는 게 정말 고마웠다. 벨라 할아버지, 릴리 할머니 두 분은 정말 영리했다. 정신은 딴 데로 돌리게 하는 것은 예술에 가까운 기교다. 두 분은 게임이나 우스운 영화 같은 걸로는 내 머릿속에서 일렁이는 비극을 잊어버리게 할 수 없다는 것도 잘 알고 있었다. 지금 내게 필요한 건 내 비극에 가까운 남의 비극, 남에게는 힘든 이야기인 동시에 내가 죄책감 없이 빠져들 수 있을 만큼 나의 비극과는 거리가 먼 그런 비극이니까.

    릴리 할머니가 내 찻잔에 차를 더 따라주었고 벨라 할아버지는 하품을 하면서 또 다른 앨범을 펼쳤다. 수영장 주변에 모여 있는 사람들. 웃통을 벗고 가슴에 털이 난 남자들과 촌스러운 수영복 차림의 아내들이 맥주병을 들고 카메라를 향해 건배를 하고 있다. "텔아비브였지." 할아버지가 말했다. "1973년이었어." 할아버지는 사진 속 한 남자와 한 여자를 손가락으로 톡 쳤다. "이게 우리란다." 그다음에는 짓궂은 미소를 띤, 키가 작고 머리가 벗겨질락 말락 하는 남자를 가리켰다. 그는 엄지와 검지 사이에 담배를 끼워 들고 있었다. "이 친구는 내 형제나 마찬가지였어. 나중에 우리 작전 팀의 대장이 되었지."

"그럼, 스파이 친구들인가요?" 내가 물었다.

"이 사진에 보이는 친구들 전부 다 그래." 벨라 할아버지가 대답했다.

앨범을 닫아버린 릴리 할머니가 말했다. "이제 그만하라고. 오늘 밤엔 전쟁 얘기는 그만해야지, 벨라. 이 아이는 이제 잘 시간이야."

"잠이 안 올 것 같아요." 내가 말했다.

"당연히 잠이 안 오겠지." 릴리 할머니가 소파 위에 베개와 담요를 펼쳐 침대 비슷한 걸 만들며 말했다. "하지만 자려고 노력은 해보려무나."

*

두 분이 잠자리에 들고 나자 몇 분 뒤 다시 눈물이 나기 시작했다. 그러더니 어느새 느릿하면서도 가느다란 울음소리가 내 입에서 새어나오기 시작했다. 여기 이대로 가만히 있으면 울음이 점점 격해질 것 같아서 나는 책가방을 집어 아까 읽던 책을 끄집어냈다.

읽던 부분을 찾아 펼쳤지만 곧 아무 소용이 없으리라는 걸 깨달았다. 이제 책 안에는 아무 이야기도 없다. 페이지 위의 글자들이 바퀴벌레처럼 흩어졌다가 다시 모여 페이지 전체를 뒤덮었다. 오늘 밤에 할 수 있는 유일한 말은 이거였다. '아빠는 벌써 죽었고 나는 혼자야 아빠는 벌써 죽었고 나는 혼자야 아빠는 벌써 죽었고 나는 혼자야.'

나는 책을 탁 덮고 눈도 꼭 감았다. 젠장, 나한테 총이 있었더라면 지금 이 순간 총구를 입에 물고 방아쇠를 당겨 머리를 날려버렸을 것 같다. 참을 수가 없다. 그러니까 말 그대로, 아무것도 견딜 수가 없다. 머리 위의 지붕이 내려앉는 것 같다. 나는 신이 없다는 걸 알면서도 일곱 살 이후 처음으로 두 손을 모으고 기도를 했다.

5장

누군가 '지금 나와!' 하고 외치듯 긴박하게 현관문을 두드리는 소리에 잠에서 깨어났다. 지난 12시간 동안 벌써 두 번째였다. 소파에서 벌떡 일어나면서 릴리 할머니가 갖다놓은 이불에 한쪽 발이 걸리는 바람에 소파 옆 커피 테이블에 얼굴부터 찧으며 넘어질 뻔했다. 저 긴박한 문 두드리는 소리가 무슨 의미인지는 모르지만, 둘 중 하나가 분명했다. 아빠가 죽었다, 아니면 아빠가 살아 있다.

벨라 할아버지가 화가 난 듯 가운에 달린 벨트를 여미며 나와서는 문을 열었다. 문밖에는 빨간 머리에 주근깨가 흩뿌려진 하얀 얼굴을 한 아주 젊은 남자가 서 있었다. 그 사람이 신분증과 배지를 보여주며 자신은 특수요원 파울러라고 신원을 밝혔다. 좋은 소식이든, 나쁜 소식이든, 조이 아저씨 아니면 칼라일이 나타날 줄 알았는데, 난데없이 파울러 요원이라고?

그가 내 눈앞에 글자가 빽빽이 들어찬 두툼한 문서를 펼치면서 말했다. "윌리엄 블룸과 그웬돌린 블룸의 자택에 대한 수색영장입니다."

나는 파울러를 밀치고 밖으로 달려 나가 계단을 내려갔다. 뒤에서 벨라 할아버지가 파울러 요원에게 따지는 소리가 들렸다. 아래층 우리 집으로 들어가는데 뒤에서 또 다른 요원이 내 팔을 붙들었다.

열린 문안으로 등에 '외교 안보국'이라고 적힌 바람막이 재킷을 입은 네 남자가 캐비닛 서랍을 끄집어내 그 안에 있는 종이들을 골판지 상자 안에 쏟아붓고 있었다.

안에서 누군가의 목소리도 들렸다. 고상한 서부 억양을 가진 목소리였다. "사진도 가져가. 전부 의미가 있으니까." 바지 주머니에 두 손을 푹 찔러 넣은 체이스 칼라일이 조이 디아즈와 함께 복도로 들어가는 입구에 모습을 드러냈다. "괜찮아, 마이크." 그가 문간을 지키고 서 있던 요원에게 말했다. "들여보내."

요원이 내 팔을 놓자마자 나는 집 안으로 달려 들어갔다가 부엌 식탁 위에 놓여 있는 골판지 상자를 보고 그 자리에 멈추었다. 상자 안에는 내가 학교에서 쓰는 노트와 일기장이 가득 들어 있었다. "이럴 권리는 없잖아요!" 나는 칼라일에게 고함을 지르고 상자에 들어 있던 일기장을 끄집어냈다.

칼라일이 옆으로 다가오더니 일기장을 도로 빼앗았다. "정말 미안하다, 그웬돌린. 상처가 크셌지만 안타깝게도 꼭 해야 하는 일이야."

"대체 뭘 찾으시는데요? 우리 아빠는 피해자잖아요!"

"그래, 우리도 그 점을 확인하고 싶은 거야. 네 아버지는 내가 아끼는 친구였어. 그래서 나도 이러기가 정말 고통스럽다." 칼라일이 말했다.

"그럼 안 하면 되잖아요?"

칼라일이 내 팔을 붙들고 집 안으로 들어오더니 고갯짓으로 소파를 가리켰다. 우리 둘 다 자리에 앉았다.

"그웬돌린, 지금부터 내 질문에 대답해줘야 해. 혹시 아버지가 우리를 떠날 만한 정황을 눈치챈 적 없니?"

"떠난다고요?"

"혹시 네 아버지가 다른 나라로 망명을 하겠다는 이야기를 네게 한 적은 없니?"

나는 바보처럼 입을 쩍 벌렸다.

"엿이나 먹어요."

"네 아버지에 대해 우려를 품고 있던 사람들이 있어. 물론 난 아니야, 조이도 아니고. 하지만 워싱턴에 있는 사람들은 다르지." 그는 날카로운 눈빛으로 나를 바라보았다. "그러니까 대답을 좀 해주렴. 아버지가 너한테 변절하겠다고 이야기한 적이 단 한 번이라도 있니?"

나는 벌떡 일어나서 바깥으로 나가 벨라 할아버지의 품에 안겼다. 할아버지는 나를 도로 위층으로 데려가면서 "파시스트 놈들" 하고 중얼거렸다.

*

두 시간 뒤, 나는 집 안에 혼자 서서 그들이 무엇을 가져가고 무엇을 남겨두었는지를 확인했다. 아빠의 문서 전부 다, 내 문서 대부분, 사진 전부, 컴퓨터 전부, 심지어 텔레비전과 와이파이 공유기까지 가져갔다.

서랍을 뒤진 흔적은 역력하지만 내 옷은 전부 그대로 있는 것 같았다. 책도 전부 그대로 있었지만 책꽂이에 꽂혀 있던 것들이 전부 바닥에 위태롭게 쌓여 있었다. 핏속에서 분노가 끓어오른다. 고무장갑을 끼고 만지기는 했어도 집 안의 모든 것이 오염된 것 같았다. 그들이 만진 모든 것에 아빠의 변절이나 배반에 대한 의심이 묻어 있는 것만 같았다.

하지만 핏속에서 분노가 끓어올라도 별수 없다. 나도 안다. 외교 안보국에서 나온 사람들에게는 수색영장과 총이 있었고, 바람막이 재킷 등에 적힌 '외교 안보국'이라는 글자가 내 인생을 향해 권위를 주장한 이상 나는 내 말에는 귀도 기울이지 않는 사람들에게 그저 목소리를 달달 떨며 떼를 써대는 어린아이일 뿐이다. 어떻게 우리 아빠에게 감히 그런 비난을? 감히, 고무장갑을 낀 손으로 내 물건을 만지다니. 하지만 권력을 가진 사람들은 '감히'라는 생각은 떠올리지도 않을 것이다. 아무 생각 없이 해야 하는 일들을 할 뿐이다.

하지만 나는 그들이 빼앗아간 것들을 다시 만들고 내 세계에 도로 질서를 불어넣을 것이다. 나는 여기서부터 시작할 것이다. 침실, 내 침실, 내 책들이 있는 이곳에서부터. 책을 한 아름 집어 올리는데 손이 떨려서 도로 선반에 꽂을 수가 없었다. 책 표지에는 파리, 두바이, 모스크바, 뉴욕에서 내 친구가 되어주었던, 종이로 만든 세계의 영웅들이 그려져 있었다. 이 용감한 여자들이 진짜라면 분명 동정심과 역겨움을 담은 표정으로 나를 바라볼 것이다.

하지만 세상에 영웅은 없다. 용기라는 것도 존재하지 않는다. 세상에 존재하는 건 보고서를 끊임없이 써대는 외교관들, 네 아버지는 변절자라고 말하는 뚱뚱한 체이스 칼라일, 수색영장을 흔들어대며 남의 인생을 들쑤시는 보안요원들 그리고 나뿐이다. 어린 소녀답게 방 청소나 하면서 핏속에서 끓는 분노를 잠재우는 그냥 어린애.

쿠션을 다시 소파 위에 갖다놓고, 텔레비전이 있던 자리에 둥글게 앉은 먼지를 닦아내고, 이케아 러그 위에 남은 발자국을 베이킹소다와 손으로 찢어낸 종이 타월로 지워내고 다시 집 안을 정돈한 다음 나는 화장실에 가서 몸을 구부리고 토했다. 그러고 나서 잠시 동안 벽에 등을 기대고 화장실 바닥에 앉았다. 피부가 따끔거리고, 머릿속에서는 단 하나의 의미 있는 진실이 끝없이 되풀이되었다. '아빠는 이미 죽었고 너는 혼자야.'

*

전화벨이 울릴 때마다 전기충격을 받는 것 같았다. 결국 릴리 할머니가 대신 전화를 받기로 했고 나는 전화가 올 때마다 무슨 단서라도 있는지 알려고 할머니의 표정을 뚫어지게 바라보았다. 하지만 매번 할머니는 전화를 끊고 고개를 저으면서 말했다. "새로운 소식은 없다는구나." 며칠이 지나면 이렇게 아무 소식이 없는 데에 익숙해질 줄 알았는데 그렇지가 않았다.

잠을 자야 해, 하고 할머니가 말했다. 할머니 말이 맞다. 아빠가 납치되기 전날 밤 이후로 나는 몇 시간밖에 눈을 붙이지 못했다. 피로감이 쌓여서 이제 환각 증상까지 나타나는 것 같다. 보라색과 핑크색 동그라미들이 유령처럼 온 세상을 가득 채웠다. 릴리 할머니가 나를 우리 집으로 데려가서 내 침대에 눕혔다. 내 팔을 토닥거리는 할머니의 손길 그리고 안정제를 평소의 세 배나 먹어 생긴 나른한 안개 속에서 슬픔도, 충격도 서서히 누그러졌다.

나는 16시간을 내리 자고 일어났다. 여전히 피곤했다. 하지만 벌써 정오가 다 된 시간이라 일단 일어나서 샤워를 하고 안정제를 한 알 더 먹었다. 창가에 의자를 놓고 아무 생각도, 아무 느낌도 갖지 않으려고 애쓰며 세상을 내려다본다. 오늘은 조용한 날이었으면, 침묵의 날이었으면 좋겠다. 그러나 내 소망은 산산이 부서진다.

인터컴에서 귀를 찢는 듯한 전자 벨소리가 울리는 바람에 흠칫 놀랐다. 누군가 건물 현관에 왔으니 확인하라는 뜻이었다. 나는 소리 내어 깔깔 웃었다. 내 인생에 함부로 난입하는 주제에 허락을 구하다니, 정말 교양 있으시네요. 그냥 다른 사람들처럼 함부로 밀고 들어오지 그래요.

나는 느릿느릿 인터컴 쪽으로 다가가 버튼을 눌렀다. "누구세요?"

"저…… 그웬돌린 블룸을 찾아왔는데요, 혹시 그웬돌린이니?" 모르는 여자 목소리였다.

"제가 그웬돌린인데요, 누구시죠?"

잠깐 침묵이 이어지면서 스피커의 잡음 사이로 거리의 잡다한 소음만 들렸다.

"조지나 캐플런이야. 네 이모." 상대가 말했다.

마치 이모라는 말을 처음 들어보는 것처럼, 말뜻을 이해하기까지 한참이나 시간이 걸렸다. 우리 이모, 그러니까 우리 엄마의 여동생. 나는 버튼을 눌러 현관문을 열어준 뒤 우리 집 문까지 열고 기다렸다. 이모를 마지막으로 본 건 내가…… 일곱 살 때, 엄마가 살해당했을 때다. 그런데, 왜 갑자기 이모가 나타났지?

아래층에서부터 딱딱한 타일 바닥에 구두굽이 부딪치는 소리가 울려 퍼지더니 이모가 모습을 드러낸다. 쉰 살쯤 되어 보이는 날씬하고 예쁜 사람이 나타났다. 미용실에서 부풀린 것 같은 적갈색 머리는 흠 하나 없는 프렌치 네일과 잘 어울렸다. 이모가 새하얀 이를 드러내며 웃었다. "그웨니, 정말 오랜만이구나."

이모가 나를 끌어안자 일주일에 다섯 번은 운동을 하는 것 같은 탄탄한 근육이 느껴졌다. 옷에서는 어제 뿌린 향수와 비행기, 플라스틱, 커피의 냄새가 물씬 났다.

"그웬, 그웨니, 아버지 일은 정말 안됐다." 이모가 살구처럼 둥글고 달콤한 텍사스 억양으로 말했다. "참 안타까워."

날 한참이나 안고 있던 이모가 내 어깨를 붙들고 내 얼굴을 빤히 바라보자 나도 이모의 얼굴을 바라보았다. 양쪽의 눈가와 입가의 가느다란 주름 외에는 흠 하나 없는, 백화점에서 메이크업을 받은 듯한 피부가 보기 좋게 그을려 있다.

"정말 예뻐졌구나, 그웨니. 엄마랑 똑같아." 이모가 말했다. "어머나, 미안하구나. 그웨니라고 불러도 되니, 아니면 이제는 그웬돌린이라고 부르는 게 좋니?"

"그웬돌린이오."

"그럼 그웬돌린이라고 부르마." 이모가 말했다. "칼라일 씨라는 분이 전화로 이웃이 너를 보살피고 있다고 알려주시더라."

"네, 벨라 할아버지랑 릴리 할머니요."

"물론 그분들이 널 잘 보살펴주셨겠지, 굉장히 잘 보살펴주셨을 거야. 하지만 칼라일 씨는, 그래도 가족의 보호를 받는 게 낫지 않겠냐고 말씀하시더구나. 그러니까 아버지 상황이 며칠이 지나도 진전이 없다면 말이야." 조지나 이모가 손가락으로 내 머리카락을 살짝 어루만졌다. "빨간 머리가 정말 예쁘구나."

"저기요, 이모. 멀리까지 와주셔서 정말 감사하지만요." 나는 이모에게서 한 발짝 물러서며 입을 열었다. "하지만 텍사스에도 이모의 인생이 있잖아요? 굳이 이러시지 않아도 괜찮아요."

"아, 난 정말 괜찮단다." 이모는 삐친 것 같기도 하고 웃음을 짓는 것 같기도 한 애매한 표정으로 입술을 내밀며 말했다. "이모부는 회당의 청년들을 데리고 승마 여행을 갔는데 앰버도 따라갔단다. 난 말을 싫어해서 말이야."

"정말 안 이러셔도 돼요. 아빠는 곧 돌아올 거잖아요." 내가 말했다.

그러자 이모가 동정심과 슬픔이 가득 담긴 표정으로 나를 끌어안았다. 장례식에서나 하는 포옹을 하며 이모가 말했다. "그래, 당연히 돌아오실 거야."

*

우리는 그날 온종일 서로를 피해 다녔다. 아니, 사실 난 내 방에 틀어박혀 이모를 피하고, 이모는 참을성 있게 적절한 거리를 유지해주었다. 이모에겐 잘못이 없다. 하지만 여긴 '내' 집이고, 내 고통은 내가 알아서 할 테다. 물론 조지나 이모가 지금 이 상황에서 상당히 중요한 역할을 맡고 있다지만 말이다. 나는 이모가 이 집에 있는 게 싫다. 내가 우는 소리를 모르는 사람이 듣는 게 얼마나 창피한지 모른다. 아침이 되자 나는 또 이모를 피하려 했지만 내가 문을 나서기 직전 이모가 날 붙들었다.

"잠시 앉아보렴." 소파에 앉은 이모는 옆자리를 손으로 툭툭 두드렸다. 싫어요, 라고 말하고 싶었지만 이모에게 무례하게 굴어도 될 이유는 없었다. 날 위해서 여기까지 온 이모인데. 그러니까 최소한 대화는 해야지. 나는 재킷을 벗고 이모 맞은편 의자에 앉았다. 이모가 입을 열었다. "학교 가야지."

"학교는 왜요?"

"학교에 가면 그 생각에만 빠져 있지는 않을 테니까. 그래, 언제쯤 갈 생각이니?"

인정하기 싫지만, 이모 말이 맞았다. "며칠 있다가요. 이번 주 후반쯤에 갈게요."

"학교에 가겠다니 다행이구나." 그리고 조지나 이모는 뭔가 할 말이 더 있다는 듯 짧은 숨을 들이쉬었다. "있잖니, 그웬돌린." 이모는 한참 뒤에야 입을 다시 연다. "어린애 취급하는 것같이 들린다면 미안하구나. 하지만 이 상황, 그러니까 네 아버지와 관련된 상황이 앞으로, 모르겠다, 몇 주 이상 더 지속된다면……."

나는 이모의 말을 잘랐다. "이모는 원하실 때 언제든지 텍사스로 돌아가셔도 돼요."

"그렇지……. 하지만 난 너도 데려갈까 생각 중이란다. 물론 잠깐 가는 거야. 아버지가 돌아올 때까지만." 이모가 말했다.

나는 이모에게 당장 꺼지라고 소리 지르고 싶었지만 그 대신 이모를 노려보며 분노를 억눌렀다. "이모, 여기까지 와주셔서 정말 고마워요. 진심이에요. 하지만 왜 굳이 모르는 사람을 집에 데려가려 하세요? 솔직히

제가 이모한테 뭐라고요."

"네가 왜 모르는 사람이야, 그웬돌린? 넌 우리 가족이야. 미안하구나, 하지만 네가 우리에 대해 어떻게 느끼건 간에 하느님의 뜻에 따라 우린 가족이 된 거야."

"전 다른 사람한테 짐이 되고 싶지 않아요." 그러자 조지나 이모가 헛기침을 해 목을 고르더니 두 손을 무릎 위에 올려놓았다. "짐이라니? 애, 넌 절대 짐이 아니야. 물론 텍사스는 뉴욕이나 파리 같은 곳은 아니지만, 한번 와보면 분명 마음에 들 거야. 어쨌든 잠시 동안이잖아."

이모가 내 쪽으로 다가오더니 내 발치의 바닥에 가부좌를 틀고 앉았다. 그다음에는 루이비통 핸드백(차이나타운에서 파는 짝퉁이 아니라, 진짜 루이비통이었다.)을 무릎에 올려놓더니 휴대전화를 꺼냈다. 이모는 사진 앨범을 열고 내가 잘 볼 수 있도록 휴대전화를 내밀었다. 말도 안 되게 새파란 잔디밭 위에 놓인 커다란 교외 주택 한 채 그리고 진입로에 서 있는 탱크만 한 흰색 캐딜락 SUV 한 대가 있었다. "당연히 너 혼자 쓸 수 있는 방도 있어. 집이 꽤 크거든. 욕실은 앰버와 함께 쓰겠지만 깔끔한 성격이니 걱정 말아라." 이모는 다음 사진을 열었다. 검은 곱슬머리를 한 여자애가 치어리더 복장으로 다른 여자애들이 만든 피라미드 꼭대기에 서 있는 사진이었다. "자, 애가 앰버야. 앰버는 치어리더 팀 단장이란다. 하지만 공부도 열심히 하는 아이지. 학교에서 토라 스터디 모임을 꾸리고 있어. 네가 원한다면 그 모임에도 나가보렴." 이모가 말했다.

"전 종교 없어요."

"그럼 그냥 친구 사귀러 가면 되지. 애, 우리 가족은 개혁 유태인이라 종교 문제에 크게 개의치 않는단다. 원치 않으면 우리와 같이 예배드리러 갈 필요도 없어." 이모는 휴대전화를 가져가더니 또 무언가를 찾아 가방을 뒤졌다. "텍사스에 가면 너는 너 좋을대로 지내도 된단다. 네가 원하는 모습 무엇이든 될 수 있어."

이모의 영업이 하나도 먹히지 않았다면 솔직히 거짓말이다. 텍사스에서 살면 인생이 편할 것 같긴 하다. 따뜻한 날씨, 다정한 사람들, 좋은 집.

이모는 가방에서 또 무언가를 꺼내더니 내 무릎 위에 갖다놓았다. 낡아 너덜너덜해진 흑백 사진 속에 다 쓰러져가는 집 현관에 할머니 한 분이 대가족을 거느리고 앉아있다. 자식과 손자들이 수십 명은 되는 것 같았다. 몇몇은 앉아 있고, 서 있는 사람들도 있지만, 아무도 웃고 있지 않았다. 사진 아래쪽에 적힌 날짜를 보니 1940년이었다.

조지나 이모가 매니큐어를 꼼꼼하게 칠한 손톱으로 할머니를 가리켰다. "네 고조할머니인 알로나 페인골드란다. 고조할머니가 맞나? 온라인에서 고조할머니에 대한 정보를 찾아봤었지. 1882년 오데사에서 태어나셨지. 오데사는 우크라이나의 도시란다. 지금은 러시아이려나? 모르겠구나. 어쨌든 그분은 1913년에 남편과 다섯 명의 아이를 데리고 미국으로 왔지. 이 사진 속의 알로나 할머니는 미주리주 펜튼의 집에서 자식들과 손자들과 함께 있네. 그 동네에서 유일한 유태인이었을 거야."

한 젊은 남자의 무릎에 갓난아기 한 명이 앉아 있는데, 어쩐지 그 나이의 내 사진을 연상시키는 얼굴이었다. 아기는 두세 살쯤 되어 보이고 깨끗한 흰색 원피스를 입고 있었다. "이분은 네 할머니 세라란다. 네가 아주 어릴 때 세상을 떠나셔서, 넌 한 번도 만난 적이 없지. 의지가 굳건하고 굉장히 사랑스러운 분이셨어."

왠지 숨소리마저 떨려오는 것 같아서 나는 조지나 이모가 듣지 못하게 숨을 참았다. 지금까지 나한테 이모와 할머니, 사촌, 가족들이 있다는 사실에 대해 나는 머리로만 알고 있었다. 가족이란 건 몇 개의 선으로만 이루어진 그림 같았다. 하지만 여기 사진 속에 이렇게 생생한 진짜 사람들의 모습이 있다. 나는 귀 뒤로 머리카락을 넘기며 말했다. "이분들 사진은 처음 봐요."

"네 엄마는 가족에 대해서는 심드렁했거든. 아마 우리 잘못일 거야. 내 잘못이야. 그리고 네 할머니 잘못이었지. 우리는 네 엄마 눈에는 너무 보수적인 사람들이었어. 그래서 네 엄마는 열여덟 살 때 집을 떠나 입대했지. 네 할머니한테는 얼마나 청천벽력 같은 일이었겠니? 얌전한 유태인 딸아이가 군대에 간다니! 하지만 네 엄마는 늘 용감했단다. 겁도 없고, 탐구심도 강했지." 이모는 손을 뻗어 내 뺨을 어루만졌다. "넌 네 엄마를 꼭 닮은 것 같구나. 두려움을 모르고, 늘 모험을 찾아다니지?" 이모는 자기가 얼마나 엄청난 오해를 하는지 전혀 모르겠지. "격세유전인가 보네요." 내가 대답한다.

*

설탕을 뿌린 것 같은 와서만 선생님의 동정심은 책상 맞은편에 앉아 있는 조지나 이모와 나를 보자 한층 달아올랐나 보다. 발코니로 걸어가며 슬픈 눈빛을 이리저리 쏘아대는 게 연극배우 뺨치는 수준이었다. 우리 아빠가 유럽으로 출장 갔다가 실종되었다는 연락이 교직원들에게도 전해졌다고 한다. 남의 이야기를 떠들어대기 좋아하는 사람답게 와서만 선생님의 목소리에는 물음표가 들어 있었다. 조금이라도 더 자세히 알고 싶다는, 세속적이면서도 경박한 궁금증. 하지만 조지나 이모도, 나도 더 이상 말해주지 않자 와서만 선생님은 실망하는 것 같았다. 선생님은 가부키 분장처럼 새빨간 입술을 삐죽거리더니 내 손을 감싸고는 이렇게 정서적으로 힘든 시간을 보내는 동안 댄튼 아카데미는 언제나처럼 안전한 공간이 되어줄 거라고 말했다.

*

와서만 선생님의 사무실을 떠나 사물함 쪽으로 걸어가는 동안 나는 우리 아빠의 실종에 대한 소식을 들은 게 교직원뿐만이 아니라는 사실을 확실히 알게됐다. 내가 걸어가자 다들 입을 다물고 내 쪽을 쳐다보았고, 내가 등을 돌리면 다시 수군거리기 시작했다. 음모라든지 살인같은 헛소문이라도 도는 걸까? 어쨌든 내 지위가 조금 상승하기는 했을 것이다. 최소한 난 이제 흥미로운 존재이기는 하니까.

사물함 앞에서 테런스가 다가왔다. 얼굴에는 마치 아끼는 사람이 상처를 입은 것 마냥 걱정과 안타까움이 담겨 있었다. 심지어 내가 테런스에게 뭐 안 좋은 일이라도 있냐고 물어볼 뻔했다. 조금 지난 후에야 테런스가 그런 표정을 짓는 게 나 때문이라는 걸 알았다.

"그웬." 사물함 문을 열고 서 있는 나에게 테런스가 말을 걸었다. "아빠 얘기 들었어. 납치되셨을지도 모른다는 얘기 말이야. 그러니까, 아, 씨, 그웬, 너 괜찮아?"

테런스의 목소리를 듣자 내 안에 다정하고도 따뜻한 기운이 퍼지려다가 곧바로 죄책감이 느껴져서 떨쳐버렸다. "아빠는 납치된 게 아니야. 그냥 실종된 거야." 내 목소리는 딱딱하고 차가웠다. 그런 목소리로 말하려던 건 아니었는데, 그렇게 됐다.

"혹시 뭐 필요한 거 없어? 내가 도울 일은?"

"난 괜찮아." 나는 사물함 문을 닫으면서 말했다. "미안, 가볼게."

교실로 가면서 테런스와 공원에 있을 때 아빠가 건 전화를 받았더라면 상황이 달라졌을지 생각해보았다. 아냐, 아마 별 차이 없었겠지. 하지만 달라졌을 수도 있다. 그러니까 그웬, 네 잘못이야.

하지만 애초에 학교에 온 건 이런 생각을 하지 않기 위해서였다. 그리고 조금은 도움이 되었다. 아무 소식도 듣지 못한 지 여드레. 아무 소식이 없다는 것이 무슨 뜻인지 생각하느라 고통스러워한 지 여드레가 지났다. 다행히 수학은 내 괴로움에는 일절 관심이 없었고 고대 중국 문명도 마찬가지였다. 실재하는 사실들이나 오래전에 일어난 일들을 생각할 때가 차라리 제일 기분이 나았다.

마지막 수업이 끝난 뒤 나는 지하철을 타고 다운타운에 있는 아빠의 일터로 갔다. 예전과 하나도 다를 바가 없다. 딱 하나 다른 점이라면 회의실에 앉아서 숙제를 하는 중간중간 자꾸 조사를 받는다는 점이었다. "4월 23일 일기에 왜 시리아 난민에 대한 이야기를 썼지?" "6월 12일에 네 아빠가 꽃집에서 79달러를 지불한 이유는 뭐지?" 그러나 날이 갈수록 점점 질문은 줄어늘었고 그들 역시도 자신들이 지금 뭘 하고 있는지, 뭘 찾고 있는지 모른다는 것도 분명해졌다. 고등학생의 일기장이나 옛날 신용카드 명세서를 뒤져보는 게 그들이 할 수 있는 최선의 수사인 게 분명했다.

조이 디아즈를 만날 일은 별로 없었지만 만날 때마다 그는 내 어깨를 꽉 쥐면서 "이건 단거리 달리기가 아니라 마라톤이야."라고 말했다. 체이스 칼라일을 만나는 일은 더욱 드물었다. 그리고 만날 때마다 그는 펜으로 커피 잔 속을 저으면서 간결하면서도 불쾌한 말투로 '오늘은 아무 소식이 없다'를 여러 가지 다른 방식으로 말할 뿐이었다.

*

이런 나날이 일주일 더 이어졌다. 월요일부터 금요일까지 나는 학교에 갔다가 다운타운의 아빠 일터로 갔다. 이제는 조사조차 받지 않았다. 나는 목에 빨간 '방문자' 목걸이를 걸고 회의실에 앉아서 숙제를 할 뿐, 어떤 요원이 들어와서 커피 좀 갖다줄지 물어볼 때 말고는 입을 열 일도 없었다. 이 '방문자' 목걸이가 나에게 어울린다는 생각이 차차 들었다. 이제 이곳에서 나는 심문의 대상도, 흥미로운 대상도 아니다. 우연히 이곳을 찾아온 방문자일 뿐이다. 처음에는 모두가 반사적으로 안타깝다는 듯이 나를 쳐다봤지만 이제는 예의바르게 나의 존재를 참아주는 표정을 지을 뿐이다. 그러던 어느 날, 복도에서 마주친 칼라일에게 새로운 소식은 없냐고 묻자 그가 말했다. "무슨 소식 말이냐?"

매일 밤, 집에 돌아오면 조지나 이모가 저녁 식사를 차려놓고 오늘 하루 종일 뉴욕을 돌아다니며 겪은 모험담을 말해주었다. 매일 밤, 나는 내 삶에 끼어든 침입자이자 낯선 사람인 이모를 미워할 만한 이유를 찾아보았지만 아무것도 떠오르지 않았다.

사실 이모는 나에게 친절한 존재일 뿐이다. 다정한 존재일 뿐이다. 관대한 존재일 뿐이다. 하지만 바로 그 부분 때문에 기분이 이상했다. 이모가 관대하게 베푸는 것 중 가장 큰 것은 사랑이었다. 우리는 유전자를 공유하고 있다는 것 외에는 서로에게 남남일 뿐인데 조지나 이모는 그렇게 생각하지 않았다. 이모는 내 수학 숙제도 도와주었다. 알고 보니 대학에서 수학을 전공했다고 한다. 미용실에서 우연히 들은 추잡한 농담을 알려주며 나와 같이 웃기도 했다. 내가 무너져버릴 것 같을 때면 이모는 날 끌어안고 내 눈물이 다 말라버릴 때까지 내 귀에 "괜찮아, 괜찮아, 괜찮아" 하고 속삭여주었다. 그리고 이모가 나를 끌어안는 바로 그 순간, 나는 첫날 밤 내가 벨라 할아버지와 릴리 할머니 집 소파에서 하루에 백만 번씩 만트라처럼 되뇌던 바로 그 진실, '아빠는 벌써 죽었고 나는 혼자야'라는 결론을 수정해야 한다는 사실을 깨달았다.

뒷부분은 사실이 아니니까.

*

'방문자' 배지를 만지작거리면서 교과서에 나오는 주나라의 역사를 읽고 있는데 체이스 칼라일이 회의실로 들어왔다. 칼라일은 오늘 왠지 평소와는 달랐다. 나를 볼 때마다 속으로 '이만 꺼져'라고 말하던 것 같은 태도도 없고, 더 이상 퉁명스럽고 기분 나쁜 말투도 아니었다. 오늘은 그 대신 진짜 인간처럼 따뜻하게 웃으며 나의 안부와 조지나 이모의 안부를 물었다. 우리 둘 다 잘 지낸다고 말하자 칼라일은 그 대답을 들어서 기쁘다는 듯이 또 한 번 따뜻하게 웃었다. 그러더니 그가 자리에 앉았다.

"그웬돌린, 아버지 이야기를 해야겠다." 그가 말했다.

나는 테이블 아래에서 두 주먹을 꼭 쥐었다. "새 소식이 있군요." 질문이 아니라 단정적인 진술이다.

칼라일이 코로 숨을 들이마시더니 두 손바닥으로 테이블 위를 짚었다. "아니, 없어."

"없다뇨?"

"새 소식이 없다고."

나는 칼라일을 보며 눈을 깜박거렸다. "그러면……."

"그웬돌린, 국가 안보국은 지난 20일간 가능한 모든 출처로부터 나온 통신을 모니터링했다. 테러리스트, 테러리스트로 의심되는 자들, 범죄자들, 범죄자로 의심되는 자들 모두 말이야. 하지만 네 아버지에 대한 언급도, 네 아버지와 관련된 정보도 없었어."

입술이 부들부들 떨렸다. "좀 더 열심히 찾아보세요."

"프랑스 정보국, 프랑스 경찰, 우리 FBI 모두 파리 구석구석을 샅샅이 뒤졌다. 파리에서 네 아버지를 만났던 인물도 심문했어. 그리고 그 사람이 아는 모든 사람을 친형제에서부터 우편배달부까지 다 조사했지."

"그런데요?"

"아무것도 없어."

"아무것도 없다고요?" 숨이 막혀서 큰 소리조차 낼 수 없었다.

"그웬돌린, 네 아버지가 납치되었다는 증거는 전혀 나오지 않았어. 만약 증거가 있었다면 전 세계를 뒤져서라도 네 아버지를 찾았을 거야. 하지만 지금은 네 아버지가 자의적으로 사라진 것이 아닐 가능성이 전혀 없어."

머리 위에서 웅웅거리는 형광등의 소음이 귀가 아플 정도로 크게 들렸다. 나는 아랫입술을 깨물었다. 내 얼굴이 이제는 익숙한 고통스러운 표정으로 일그러지는 게 느껴졌다. 나는 애써 숨을 천천히 쉰다. 머릿속에서 열까지 센 다음에 눈을 뜬다. "하지만 아빠가 자의적으로 사라진 거라는 증거도 없잖아요. 모르는 일이잖아요. 증거가 없잖아요."

"없지." 칼라일이 말했다. 크게 뜬 눈에는 슬픔이 가득 담겨 있었다. "하지만 이런 경우, 사람들이 자발적으로 사라진 경우에는 거의 증거가 남지 않는단다."

그 순간 나는 분노를 담은 고함을 질렀다. "그러니까 더 열심히 찾아보라고요!"

칼라일이 천천히 고개를 끄덕였다. "찾아볼 거야. 약속하마." 그는 기도를 하듯 두 손을 모았다. "하지만 지금까지와는 규모가 달라질 거다."

"규모가 달라지다니 그게 무슨 뜻이죠?"

"인터폴, 그러니까 전 세계적인 경찰 네트워크가……."

"저도 인터폴이 뭔지는 알아요."

"인터폴이 수배 경보를 내렸다. 네 아버지의 관용 여권과 일반 여권 둘 다 수배되었어. 그리고 국경 요원들은 네 아버지가 신분을 위장하고 국경을 넘을 때를 대비해 사진과 생체 정보를 공유하고 있다."

나는 중풍에 걸린 것처럼 급격히 덜덜 떨리기 시작하는 내 손을 내려다보았다.

"그러니까 전봇대에다 실종 전단지를 붙이는 정도의 노력인 거네요. 그게 최선이라고요."

"자원이 부족해. 인력이 부족하지. 오늘날 세계에는 수많은 위협이 도사리고 있어. 우리는 더 이상 여유가……."

"자기들 기관에서 일하는 요원의 목숨을 구할 여유가 없다고요?" 나는 숨을 들이쉬면서 벌떡 일어섰다. 칼라일은 내 말에 상처라도 입었다는 듯 얼굴을 찌푸렸다. "안타깝지만 범죄가 일어나지 않은 이상 우리는 네 아버지가 스스로 모습을 드러내기를 기다리는 수밖에 없어. 보통은 시간이 걸리지." 그가 몸을 내 쪽으로 기울이더니, 내가 다시 그의 얼굴을 바라볼 때까지 기다렸다. "그때까지는……."

"지옥으로나 꺼져요." 나는 가슴 앞에 팔짱을 단단히 꼈다.

"그때까지는 조지나 이모와 함께 있거라. 오늘 내가 조지나 이모에게 전화로 상황을 설명했다. 우리 둘 다, 네가 그분과 함께 텍사스로 가야 한다는 데 의견의 일치를 보았어. 그게 물론 이상적인 결론은 아니지. 하지만 당분간은……. 그웬돌린, 그게 최선이란다." 칼라일이 3등분으로 접은 두꺼운 종이 뭉치를 꺼내 펼치더니 내 앞에 놓았다.

"이게 뭔데요?"

"법원의 명령서야. 네 이모와 이모부에게 임시 양육권을 준다는 내용이다. 네가 열여덟 살이 될 때까지, 아니면 네 아버지가 돌아올 때까지, 아니면……." 칼라일은 헛기침을 하더니 얼굴을 찌푸린다. "네 아버지의 사망 사실이 확인될 때까지. 그러니까 법적으로 말이다."

나는 자리에서 일어섰다. 칼라일 따위. 조지나 이모 따위. 법적인 사망 따위. "저도 제 권리를 알아요. 이렇게 마음대로 하실 순 없어요. 법원 청문회도 해야 하고. 변호사도 선임해야 해요. 또……."

문으로 다가가려는데 칼라일이 먼저 문고리를 잡아챘다. "긴급 명령이야. 오늘 국선 변호사가 판사와 이미 면담을 했다." 그가 슬픈 표정으로 나를 바라보았다. "네가 꼭 참석할 필요는 없는 면담이었어."

"비켜요."

"여기 뉴욕에서 네가 네 아버지를 위해 할 수 있는 일은 더 이상 없어." 칼라일은 나를 설득하려 애썼다. "넌 아직 어려, 그웬돌린. 물론 너는 똑똑한 아이지만, 법적으로는 여전히 미성년자야."

나는 칼라일을 밀치고 문밖으로 나간 다음에 엘리베이터 버튼을 거칠게 눌렀다. 엘리베이터가 당장 오지 않자 또 한 번 눌렀다. 칼라일이 내 뒤를 따라왔을 거라는 생각에 몸을 돌렸지만 아니었다. 그는 그냥 회의실 입구에 서서 주머니에 손을 찔러 넣은 채로 진심 어린 인간적 동정심을 가득 띤 얼굴로 나를 쳐다보고 있을 뿐이었다.

*

집에 돌아오자 조지나 이모가 소파에 앉아 있고 그 옆에 빈 수트케이스가 열린 채 놓여 있었다. "잠시 동안이야." 꼭 진심으로 그렇게 믿는 것 같은 말투였다. "아버지가 돌아올 때까지만 가 있자꾸나."

"어떻게 이럴 수가 있어요? 제가 학교에 간 틈을 타서 법원 명령서에 사인을 하셨더군요." 나는 이를 갈았다.

"미안하다, 그웬돌린. 정말 미안해." 이모가 울 것처럼 눈을 찌푸렸다. 마치 지금 괴로워할 사람이 자기라는 것처럼. "전부…… 전부 네가 잘 지내기 위한 거란다. 선택의 여지가 없었어. 너도 사실은 알고 있잖아."

나는 또다시 울음을 터뜨리며 무너져 내렸다. 그리고 또 한 번, 이모가 나를 안아주었다. 마치 날 안아주는 것이 자신의 권리이기라도 하듯이. 하지만 이모 말이 맞다. 그렇다. 나도 안다. 아니면 안다고 생각하는 걸까. 아마도.

"언제 떠나요?" 나는 이모의 어깨에 얼굴을 묻고 물었다.

"이번 주말. 일요일 아침." 이모가 낮은 목소리로 대답해주었다.

울 만큼 울고 종이 타월에 코까지 풀자 이모가 내 어깨에 손을 올렸다. "좋은 생각이 있어. 이모가 한턱낼 테니까, 오늘 저녁은 외식하자. 참, 아직까지 한 번도 브로드웨이에서 공연을 본 적이 없거든."

"그런 공연 티켓은 한 장에 200달러쯤 하는데요."

"그럼 저녁 먹고 영화 보지 뭐. 여자들끼리의 밤 외출이야!"

이모의 미소는 얄미우리만치 환했다.

*

이모가 고른, 우리 집에서 몇 블록 떨어진 곳에 있는 근사한 태국 음식점에서 나는 수프와 스프라이트를 주문했고 이모는 게와 치즈가 든 완탕과 무슨 팟이라는 음식 그리고 코스모폴리탄*을 주문했다.

"뉴욕 아가씨들은 코스모를 마신다지?" 이모가 말했다.

1997년에는 그랬겠죠, 하고 대꾸하고 싶었지만 그건 지나친 심술 같았다. 이모가 이렇게 다정한데, 이렇게 열심히 애쓰는데. 그래서 나는 대신 "맞아요" 하면서 이모의 손에 내 손을 가져다댔다. "이모, 드릴 말씀이…… 드릴 말씀이 있어요. 저한테 잘해주셔서 고마워요."

이모가 마시던 잔을 내려놓더니 나를 보며 눈을 깜박였다. 이모의 눈

---

* 보드카를 베이스로 한 핑크빛 칵테일로 미국 드라마 〈섹스 앤드 더 시티〉의 주인공이 즐겨 마시는 술로 등장해 특히 인기를 끌었다.

이 촉촉하다. 이모는 나와 함께 살고 싶어 한다. 어쩌면 잠깐일지도 모르지만, 어쩌면 평생일지도 몰라. 이모는 그래도 괜찮다고 했다. 엄마도, 앰버도, 선량한 랍비 이모부도 다 괜찮다고 했다. 대체 마음이 얼마나 넓은 가족인 건지.

우리는 식사를 마치고 영화를 보러 갔다. 코미디 영화다. 우리 둘 다 본 적 없는 어떤 영화의 후속편이지만, 시간이 딱 맞고 표도 남아 있는 데다가, 어차피 우리한테 중요한 건 영화 내용 자체가 아니었으니 상관없었다. 팝콘은 따뜻하고 다른 관객들도 그렇게 소란하지 않았다. 우리는 조금 웃었고 나는 심지어 잠깐잠깐 영화 스토리에 빠져들기도 했다. 영화에 나오는 못생긴 여자는 알고 보니 못생긴 여자가 아니다. 새 옷을 사고, 오만한 게이 친구의 도움을 받는다면 주인공에게는 어떤 일이 일어날까? 직장에서 승진도 하고, 남자도 얻겠지. 안 봐도 뻔했다.

밤 10시, 우리는 집으로 돌아왔다. 조지나 이모는 화이트와인을 한 잔 따른 뒤 《뉴욕포스트》에서 텍사스에서는 절대 일어날 법하지 않은 소식들을 읽으며 혀를 쯧쯧 차고 고개를 절레절레 저었다.

나는 방에서 책을 읽다 자겠다고 말하고 이모의 뺨에 입을 맞추었다. 내가 입을 맞추자 이모가 잠깐 흠칫하더니 곧 웃었다. 나는 방문을 닫고 얼굴을 베개에 묻었다. 빌어먹을 아빠. 어떻게 나한테 이런 짓을 할 수가 있어요? 어떻게, 납치를 당할 수도 있는 그런 일을 할 수가 있어요? 낯선 사람, 사진 속 사람들에 지나지 않는 사람들에게 어떻게 나를 맡길 수가 있어요? 나한테 이런 선택을 하게 하다니, 아빠는 정말 나빠.

하지만 아빠한테도 이유가 있었을 것이다. 분명하다. 그렇죠, 아빠? 나는 내가 침대 옆 서랍장에 늘 간직하고 있던 사진을 찾았다. 아빠, 엄마 그리고 다섯 살 무렵의 나. 사진 속 우리는 어딘가에서 휴가를 보내는 중이다. 아마 알제리로 발령받기 직전, 크레타 섬이었을 것이다. 엄마는 비키니에 넓은 챙이 달린 모자를 쓴 모습이다. 아빠는 헐렁한 트렁크 수영복을 입고 햇볕에 익어 피부가 붉다. 하지만 그 사진마저도 칼라일이 약탈해가고 없었다. 어디 있는 거예요, 빌어먹을 아빠.

6장

벨라 할아버지가 문간에서 손가락을 입술에 댄 채로 나를 맞이했다. "할머니는 잠들었다." 그렇게 속삭이며 할아버지는 나를 집 안으로 이끌었다. 방 안이 너무 후끈해서 저녁 식사를 요리할 때 썼던 양념 냄새가 아직도 공기 중을 맴돌았다. "조지나 이모도 네가 여기 온 걸 아니?" 할아버지가 물었다.

"주무세요. 술을 너무 많이 드셨나 봐요." 내가 대답했다.

벨라 할아버지가 벽에 기대 서 있던 동으로 된 카트에서 술병을 꺼낸 다음 잔 두 개에 따랐다. "그럼 이제 네가 취할 차례로구나." 할아버지가 말했다. "아직 술 마실 나이가 안 됐다는 말은 하지 말아라. 난 아홉 살 때부터 팔린카를 마신 사람이야."

내가 잔을 받아 들자 할아버지가 내 잔에 자기 잔을 쩽 하고 부딪쳤다. "네 아버지를 위해." 할아버지가 말했다.

"우리 아빠를 위해." 나도 말한 뒤 살짝 한 모금 마셨다. 발효된 과일 주의 뜨끈한 기운이 내 식도를 타고 배로 흘러들어오는 바람에 사레가 들릴 뻔했다.

벨라 할아버지가 안락의자에 앉았다. "그래, 무슨 일이냐?"

나는 할아버지를 쳐다보았다. "뭐가요?"

"오늘 밤 네가 평소보다 더 힘들어 보이는걸. 어서 얘기해봐라."

나는 소파에 앉아 무릎을 세워 끌어안았다. "이제 아빠를 찾는 걸 그만 뒀대요, 할아버지. 적어도 공식적으로는요. 아빠가 그냥 제 발로 사라져 버린 거래요. 모든 걸 버리고 그냥 떠났다고요."

벨라 할아버지가 술을 한 모금 마시더니 잠깐 내 말을 곱씹어보았다. "그게 바로 네 아빠가 널 지켜달라고 부탁했던 그런 헛소리다."

"아무 단서도 없고, 도청 기록에도 안 나온대요. 그 사람들이 그랬어요."

벨라 할아버지가 몸을 앞으로 기울이며 내 무릎에 손을 댔다. "넌 그 말을 믿니?"

너무 괴로워서 차마 인정하고 싶지도 않은 질문이었다. "아니오." 내 가 대답했다.

"나도 그렇다." 할아버지가 말했다. "빨간 구두야. 네 아버지가 떠난 게 아니라, 그자들이 네 아버지를 버린 거야. CIA는 냉혹한 조직이다. 특 히 자기 사람들에게는 더 그렇지. 나는 CIA를 위해 일한 적도 있고 CIA 에 맞서서 일한 적도 있어. 그래서 그들이 얼마나 잔혹한지 봤지. 내 두 눈으로 똑똑히 봤어."

목이 잠겨오는 것만 같았다. "왜죠? 왜 그런 짓을 하는 거예요?"

"모르겠다. 하지만 보통 작전이 실패로 돌아가면 CIA는 자기 요원들을 버린다고들 한다. 유감이구나, 하지만 이게 진실이야." 할아버지가 말했다.

나는 일어서서 방 안을 서성거리며 선반 위의 조그만 장식품들과 레이스 도일리, 벨라 할아버지와 릴리 할머니가 한때 살았다가 떠나온 세계에서 가져온 작은 기념품들을 바라보았다.

팔린카를 한 모금 더 마셨다. 이번에는 아까보다 술술 넘어갔다. "체이스 칼라일이 법원 명령을 신청했어요. 제가 열여덟 살이 될 때까지 조지나 이모가 제 양육권을 가져간대요."

"뭐 어때? 넌 텍사스에서 재밌게 살 텐데. 랩 음악도 듣고, 학교도 다니고. 풋볼 팀 소속 멋진 남자 친구도 사귀면 되겠지." 할아버지가 말했다.

나는 억지로 조금 웃었다.

"어쨌든 평범한 청소년들이 하는 일은 다 할 수 있을 게다." 벨라 할아버지는 나를 보고 웃은 뒤 다시 잔을 채웠다. "물론 나는 그런 종류의 삶은 잘 몰라. 내가 너만 할 때는 전쟁 중이었거든."

"저도 지금 전쟁을 치르는 중이에요."

할아버지는 고개를 끄덕였다. "맞아. 너무 무섭고, 할 수 있는 일이 아무것도 없고, 아무런 힘도 없다는 생각이 들겠지."

"제가 뭘 할 수 있겠어요? 전 고작 열일곱 살이에요, 할아버지. 어린애라고요. 일단 법적으로는요."

할아버지가 나에게 다가오더니 진짜 할아버지처럼 내 어깨에 손을 올렸다. "나도 안다. 마음이 얼마나 아플지, 얼마나 두려울지. 나도 한때 느껴봤거든. 나는 내 전쟁을 열세 살 때 시작했단다."

"열세 살이오?"

"나의 이 전쟁에서 내가 담당한 아주 자그마한 부분을 알고 싶니?" 나는 할아버지의 표정, 치켜뜬 눈썹, 은근한 미소를 보고 할아버지가 뭔가 나에게 해주고 싶은 말이 있다는 걸 알아차렸다. 내게 가르쳐주고 싶은 것이 있는 것 같았다.

"알려주세요." 내가 대답했다.

할아버지는 다시 안락의자로 돌아가더니 소파를 향해 손짓했다. 나는 그 손짓에 따라 할아버지 맞은편에 앉았다.

"형과 나는 숲속에서 장작을 모으고 있었지. 우리 가족이 몸을 숨기고 있던 작은 오두막이 보이는 곳이었어. 부모님과 두 여동생은 집 앞, 우리가 일군 조그만 텃밭에 나와 있었어. 당근, 감자를 심어둔 곳이었지. 가을이었을 게다." 할아버지가 입을 열었다.

벨라 할아버지는 술 한 모금을 꿀꺽 삼킨 다음 긴 한숨을 토해냈다. 마치 똑바로 바라보기 어려운 기억을 끄집어내는 것 같았다. 나는 할아버지에게 시간을 주기 위해 손에 든 팔린카 잔으로 눈길을 옮겼다. 팔린카의 들큼하면서도 톡 쏘는 냄새가 코를 찔렀다.

"그때 독일군 트럭이 도착하더구나. 군인이 여덟 명 아니, 여섯 명이었어. 멋진 가죽 코트를 입은 장교도 있었는데, 영화배우처럼 잘생긴 얼굴이었지." 할아버지는 또 한 번 말을 멈추더니 잠깐 먼 데로 시선을 돌렸다가 한참 만에 말을 이었다. "부모님과 여동생들은 도망쳤어. 하지만 그 장교는 정말 뛰어난 녀석이었어. 딱 네 발 쐈다. 그걸로 충분했어."

눈물이 고이는 게 느껴졌다. 이번에는 나 자신이 아니라 할아버지를 위한 눈물이었다. 나는 눈물이 흐르지 않게 눈을 깜박였다. "어떡해요, 할아버지. 전혀 몰랐어요. 할아버지는 어떻게 되었어요?"

할아버지는 철사처럼 가느다란 미소를 지어 보였다. 슬픔과 후회 그리고 자존심이 한꺼번에 담긴 미소였다. "나 말이냐? 나한테 무슨 선택의 여지가 있었겠니, 빨간 구두야? 형과 나는 총을 들고 전쟁에 나섰다."

"어린애였잖아요."

"그 순간부터는 아니었지." 할아버지는 그렇게 말하더니 손으로 자신의 배를 가리켰다. "여기, 네 뱃속에 도사리고 있는 두려움 말이다."

"네?"

"그건 그냥 느낌일 뿐이야. 느낌일 뿐, 아무것도 아니야. 그 느낌은 무시해. 용기라는 건 그런 거다." 할아버지가 잔에 남은 팔린카를 들이켜더니 일어섰다. "이리 오렴."

나는 할아버지를 따라 유리문이 달린 책장 앞에 섰다. 책 제목은 대부분 히브리어, 몇 개는 헝가리어로 보이는 책들이었다.

"네 아버지가 맡긴 물건이 있다." 벨라 할아버지가 책장 문을 활짝 열었다. "파리로 떠나던 날 아침이었지. 돌아올 때까지 맡아달라더구나."

"왜요?"

"가택 수색에 대비해서였던 것 같구나." 할아버지는 책장 안에서 책 한 권을 꺼내 내게 건넸다. 아빠가 생일 밤에 읽던 『1984』였다. 나는 책을 손에 들고 책장을 넘겨보았다. "왜 이제야 얘기해주시는 거예요?"

"아, 이건 네가 볼 책은 아니란다, 빨간 구두야."

"그럼 누굴 위한 책인데요?"

벨라 할아버지는 어깨를 으쓱했다. "네 아버지가 하던 업무가 무엇이건 간에, 이건 애들이 관여할 일은 아니야."

엄지손가락으로 책을 넘겨보았지만 책은 오래된 문고본일 뿐이었다.

낡아빠진 표지에는 접힌 금이 가 있고 종이는 노랗게 변색되어 있는 오래된 책. 앞표지 안쪽에는 파란색으로 이름과 718로 시작하는 번호가 휘갈겨 적혀 있었다. "피터 케이건이 누구예요?"

"책 주인이겠지. 아마 네 아빠에게 이 책이 오기 전에 갖고 있던 사람일 거야." 할아버지는 다시 카트 쪽으로 가더니 술을 한 잔 더 따랐다.

나는 책을 내려다보았다. "제가 가져가도 돼요?"

"말했다시피 네가 볼 책은 아니야." 그러더니 할아버지가 술잔에 담긴 술을 단숨에 들이켰다. "그럼, 오늘 너와 이야기를 나눠서 참 좋았지만, 할아버지는 이제 잠자리에 들어야겠구나. 부탁 하나 들어주겠니, 빨간 구두야?"

나는 할아버지를 쳐다보았다. "네?"

"집에 가면서 잊지 말고 문을 꼭 잠가주렴."

*

나는 우리 집이 있는 층으로 내려갔지만 안으로 들어가지 않고 3층으로 내려가는 계단에 앉아 군용 재킷 주머니에서 『1984』를 꺼냈다. 수천 번 읽었는지 귀퉁이가 접혀 있고 인쇄는 흐려진 낡은 책일 뿐이었다. 나는 다시 한 번 책을 넘겨보았다. 이번에는 조금 더 자세히 살펴보았지만 여백에는 아무 메모도 적혀 있지 않았고 밑줄 친 부분도 없었다. 하지만 맨 마지막 페이지, 책이 끝난 다음의 공백에 무언가가 있었다. 거기, 누군가 연필로 12/14/95라고 적어놓았다. 날짜 같다. 하지만 딱히 기억나지는 않는 날짜다.

이 책에 유별난 구석이라고는 이 날짜, 이름, 전화번호뿐이었다. 나는 다시 표지 뒷면에 적힌 이름을 바라보았다. 파란 잉크의 대문자로 적힌 손 글씨, 전혀 특별할 게 없었다. 이번에는 조금 더 자세히 들여다보다가 드디어 뭔가를 깨달았다. 글씨 자체가 아니라, 이 파란 잉크가 얼마나 신선하고, 깊고, 또 우아한가를 알아차린 것이다. 아, 아빠, 정말 그 펜이 마음에 들었나 봐요.

그 생각을 하니 절로 슬픈 미소가 지어졌다. 피터 케이건이 누군지 아무리 기억을 되짚어봐도 아빠에게 들은 적이 없는 사람 같았다. 나는 휴대전화를 꺼내 이름 아래에 적힌 전화번호를 눌렀다.

전화벨이 한 번, 두 번 울리더니 어떤 남자가 전화를 받았다. "11번가 다이너입니다."

내가 머뭇거리는 동안에 전화 반대편에서는 라디오에서 흘러나오는 마리아치 음악*과 주방의 바쁜 소음이 들렸다.

"여보세요, 혹시, 거기 피터 케이건 씨라는 분 있나요?"

"피터 누구요?" 상대가 말했다.

"피터 케이건." 나는 천천히 다시 발음했다.

"모르겠는데요. 전화 잘못 거셨어요."

"잠깐만요. 거기, 어딘가요?" 나는 불쑥 이렇게 물었다.

상대가 퀸스에 있는 교차로라고 위치를 알려주자 나는 전화를 끊었다.

이 전화번호는 한때 피터 케이건이라는 사람의 번호였는지는 모르지만 지금은 아니다. 나는 휴대전화를 입가에 대고 톡톡 두드렸다. 어쩌면 원래부터 피터 케이건의 번호가 아니었을지도 모른다. 어쩌면 이름과 전

---

* 멕시코의 민속 음악.

화번호를 함께 써놓은 건 이 번호가 피터 케이건이라는 사람의 번호처럼 보이게 하기 위해서였는지도 모른다. 나는 휴대전화 시계를 확인했다. 11시 20분. 늦은 시간은 아니다. 아주 그렇게 늦은 시간은 아니라는 거다. 나는 난간에 몸을 지탱하고 일어섰다.

그리고 계단을 한 번에 세 칸씩 달려 내려갔다.

*

다운타운행 6번 열차를 타고 그랜드 센트럴에서 퀸스 방향으로 가는 7번 열차로 갈아탔다. 우리 집에서 지도에 나온 코트 스퀘어 정류장까지 가는 데는 꼬박 20분이 걸렸다.

플랫폼 계단을 내려와 거리로 나온 뒤 몇 블록 떨어진 11번가 다이너까지 내달렸다.

문을 닫은 차고와 공업 용품점 사이에 있는 다이너는 눈에 금방 띄었다. 밝은색 차양이 달린 이 식당은 근처에서 생명의 흔적을 간직한 유일한 장소처럼 보였다. 안은 따뜻하고 지글지글 익는 기름 냄새가 났다.

"커피 한 잔 주세요." 나는 카운터의 남자에게 말했다. "가지고 갈게요. 크림이랑 설탕을 넣어주세요." 남자는 앞치마에 손을 훔친 뒤 컵에 커피를 따르고 크림을 넣고 설탕도 잔뜩 넣었다. 나는 네 개의 부스 석 중 하나에 앉아서 하나뿐인 창을 통해 밖을 바라보았다.

딱히 눈에 띄는 건 없었다. 하지만 아빠가 여기를 고른 데는 이유가 있었을 것이다. 어쩌면 이 장소 자체가 아니라, 누군가 다른 사람에게 이 위치에서 무언가를 발견하라는 단서를 남긴 건지도 모른다.

나는 잠깐 이리저리 생각을 굴리면서 다이너 앞의 거리를 걸었다. 닫혀 있는 택시 차고를 지나, 닫혀 있는 수입수출품 판매점을 지나, 사설 물품 보관소를 지나, 공업용품 가게를 지났다.

그러다가 내 시선은 다시 방금 지나온 물품 보관소를 향했다. 집에 둘 자리가 없거나, 집에 두고 싶지 않은 물건들을 보관하는 곳이다. 하지만 보관소에는 열쇠가 있어야 들어갈 수 있다. 자물쇠를 열 수 있는 열쇠 말이다. 나는 책을 꺼내 마지막 페이지를 펼쳤다. 12/14/95. 이건 날짜가 아니야, 비밀번호야.

추위를 뚫고 물품 보관소가 있는 건물 안으로 들어가자 문 위에 달린 벨이 작게 소리를 냈다. 건물 안은 어두웠지만 앞쪽에 있는 작은 사무실에는 불이 켜져 있었다. 나는 계단을 올라 사무실로 들어갔다.

탱크톱 차림에 손가락 끝에서부터 어깨까지 양팔에 문신을 한 철길처럼 깡마른 남자가 책상 앞에 앉아 잡지를 보고 있다가 고개를 들었다. "무슨 일이냐?"

"혹시, 혹시 윌리엄 블룸 이름으로 된 창고가 있나요?" 내가 물었다.

의자에서 삐걱 소리가 나더니 남자가 몸을 돌려 컴퓨터에 이름을 천천히 입력했다. "윌리엄 블룸이라는 이름으론 아무것도 없는데." 남자가 말했다,

"그렇군요." 내가 대답했다. "고맙습니다." 나는 돌아서서 문고리를 잡았다. 하지만 아빠가 뭔가를 숨기려고 했다면 본명을 사용했을 리가 없다는 생각이 그제야 든다. 그리고 이제 아빠의 진짜 직업도 알았겠다, 운전면허증은 물론 심지어 여권까지도 위조한 마당에 물품 보관함을 계약할 때 가명을 쓰는 게 당연지사라는 생각이 들었다.

"그럼 피터 케이건은요?" 내가 물었다.

"뭐라고?"

"피터 케이건이요."

아까보다 더 느릿느릿한 타자 소리. "성은 케이건, 이름은 피터, 213호 창고." 그가 말했다.

속이 요동쳤다. "그럼 제가 좀 봐도 될까요?" 내가 물었다. "제가 딸이 거든요. 비밀번호도 알고 있어요."

"계약 당사자만 열 수 있어. 그리고 여기 등록된 이름은 피터 케이건뿐이야."

나는 남자가 보지 못하게 카운터 아래에서 주머니에 있던 20달러 지폐한 장을 꺼냈다. 태어나서 누군가에게 뇌물을 준 적은 한 번도 없었지만, 때로 마치 뇌물이 아닌 것처럼 상대에게 돈을 건네주는 방법이 있다는 건 알고 있었다.

"그럼 제가 수수료를 조금 드려도 될까요?" 나는 나직한 목소리로 물었다. 한때 아빠가 모스크바의 어떤 교통경찰에게 했던 말을 엿들었던 적이 있다. 나는 20달러 지폐를 반으로 접어 남자에게 보여주었다.

남자가 벌떡 일어서더니 두 팔을 카운터에 짚었다. "썩 나가지 못해?"

*

길을 건너 전철역 쪽으로 몇 발짝 가다가 걸음을 멈췄다. 정답은, 아니 정답은 아닐지도 모르지만 내가 생각할 수 있는 최선의 가능성은 이 문제의 열쇠가 등 뒤에 있는 건물 213호 안에 있다는 것이다. 그러니 전철역으로 돌아갈 수는 없었다. 만약 이게 일종의 전쟁이라면—분명히 전쟁이다—고작 야간 경비원 때문에 패배할 수는 없는 노릇이었다.

'네 뱃속에 웅크리고 있는 그 두려움 말이다. 그건 그냥 느낌일 뿐이야. 그뿐이야.'

그래서 나는 전철을 타러 가는 대신 고개를 갸웃하고 귀를 기울였다. 어딘가 먼 데서 일어난 사고를 해결하러 가는 것 같은, 멀찍이서 들려오는 사이렌 소리 말고는 아무 소리도 들리지 않았다. 주변을 둘러보니, 뉴욕의 밤이 선사한 어둠 속에서 여자아이 한 명이 몸을 숨기기는 어렵지 않아 보였다. 모든 곳이 다 몸을 숨길 은신처다. 뉴욕이라는 도시의 특기 중 하나다. 어쩌면 뉴욕의 가장 큰 장점인지도 모른다. 그래서 나는 돌아서서 한 번 더 살펴보기로 했다. 그냥 한번 살펴보기만 하자.

물품보관소는 크고 사람이 많은 대로변, 신호등 하나 없이 멈춤 표지판만 있는 조용한 골목으로 이어지는 모퉁이에 있었다. 창고 벽에는 찌그러진 쓰레기통 하나가 가라앉는 난파선처럼 비스듬하게 기대 서 있었다. 쓰레기통 위쪽 벽에는 배수 파이프가 죔쇠로 고정되어 있었고, 그 위에 창문이 하나 있었다. 길 건너편에서 보면 충분히 접근할 수 있을 것 같았는데 막상 다가가서 보니 이 창문으로 들어갈 수는 없을 것 같았다. 죔쇠는 녹슬었고 죔쇠를 나사로 박아놓은 벽 자체도 허물어지기 직전이었다. 게다가 창문을 여는 법을 도저히 알 수가 없었다.

창문을 넘다가 들킬 것 같은 건 차치하고서라도 창문에서 굴러 떨어지면 목이 부러질 것 같은 게 문제였다. 하지만 나는 두려움, 오직 느낌에 불과한 그 두려움을 무시하기로 했다. 마음속에 열세 살의 벨라 할아버지가 총을 들고 있는 모습이, 그리고 내 책장에 살고 있는 용감한 소녀들이 떠올랐다.

나는 쓰레기통 위로 기어올라 배수 파이프를 잡고 온 힘을 다해 매달렸다. 파이프는 벽에 단단하게 고정되어 움직이지 않았다. 나는 체조를 할 때 내 목숨을 좌지우지하는, 중력을 관장하는 신들에게 자비를 빌었다.

파이프의 폭은 평균대의 폭과 엇비슷해서 세로 방향으로 매달려 있다는 점만 빼면 익숙한 느낌이 들었다. 파이프를 손으로 잡고 두 발을 벽에 지탱하며 위로 올라갔지만 쓰레기통 위의 벽을 열 발짝 딛고 올라가자 죔쇠가 곧 떨어질 것처럼 살짝 헐거운 느낌이 들었다. 나는 파이프를 꽉 움켜쥐고 부츠를 신은 양발 사이에 파이프를 끼웠다. 파이프를 타고 올라가는 게 벽을 타고 올라가는 것보다 더 힘들었지만 30초도 안 되어 창문 앞에 도착했다.

파이프를 손으로 꼭 붙잡은 채 다리를 창가까지 들어 올려 유리창을 발로 찼다. 그러나 아무 일도 일어나지 않았다. 더 세게, 한 번 더 찼다. 부츠를 신은 발이 유리창 속으로 쑥 들어갔다. 나는 잠깐 그곳에 꼼짝도 하지 않고 매달린 채 도난 경보기가 울리고 야간 경비원이 달려오기를 기다렸지만, 가까운 대로에서 차가 지나다니는 소음 말고는 아무 소리도 나지 않았다.

숨이 턱까지 차올랐다. 몸이 들어갈 곳을 만들기 위해 창틀에 붙어 있는 유리를 발로 차 없애기가 생각보다 더 힘들었다. 창틀에 매달린 날카로운 유리조각이 바지를 뚫고 살갗에 상처를 냈다. 나는 항공점퍼의 두툼한 소매로 얼굴을 감싼 채 유리창 속으로 온몸을 날려 뛰어들었다. 발밑에서 유리조각이 부서지는 소리가 났고, 이마에서 콧등으로 축축한 것이 한 줄기 흘러내리는 게 느껴졌다. 안은 칠흑같이 어두웠지만 흐르는 것을 손가락으로 문질러 닦자 끈적이는 촉감 때문에 피라는 것을 알 수 있었다.

두 손이 덜덜 떨렸다. 두 팔도 마찬가지였다. 심지어 양 무릎도 휘청거리기 시작해 잠깐 벽에 등을 기댔다. 진정해, 혼잣말을 했다. 강해져야 해. 피 조금 흘린 게 뭐가 대수라고. 조금 두려운들 뭐가 어때.

하지만 이 느낌은 두려움이 아니었다. 오히려 두려움과 정반대였다. 모스크바에서 딱 한 번 담배를 피웠을 때 느낀, 구역질은 나지만 기분 좋은 느낌이었다. 테런스가 나에게 키스했을 때 느꼈던 들뜬 기분, 대사관의 칵테일파티에서 몰래 마신 샴페인이 주던 띵한 느낌이었다. 지금 내가 느끼는 기분은 이 모든 감각이 전부 한꺼번에 뒤섞인 것만 같았다. 그리고 이 모든 감각을 합친 것보다 몇 배나 컸다. 마치 무언가 새로운 것이 내 안에 기어 들어와서 내 뱃속에 조그만 굴을 파고 깃드는 것 같은 느낌, 내 팔다리를 들추어보면서 자신이 깃들기에 알맞은지 살펴보는 것 같은 느낌이었다.

*

정체를 알 수 없는 이 새로운 감각은 내 몸이 딱 맞는 집이라고 여긴 듯했다. 순식간에 떨림도, 구역질도 멎은 것이다. 순식간에 이 감각이 나를 잠식한 다음 나를 조종해 복도로 내보냈다. 복도는 깜깜하고 불빛이라고는 거의 없었지만 본능, 나의 본능이 아니라 새로이 내 몸 안에 깃든 무언가의 본능은 내 열쇠고리에 달려 있던 조그만 손전등을 솜씨 좋게 활용했다. 어둠은 네가 가장 잘 활약할 수 있는 곳이야, 하고 '그것'이 말했다. 어둠이야말로 네가 속한 곳이야. 그리고 곧 나는 마치 장님이 길을 찾듯이 손을 더듬어 길을 찾아 나아갔다. 콘크리트 벽돌로 된 벽에는 매끈한 철문들이 줄 지어 나 있었고 문마다 돋을새김으로 번호가 새겨진 플라스틱 표찰이 붙어 있었다.

나는 손으로 숫자를 더듬었다. 217, 그다음 215 그리고 213. 손으로 더듬어 자물쇠를 찾았다. 묵직한 금속으로 된 자물쇠의 감촉이 차디찼다. 나는 조심스럽게 손전등을 켠 다음 손으로 감싸 불빛을 작게 줄였다. 다른 손 엄지손가락으로 자물쇠에 달린 여섯 개의 휠을 돌려 121495를 만들었다. 살짝 비틀자 자물쇠가 열렸다.

나는 동작을 멈추고 주변에 귀를 기울인 다음 소리를 내지 않으려고 조심하면서 빗장을 풀고 문을 열었다. 보관실 안의 냄새가 나를 맞이하듯 훅 끼쳤다. 익숙한 냄새야, 우리가 살았던 모든 집에 감돌던 그 냄새, 한 가족이 소유한 사물들에 앉은 녹처럼, 가족이 내뿜는 모든 냄새들이 결합한 독특한 냄새.

나는 안으로 들어가서 문을 닫은 뒤 이제는 건물 안에 사람이 있더라도 나를 볼 수 없으리라는 자신감이 들어 안에 있는 사물들 위로 손전등을 비추었다. 한때 내 인생을 구성했던 사물들. 어린 시절 내가 갖고 있었던 서랍장, 서랍장과 한 세트인 침대, 부모님의 침실 가구 세트에 포함되어 있었던 장식장. 몰래 숨어들어온 건물 안에서 나의 기억이 생생하게 살아 숨 쉬는 모습을 보고 있자니 기분이 이상했다. 그런데 아빠는 내가 이 속에서 무엇을 찾아내길 바란 걸까? 손전등 불빛 속에, 빛바랜 샤피 유성펜으로 옆면에 '장난감'이라고 적혀 있는 상자 하나가 보였다. 상자를 열고 안을 들여다보았다. 다섯 살 때 내가 머리카락을 싹둑 잘라버렸던 수집용 바비 인형이 있었다. 실을 당기면 아랍어로 '안녕, 친구!'라고 말하는 금발에 푸른 눈의 인형도 있었다. 레고 블록들과 장난감 자동차, 내 손가락을 온통 은색 반짝이로 뒤덮었던 반짝이 카드도 있었다. 하누카*를 맞아 내가 부모님께 만들어드렸던 카드다.

나는 장난감 상자를 닫고 다른 상자 안을 살펴보았지만, 상자 안에 있는 건 오래된 세금 환급 고지서와 비디오테이프, 딱 일주일 만에 죽어버린 거피(guppy)를 키울 때 샀던 수족관 용품들이 전부였다. 그리고 그다음 상자 속에는 오래된 발레슈즈와 학교 과제물 사이에 사진 앨범이 들어 있었다.

펼치면 안 돼, 하고 나는 속으로 생각했다. 안 돼. 하지만 결국 충동을 이기지 못했다. 상자 하나를 깔고 앉아 앨범을 펼쳤다. 엄마를 찍은 폴라로이드 사진이 나왔다. 사진 속 엄마는 전투복 차림에 지금 내가 입고 있는 군용 재킷을 걸치고 내가 태어나기도 전의 오랜 옛날부터 나에게 미소를 지어 보인다. 폴라로이드 아래쪽에 '보스니아'라고 인쇄체로 적혀 있었다. 다음에 등장하는 건 갓 태어난 내 사진이었다. 부리토처럼 꽁꽁 싸인 내가 엄마의 품에 안겨 있다. 이 사진에서 엄마는 환자복 차림이지만 카메라를 향해 지어 보이는 미소는 변함이 없었다. 누가 찍은 사진일까? 아직 아빠가 엄마의 인생에 등장하기 전의 사진이다. 그러면 내 출생증명서에 이름도 없는, 내 생물학적 아빠가 찍은 걸까? 나는 엄지손가락으로 사진 속 엄마의 얼굴을, 뺨을, 머리카락을 쓸어보았다. 목이 메어 오더니 사진 앨범이 무릎 사이로 바닥에 툭 떨어졌다. 떨어지는 바람에 사진이 빠져나왔는지 앨범 끄트머리로 사진의 하얀 모서리가 튀어나왔

---

* 유태교의 성인식.

다. 꺼내보니 그건 사진이 아니었다. 단단히 봉해진, 빳빳한 흰색 새 봉투였다. 나는 허리를 곧게 펴고 앉은 뒤 봉투의 덮개 아래에 손가락을 밀어 넣어 뜯었다.

봉투 안에는 종이 한 장이 들어 있었다. 나는 손전등 불빛에 종이를 비추어보았다. 아무런 글씨도 적혀 있지 않았다. '사랑하는 그웬, 네가 이 글을 읽는다면 아빠가 납치되었다는 뜻이니 네가 해야 할 일은 다음과 같다' 같은 메시지는 없었다. 종이에 적힌 것은 사이에 여백을 두고 적혀 있는 숫자 열들이 전부였다. 0130513 1192381 3271822, 숫자 열은 이런 식으로 줄 간격도 두지 않고 앞뒤로 빽빽하게 이어졌다. 왜 아빠는 일을 단순하게 처리하지 않은 걸까? 왜 아빠는 대놓고 힌트를 적어놓질 않은 걸까? 날 이렇게 곤란한 상황 속에 밀어 넣은 이상 조금이라도 분명한 단서를 남길 수는 없었던 걸까? 이 숫자들이 내가 찾아다녔던 열쇠가 맞는지 아닌지 어떻게 알지? 가장 소중한 물건들 사이에 숨겨져 있었으니까 그게 맞는 걸까?

이제 모든 것이 게임처럼 느껴지기 시작했다. 살인 미스터리 파티에 초대된 사람들이 갱스터나 1920년대 여자들처럼 차려입고 단서를 찾아 살인범의 정체를 알아내는 그 게임처럼 말이다. 나는 무릎 위에 종이를 펼치고 숫자를 열심히 들여다보았다. 숫자들은 무작위적인 암호처럼 보였다. 암호 같았다. 그래, 암호가 확실했다.

나는 눈을 감았다. 벨라 할아버지의 말이 맞았다. 이 단서는 날 위한 것이 아니야. 하지만, 그럼 누가 있나? 나는 이 암호가 무슨 뜻인지도, 무슨 목적인지도 알 수 없었다. 하지만 아빠가 이곳에 숨겨놓은 단서는 바로 이 암호일 것이다. 그래야만 한다. 제발 그렇기를. 나는 종이를 접어서 재킷 주머니 깊숙한 곳에 집어넣었다.

보관실 바깥에서 엘리베이터가 움직이더니 다른 층 어딘가에서 문이 열리는 딩동 소리가 났다. 나는 보관실을 나와 문을 다시 잠근 뒤 길을 더듬어 '비상구' 표지판 쪽을 향했다. 계단실 문에 막 도착하는 순간, 엘리베이터 문이 열리더니 아까 경비실에 있던 문신투성이 경비원이 나타났다. 손에 야구 배트가 들려 있었다.

나는 계단실 문으로 뛰어든 뒤 1층까지 계단을 마구 달려 내려갔다. 잠시 동안 여기가 어디인지 얼떨떨했지만 곧 정문 경비실이 눈에 들어왔다. 혹시 경비실 안에 교대 인원이 있는지 살펴보았지만 인기척은 없었다. 나는 경비실을 지나쳐 정문을 통과한 뒤 전철역을 향해 밤거리를 내달렸다.

7장

테런스가 사는 건물의 엘리베이터 안은 파베르제의 달걀* 같았다. 온통 청동과 거울로 장식된 엘리베이터 한쪽에는 벨벳 커버를 씌운 벤치까지 놓여 있었다. 펜트하우스 B호에 엘리베이터가 도착하고 문이 열리자 복도 대신 나무와 푸른 대리석 타일이 깔린 로비가 나타났다. 문은 두 개뿐이었는데, 문 하나는 굉장히 멋지게 생겼고 다른 하나는 '직원용'이라고 적혀있는 긴 문이었다.

멋진 문이 열리더니 헐렁한 반바지와 러닝셔츠 차림으로 졸린 표정의 테런스가 나타났다. "안녕." 테런스가 말했다.

"안녕. 너희 집 도어맨 정말 재수 없더라." 내가 말했다.

테런스가 눈을 깜박였다. "새벽 2시니까, 뭐······."

테런스가 나에게 들어오라는 시늉을 하자 나는 그를 따라 어두운 복도

---

* 러시아의 장인 파베르제가 만든 고가의 수집품으로 귀금속을 사용해 만든 달걀 모양의 장식품.

로 들어갔다. 테런스의 집에서 처음으로 느낀 건, 집 안이 쥐 죽은 듯 고요하다는 사실이었다. 어딘가에서 들리는 째깍거리는 시계 소리가 전부였다. 뉴욕으로 이사 온 뒤로 사이렌 소리와 경적 소리, 고함 소리가 들리지 않는 순간은 처음이었다.

"아버지는 집에 계셔?" 내가 작은 목소리로 물었다.

"아니, 아마 두바이에 계실걸." 그가 손바닥 아랫부분으로 눈을 비볐다. "상하이인가? 아무튼 집에 안 계시니까 큰 소리로 말해도 상관없어."

나는 거의 바닥에서 천장까지 이어진 커다란 창 쪽으로 다가갔다. 창밖으로 한밤의 텅 빈 센트럴파크 그리고 센트럴파크를 둘러싸고 있는 도시의 머나먼 창문들에서 새어나온 금빛 불빛들이 작은 별을 이어 붙여놓은 것처럼 반짝거렸다.

그 순간 테런스가 불을 켜는 바람에 창밖 풍경이 사라졌다. "앉아." 테런스가 크림색 가죽 소파를 향해 손짓했다. "마실 것 좀 줄까? 탄산음료, 아니면 커피?"

"아니, 고맙지만 괜찮아."

"아버지는 찾았대? 괜찮으셔?" 테런스가 물었다.

나는 소파에 자리 잡고 앉아 주머니에서 숫자가 적힌 종이를 꺼내 테런스에게 건넸다. "물품 보관실에 몰래 들어갔는데, 사진 앨범 뒤에 이 종이가 꽂혀 있었어. 테런스, 이건 암호야."

테런스가 피곤한 눈을 가늘게 뜨더니 나를 보았다. "잠깐만, 아까 뭐라고? 물품 보관실에 몰래 숨어들었다니?"

"우리 아빠의 물품 보관실이야. 그러니까 내 거나 마찬가지지. 아무튼 지금 그게 중요한 게 아니야." 나는 종잇조각을 가리켰다. "이거, 암호

맞지? 비밀 암호지?"

테런스는 암호가 적힌 종이를 뚫어지게 바라보며 아랫입술을 잘근잘근 깨물었다. 그러더니 작게 웃음을 터뜨렸다.

"이건…… 나도 모르겠어. 암호일지도 모르지." 그가 잠깐 입을 다물었다가 말을 이었다. "따라와봐."

나는 그를 따라 긴 복도 끝에 있는 방으로 들어갔다. 테런스의 방은 우리 집 전체보다 더 컸다. 꼭 베르사유 궁전에서 그대로 가져온 것만 같은 고풍스러운 장롱 그리고 울새의 알처럼 새파란 헤드보드가 달린 킹사이즈 침대가 있었고, 침대 머리맡 벽에는 일본 애니메이션 포스터 두어 장이 압정으로 꽂혀 있었다. 하지만 이 방에서 가장 시선을 사로잡는 건 한가운데에 놓인 근사한 유리 책상이었다. 책상 위에는 커다란 모니터 두 개가 마치 공중에 둥둥 떠 있는 것처럼 놓여 있었다.

내가 그의 침대에 걸터앉아 있는 동안 테런스는 종이를 바라보며 방 안을 한참 서성거렸다.

"숫자 열이 모두 일곱 자리씩이네."

"나도 그 생각 했어. 여기까지 오는 동안 지하철 안에서 계속 봤는데, 각 숫자 열의 첫 자리는 전부 0에서 3 사이 숫자야. 그보다 더 큰 숫자는 없어." 내가 대답했다.

내 말을 들은 테런스가 갑자기 걸음을 멈췄다. "책 암호야. 책 암호일지도 몰라."

"뭐라고?"

"책 암호." 테런스는 책상 위에 있던 SF 소설 한 권을 집어 들더니 내 옆에 앉았다. "암호는 아주 오래전, 그러니까 책이라는 게 발명됐을 때부터 존재했거든. 중요한 건, 국가 안보국이 별별 기술을 고안해낸다 해도 책 암호는 언제나 쓸 만하다는 거지."

테런스가 책을 펼치더니 아무 페이지나 찾아 열었다.

"자, 네가 누군가에게 메시지를 보내는데, 첫 단어가 M이라고 해보자. 그럼 이 페이지에서 M을 찾아. 받아 적어볼래?"

나는 테런스의 책상 위에 있던 연필과 메모장을 집었다.

그가 손가락 끝으로 페이지를 위에서 아래로, 다시 옆으로 훑으면서 혼잣말로 작게 숫자를 셌다. "21페이지, 위에서 14번째 줄, 왼쪽에서 27번째 글자." 여기까지 말한 그가 나를 쳐다보았다. "이해했어?"

"응." 나는 내가 방금 받아 적은 숫자를 바라보며 대답했다. 몇 초 지나지 않아 숫자 열이 머릿속에 그려졌다. "그럼 211,14,27이 되겠네."

"그렇지." 테런스가 책을 덮고 일어섰다. 얼굴에는 들뜬 미소가 감돌았다. 덕후들의 미소다. 생각의 기쁨에 몰입한, 생각하는 사람의 미소. "글자 하나하나를 숫자 열로 치환하는 거야. 말도 안 되게 오래 걸리지."

"하지만 안전하겠네." 내가 말했다.

"그렇지, 여기저기서 글자를 따온다면 말이야. 문제는 이 메시지를 받는 사람이 가지고 있는 책이 그저 같은 책이기만 해서 되는 게 아니란 거야, 같은 판본, 같은 쇄여야 해. 안 그러면 숫자가 가리키는 글자가 달라져버리니까." 테런스가 말했다.

테런스의 입에서 이 말이 나오는 순간 모든 것이 분명해졌다. 내가 재킷 주머니에서 『1984』를 꺼내자 테런스는 무슨 성물이라도 되는 것처럼 두 손바닥으로 조심스럽게 균형을 잡으며 책을 받아 들었다.

우리는 내가 숫자를 읽으면 테런스가 책에서 찾은 글자를 메모장에 받아 적는 식으로 함께 암호를 풀기 시작했다. 늦은 밤이었고 암호를 푸는 과정은 지루했지만 둘 다 잔뜩 흥분해서 힘든 줄도 몰랐다.

두 시간 뒤 우리는 암호 풀기를 끝내고 깔끔하게 풀어놓은 암호를 바라보았지만 무엇인지 알 수 없었다. 문자로 바뀌었을 뿐 숫자일 때와 마찬가지로 무작위적이고 아무 논리도 없어 보였다. 잠시 동안 우리는 입을 굳게 다물었다. 서로의 숨소리 말고는 아무 소리도 들리지 않았다.

"5시가 다 됐어." 테런스가 말했다.

나는 휴대전화 시계를 확인하고 "이런" 하고 말했다.

테런스는 컴퓨터 앞에 앉으면서 나를 보고 말했다. "넌 집에 가. 내가 계속 풀어볼게."

"테런스…… 네가 해주는 일이 나한테 얼마나 큰 의미가 있는지 말로 표현할 수도 없어."

"내일 학교에 올 거야?"

학교라. 댄튼 아카데미에서 보내는 마지막 날이었다. 텍사스로 간다는 사실을 테런스에게 지금 얘기해야 할까?

"가겠지."

"점심시간에 보자. 오렌지색 차양이 달린 식당에서." 그는 재킷을 걸치는 나를 바라보았다. "이게 뭔진 모르겠지만, 일단 풀어둘게."

나는 책상 앞에 앉은 그에게 나가가 그의 귀 바로 위에 입을 맞췄다.

"고마워."

*

집에서 나를 기다리고 있던 조지나 이모는 거의 정신이 나간 것 같은 상태였다. 하지만 이모를 비난할 수는 없는 노릇이다. 내가 집에 들어서는 순간 이모는 헐떡거리는 것 같기도 하고 비명인 것 같기도 한 소리를 토해냈다. "그웬돌린, 정신이 있는 거니? 이모가 널 찾으려고 대체 무슨 짓을 했는지, 무슨 생각까지 했는지 알고나 있는 거니?" 피로와 눈물로 눈이 벌겋게 된 이모가 외쳤다. "경찰에 신고하려고 했다. 하지만 벨라 할아버지를 깨워서 이야기하니 그러지 말라고 하시더라. 네가 다 컸고, 자기 행동에 책임을 질 줄 아는 아이라고 말이야. 그런데 대체 어딜 갔던 거니?"

"죄송해요. 친구 집에 갔었어요." 내가 대답했다.

"아, 친구 집. 친구란 말이지? 남자 친구니?" 이모가 말했다.

"네."

이모가 두 팔을 번쩍 들었다. "다시는 이러지 마라. 내 말 듣고 있니?"

"어차피 일요일엔 떠나잖아요. 그러니까 다시는 이런 일 없을 거예요. 전 그냥…… 남자 친구를 한 번 더 만나고 싶었던 것뿐이라고요."

이모는 잠깐 화가 부글부글 끓는 것 같았지만 곧 잠잠해지더니 눈물을 훔쳤다.

"이리 오려무나." 이모가 부드럽게 속삭였다.

이모는 나를 품에 안았고 나도 이모를 마주 안았다. 기분이 좋았다. 엄마 같았다. 엄마스러웠다. 모든 것이 아무 문제도 없는 것처럼 느껴졌다. 하지만 난 다른 데 정신이 팔려 있었다. 이제 나는 뭘 해야 하나? 내 안의 소녀 탐정이 활동을 시작했다. 정신이 나갈 것처럼 지옥 같은 이 상황을 전부 해결해줄 열쇠는 단 하나였다.

"가서 자렴. 내가 학교에 전화해서 오늘은 아파서 빠진다고 말할게." 조지나 이모가 말했다.

"아니에요. 전 괜찮아요." 내가 말했다.

*

오전 수업을 간신히 버텨낸 뒤 점심시간이 되자 교실을 박차고 나와 오렌지색 차양이 달린 식당을 향해 달려갔다. 테런스가 앉아 있는 안쪽 부스 석으로 다가가는 동안 식당 안에 꽉 차 있던 댄튼 학생들이 고개를 돌리고 나를 쳐다볼 정도였다.

테런스의 맞은편에 앉으면서 나는 아이들이 한꺼번에 깜짝 놀라 숨을 몰아쉬면서 휴대전화를 꺼내 찰칵찰칵 사진을 찍어댈 거라고 생각했다. *#재수덩어리속물이남자한테꼬리치네*라고 게시하겠지.

테런스가 파일 폴더 하나를 테이블 위에 놓고 내 쪽으로 내밀자 나는 비밀스럽게 살짝 커버를 들어 안을 들여다보았다. 종이가 세 장 들어 있었다. 원래의 숫자열, 메모장에 적어놓은 문자열 그리고 각 21글자로 이루어진 문자열이 일곱 줄 적힌 새로운 종이 한 장이었다.

"처음에는 무작위로 적힌 글자라고 생각했어. 하지만, 이것 봐." 테런스가 조용히 말하면서 두 번째 종이를 가리켰다. "첫 두 글자가 CH지. 그리고 22문자를 건너뛰면 또 CH가 나와. 다시 22문자를 건너뛰면, LI 가 나오고."

나는 테런스를 쳐다보았다. "이해가 안 돼, 그게 무슨 뜻인데?"

"이 문자열을 21글자씩 끊어 읽으면 모든 문자열이 CH 아니면 LI로 시작해. 이 글자는 무슨 뜻일까?"

나는 잠깐 이 문자들을 곱씹어보았다. 뭔가 기억 속에서 떠올랐다. 차량 번호판. 유럽의 차량 번호판이었다. 번호판 구석에 차량의 등록 국가가 두 글자의 코드로 적혀 있다. FR은 프랑스, SK는 슬로바키아. "스위스 그리고 리히텐슈타인이야." 내가 대답했다.

"그리고 이 두 나라의 공통점은?"

"은행." 내가 대답한다. "돈 세탁."

테런스가 자랑스럽다는 듯 씩 웃더니 파일 폴더를 손으로 톡톡 쳤다. "그웬, 이건 은행 계좌번호야." 그가 속삭였다. "CH와 LI 뒤에 있는 문자들을 숫자로 변환해봐. A는 1, B는 2, 이런 식으로. 전부 계좌번호야."

온몸이 서늘하게 식는 기분이 들었다. "확실한 거야?"

"그래, 의심의 여지가 없어." 그는 주변을 돌아보며 가까이 있는 사람이 아무도 없는지 확인했다. "자, 여기 스위스 계좌 다섯 개는 취리히에서 극비로 운영되는 은행 계좌야. 300년 전에 만들어져서 여전히 그 가문에서 운영하고 있는 곳이지. 나머지 두 개의 리히텐슈타인 계좌도 똑같아."

"그럼 이 계좌들은 누구 건데?"

"거기까진 몰라. 내가 알아낼 수 있는 정보는 여기까지가 다였어." 테런스는 어깨를 으쓱했다.

"테런스, 너 정말 천재야. 세상에…… 고맙단 말도 차마 못 하겠다."

테런스의 얼굴이 심각해졌다. "말해줘, 그웬. 이 계좌로 뭘 하려는 거야?"

기름투성이 앞치마를 두른 웨이터가 메모장과 굵은 연필을 들고 나타나 섰다.

"전 됐어요." 나는 뭐라 할 말이 없어 입만 벌린 채 테런스를 바라보았다. "저기, 난 ······ 테런스, 미안해." 그게 할 수 있는 말의 전부였다.

나는 식당을 나와 세차게 숨을 몰아쉬었다. 이제 학교는 됐다. 오늘은 더 이상 아무것도 하고 싶지 않아. 오늘 배운 건 이걸로 충분했다. 그래서 나는 학교가 아니라 집 쪽을 향하며 중간중간 테런스에게서 받은 종이들이 제자리에 잘 들어 있는지 주머니를 만져 확인해보았다. 이 종이들이 퍼즐의 다른 한 조각이 아니라 어쩌면 퍼즐 전체일지도 모른다는 생각이 들었다. 이 숫자 때문에 아빠가 사라진 거야. 그리고 이 숫자 때문에, 칼라일이 우리 집을 뒤진 거야.

이 정보를 가진 사람은 세상에 테런스와 나, 둘뿐이었다. 이 숫자로 무언가를 할 수 있는 사람은 세상에 우리 둘밖에 없었다. 내가 해야 할 일, 올바른 일은 아마 아빠가 바라던 바와는 반대로 이 계좌번호를 칼라일에게 넘겨주는 걸지도 모른다. 계좌번호를 칼라일에게 넘겨주고 전부 잊어버리는 것. 텍사스에 가서 아예 이런 계좌번호가 존재하지도 않았다는 듯이 사는 것. 하지만 그런 일은 일어나지 않을 것이다. 일어날 수 없다. 사라진 건 우리 아빠인걸. 하나뿐인 내 아빠. 그러니까 이 정보를 잊어버릴 수는 없다.

나는 우리 집이 있는 건물에 도착해 집으로 올라가기 위해 열쇠를 꺼내 들었다. 하지만 집에는 조지나 이모가 새하얀 이를 빛내며 나를 기다리고 있을 것이다. 이모는 따뜻하고 끝도 없는 연민을 담아 나를 꼭 끌어안아줄 것이다.

그래서 나는 집으로 올라가는 대신 문구점의 초인종을 눌렀다.

*

벨라 할아버지는 종잇장이며 초록색 페이지에 손으로 쓴 항목과 숫자들이 줄줄이 적힌 옛날식 금전 장부가 놓인 책상 뒤쪽 사무용 의자에 등을 기대고 앉아 있었다. 하지만 지금 벨라 할아버지가 들여다보는 숫자는 테런스가 나에게 적어준 계좌번호였다. 할아버지의 눈이 다음 페이지로 옮겨갔다가 다시 앞 페이지로 돌아왔다. "너한테 책을 주는 게 아니었는데 말이다."

"하지만 주셨잖아요. 그러니까, 어떻게 생각하세요?" 내가 말한다.

"정말 똑똑하구나. 테런스라는 친구 말이다. 그 녀석, 이걸로 먹고살아도 충분하겠다." 할아버지가 말했다.

"테런스 말고, 계좌번호 말이에요. 할아버지, 이것 때문에 아빠가 실종된 거 맞죠? 제 발로 어딘가로 사라진 게 아니라, 누군가 이 계좌번호를 알아내려고 아빠를 납치한 거죠?"

"물론 그럴 가능성이 있지."

"그러니까, 할아버지 생각에도 우리 아빠는 납치된 게 맞다는 거죠?"

"나는 그럴 가능성이 있다고만 했다."

나는 의자에서 일어서서 물건이 가득 찬 창고 안을 천천히 돌아다녔다. "할아버지. 전 아빠를 찾을 수 있어요. 아빠가 어디서 사라졌는지도, 누굴 만나고 있었는지도 알아요. 제가 아빠를 추적할 수 있어요. 할아버지가 한 것처럼, 저도 전쟁에 나설 거예요."

"음." 할아버지는 보고 있던 종이들을 책상 위에 내려놓았다. "그렇게 쉬운 일이 아니야."

"쉽지 않겠죠. 하지만 시도는 해봐야죠. 꼭 해봐야 해요."

할아버지는 작게 헛기침을 했다. "빨간 구두야, 폭력이 뭔지 아니?"

나는 할아버지를 빤히 쳐다보았다. "폭력이 우리 엄마를 앗아갔어요. 저도 그 자리에 있었고요."

"하지만 스스로 폭력을 행할 수 있겠니?" 할아버지는 이 질문을 하며 나를 빤히 바라보았다. 지금 나를 빤히 바라보는 것은 친절한 문구점 주인 벨라 할아버지가 아니었다. 이 사람은 스파이 벨라다. 전사 벨라다. 생존자 벨라다. "내 가족이 살해당한 뒤 나는 총을 들었다." 할아버지가 말했다. "낡고 더러운 러시아제 리볼버였지. 며칠 후, 나는 우리 마을 골목길에서 한 독일군 장교와 마주쳤어. 고급 가죽 코트를 입은, 영화배우처럼 잘생긴 장교였다."

할아버지의 부모님과 여동생들을 죽였다는 그 장교를 묘사할 때랑 똑같은 설명이었다. 나는 걸음을 멈추고 할아버지의 말에 귀를 기울였다.

"그 장교는 우리 마을의 창녀를 벽에 기대 세워놓고 그 짓을 하고 있었지. 주변이 깜깜해서 가까이 다가설 수 있었다." 할아버지는 반점이 점점이 찍힌 팔을 들더니 검지로 머리 옆쪽, 귀 바로 뒤를 가리켰다. "내가 그놈을 쐈지. 바로 여기를. 10센티미터도 안 되는 거리였다. 장교와 창녀 둘 다 바닥에 쓰러졌지. 총알이 그놈을 뚫고 나가 여자까지 죽여버렸다."

"그럼…… 그 사람이 할아버지 가족을 죽인 바로 그 장교였어요?"

벨라 할아버지가 얼굴 앞에서 손을 휘휘 저으며 얼굴을 찌푸렸다. "뭐,

그건 알 수 없지. 내가 쏜 총알에 그놈의 머리가 절반은 날아갔거든. 하지만 오늘날까지도 내 머릿속에서 그때 죽은 그 여자가 떠나지 않는단다."

거기까지 말한 뒤 할아버지는 잠시 말을 멈추었지만 계속해서 나를 빤히 바라보며 내 반응을 관찰하고 있었다. 이 이야기는 겉으로만 보면 나에게 충격과 공포를 주려는 무서운 이야기다. 하지만 한 꺼풀 벗겨보면 그 의미는 달라진다. 세상에는 우리가 때로 행할 수밖에 없는 잔혹한 일들이 있다.

"아가, 네 아버지를 찾아나선다면 너에게도 이런 일이 일어날 거야."

벨라 할아버지는 이렇게 말하더니 몸을 앞으로 숙여 한 손을 내 어깨에 올렸다. "전쟁이란 그런 거야. 총탄을 쏘고 실수를 저지르면서 살아가는 거야."

나는 고개를 끄덕였다. "고맙습니다."

"뭐가 고맙니?" 벨라 할아버지가 물었다.

"이런 말씀을 해주셔서요. 조언해주셔서 고마워요."

"조언이라고?" 할아버지는 작은 소리로 웃더니 고개를 젖히고 의자 등받이에 기댔다. "나는 네가 이 말을 들으면 텍사스에 가는 게 낫다고 생각할 줄 알았는데."

할아버지의 이야기에 나오는 세계는 무시무시하다. 하지만 아무도 나를 위해 행동에 나서지 않는다면, 내가 선택을 해야 한다. 어린아이로 남아 아무것도 하지 않든가, 어른이 되어서 스스로 행동에 나서든가. 나에게는 그것이 아이와 어른의 차이, 늑대의 먹이가 되는 소녀와 늑대를 사냥하는 어른 여성의 차이로 느껴진다.

우리는 잠깐 서로의 눈을 똑바로 마주 보았다. "물론, 이제는 세상이 달라졌지. 대안이 있으니까. 하지만 이론적으로……." 할아버지가 말했다.

"말씀해주세요." 내 목소리는 거의 속삭이는 것처럼 작았다.

"이론적으로, 혼자 나서는 건 자살이나 다름없다. 그런 건 미친 짓이야. 너에겐 도움이 필요해."

나는 기대에 찬 눈빛으로 기다리다가 할아버지의 다음 말을 부추겼다. "그래서요?"

"만약 친구가 있다면, 그러니까 그 세계, 정보국의 세계와 끈이 닿는 사람이 있다면 몇 군데 전화를 걸어주고, 네게 필요한 도움을 조직해줄 사람이 있다면……." 할아버지는 한숨을 쉬더니 자신의 생각을 파리처럼 쫓으려는 듯 손을 휘휘 저었다. "아무리 그래도 이런 일은 다 잊고 텍사스에 가는 게 나아. 여기 이 벨라 할아버지는 정신 나간 늙은이에 불과하니까."

나는 시선을 아래로 떨어뜨리며 두 손으로 무릎을 힘껏 눌렀다.

"전 할 거예요, 벨라 할아버지. 해야 해요. 시도는 해보아야 해요."

벨라 할아버지가 숨을 깊이 들이쉬더니 눈을 감았다. "그게 네가 내린 결정이냐?"

"네." 나는 종이들과 『1984』를 재킷 안에 집어넣었다. "할아버지가 전화를 걸어주실 수 있어요?"

"그래. 네 아버지에게서 빚은 도움이 있으니까. 이스라엘 사람들은 이런 마음의 빚은 꼭 갚지."

할아버지가 자리에서 일어나자 그 순간 문득 실제 나이보다 젊어 보이고, 키도 훨씬 커 보였다. 할아버지는 손으로 나에게 일어서라는 시늉을 했다. 나도 할아버지를 따라 일어섰다.

우리는 서로를 부둥켜안았다. 감상적인 사랑이 담긴 포옹이 아니었다. 두 동지 사이의 포옹이었다.

*

나는 기름기가 번질번질한 키보드로 인터넷에 접속하려고 공립도서관 컴퓨터실에서 20분간 초조하게 기다렸다. 그 20분간 내가 태어난 이래 한 가장 미친 생각을 정당화하려고 애썼다. 이런 공식은 결코 성립할 리가 없다. 나에게 없는 용기에다가 도와주겠다는 어떤 노인의 약속을 합하면 그 답은 성공이 아니다. 그 수식의 답은 0이다.

그런데도 나는 컴퓨터 앞에 앉아 누군가 다른 사람이 조종하기라도 하는 것처럼 손가락을 움직여 에어프랑스 사이트에 로그인했다. JFK 공항에서 샤를 드골 공항으로 가는 저녁 8시 37분 비행편. 여러 해에 걸쳐 수많은 여행을 다닌 탓에 나에게 쌓여 있는 마일리지는 12만 마일이 넘었고 이 마일리지로는 파리행 편도 항공편 일반석을 예약하고도 남았다. '바로 구매' 버튼 위에 놓인 커서가 내 손의 떨림이 만들어내는 진동과 합을 맞춰 흔들리고 있었다. 나는 마침내 마우스를 딱 한 번 클릭했다. 3초 뒤, 재킷 주머니 어딘가에 들어 있던 휴대전화에서 항공권이 도착했다는 작은 알림음이 울렸다.

나는 도서관을 나와 내가 평소에 학교를 마치고 돌아오는 시간에 딱 맞춰 집으로 돌아왔다. 조지나 이모가 나를 안아주더니 학교에서의 마지막 날은 어땠느냐고 물었다. 괜찮았어요, 하고 나는 대답했다. 떠나게 되어서 속상해요.

"금방 새 친구들이 생길 거야." 조지나 이모가 나를 더 힘주어 끌어안으며 말했다. 나는 이모의 품에서 몸을 비틀어 빠져나와 조그만 식탁 앞에 앉은 다음 흠집이 잔뜩 난 나무 상판 위에 손가락으로 빙빙 원을 그렸다.

"그게 있잖아요," 나는 말을 꺼냈다. "제 친구 몇 명이 오늘 밤에 송별 파티를 열어주고 싶대요. 친구 집에서 자고 오는 파티요."

이모가 식탁 맞은편에 앉았다. "하지만 어젯밤도 밖에서 보냈잖니?"

"앞으로는 다시는 못 만나는 친구들이잖아요." 내가 말한다.

이모가 눈을 깜박이더니 이를 앙다물었다. "누구 집이니?"

"마거릿 새퍼스테인네 타운하우스요."

"오늘 밤 마거릿의 부모님도 집에 계시니?"

나는 눈을 굴렸다. "아쉽지만 그렇대요. 마거릿네 엄마는 진짜 엄하시거든요." 조지나 이모는 그밖에도 몇 가지 질문을 던졌지만 나는 파티에는 술도, 마약도, 남자애들도 없다고 이모를 안심시켰다. 이모는 끝까지 나를 파티에 보내고 싶어 하지 않았지만 결국은 내가 이겼다. 내가 내 송별 파티에 간다는데 이모가 무슨 수로 막겠는가?

내 방으로 돌아온 나는 필요한 물건들을 배낭에 챙겼다. 가져가고 싶은 물건이 아니라, 가져가야 하는 물건들만 챙긴다. 군인만큼 인색한 마음으로 갈아입을 옷 단 한 벌과, 계좌번호가 적힌 종이, 여권 그리고 트럼프 카드 한 벌을 챙겼다. 이제 겉옷을 입고, 부츠만 신으면 출발 준비 완료.

조지나 이모가 거실에서 나를 기다리고 있었다. 양손을 꽉 쥔 이모의 눈초리는 어쩐지 수상해하는 것 같았다. "내일 정오까지는 집에 와야 해,

그웬돌린."

"알았어요. 그리고 고맙습니다."

"뭐가?"

"전부 다요, 고마워요."

이모가 눈을 꼭 감았다. "무슨 소리니, 그웬돌린. 재밌게 놀다 와라."

*

북쪽을 향해 걷다가 72번가를 향해 왼쪽으로 꺾는 한걸음 한걸음마다 내 안에 깃든 그것, 퀸스에 있는 물품 보관 창고 복도에서 처음으로 나에게 자신의 존재를 알렸던 '그것'이 내 안에서 몸을 쭉 뻗으며 내 피부를 밀어 올리는 바람에 몸이 웨트수트*처럼 꽉 죄어왔다. 그것이 나를 앞으로 나아가게 했다. 이 이야기에 등장하는 영웅은 너야, 하고 그것이 나에게 말했다.

나는 먼저 은행에 들러서 통장에 있는 돈을 전부 인출했다. 500달러가 조금 넘었다. 나는 돈을 주머니에 집어넣고 72번가를 계속 걸어 매디슨가의 커다란 문 앞에 섰다. 도어맨이 테런스를 호출하자 1분 뒤 나는 테런스의 펜트하우스 문 앞에 서 있었다. 엘리베이터가 열리자 앞에 테런스가 나를 기다리며 서 있었다.

"들어올래?" 그가 물었다.

"아니." 내가 말했다. "나는 그냥…… 있잖아, 나한테 뭐 하나 약속해 줄래?"

---

* 몸에 딱 붙는 습식 잠수복.

그러자 테런스가 고개를 갸웃하며 나를 바라보았다. "너 괜찮아?"

"그냥, 약속만 해줘."

"알았어, 약속할게. 그런데 그웬돌린, 도대체 무슨 일이야?" 나는 테런스에게 내 계획을 말해주었다. 파리에서 누군가 나를 도와줄지도, 아니면 못 도와줄지도 모른다는 얘기까지 덧붙였다. 내 말이 끝나자 테런스가 깜짝 놀라 눈썹을 휘둥그레 추어올리는 모습이 너무 바보 같아 보였다. 나는 마치 오늘이 여느 날과 똑같다는 듯이 신나게 웃음을 터뜨렸다. 나는 그에게 『1984』와 암호가 적힌 종이 원본을 건넸다. "이걸 네가 좀 맡아줘, 숨겨줘."

"그웬돌린, 가지 마." 책과 접힌 종이를 받아 들며 테런스는 그렇게만 말했다. 그 뒤에는 머리를 굴려 나를 설득할 말을 만들어냈다. 우리는 오랫동안 입씨름을 벌였다. 테런스가 온갖 논리와 사실을 오케스트라처럼 총동원해 나를 설득하려 했지만 결국 갑옷처럼 단단히 두른 내 고집 앞에서 모두 튕겨 나가고 말았다.

"내가 무슨 말을 해도 널 막을 수는 없겠지?" 테런스가 물었다.

"그래. 그리고 한 가지 더 부탁할 게 있어. 난 돈이 필요해, 테런스. 현금이." 내가 대답했다.

그는 잠시 가만히 있다가 주머니에서 은색 머니클립을 꺼냈다. 돈뭉치는 작았다. 총 100달러쯤 되어 보이는 돈을 전부 꺼내 내 재킷 주머니에 집어넣었다.

"아니, 더 많이 필요해." 이런 말을 하는 나 자신이 너무 싫었다. 테런스가 신 것을 베어 문 것처럼 얼굴을 찌푸리는 모습이 보였다. 창피해서 웃음이 터져 나오는 바람에 나는 테런스의 집에서 떠나려고 몸을 돌렸다. "저기, 미안해, 이런 부탁은 안 할걸 그랬어······."

그때 테런스가 내 팔을 붙잡았다. "아냐, 잠깐만 기다려." 그가 집 안으로 들어갔다. 시간이 좀 지난 뒤 그가 손에 커피 캔 하나를 들고 나타났다. "2천 정도 될 거야. 이게 내 전 재산이야. 아빠한테 돈이 있긴 하지만, 금고 안에 있어서 말이야."

나는 플라스틱 뚜껑을 열고 안을 들여다보았다. 안에는 지폐가 가득 차 있었다. 20달러짜리, 50달러짜리, 100달러짜리.

"내 비자금이야."

나는 눈을 꼭 감았다. 고마운 마음에 목소리가 떨렸다. "네가 내 목숨을 구했어, 그거 알아?"

"모르겠다, 어쩌면 네 목숨을 잃게 하는 데 일조하는 건지도 모르지." 테런스는 그렇게 말하면서 두 손으로 내 어깨를 짚었다.

그가 내 눈을 뚫어지게 들여다보았다. 진지한 얼굴, 간절히 바라는 듯한 눈빛, 내가 태어나서 본 가장 진지한 남자애. "나도 같이 갈게."

잠깐이지만 나는 그 말이 진심이라고 생각했다. 하지만 역시 말도 안 되는 생각이었다. 테런스는 강인한 구석이라고는 없는, 전형적인 미국인 부잣집 아들이었다. 아마 5초도 못 견딜 것이다. 그러고 보면 부자가 아니라는 점만 빼면 나도 테런스와 다를 바가 없었다.

"넌 정말 다정한 애야."

"진심이야. 내가 도와줄게."

나는 테런스의 가슴에 살짝 손을 올렸다. 정신과 의사라면 내가 무의식적으로 그를 밀어내는 거라고 했을지도 모르지만, 나는 그냥 테런스를 만지고 싶었을 뿐이다. "아니, 넌 여기 있어줘." 내가 말했다. "나한테 컴퓨터 천재가 필요할지도 모르잖아. 아니면 가끔 뭔가 정상적이고 멋진 기억을 떠올리고 싶을 수도 있고."

나는 살짝 미소를 지었다. 안 그러면 울음이 터져 나올 것 같아서였다. 왜 세상은 행복하고 바보스럽게 굴러가지 않을까? 왜 나를 그냥 테런스 옆에 있게 놔두지 않을까? 나는 고개를 숙여 테런스의 가슴에 기댔다. 그날 비를 피하려고 다세대 주택 현관에 서 있었던 이후로 테런스에게 이렇게 가까이 다가간 건 처음이었다.

"이제 가야 해, 테런스."

"알아." 그가 말했다.

하지만 우리 둘 다 움직이지 않았다. 내가 마침내 테런스에게서 몸을 뗐을 때, 나의 얼굴도 그의 셔츠도 내 눈물에 젖어 있었다. 그가 고개를 숙여 내 뺨에 입을 맞추려고 하자 나는 고개를 돌려 그의 입술에 내 입을 맞추었다. 입을 다문 채 하는 조용하고 부드러운 입맞춤이었다. 하지만 이것도 키스라고 칠 수 있겠지.

다시 밖으로 나오자 바람이 거세어져서 나는 바람에 떠밀리듯 5번가를 향했다. 테런스가 준 커피 캔 안에 들어 있던 돈을 주머니에 집어넣고 캔은 쓰레기통에 버렸다. 모두 합쳐서 2,657달러였다.

나는 택시를 잡아타고 JFK 공항으로 향했다. 뒷좌석에 웅크린 채 일반 여권을 꺼냈다. 외교관 자녀에게 발급해주는 관용 여권은 집에 두고 왔다. 지금 사용하기엔 너무 위험할 뿐만 아니라 아빠의 여권처럼 위조 여권일 가능성도 있었다. 하지만 만약 내 일반 여권 역시도 위조 여권이면 어쩌지? 체이스 칼라일은 내가 텍사스로 간다고 생각하고 있을 것이다.

내가 새로운 가족과 카보산루카스* 여행이라도 갈지 모르는데, 그것까지 막고 싶어 하진 않았을 것이다.

JFK 공항에 도착하자 비행기가 뜨는 시간까지 아직 한 시간 반이 남아 있었다. 나는 가게에서 모자를 하나 샀다. 옛날에 택시 기사나 신문팔이 소년들이 쓰고 다니던 스타일의 모자였다. 나는 빨간 머리를 모자 속에 집어넣어 숨겼다.

게이트에 도착하자 이상한 침묵이 모든 것을 내리누르는 것처럼 느껴졌다. 승객들이 떠드는 소리도, 스피커에서 비즈니스 석 승객, 1번 그룹, 2번 그룹, 3번 그룹을 차례차례 부르는 안내방송의 소음도 거의 들리지 않았다.

비행기에 탑승하려는 승객들이 홍수처럼 내 주위로 쏟아졌다. 하지만 나는 망설였다. 이 여정이 성공할 가능성은 0에 가까웠고, 믿는 구석이라고는 벨라 할아버지가 연락을 취했을지도 모르고 아닐지도 모르는, 알 수 없는 도움의 손길뿐이었다. 하지만 할아버지는 정신 나간 노인일 뿐이잖아. 할아버지 스스로 그렇게 말했는걸. 그리고 난 정신 나간 어린애일 뿐이다. 내가 지금 하고 있는 정신 나간 짓이 그걸 증명한다.

게이트를 지키고 있던 승무원이 모든 좌석 등급과 모든 열을 부르자 10분 뒤 탑승 대기 구역에 남은 것은 승무원과 나 둘뿐이었다.

그녀가 눈썹을 치켜들고 기대에 찬 얼굴로 나를 바라보았다. 탈 거니, 말 거니?

---

*   멕시코의 관광지.

파리

8장

깨끗이 살균된 공항은 너무 춥고 공기에서는 화학약품 냄새가 났다. 나는 난민처럼 다른 일반석 승객들 틈에 섞여 입국 심사대를 향해 걸었다. 몸이 벌벌 떨려왔다. 공기가 북극처럼 차가워서인지, 내가 지쳐서인지, 아니면 겁에 질려서인지 알 수 없었다. 줄이 느린 속도로 줄어드는 동안 나는 입국 심사 직원 중 누가 내 담당이 될지 짐작해보았다. 젊고 엄격해 보이는 직원, 나이가 많고 친근해 보이는 직원, 자기가 하는 일이 마음에 안 들어서 온 세상이 다 싫어 죽겠다는 표정을 짓고 있는 저 직원일까? 어떤 직원을 만나느냐에 모든 것이 달려 있었다. 빨간 머리 미국인 소녀에게 미소를 지어주는 사람일지, 아니면 미국인도, 빨간 머리도 마음에 들지 않으니 어디 한번 기나긴 사연을 파헤쳐볼까 하고 벼르는 사람일지.

줄을 따라가자 지난 50년 내내 이 일을 했다는 것처럼 지루해 죽겠다는 표정을 짓고 있는, 시큰둥하고 핼쑥한 얼굴을 한 담당 직원이 내 앞에 있었다. 나는 카운터 위에 파란색 일반 여권을 올려놓고 프랑스어로 인사를 건넸다. 직원이 영어로 인사를 받더니 얼굴이 잘 보이게 모자를 벗으라고 했다.

"프랑스 방문 목적은?" 직원은 마치 영어라는 땅에 잘못 옮겨 심은 듯이 엉망이 된 프랑스식 발음으로 물었다.

"관광이요."

"기간은?"

"일주일."

"묵는 곳은?"

"호텔 콜레트라는 호스텔이에요." 아빠와 함께 파리에 살 때 언뜻 본 적 있는 호스텔로, 쓰레기장같이 생긴 곳이었다.

"어디를 방문할 계획이죠?"

"루브르 박물관, 에펠탑, 퐁피두 센터요." 그런데 직원은 이 대답에 언짢아진 것 같았다. 수상하리만치 깔끔한 내 대답을 듣고 그가 잠시 나를 쳐다보았다. 나는 침을 삼키는 소리를 크게 내지 않으려고, 미소에 불안감이 감돌지 않게 하려고 애썼다.

그가 내 여권을 넘겨보며 찍혀 있는 입국 도장들을 확인했다. "이미 세 번이나 프랑스를 방문한 적이 있군요."

"맞아요." 내가 대답했다.

"그런데 루브르 박물관이나 에펠탑에 가본 적이 없습니까?"

나는 애써 미소를 지었지만 입매가 불편하게 움찔거리는 게 느껴졌다. "한 번 더 가볼 가치가 있잖아요?"

그가 손을 들어 올리더니 망치로 내리치듯 도장을 쾅 찍었다.

"당연히 그렇지요. *Bienvenue en France*〔프랑스에 오신 것을 환영합니다〕." 그가 말했다.

자동문이 열리자 승객들은 세관을 통과해 터미널의 입국장으로 갔다. 기다리던 가족들이며 팻말을 치켜들고 서 있는 지루한 기색의 리무진 운전사들이 밖으로 나오는 승객들을 열심히 훑어보며 사람을 찾았다. 제복 차림에 머리를 바짝 깎은 젊고 잘생긴 프랑스 군인 한 명이 내 옆으로 달려가더니, 화장이 줄줄 흘러내릴 정도로 눈물범벅이 된 어머니의 품에 가서 안겼다. 구겨진 양복을 입은 아버지는 아기를 받아 들고 입을 맞추더니 사랑스럽다는 듯이 아내를 바라보았다. 아내 역시 그에게 같은 눈빛을 보냈다. 그러나 대부분의 승객은 모여 선 사람들을 지나쳐 지하철역이나 택시 대기 줄을 향해 가고 있었다. 나 역시 그들 사이에 끼어들어 몸을 숨겼다.

그런데 내 눈에 가죽 재킷을 입고 목에는 오렌지색 실크 스카프를 느슨하게 두른 여자 한 명이 언뜻 보였다. 30대로 보이는, 새까만 머리를 정수리 쪽으로 틀어 올린 아주 예쁜 여자였다. 그녀는 재빠른 걸음걸이로 사람들 쪽으로 다가와 기대에 찬 미소를 띠고 누군가를 열심히 찾았다. 내가 지하철역으로 가는 표지판을 찾으려 시선을 위로 들었다가 다시 내리자 그녀의 눈이 나를 빤히 바라보고 있었다. 사람을 잘못 본 걸 거야, 하고 나는 속으로 생각했다. 찾는 사람이랑 내가 닮았나 보지. 별 거 아니야. 계속 걸어가자. 그 순간 그녀가 내 손을 붙들고는 나를 거칠게 자기 쪽으로 돌려세웠다. 그러더니 깜짝 놀라며 사람을 잘못 봤다고 사과하는 대신 눈을 반짝이며 내 뺨에 프랑스식으로 쪽쪽 입을 맞추고 꼭 끌어안았다. 우아한 가죽 재킷과 늘씬한 몸매 아래에 자리 잡은 탄탄한 근육이 느껴졌다. 그녀가 날 꽉 끌어안자 값비싼 프랑스 향수 냄새가 났다. 내 귀에서 딱 5센티미터 떨어진 곳에 입을 대고 그녀가 영어로 속삭였다. "난 벨라 아츠몬의 친구야, 알았니?"

그녀는 내 얼굴을 보려는 듯 나를 다시 밀어내면서도 여전히 두 손으로 내 어깨를 꽉 붙잡고 있었다. *"Comme tu as grandi! Je n'en reviens pas! Tu es presque une adulte*〔벌써 이렇게나 컸구나, 오랜만이야. 어른이 다 되었구나〕!" 주변에 있는 사람들에게 다 들릴 만큼 큰 소리였다.

그녀가 다시 나를 끌어안더니 영어로 속삭였다. "신문 가판대 쪽에 두 남자가 있어. 경찰이야. 그쪽을 보지 마. 나처럼 웃어, 오랜만에 만난 친척인 척해."

"저 때문에 온 경찰인가요?" 나도 속삭이는 소리로 되물었다.

"거기까진 알려 하지 말고." 그녀가 말했다.

우리는 함께 걷기 시작했다. 그녀는 진짜 오랜만에 만난 이모라도 되는 것처럼 내 팔을 단단히 붙들었다. "짐은?" 그녀가 나직이 물었다.

"없어요, 지금 메고 있는 가방이 다예요."

"그럼 가자."

그녀가 내 손을 잡은 채 이끌고 문을 나서서 픽업 공간을 지나 주차장으로 갔다. 아침 햇살이 물러가고 짙은 비구름이 몰려오고 있었다. 그러나 잠을 한숨도 못 잔 탓에 눈이 부셔서 그녀를 바라보려면 눈을 가늘게 떠야 했다. 이게 무슨 일이지? 나는 왜 이 사람을 따라 차에 타는 거지?

주차장은 소형 시트로엥과 피아트로 꽉 차 있었지만 사람은 거의 없었다. "제가 누군지 어떻게 아셨어요?" 내가 물었다.

"빨간 머리가 눈에 띄니까." 그녀는 낡아빠진 폭스바겐 해치백 앞에서 걸음을 멈추더니 조수석 문을 열어주었다. "어서 타렴."

"잠깐만요. 전 그쪽 이름도 모르잖아요."

"야엘이라고 불러라." 그녀는 그렇게 말하더니 운전석에 올라탔다.

교묘한 말이었다. 나는 야엘이야, 라든가 내 이름은 야엘이야, 가 아니라 야엘이라고 부르라니. 그래도 일단 나는 불길한 마음을 억누르고 조수석에 탔다. 그녀가 열쇠를 돌려 시동을 걸려는데 내가 가로막았다. "잠깐만요, 우리 이야기 좀 할 수 있을까요?"

그녀가 뻗었던 팔을 거두며 차가운 눈초리로 나를 보았다. "뭘 알고 싶은데?"

"일단, 누구세요?" 내가 물었다.

"야엘이라고 했잖아."

"그러니까 뭐 하시는 분이냐고요. 사설탐정이세요? 아니면 스파이예요?"

그녀는 대답을 생각하는 듯한 눈초리로 내 얼굴을 훑었다. "나는 때때로 부탁을 받고 일처리를 해주는 사람이야."

"말씀을 참 애매하게 하시네요."

"그래. 그렇지."

"야엘은, 이스라엘 이름이죠?"

"그게 무슨 문제라도 되니?"

"아뇨. 당연히 아니죠." 내가 대답한다.

야엘이라고 불리는 여자가 차를 출발시키자 우리는 주차장을 빠져나와 길 위로 달려 나간다. 야엘의 운전 솜씨는 날래면서도 정확했다. 일단 속도를 높여 두꺼운 쇠파이프를 잔뜩 실은 대형 트레일러트럭 꽁무니까지 가서, 속도를 낮추고 토끼처럼 재빠르게 차 주위를 빙빙 돌았다. 그녀의 눈이 앞의 도로와 백미러 사이를 빠른 속도로 오간다. 초조해서 하는 행동이 아니라 오랫동안 훈련받은 티가 나는 동작이었다. 아빠도 이런 식이었다. 야엘이 걸친 시크한 파리지엔느의 패션과 흠 하나 없는 그녀의 프랑스어 억양 속에는 무언가 거친 것, 파리보다 훨씬 잔혹한 도시에서 오랜 세월을 보낸 흔적이 엿보였다. 때때로 '부탁을 받고' 일을 처리하는 사람이라 보기엔 지나치게 냉정한 통제력과 기술을 갖춘 것 같다. 자신을 야엘이라고 불러달라는 이 여자가 단순한 심부름꾼일 리는 절대 없었다. 그녀의 재킷 안쪽 어딘가에 권총이 들어 있으리라는 걸 거의 확신한다.

"그럼, 왜 이런 일을 하세요? 그러니까 미국인 한 명이 납치되든 말든 이스라엘과는 상관없잖아요?" 내가 물었다.

야엘이 한참이나 침묵하는 바람에 나는 그녀가 내 질문을 무시했다고 여겼다. 그러나 재차 물으려는 순간 그녀가 입을 열었다. "네 아버지 말이지……. 네 아버지가 소속된 기관과 내가 소속된 기관이 때로 협력할 때가 있거든. 네 아버지는 우리가 별로 알리고 싶어 하지 않는 정보도 알고 있어. 그러니까 너희 나라 정부보다 우리나라 정부에서 네 아버지가 더 중요한 인물이라는 뜻이지."

이제 모든 것이 분명해졌다. 그건 감정이라고는 전혀 끼어들지 않은 일이고, 벨라 할아버지가 가진 마음의 빚과도 상관없는 일이었다. "그럼 순전히 비즈니스 관계라는 거네요." 내가 말한다.

"항상 그렇지."

그녀는 차를 한 번 더 돌리더니 관광객용 안내책자에는 절대 나오지 않는 파리의 교외로 들어섰다. 이곳에 있는 건 콘크리트로 된 아파트 건물과 공공주택이 전부다. 건물들이 우리 양쪽에 절벽처럼 버티고 서 있었다.

"나한테 전부 다 이야기해줘. 그럼 우리 쪽 정보기관에서 작업에 착수할 테니까. 주로 데이터마이닝, 그러니까 여기 있는 퍼즐 조각을 저기 있는 조각과 맞춰보는 작업이 될 거야. 그리고 작업이 이루어지는 동안에 난 너한테 살해당하지 않고 살아남는 방법을 가르쳐줄 거야." 야엘이 내게 말했다.

"그 데이터마이닝이라는 게 얼마나 걸려요?"

"한 달이 걸릴 수도 있고, 내일 끝날 수도 있어."

"한 달이라고요, 야엘, 그건 너무 길어요. 그때까지 두 손 놓고 기다리고 있을 순 없어요." 내가 말한다.

"내가 하는 일의 90퍼센트가 기다리는 일이야."

"그럼 나머지 10퍼센트는 뭐예요?" 내가 묻는다.

야엘이 나를 보더니 미소를 짓는다.

"순수한 공포."

*

느지막한 오전의 붐비는 도로에서 우리가 탄 차는 거의 움직인다고도 볼 수 없는 느린 속도로 앞으로 나갔다. 야엘이 손바닥 아랫부분으로 경적을 울리며 욕설을 내뱉었다. 상점이 늘어선 길가는 사람들이 꿈꾸는 파리의 풍경과는 거리가 멀었다. 사람들이 아코디언을 연주하고 세월에 빛이 바래 초록색이 된 구리 지붕으로 가득한 그런 파리 풍경 말이다. 이곳은 식료품점이며 싸구려 초밥 가게, 세탁소로 이루어진 파리였다. 낮의 파리, 있는 그대로의 꾸밈없는 파리. 직장인들이며 유모차를 밀고 다니는 엄마들로 거리가 붐비고 있었다. 야엘이 마침내 주차할 곳을 찾아 차를 세웠고 나는 그녀를 따라 한 블록을 걸어갔다. 야엘은 '스튜디오 마리 댄스 아카데미'라고 적힌 초록색 차양 아래에 발걸음을 멈췄다.

"마리가 누구예요?"

"아마도 나." 야엘이 말했다.

"춤을 가르쳐요?"

야엘이 문을 열었다. "때때로."

스튜디오 안에서 체육관처럼 기분 좋은 땀 냄새와 열기가 뿜어져 나왔다. 벽면 전체가 거울이었고 그 앞에는 발레 바가 늘어서 있었다. 나는 스튜디오 안을 돌아다니며 구석에 놓인 낡은 피아노 건반에서 '도'를 눌러보았다.

"피아노는 건드리지 마." 야엘이 말했다.

야엘은 스튜디오 안쪽에 있는 또 다른 문을 열었다. 야엘의 걸음걸이에는 마치 고양이처럼 우아한 힘이 실려 있었다. "따라오렴."

우리는 좁다란 계단을 따라 위층으로 올라갔다. 스튜디오와 똑같은 모양과 크기의 방이었지만 천장이 더 높고, 창은 블라인드로 가려져 있었다. 야엘이 방 한가운데에 쳐져 있던 커튼을 젖히자 바닥에 두꺼운 매트가 깔린 공간이 드러났고 구석에는 무시무시하게 생긴 고무 마네킹이 서 있었다. 이를 악물고 있는 마네킹의 얼굴은 아무렇게나 대충 만들어져 있었다.

"이게 뭐예요?" 내가 물었다.

"우리 집. 그리고 당분간은 네 집이기도 하지." 야엘이 대답했다.

"아뇨, 커튼 뒤쪽에 있는 공간 말이에요. 격투기 스튜디오 같은데요."

야엘이 벽 쪽에 일렬로 늘어서 있던 철제 캐비닛에서 물 한 병을 꺼내 뚜껑을 열었다. "내가 가르치는 또 다른 기술이지. 크라브 마가, 들어본 적 있니?"

나는 고개를 저었다.

"히브리어로 '육탄전'이라는 뜻이야. 넌 파리 최고의 선생이 너를 가르칠 거야."

"그럼…… 그럼 야엘이 싸우는 법을 가르치는 거예요?"

"노력해봐야지." 야엘은 천천히 물을 마시면서 내 능력을 가늠해보듯 나를 훑어보았다. "벨라가 자기 정보원에게 네가 체조선수라고 말했다던데."

"그냥 취미로 하는 거예요."

"취미라도 최소한 균형감각과 근력은 갖고 있겠구나. 네 몸을 잘 알고, 네 신체 능력에 대해서도 알 테니까."

"저기, 죄송해요. 무슨 말을 들으신 건지 모르겠지만, 전 싸움은 해본 적이 없어요. 벨라 할아버지는 누가 절 도와줄 거라고……."

"도와준다는 말이 누가 너 대신 모든 것을 해준다는 뜻인 줄 알았니?" 야엘은 화난 목소리로 말을 이었다. "네가 기본적으로 얻을 수 있는 도움은 내가 전부야. 그리고 이건 단독 작전이 아니야. 우리가 함께해야 하는 거지."

"하지만 아빠를 찾는 게 최우선 과제라고 하셨잖아요."

"그래. 그렇게 중요한 일이니까 발레 선생까지 투입했겠지." 야엘이 고개를 젓는다. "우리 정부의 누군가가 다른 누군가에게 '파리에 있는 야엘은 하는 일이 뭔가?' 했겠지. 그래서 우리가 여기 있는 거야."

*

아무것도 없는 좁은 방 한구석의 침대에 누워 나는 잠을 자려고 애썼다. 간신히 잠이 들긴 했지만 선잠이어서 자꾸 깼다. 어디까지가 꿈이고 어디까지가 진짜인지 잘 구분이 되지 않는 그런 잠이었다. 바깥에서 뉴욕의 소음, 아니 파리의 소음이 들린다. 조그만 엔진들이 돌아가는 소리, 높고 낮은 사이렌 소리. 내 방문 밖에서 조지나 이모가 전화기에 대고 프랑스어로 무슨 이야기를 하는 소리가 들렸다.

그러다가 눈을 번쩍 떴다. 그웬돌린 블룸, 매정하고 이기적인 너, 무슨 짓을 한 거야?

나는 비행기에 타자마자 휴대전화를 끈 다음 이륙하자마자 축축한 휴지로 가득한 화장실 쓰레기통에 휴대전화를 버렸다. 조지나 이모가 음성 메시지를 수도 없이 남겨놓았을 테고, 이모의 목소리는 갈수록 더 겁에 질렸겠지. 지금쯤이면 경찰에 신고했을 거야. 그러면서 자기 탓을 하고 있을 것이다. 나를 조금 더 오래 뉴욕에 머무를 수 있게 해줄걸, 조금 더 마음을 많이 줄걸, 하고. 불쌍한 조지나 이모. 이모에게 받은 사랑에 나는 고통으로 보답했다. 내 작은 전쟁의 첫 번째 희생자가 바로 조지나 이모구나.

나는 이모 생각을 애써 억누른 뒤 나 자신에 대한 의심과 경멸도 케케묵은 먼지 쌓인 마음 한구석에 밀어놓았다. 나는 매정한 사람이 되기로 했다. 위험을 두려워하지 않는 사람이 되기로 했다. 나는 억지로 몸을 일으켰다. 억지로 일어서서 스튜디오로 들어갔다.

영문 모를 일이었지만 야엘은 바닥에 커다란 비닐 시트를 깔아놓고 가운데에 의자를 놓아둔 채였다.

"제가 얼마나 잤죠?" 내가 물었다.

"90분." 야엘이 대답했다.

"이건 뭐예요?"

야엘은 의자 쪽으로 고갯짓을 했다. "앉아."

영화에 나오는 심문 장면 같았다. "비닐은 왜 깔았어요? 바닥에 피가 묻을까 봐?"

"네 머리카락을 좀 자르려고. 그런 모습을 한 채 밖에 나돌아 다닐 수는 없어."

"전 제가 원하는 모습대로 나돌아 다닐 건데요."

"밝은 빨간 머리 여자애를 전철에서, 카페에서 목격했다고, 자기 아버지에 대해 묻고 다니더라고 기억할 사람이 한둘일까? 아무도 안 잊어버리겠지. 앉아." 야엘이 고무장갑을 꼈다.

나는 야엘이 시키는 대로 의자에 앉았다. 야엘은 곧바로 작업을 시작했다. 옆에 놓은 플라스틱 대접 안에 빗을 담갔다 뺀 뒤 내 머리를 여러 구역으로 나누어 천천히 염색약을 발랐다. 그녀의 손가락이 내 머리를 아무렇게나 밀고 당기고 비틀었다. 혼잣말로 히브리어로 된 길고 복잡한 욕설 같은 걸 중얼거리는 소리도 들렸다.

"이런 거 많이 해봤어요?"

"3개월 정도 배웠지. 베이루트에 있는 미용실에 위장 취업했던 적이 있거든."

나는 야엘이 헤즈볼라 조직 지도자 아내들의 머리카락을 찰칵찰칵 자르는 동안 쾌활하게 잡담하는 척하면서 다마스쿠스에서 온 남편 친구에 대한 정보를 알아내려 하는 모습을 상상해보았다. '참, 댁이 어디시라고 하셨죠?'

"아무리 그래도 전문가한테 맡겨야 하는 일 아니에요? 3개월은 너무 짧잖아요." 내가 말했다.

"그러다 경찰이 미용실에 찾아와 '최근에 밝은 빨간 머리 소녀가 손님으로 온 적이 있습니까?'라고 물으면? 그럼 쏴버리는 수밖에 없잖아." 목덜미 부분에 염색약을 바르려고 내 고개를 앞으로 밀면서 야엘이 말했다.

"누굴 쏜다고요?"

"미용사."

"농담이죠?"

침묵이 지나치게 길었다. "당연하지." 야엘이 말했다.

구식 부엌용 타이머가 째깍째깍 초를 셌다. 염색약의 냄새가 코를 찌르고 두피가 화끈거렸다. 제대로 되고 있는 게 맞느냐고 물어도 야엘은 자기도 모르니 입 다물고 기다리라고 대답할 뿐이었다. 드디어 타이머가 울리자 야엘이 부엌 싱크대에서 내 머리를 헹궜다. 그런데 알고 보니 거기서 끝난 게 아니었다. 야엘이 나를 다시 의자에 앉히더니 가위를 집어 들었다. 머리카락이 바닥에 한 움큼씩 떨어졌다. 머리카락은 붉은 기가 도는 짙은 갈색으로 변해 있었다.

야엘이 내 머리를 한 번 더 헹궈준 뒤 드디어 나도 욕실에 들어가서 거울로 바뀐 내 모습을 확인했다. 거울에 비친 내 모습은 충격적이었다. 머리가 훨씬 짧고, 우아하고, 어른스럽고, 파리지엔느 같았다. 맙소사, 야엘의 솜씨가 그렇게 나쁘진 않군.

하지만 더 충격적인 건 머리가 아닌 내 얼굴이었다. 머리 모양이 바뀌니 마치 액자를 바꿔 낀 것처럼 낯선 사람 같았다. 세상에, 지난 한 주간 나에게 무슨 일이 있었던 걸까? 고작 열일곱 살인데 이렇게 늙어 보이다니. 거울 속의 내 얼굴은 내가 기억하는 얼굴보다 마르고, 수척하고, 지쳐 있었다. 음식 대신 공포를 먹고 지내면 사람의 몸에 이런 일이 일어나는구나.

욕실에서 나오자 야엘은 나를 아무것도 없는 하얀 벽 앞에 세우더니 디지털카메라를 들이댔다.

"새 신분증을 만들 거야. 웃지 말고 그대로 그냥 렌즈를 바라봐." 야엘이 말했다.

플래시가 한 번, 두 번, 세 번 터졌다. 야엘은 카메라를 내리더니 책상 위의 컴퓨터로 뭔가를 했다. 스크린 위에 내 사진들이 머그 샷처럼 펼쳐졌다.

"할 줄 아는 언어가 많다고 들었는데, 어떤 언어를 제일 잘하니?"

"영어요."

"당연히 그렇겠지."

"그다음은 스페인어랑 러시아어요."

"유창하게 할 수 있니? 그곳에서 나고 자란 행세를 할 수 있겠니?"

"그렇다고들 하던데요."

"확실하니? 네 목숨이 달린 문제야."

"확실해요." 나는 그렇게 대답했지만 사실 전혀 확신하지 못했다.

*

그날 오후, 야엘이 차를 끓이는 동안 나는 부엌 식탁 앞에 앉아 기다렸다. 차가 준비되자 야엘이 내 앞에 컵 하나를 내려놓고 내 옆에 앉았다. 너무 가까워서 야엘의 몸에서 뿜어져 나오는 열기가 느껴질 정도였다.

야엘이 중동에서 흔히 마시는 민트 차를 내오자 카이로에서 아빠와 보낸 시간이 자연스럽게 떠올랐다. 어쩌면 야엘의 의도가 바로 이거였을까? 내가 긴장을 풀고 편안한 마음이 되도록, 내가 모든 것을 털어놓도록 무슨 심리적인 기술을 쓰는 게 아닐까? 어쩌면 그냥 평소에 민트 차를 좋아하는 걸 수도 있다.

"처음부터 이야기해봐. 네 아버지가 실종된 바로 그날부터." 야엘은 심리치료사처럼 부드러운 목소리로 입을 열었다. 엄마가 살해당한 다음 온갖 의사들과 정신과 의사들이 나에게 썼던 그 말투였다. "아무것도 빠뜨리지 마. 중요하지 않다고 느껴지는 것들까지도."

야엘이 나에게 바짝 다가와 있었기에, 속삭이는 정도로만 이야기해도 괜찮았다. 나는 아빠의 생일에, 아빠가 파리에 가야 한다고 했던 순간부터 이야기를 시작했다. 캐배노와 매즐로 요원에 대해서, 창밖에서 훔쳐본 화이트보드에 적혀 있던 시간표에 대해서도 이야기했다. 페라스, 카페 뒤르뱅, 체이스 칼라일, 조이 디아즈.

야엘은 내 말을 듣는 동안 거의 무표정을 유지했고 때로 내 말을 중단시키고 질문을 하거나, 방금 한 말을 다시 해보라고 요구했다. 내가 들어간 곳이 몇 층이었는지, 칼라일의 직위가 무엇인지, 그 외에 그 방 안에는 무엇이 더 있었는지. 내 대답을 듣는 동안 야엘은 눈을 감고 있었다. 단순히 듣는 것이 아니라 내가 한 말들을 소화시키는 것 같았다.

나는 말을 계속했다. 욕조 배수구를 빠져나가는 허드렛물처럼 이야기가 끊임없이 나왔다. 이 이야기의 부담스러운 무게를 내려놓자니 마음이 편했다. 그러나 이야기가 끝나자마자, 내가 암호를 풀고 은행 계좌를 밝혀낸 것까지 이야기하자마자, 야엘은 일어서서 차를 더 가지러 갔다. 그 순간 실수했다는 생각이 들었다.

아빠는 이 암호를 비밀로 간직하려고 했다. 그런데 나는 이 암호에 대해 테런스에게도, 고작 몇 시간 전 처음 만난 야엘이라는 사람에게도 말해버렸다. 은행 계좌에 대해 말할 때 마치 이 새로운 정보가 다른 이야기들에 비해 조금도 더 중요하지 않다는 것처럼 야엘의 표정은 전혀 변화가 없었다. 하지만 그럴 리가 없겠지. 표정이 바뀌지 않은 건 야엘이 프로이기 때문일 것이다.

야엘이 새로 만들어온 차 한 잔을 내 앞에 놓고 자기 찻잔을 들어 후후 불자 가느다란 김이 올라왔다. "네가 암호를 풀 때 사용한 책은 누구나 구할 수 있고, 지금도 구입할 수 있는 일반판이니?"

"오래된 책이에요. 싸구려 페이퍼백요. 1970년대에 나온 책 같아요. 안전하게 보관하려고 친구한테 맡겼어요. 제가 찾아낸 암호가 적힌 종이와 함께요."

"네 친구 이름은?"

"그건 중요한 문제가 아니잖아요. 그 친구를 이 일에 끌어들이고 싶지 않아요."

"그 친구는 벌써 이 일에 엮인 셈이야. 그웬돌린, 그 친구 이름은?"

나는 테런스의 이름을 말하면서 결국 그를 끌어들인 내 자신이 부끄러워 고개를 숙였다.

"그리고 그 계좌번호," 야엘이 말을 이었다. "또 누가 알고 있니?"

"저밖에 몰라요."

"확실하니?"

"확실해요. 제 배낭에 들어 있어요."

그녀가 고개를 끄덕이더니 생각에 잠긴 채 차를 홀짝였다. "가져와."

명령을 내리는 것 같은 말투였다. 마치 내가 거절할 가능성은 아예 염두에 두지도 않는다는 듯, 내 행동을 자신이 통제할 수 있음을 차분하게 확신하는 말투였다. 속으로 당황한 나는 활활 타버릴 것만 같았다. 왜 이 계좌번호가 중요한 거지? 아니야, 바보 같은 질문이었다. 답은 명백했다. 야엘이 찾고 있는 건 바로 이 은행 계좌일 것이다.

대답하려고 입을 열었지만, 내 목소리가 아니라 연약하고 덜덜 떨리는 어린아이의 새된 목소리가 나왔다. "왜, 왜 가져와야 하죠?"

"그웬돌린." 야엘이 내 눈을 뚫어지게 바라보며 내 쪽으로 몸을 기울였다. "이건 부탁이 아니라 명령이야."

내가 거절하면? 내가 도망치면? 야엘은 내가 집 밖으로 채 나가기도 전에 날 죽이겠지. 아마 그럴 것이다. 나는 의지라고는 없는 조그만 노예 로봇처럼 침대가 있는 작은 방으로 돌아가 가방 속 노트 사이에 끼워놓았던 암호가 적힌 종이를 꺼내왔다. 결국은 모든 것이 돈으로 귀결된다.

언제나, 어디서나, 문제는 돈이다. 그래, 그럼 돈은 야엘이 가지라고 하지. 아빠는 내 손으로 찾을 것이다.

야엘이 문 앞에 다가와 딱 버티고 서더니 손을 내밀었다. "그리고 네가 말한 테런스라는 친구 말인데, 넌 그 애를 완벽하게 신뢰하니?" 야엘이 물었다.

"네."

"확실하니?"

"젠장, 확실하다니까요."

야엘이 나에게서 종이를 받아 펼치더니 잠깐 훑어보았다. 그다음에 주머니에서 라이터를 꺼내 켜더니 불꽃을 종이 가장자리에 갖다댔다. 종이에 붙은 불은 잠깐 꺼질락 말락 하다가 야엘이 불을 붙인 쪽을 위로 향하게 종이를 세우자 불길이 확 일어 올라왔다.

"대체 무슨 짓이에요?" 나는 소리를 질렀다.

"네 아버지가 그 고생을 해서 숨긴 이 암호를, 네가 붙잡힐 때 네 손으로 넘겨주는 꼴이 되어선 안 되지." 활활 타오르던 불은 야엘이 종이를 쓰레기통 안에 던지자 잠시 더 타다가 꺼졌다. "그웬돌린, 이 암호는 널 위험에 빠뜨릴 뿐이야."

나는 따지듯이 더듬더듬 말을 뱉었다. "그러니까, 이 암호를 찾고 있었던 게 아니군요?"

"뭐, 내가 이 계좌를 찾는다고?"

"네, 전 야엘이……."

"아니야, 그웬돌린. 나는 돈에는 아무 관심도 없어." 그녀가 말했다.

안도감이 순식간에 내 온몸을 휩쓸고 지나갔다. 지난 한 달간 세상은 내가 가진 희망을 죽일 기세로 짓밟아댔지만, 최소한 이 세상에 살고 있는 어떤 한 사람에게 내가 품게 된 신뢰는 틀린 것이 아니었다.

"그럼," 야엘이 말을 이었다. "이건 누구의 계좌번호지?"

"몰라요."

야엘은 불이 제대로 꺼졌는지 확인하려고 쓰레기통을 한번 흔들더니 나를 올려다보았다. "안타깝군, 쓸모 있는 정보였을 텐데, 특히 상대가 이 정보를 찾아 널 쫓아다니고 있는 상황에선 말이야."

"우리 아빠는 이 돈에 손대지 않았어요. 도둑질 같은 건 안 하는 분이세요." 내가 말했다.

"그래." 야엘은 우리 아빠가 도둑질을 하건 말건 상관없다는 말투였다. 야엘이 내게 다가오더니 한 손을 내 손목에, 다른 한 손을 내 어깨에 올렸다. "그웬돌린, 내 말 잘 들으럼. 잊지 마. 이 계좌번호를 묻는 사람은 누구든 네 적이야."

9장

나는 야엘이 시키는 대로 야엘에게 빌린 요가 바지와 러닝셔츠만 걸쳤다. 매트 한가운데에 서서 기다리고 있는 야엘에게 맨발로 다가갔다. 야엘 역시 트랙 팬츠와 탱크톱 차림이었다. 야엘의 몸에는 탄탄한 근육 외에 지방이라곤 한 점도 없는 것 같았다.

야엘은 허리를 구부려 손바닥을 바닥에 대는 기본적인 스트레칭부터 시작했다. 나도 동작을 따라했다.

"가라테나 쿵후와는 달리 크라브 마가는 무예가 아니야. 내가 가르치는 크라브 마가라면 말이야. 이건 시가전(市街戰)이야. 치아든, 손톱이든 닥치는 대로 사용하지. 한계도 없고, 법칙도 없어." 야엘이 말했다.

야엘은 매트에 앉아 다리를 V자 모양으로 넓게 벌린 뒤 이마가 바닥에 닿도록 상반신을 숙였다. 야엘을 똑같이 따라하자 근육이 이완되면서 긴 비행에서 쌓인 피로가 풀리는 것만 같았다.

"우리가 맞서 싸워야 할 적은 대체로 경험은 풍부하지만 훈련 경험은 없어. 그래서 네가 여기 나와 함께 있는 거지." 야엘이 벌떡 일어서더니 철제 캐비닛 쪽으로 다가갔다. "책상물림 친구들이 임무를 줄 때까지 최선을 다해서 널 준비시킬 거다. 기본만이야. 널 전문가로 만들기엔 시간이 부족해."

나는 이해했다는 의미로 고개를 끄덕였다. "상대방보다 잘 싸울 수만 있으면 되죠."

"상대방이 아니다. 적이야." 야엘이 훈련용 노란색 고무 나이프를 들고 돌아섰다. "크라브 마가는 스포츠가 아니야. 이마로 송판을 격파할 필요는 없지. 여기서 네가 배우려는 기술은 이스라엘에서 우리가 유약한 치과의사의 딸을 엄지손가락 하나로 사람의 목숨을 빼앗을 수 있는 요원으로 탈바꿈시키는 데 썼던 기술이야."

야엘이 칼자루를 내 쪽으로 향하게 한 채 나이프를 건넸다. 나는 망설이며 나이프를 받아 쥐었다.

진짜 사람을 죽일 수 있는 칼도 아니고 고무로 만든 나이프일 뿐인데, 이상한 기분이 들었다. 나는 태어나서 한 번도 무기를 사용해본 적이 없었다. 사용해보기는커녕 만져본 적도 없었다. 야엘이 한 발짝 물러서더니 내게 말했다. "이제 날 찔러봐."

나는 그녀를 보며 멍하니 눈만 끔뻑거렸다. "찌르라고요?"

"칼은 찌르라고 있는 거다. 찔러보라니까!" 야엘이 고함을 지른다.

나는 야엘에게 칼날을 향하고 슬쩍 찔러보았다. 야엘이 팔뚝으로 칼날을 튕겨냈다. "다시."

한 번 더, 이번에는 아까보다 힘을 실어 찔렀지만 야엘이 다른 쪽 손목으로 막아냈다. "다시!"

세 번째, 이번에는 온 힘을 다해 더 깊이 찔렀다.

하지만 야엘은 칼날을 막는 대신 내 손목을 낚아채더니 비틀어 꺾었고 그 바람에 칼끝은 내 가슴을 가리켰다. 어깨와 손목에 통증이 느껴져 헐떡거리면서도 나는 그대로 버텼다.

그 순간 야엘이 한 발을 쳐들더니 내 다리를 걸어 넘어뜨렸다. 순식간에 나는 바닥에 쓰러진 채 나를 내려다보는 야엘을 올려다보는 자세가 되었다. 방금까지 내가 들고 있던 나이프는 그녀의 손에 들려 있었다.

나는 오른쪽 어깨를 움켜쥐고 주무르며 어깨에서 욱신거리는 통증을 누그러뜨리려 애썼다. "진짜 아파요." 내가 말했다.

"아프라고 한 거니까."

나는 야엘이 나를 일으켜주거나 뭔가 격려의 말이라도 할 줄 알았다. '시도는 좋았어.' 아니면 '다음엔 더 잘할 거야.' 그런데 야엘은 그 대신 무용수처럼 발소리도 내지 않고 내 주위를 빙빙 맴돌았다. "어린애처럼 그렇게 바닥에 누워 있을래, 일어나서 조금이라도 더 배울래?"

나는 애써 몸을 일으켰다. "준비됐어요. 가르쳐주세요."

"정말? 내 눈에 넌 불성실한 미국인 꼬맹이로밖에는 안 보이는데." 이렇게 말하면서 야엘은 좌우로 몸을 움직였다. 뭔가 그녀가 구상하고 있는 폭력의 우아한 준비동작 같았다. "내가 너한테 나이프를 쥐여줬는데 너는 5초 만에 질질 짜면서 바닥에 나동그라졌지."

"준비됐어요." 내가 말했다.

"뭐라고?" 그녀가 고함을 쳤다.

"가르쳐달라고요!" 나도 고래고래 외쳤다.

그 순간 높이 치켜든 야엘의 주먹이 내 왼쪽으로 날아왔다. 하지만 체조 선수의 반사 신경이 깨어난 덕분에 나는 팔을 들어 주먹을 막았다. 그 순간, 야엘이 다른 쪽 주먹을 내 오른쪽 옆구리에 내질렀고, 세상이 갑자기 새하얗고 고요해졌다. 갈비뼈 바로 아래, 신장에 느껴지는 둔탁한 고통 말고는 아무것도 존재하지 않았다.

눈을 뜨자 야엘은 매트 가장자리에 서서 푸른빛이 뿜어져 나오는 휴대전화 화면을 보며 이메일을 확인하는 중이었다. "눈 뜨고 봐줄 수가 없군." 그녀는 이메일에서 눈을 떼지 않은 채 나에게 등을 돌리고 말했다. "하긴, 그럴 거라고 생각했지만."

그 말에 분노가 불이 붙은 듯 확 타오르는 바람에 보이는 게 없어졌다. 신장에 느껴지던 고통도 단숨에 사라졌다. 고압적이고 건방진 야엘은 마치 내가 너무 하잘것없어서 굳이 쳐다볼 필요조차 없다는 듯이 등을 돌리고 서 있었다. 나는 우리 사이의 거리와 천장의 높이를 가늠해본 다음 앞으로 도움닫기를 했다. 두 발짝, 세 발짝. 깔끔하게 바닥에서 튀어 오른 뒤 허공에 긴 선을 그리며 몸을 날렸다. 매트 위 내가 계산한 위치에 정확히 두 손바닥이 닿자 나는 남은 온 힘을 어깨에 실어 온몸을 공중에 띄웠다. 그리고 두 다리를 착 붙였다. 내가 살면서 해낸 가장 깔끔한 공중제비였다.

내가 10분의 1초 뒤에 착지할 지점으로 야엘의 다리 하나가 지나가고 있었다. 하지만 야엘의 동작이 너무 빨랐다. 나는 회전하는 투창처럼 옆으로 몸을 돌리며 두 발로 야엘의 가슴팍을 찼다. 내가 야엘을 덮친 자세로 우리 둘 다 바닥에 쓰러졌다.

고약하고도 과시적인 공격이었지만, 먹혔다면 상관없다. 내가 야엘을 때려눕혔다. 그리고 그 거만한 태도 역시도.

야엘이 다시 정신을 차리고 내 몸 아래서 빠져나오기까지 몇 초가 걸렸다. 그녀는 일어서서 손으로 머리 옆부분을 감싸 쥐었다. 나도 일어나서 그녀를 마주 보았다. 야엘은 분노로 부글부글 끓고 있었고 얼굴은 과일 펀치처럼 새빨갛게 달아올라 있었다.

조그만 스턴트 공연을 펼친 대가로 나 역시 온몸이 욱신거렸지만 티를 내지는 않을 것이다. "아직도 눈 뜨고 봐줄 수가 없나요?" 내가 말했다.

"섬세하기가 트럭 빰치는 걸." 그녀는 나를 쏘아보며 부글거리는 말투로 내뱉었다.

그 말은 지금까지 야엘에게서 들은 말 중에 가장 칭찬에 가까운 말이었다. 나를 쏘아보는 그녀의 눈빛 속에서 나에 대한 평가가 바뀌고 있다는 것을 알 수 있었다. 귀찮은 짐이나 마찬가지라고 생각한 어린애를 새롭게 재평가하게 된 것이다.

"고맙다는 말은 넣어둬." 그녀가 말했다.

나는 성마른 미소를 살짝 띄운 채 그녀를 바라보았다. "뭘 고마워해야 하는데요?"

"너한테 첫 번째 크라브 마가 수업을 해준 걸 고마워해야지." 그녀가 말했다. "두들겨 맞고 다시 일어나는 기분이 어때? 생각보다 나쁘지 않았지?"

어떻게 보면 그 말이 맞다. 야엘에게 맞은 곳이 여전히 아팠지만, 그뿐이었다. 잠시 후에 다시 일어서자 고통은 금방 희미해졌다. 고통은 포기했을 때 느꼈을 수치심보다 훨씬 덜했다. 댄튼 아카데미 복도에서 애스트리드 푸글에게 빰을 맞았던 기억이 떠올랐다. 야엘의 능숙한 일격에 비하면 그건 아무것도 아니었는데, 아직도 나는 그때 맞은 뺨이 훨씬 아픈 것처럼 느껴졌다. 그 순간 나는 깨달았다. 애스트리드에게 맞은 뺨이 아팠던 것은, 실제로 아파서가 아니라 그 행위에 담긴 의미 때문이었다. 애스트리드는 강자, 나는 약자라는 사실. 하지만 야엘에게 맞았을 때 느낀 아픔은 달랐다. 그렇게 중요한 것이 아니었다. 내가 다시 일어서서 반격했을 때 지독한 모욕감은 사라져버렸다. "자랑스럽니?" 야엘이 내게 물병을 던져주며 물었다. 나는 숨을 헐떡거리며 물을 한 모금 마신 다음 고개를 끄덕였다.

야엘의 눈 속에서 뭔가 기분 나쁜 불꽃이 일렁거렸다. "운동화를 빌려줄 테니, 달리기를 하러 나가자. 처음이니까 10킬로미터로 시작하지."

*

우리는 느릿느릿 지나가는 차들 사이를 이리저리 피하면서, 걸음을 멈추고 비 오는 날 온몸이 흠뻑 젖어 달리는 두 미친 여자들을 쳐다보는 행인들을 밀치면서 축축한 거리를 달려 나갔다. 아무리 애를 써봐도 야엘을 따라잡을 수가 없었다. 야엘은 친절하게 코치를 해주거나 기운을 북돋아주는 말 따위는 하지 않고 계속 달리라고 명령하거나 나로서는 알아들을 수 없는 기분 나쁜 욕설 같은 걸 내뱉을 뿐이었다.

야엘의 보폭은 크고 일정했다. 야엘이 내 나이의 두 배는 먹었는데도 내가 최소한 열 발짝은 뒤처졌다. 양복 차림의 직장인 남자 두 명이 나란히 보도를 걷고 있었다. 야엘은 걸음을 멈추지도, 보폭을 좁히지도 않고 두 사람 사이로 달려 나갔다.

"*Putain*〔빌어먹을〕!" 둘 중 한 남자가 욕을 하며 탁 뱉어낸 누렇고 흰 가래 덩어리가 야엘을 아슬아슬하게 비껴 지나갔다.

"*J´t´emmerde*〔망할 놈〕!" 야엘도 되받아 외쳤다.

나는 그 사람들과 부딪치고 싶지 않아 커브길 가장자리를 따라 달리다가 주차되어 있는 도요타 승용차의 사이드미러에 엉덩이를 부딪쳤다.

야엘이 돌아서서 뒷걸음질로 달리며 눈으로 나를 찾았다. "*C´est inacceptable*〔용납할 수 없어〕!" 그녀가 고함을 질렀다. "*Allez bouge-toi*〔어서 움직여〕!"

나는 으르렁거리며 내게 남아 있는 얼마 안 되는 에너지를 쥐어짜냈다. 사실 에너지는 이미 고갈된 지 오래였고 지금 나는 독을 품고 순전히 정신력으로만 달리고 있었다.

야엘이 왼쪽으로 꺾더니 벤치에 발을 딛고 허리 높이의 철제 울타리를 훌쩍 뛰어넘었다. 나도 따라했지만 벤치가 축축해서 스니커즈를 신은 발이 미끄러지는 바람에 제대로 점프를 할 수 없었다. 땅에 닿은 발목이 반대편으로 접질리며 길 위에 아프게 쓰러졌다. 몸을 일으키려고 했지만 발목에 찌르는 듯한 통증이 느껴져 체중을 실을 수가 없었다. 나는 겨우 한 발로 몸을 지탱하고 일어나 절뚝거리며 어린 나무를 향해 가서 나무줄기를 붙든 채 버티고 섰다.

야엘이 나타났다. "발목을 다쳤니?"

내가 고개를 끄덕이자 야엘이 바닥에 무릎을 꿇고 앉아 내 발목을 살펴보았다. 얼음처럼 차가운 그녀의 손이 양말을 끌어내리고 조심스레 피부를 더듬었다.

"발목을 삔 것 같아요." 내가 말했다.

"그냥 접질린 것뿐이네." 동정심이라고는 전혀 느껴지지 않는 목소리로 야엘이 말했다. "자, 일어나서 걸어."

야엘은 발을 다친 쪽에 서서 내 어깨를 부축하고 등에 팔을 둘렀다. 살짝 걸음을 옮겨보았지만 마치 뜨개바늘이 내 발을 꿰뚫는 것 같은 통증이 느껴졌다.

"괜찮니?" 야엘이 물었다. "몸에 힘을 줘."

그러나 나는 그 말을 듣는 대신 힘을 주어 야엘을 밀쳐냈다. "조금이라도 친절하게 대해주면 어디 덧나요?" 내가 씩씩거렸다.

"친절이라고?" 야엘의 눈빛에는 가여워하는 기색이라고는 한 점도 없었다. "너를 공격하는 적에게도 '조금 친절하게' 해달라고 말할 생각이야? 그러면 놈들이 '불쌍한 아가야, 잠시 쉬렴' 할 것 같니?"

나는 한 발로 공원 구석에 있는 녹슨 정글짐으로 다가가 두 손으로 철봉을 잡았다. 기진맥진한 채 쏟아지려는 눈물과 내 발로 여기를 찾아와서 겪게 된 온갖 고생에 대한 두려움을 억누르려고 이를 악물었다.

야엘이 내 뒤로 다가왔다. 뒤에 야엘이 서 있는 것을 알아차린 나는 야엘이 내 멀쩡한 다리를 발로 차면서 강해지라고 잔소리를 하지나 않을까 하고 생각했다. 그러나 그 순간 야엘은 내 어깨에 부드럽게 손을 올렸다. 야엘이 사람을 아프지 않게 만질 수도 있다는 사실이 놀라울 지경이었다.

"이리 오렴." 야엘이 말했다.

야엘이 내 팔 밑으로 자기 팔을 밀어 넣는 바람에 나는 넘어지지 않으려고 그녀에게 기댔다. 거리로 나오자 야엘이 택시를 잡았고 우리는 뒷좌석에 탔다. 밀폐된 차 안에 우리가 흘린 고약한 땀 냄새가 진동했다.

*

저녁 6시경, 아래층에서 댄스 수업을 진행하는 야엘이 '*un, deux, trois, un, deux, trois*〔하나, 둘, 셋, 하나, 둘, 셋〕.' 구령을 붙이는 소리를 들으며 잠들었다. 수면 리듬은 파리와 뉴욕의 중간쯤이 되었는지, 열한 시간이 지난 뒤에야 깨어난 나는 침대 끝에 걸터앉아 발가락으로 바닥을 쓸며 다친 발목을 확인했다. 어젯밤의 찌르는 듯한 아픔은 사라졌고 야엘이 반창고로 내 발목에 붙여놓은 찜질 팩 아래에서 메트로놈처럼 묵직하고 따뜻하게 욱신거리는 미약한 통증만이 느껴졌다. 반창고를 풀자 부었던 자리가 가라앉은 게 보였다. 상당히 많이 가라앉은 걸 보니 삔 게 아니라 접질린 거라는 야엘의 말이 맞았다. 이젠 의기양양해서 나한테 벌을 주겠지.

나는 어둠 속을 절뚝절뚝 걸어 부엌으로 갔다. 블라인드 사이로 보이는 파리의 새벽하늘은 잉크처럼 짙은 푸른색이었다. 부엌으로 다가갈수록 베이컨이 익는 냄새가 점점 강해져서 꿈인가 하는 생각이 들었지만 부엌 문 앞에 서자 야엘이 손에 주걱을 들고 가스레인지 앞에 서 있는 모습이 보였다.

"발목은 좀 어때?" 프라이팬에서 베이컨이 지글지글 익어가는 소리에 묻히지 않도록 야엘이 큰 소리로 물었다.

"훨씬 나아요, 고마워요." 나는 야엘이 무언가 가정적인 일을 하면서 나에게 친절하게 구는 모습이 낯설어서 한참이나 그녀를 쳐다보았다.

"넘어지기 전에 어서 앉으렴." 그녀가 말했다. "너 코셔*를 지키니?"

---

*　유태인의 식사와 관련된 율법.

나는 흐릿한 머리로 그 질문을 이해하려 애쓰면서 식탁으로 다가가 의자에 푹 주저앉았다. "코셔라고요?" 나는 야엘의 말을 한 번 더 반복했다. "전 신앙심 유전자가 없는 것 같아요."

"나도 그래. 뭐, 어차피 신이 나한테 벌을 내리려고 한다면 아침식사 메뉴까지 신경 쓸 겨를도 없겠지." 야엘이 프라이팬에 있는 음식을 주걱으로 쓸어 모았다. "베이컨과 달걀을 먹자. 진짜 미국인 청소년을 위한 진짜 미국식 아침식사 아니겠니?"

잠깐이지만 나는 혹시 이게 무슨 계략은 아닐까 싶어 야엘을 의심의 눈초리로 쳐다보았다. 혹시 지글지글 끓는 베이컨을 무릎에 쏟아붓고 챔피언처럼 집어먹는 게 크라브마가의 두 번째 수업인 건 아니겠지?

식탁 위에 기다란 바게트가 하나 놓여 있기에 한 조각 뜯었다. 어제 사놓은 빵이 틀림없었지만, 그렇게 눅눅하지는 않았다.

"그러니까, 발목은 접질린 게 맞았지? 달리기를 그만두려고 꾀를 부린 거 아니니?"

하지만 나는 미끼를 물지 않았다. 야엘이 날 괴롭힐 생각은 아닌 것 같았다. 최소한 오늘은. "그럼, 야엘에 대해서 얘기해주면 안 돼요? 결혼은 했어요?"

"그런 걸 왜 알고 싶어 하지?"

"제가 살았던 세계에서는 사람들이 그런 걸 궁금해 하더라고요. 서로를 알아간다고나 할까요."

야엘이 베이컨을 포크로 꾹 찔렀다. "이제 네가 사는 세계는 그런 곳이 아니야. 네가 상대에게 무슨 말을 털어놓건, 상대는 그 사실을 이용할 거야. 네가 무언가를 사랑한다면, 상대는 그걸 손에 넣으려 들지. 만약 꼭

이야기를 해야 하는 상황이 온다면, 반드시 거짓말만을 하도록 해."

나는 이마를 훔친 뒤 눈을 감고 손으로 몇 분 전의 친절한 야엘이 돌아오기를 빌었다. 철학적으로 스파이 이야기를 주고받기에는 너무 이른 시간이었다.

"결혼을 했었어. 한 번이었지만. 1년 동안이었지." 갑자기 야엘이 입을 열었다.

"그런데요?"

"이런 직업을 가진 여자에게 남자란……. 이런 걸 가리키는 격언이 있는데."

"물고기에게 자전거만큼이나 쓸모없다는 거죠?"

그녀가 접시에 베이컨을 덜더니 나를 노려보았다. "뭐라고? 이 바보야. 여자에게 남자란 에르메스 스카프 같은 거야. 있으면 좋지만 잃어버려도 상관없지. 고작 스카프라고."

"그러니까 남자는 갈아치워도 상관없다는 뜻 아닌가요? 잃어버리면 새 남자를 찾으면 되니까." 내가 말했다.

"남자뿐만이 아니라 모든 사람이 그렇지." 야엘이 내 앞에 아침식사 접시를 놓아주었다. 까맣게 타고 가죽처럼 질긴 달걀. 흐늘흐늘하고 제대로 익지도 않은 베이컨. "이 직업의 특성이라 어쩔 수 없어. 사람을 믿는다는 건 불가능해."

"편집증 환자 같네요. 믿고 싶지 않은 사실이에요."

"그래? 네가 여기 있는 이유가 바로 그건데도?" 야엘은 자기 접시를 가지고 와 자리에 앉아 식사를 하기 시작했다. "언젠가 넌 배신을 당할 거야. 그리고 언젠가는 네가 배신하기도 할 테고. 그건 이 세계의 약속이

나 마찬가지야."

"아뇨, 약속이란 이런 거예요. 저는 결코 야엘을 배신하지 않겠단 거요." 내가 포크를 내려놓고 야엘을 쏘아보자 그녀도 나를 마주 쏘아보았다. "야엘이 나에게 해준 일은…… 나에게는 엄청 대단한 일이라고요."

"말이야 좋지." 턱에 묻은 베이컨 기름을 손목으로 훔치며 야엘이 말했다. "네 아버지한테도 분명 누군가 그런 말을 했을 거다."

"그럼, 제가 배신할지도 모르는데 뭐 하러 저를 도와주시는 거예요?"

"지금 이 순간엔 우리의 이해관계가 맞물리니까. 내일은 어떻게 될지 아무도 모르지." 야엘이 바게트를 한 조각 뜯더니 나를 쳐다보았다.

"어서 먹어. 오늘은 할 일이 많으니까."

*

나는 다시 한 번 훈련용 매트의 한가운데를 향했다. 기억력이 가장 빛을 발하는 순간은 사람이 한계점에 도달하기 직전이야, 그러니까 네 한계점까지 가볼 거야, 하고 야엘이 말했다. 그녀가 원을 그리며 내 주위를 돌았다. 손에는 딱딱한 고무로 만든 노란색 훈련용 권총을 들고 있었다. 어제 사용했던 훈련용 나이프의 사촌인 셈이었다.

"육탄전을 벌이던 도중에 적이 칼을 꺼낸다면, 가능한 한 도망쳐야 해." 야엘이 말했다. "하지만 만약 적이 총을 꺼낸다면, 공격을 계속해 총을 빼앗아야 한다. 왜 그럴까?"

"칼은 팔을 뻗을 수 있는 거리에서만 공격할 수 있지만, 총알은 멀리까지 가니까요."

"맞아." 야엘이 말했다. "자, 이거 받아."

그녀가 나에게 총을 건넨 다음 바닥에 똑바로 누웠다.

"자, 내 위에 걸터앉은 자세로 무릎을 꿇어봐."

나는 야엘이 시키는 대로 그녀의 몸 위로 다리를 벌리고 걸터앉았다. 너무 가까워서 조금 어색한 기분이었다.

"내 얼굴을 향해 총을 겨눠봐."

나는 잠시 머뭇거렸다. 그러자 야엘이 손을 뻗어 총부리를 쥐더니 자기 코앞 몇 인치 떨어진 곳으로 끌어당겼다.

"아마 이런 상황에서는 속수무책으로 당할 수밖에 없다는 생각이 들겠지." 야엘이 말했다. "나는 바닥에 누워 있고, 적은 나를 깔고 앉아서 내 머리에 총을 겨누고 있다면, 내가 완벽하게 불리한 상황이야. 맞지?"

나는 힘없이 웃었다. "그렇지 않다는 시범을 보여주실 생각이죠?"

야엘이 손을 뻗어 총신을 옆에서 쳐 총구를 얼굴에서 떨어뜨린 다음 내 손목을 비틀어 총을 빼앗았다. 동시에 그녀가 몸을 벌떡 일으키는 바람에 나는 옆으로 쓰러져버렸다. 0.5초도 안 되는 상황에 반격이 끝난 셈이었다. 어제 칼로 훈련했을 때와 마찬가지로 바닥에 쓰러진 것은 나, 무기를 들고 있는 것은 야엘인 상태로 상황이 종료되었다.

이번에는 역할을 바꾸어 내가 바닥에 눕고 야엘이 나에게 동작을 하나하나 나누어 설명해준 다음 연속동작으로 보여주었다. 한번 이해하고 나니 놀라울 정도로 쉬웠다. 치고, 꺾고, 뺏는다. 치고, 꺾고, 뺏는다. 이 동작을 수없이 반복하면 뇌를 거칠 필요도 없이 근육이 이 동작을 기억한다고 했다. 조건반사처럼, 자동적으로. 나는 야엘이 나에게 훈련시키려는 것의 핵심이 바로 이 점이라는 사실을 깨달았다. 비명을 지르고, 공포에 질리고, 바보같이 머뭇거리려는 나의 본능을 좀 더 유용하고 좀 더 나은 습관으로 바꾸어버리려는 것이다.

치고, 꺾고, 뺏는다.

이 훈련을 수없이 반복하고 나자 온몸이 나와 야엘의 땀으로 뒤범벅이 되어 있었다. 운동을 한 다음 나 자신의 땀에 흥건하게 젖는 건 익숙했지만 이번에는 야엘의 땀까지 더해졌다.

나는 손에 총을 들고 아드레날린과 자부심으로 한껏 부풀어 오른 채 야엘 위에 당당하게 다리를 벌리고 섰다.

그러나 야엘은 나의 자만을 금방 눈치챘다. "네가 이겼다고 생각하는 거야?"

내가 어깨를 으쓱하자 야엘은 대답 대신 다리를 뻗어 내 다친 발목을 걸었다. 내가 바닥에 쿵 쓰러지자 다시 총은 그녀의 손으로 옮겨가고 총구가 내 관자놀이를 향해 있었다.

"넌 죽었어." 야엘이 감정 없는 목소리로 말했다. "네가 왜 죽었는지 알아? 시작한 일을 끝내지 않았기 때문이야. 적이 이기길 바라는 거야?"

"아뇨, 당연히 아니죠."

"그러면 총을 뺏는 걸로 끝내면 안 되지. 총을 사용해. 죽일 필요가 없다면 상처라도 내야 해. 다리를 쏘거나, 칼을 빼앗았다면 아킬레스건을 잘라." 그녀가 말했다.

그녀가 총을 한 바퀴 돌리더니 다시 나에게 건네주었다. 그 뒤로 우리는 또다시 같은 훈련을 수천 번 가까이 반복했다.

우리는 내가 잠에서 깨는 순간부터 훈련을 시작했고, 훈련이 끝나면 나는 침대에 쓰러져 베개에 머리가 닿기도 전에 잠들었다. 나는 3주 동안 펀치 훈련을 받았다. '힘은 팔이 아니라 몸에서 나오는 거야.' 주먹을 날리는 목표물은, '고환, 목, 배, 신장.' 사람의 급소는, '인중, 엄지와 검지 사이.' 무릎치기, 발차기, 목조르기, 제압하기 등 모든 기술을 야엘이 수천 번이나 반복시켜 내 근육의 기억에 DNA만큼 깊숙이 새겨 넣었다.

10년 가까이 체조를 해왔기에 유연성과 균형은 자신 있었고, 야엘이 요구하는 인내력에도 큰 문제는 없었다. 3주차 훈련이 거의 끝나갈 무렵이 되자 나는 야엘의 마음이 가진 주파수에 점점 가까워지면서 그녀가 다음으로 할 행동을 예측할 수 있게 되었다. 야엘은 훈련받은 싸움꾼이라면 공격하기 전 50분의 1초라는 짧은 순간 동안 상대의 눈빛을 읽을 수 있게 되기에 이런 예측은 오로지 신체적 반응에 불과하다고 말했지만, 나에게는 미래를 예측하는 능력이 조금은 신비롭게 느껴졌다.

근육이 한없이 지쳐갔다. 어느 날 밤에 내 몸에 난 멍을 세어보니 열네 개였다. 정강이에 여덟 개, 양 팔에 두 개씩, 턱에 하나. 그리고 어쩌다 생긴 것인지는 알 수 없는 멍이 왼쪽 발등에 있었다. 매일 손마디에서 피가 흘렀고, 밤마다 다시 아물어서 갈색 딱지가 앉았지만, 다음날 아침이면 딱지는 다시 뜯겨 나갔다. 샤워를 하고 나서 거울을 보면 내 몸은 알아볼 수 없을 정도로 달라져 있었다. 어깨에, 팔에, 등에, 화가 난 듯 탄탄한 근육이 솟아 있었다. 마치 권투 선수 같았다.

매일의 훈련은 야엘이 나를 잔혹하고 자비 없이 때려눕히는 것으로 끝이 났다. 다음날의 훈련은 반드시 전날 밤의 패배를 되갚는 것부터 시작되었다. 이상한 일이었지만 나는 패배가 두렵지 않았다. 두려움이 내게서 빠져나가 버린 것만 같았다. 첫날에 야엘이 했던 말, 크라브 마가의 첫 번째 수업은 맞는 법 그리고 다시 일어서는 법을 배우는 것이라는 말이 뇌리를 떠나지 않았다.

두려움이 빠져나간 자리에는 새로운 것이 차오르기 시작했다. 머리가 빙글빙글 도는 몽롱한 기운이 퀸스에 있을 때 내 안에서 발견한 '그것'을 깨워냈다. 야엘에게 배우는 모든 것이 먹이가 되어 '그것'을 키워냈다. '그것'은 이 훈련에 굶주려 있었던 것만 같았다. 그리고 나는 때로 '그것'이 야엘을 두렵게 하는 것 같다고 믿었다, 아니, 믿고 싶다. 가끔 야엘이 지나치게 심하게 나를 때려눕힐 때마다 나는 야엘이 나에게 싸우는 법을 가르치는 것인지 아니면 내 안의 '그것'에게 누가 대장인지를 인식시키려는 것인지 궁금했다.

이 훈련은 3주차가 끝날 무렵의 어느 오후까지 이어졌다. 땀투성이가 되어 모든 근육이 활활 타오르는 통증을 느끼고 있던 내가 돌아서는 순간, 야엘이 나에게 쇼핑백 하나를 던졌다.

쇼핑백 안에는 가죽으로 된 세련된 모터사이클 재킷과 어두운 색 청바지 한 벌이 들어 있었다. "이게 뭐예요?" 내가 물었다.

"외출할 거야." 그녀가 말했다.

"왜요?"

그녀가 물 한 병을 마시더니 팔로 입가를 닦았다. "텔아비브의 친구들에게서 연락이 왔어." 야엘은 차분한 목소리였다. "페라스를 발견했다는구나."

10장

우리는 승객으로 꽉꽉 들어찬 지하철을 한참 동안 타고 파리 북역이 있는 북쪽을 향했다. 벙벙한 거위 털 재킷에 배기팬츠를 입은 아프리카 남자들이 프랑스 방언과 자신들의 모국어로 이야기를 주고받고 있었다. 머리부터 발끝까지 부르카를 뒤집어쓴 아랍 여자들이 핸들에 묵직한 쇼핑백이 걸려 있는 유모차를 밀고 다녔다.

파리에서 아빠가 일했을 때 나는 겨우 열한 살이었다. 그래서 혼자서 이곳저곳을 돌아다닌 적은 없었다. 주로 서쪽 교외에 머물다가 우리 집이 있는 불로뉴 빌랑쿠르에서 좀 더 서쪽에 있는 학교까지 가는 게 고작이었다. 주말에 아빠와 함께 돌아다닌 파리 역시 주로 관광지로, 파리 7구와 8구를 벗어나는 일은 별로 없었다.

야엘과 나는 피갈 역에 내렸다. 100년 전 예술가들이 모여 살면서 압생트를 마시던 곳이었다. 그러나 오늘날에는 섹스숍이며 관광객들에게 바가지를 씌우는 카페가 들어선 관광지가 되어 있었다. 네온 불빛이 켜진 스트립 클럽 앞에 내 또래 여자애 일고여덟 명이 그물 스타킹에 스팽글이 달린 란제리 차림으로 서서 지나가는 모든 남자들의 손에 쿠폰을 쥐여주며 들어와서 한잔하라고, 10유로밖에 안 한다고 호객행위를 하는 중이었다. 프랑스어와 영어를 쓰고 있지만 억양을 들으면 동유럽 출신 같았다. 키가 크고 뼈대가 튼튼했고 추운 날씨 때문에 살갗은 분홍색으로 물들어 있었다. 그들의 눈에는 증오심이 깃들어 있었다. 여기는 내가 아는 파리와는 다른 곳이 틀림없었다. 나와 야엘이 지나가자 머리를 바짝 깎고 악어가죽 재킷을 입은 남자가 담배를 뻑뻑 피우며 우리를 훑어보더니 스트립 클럽의 여자들에게 좀 더 열심히 해보라고 러시아어로 고함을 질러댔다.

야엘이 앞장서 가고 나는 한두 걸음 뒤에서 따라갔다. 20분쯤 걷자 또다시 내가 전혀 알지 못하는 파리의 한 구역이 나타났다. 이곳에는 싸구려 섹스숍도, 카페 의자에 앉아 에스프레소를 홀짝이며 추위에 떠는 스트리퍼들을 향해 실실 웃어대며 미국과 사뭇 달리 외설적인 이곳의 분위기에 대해 입을 털어대는 미국인 관광객들도 없었다. 이곳은 관광객의 커피 잔을 설거지하는 튀니지 사람들의 파리, 센 강가에 담요를 펼쳐놓고 〈모나리자〉가 인쇄된 조그만 자석을 파는 세네갈 사람들의 파리였다. 가게 입구의 차양들은 빛이 바래고 너덜너덜하다. 차양이 달려 있는 건물들은 벽이 부슬부슬 부서져 내릴 정도로 낡았다. 한때는 진기한 폐허였던 이 모든 것들이 이제 실재하는 풍경이 되어 있었다. 할랄 정육점*이며 알제리까지 최저가로 모신다는 여행사들. 심 카드와 낯선 언어로 쓰

---

*   이슬람교 율법이 허용하는 방식으로 가축을 도축하는 정육점.

인 신문들을 파는 가판대. 이 지역의 이름은 구트 도르라고 야엘이 말해 주었다. 황금 물방울이라는 의미였다.

우리가 사다리꼴 모양의 공원에 도착한 것은 해가 거의 저물 시간이었다. 비라고 하기엔 뭣한 엷은 안개 같은 것이 공기 중에 감돌았다. 야엘이 쓰레기통 안에서 신문지 한 장을 꺼내 젖은 벤치 위를 훔쳤다.

"여기서 잠시 기다릴 거야." 그녀가 말했다.

나는 그녀 옆에 앉았다. "여기가 어딘데요?"

"쉿. 말하지 말고 일단 가만히 앉아 있어. 우리는 그냥 공원에 앉아 있는 두 명의 여자 행세를 하는 거야. 기다리는 동안 잘 관찰하고 있어."

우리는 한동안 말없이 앉아 있었다. 그러다가 나는 야엘이 나에게 관찰하라는 것이 무엇인지 알아차렸다. 공원에서 길을 건너면 보이는 곳, 오른쪽 구석에 조그만 식당이 하나 있었다. 간판에 '카페 뒤르뱅'이라고 적혀 있었다.

숨이 멎는 것 같았다. 공기가 문득 차갑게 얼어붙는 것만 같아서 나는 몸 앞에 단단히 팔짱을 꼈다. "저기예요?" 내가 프랑스어로 나직하게 물었다.

야엘이 내 다리에 살짝 손을 얹었다. "그래."

우리가 앉은 자리에서 카페 안이 들여다보였다. 작고 우중충한 곳이지만 조그만 테이블마다 남자들이 두세 명씩 모여 커피나 차, 레드와인을 마시는 활기찬 분위기였다. 나는 아빠가 저 카페 안에 들어가서 두리번거리며 페라스를 찾는 모습을 상상했다. 뱃속을 괴롭히는 불쾌한 감각을 무시하려고 애썼다. 지금 이 순간에 집중하자, 하고 속으로 생각했다. 아빠를 되찾을 가능성은 지금뿐이니까.

"'페라스'가 아랍어로 무슨 뜻이지?" 야엘이 낮은 목소리로 물었다.

"사람 이름이에요. 그런데 일부 지역에서는 '사자'라는 뜻으로 쓰이기도 해요." 내가 대답했다.

"맞아." 야엘이 다시 한 번 주변을 둘러보더니 나에게 바짝 기댔다. "이번 사건의 경우 페라스는 사람 이름이 아니라, 미국인들이 그 사람을 부르는 암호명이었어."

"그게 암호명이라는 사실을 어떻게 알았어요?"

"동맹 관계에 있는 스파이들도 공조하지 않을 때는 서로 감시하거든." 머리에 스카프를 두른 할머니 한 명이 지나가자 야엘은 잠시 말을 멈추었다. "텔아비브에 있는 친구들이 데이터베이스를 검색했더니 전 세계에 페라스라는 이름을 가진 정보원은 100명이 넘게 나왔는데, 파리에 머무르는 사람은 아무도 없었어. 하지만 암호명으로 페라스를 쓰는 사람은 단 한 사람, 하미드 탄누스뿐이었어. 그 사람은 여기서 멀지 않은 19구에 살고 있어."

"미국 스파이인가요?"

"정보원이지. 하지만 그는 우리 쪽 정보원이기도 해. 돈만 주면 어디든지 붙거든. 텔아비브 쪽의 결론은 그 사람이 우리에게 필요한 사람이라는 거야."

"어떻게 연락하죠?"

"우리가 사용하는 프로토콜이 있어. 우리한테는 단골손님 같은 존재거든."

"그럼 연락해요."

야엘이 내 쪽을 돌아보더니 뒤에서 내 다리를 걸어차기 직전과 똑같은 미소를 지으며 말했다. "연습은 끝났어, 그웬돌린. 이제부터는 실전이야."

*

우리는 육교를 건너 19구로 향했다. 육교 아래로 열차가 해자(垓字) 속을 기어가는 뱀처럼 기찻길을 따라 천천히 움직였다. 19구는 파리 외곽의 버려진 동네로 낡고 오래된 지역이었다. 토브*와 샌들 차림에 어깨에는 스키 파카를 걸친 남자 한 명이 컴퓨터 수리점 앞에 서서 담배를 피우고 있었다. 우리가 지나가자 그가 아랍어로 좋은 저녁이라고 인사를 건넸다.

막스 도모이 거리로 접어든 우리는 왼쪽으로 꺾었다가 다시 오른쪽으로 꺾고 또 한 번 왼쪽으로 꺾었다. 야엘은 마치 평생 이 동네에서 살기라도 한 것처럼 동네 지리를 잘 알고 있었다. 가게마다 아랍어로 된 팝음악이 울려 퍼지는 가운데 건물 벽마다 차들이 옹기종기 주차되어 있었다. 고기를 굽는 냄새, 후추 냄새, 달콤한 시샤** 냄새가 공기 중에서 춤을 추듯 뒤섞이고 있었다.

야엘은 신문과 담배, 지하철 패스를 파는 조그만 담배 가게 앞에 걸음을 멈추더니 나를 돌아보며 말했다. "아무 말도 하지 말고 가만히 있어, 알겠니?"

나는 고개를 끄덕인 뒤 야엘을 따라 가게 안으로 들어갔다. 콧수염을

---

* 소매가 길고 발목까지 오는 아랍의 전통 의상.
** 아랍식 물담배.

기른 우락부락한 남자가 카운터 뒤에 서 있고, 젊은 남자 한 명이 탄산음료 냉장고를 들여다보고 있고, 머리에 스카프를 쓴 여자 두 명은 잡지꽂이를 살펴보고 있었다.

"소브라니 한 갑 주세요." 야엘이 카운터 뒤 담배 진열대를 향해 고갯짓을 하며 프랑스어로 말했다.

"소브라니 블랙이요, 블루요?" 카운터의 남자가 물었다.

"골드로 주세요." 야엘이 대답했다.

잠깐 어색한 침묵이 흐르더니 그가 야엘을 힐끗 바라보았다. "다 떨어졌어요." 그가 덧붙여 말했다. "그리고 앞으로는 안 들어올 거요."

"아쉽네요. 지금 그 담배를 애타게 찾아 헤매는 친구가 있거든요."

카운터의 남자는 야엘 쪽으로는 눈길도 주지 않은 채 카운터 위에 놓인 종이 뭉치의 주름을 폈다. "그럼 친구한테 내일 오후에 들르라고 전해줘요. 그때까지 갖다놓을 테니까."

"내일 오후 언제쯤이요?"

남자는 어깨를 으쓱했다. "그냥 오후에 오슈."

"확실한 거죠?" 야엘이 말했다.

남자는 또 한 번 어깨를 으쓱했다. "요즘은 확실하게 말하기가 어려워요. 공급이 끊긴 것 같기도 하고."

야엘은 고맙다는 인사를 하며 가게를 떠났고 나도 그녀를 뒤따라 나왔다. 가게 밖으로 나오자마자 나는 야엘의 옆으로 다가갔다.

"해석해볼 수 있겠니?" 보도에 올라서며 야엘이 말했다.

"골드 소브라니 담배는 페라스를 뜻하는 거죠? 그 사람은 페라스가 여기를 떠났지만, 연락할 방도가 있다고 했어요. 내일 오후에 오면 만날 수 있다는 얘기겠죠."

"거의 전부 맞혔어. 지금 반드시 만나야 한다는 암호였어." 야엘이 대답했다.

"그럼 이제는 어쩌죠? 그냥 기다리나요?"

"곧 돌아올 거야." 그리고 야엘이 미소를 지었다. "그동안, 저녁이라도 사줄까?"

*

우리는 아까와는 다른 지하철을 타고 돌아갔다. 나는 행선지를 정확히 알 수 없었다. 지하철의 문이 열리자 '플라스 몽주'라는 역 이름이 나타났다. "가자." 지하철의 문이 도로 닫히기 직전에 야엘이 나를 끌고 내렸다. "네가 이 바닥으로 들어온 첫날을 기념해야지."

야엘이 새로 태어나기라도 한 걸까? 지난 몇 주간 내가 봐온 무자비하게 무서운 야엘은 어디로 가고, 친절한 야엘이 나타났지? 조금 경계심이 들긴 했지만, 기념으로 저녁 식사를 한다는 건 마음에 들었다. 페라스와의 접촉 시도가 내 첫 성과인 셈이었다. 자신감도 생기고 좀 아찔한 느낌이 들었다. 아빠가 사라진 뒤로 내가 느낀 것은 무력감과 절망감, 두려움 뿐이었는데 지금은 약간 다른 느낌이 들었다. 흥분? 그래, 바로 그거야. 스파이들의 은밀한 삶이 어쩌면 내 적성에 맞는 것인지도 모르겠다.

우리는 전철역을 나와 낯선 동네로 들어갔다. 사람이 많고, 바와 부티크 상점이며 식당 앞에 인도 음식이나 태국 음식을 광고하는 손으로 쓴 입간판이 늘어선, 브루클린 느낌이 나는 허름한 동네였다.

야엘이 나를 작은 비스트로 안으로 데리고 들어갔다. 많은 사람들의 웃음소리와 잔을 부딪치는 소리, 고기가 그릴 위에서 치익 익어가는 소리가 그곳을 가득 채웠다. 조그만 현관에서 자리가 나기를 기다리는 손님들이 여럿 있었지만 야엘을 알아본 웨이터가 들어오라는 손짓을 했다. 우리는 안내를 받아 갈색 종이 식탁보가 깔린 조그만 테이블 앞에 앉았다.

"벨기에에서 온 내 조카야." 야엘이 웨이터에게 말했다.

"그래, 환영한다." 웨이터가 말했다. 웨이터는 모로코나 알제리 출신으로 보이는 잘생긴 청년으로, 메뉴를 건네주며 나에게 윙크했다. "오늘은 이모를 고생시키지 말아라." 야엘은 감자튀김을 곁들인 '코테 드 뵈프' 요리, 자기 몫의 레드와인 한 잔, 내 몫의 생수 한 병을 주문했다. 주문을 받은 웨이터가 자리를 떠나자 야엘이 테이블 너머에서 내 쪽으로 몸을 기울였다. "너는 와인을 마시면 안 돼. 현장의 첫 번째 규칙은 주변 환경을 의식하는 것이지. 그걸 '전술적 상황 인식'이라고 해." 그녀가 잠깐 주변을 둘러보더니 물었다. "네 바로 뒤, 6시 방향 테이블에 있는 남자가 입고 있는 셔츠의 색깔은?"

나는 관자놀이를 문질렀다. 오늘의 훈련은 끝인 줄 알았는데, 역시 야엘이 그냥 넘어갈 리가 없지. "파란색이던가요?"

"함정이었어. 테이블에 앉은 사람들은 둘 다 여자야."

"있잖아요, 오늘은 그만하면 안 돼요? 힘든 하루였잖아요." 내가 말했다.

주문한 음료가 도착하자 야엘이 건배를 제의했다. "너와 네 아버지를 위해." 그녀가 말한다.

"그리고 야엘을 위해." 내가 덧붙였다.

잔을 서로 부딪친 뒤 야엘은 와인을 한 모금 마셨다. "그러니까, 넌 뉴욕에 남자 친구가 있는 모양이구나?" 야엘이 물었다.

"개인적인 이야기는 안 한다면서요."

"나에 대한 개인적인 이야기는 안 하지. 그러니까. 남자 친구 맞지?"

나는 시선을 돌렸다. 젠장, 이 식당 안에 있는 사람들은 다들 행복해 보였다. "그냥 친구예요."

"하지만 좀 더 가까워지길 바라는구나?"

"솔직히 말하면 거기까지 생각할 겨를이 없었어요. 그 애를 만나자마자 이 모든 사태가 벌어진 거라서요." 내가 말했다.

"모든 게 다시 제자리로 돌아갈 거야. 그때는 다시 만날 수 있겠지." 야엘이 말했다.

제자리로 돌아간다니, 바보 같은 생각처럼 느껴졌지만 나는 아무렇지도 않다는 듯이 야엘에게 웃어 보였다. "야엘은요?" 나는 주제를 바꾸고 싶어 야엘에게 질문을 던졌다. "가는 게 있으면 오는 것도 있어야죠."

"꿈도 꾸지 마."

"얘기해주세요. 마지막으로 누굴 좋아한 게 언제였어요? 어차피 끝난 연앤데 이야기한다고 나쁠 건 없잖아요."

야엘이 슬픈 듯한 미소를 지었다. "완전히 끝난 건 세상에 없더라고." 그러더니 그녀가 와인을 한 모금 마신 뒤 한숨을 쉬었다. "좋아. 그런데 경고부터 할게. 아주 감상적이고 안타까운 이야기란다."

"전 감상적이고 안타까운 이야기를 정말 좋아해요."

야엘이 생각에 잠긴 듯 내 시선을 피했다. "10년, 아니, 그보다 더 오래

전 일이야. 훈련이 끝나고 첫 작전에 투입되었을 때였지. 다른 요원의 감독 하에 작전을 수행했어. 부다페스트였지. 가본 적 있니?"

"부다페스트요? 아뇨."

"세상에서 가장 완벽한 도시 중 하나란다. 그곳에선 사랑에 빠지지 않기가 정말 어렵지." 야엘은 와인 잔을 느슨하게 든 채, 식탁 위의 갈색 종이 식탁보만 바라보며 말을 이었다. "그와 나는 주차된 차 안에서 아파트의 어두컴컴한 창문을 함께 바라보며 오랜 시간을 보냈어. 그러다가 그 사람을 사랑하게 된 거야. 그러면 안 된다는 규칙이 있었음에도 그렇게 되고 말았어."

"그래서 무슨 일이 있었어요?"

야엘이 고개를 저었다. "키스가 다였어."

"왜요?"

"첫째, 그 사람은 유부남이었어. 둘째, 다른 나라 정보기관에서 보낸 사람이었지. 아주 나쁜 조합이었지." 야엘의 입은 웃고 있었지만 눈은 슬퍼 보였다. 그 사람을 떠올리자니 웃어야 할지 울어야 할지 알 수 없는 것 같았다.

"언젠가 다시 만날지도 모르잖아요. 알 수 없는 일이죠."

"알 수 없는 일이지." 그렇게 말하는 야엘의 말투가 마치 절대 그런 일은 없을 거라는 뜻으로 들렸다.

웨이터가 우리가 시킨 '코테 드 뵈프'를 가지고 나타났다. 표면이 검게 익어 아직도 지글지글 소리를 내는 거대한 쇠고기 덩어리였다. 웨이터가 고기를 가늘게 썰자 안에서 핏물이 배어나와 접시 위에 붉은 웅덩이를 이루었다. 그 모양새를 보자 채식주의자가 되고 싶은 마음이 절로 들었다. 하지만 너무나 맛있게 먹는 야엘을 보고 나도 작은 조각을 집어 망설이며 한 입 먹었다. 굉장히 맛이 좋았다.

야엘은 식사를 마치자 의자에 뒤로 푹 기대며 배를 어루만졌다. "화장실 좀 다녀올게." 그렇게 이야기한 뒤 야엘이 자리를 비웠다.

웨이터가 나타나더니 야엘의 잔에 레드와인을 조금 더 채웠다. 나는 살짝 잔을 끌어와서 한 모금 마셔보았다. 저렴한 와인이었지만 푹 익은 체리 향기가 났고 고기와 근사하게 잘 어울리는 맛이었다. 나는 와인을 쭉 들이켠 다음 웨이터에게 손짓을 했다. 그가 잔을 다시 채워주면서 나에게 씩 웃으며 'Soyez prudent'라고 했다. '조심해'라는 뜻이었다. 나는 야엘이 남겨놓았던 양만큼 남기고 와인을 마신 뒤 그녀가 돌아오기 전에 잔을 제자리에 갖다놓았다.

야엘이 계산을 한 다음 우리는 식당을 나왔다. 와인을 마셨더니 몸이 따뜻해졌다. 곧 졸음과 어지럼증이 쏟아질 거라는 생각이 들었다. 저녁의 파리 거리는 늘 그렇듯이 사람들이 많다. 서로 끌어안은 커플, 바짝 붙어 걸어 다니는 친구들. 사람들이 이런저런 가게를 들락거렸고 식당과 바에도 사람들이 꽉 들어차 있었다. 온 세상의 무게가 나를 짓누르기 전에 여기 왔다면 어떤 느낌이었을까? 아마 천국의 어두우면서 좀 더 흥미로운 한쪽 구석에 와 있는 기분이 아니었을까.

"와인은 어땠니? 너무 취하지 않았으면 좋겠구나. 전술적 상황 인식을 유지해야지." 야엘이 물었다.

"네, 괜찮아요. 그런데 어떻게……."

"웨이터가 알려줬지. 동맹을 맺은 스파이들끼리도 서로를 감시한다고 했잖니." 야엘이 대답했다.

나는 야엘이 생략한 나머지 말을 속으로 생각했다. '공조하고 있지 않을 때 말이지.'

야엘이 내 팔을 붙잡더니 걸음을 멈춰 세웠다. "내 방광은 콩알만 한가 보다. 잠깐 들러서 화장실 좀 써야겠어."

우리는 파리와 브루클린의 혼종 같던 매력적인 동네를 빠져나와 아까보다 시끄럽고 지저분한 식당과 바들이 많은 구역에 와 있었다. 우리 앞에 있는 바의 네온 간판에는 '라 셰브르 메그르', 즉 '깡마른 염소'라는 이름이 적혀 있었다. 문 안에서 시끄럽고 듣기 싫고 빠른 프랑스어로 된 메탈이 쾅쾅 울려 퍼지고 있었다.

"작은 카페 같은 데로 가요." 내가 말했다.

하지만 야엘은 결국 나를 끌고 '라 셰브르 메그르' 안으로 들어갔다. 거칠게 생긴 사람들이 공연이 펼쳐지는 무대를 둘러싸고 모여 있었다. 가죽조끼에 머리를 밀고 얼굴에 타투를 한 사람들이 술에 취한 채 세상에 대한 분노를 뿜어내며 난폭하게 몸을 흔드는 중이었다. 밴드가 악기를 마구 두드리고 있는 조그만 무대 앞에 사람들이 틈 없이 붙어 서 있었다. 담배와 대마초의 연기가 너무 짙어서 사람들의 얼굴이 잘 보이지 않지만 여자는 별로 없다는 걸 알 수 있었다.

"그냥 참아요." 나는 음악 소리에 묻히지 않을 정도로만 목소리를 높였다.

"어린애처럼 굴지 말고 바에서 기다려."

야엘이 어두운 복도를 걸어 사라지자 나는 팔짱을 끼고 남들의 눈에 띄지 않는 어두운 구석에 섰다. 그러나 금방 남자들이 나타나 나를 둘러쌌다. 짧게 깎은 금발에 지저분한 데님 재킷을 입은 남자 한 명이 사람들을 헤치고 다가왔다.

"엄마 몰래 놀러 나온 거니?" 그가 프랑스어로 물었다. 입에서 맥주와 담배 냄새가 풍겼다.

나는 그 말을 무시하려 애썼지만 나에게 바짝 다가붙는 그의 덩치가 너무 커서 도저히 그냥 무시할 수가 없었다. 나보다 35킬로그램 정도는 더 나갈 것 같았다. 대체 야엘은 어디로 간 거야.

남자가 내 머리 양쪽 벽에 손을 짚었다. 키도 크고 뚱뚱하고, 동그란 분홍색 얼굴이 못생긴 돼지를 연상시키는 남자였다. 나는 그의 팔 아래로 빠져나와 야엘을 찾아 어두운 복도를 달렸다. 뒤에서 남자가 소리를 질렀다. "어디 가니, 꼬마 공주야? 나가서 호모 친구들이랑 어울리려고?"

나는 여자 화장실 문을 열고 들어갔다. 벽에는 검은 페인트가 칠해져 있고, 지저분한 세면대 위에 알전구 한 개가 달려 있는 더러운 화장실이었다. 야엘의 이름을 부르며 하나뿐인 칸으로 다가가는데 바닥에 고인 물에 부츠가 미끄러졌다. 그런데 칸 안은 비어 있었다.

'돼지'가 여자 화장실 앞에서 나를 기다리고 있었다. 선택지는 '돼지'를 밀치고 달려가거나, 아니면 골목인지 마당인지 모를 곳으로 연결되어 있을 비상구 철문을 열고 나가는 것뿐이었다. 나는 두 번째 선택지를 택했다. 비상구를 열고 밖으로 나가자 차가운 밤공기가 느껴졌다. 나는 조금 큰 소리로 야엘의 이름을 불렀지만 아무런 대답도 없었다. 결국 나는 사람이 많은 어두컴컴한 곳에서 아무도 없는 어두컴컴한 곳으로 나온 셈이었다.

마당에는 쓰레기와 깨진 술병, 널빤지가 지저분하게 버려져 있었다.

천장이 없어서 멀지 않은 곳에서 지나가는 차 소리가 들렸다. 나갈 곳을 찾아 마당을 한 바퀴 돌았지만 보이는 것은 분명 다른 바나 레스토랑으로 연결되어 있는 것 같은 굳게 잠긴 철문 그리고 체인으로 걸어둔 커다란 나무문이 전부였다. 저 너머에서 거리의 사람들이 웃고 크게 떠드는 소리가 들렸다.

"엄마가 널 두고 어딜 가버렸나 봐?"

소스라치듯 뒤를 돌아보자 '돼지'가 바에서 마당으로 나오는 문을 닫고 서 있었다. 얼어붙을 것 같은 공황이 발바닥에서부터 몸을 타고 올라왔고, 두려움이 온몸을 사로잡아 허공에 뜬 것 같은 기분이 들었다. 그에게 저리 가라고 고함을 지르려고 했지만 입을 열자 비명이 터져 나왔다.

천천히 나에게 다가오는 그의 모습은 어둠 속에서 실루엣처럼 보일 뿐이었지만, 그 실루엣의 움직임은 거침이 없었다. 자기가 가진 힘을 믿어 의심치 않는다는 듯 우쭐대는 걸음걸이였다. 그가 네 발짝 떨어진 곳까지 다가왔을 때에야 나는 용기를 내서 뒷걸음질 쳤다. 부츠에 밟힌 유리 조각이 바스러지는 소리가 들렸다.

다가올수록 그의 얼굴에 드리워진 그림자는 미소로 바뀌었다. 한 발짝 더 물러났지만 벽에 기대 세운 널빤지가 등에 닿았다.

그가 한쪽 팔을 뻗어 내 입을 막고 다른 팔로는 내 허리를 거머쥐었다. 비명을 지르려 했지만 입이 막혀 있어 가느다란 울음소리만 새어나왔다. 그가 나를 끌어당겨 자기 몸에 밀착시켰다.

나는 눈을 질끈 감았다. 그러자 혈관 속에서 피가 폭포처럼 거세게 휘몰아치는 소리 말고는 아무것도 들리지 않았다. 그의 손이 내 허리에서 떨어지더니 슬금슬금 등을 타고 올라가기 시작했고 입을 막았던 다른 한 손은 내 입을 비틀어 열려고 했다. 그의 손에서 짠맛과 흙 맛이 났다.

바로 그 순간, 내 안의 '그것'이 다시금 눈을 떴다. '그것'이 내 다리 속에서 자신의 다리를 뻗고, 내 팔 속에서 자기 팔을 펼쳤다. 이제 나는 '그것'이 입고 있는 옷에 불과했다.

나는 힘주어 그의 손을 물어뜯었다. 그의 손가락이 찢어지고 내 이가 그의 뼈에 닿았다. 우렁찬 비명이 울려 퍼지면서 그가 내 이빨까지 딸려 나갈 기세로 내 입에서 손가락을 빼냈다.

혀에 쇠 맛이 느껴졌다. 나는 그의 피를 그의 얼굴에 뱉어냈다. 그는 비틀비틀 뒷걸음질을 하면서 아직도 손가락이 붙어 있는지 확인했다. 나는 온 힘을 주먹에 실어 남자의 목을 향해 내리꽂았다. 하지만 그가 몸을 피하는 바람에 내 주먹은 그의 어깨에 꽂히고 말았다.

그에게 타격을 주기엔 역부족이었던 것 같다. 남자가 내 머리를 향해 주먹을 뻗었다. 그러나 느리고 허술한 주먹질이라 나는 허공에서 그의 손목을 붙들고 다른 쪽 팔꿈치로 그의 뺨을 내리치며 그의 고개를 옆으로 꺾어버렸다.

하지만 내가 채 자세를 가다듬기도 전에 남자가 어깨로 내 배를 짓찧으며 쌓여 있는 널빤지 위로 나를 깔아뭉갰다. 그가 엄청난 체중을 실어 나를 바닥으로 덮쳐눌렀다.

내 팔꿈치에 제대로 맞았는지 입가에서 피가 흘러내리는데도 나를 덮치는 데 성공한 그는 웃고 있었다. 그가 청바지 뒤춤에서 조그만 칼을 꺼냈다. 늘씬한 삼각형의 칼끝이 어둠 속에서도 빛을 냈다. 그는 잠시 동안 칼끝을 내 얼굴 앞에 보란 듯이 들이대고 있었다. 엄마가 죽기 전에 마지막으로 본 장면이 이랬겠지. 칼로 목을 난도질당하기 직전, 빛을 받아 하얗게 빛나는 칼날.

하지만 내 몸은 무엇을 해야 하는지 알았다. 다음 순간, 몸은 생각을 거칠 틈도 없이 다음 동작을 취했다. 내 다리가 그의 다리를 걸었고, 내 손이 그의 손에 든 칼을 쳐서 떨어뜨린 그 순간 나는 허리를 곧추세우며 옆으로 몸을 일으켜 그에게서 빠져나왔다. 칼이 바닥을 구르는 소리가 들렸다.

남자가 몸을 일으키려 하는 것을 보고 나는 벌떡 일어섰다. 내 손이 허공을 가르며 그의 목에 묵직한 도끼처럼 내리꽂혔다. 온 힘을 다한 일격이었다. 남자의 기도(氣道)의 부드러운 연골이 우지직 꺾이는 느낌이 들었다. 그는 무릎을 꿇으며 바닥에 엎어지더니 이마를 땅에 대고 캑캑거렸다.

하지만 내 안의 '그것'은 여기서 만족하지 않았다. 내 눈이 깨진 유리 조각 사이에 놓인 칼을 발견했다. 나는 칼을 집어 느슨하게 쥐었다. 아무런 보호막도 없이 무방비 상태로 허우적대고 있는 그의 정강이가 보였다. 시작한 것은 끝을 내야 한다는 야엘의 말이 떠올랐다.

나는 남자에게 다가가 그가 신고 있는 작업용 부츠의 밑창을 꽉 잡았다. 칼날이 지나가자 부츠의 가죽이 깔끔하게 갈라졌다. 그러나 칼날이 그의 아킬레스건에 닿기 직전 나는 망설였다.

"계속해."

마당 저쪽에서 목소리가 들려왔다. 속삭임이 아닌, 분명하고 단호한 명령이었다. 고개를 들자 쌓여 있던 널빤지 무더기 뒤에서 야엘이 나타나더니 복도의 침침한 불빛 속으로 사라졌다.

나는 노여움으로 가득한 신음을 내질렀다. 야엘은 처음부터 끝까지 저

기 있었던 게 분명했다. 야엘이 이 모든 일을 지켜보고 있었다. 분노가
내 몸속에 차올랐다.

그때 내가 붙잡고 있던 그의 다리가 꿈틀거렸다. 다시 어느 정도 호흡
을 되찾은 그가 이를 드러내고 눈을 가늘게 뜬 채 나를 보고 있었다. 저
건 무슨 표정일까? 공격성, 아니면 두려움?

다시 한 번 야엘의 목소리가 들렸다. "계속하라고."

그래서 나는 그녀의 말대로 했다.

11장

팔꿈치에 2인치 길이의 찢어진 상처가 생겼다. '돼지'가 나를 바닥에 밀어붙였을 때 유리조각에 벤 상처일 수도 있고, 다른 무언가에 긁힌 걸 수도 있다. 야엘이 알코올에 적신 탈지면을 상처에 대고 누르자 차가운 불이 붙은 것 같았다.

"영원히 미워할 거예요." 진심이었다.

"안타깝네." 야엘이 대답했다.

부엌이 후덥지근해서 나는 온몸에 니스를 칠한 것처럼 땀투성이였다. 아까부터 계속 몸이 덜덜 떨리고 있었다. "전부 야엘이 벌인 일인 거죠?" 내가 물었다.

"그래, 확인해야 했거든."

"뭘 말이에요?"

"꼭 필요한 상황에서 네가 훈련받은 대로 할 수 있는지를." 야엘이 상처에서 탈지면을 떼어냈다. "나와 함께 현장에 나갈지도 모르는데 중요한 순간에 일을 망쳐버리게 둘 수 없지. 이 상처는 꿰매야겠다."

"그 사람이 날 강간하려고 했다고요, 야엘."

"맞아. 강간으로 끝나지는 않았겠지만 말이야." 야엘은 테이블 위에 늘어놓은 응급처치 도구들을 살펴보았다. 반창고, 가위, 족집게, 테이프. 그 속에서 야엘이 실과 바늘을 집어 들었다. "네가 제대로 대처를 못했다면 내가 끼어들었을 거야."

머릿속이 요란한 분노로 가득 차서 제대로 생각을 할 수가 없었다.

"중요한 건, 네가 잘 대처했다는 거야." 야엘은 한 손으로 내 팔이 움직이지 않게 붙들고 다른 손에 바늘을 들었다. "움직이지 마."

"못하겠어요."

야엘은 내 팔을 테이블에 누르고 상처를 꿰매기 시작했다. 첫 한 바늘을 꿰맬 때 실이 상처 가장자리를 통과하는 아픔은 내가 상상한 것보다 심했지만, 조금 전 일어난 일만큼 심한 충격을 주지는 않았다. 목소리가 덜덜 떨렸다. "중요한 건 말이에요, 야엘. 중요한 건 아까 일어난 일은 진짜라는 거예요. 무슨 소린지 알겠어요? 아까 그 남자가 진짜 칼을 들고 있었다고요."

"진짜라고? 당연히 진짜지." 야엘은 내 팔을 고정하느라 시뻘게진 얼굴로 또 한 땀 상처를 꿰맸다. "얘기했잖아, 이건 스포츠가 아니라고. 그럼 초록 띠 승급 심사라도 하는 줄 알았니?"

나는 바늘이 들락날락하는 모습을 바라보았다. "영원히 그 사람을 잊을 수 없을 거예요, 야엘. 그 사람의 얼굴, 그리고 그 칼…… 맙소사."

"미안. 네가 어떻게 그 사람을 이겼는지 절대 잊지 마라." 야엘이 티슈로 피를 닦아냈다.

"네, 그 사람을 불구로 만들어서 이겼죠."

"해야 할 일을 해서 이긴 거야." 그녀가 바늘을 내려놓고 실 끝에 매듭을 지었다. "처치는 끝났어. 당분간 미친 듯이 아프고, 또 한동안 미친 듯이 가려울 거야. 긁고 싶어도 참으렴."

"그럼, 죄책감 같은 건 없는 거예요?"

야엘이 상처 위에 커다란 반창고를 붙였다. 손놀림이 아주 부드럽다.

"그웬돌린, 정의란 추상적인 개념이 아니야. 오늘 밤에 네가 한 일이 바로 정의야. 정의의 얼굴은 추하고 비열하거든."

*

절대 잠들 수 없을 거라고 생각했지만 푹 잘 잤다. 그러나 밤새도록 길고 이상한 꿈이 이어졌고, 나는 생생한 악몽 속을 두려움 없이 지나쳐갔다. 아침이 되어 눈을 뜬 나는 누운 채 천장을 바라보며 꿈을 기억하려 애썼다.

부엌으로 갔더니 야엘은 벌써 일어나서 커피를 마시며 프랑스어판 ≪보그≫를 읽고 있었다. 나를 보더니 그녀가 일어나서 내 몫의 커피를 따라주었다.

"잘 잤니?" 그녀가 물었다.

"이상한 꿈을 꿨어요." 내가 대답했다.

"그럴 줄 알았어. 네 정신이 새로운 네 모습에 적응하는 중인 거야."

그녀가 식탁에 달린 서랍을 열더니 새빨간 표지의 작은 책자를 꺼내 내 쪽으로 밀어주었다. "말하자면 그렇다고."

"이게 뭐예요?"

"졸업 선물이라고나 할까. 며칠 전에 나왔는데, 잠깐 아껴두고 있었지."

책자를 받아보자 키릴어 알파벳으로 '로시스카야 페데라치야'라고 금박 글씨가 새겨져 있고, 그 밑에 '러시아연방'이라고 적혀 있었다. 겉보기도, 촉감도 진짜 같은 러시아 여권이었다. 펼쳐보니 내 사진이 똑바로 나를 쏘아보고 있어 흠칫했다.

사진은 내 얼굴이었지만 이름은 달랐다. "소피아 티무로브나 코즐로프스카야." 아래에 인쇄된 생일을 보니 나는 스물두 살이다.

"이게…… 대체 누구죠?"

"이건 너야. 넘겨보렴." 야엘이 말했다.

시키는 대로 다음 장으로 넘기자 EU 로고가 박힌 비자에 은색의 홀로그램 낙인이 찍혀 있었다.

"취업 비자야. 아일랜드에서 그리스까지 어디든 합법적으로 머무를 수 있지."

"하지만 대체…… 소피아 티무로브나 코즐로프스카야가 누군데요?" 나는 여권을 앞 장으로 다시 넘겼다.

"진짜 소피아는 스트리퍼였고, 2년 전 뮌헨에서 헤로인 과용으로 죽었어. 네가 손에 들고 있는 이 여권은 가짜가 아니야. 네 사진이 붙었을 뿐 진짜 소피아의 여권이지."

"이걸 어떻게 손에 넣었죠?"

야엘이 대답했다. "소피아의 시체를 발견한 경찰이 돈을 받고 팔아넘

겼을 수도 있고, 우리 친구가 소피아의 소지품에서 슬쩍했을 수도 있지. 그쪽 일은 내 소관이 아니라 몰라. 중요한 것은 네가 가지고 있는 그 여권의 가치가 황금보다 귀하다는 거야. 이 바닥에선 그렇게 제대로 된 여권을 얻기 위해 사람이라도 죽일걸."

나는 죽은 여자의 여권을 식탁 위에 툭 떨어뜨렸다. 기분이 나빴고 뭔가 옳지 않다는 생각이 들어서였다.

야엘이 다시 서랍을 열더니 한 번 접힌 두툼한 종이 뭉치를 꺼내 여권 옆에 놓았다. "이건 소피아에 관한 정보야. 출생증명서, 학교 성적표, 부모의 신상정보, 출신 도시에 대한 정보. 그밖에 소피아의 인생에 대한 정보는 네가 지어내야 해."

"지어낸다뇨?"

"신원 위조의 첫 번째 규칙, 최대한 진짜처럼 행동할 것. 두 번째 규칙, 이야기의 신빙성은 세부 사항에 달려 있어. 이 문서들을 잘 읽어보고 빈 곳을 채워 넣으렴. 소피아가 좋아하는 색깔은 뭐지? 어린 시절 친구들은 어떤 아이들이었지? 키우던 개가 차에 치여 죽었을 때 소피아는 몇 살이었을까?"

나는 종이를 펼쳐 읽기 시작했다. 소피아 아버지의 사망증명서: 간경화증. 소피아가 열네 살 때의 일이다. 아버지의 근로 기록: 러시아 남부 아르마비르의 고무 공장. 소피아의 성적 증명서: 독일어 성적이 좋고, 수학 성적이 낮다. 이 정보들은 모두 진짜 같았고 비극적으로 느껴질 만큼 구체적이었다.

"네 프로필을 만들어서 외우는 게 오늘 아침의 숙제야." 야엘이 말했다.

"하지만 소피아의 사망증명서가 있을 텐데요."

"편리하게도 어디론가 사라져버렸지. 러시아에서 그런 일은 비일비재하거든."

"누군가 소피아에 대해 더 깊이 캐묻기 시작하면요?"

"완벽한 이야기는 없어." 야엘이 내 옆에 놓인 의자에 앉았다. "그러니까 네가 만들어내야지. 즉흥적으로."

나는 눈을 감았다. 새로운 나.

"자, 이제 시작하자." 야엘이 내 손을 잡고 한 번 힘주어 꽉 쥐었다. "이제 네 인생을 만들어봐, 소피아."

*

유리창에 대고 입김을 불자 흐릿한 동그라미가 커졌다가 작아졌다. 나는 손가락으로 그 안에 조그만 얼굴을 그려보았지만, 야엘이 그만하라는 신호를 보내는 바람에 그만두었다. 나는 야엘이 시킨 대로 한 눈은 정면을 보고, 다른 한 눈으로는 우리가 타고 있는 작은 폭스바겐 차량의 사이드미러에 고정시킨 채 누가 따라오지 않는지 확인하는 중이었다. 야엘은 뭔가 평상시와 다른 걸 발견할 때까지 단 한 마디도 하지 말라고 명령했다. 하지만 지금은 모든 것이 평상시와는 거리가 멀어서, 뭔가 수상한 것이 나타나도 내가 알아챌 수 있을지 잘 모르겠다는 생각이 들었다. 비디오 가게 안에서 아랍인 남자 한 명이 고개를 내밀더니 바깥을 한번 둘러보고 다시 안으로 들어가는 모습이 보였다. 머리부터 발끝까지 부르카를 뒤집어쓴 여자가 텅 빈 세탁물 수레를 밀며 걸어가더니 1분 뒤 반대쪽에서 여전히 비어 있는 수레를 밀고 다시 걸어왔다. 대체 평상시와 같다는 게 뭘까?

야엘의 숨소리는 꼭 자고 있는 것처럼 차분하고 단조로웠지만 그것은 야엘이 쭉 해온 훈련의 결과였다. 한쪽 눈으로 사이드미러를 통해 반 블록 뒤에 있는 담배 가게 문을 주시하고 있는 야엘의 얼굴에는 긴장감이 감돌았다.

우리가 이곳에서 대기한 지 한 시간이 흘렀다. 형체를 알 수 없는 회색 먹구름에 가려 해는 전혀 보이지 않았다. 시계를 보지 않으면 아직 오후 5시밖에 안 되었다는 것을 알 수 없는 날씨였다.

입안이 마르고 텁텁해져서 커피나 마실 것을 좀 사오면 안 되냐고 물어보았지만 야엘은 안 된다고 했다. 두 명의 여자가 차 안에서 커피를 마시고 있는 모습이 수상해 보이리라는 얘기였다. 그 말에 나는 여자 두 명이 차 안에서 아무것도 안 하고 가만히 있는 게 더 수상하지 않느냐고 되물었다.

"잠깐 간단한 퀴즈를 해보자. 네가 태어난 곳은?" 야엘이 물었다.

"노보쿠반스크."

"아버지의 이름과 직업은?"

"티무르 나우모비치 코즐로프스키. 고무 공장 감독관."

"그전에는?"

"스페츠나즈 장교."

"스페츠나즈란?"

"러시아 특수부대."

우리는 몇 초에 한 번씩 앞 유리창을 쓸고 지나가는 와이퍼의 리듬에 맞추어 문답을 주고받았다. 나는 눈을 감고 기억 속에서 소피아에 관한 사실들과 이름, 장소들을 불러냈다. 그 순간 야엘이 재빨리 중얼거렸다. "*Là-bas*〔저기 있다〕!"

나는 눈을 번쩍 뜨고 몸을 돌렸다. 어디? 나는 야엘이 눈을 가늘게 뜨고 눈짓하는 방향을 보았다. 담배 가게 맞은편의 차양 아래에 청바지와 아디다스 트레이닝복 상의를 입은 창백하고 깡마른 남자 한 명이 서 있었다. 갈기 같은 검은 머리카락이 한동안 자르지 않은 것처럼 텁수룩하고 턱수염을 기르다 만 남자였다.

야엘이 차에 시동을 걸더니 좁은 길에서 솜씨 좋게 유턴을 했다. 남자는 우리를 못 본 척하면서도 우리의 움직임을 따라 시선을 옮겼다. 그는 마치 누군가가 자기를 막 후려치기라도 할 것처럼 긴장한 모습이었다. 나는 다시 그를 바라보았다. 아빠를 납치한 '사자' 페라스는 내가 생각했던 것처럼 괴물같이 생긴 사람이 아니었다. 오히려 필요한 순간이 되면 손쉽게 목을 졸라버릴 수 있을 것 같은 사람이었다.

야엘이 속도를 늦추더니 차창을 내리고 그에게 아랍어로 말을 걸었다. 너무 뜬금없는 말이어서 머릿속으로 해석하는 데 시간이 꽤 걸렸다. "이 근처에 미술용품점이 있었거든요. 혹시 어디로 옮겼는지 아시나요?"

남자는 우리가 사람을 잘못 보기라도 했다는 듯이 걱정스러운 표정으로 우리를 바라보더니 망설이듯 한걸음 다가왔다. 이제 그의 얼굴이 좀 더 분명히 보였다. 이제 겨우 스물다섯 살쯤으로 보이는 그의 이마는 울긋불긋 여드름이 잔뜩 나 있었다. "그 가게는 작년 3월에 영업을 중단했어요."

"3월이오? 4월이 아니라요?" 야엘이 물었다.

"아뇨. 3월이었어요."

야엘이 거리를 이리저리 살피더니 입을 열었다. "차에 타, 하미드."

*

뒷좌석에 앉아 있자니 하미드가 덜덜 떨고 있는 모습이 보였다. 추워서가 아니라 다른 이유 때문이었다. 얼굴에 난 여드름은 이제 보니 병에 걸려 생긴 붉은 수포 같았다. "항상 오던 그 사람은 어디 있어요?" 그가 말했다. "지금까지 그 장 마르크라는 친구 말고 다른 사람하고는 접촉한 적이 없는데요."

"진정하라고, 친구. 장 마르크는 휴가 중이라 내가 대신 온 거야." 야엘이 차분하게 하미드의 팔에 한 손을 얹었다.

하미드는 흠칫 놀란 듯 야엘의 팔을 밀쳐냈다. "어디 다른 데로 가면 안 될까요? 놈들이 절 찾고 있어요." 이제 하미드는 프랑스어로 말하고 있었다.

"잠깐 드라이브를 할 거야. 우리와 함께 있으면 안전해."

"안전하다고요? 두 달 가까이 지하실에 숨어 살았어요. 게다가 오늘은 왜 두 사람이죠? 장 마르크는 항상 혼자 나왔어요."

저녁이라 교통량이 많은 대로로 접어들자 야엘이 부드럽게 미소를 지었다. 지금까지 내가 본 야엘의 얼굴 중에서 가장 따뜻한 표정이었다. "이 친구는 훈련생일 뿐이야, 하미드. 아무 걱정 말라고, 알겠어?" 엄마 같은 목소리였다. "그런데 어째서 지하실에 숨어 있었지?"

"먹을 것 좀 없어요? 마지막으로 음식을 먹은 지가 언제인지도 모르겠어요."

"차를 세우고 뭘 좀 사줄까? 아니면 돈을 조금 줄 수도 있어." 야엘이 물었다.

하미드가 고개를 저었다. "됐어요, 너무 위험합니다. 음식 이야기는 없던 걸로 하죠. 어쨌든 오늘 밤, 지금 당장 탈출시켜 주셔야 해요."

"뭐가 위험하다는 거지, 하미드?"

하미드는 눈을 가늘게 뜨고 야엘을 바라보았다. "놈들이 나를 찾고 있다고 말했잖습니까, 똑같은 놈들. 그…… 일을 벌였던 바로 그놈들 말이에요. 내가 바깥으로 나가려고 할 때마다 그놈들이 있었단 말입니다. 오늘 나오지도 못할 뻔했어요. 1분만 늦었어도 나는 시체로 발견됐을 거예요. 분명해요."

"네가 그 미국인에게 한 짓 때문에 누군가 널 쫓고 있다고?" 야엘이 물었다. "그게 놈들이 너를 쫓는 이유야?"

"전 아무 짓도 안 했어요. 아무튼, 어서 프랑스에서 탈출시켜주세요. 집으로 돌아가고 싶어요."

"그건 가능할 거야." 야엘은 마치 그 가능성을 깊게 생각해보기라도 한 듯이 말했다. "하지만 그전에 그 미국인에게 무슨 일이 있었는지를 알아야겠어."

"몰라요. 같이 커피를 마신 다음에 산책을 갔어요. 그때 그 밴이……."

"밴이라고?" 그녀가 물었다.

"예, 길을 따라 밴 한 대가 와서 멈추더니 남자 두 명이 내렸어요. 그걸 뭐라고 부르는지 모르겠는데, 변기 고치는 사람들이었어요."

"배관공." 내가 끼어들었다.

야엘이 입 다물고 있으라는 눈빛을 보냈다.

"예, 배관공 두 명이었어요. 긴 파이프를 들고 우리 앞을 막더군요. 그때 밴에서 두 명이 더 내리더니 한 명이 미국인의 목에 주사바늘을 꽂고, 다른 한 명이 나한테 다가왔어요. 솜씨가 좋았어요. 프로였죠."

"너는 빠져나왔는데 미국인은 나오지 못했다는 점이 흥미로운걸." 야엘이 말했다.

"빠져나왔다고요? 난 무작정 달렸어요. 그놈이 날 쐈어요. 어깨에 총알을 맞았다고요." 그가 재킷과 셔츠를 걷어 상처를 보여주었다. 분홍색과 보라색에서 서서히 초록색이 되어가고 있는, 아주 역겹게 생긴 꿰맨 상처였다.

우리가 빨간불에 차를 세우자 오토바이 한 대가 요란한 엔진 소리를 내며 조수석 쪽에 따라붙었다. 꽉 끼는 가죽 재킷에 머리 전체를 덮어씌우는 헬멧을 든 두 남자가 타고 있었다. 뒤에 탄 남자가 우리 쪽을 바라보며 헬멧을 들어 올렸다. 언뜻 보기에 잘생긴 얼굴이었는데, 내게 기분 나쁜 윙크를 날린 뒤 시선을 돌렸다.

야엘이 하미드 쪽으로 몸을 가까이 대고 상처를 자세히 살펴보았다. "병원에서 꿰맸어?"

"병원에선 총상을 입은 환자가 들어가면 무조건 경찰에 신고해요. 그래서 현금만 받는 수의사를 찾아갔어요. 찢어진 셔츠 꿰매듯 상처를 꿰매더니 개가 먹는 약을 주더군요. 감염된 것 같아요?"

"아니." 야엘이 거짓말을 했다.

신호가 초록불로 바뀌자 우리는 다시 앞으로 나갔다. 여기는 파리 북역 뒤쪽 공업 지대 어딘가였다. 공기에서는 생선 비린내와 기름 냄새가 풍기고 있었다.

"그 배관공들에 대해 이야기해봐." 야엘이 말했다.

"독일인이었어요. 거기까지밖에 몰라요." 하미드가 대답했다.

"독일인이라는 건 어떻게 알았지?"

"독일어를 했으니까 독일인이겠지요."

아까의 오토바이가 다시 나타나더니 마치 우리를 따라잡으려는 듯 엔진 소리를 크게 울리더니 뒤쪽 범퍼까지 따라붙었다. 또 한 번 신호에 걸려서 야엘이 차를 멈췄다. 오토바이가 다시 조수석 창가로 다가왔다.

저녁이 되자 거리가 텅 비어 있는 게 낯설다는 생각이 들었다. 오토바이 쪽을 보자 아까의 그 남자가 내 쪽을 보고 있었다. 그의 눈은 헬멧에 달린 미러글래스에 가려 보이지 않았다. 그가 메고 있던 메신저 백을 몸 앞쪽으로 끌어당기더니 열었다. 다음 순간, 장갑을 낀 그의 손이 한쪽 끝에 구멍이 있는 낯설고 뭉툭한 물체를 끄집어내더니 하미드가 탄 조수석 창을 향해 겨누었다. 그 순간 그 물체가 총이라는 사실을 깨달은 바로 그때 오렌지색 불꽃이 튀면서 유리창이 부서져 내렸다.

*

나는 폭스바겐 뒷좌석 바닥에 납작 엎드려 있었다. 아무 소리도 들리지 않고 깜깜했지만, 차가 파리의 거리를 달려 나가느라 바퀴에 자갈이 부딪치는 진동은 느껴졌다. 고요한 토네이도처럼 바람이 내 주변을 휩쌌고, 좌석에 수북이 쌓인 유리조각은 가로등 불빛을 받아 마치 왕이 가진 다이아몬드 무더기처럼 반짝였다.

앞좌석 사이로 검은 잉크 범벅이 된 손 하나가 뻗어 나오더니 내 재킷을 움켜쥐는 모습이 보였다. 그 손이 나를 잡아당기기에 나는 고개를 들어 야엘을 바라보았다. 야엘 역시도 검은 잉크를 뒤집어쓴 것 같은 얼굴로 뭐라고 고함을 치고 있었지만 내 귀에는 아무 소리도 들리지 않았다. 야엘이 내 손을 끌어당기더니 검은 잉크가 뿜어져 나오는 근원인 하미드의 가슴에 갖다댔다. 구멍이 세 개, 아니 다섯 개였다. 전부 동전 하나 크기의 구멍으로 피가 뿜어져 나오고 있었다. 구멍의 정체를 알아차린 순간 기절할 뻔했지만 애써 정신을 차리고 내 손으로 막을 수 있는 만큼의 구멍들을 힘껏 눌러 지혈을 시도했다. 그러나 누르면 누를수록 구멍에서는 피가 더 왈칵왈칵 쏟아질 뿐이었다. 다른 구멍으로 손을 옮겨 시도해보았지만 소용이 없었다. 하미드의 눈은 아직 살아 있는 것처럼 휘둥그레 열려 있었지만 그가 눈을 깜박일 때마다 나는 저 눈꺼풀이 다시 열리지 않을 거라는 생각을 했다.

우리는 인적이 드문 공업지대, 양쪽에 차들이 빈틈없이 주차되어 있어 손을 뻗으면 닿을 것만 같은 꼬불꼬불한 좁은 길을 내달리고 있었다. 오토바이는 우리 뒤 고작 10미터에서 15미터 떨어진 거리를 유지한 채 따라오는 중이었다. 오토바이가 뒤쪽 유리창에 쏘아대는 헤드라이트가 꼭 도깨비불 같았다.

야엘이 왼쪽으로 급격히 방향을 트는 바람에 나는 하미드를 놓치고 구르다 차체 왼쪽에 부딪쳤다. 오토바이는 속도를 거의 늦추지도 않고 좌회전을 해 따라왔다. 청력이 다시 돌아온 건지 소름 돋는 오페라 같은 폭스바겐의 테너 음조 모터 소리와 찢어지는 듯한 소프라노 음조의 오토바이 모터 소리가 들렸다.

나는 간신히 원래 자리로 기어가서 다음번 회전에서는 하미드를 놓치지 않도록 몸에 잔뜩 힘을 주었다. 간신히 숨을 붙들고 있는 듯한 하미드의 얕은 호흡이 느껴졌다. 이제 하미드의 눈은 반쯤 감겨 있었다.

급격한 좌회전. 타이어가 끽 소리를 냈다. 다시 급격히 우회전, 또 한 번 우회전. 그러나 오토바이는 추격을 포기하지 않았다. 실제로 오토바이는 점점 더 가까워지고 있었다. 이번에 그들은 표적을 야엘로 바꾼 듯 운전석 쪽으로 따라붙었고, 뒤에 탄 남자가 기관단총을 겨누었다. 야엘에게 조심하라고 말하려고 입을 열었지만 그 순간 또 한 번 총구에서 오렌지색 불꽃이 터져 나오며 여러 발의 총성이 뒤를 이었다. 세상이 쩍 갈라지는 것 같은, 믿기지 않는 굉음이었다. 야엘 앞의 대시보드가 부서지면서 플라스틱 파편이 색종이 조각처럼 나부꼈다. 야엘이 운전대를 왼쪽으로 확 꺾는 순간 오토바이는 보도로 올라서려 했지만 야엘의 동작은 빠르고 민첩했다. 오토바이가 시야에서 사라졌다.

내가 예상한 대폭발은 없었다. 급격하게 그리고 치명적으로, 금속과 사람의 살이 금속 차체와 콘크리트 도로에 부딪쳐 우그러지는 소리가 들릴 뿐이었다. 오토바이의 잔해가 튀어 오르더니 마치 아직도 추격을 포기하지 않은 것처럼 길에 흩어졌다. 반 블록쯤 가서 우리는 차를 멈추었다.

세상이 어쩌면 이렇게 적막하고 고요한지 놀랍기까지 했다. 하지만 야엘은 가만히 있지 않았다. 야엘은 차를 세우자마자 내려서 절뚝거리며 우리 뒤에 넘어져 있는 오토바이 쪽을 향했다. 야엘이 부상을 입은 건 분명했지만 그렇다고 걸음을 멈추지는 않았다. 나는 여전히 하미드의 가슴을 두 손으로 누르고 있었지만 고개를 쭉 뻗으면 가로등의 콘크리트 지지대 쪽으로 비틀거리며 걸어가는 야엘의 모습이 보였다. 오토바이를 몰던 남자는 형체를 알아볼 수 없는 쓰레기처럼 오토바이의 잔해 위에 엎어져 있었고 뒤에 타고 있던 남자는 길 한복판에 자빠져 있었다.

야엘의 손에는 권총이 들려 있었다. 추격자에게서 빼앗은 것일까, 아니면 재킷 안에 원래 갖고 있었던 걸까? 나는 더 이상은 눈 뜨고 볼 수가 없어서 눈을 꼭 감았다. 하지만 야엘은 총을 쏘지 않았다. 이렇게 멀리 떨어진 거리에서 보아도 굳이 총을 쏠 필요가 없음이 자명했다.

야엘이 길에 깔린 자갈 위로 발을 질질 끌고 차로 돌아오는 소리가 들렸다. "이제 그만해." 그녀가 손에 권총을 느슨하게 쥔 채 차에 몸을 기대며 내게 말했다.

나는 하미드를 바라보았다. 입을 쩍 벌리고 눈을 감은 그는 이제 전혀 움직이지 않았다. 나는 하미드의 시체에서 내 손을 조심스레 뗐다. 숨이 턱턱 막혀왔다.

야엘의 목소리는 업무를 처리하듯 딱딱했다. "우는 건 꿈도 꾸지 마. 시간이 없어." 그녀가 한 손으로 차체를 붙잡고 몸을 지탱하며 다른 한 손으로 옆구리를 눌렀다. 야엘의 손가락 사이로 피가 새어나왔다.

내가 차에서 뛰어내려 야엘을 부축하려 했지만 그녀는 나를 밀쳐내고 총을 바닥에 버렸다.

"다쳤잖아요, 앰뷸런스를 부를게요."

"앰뷸런스? 시체가 세 구에다 총 맞은 이스라엘인까지 있는데 뭐라고 설명할 작정이야?"

"그럼 제가 병원까지 운전할게요."

"차도 총에 맞았어. 운전대는 박살났고." 그녀는 고통을 참는 듯 눈을 꼭 감았다. "이런 상황에서 도움을 요청할 수 있는 번호가 있어. 대사관에서 사람을 보낼 거야. 경찰보다 먼저 도착해야 할 텐데."

"그때까지 같이 있을게요."

"프랑스 감옥에서 인생 종 칠 일 있어? 그럼 다시는 네 아빠를 구하지 못할 텐데."

나는 잠깐 동안 야엘을 노려보았다. "아빠를 구한다고요?" 나는 고함을 질렀다. "하미드가 죽었어요, 야엘. 아빠를 찾을 수 있는 단 하나의 실마리가 죽어버렸다고요."

야엘이 내 팔을 꽉 붙잡았다. 반쯤은 고통을 참으려는 몸짓이었지만 반쯤은 지금부터 하는 말을 잘 들으라는 뜻인 것 같았다. "그래, 하미드의 어머니는 굉장히 슬퍼하겠지. 하지만 네 입장에선 훨씬 더 유리한 상황일 것 같은데."

처음에는 무슨 소리인지 알아들을 수 없었지만, 길에 쓰러진 시체들을 보면서 나는 야엘이 무슨 말을 하려는 건지 깨달았다. 하미드를 죽이려던 자들은 내가 만나려던 하미드보다 더 큰 가치가 있었다. 물론 온몸이 뒤틀린 시체가 되어 오토바이의 잔해와 함께 누워 있을 텐데 그게 무슨 소용이 있담?

내 의문점을 읽기라도 한 듯 야엘이 말을 이었다.

"서류가 있을 거야, 그웬돌린. 여권, 신분증 그리고 아는 사람들의 이름과 사진, 연락처가 저장된 휴대전화도 있겠지. 거기서부터 시작해."

야엘의 몸이 덜덜 떨리는 게 느껴져서 나는 일단 그녀를 부축해 차에 태웠다. 히브리어로 욕설을 내뱉는 그녀의 입에서 조그만 울음이 새어나왔다.

"도와줄 사람이 올 때까지 여기 함께 있을게요."

그러자 그녀가 손을 뻗어 내 턱을 자기 쪽으로 홱 꺾었다. 잇새를 비집고 나오는 뜨겁고 축축한 숨결이 느껴졌다. "감상적인 꼬마야. 하미드, 피, 내 옆구리에 박힌 이 총알은 무슨 의미가 있을 수도 있고 아닐 수도 있어. 냉혹해져야 해, 그웬돌린. 지금부터는 혼자서 해 나가든가, 아니면 아무것도 못 해. 넌 둘 중 뭘 선택할래?"

그녀가 손을 놓자 나는 비틀거리며 뒤로 몇 발짝 물러났다. 한참 동안, 파리의 밤을 감싼 소음과 야엘이 힘겹게 토해내는 숨소리 말고는 아무 소리도 들리지 않았다.

그 순간 나는 마음을 정했다.

*

오토바이를 몰던 남자의 왼쪽 다리는 아직도 가로등의 콘크리트 지지대에 짓눌린 채 엔진에서 떨어져 나온 잔해와 오토바이의 뒷바퀴 사이에서 엉망이 되어 있었다. 나는 그의 청바지를 뒤져 두툼한 지갑을 꺼낸 뒤 다시 그의 재킷을 뒤졌다. 그의 몸뚱이는 이미 갈비뼈의 흔적도 찾아볼 수 없는, 형체를 잃은 뜨뜻한 날고기 같은 모습이었다. 재킷 안에서 휴대전화와 여권을 찾아서 내 재킷 주머니에 넣었다. 총을 들었던 남자의 시체는 300미터쯤 떨어진 곳에 내동댕이쳐져 있었다. 형체가 좀 더 남아 있긴 했지만 몸의 절반이 반대 방향으로 꺾여 있었다. 차에 치이면서 신발은 어디론가 날아간 것 같았지만 메고 있던 메신저 백은 그대로 있었다. 메신저 백 안에서 여권, 여분의 탄창, 펩시콜라 한 병 그리고 사과 한 개가 나왔다. 다른 누군가의 지갑이나 휴대전화는 없었다.

멀리서 들리던 프랑스 경찰의 사이렌 소리가 점점 더 크게 다가오고 있었다. 고개를 들자 일어서서 양손으로 옆구리를 감싼 채 나를 바라보는 야엘의 모습이 보였다. 내가 사라지는 즉시 바닥에 쓰러지기라도 할 듯 기댄 자세였다.

사건 현장에서 두 블록쯤 떨어진 곳까지 다가온 경찰차의 사이렌 소리가 더 커졌지만 거리는 여전히 텅 비어 있었다. 보이는 것이라고는 빠른 속도로 내가 왔던 방향으로 나를 스쳐 지나가는 창 없는 하얀 밴 한 대가 전부였다.

베를린

12장

토르 서버[*]에 연결합니다.

빅 베르타(슬로베니아)

라이머(일본)

칼(캐나다)

알터폼(태국)

〈〈반갑습니다! 토르 익명 대화방에 입장하셨습니다!〉

〈〈개인/보안 모드로 접속하셨습니다〉〉

〈익명의 유저 레드가 접속했습니다〉

스콜라: 맙소사, 대체 어디 있었던 거야?

레드: 그냥 반가운 목소리를 듣고 싶었어.

---

* 익명성을 보장하는 네트워크 서비스.

스콜라: 나 여기 있잖아.

레드: 보안이 확실한 컴퓨터야?

스콜라: 그래, 너는?

레드: 나도

스콜라: 어디야?

레드: 유럽

스콜라: 유럽 어디?

레드: 그건 말 못 해

레드: 미안

스콜라: 괜찮아?

레드: 모르겠어

스콜라: 경찰이 왔었어

레드: ?????

스콜라: 너 떠난 다음 날에

레드: 평범한 뉴욕 경찰?

스콜라: 아니. 연방경찰

레드: 경찰한테 얘기했어?

스콜라: 그럴 리가 없잖아!!!

스콜라: 아빠가 변호사 부르고

스콜라: 그 변호사가 경찰 쫓아 보냈어

스콜라: 아빠가 고소할 거래

레드: ㅋㅋㅋ

스콜라: 재수 없는 것들

레드: 깁 이 별로야

레드: 아 미안 기분이 별로라고

스콜라: 어쩌고 있어? 아빠 찾을 거 같아?

레드: 몰라

스콜라: 도와주고 싶은데

레드: 그냥 거기 있어주기만 하면 돼

스콜라: 나 여기 있어. 항상

레드: 네가 내 구세주야

스콜라: 내가 한 게 뭐가 있다고

레드: 그냥 거기 있어주는 거

스콜라: 더 많이 도와주고 싶어

레드: 그럴 수 있으면 좋을 텐데

레드: 하지만 너무 위험해

레드: 나 이제 간다

스콜라: 잠깐만

레드: 미안 가야 돼

《〈익명의 유저 레드가 로그아웃했습니다〉》

스콜라: 보고 싶어

13장

    고국에 두고 온 가족들과 스카이프 채팅을 하거나 포르노를 보거나 게임을 하고 있는 사람들은 죄다 남자였다. 이 인터넷 카페 안에 여자라고는 나밖에 없었는데, 수시로 나를 쳐다보는 사람들의 눈길 때문에 그 사실이 자꾸만 더 의식이 되었다.

    "Funf Euro zwanzig." 카운터 뒤에 서 있던 아르바이트생이 따분해 죽겠다는 표정으로 "5유로 20센트"라고 말했다. 나는 인터넷 사용료를 내고 거리로 나왔다. 뉴욕은 지금 오후겠지만, 여긴 밤이었다. 아주 깊은 밤. 비가 영영 그치지 않을 기세로 쏟아지고 있었다. 비는 파리에서부터 이곳 베를린까지 나를 따라오더니 내 뺨을 따끔따끔하게 쏘아대는 얼음처럼 차가운 크리스털 결정체의 모습으로 새까만 어둠을 채웠다. 나는 가로등의 흐릿한 노란 불빛을 피해 건물에 바짝 붙어 거리를 걸었다. 아무것도 바라보고 싶지 않아 시선을 아래로 떨어뜨린 채 으스스한 바와

으스스한 포르노 상점을 지나쳤다. 누구라도 찾아내서 두들겨 팰 기세로 길모퉁이를 어슬렁거리는 경찰도 지나쳐 걸어갔다.

베를린의 길바닥에서 지새우게 될 두 번째 밤이었다. 돈은 있지만, 내가 갔던 호스텔 세 군데에서 전부 여권을 요구했다. 소피아라는 이름으로 된 여권이 얼마나 먹힐지 확신이 없었다. 인터넷 카페에서는 파리 뉴스를 검색했다. 길거리에서 오토바이 사고의 희생자로 보이는 신원 불명의 시신 두 구가 발견되었다는 기사 하나가 전부였다. 야엘에 대한 이야기는 나오지 않았다. 하미드도 마찬가지였다. 심지어 총을 맞은 폭스바겐 차량에 대한 언급도 없었다. 야엘이 현장을 깔끔하게 빠져나갔다는 의미일 수도 있다. 그 반대일 수도 있고. 야엘이 붙잡히고 프랑스 정보기관이 개입했다는 뜻일지도 모른다. 정보기관이 야엘과 나 그리고 나와 소피아 사이의 연관 관계를 파악하기까지 얼마나 걸릴까? 미국에 이 소식이 전달되기까지는 얼마나 더 걸릴까?

촐로기셔가르텐 반호프, 즉 동물원역 입구 앞에는 마약중독자 한 무리가 어슬렁대고 있었다. 동물원역이라는 이름이 붙은 건 역 근처에 동물원이 있기도 하지만 역 자체가 일종의 동물원이기도 해서였다. 마약중독자들 중 한 사람이 누가 버린 피자를 발견하는 바람에 나는 그들에게 방해받지 않고 옆을 스쳐 지나 역 안으로 들어갔다. 갓 눈 것처럼 뜨끈뜨끈한 오줌 냄새가 나긴 해도 역 안은 비를 피할 수 있고, 밝고, 상대적으로 안전한 곳이기는 했다. 베를린에 도착한 첫날인 어젯밤은 이 역 안에서 보냈다. 경찰들은 역사 안 바닥이며 벤치에 널브러져 자는 노숙자들과는 사뭇 다른 나를 귀찮게 하지 않았다. 나는 상당히 청결한 데다 옷차림도 깔끔한 축이었으니까. 하지만 오늘은 경찰도 내가 갈 곳 없는 떠돌이란 사실을 눈치채고 말 것이다. 부랑자 관련 법률 위반으로 유치장에 끌려가서 내가 누구인지 발각당할 위험을 감수할 수는 없었다. '내가 누구인지'라니, 그러고 보면 좋은 질문이다.

내가 누구건 간에, 베를린은 도주 중인 소녀에게 썩 괜찮은 도시다. 싸고, 어두운 데다가 온갖 국적과 언어의 도가니 속에 은근슬쩍 섞여들 수 있는 곳이다. 아빠가 비엔나에 발령받았을 때 배워둔 독일어는 내가 할 줄 아는 여러 언어 중에서 실력이 가장 뒤떨어져서 모국어처럼 쓸 수는 없었다. 하지만 알고 보니 젊은 사람들 중에는 영어를 할 줄 아는 사람들도 많았고 러시아어를 사용하는 사람들 역시 심심찮게 눈에 띄었다. 그래서 나는 초등학생 수준의 형편없는 독일어에 자음을 마구 뭉개고 짓이기는 러시아 억양을 섞으려고 노력했다. 계속 신경 쓴다면 어려운 일은 아니었다. 망명자와 도망자로 가득한 베를린에서는 사람들이 발음이나 문법을 그리 문제 삼지 않으니까.

동물원역에서 그나마 안전한 곳은 1층의 도뇌르 케밥 가게였다. 새벽 3시까지 열려 있는 데다가, 카운터에서 일하는 터키 남자는 내가 어젯밤 고작 케밥 한 개와 콜라 한 병을 시켜놓고 부스 석에서 잠들었는데도 쫓아내지 않았다. 다행히 오늘도 어제의 그 남자가 일하고 있다가 내가 들어가자 알은체를 하며 미소를 지었는데, 그것이 내가 베를린에서 본 첫 미소였다. 피아노 다리만 한 고깃덩이가 세로로 된 그릴에 꽂혀 빙빙 돌아가고 있었다. 그는 전문가다운 솜씨로 고기를 두툼하게 썰어내 피타빵 위에 얹었다. 그 위에 채 썬 양파와 오이를 흩뿌리고 하얀 요거트 소스를 듬뿍 뿌렸다. 내가 뉴욕에서 좋아했던 기로스와 근본적으로는 같은 음식이기도 하거니와, 지금은 황제나 교황이 부럽지 않은 근사한 음식으로 느껴졌다.

　지하철역 안에 있는 음식점답게 바가지에 가까운 5유로를 건네고 안쪽 구석에 있는 부스 석에 자리를 잡았다. 케밥은 따뜻하고 맛이 좋아서 침대도 담요도 굿나잇 키스도 없지만 그럭저럭 괜찮은 밤이라는 기분이 들었다. 너무 배가 고파서 턱을 타고 목까지 흘러내리는 기름을 닦을 생각도 않고 케밥을 먹었다. 흰색과 파란색이 어우러진 저지 차림의 술 취한 축구팬들이 응원 구호를 외치고 노래를 불러대며 가게 안으로 들어왔지만 너무 피곤했던 나는 그대로 엎드려 테이블에 머리를 댄 채로 잠이 들었다.

*

　나는 파리에서 탈출했다. 세상에, 나는 미친 듯이 지하철역을 향해 달렸다. 야엘의 댄스 스튜디오에 잠시 들렀다가 다시 달려 나왔다. 거리마다 경찰이 서 있었고, 지나가는 차든, 오토바이든 전부 킬러들이 타고 있는 것만 같았다. 야엘의 집에서 챙길 수 있는 것은 모두 챙겼다. 배낭, 옷가지, 새로운 신분증, 달아나는 동안 먹을 얼마간의 음식. 과거의 나 자신의 흔적들은 거기 두고 왔다. 군용 재킷 그리고 내 진짜 여권 말이다.

　두 번 토했다. 처음엔 지하철역 밖에서 토했고, 그다음에는 파리 북역 근처의 작고 지저분한 카페 화장실에서 토했다. 내가 챙긴 여권과 지갑과 휴대전화에 묻은 피도 그 화장실에서 씻어냈다. 하미드를 죽인 사람들은 독일인이었다. 정확히 말하면 베를린 사람인 귄터 페스와 루카스 카펠이었다. 그렇게 내 행선지는 베를린으로 정해졌다. 지갑에 있던 현금을 꺼내 파리 베를린 야간 급행열차 티켓을 샀다.

시체가 아니라 여권 사진을 보고 판단하자면 살인자들은 꽤나 잘생긴 편이었다. 신체 건강한 젊은 20대 남자들, 뉴욕 3번가의 가짜 아일랜드식 주점을 드나들며 허세 부리는 신참 주식 중개인 같은 유형이었다. 오토바이를 몰던 귄터의 시체에서 꺼내온 휴대전화는 최신형 아이폰이었다. 이메일 계정은 설정되어 있지 않았고, SNS도 없었고, 문자 메시지는 전부 삭제된 상태였다. 범죄와 관련된 건 전부 깨끗이 지워버린 업무용 휴대전화가 분명했다. 거의 모든 것이 삭제되었다. 남아 있는 건 사진뿐이었다. 유흥을 즐기는 두 킬러들, 친구들, 클럽에서의 파티 사진들, 수많은 여자들, 수많은 술병들, 테이블 위의 코카인.

*

카운터에 있던 남자가 마지못한 듯 나를 깨우더니 문 쪽을 가리켰다. "*Tut mir Leid, Kumpel*〔미안해, 친구〕." 라고 그가 말했다.

나는 괜찮다고 대답하고 가게 밖으로 나갔다. 경찰들이 역 안에 있는 사람들을 내보내는 모습이 보여 나는 시선을 아래로 떨어뜨린 채 배낭을 어깨에 메고 출구로 향했다. 물론 여전히 비가 내리고 있었다. 마치 어떤 의도를 가진 것처럼 교묘하게 진로를 바꾸어 내 옷깃 안으로 스며드는 역겨운 비였다. 나는 본능적으로 어깨를 움츠리며 모자나 신문지 하나라도 바람에 실려 이쪽으로 날아오길 신에게 기도했다. 역에서 나와 모퉁이를 돈 뒤 동물원 가장자리를 따라 걸었다. 동물원 주변에는 울타리가 둘러쳐져 있었지만 울타리와 보도 사이의 공간에 관목과 나무들이 약간 나 있었고, 나는 오늘 밤을 보낼 만한 마른 땅이 있는지 주변을 둘러보았다.

마른 땅은 대체로 다른 노숙자들이 이미 차지한 뒤였지만, 낮고 묵직한 가지를 가진 뚱뚱한 단풍나무 한 그루가 있었다. 딱 좋아 보였다. 그러나 풀숲을 헤치고 다가가 나무 아래에 앉으려는 순간 어떤 여자가 *"Raus hier*〔여기서 꺼져〕."라고 쏘아붙이는 소리가 들렸다.

뒤를 돌아보니 후드처럼 덮은 방수포 아래서 한 쌍의 희뿌연 눈이 번뜩이는 게 보였다. 깡마른 손 하나가 나와서 저리 꺼지라는 손짓을 하더니 다시 원래 자리로 돌아가 가슴께에 안고 있던 짐 무더기를 그러안았다. 자세히 보니 짐 무더기가 아니라 꼬마 아이였다. 세 살, 아니면 네 살쯤 된 아이의 검은 머리카락이 담요처럼 두른 더러운 수건 아래 삐죽 나와 있었다. 아이의 엄마가 나를 올려다보았다. 그녀의 눈빛 속에서 겁에 질린 표정이 드문드문 보였다.

"그냥 잠잘 만한 곳을 찾고 있었을 뿐이에요." 내가 말했다.

"여긴 안 돼, 이 마약중독자야. 난 골칫거리가 생기는 건 싫다고."

나는 조용히 그 자리를 떠나려다가 문득 이성과 논리의 판단을 거스르고 주머니에 손을 집어넣어 유로화와 달러화가 뒤섞인 두툼한 돈뭉치를 끄집어냈다. 돈뭉치를 그녀에게 내밀었지만 그녀는 희뿌연 눈으로 경계하듯 나를 쏘아볼 뿐이었다. "이거 가져요." 내가 말했다. 그러나 그녀는 내가 무슨 수작을 부리는지 안다는 듯 나를 빤히 바라보기만 했다. 나는 돈뭉치를 여자 앞의 땅바닥에 내려놓고 그 자리를 떠났다.

선택지가 없는 이상 결국은 소피아의 여권이 먹히는지 어느 호스텔에
서건 시험해보는 수밖에 없을 것 같았다. 나는 잠깐 길을 서성거리며 어
느 호스텔에 들어갈지, 또 데스크 직원이 경찰을 부르면 어떻게 해야 할
지 머릿속으로 그려보았다. 다시 역 쪽으로 돌아가다 보니 지하도가 눈
에 띄었다. 지하도로 들어간 나는 비를 피할 수 있다는 사실에 마음을 놓
으며 벽에 기대 생각을 정리하기로 했다.

저쪽 끝에서 기름기 도는 금발 머리를 포니테일로 묶고 파란 미니스
커트에 맨 다리를 드러낸 여자가 지하도로 들어오는 모습이 보였다. 여
자는 입에 담배를 문 채 내 앞에서 걸음을 멈추더니 입고 있던 가죽 재킷
주머니를 툭툭 쳤다.

"*Hast du Feuer*〔라이터 있어〕?" 여자는 이렇게 물었다가, 문득 떠올랐
다는 듯이 "*Spichki?*"라고 물었다. 러시아어로 라이터라는 뜻이었다.

나도 러시아어로 답했다. "담배 안 피워."

"그럼 마리나한텐 아무 쓸모가 없군." 여자는 그렇게 말하더니 다시
걸음을 옮겼다.

그러나 여자가 지하도를 채 빠져나가기 전에 차 한 대가 지하도로 들
어오더니 속도를 늦추어 그녀 앞에 섰다. 여자가 몸을 숙이더니 열린 차
창을 향해 몸을 기울이는 게 보였다.

나는 벽에 기댔던 몸을 일으켜 반대쪽으로 걸어가기 시작했다. 그 순
간, 비명 소리가 지하도 안의 타일 벽에 부딪쳐 마구 울려 퍼지기 시작했
다. 아주 높은 비명 소리였지만, 공포 섞인 소리가 아닌 분노가 섞인 비

명 소리였다. 몸을 돌리자 여자가 반대편 손으로 차 문을 지탱하고 차창 안에서 한 팔을 빼내려고 기를 쓰고 있는 모습이 보였다.

나는 채 생각을 정리하기도 전에 그녀에게 달려갔다. 차에 도착한 나는 운전석에 앉은 남자의 손을 붙잡고 여자의 재킷 소매를 붙들고 있던 남자의 엄지손가락을 힘껏 꺾었다. 여자를 뒤로 밀쳐 여유 공간을 확보한 다음 오른 손바닥 아래쪽으로 남자의 턱을 후려쳤다. 남자가 억 하고 비명을 지르는 그 순간 여자와 나는 뒤로 몸을 날려 보도 위에 함께 착지했다.

내가 몸을 다시 일으키려는데 타이어가 끽끽 소리를 내더니 엔진 소리를 울리며 속도를 내서 터널을 빠져나갔다.

"괜찮아?" 나는 몸을 일으키며 여자에게 물었다.

"괜찮아." 여자는 뭔가를 찾아 바닥을 더듬더니 곧 조그만 비닐봉지를 엄지와 검지로 집어 들더니 손상된 데가 없나 확인했다. "내가 그렇게 절박해 보여? 고작 요만한 거 하나 주면서 자기 걸 빨아달라고? 망할 자식."

나는 그녀의 손을 잡고 일으켜주었다.

그녀는 조그만 대마초 봉지를 재킷 주머니에 넣더니 나를 훑어보았다. "그럼, *novichka*〔노비슈카〕." '풋내기'라는 뜻이었다. "이름이 뭐지?"

"소피아라고 불러." 내가 대답했다.

*

동물원역 앞 지하도에서 마리나와 내가 맺은 계약은 간단했다. 내 돈이 떨어질 때까지 그리고 마리나의 인내심이 떨어질 때까지, 하룻밤에

20유로씩 내고 그녀의 집 소파에서 묵을 수 있다는 내용이었다. 우리는 함께 지하철을 타고 베를린 중심부에서 동쪽으로 멀리 떨어진 그녀의 집으로 갔다.

이 계약은 위험했다. 그러나 최소한 여권을 보여줄 필요 없는 익명의 계약이었다. 뿐만 아니라 마리나의 존재가 내게 어느 정도 위안이 되었단 점도 부인할 수는 없었다. 마리나의 나이는 짐작하기 어려웠지만 분명 나보다 다섯 살쯤은 많아 보였다. 아무리 여러 도시를 전전했다 한들 나는 세상 물정 모르는 외교관 딸일 뿐이며, 베를린의 거리는 완전히 새로운 세계일 테니까. 이곳은 마리나의 세계이고, 마리나는 이곳의 이상한 물리법칙을 아는 사람이었다. 베를린의 중력은 어느 곳을 향하는지, 2 더하기 2가 4가 아닌 다른 무엇이 될 수 있는지 말이다.

"노비슈카." 텅 빈 지하철 안에서 손톱 밑에 낀 뭔가를 열쇠로 긁어내며 마리나가 물었다. "어디 출신이야?"

"러시아." 내가 대답했다.

그녀가 눈을 굴렸다. "젠장."

그러니까, 내가 진짜 러시아인이라고 생각하는 거구나. 신분 위조의 첫 번째 규칙: 가능한 한 진짜처럼 굴어라. "남부 출신이야. 흑해 근처의 아르마비르라는 동네." 내가 말했다.

"소치 근처?"

"소치에서 버스 타고 한 예닐곱 시간 떨어진 곳이야." 내가 대답했다. 신분 위조의 두 번째 규칙: 이야기의 신빙성은 세부 사항에 달려 있다.

"그럼 거의 터키잖아. 이제야 이해가 되네."

"뭐가?"

"처음 널 봤을 때 유태인일 거라고 생각했어. 물론 상관없어. 난 유태인에 대한 편견은 없거든." 자리에 앉은 마리나가 앞으로 몸을 기울이며 말을 이었다. "그런데 이제 보니 무슬림이네. 어쨌든 내 집안에 지하드*와 관련된 건 반입 금지야. 알아들었어?"

"난 무슬림 아닌데."

"일반론적인 얘기야. 지하드에 관련된 건 종교든, 정치든, 사람이건 간에, 너희들의 성전(聖戰)을 이 집으로 끌고 들어오지 말라고." 그녀가 손잡이를 붙잡고 일어서더니 통로를 따라 내 쪽으로 와서 나를 좀 더 꼼꼼히 훑어보았다. "최근에 난민들이 많아졌잖아. 다시 말해, 경찰들도 많다는 뜻이지. 경찰이 너무 많아지면, 마리나한테 골칫거리가 생긴다고."

"알았어. 드라마 금지, 경찰 금지." 내가 대답했다.

"그러니까, 노비슈카, 난 몇 달만 있으면 바텐더가 된단 말이야. 바텐더가 얼마나 돈을 많이 버는지 알아?"

"그럼 지금은 무슨 일을 하는데?"

"돈 받고 씹해주지." 그녀가 대답했다.

그 단어를 듣고 나는 충격을 받았고, 마리나는 내가 움찔하는 얼굴을 보며 씩 웃었다.

"뭐, 문제 있어?" 그녀가 물었다.

"아니, 전혀." 내가 대답했다.

하지만 그녀는 내 목소리에 깃든 편견을 이미 감지한 모양이었다. "마리나가 자기 몸을 어떻게 굴리건 그건 마리나가 알아서 한다, 알겠어? 네가 믿는 게 알라신이건, 예수님이건, 누구건 간에 상관할 바가 아니라

---

* 이슬람 무장 세력.

고." 마리나는 골치 아픈 걸 감수할 만한 가치가 내게 있는지 재어보듯 잠깐 침묵하더니 창밖으로 시선을 돌렸다. "여기서 내려야 해." 그녀가 말했다.

우리는 널찍한 대로를 따라가는 트램으로 갈아탔다. 가로등의 회색 불빛 속으로 공산주의 시절의 영광을 간직하고 있는 다 쓰러져가는 건물들이 보였다. "낮이라고 해서 딱히 보기 좋은 동네도 아니야." 내 마음을 읽기라도 한 듯 마리나가 말했다. "썩어가는 이빨 같은 동네지."

트램이 덜컹덜컹 몇 블록 더 지나가자 마리나가 내리자는 신호로 내 소매를 잡아끌었다. 그녀를 따라 거대한 콘크리트 건물들 사이를 헤치고 지나가다가 문득 각각의 건물들이 썩어가며 만들어내는 독특한 생김새가 아니면 이 건물들을 거의 구별할 수 없겠다는 생각이 들었다. 이 건물은 귀퉁이가 무너지고 있었고, 저 건물은 차양으로 만들어진 코가 기우뚱했다. 우리가 도착한 건물은 현관 옆에 스프레이 페인트로 'RAUS AUSLÄNDER'라고 적혀 있었다. '외국인들은 꺼져라'라는 뜻이었다.

현관에는 자물쇠가 없었다. 레버를 돌리는 방법을 알아야 들어갈 수가 있는 문이었다. 밀고, 들어 올리고, 다시 돌리는 방식이었다. 마리나는 엘리베이터가 고장 났다고 말했다. 처음부터 쭉 고장 난 상태였다고 했다. 나는 마리나의 집이 있는 6층까지 따라 올라갔다. 같은 층의 다른 집에서 켜놓은 텔레비전 소리가 시끄럽게 울려 퍼졌고, 코카인인지, 필로폰인지, 아니면 시체 썩는 냄새인지 모를 톡 쏘는 악취가 복도에 감돌았다.

집 안에 들어오자 마리나는 문을 잠근 뒤 집 안을 구경시켜주었다. 좁아터진 부엌, 좁아터진 욕실 그리고 가운데가 푹 꺼져 있는 격자무늬 소파와 낡은 회전식 리클라이너가 놓여 있는 거실. 거실을 지나면 나오는 조그만 침실에는 창문을 사이에 두고 싱글 침대 두 개가 놓여 있었다. 정리한 매무새가 그리 좋지 않은 오른쪽 침대에는 헬로 키티가 그려진 쿠션이 놓여 있었다. "이게 마리나의 침대야." 깔끔하게 정리된 왼쪽 침대의 머리맡에 정교회 십자가가 걸려 있었다. "여긴 내 룸메이트 류바의 침대. 류바는 캠걸*이야."

"캠걸이라고?"

마리나는 고개를 끄덕였다. "피아노도 가르치고."

*

나는 기진맥진한 채 소파에 몸을 던졌다. 샤워를 해야 하고, 양치질도 해야 하는데. 세상에, 파리를 떠나온 뒤로 양치질을 한 번도 못했다. 하지만 재킷을 벗을 힘도 없어 꼼짝할 수가 없었다. 눈을 감자 눈꺼풀 속에서 다채로운 색채와 모양과 얼굴과 사물로 이루어진 만화경이 펼쳐졌다. 나는 귀도 닫고 싶었다. 창밖에서 들려오는 도시의 소음을 무시하고 싶었지만, 베를린은 입을 다물 줄 몰랐다. 잠들려고 할 때마다 관심에 목마른 것처럼 멀찍이서 들려오는 사이렌이나 덜컹거리는 트럭 소리, 번쩍거리는 나트륨등으로 존재감을 과시한다는 점에서 베를린은 뉴욕이나 마찬가지였다.

그리고 이 모든 것이 사라지고 세상이 고요해지자마자, 라이터를 켜는 소리 그리고 마리화나의 연기가 훅 끼쳤다. 눈을 뜨자 낡을 대로 낡은 티

---

* 웹캠을 통해 포르노 방송을 하는 여성.

셔츠로 갈아입은 마리나가 보였다. 그녀는 의자에 맨다리를 가슴 앞에 세우고 웅크리고 앉아 한 손에는 갈색 도기로 된 마리화나 파이프를 느슨하게 쥐고 있었다. 꼭 내가 무슨 동물원 속 동물이라도 되는 것처럼 나를 지켜보고 있었다.

아무 말 없이 서로를 쳐다보면서 1분쯤 지난 듯했다. 드디어 그녀가 다시 파이프에 불을 붙이고 빨아들이기 시작했다. "아무것도 묻지 않는다는 게 내 철칙이긴 하지만 말이야." 그녀는 연기를 머금고 이렇게 말하더니 다시금 연기를 내뿜었다. "어쨌든 넌 평범한 가출 소녀는 아닌 것 같은데."

너무 피곤해서 그녀의 말이 전혀 이해가 되지 않았다. 마리나는 내 얼굴에 떠오른 혼란스러운 표정에 웃음을 터뜨리더니 손짓으로 이 방을, 정확히는 베를린 전체를 가리키는 듯한 동작을 했다.

"어쩌다가 마리나의 집 소파까지 오게 된 건지 좀 들어볼까?" 그녀가 물었다. "아빠가 때렸어? 남자 친구가 임신키고 결혼하재? 그런 건 내가 도와줄 수가 있는데."

"아니, 그냥…… 사람을 좀 찾고 있어." 내가 대답했다.

마리나가 어깨를 으쓱했다. "사람이 어디 한둘인가."

"넌? 어쩌다가 여기까지 왔어?" 내가 물었다.

마리나는 플라스틱 재떨이에 파이프를 톡톡 두드렸다. "노비슈카, 마리나는 '어쩌다가' 여기 온 게 아니야. 마리나가 선택한 거지. 아빠가 도망치고, 엄마는 어린 여자애들을 좋아하는 버스 운전수랑 결혼했고, 그래서, 후." 그녀는 예전의 삶을 거실 바닥에 흩뿌리는 것처럼 손가락을 살짝 튕겨 보였다. "그래서 베를린으로 온 거야. 오는 7월이면 베를린에

온 지 4년이 돼."

"축하해." 질문이나 마찬가지인 대답이었다.

그녀는 신선한 마리화나를 파이프에 채워 넣은 뒤 라이터 꽁무니로 꾹 꾹 다졌다. "어쨌든, 마리나에게 필요한 건 마리나뿐이거든. 소피아에게 필요한 것도 소피아뿐이고." 그러더니 그녀가 내게 파이프를 내밀었다. "한 대 피울래?"

"괜찮아."

"맘대로 해." 그녀는 파이프를 입으로 가져갔다. "어쨌든, 몇 살이야?"

나는 기억을 더듬어 소피아의 여권에 적힌 나이를 떠올렸다.

"스물두 살."

그녀가 웃음을 터뜨리다 콜록거리며 연기를 천장으로 뿜어냈다. "스물 두 살 좋아하네."

"너는?" 내가 물었다.

그녀는 입가에 묻은 침을 티셔츠로 훔치며 대답했다. "열일곱."

*

나는 눈을 감았다. 그러고는 내가 잠들었다고 생각한 마리나가 침실로 돌아간 뒤에야 눈을 떴다. 잠시 동안 마리나의 인생을 상상해보았다. 아무렇지도 않다는 듯, 섹스를 하는 대가로 돈을 받는 것, 역시 아무렇지도 않다는 듯, 가족 없이 살아가는 것. 인생은 모든 것에 대한 모든 것의 끝없는 전쟁이고 승리의 대가로 주어지는 것은 대마초 조금이 전부인 삶.

하지만 마리나의 삶을 상상하다 보니, 어쩌면 마리나의 말이 다 옳은 건 아닌지도 모른다는 생각이 들었다. 그녀의 말대로 소피아에게 필요한 게 소피아뿐이라면 내가 여기 있을 이유도 없잖아? 심지어 내 생물학적 아버지도 아닌 아빠를 찾으려는 무의미한 서사시적 모험을 지속하는 건 어리석은 일이다. 심지어 자신의 생물학적 딸도 아닌 딸에게 평생 동안 거짓말을 한 아빠, 다른 아빠들처럼 회계사나 우편배달부가 되지 않았기 때문에 길을 잘못 접어들어 결국 우리 엄마를 죽게 한 아빠.

아빠에게 점점 가까워지고 있다는 기분은 상상일 것이다. 어린아이의 환상. 그런데 마리나나 소피아와 마찬가지로 그웬돌린은 환상을 품기에는 이미 다 컸다. 유치하게 굴지 마, 그웬돌린. 아빠는 잊어버려. 아이들은 부모를 땅에 묻는다. 그것이 세상의 법칙이다. 이미 한 번 해본 일이기도 하다.

베를린의 아침이 밝아오고 있었다. 노란빛이 비어져 나오는 연한 하늘색의 아침빛이 내 눈꺼풀로 쏟아졌다. 돌아누워 소파 쿠션에 얼굴을 묻었지만 대로에서 화난 듯 질주하는 트럭들의 굉음이 들렸다. 슈트루델*이든 뭐든 베를린에서 아침마다 뭔가를 배달하는 트럭이겠지. 어딘가 다른 방에서 시곗바늘이 째깍거리는 소리가 들렸다.

*

내가 일어났을 때 이미 마리나는 집에서 나가고 없었다. 대신 다른 사람이 있었는데, 아마 류바인 것 같았다. 성긴 금발 머리를 하고, 간밤에 마리나가 앉아 있던 그 의자에 웅크린 채 담배를 피우며 성경을 읽고 있

---

* 층을 이룬 페이스트리 과자의 일종.

었다. 한쪽 다리는 의자 팔걸이에 걸치고, 담배를 든 손을 다른 쪽 팔걸이 위로 늘어뜨린 나른하고도 아름다운 모습이었다.

휴대전화를 확인했다. 오후 3시였다.

"마리나는?" 내가 물었다.

"몰라." 그녀가 답했다.

"난 소피아야." 내가 말했다.

"안 물어봤는데." 그녀가 대꾸했다.

"샤워 좀 해도 될까?" 내가 물었다.

"제발 좀 해. 냄새가 코를 찌르거든." 그녀가 말했다.

욕실에 들어간 나는 집게로 팬티와 브라를 잔뜩 널어놓은 빨랫줄 아래로 몸을 숙이고 지나갔다. 그런데 세면대와 샤워기는 놀랄 만큼, 엄청나게 깨끗했다. 치약을 조금 짜서 손가락에 묻혀 양치질을 했다. 샤워기를 틀자 공포와 피로와 두려움이 물줄기에 씻겨 내려가 갈색 소용돌이를 만들며 배수구로 흘러나갔다.

샤워를 마친 뒤, 옷을 입고 류바에게 밖에 좀 나가보겠다고 말했다. 못 들은 건지, 무시하는 건지는 알 수 없었다.

바깥으로 나오자 이미 비는 개었고 하늘에는 작고 흐릿한 태양까지 떠 있었다. 낮에 보는 동네의 모습은 밤에 본 것보단 덜 음침해 보였다. 썩어가는 건 매한가지였지만 콘크리트로 된 아파트 건물들도 나름대로 질서 정연한 균형을 이루고 있는 것 같았다. 줄무늬 스모크*를 입은 어떤 할머니가 약국 앞 보도에 호스로 물을 뿌리다가 내가 지나가자 마치 자신의 세계에 젊은이가 끼어드는 게 못마땅하다는 듯 나를 쏘아보았다.

---

* 헐렁한 드레스.

나는 길모퉁이 카페를 하나 찾아 1유로를 주고 커피 한 잔과 만든 지 하루 지난 소시지 롤을 샀다. 소시지 롤은 미지근하고 기름진 데다가 맛은 끔찍했지만 값싸게 칼로리를 충전할 수 있으니 그걸로 됐다.

나는 한참 동안 커피를 홀짝이며, 마치 테이블 위에 사실들과 결론들이 펼쳐져 있기라도 한 것처럼 포마이카 테이블 상판을 내려다보며 생각에 잠겼다. 그러나 지금은 도움을 요청할 사서도, 방법을 알려줄 교과서도 없었다. 그러면 어디서부터 시작해야 하는 걸까?

네가 왜 베를린에 왔는지부터 생각해봐, 하고 어떤 목소리가 말하는 것만 같았다. 하미드를 죽인 두 남자부터 시작해봐. 이런 임무를 위해서 파리로 보낼 정도라면 초심자는 아닐 거야. 이미 예전에도 같은 일을 해 본 경력자에게 맡기겠지.

나는 아이폰을 열어 다시 한 번 사진 앨범을 훑어보았다. 그들의 모습이 보였다. 귄터가 루카스의 사타구니를 주먹으로 때리는 모습. 루카스가 커다란 맥주잔을 테이블에 내려놓는 가운데 한 줄로 배열한 코카인 위로 루카스가 몸을 기울이는 모습, 루카스가 귄터의 사타구니를 주먹으로 때리는 모습. 재미를 만끽하는 남자들의 세계. 코카인, 맥주, 사타구니 때리기. 하지만 두 사람이 똑같이 생긴 것은 아니었다. 귄터는 루카스보다 키가 더 크고 얼굴도 더 잘생겼다. 입은 옷도 다르다. 루카스는 몸에 딱 맞는 러닝셔츠를 입고 있었고, 귄터는 헐렁한 옥스퍼드 셔츠 소매를 걷어 올린 차림이다. 한쪽은 전형적인 불량한 옷차림, 다른 한쪽은 단정한 옷차림이다.

그 순간, 두 사람의 공통점이 눈에 띄었다. 팔뚝 안쪽에 똑같이 새긴 문신. 유럽 대륙의 윤곽선을 조악하게 표현한 문신이었다. 뾰족한 굽이 달린 부츠 같은 이탈리아와 발칸반도 그리스의 엉덩이 위로, 보이지 않는 지중해를 킁킁거리는 스페인의 코가 보였다. 유럽 대륙 주변으로는 똑같이 조악하게 그려진 코브라 한 마리가 똬리를 틀고 노르웨이, 스웨덴, 핀란드가 있어야 마땅한 자리에 머리를 들고 있었다.

10대 소녀 두 명이 요란하게 카페 안으로 들어오는 바람에 나의 생각은 거기에서 끊겼다. 한 명은 새초롬해 보이는 빨간 머리였고 비싸 보이는 구두를 신고 있었다. 독일 버전의 애스트리드 푸글인가 보다. 다른 한 명은 짧게 자른 금발에 분홍색 스니커즈를 신고 있었다. 둘은 커피와 초콜릿 크루아상을 주문하더니 한가운데에 있는 테이블에 앉았다. 빨간 머리가 뭔가 대단한 비밀 이야기라도 했는지 금발 아이가 숨을 몰아쉬며 "어머!" 하고 외쳤다.

애스트리드 푸글. 지금쯤이면 새로운 희생자를 찾아냈을까? 그리고 로렌스 선생님. 나한테 세계의 정다운 무관심이 무슨 뜻인지 아느냐고 물어봤지. 웃기지 마, 난 훨씬 나은 답을 찾아냈어.

카운터의 여자가 새로 만든 빵을 진열하려고 진열대 안에 있던 케이크와 롤을 치우는 모습이 보이자 나는 자리에서 일어났다.

"이건 얼마죠?" 나는 고갯짓으로 오래된 빵을 가리키며 물었다.

"버리려고 했는데." 여자가 대답했다.

"전부 해서 3유로에 살게요."

여자가 허리에 양손을 올리더니 쯧 소리를 내며 잇새를 혀로 핥았다. "5유로로 하지."

*

　나는 식탁 위에 있던 재떨이와 잡지 무더기, 일렬로 늘어서 있던 술병을 치운 뒤 가운데에 빵이 담긴 상자를 놓았다. 류바가 의심 많은 고양이처럼 다가오더니 내게서 눈을 떼지 않은 채로 빵 하나를 집었다. 마리나가 돌아왔냐고 묻자 류바는 말없이 고개를 한 번 끄덕였다. 나는 상자 안에서 라즈베리 필링 같은 것이 들어 있는, 흐늘흐늘하고 부스러져가는 과일 타르트 하나를 꺼내 냅킨으로 쌌다.

　마리나는 가부좌를 튼 채 침대 위에 앉아 있었다. 무릎에는 노트카드 무더기가 쌓여 있었다. "말 시키지 마. 공부 중이니까."

　나는 제물이라도 바치듯 침대 위의 마리나 앞에 가져온 타르트를 내놓았다. "무슨 공부 중인데?"

　"칵테일 레시피 외우는 거야." 마리나가 타르트를 집더니 콧등을 찌푸렸다.

　"이게 뭐야?"

　"배고플 것 같아서." 내가 말했다.

　"류바한테도 갖다줬어?"

　"당연하지."

　"뭐 하러 그랬어? 앞으로 매일 달라고 할걸. 그리고 달라는 걸 주지 않으면 널 미워하게 될 거고." 마리나는 냅킨을 벗기고 타르트를 먹기 시작했다.

　"지금도 날 싫어하던데 뭐."

　"류바는 모스크바 출신이잖아. 거기서 자란 애들은 성격이 다 그 모양이야."

그러고 보니 마리나의 오른쪽 귓불에 거즈와 마스킹테이프로 얼기설기 감아놓은 붕대가 보였다. 피가 스며들어 거즈가 갈색으로 변해 있었다.

"귀가 왜 그래?"

"레오가 그랬어." 소매로 입가를 닦으며 마리나가 말했다.

"레오가 누군데?"

"우리 *Sutenyer*〔포주〕. 내 귀걸이를 뜯어버렸어."

나는 이 단어가 무슨 뜻이더라, 하고 곰곰이 생각했다. "수테니어?"

"마리나는 돈 받고 섹스하고, 류바는 캠으로 몸을 보여주고, 수테니어는 수수료를 떼어가지. 러시아 출신인데 왜 수테니어를 몰라?"

그러니까 포주 얘기구나. 나는 방어적으로 웃어 보였다. "아르마비르에서는 수테니어 말고 다른 단어를 쓰거든."

"어쨌든 레오는 평소에는 테디 베어 같은 사람이야. 그 사람이 못된 고객들도 처리해줘."

"테디 베어 같은 사람이 귀걸이를 뜯는 걸 가만히 놔둬?"

"가만히 놔둔 게 아니야, 노비슈카. 레오가 가면 더 못된 놈이 온다고." 그녀는 어쩔 수 없다는 듯 어깨를 으쓱했다. "세상은 남자들 거잖아. 모든 게 남자들 거야. 우리도 포함해서. 나무, 바위, 하늘…… 뭐든지 다."

"그럼 마리나에게 필요한 건 마리나뿐이라는 얘기는 그냥 연기였어?"

"소원이지. 언젠가는 그렇게 되겠지." 마리나는 노트카드 뭉치를 침대 위에 펼쳤다. 나는 침대 위 마리나 곁으로 올라가 아이폰을 꺼낸 뒤 사진 앨범을 뒤져 귄터와 루카스의 팔에 새겨진 문신이 잘 보이는 사진을 열었다. "마리나, 부탁이 하나 있어. 이 사진 좀 봐줄래?"

마리나가 아이폰을 받아들더니 사진을 들여다보았다.

"라우 클럽 VIP 룸이네. 이 친구들이 앉아 있는 오렌지색 소파만 봐도 알지."

"이 남자들 팔에 있는 문신, 무슨 뜻이야?"

마리나는 아무렇지도 않다는 듯 어깨를 으쓱했다. "범죄자, 마피아라는 뜻이지 뭐."

"사진 배경이 라우 클럽인 게 확실해?"

"확실해. 나도 가끔 거기 가서 일하거든. 마리나의 꿈, 마리나의 궁극적인 꿈은 라우 클럽 바텐더가 되는 거라고. 대박이 터지면 하룻밤에도 천 유로씩 벌어."

"혹시 오늘 밤에 거기 가볼 수 있어? 한번 둘러보고 싶어서." 내가 묻는다.

"널 데려다달라고? 포주가 뭔지도 모르는 너를?" 마리나는 눈살을 찌푸리고 나를 꼼꼼히 뜯어보았다. "시골 쥐 같은 아가씨야. 이런 마피아들을 보면 쫓아가는 게 아니라 도망가야 해."

"제발, 그냥 둘러보기만 할게."

마리나는 고개를 내젓더니 한숨을 한 번 내쉬고 한참 침묵했다.

"둘러보기만 해야 해. 그 이상을 요구하면 마리나는 곧장 집으로 가버릴 거야."

14장

라우 클럽은 건물이 시야에 들어오기도 전에 먼 데서 대포를 쏘듯이 공기를 쾅쾅 울려대는 하우스 음악의 비트로 존재감을 과시하는 곳이었다. 라우 클럽에 가려면 우반(U-Bahn)*을 타고 종착역인 볼썽사나운 황무지에 내려 공장 지대의 좁은 길을 1킬로미터쯤 걸어야 했다.

길은 깜깜하지만 사람은 많았다. 클럽을 향하는 젊은이들이 무슨 순례 길이라도 걷듯 모두 똑같은 방향을 향해 가고 있었다. 이 길에서 가장 흔히 쓰이는 언어는 물론 독일어였다. 러시아어와 터키어도 조금 들렸지만 영어를 쓰는 사람은 없었다. 라우 클럽을 아는 관광객들이 없는 것인지, 아니면 관광객으로서는 감히 라우 클럽을 찾아올 엄두를 못 내는 건지는 알 수 없었다. 때로 벤츠, BMW나 렌트한 리무진이 이 길을 지나치면서 운전수가 경적을 빵빵 울리면 클럽에 가던 사람들은 차 안에 누가 탔는

---

* 지하철을 뜻하는 독일어 Untergrundbahn의 약어.

지 눈을 가늘게 뜨고 들여다보곤 했다.

마리나는 신발을 벗어 한 손에 들고 맨발로 길을 걸었다. "술에 취하면 절대 안 돼. 거기 있는 놈들은 개 아니면 악마야. 가면 알아." 그러면서 그녀는 불쾌하게 생긴 갈색 액체가 고인 구덩이를 조심스레 피해 걸었다.

라우 클럽은 좀비의 시체를 연상시키는, 벽돌로 된 거대한 폐공장에 있었다. 한때 창문이 있었던 구멍으로 핑크색과 푸른색 불빛이 맥박처럼 교대로 뿜어져 나오고 있었다. 우리는 빈 병이며 부스러져 떨어진 석재 덩어리들 사이를 딛고 잡초투성이 마당을 가로질러 입구로 다가갔다. "찔릴 수도 있으니 조심해." 마리나가 내게 큰 소리로 주의를 주었다.

마리나에게 빌려 입은 짧은 드레스는 등이 훤하게 드러나 있어서 추위에 몸이 얼어붙을 지경이었다. 게다가 마리나가 우겨서 사 신은 싸구려 구두는 플라스틱으로 만든 조잡한 힐이 달려 있어서 걷기도 힘들었다. 마리나는 내가 섹시해 보인다고 말했다. 그래서 클럽을 지키던 경비들이 줄을 서서 덜덜 떨며 기다리던 200명쯤 되는 사람들 사이에서 우리 둘을 보고 맨 앞으로 나오라고 손짓했을 때도 마리나는 전혀 놀라지 않았다.

메인 플로어를 가득 채운 사람들 위로 조명이 쏟아지면서 연기와 수증기로 된 안개를 꿰뚫었다. 앰프가 토해내는 기관총 같은 리듬에 가슴이 두근거렸다. 모스크바에서 다른 외교관 자녀들과 함께 클럽에 몰래 들어가 본 적이 여러 번 있었다. 하지만 그때는 클럽에 놀러 간 거였지. 지금은 일하러 온 것이다. 게다가 라우 클럽은 마치 구명정이 모두 떠나버린 타이타닉에서 열리는 파티의 디스토피아 버전 같았다.

마리나를 따라 널찍한 철제 계단을 올라가면서 나는 라우 클럽이 엄청나게 크다는 걸 새삼 실감했다. 원래 무엇을 만드는 공장이었는지는 모르겠지만, 분명 아주 커다란 물건을 만들었을 것 같았다. 녹슨 금속 탱크가 한쪽 벽을 따라 늘어서 있고 천장은 그물처럼 엮인 파이프로 뒤덮여 있었다. 클럽 안에 꽉 찬 사람들은 서로에게 밀착해 한 덩어리의 거대한 무리를 형성하고 있었다. 음악이 점점 고조되고, 한순간 수많은 호루라기 소리가 한꺼번에 나더니 마치 머리 위로 지나가는 구조선이라도 불러 세우려는 듯 사람들이 미친 듯이 야광봉을 흔들어댔다.

계단 꼭대기에 서 있던 또 다른 경비는 베레모를 쓴 비만한 남자로 마리나를 보더니 러시아어로 인사를 건넨 뒤 한걸음 옆으로 비켜서서 고갯짓으로 우리더러 들어오라고 했다.

아래층보다 약간 조용하고 인파가 덜한 공간이 우리 앞에 펼쳐졌다. 푸른색과 분홍색 조명 속에 떠오르는, 만화에 나오는 체셔고양이처럼 이를 드러내고 웃는 얼굴들, 낯선 우리를 따라 움직이는 반짝이는 시선들. 소파에 기댄 남자들을 시중드는 여자들이 짧은 치마를 입고 가짜 웃음을 한껏 짓고 있었다. '어머나, 자기는 세상에서 제일 똑똑하고 잘생기고 돈 많은 남자인 것 같아.' 이런 표정들.

갑자기 총소리가 나는 바람에 나는 제자리에서 펄쩍 뛰어오를 뻔했지만 비명 소리 대신 웃음소리가 뒤따랐다. 안쪽 테이블에 커프스링크가 달린 셔츠를 입고 타이를 느슨하게 늘어뜨린 남자가 보너스를 들여 산 샴페인을 여섯 명의 10대 소녀들로 이루어진 하렘에 흩뿌리고 있었다.

마리나는 바에서 진저에일 두 잔을 주문했다. 여기서는 절대 술은 입에도 대지 마, 술 취한 척만 해. 마리나의 당부였다. 나는 야엘이 당부했던 전술적 상황 인식을 떠올렸다. 성매매 여성이 처하는 위험이나 스파이가 처하는 위험이나 별반 다를 건 없군. 진저에일 두 잔은 30유로였다. 탄산음료 두 잔이 30유로라니. 어쨌든 가격이 비싸기 때문에 위층에는 사람이 조금 적은 것 같았다. 마리나가 빈 스툴 두 개를 찾아냈다.

"우선 모여 있는 사람들을 훑어봐. 섣불리 행동에 나서지 않는 게 좋아." 마리나는 고개를 들더니 눈앞을 지나가던 몇 명의 남자에게 미소를 보냈다. "그러다가 목표물을 점찍는 거야. 지갑은 내 몫이니 시계는 자기가 가지고." 그 말투가 하도 건조해서 농담인지 아닌지 애매했다.

유명한 배우를 약간 닮은 것 같기도 한 가죽 재킷 차림의 젊은 남자가 친구들 무리와 함께 보드카를 마시면서 혀가 꼬인 독일어로 노래를 부르고 있었다. 마리나가 그쪽으로 고갯짓을 했다. "뮌헨 출신 축구 선수야. 팁은 잘 주지만 친구들이 망할 놈들이야. 돈이나 받으면 다행이지."

"저 사람들 알아?"

"쟤들 하나하나를 아냐고? 아니, 하지만 저런 부류들은 빤하지."

"저 사람은?"

나는 회색 머리를 어깨까지 늘어뜨린 예순쯤 된 남자를 가리켰다. 찢어진 청바지에 페이즐리 문양이 그려진 밝은색 셔츠로 한껏 치장한 그는 머리카락이라도 붙어 있다는 듯 마티니 잔 속에 담긴 올리브를 시큰둥하게 찔러대고 있는 스물다섯 살가량의 모델 같은 늘씬하고 예쁜 흑인 여성에게 장광설을 늘어놓고 있었다.

마리나가 눈을 가늘게 뜨더니 고개를 끄덕였다. "한몫 잡겠네. 보석 선물도 잘하고. 저 아프리카 언니 목에 걸고 있는 반짝거리는 저게 유리로 보이니?" 그러더니 마리나는 비밀이라도 말하듯 몸을 기대왔다. "나이를 먹어간다, 자식들은 전부 마약중독자다, 인생에 아무 의미도 없다, 이

딴 소리를 징징거리는 걸 그냥 들어주기만 하면 돼."

마리나는 라우 클럽이라는 매혹적인 세계를 안내하는 연륜 있는 안내자 같았다. 우리는 몇 사람을 더 지켜보았다. 사업가로 보이는 한 남자가 공작새 무늬의 정장에 선글라스를 끼고 머리카락을 열심히 빗어넘긴 예쁘장한 젊은이와 이야기를 나누는 모습이 보였다.

계단 꼭대기에서 남자 네 명이 나타나자 러시아인 경비가 달려와서 그들을 안내했다. 남자들은 크고 날카롭고 높은 소리로 요란하게 웃어댔다. 불량배들의 웃음이었다. 그들은 내내 서로를 밀치고 때리면서 비틀비틀 플로어 위를 걸어 '예약'이라고 적힌 표시가 놓여 있는 테이블로 향했다. 방 안에 있던 모든 사람이 그들을 쳐다본 다음 얼른 시선을 돌렸다. 트레이닝복 바지, 바지 위로 꺼내 입은 실크 셔츠, 푸마 스니커즈.

마리나가 나를 쿡 찔렀다. "문신 봤어?"

나는 소매를 걷어붙인 그들의 팔을 열심히 쳐다보았다. 귄터와 루카스의 사진에 있던 것과 똑같은 문신이었다.

"저 사람들은 어떤 사람들이야?" 내가 물었다.

"*Schlägertypen*." 마리나가 신음처럼 내뱉었다. 전형적인 깡패들이라는 뜻이다. "저 사람들이랑 엮이면 처음에는 돈이 생기고, 나중에는 고통이 생기지."

뱃속에서 공포가 치밀어 올랐다. 하지만 작업을 시작할 시간이었다. 나는 스툴을 밀어젖히고 일어섰다.

마리나가 내 손목을 붙들었다. "둘러보기만 한다고 했잖아. 바보짓 할 생각 마."

나는 마리나에게 웃어 보였다. "화장실 가려고."

방 안을 가로지르는 마리나의 시선이 느껴졌다. 나를 보호하고자 하면서도 나를 보호할 가치가 어느 정도 되는지 계산하는 듯한 눈길이었다. 남자들의 눈길을 끌려고 엉덩이를 살짝 비틀어보기도 했지만 엄마 하이힐을 꿰어 신은 다섯 살 아이가 된 기분이라 몇 걸음 만에 포기했다. 하지만 그걸로 충분했다. 그들이 내 존재를 알아차렸던 것이다. 그들이 앉아 있는 부스 석을 지나쳐 저쪽 끝에 있는 화장실로 향하는데 누군가가 내뱉은 말이 들렸다. "Feine Schlampe." 쓸 만한 창녀, 쌍년, 매춘부라는 뜻이었지만, 독일어를 몰랐다 해도 목소리에 담긴 어조만으로도 뜻을 충분히 짐작하고도 남았을 것이다. 나는 그들을 무시하면서 무시한다는 걸 보여주려고 계속 걸어 화장실 안으로 들어갔다.

두 명의 금발 여자가 도자기로 된 세면대 테두리에 코카인을 놓고 들이마시고 있었다. 다른 두 명은 스커트 길이를 조절하고 가슴을 끌어모으는 내내 서로를 증오의 눈길로 쳐다보면서 말다툼을 하는 중이었다. 벽 맞은편에 놓인 스툴에 부종이 있는 듯 둥글둥글한 늙은 여자가 앉아 있다가 타월을 나누어주었다. 그녀는 아무것도 보고 있지 않은 텅 빈 눈으로 앞만 쳐다보고 있었다.

내 안에서 두려움이 아드레날린과 함께 솟구치고 이마에 땀이 배어나기 시작했다. 늙은 여자가 타월을 건네주자 나는 여자 옆에 놓인 바구니에 1유로 동전을 떨어뜨렸다. 이마를 훔치고 거울을 노려보며 남자들에게 보여줄 미소를 연습해보았다.

이제 쇼 타임이야. 나는 마음을 가라앉히고 다시 마리나를 향해 씩씩하게 걸어갔다. 조직폭력배 중 한 명이 자리에서 일어나더니 나를 따라왔다. 마리나가 그를 보더니 눈을 굴리며 클러치 백을 집어 무릎에 올렸다.

내가 다시 자리에 앉자 남자가 양팔을 하나씩 나와 마리나의 어깨에 둘렀다. "*Was geht ab?*" 인사말이었다.

"*Verpiss dich.*" 나는 러시아 억양을 있는 대로 끌어내어 그를 비웃어주었다. 꺼지라는 뜻이었다.

스무 살쯤 된 잘생긴 남자였다. 덥수룩한 검은 머리에 턱수염을 약간 기르고 있었다. 아마 그 무리 중 제일 잘생긴 친구를 내보낸 것 같았다. 그가 마리나에게 말했다. "네 친구가 나한테 꺼지라는데, 좀 무례하지 않아?"

마리나가 그의 팔에서 빠져나갔다. "난 나갈래." 러시아어로 말하면서 눈썹을 움찔했다. '너도 따라 나오는 게 좋을걸'이라는 뜻이었다.

여기 혼자 남을 생각을 하니 너무나 겁이 났지만 내가 할 수 있는 일은 고작 웃는 표정으로 마리나가 떠나는 모습을 지켜보는 게 다였다. 남자는 마리나가 앉았던 의자에 앉더니 손으로 내 팔에서부터 손까지 훑어내렸다. "그래, 이름이 뭐야, 아가씨?"

"소피아라고 해."

"난 크리스티안이라고 해."

*

크리스티안의 일행은 내가 짐작한 것과 얼추 비슷한 사람들이었다. 위험한 종류의 불량배들. 끊임없이 맥주와 보드카를 들이켠 그들은 서로 경쟁이라도 벌이듯 더더욱 불량해졌다. 축구며 자동차에 대해 바보 같은 잡담을 늘어놓다가 갑자기 충동적으로 몸싸움을 하기도 했다. 하지만 그러는 와중에도 나는 그들의 대화 내용에 귀를 기울였다. 그들은 한 지인에 대한 애도를 표하고 있었다. 오늘은 장례식이 있었다. 아니, 하나가 아니라 둘이었다. 손에 땀이 배어나기 시작했다.

크리스티안은 나에게 자꾸 말을 걸었다. 너는 어때, 아가씨? 크리스티안은 내가 좋아하는 계절, 내가 좋아하는 색깔, 내가 좋아하는 음료수, 내가 어릴 때 키웠던 애완동물에 대해 물었다. 나는 야엘이 나에게 가르쳐주었던 대로 소피아의 인생에 존재하는 공백을 채우며 최대한 열심히 대답했다. 가을, 파란색, 환타, 알료샤라는 이름의 토끼. "우리는 공통점이 참 많네." 크리스티안이 말했다.

하지만 대체로 그들이 나를 대하는 태도는 가구를 대하는 태도나 다를 바 없었다. 그냥 그 자리에 놓여 있는 사물. 때때로 내 다리를 어루만지고, 외설적인 질문을 해도 참는 수밖에 없었다. 말해줘, 소피아. 독일에 있는 러시아 여자들은 전부 창녀인가? 하지만 그밖에는 그들은 나를 클럽에서 만난 여느 여자나 다를 바 없이 대했다. 러시아인이니까 그들의 대화를 대부분 알아듣지 못할 거라고 생각하는 것 같았다.

그때 새로운 노래가 나오기 시작했다. 나는 처음 듣는 노래였지만 남자들은 환호했다. 남자들은 들썩이더니 자리에서 일어났다. 잔을 부딪쳐 건배하고, 보드카를 더 주문했다. 그들이 좋아하는 노래라고 했다. 귄터가 가장 좋아하던 노래, 루카스는 싫어하던 노래.

어깨가 부르르 떨리더니 그대로 손가락 끝까지 떨림이 전해져 내려왔다. 내 예상대로였다. 물이 솟아나는 샘으로 길을 되짚어오면 무리의 나머지를 만날 수 있으리라는 나의 가설이 맞아떨어졌다. 나는 마음을 진정시키고 애써 아무렇지도 않다는 태도를 취했다. "귄터랑 루카스가 누구야?"

크리스티안이 숨을 깊이 들이쉬더니 한 손을 내 허벅지에 올렸다. "우리 동료였어."

"그래?"

"지난주에 죽었지. 오토바이 사고였어."

"이런, 안됐다." 내가 대답했다. "여기, 베를린에서?"

"파리에서 죽었어."

눈을 감자 혈관을 타고 피가 고동치는 소리가 들렸다. 나는 손을 뻗어 진저에일 잔을 집어든 다음 한 모금에 다 마셔버렸다. 누군가의 물 잔을 집어 그것도 마셨다. 야엘, 제가 어떻게 해야 할까요?

"왜 그래?" 크리스티안이 물었다.

"아무것도 아니야. 춤이나 추자." 내가 말했다.

우리는 댄스 플로어를 향해 계단으로 내려갔다. 나는 난간을 붙들고 크리스티안이 내 떨리는 손과 무릎을 눈치채지 못하기를 간절히 기도했다. 내 몸의 섬유 하나하나가 지금 당장 비상구를 향해 달려 나가라고 외쳤다. 여기는 위험하다고, 불이 나고 포식자가 있을 거라고 알려주던 도마뱀 뇌로부터 사람의 뇌로 진화한 뒤에도 사라지지 않은 본능. 하지만 크리스티안은 나의 입장권이었다. 하미드를 죽인 자들에게 다가갈 입장권. 아빠를 데려간 자들에게 다가갈 입장권. 냉혹해져야 해, 그웬돌린.

아래층 플로어에는 사람들이 있었다. 너무 많았다. 방을 헤치고 나가는 게 젤라틴을 뚫고 나가는 것 같았다. 한걸음 한걸음이, 한 호흡 한 호흡이 질식하지 않으려는 고군분투와 같았다. 하지만 나는 크리스티안의 손을 붙들고 댄스 플로어로 이끌었다. 나는 크리스티안과 춤출 것이다.

둘만의 은밀한 장소로 갈 수 있을 때까지만. 그리고 거기서 그를 고문해서 정보를 빼내거나, 아니면 섹스를 해서 정보를 빼낼 것이다. 둘 중 무엇이건, 결과는 같을 것이다.

"있지." 크리스티안이 말했다. "저기, 미안해. 나는 춤추기 싫어. 춤을 못 추거든. 그리고 이제 친구들한테 돌아가봐야 해. 장례식…… 얘기했잖아."

나는 마음속으로 이를 갈았다. 하지만 소피아는 미소를 지었다. "번호가 뭐야? 문자할게. 밖에서 보자."

크리스티안은 초조한 남학생처럼 웃더니 번호를 알려주었다. 나는 한 단어짜리 메시지를 그에게 보냈다. '소피아.'

그가 휴대전화를 확인했다. "받았어."

*

우반을 타고 마리나의 집으로 돌아가는 동안 나는 라우 클럽에서 보았던 장면을 머릿속에서 되풀이하면서 다음에 무엇을 할지 계획을 세워보았다. 열차의 창문에 내 모습이 비쳐 보였다. 내 모습 너머로 터널의 벽이 줄무늬를 그리며 스쳐 지나갔고, 깜빡이는 열차 속의 형광등 불빛에 내 얼굴은 하얗게 질린 것처럼 보였다. 광대뼈 아래 짙은 그늘이 드리워져 있었다. 두 눈은 동굴처럼 움푹 들어갔고, 이를 악무는 바람에 턱 근육은 홧홧 타올랐다.

뱃속과 머릿속에서 알 수 없는 감각이 요동쳤다. 아빠가 납치당했다는 사실을 알았던 순간부터 쭉 나에게 도사렸던 두려움, 그걸 뭐라고 부르지? 변화? 하지만 변화라는 단어로는 충분하지 않다. 내가 찾는 개념은, 카프카의 소설에서 커다란 벌레가 되어버린 그 남자에게 일어났던 일이다. 변신? 나는 휴대전화로 이 단어를 찾아보았다.

변신. 동사. 1. 외모나 성격상의 상당한 변화를 가리키며 때로는 초인적인 힘에 의해 아름답거나 그로테스크한 모습으로 변화하는 것을 가리키기도 한다.

바로 이거였다. 나의 두려움은 내가 처음 뉴욕에서 발견한 내 안의 '그것', 야엘이 훈련시키고 가다듬은 '그것'으로 변신하고 있었다. 그것은 두려움의 뒷면, 두려움의 반대말 그리고 두려움이 던진 질문에 부르짖듯 답하는 대답이었다. 두려움이 묻는다. 나는 무엇이 될까? 그것이 대답한다. '바로 이것.'

분노가 내 생각에 먹구름을 드리웠다. 그리고 오늘 밤 내 안의 '그것'은 분노를 공기처럼 들이마시며 오늘 밤 활발히 날뛰는 중이었다. '그것'이 말했다. 크리스티안을 무슨 수를 써서라도 은밀한 곳으로 데려가 침대에 묶은 다음, 펜치든 라이터든 써서 고문으로 대답을 끌어내. 하지만 이렇게 한다고 해서 답을 얻을 수 없다는 것을 나의 이성은 잘 알고 있다. 테러리스트에게 자행된 고문에 대한 뉴스를 함께 볼 때 아빠가 가르쳐준 것이다. "고문당한 사람은 뭐든지 털어놓지. 자기가 테러리스트라고, 자기는 악마라고, 아직 추첨하지도 않은 복권 당첨번호까지도 안다고 할 거야."

그럼, 다른 방법을 선택해야 한다. 안 될 건 없다. 크리스티안을 고문

하지 말고 그와 섹스하자. 폭력이 섹스보다 더 낫고 덜 역겨운 방법일 테지만 해보는 수밖에 없다. 무슨 수단을 써서라도. 목적을 이루기 위해서라면 무엇이든 해야 했다.

내릴 역을 지나치는 바람에 나는 다음 역에 내려 걷기 시작했다. 생각은 여전히 크리스티안과 그 패거리에 대한 생각에 빠져 있었다. 아까 만난 멍청이들이 무슨 수로 우리 아빠를 납치했을까? 맥주를 물처럼 들이켜고 서로 불알이나 때리고 노는 지질한 바보 무리가 감히 우리 아빠에게 눈길이라도 줄 수 있을까? 나는 아빠를 빼앗아간 사악한 사람은 거대하고, 영리하고, 강력한 어떤 한 존재일 거라고 생각했다. 비유하자면 체스를 두는 항공모함 같은 존재. 하지만 막상 내가 본 것은 보잘것없고, 생각 없이 머릿수만 많은 존재들, 사악하게 강한 존재들이었다.

그리고 바로 그 사실 때문에 나는 점점 더 겁이 났다. 그런 사람들을 무슨 수로 이기나? '스펠링비'*에서 납작하게 밟아줄 수도 없고. 걷고 있자니 노숙인이나 취객들, 남자들이 가로등 불빛 속에서 칼날 같은 시선으로 나를 지켜보는 것이 느껴졌다. 하지만 그들은 내가 지나가자 마치 내가 그들을 문 안이나 골목 안에 집어넣고 칼로 찢어발기는 위험한 존재라도 되는 것처럼 힘없는 눈으로 쳐다보았다.

집에 돌아왔는데 마리나와 류바는 이미 자고 있었다. 욕실에 들어온 나는 그들을 깨우지 않으려고 문을 소리 없이 닫은 뒤 변기 위로 고개를 숙였다. 볼에 눈물이 흥건해질 때까지 여러 번 게워냈지만 배 속에 든 것이 없어서 침만 한줄기 흘러내려왔다. 나는 욕조 수도꼭지에 걸린 목욕용 스펀지를 집어, 보이지도 않고 냄새도 맡을 수 없는 더러움을 씻어내

---

* 어려운 영어 철자를 맞히는 경시대회.

려고 손과 팔을 미친 듯이 문질렀다.

소파에 키릴어로 휘갈겨 쓴 쪽지가 놓여 있었다. '집에 오면 깨워줘.' 나는 마리나의 방에 들어가 침대 모서리에 걸터앉은 뒤 그녀의 팔에 살짝 손을 댔다. 마리나는 고개를 돌리더니 눈을 끔벅였다. "너 때문에 얼마나 놀란 줄 알아? 걱정했다고."

"미안해." 내가 대답했다.

마리나는 무슨 말을 하려고 입을 열었다가, 말없이 내 손만 꼭 잡았다.

15장

룸메이트들과 나를 위한 즉흥 아침 만찬을 준비하려고 부엌을 뒤졌다. 홍차, 꿀, 요거트, 달걀 한 팩, 포장지에 '*überlegene Darmgesundheit*〔대장 건강에 좋음〕'이라고 적힌 아무런 맛도 없는 뻑뻑한 호밀 빵 반 덩어리. 나는 있는 재료들로 최선을 다해 차린 아침을 마리나와 류바가 앉아 있는 식탁으로 가져갔다.

담배 연기 사이로 눈을 가늘게 뜨고 나를 쳐다보는 류바는 호밀 빵 외에는 손도 대지 않았다. "차가 너무 연해." 하면서 류바가 일어났다. 잠시 후에 그녀는 샤를로텐부르크의 어느 좋은 집에 사는 '쪼끄만 부자 꼬맹이'에게 피아노를 가르치러 간다며 나가버렸다.

마리나가 류바의 접시를 집어 들더니 남은 음식을 먹어 치웠다. "집에 돌아오다니 깜짝 놀랐네."

나는 식탁을 치우기 시작했다. "나 남자 꼬드기러 간 거 아니야."

"남자를 낚는다는 얘기가 아니야, 노비슈카. 네가 아직 살아서 숨을 쉬고 있는 게 용하다고."

마리나는 다 먹은 접시를 싱크대에 가져다놓고 행주를 쥐었다. "사람을 찾고 있다고 했지. 혹시 그게 그 깡패들 중 한 사람이야? 혹시, 무슨 복수라도 하려는 거야?"

나는 스펀지로 프라이팬을 문지르면서 눌어붙은 달걀을 손톱으로 긁어냈다. "복수는 아니야."

마리나가 물기를 닦은 접시를 선반에 밀어 넣는 쩽그랑 소리에 나는 화들짝 놀랐다.

"분명히 말했지, 네 개인적인 사정을 집 안으로 끌고 들어오지 말라고. 류바는 네가 러시아인이라고도 생각 안 해. 몰랐지? 류바는 네가 가짜래."

"아르마비르는 모스크바에서 굉장히 먼 곳이니까."

"나도 류바한테 그렇게 말했어. 류바는 강박증 환자야. 푸틴이 하는 말을 너무 많이 들어서 그런지 온 세상에 스파이가 돌아다닌다고 믿거든. 어쨌든 소피아, 간밤에 그런 마피아 드라마를 찍은 이상, 단 하룻밤이라도 이 집에 더 머물고 싶다면 네가 지금 무슨 수작을 부리는지 우리한테 말해줘야 해."

나는 수도꼭지를 잠그고 마리나를 향해 돌아섰다. "아빠를 찾고 있어. 아빠는 가출했는데, 내 생각엔 그 패거리에 들어간 것 같아. 클럽에서 만났던 그 남자들 무리에." 최소한의 진실을 섞되 마리나가 받아들일 수 있는 선은 이쯤이라고 생각해서 한 말이었다.

마리나가 눈을 굴렸다. "그렇군. 소피아의 엄청난 미스터리는 알고 보니 감상적인 개소리에 지나지 않았네." 마리나가 행주를 싱크대에 널며 말을 이었다. "아빠가 가출한 데도 그럴 만한 이유가 있겠지. 그냥 새 친구들이랑 잘 지내게 내버려둬. 그쪽이 서로에게 좋을걸."

그런 게 아니라고 대꾸하기도 전에 마리나는 부엌을 떠나버렸다. 잠시 후, 마리나가 침실 문을 닫는 소리가 들렸다.

주머니에서 휴대전화의 진동이 느껴졌다. 크리스티안이 보낸 문자 메시지였다. 'was geht ab baby[자기, 뭐 해]?' 나는 부엌 식탁 모서리에 걸터앉아 키보드 위에서 엄지손가락을 망설이듯 움직이며 휴대전화 화면을 노려보았다. 내가 쓰고 싶은 답장은 이런 말이었다. '자기, 내가 뭐 하냐면, 어떻게 네 피를 볼지 구상 중이야.' 하지만 나는 그런 말 대신 'Nicht viel. Du[그냥 그래, 넌]?'이라고 답장을 보냈다.

곧바로 날아온 크리스티안의 답장에는 속어며 축약어가 많아서 해석하는 데 시간이 오래 걸렸다. 하지만 결국은 해석해냈다. 노이쾰른이라는 동네에서 오늘 밤 파티가 열리는데 파트너로 같이 가자는 이야기였다.

*

헤르만슈트라세 우반 역 근처에서 크리스티안을 만났다. 벌써 날이 저물어서 길모퉁이 노점의 차양 아래에 환히 켜진 형광등 말고는 온통 깜깜했다. 크리스티안은 벽에 기댄 채 이쑤시개로 케첩 범벅이 된 소시지를 찍어 입에 넣고 있었다. 요란한 빨간색 가죽 재킷에 하얗게 빛나는 새 운동화 차림이었다. "커리부어스트* 좋아해?" 크리스티안은 소시지를

---

*　커리 맛 소시지.

씹으며 묻더니 조그만 종이 그릇을 나에게 내밀었다. "이쑤시개 새 걸로 하나 갖다줄까? 아니면 그냥 내 걸로 먹어도 되고."

나는 고개를 저으며 억지웃음을 지었다. 오늘 밤 나는 소피아야. 귀엽고 수줍은 소피아. 말 없고 신비스러운 소피아.

크리스티안이 나를 위아래로 훑어보았다. "드레스는 안 입었네?"

나는 청바지에 닥터마틴, 검은 티셔츠에 야엘이 사준 가죽 재킷을 입고 있었다. "캐주얼한 파티인 줄 알았어."

"아냐, 괜찮아. 그러니까, 정말 멋져! 진짜 넌 뭘 입어도 근사할 거야." 10대 남자아이답게 얼굴을 수줍게 붉히는 걸 보면 진심인 것 같았다. 비록 턱에 케첩이 묻어 있긴 하지만 크리스티안은 잘생겼다. 내가 열두 살 때 즐겨 들었을 법한 보이밴드 멤버라고 해도 어울릴 외모였다. 리더는 아니지만, 남몰래 수많은 소녀들이 사심을 품고 있을, 조용히 인기를 끄는 멤버.

크리스티안이 남은 소시지를 쓰레기통에 던지더니 냅킨으로 입가를 닦았다. "노이쾰른에는 가봤어?" 그가 물었다. "옛날에는 우범지대였는데 예술가들이니 뭐니 들어오더니 확 바뀌었어."

지리멸렬한 아파트 건물들과 철조망으로 둘러친 긴 잡초며 철길 사이로 난 길을 따라 우리는 나란히 걸었다. 여기가 우범지대인지, 아니면 그저 어둑어둑한 오래된 동네인지 나는 구분이 잘 가지 않았다.

"무슨 파티인데?" 내가 물었다.

초조하다는 듯한 웃음. "우리 보스 집에서 열리는 파티인데, 걱정하지 마. 네가 굉장히 쿨한 친구라고 얘기해놨거든. 세상을 떠난 우리 동료를 위한 파티야. 그 파티에 '삶을 위한 찬미'라는 이름을 붙였지."

그러니까 보스의 집에서 열리는 장례식 뒤풀이라는 소리였다. 초조한 공포감이 속을 뒤집기 시작했다. 어젯밤 열차 안에서 느꼈던 자신감과 배짱은 어디로 사라지고 없는 걸까? "그럼 추모 행사란 거네?"

"응, 좀 격식을 갖춘 파티라서 네가 드레스를 입고 오지 않을까 생각했던 건데, 뭐 상관없어."

"보스는 어떤 사람이야? 쿨해?"

"파울루스 말이야? 끝내주게 쿨하지. 게다가 파울루스의 집은…… 일단 가서 보라고." 크리스티안이 짧게 숨을 내뱉은 뒤 고개를 내저었다. "아래위로 두 층을 쓰는데 안에 계단이 있어서 왔다 갔다 할 수 있는 구조야. 마호가니 바, 옥상에는 자쿠지가 있고, 최고급 텔레비전까지 갖춘 집이지. 텔레비전 크기가 아마 가로로 2미터는 될걸?"

"장난 아니네."

"아마 몇 년 안에는 나도 그런 집을 살 수 있을 거야." 크리스티안은 들뜬 것처럼 손뼉을 짝 쳤다. "그때쯤이면 3미터짜리 텔레비전도 나오지 않을까?"

"그런데 크리스티안, 넌 무슨 일 해?" 나는 최대한 아무렇지도 않다는 듯한 말투로 물었다. "어젯밤에는 그런 얘긴 안 해줬잖아."

그러자 크리스티안은 문득 어른스러워 보이려는 것처럼 목소리를 반 옥타브 낮추었다. "난 도매상이야. 물건을 사고팔지. 컴퓨터, 위스키, 자동차 부품 등등. 서유럽에서 동유럽으로, 북유럽에서 남유럽으로, 유럽 전역을 돌아다닌다고."

"그래? 난 네가 무슨…… 위험한 일이라도 하는 줄 알았어." 그러면서 나는 살짝 시선을 피하며 웃었다. "난 위험한 남자한테 끌리는 편이라서."

"위험할 때도 있다고!" 날 실망시키지 않으려는 듯 크리스티안이 열을 올렸다. "늘 세금 신고서가 있는 것도 아니고, 수입 필증을 빼먹을 때도 있단 말이지."

"어머, 무섭기도 하지. 그런 서류들에 손가락이라도 베이는 거야?"

그러자 모욕이라도 받았다는 듯 크리스티안의 얼굴이 어두워졌다. "더 위험한 것도 많다고. 우리 조직은 말이야, 만만한 사람들이 아니야."

"음……." 나는 일부러 미심쩍어하는 목소리로 말을 이었다. "진짜야?"

그가 움칠하며 방어적인 태세를 취했다. "이 재킷, 500유로짜리 한정판이라고. 잘 들어, 소피아. 루저나 겁쟁이로 살아간다면 원하는 걸 얻을 수 없어."

"Genau." 나는 그래, 맞아, 라고 대답했다. 그 말이 맞았다.

*

'삶을 향한 찬미' 파티는 골목 끝에 있는 그라피티로 온통 뒤덮인 건물에서 열렸다. 하우스 음악이 쾅쾅 울려서 유리창이 흔들거렸고 남자들은 웃고 고함을 질러댔다. 크리스티안이 내 손을 잡고 키스하며 대마초를 피워대는 커플들을 지나쳐 건물 계단을 올랐다. 남자들은 좀 더 나이 든 버전의 크리스티안처럼 생겼고, 짧은 드레스를 입은 여자들은 옷을 좀 잘 입은 버전의 나처럼 생겼다. 파티 장소에 입장하며 크리스티안이 승리의 함성 같은 걸 지르자 몇 사람이 고함으로 화답했다. 크리스티안이 얘기했던 거대한 텔레비전 앞에는 사람들이 잔뜩 모여 파괴된 세상을 배경으로 한 슈팅 게임을 하고 있었다.

우리는 사람들 사이를 뚫고 안쪽에 위치한 부엌으로 갔다. 크리스티안이 내게 맥주 한 병과 샷글라스에 가득 채운 술 한 잔을 건넸다. 도무지 빠져나갈 방법이 없으니 전술적 상황 인식은 엿이나 먹으라지. 크리스티안과 잔을 부딪친 뒤 나는 잔에 담긴 술을 한 모금에 홀짝 삼켜버렸다. 독하고 들큼한 술을 들이켠 입술이 풀 바른 것처럼 끈끈해졌다.

크리스티안이 내 손을 잡고 나를 빙글 돌리더니 등 뒤에서 내 몸에 자기 몸을 붙여왔다. 나처럼 끈끈해진 그의 입술이 내 목을 더듬기 시작했다. 그의 품에서 빠져나가려고 하자 그는 더 세게 나를 끌어안았다. "야!" 하면서 내가 그의 얼굴을 찰싹 때렸다. "*Nicht doch*〔하지 마〕*!*"

그때 어젯밤 라우 클럽에서 만났던 크리스티안 무리 중 한 사람이 씩 웃으며 나타나더니 주먹으로 크리스티안의 어깨를 한 대 쳤다. "매너 좀 챙기라고, 여자애가 싫다잖아!" 하지만 농담이 분명했기에 크리스티안은 껄껄 웃으며 넘겨버렸다. 두 사람이 몸싸움을 시작했는데, 진짜인지 장난인지는 알 수 없었지만 어쨌든 난 자유의 몸이 되었다. 나는 귀가 멀어버릴 것처럼 시끄럽게 떠드는 사람들 사이를 뚫고 지나가며 조금 조용한 장소를 찾아다녔다. 그러다 보니 구석에 짧은 드레스 차림으로 담배를 피우며 러시아어로 이야기를 나누는 두 여자가 눈에 띄었다.

백금발에 얼굴이 새하얀 스무 살가량의 여자가 내 쪽으로 담배를 까딱거렸다. "러시아인?"

나는 고개를 끄덕였다.

"우리 같은 애가 또 있네. 누구랑 왔어?" 여자가 말했다.

"쟤." 나는 크리스티안을 가리켰다. "빨간 재킷 입은 애."

"아, 크리스티안은 아직 애송이지." 옆에 있던 20대 후반쯤의 여자가 내 말을 받았다. 검은 머리를 핀으로 고상하게 틀어 올린 그녀는 벌써 취한 것처럼 몸을 앞뒤로 휘청거리며 자신을 베로니카라고 소개했다. "난 파울루스랑 같이 왔는데, 혹시 네가 내키면 넘겨줄게."

그러자 두 여자가 요란하게 웃음을 터뜨렸고, 나도 애써 그 웃음에 동참했다.

"파울루스가 누군데?" 내가 물었다.

베로니카는 근처에 서 있던 남자를 가리켰다. 파울루스는 30대 후반으로 머리를 빡빡 밀고 날씬한 근육질 몸에 딱 맞는 검은 티셔츠를 입고 있었다. 크리스티안과 다른 두 명의 젊은 남자들과 함께 술을 마시고 있었다. 또 한 잔 따른다. 그다음에 또 한 잔.

"쟤들 지금 코카인이랑 술에 취해서 성욕 폭발이야." 베로니카의 입에서 취한 것처럼 혀 꼬부라진 말이 느릿느릿 흘러나왔다. "여기서 빠져나가는 비법이 있어. 코카인 약효가 다 떨어질 때까지 아래층에 숨어 있는 거야. 그러다 보면 쟤들은 게임하다가 곯아떨어지거든."

방 저쪽, 활짝 열린 창가에 한 무리의 남자들이 모여 있었다. 탱크톱 차림에 근육이 우락부락한 남자가 맥주 케그를 머리 위에 거꾸로 들어 보이며 소리를 질러댔다. 응원의 고함, 구호, 그러더니 맥주 케그가 창밖으로 날아갔다. 깨지는 소리. 자동차 경보음이 시끄럽게 울려대자 남자들이 찢어지는 소리로 웃어댔다.

베로니카가 바닥에 담배꽁초를 비벼 끄더니 내 팔을 붙잡았다. "이제 사라질 시간이야."

우리는 조용히 사람들을 뚫고 방 한가운데 있는 나선형 계단을 향했다. 베로니카가 다른 여자들 몇 명과 눈을 마주치자 그들에게도 조용히 따라오라는 눈짓을 보냈다.

베로니카가 앞장섰다. 나는 난간을 꽉 잡고 불안하게 하이힐로 계단을 따각따각 울리며 내려가는 베로니카의 뒤를 따랐다. "규칙이 있단 말이지." 그녀가 말했다. "아래층은 보스와 나만 들어갈 수 있는 은밀한 곳이야. 아무도 들어오면 안 되는 곳."

*

아래층은 한층 더 조용했다. 새하얀 가죽 소파, 유리로 된 커피 테이블, 금칠을 한 소용돌이 문양의 액자에 들어 있는 볼썽사나운 추상화. 파울루스의 여자 친구인 베로니카와 내가 소파에 앉자 세 명의 여자들이 더 나타났다. 누군가가 보드카를 한 병 꺼냈다. 또 다른 누군가는 조그만 거울 하나와 새하얀 가루가 가득 든 투명한 플라스틱 튜브를 꺼냈다. 나, 두 명의 러시아인 그리고 두 명은 독일인이고 나머지 한 명은 오스트리아인이었다. 위층에서 하던 대화가 이어지고 나는 토막토막 간신히 알아들었다. 섹스 문제, 쇼핑 장소, 눈가에 멍이 들어서 찾아가도 경찰에 신고하지 않는 병원.

베로니카가 내 옆에 앉더니 보드카 한 잔을 쭉 들이켰다. 보드카를 다시 따라놓고 나서 그녀는 조용히 러시아어로 내게 물었다. "크리스티안이 잘해주니? 점심때부터 술을 마셔서 그런지, 오늘따라 내가 오지랖을 부리네."

"응, 걔 되게 착해."

"아직 어리니까. 주위를 둘러봐. 자라면 다들 저런 개자식으로 변한다고." 그러면서 그녀는 보드카 한 모금을 더 홀짝였다. "일 때문이지. 그런 일을 하니까 저렇게 비열해지는 거야. 게다가 파리에서의 그 일 이후엔 전부 미친놈들처럼 굴고 있어."

파리에서의 그 일이라. 베로니카는 얼마나 취했을까? 내가 베로니카를 어느 정도까지 밀어붙여 봐도 될까? "크리스티안한테 들었어." 내가 말했다. "귄터랑 루카스 말이야, 정말 안됐어."

"안됐다고? 웃기지 마. 걔들은 위층에 있는 괴물들이랑 다를 바 없는 머저리에 깡패들이었다고." 베로니카가 한 손을 내 어깨에 올리더니, 다른 한 손을 내 다리에 올렸다. 서로의 슬픔을 위로하는 여자 친구들 같았다. "아무튼 난 그 이야기라면 지긋지긋해. 최소한 파울루스가 그 깽판이 내 탓이라고 뒤집어씌우진 않겠지? 아냐, 당연히 못하지. 내가 차버릴 테니까."

나는 미소를 지으며 마치 음모를 함께 꾸미자는 듯이 그녀의 팔을 토닥였다. "우리 이모가 해주셨던 말이 있어. 여자한테 남자는 실크 스카프 같은 거래. 있으면 좋지만, 없어도 뭐 어때?"

"맞아! 남자들은 여자들 말은 듣지도 않아. 날 때부터 귀가 없는 건지 뭔지. 파울루스한테 보리스인지 반다르인지 아무튼 버, 누구라는 그 소름끼치는 자식과 거래 안 하는 게 낫다고 아무리 말해도 소용없어. 할 일은 너무 많고, 그렇다고 돈이 되는 것도 아니지. 파리에서 그런 일까지 일어나고 말이야." 베로니카가 거울과 코카인을 끌어오더니 누군가의 헬스클럽 카드 모서리로 코카인을 가느다란 두 줄로 배열했다. "너도 할래? 이거 하면 살 안 쪄."

"아니, 괜찮아."

"영영 그 몸매로 살 수 있을 줄 알지?" 베로니카가 허리를 깊숙이 기울이더니 코로 코카인 한 줄을 흡입하고, 나머지도 차례로 들이마셨다. 다시 고개를 든 베로니카는 환한 미소를 지었는데, 콧구멍이 붉게 물들어 있었다. 그녀가 내 손을 붙들어서 자기 가슴에 댔다. "내 심장 소리 들려? 느껴봐. 경주마처럼 내달리고 있어."

진짜 그랬다. "괜찮아? 좀…… 자제하는 게 좋을 것 같은데."

그 말을 듣자 베로니카는 잠깐 화난 얼굴로 나를 쳐다보더니, 그다음에는 쉰 목소리로 웃음을 터뜨렸다. "아가야, 부탁이 하나 있는데, 어서 여길 떠나. 나처럼 되기 전에 어서."

계단을 내려오는 묵직한 발걸음 소리가 들렸다. 고개를 드니 파울루스가 내려오고 있었다. 그가 계단 중간에서 멈추더니 베로니카를 똑바로 바라보았다. "왜 다들 여기 있어? 올라와! 지금! 가자고!"

여자들이 모두 자리에서 일어나자 베로니카는 파울루스를 향해 고개를 숙였다. "분부대로 해드리지요, 자기."

나는 계단 중간까지 여자들을 따라 올라가다 걸음을 멈췄다. 파티가 아까보다 더 시끄러워진 걸 보니 이제 한껏 달아오른 모양이었다. 내가 없어져도 아무도 모를 거야.

*

나는 다시 조용히 계단을 내려가 파울루스의 집으로 들어가 안을 살펴보았다. 누가 봐도 조직폭력배 취향으로 꾸민 요란한 집이었다. 온통 가죽과 유리로 된, 값비싸고 추한 물건들뿐이었다. 누가 날 찾으러 올 때까지 얼마나 걸릴까? 10분? 2분?

주방을 지나쳐 복도를 지나자 침실이 나왔다. 거대한 책상, 거대한 장식장. 그다음엔 대리석 깔린 욕실이 나왔다. 잠긴 문이 나오자 걸음을 멈추고 다시 파티장의 소음에 귀를 기울였다. 수백 개의 발이 쿵쾅거리는 소리, 찢어지는 웃음소리, 고함 소리, 뭔가 바닥에 쿵 내려놓는 소리.

파울루스는 열쇠를 어디에 보관할까? 당연히 주머니에 넣겠지만, 어쩌면…… 나는 거실로 돌아가 최대한 소리가 나지 않게 옷장을 열고 코트와 재킷을 뒤졌지만 아무것도 나오지 않았다. 젠장. 어쩌면 파울루스는 파티가 시작되기 전에 옷을 갈아입었을지도 몰라. 어쩌면, 침실 바닥에 벗어놓은 바지 주머니에 열쇠가 들어 있을지도 몰라.

그러나 침실 바닥에는 아무것도 없이 깨끗했다. 책상 위도 마찬가지였다. 장식장 안도, 침대 옆 사이드테이블 서랍 안도 뒤져봤지만 러시아어 소설 한 권, 잔돈 몇 푼, 영수증 몇 장이 전부였다. 두려움이 마약처럼 몸 안에 퍼져 나가기 시작했지만 나는 딱 한 번만 더 시도해보기로 했다. 나는 절박하게 빨랫감 바구니를 뒤졌다. 티셔츠, 양말, 베로니카와 파울루스의 속옷. 토할 것 같았다. 백화점 쇼핑백 안도 뒤져보았다. 아직 가격표도 떼지 않은 실크로 된 나이트가운 한 벌이 나왔다. 침대 밑도 확인했다. 골판지로 된 택배 박스 하나가 놓여 있었다.

꺼내보니 이미 누군가 뜯었던 상자였다. 운송장도 없고 서류도 없었다. 안에는 충전재로 잘 싼 예쁜 나무 상자가 하나 들어 있었다. 담배 상자처럼 생겼지만 뚜껑을 열어보니 예상치 못한 물건이 나타났다.

벨벳으로 안에 들어 있는 물건의 모양에 딱 맞게 만들어진 상자 속에는 금도금한 권총이 들어 있었다. 더 자세히 보려고 조그만 쪽지 하나를 옆으로 치웠다. 파울루스 같은 족속이 갖고 싶어 할 만한, 딱 그런 요란하고 추한 물건이었다. 뚜껑에 붙은 동판에는 이렇게 적혀 있었다.

체스카 즈브로요브카 우헤르스키 브로드

체코 공화국 제조

한정판 64/100

그 위에는 단정한 카드 한 장이 놓여 있었다. 가장자리를 재단하지 않은 리넨 감촉의 두꺼운 종이로 된 카드였다. 안에는 푸른 잉크로 메시지가 적혀 있었다. 영어였다. '언제나처럼, 작업을 함께해서 영광이야. 존경하는 친구 BK로부터.' 잠깐이지만 나는 눈살을 찌푸리며 BK라는 이니셜을 유심히 보았다. 베로니카가 뭐라고 했더라? '보리스인지, 반다르인지, 버, 누구라는 소름끼치는 자식.'

시간이 다 됐어, 하고 나는 속으로 생각했다. 이제 여기서 나가서 파티장으로 돌아갈 때야. 나는 택배 상자를 처음과 완전히 똑같은 상태로 싸놓고 침대 아래에 밀어 넣은 뒤 거실로 나가는 복도로 향했다. 잠긴 문을 여는 열쇠에 대해선 잊어버리자. 베로니카가 아무도 접근할 수 없는 은밀한 공간이라고 했잖아, 여기 있으면 위험해.

그러나 거실로 들어가자마자 나는 제자리에 얼어붙었다. 크리스티안이 계단 아래에 서 있었던 것이다. 그가 화난 얼굴로 나를 쏘아보았다.

"대체 여기서 뭐 하는 거야?"

공포감을 삼켜야 돼, 하고 나는 속으로 생각했다. 소피아답게 굴자. 나는 크리스티안에게 다가가 그의 가슴에 손을 올리고 최대한 섹시한 미소를 지어 보였다. "널 기다리고 있었지."

크리스티안이 내 손목을 거세게 움켜쥐고 떼어냈다. "여기 내려오면 안 된다고 했잖아?"

무릎으로 사타구니를 찍고, 두 엄지손가락으로 눈을 찔러버린 다음에, 앞이 보이지 않는 틈을 타서 달아나야 해. 하지만 나는 그렇게 하지 않았다. 대신 "크리스티안, 놔줘. 아프단 말이야." 하고 말했다. "여기서 네가 올 때까지 기다렸다고, 둘만 있고 싶어서."

그의 얼굴이 서서히 풀어지더니 애매한 표정이 되었다. 그가 내 손을 놓아주었다.

계단에서 다른 누군가의 발소리가 들려왔다. 이번에는 급박한 발소리였다. 나는 크리스티안을 끌어안고 내 품으로 끌어당겼다. 그와 입술이 닿는 순간 나는 혀를 그의 잇새로 밀어 넣었다. 크리스티안의 몸이 깜짝 놀라 경직되는 게 느껴졌다.

다음 순간 그가 내 몸을 난폭하게 밀쳐냈다. 파울루스가 시선을 내게, 그다음에는 크리스티안에게, 다시 나에게로 옮겼다.

"쌍년." 파울루스가 내게 고함쳤다. "도둑년." 그러더니 그가 크리스티안을 쳐다보았다. "네놈도 마찬가지야. 뭘 훔치러 왔거나, 이년이 뭘 훔치러 온 걸 모를 정도로 멍청하거나."

크리스티안이 뭐라고 말하기도 전에 파울루스가 내 재킷을 움켜쥐고 벽에 거칠게 밀어붙였다. "자, 말해보시지. 뭘 훔치러 왔지? 아니면 도청기를 설치하려고? 경찰의 *끄*나풀인가?"

"파울루스!" 크리스티안이 외쳤다.

"닥쳐."

"파울루스!" 크리스티안이 다시 외치더니 앞으로 한 발짝 나왔다. 불쌍한 어린애가 용기를 있는 대로 짜내는 모양이었다. "제 잘못입니다. 제가 아래층으로 내려오라고 했어요. 둘만…… 둘만 있고 싶어서요."

"헛소리 마." 파울루스가 말했다. "베로니카가 그러는데, 다들 위로 올라올 때 이년만 밑에 남았다고 했어."

크리스티안이 숨을 급히 들이쉬며 손으로 입가를 문질렀다. "파울루스, 외람된 말씀이지만 베로니카는 코카인과 술에 취했잖아요. 기분 나빠하지 마세요. 하지만 보스도 알고 있잖아요." 그가 내 쪽을 가리켰다. "애가 저한테, 그러니까, 오늘 밤 같이 자자고 했는데, 제가 그때까지 기다릴 수가 없었어요. 그래서 아래층에 몰래 숨어들자고 했거든요."

파울루스가 크리스티안을 노려보는 동안, 나는 파울루스의 옆얼굴에서 눈을 떼지 않았다. 마침내 파울루스의 손아귀가 느슨해지더니 내 재킷을 놓아주었다. "빌어먹을 애새끼들." 파울루스가 중얼거렸다.

"죄송합니다."

파울루스가 내 목덜미를 잡더니 계단으로 질질 끌고 갔다. 나는 난간을 붙잡고 간신히 넘어지지 않고 제자리에 섰다. "너." 그가 부들부들 떨리는 손가락으로 내 목을 똑바로 가리켰다. "당장 내 집에서 나가."

그다음에 파울루스는 크리스티안을 향해 돌아섰다. "그리고 너. 넌 이 집 안에서 꼼짝도 하지 마."

16장

나는 마리나의 소파에 누운 뒤 벽에 꽂은 휴대전화 충전 케이블을 있는 대로 길게 끌어당겨 휴대전화 화면을 바라보고 있었다. 크리스티안에게 메시지를 세 개나 보냈는데 전부 확인하지 않은 것으로 표시되었다.

너 괜찮아?
너 괜찮아?
???????

첫 번째 메시지는 마리나의 집으로 돌아오는 우반 안에서 보냈고, 한 시간 뒤 두 번째 메시지를, 또 한 시간 뒤 세 번째 메시지를 보냈다. 파울루스가 크리스티안에게 무슨 고문을 하고 있을지 내내 불안했다. 나는 정말로 크리스티안이 필요했다. 크리스티안은 내 입장권이니까. 그런데 내가 우리 두 사람 모두를 난관에 빠뜨리고 말았다. 크리스티안이 없다면 아빠를 납치한 사람들에게 다가갈 길이 없다.

내 안의 '그것'이 이런 전략적인 상실을 걱정하며 이를 악무는 한편으로 나의 심장, 그러니까 인간의 심장이 약간이나마 크리스티안 때문에 아파했다. 크리스티안은 조직폭력배에다가 욕심 많고 어리석은 술꾼이기는 하지만 마지막 순간엔 용감했다. 날 위해 나서주었다. 그렇다면 마음 아파할 만한 가치는 있지 않나?

한참 지나자 겨우 잠이 들락 말락 했지만 가슴 위에 올려둔 휴대전화가 진동하는 것 같은 착각이 느껴질 때마다 자꾸만 잠에서 깼다. 결국 날이 밝자마자 일어난 나는 거실을 이리저리 돌아다니며 다시 한 번 슬프고 절망적인 마음으로 메시지를 보냈다. '너 괜찮아?'

이를 닦고 샤워하는 내내 휴대전화를 켜둔 채 세면대 모서리에 올려두었지만 답장은 없었다. 머리를 빗고 옷을 입는데 류바와 마리나가 부엌을 돌아다니는 기척이 들렸다. 그런데 욕실 문을 열자 류바와 마리나 사이에 모르는 사람이 한 명 더 서 있었다. 붉은 턱수염이 무성하고 배가 둥그렇게 튀어나와 있는 남자였다. 류바가 나를 가리키자 남자는 데님 재킷 옷깃을 세우더니 신고 있는 카우보이 부츠의 앞굽을 바닥에 굴렀다.

잠시 동안 남자와 나는 말없이 서로를 쳐다보았다. 다음 순간, 남자가 마리나 쪽으로 돌아서더니 뺨을 거세게 후려쳤다. 마리나가 새된 목소리로 비명을 지르긴 했지만 마치 이미 익숙한 상황이라는 듯 전혀 드라마틱하지 않은 반응이었다. 뒤로 물러선 마리나는 평소와 같은 자신감은 온데간데없는 얼굴로 부엌 문 앞에 구부정하게 서 있었다.

남자가 내게로 다가오자 나는 거실 쪽으로 뒷걸음질 치며 우리 사이에 몇 미터 공간을 만들었다. 지금부터 일어날 상황이 내 생각과 같은 거라면 뻥 뚫린 공간에 있는 게 나을 것 같았다.

"나는 레오." 남자가 러시아어로 입을 열었다. "그리고 너는 소피아라지?"

"맞아."

레오가 고개를 끄덕이더니 내게로 다가섰다. 이번에는 나도 물러서지 않았다.

"너희를 보호해주는 대가로 받는 수수료는 일주일에 300이야. 상당히 후하게 대접해주고 있는데, 안 그래, 마리나?"

마리나가 맞아서 새빨개진 뺨을 감싼 채 고개를 들었다. "맞아, 레오."

"그래, 안 그래?"

"맞아, 레오." 마리나가 되풀이해서 대답했다. "아주 후해."

레오의 눈이 가늘어졌다. "그런데 늦었다니, 벌로 연체료를 내야겠지? 천 정도 생각하는데, 어때?"

근육이 침착하게 긴장하며 준비 태세를 취하기 시작했다. 아까 느꼈던 모든 공포는 이 남자를 벌주고 싶은 욕망에 짓눌려 흐릿해졌다. 그게 가능할지 아닌지에 대해서도 생각할 때가 아니었다.

나는 고개를 비스듬히 기울이고 입을 열었다. "난 짐을 챙길 거야, 레오. 그리고 이 집을 떠날게." 확고해서 거의 오만하게 들리기까지 하는 내 목소리가 낯설게 들렸다. 만족스러웠다. "그리고 내 돈은 말이지, 내 거야. 그러니까 당신한테 주는 일은 없을 거야." 나는 옆으로 물러서서 배낭을 집어 들고 휴대전화와 충전기, 그밖에 주변에 있는 내 물건들을 주섬주섬 담았다. 레오는 흥미롭다는 표정으로 나를 빤히 바라보고 있었다. 내가 신선해 보인 게 틀림없었다.

나는 레오가 내 등 뒤를 보지 못하게 그를 마주 보고 그가 몸을 돌릴 때마다 따라 돌면서 밖으로 나왔다. 그러다 레오가 손을 뻗어 내 왼팔을 붙잡았다.

야엘이 내 근육에 새겨놓은 기억이 터져 나왔다. 나는 레오의 손을 낚아채 떼어냈다. 이제 레오의 팔은 내 마음대로 그의 몸을 뒤틀 수 있는 지렛대가 되었다. 나는 팔을 비틀어 그를 똑바로 세운 다음 무릎을 들어 야구 배트를 휘두르는 강도로 그의 고환을 걷어찼다. 그가 몸을 반으로 접는 순간 나는 손톱을 세워 그의 머리 양쪽을 그러쥐었다.

이번에는 레오의 얼굴을 무릎으로 두 번 찍어버렸다. 두 번째에서는 뭔가 부서지는 소리가 났다. 레오를 놓아주자 그가 몇 발짝 비틀비틀 물러나더니 바닥에 쓰러졌다. 레오가 눈을 들어 나를 올려다보았다. 수치심으로 이글거리는 눈빛이었다. 세상의 쓴맛을 보여주지, 레오. 네 것이 아닌 걸 탐내면 이렇게 된단 말이야.

레오가 테디 베어나 마찬가지라고 했던 마리나의 말이 맞았다. 쓰러뜨리는 데 4초밖에 안 걸렸는데 그걸로는 속이 시원하지 않았다. 그래서 나는 오른발로 몸을 지탱하고 왼다리를 들어 허공을 갈랐다. 발가락이 그의 관자놀이에 닿더니 레오의 목을 옆에서 내리찍었다. 레오의 몸이 반쯤 돌아가더니, 그가 바닥에 쿵 쓰러졌다.

레오가 의식을 완전히 잃은 것인지는 알 수 없었지만 어쨌든 내가 그의 주머니에서 조그만 권총과 돌돌 만 유로 뭉치를 끄집어낼 때 레오는 아무 저항도 하지 못했다. 돈뭉치는 종이 클립으로 묶은 여러 개의 돈다발로 이루어져 있었는데, 오늘 아침 다른 여자들에게서 수금해온 돈이 분명했다. 레오가 멍한 눈빛으로 나를 쳐다보았다. 자신에게 일어난 상황을 서서히 이해하는 중일 수도 있고, 아닐 수도 있겠지. 원래 크기보다 두 배나 부풀어 오른 코는 가지 빛깔이었다.

득의양양한 기분이 목욕물처럼 쏟아졌고 입술은 불경스러운 기쁨으로 떨렸다. 그런데 뒤에서 류바가 비명을 지르고 마리나가 레오의 이름을 목 놓아 부르는 소리가 들렸다.

나는 손에 들린 권총을 내려다보았다. 작지만 크기에 비해 묵직했다. 엄지손가락으로 밀 수 있도록 옆쪽에 슬라이드가 달린 권총이었다. 만지작거리고 있자니 오렌지색 점 하나가 총신에 새겨져 있는 게 보였다. 안전장치인가?

레오가 바닥에서 몸을 뒤틀면서 굵직한 손가락을 주머니에 쑤셔 넣으며 권총을 찾았다. 나는 총을 그에게 겨누고 엄지손가락으로 찰칵 소리가 나게 슬라이드를 밀었다. 영화에서 상대방의 주의를 이쪽으로 돌리기 위해 이런 방식을 쓰는 걸 봤는데, 효과가 있었다. 레오가 항복의 표시로 덜덜 떨리는 양손을 활짝 펼쳐 들어 올렸다. 내 안의 목소리는 이제 떠나라고, 이쯤이면 충분하다고 했다. 하지만 야엘이 그랬지. 훌륭한 전투의 여신은 시작한 건 끝을 낸다고.

류바와 마리나가 내 앞을 지나쳐 레오에게 달려갔다. 나는 두 사람이 레오를 때릴 거라고, 레오에게 빼앗겼던 돈을 도로 꺼내 갈 거라고 예상했다. 하지만 류바는 눈물범벅이 되어 레오의 머리를 자기 무릎 위에 올려놓고 아기처럼 달래며 손가락에 침을 묻혀 그의 얼굴에서 피를 닦아냈다.

마리나가 분노로 시뻘게진 얼굴로 나를 돌아보았다. "멍청한 년, 지하드 같은 건 끌어들이지 말라고 했어, 안 했어?" 마리나는 나도, 총도 조금도 두렵지 않다는 듯 내게로 다가와 내 손에 들린 돈뭉치를 잡아챘다. "이만큼 되기까지 4년이나 걸렸다고."

"저 사람이 날 소유할 수는 없어, 마리나." 내가 입을 열었다. "이제 너도 소유할 수 없고. 기회야, 마리나. 더 이상 레오는 없어."

"또 다른 레오가 나타날 거야! 내일이면 열 명은 더 나타날걸! 다른 데로 간들, 파리로 가든, 시카고로 가든, 레오는 어디에나 있어!" 마리나가 손을 들어 덥수룩한 머리칼 속으로 손가락을 집어넣으며 머리를 감싸 쥐었다. "너, 이 세계에 대해 그렇게 모를 정도로 멍청하니? 이리저리 들쑤시고 다니면서 또 다른 레오가 나타날 때마다 이렇게 곤죽을 만들어버릴 거야?"

나는 충격을 받아 입을 쩍 벌린 채 마리나를 향해 눈만 깜박였다. "미안해, 난…… 너희들을 도와주려고……."

"지금 당장 이 집에서 나가. 정확히 말하면, 너 좋으라고 하는 소리야. 하지만 소피아, 너는 떠나면 되지만 마리나는 앞으로 어떻게 될 것 같아? 너 자신에게 물어봐." 마리나가 내 양 어깨를 세게 밀치자 나는 비틀거리며 뒤로 물러났다. "영웅이 되고 싶어, 소피아? 그럼 네가 이해 못하는 이 세계에서 떠나. 네 인생이나 잘 돌보라고. 내 인생은 내가 알아서 할 테니까."

마리나가 몸을 숙여 내 배낭을 집어 들더니 내게 집어던졌다. 얼떨결에 배낭을 받긴 했지만 나는 꼼짝도 못하고 제자리에 서 있었다.

마리나가 손가락으로 문을 가리켰다. "자, 너만의 전쟁은 어디 다른 사람 집에 가서 하라고."

*

'*Triff mich*〔만나자〕.' 크리스티안에게서 메시지가 왔다. 그 뒤에는 판코우라는 동네에 있는 터키 음식점 주소가 적혀 있었다. 나는 알겠다고 하고 세 시간 후로 약속을 잡았다.

눈에 보이는 모든 사물의 표면에 햇볕이 조각조각 부서지며 내 눈을 따끔하게 찔러왔다. 내 몸이 기억하는 처음으로 따뜻한 날이었다. 베를린 중심부를 향하는 에스반(S-Bahn)*안에서 나는 좌석에 등을 기대고 더러운 차창을 통해 들어오는 따뜻한 햇살을 느꼈다. 눈물이 솟구쳤다. 나는 지금 레오의 피가 묻어 있지 않은 새 바지를 사러 가는 길이었다. 그 다음에는 크리스티안을 데려갈 수 있는 싸구려 호텔을 잡을 것이다. 근사한 곳은 안 돼. 러시아 여자애의 여권을 지나치게 꼼꼼하게 확인하는 그런 곳은 안 돼.

미안해, 마리나. 정말 미안해. 피투성이가 되어 부어오른 레오의 얼굴을 볼 때 나는 신나고 자랑스러웠다. 옳은 일이라고 의심 없이 믿었다. 그 일을 해낸 사람은 나였다. 힘세고 강한 나, 이 이야기의 영웅이고 주인공인 나. 그런데 마리나, 이제 내가 시작한 그 일을 마무리하려면 마리나 네가 레오의 목을 따버려야겠지. 아니면 그러지 않거나. 둘 중 어느 쪽이든, 그 피를 닦는 건 마리나의 몫이 되어버렸다. 나는 심지어 그 피를 걸레로 닦는 일조차 할 수 없었다. 제발 용서해줘. 제발 레오의 돈을 챙겨서 최대한 멀리 도망쳐버려.

그러나 레오의 총이 내 주머니 안에 들어 있었다. 총에 손을 댈 때마다

---

*　독일의 도시 고속 전철.

숨이 턱까지 차올라왔다. 오, 너와 나, 우리 둘이서 할 일들.

*

　모든 준비는 끝났다. 깨끗한 새 바지로 갈아입었고, 호텔 방도 빌려놓았다. 터키 카페에 도착하자 크리스티안이 이미 와서 기다리고 있었다. 식당 안 조그만 구리 테이블마다 모여앉아 손잡이를 선 세공으로 장식한 유리 머그에 담긴 진한 차를 홀짝이고 있는 터키인들, 시리아인들, 북아프리카인들을 뚫고 나는 크리스티안을 향해 다가갔다. 안쪽에 있는 낮은 소파에는 몇 명의 남자들이 붉은 쿠션에 기대 시샤를 즐기고 있었다. 시샤의 연기에서는 가을을 연상시키는 사과 향이 감돌았다.

　내가 나타나자 크리스티안이 자리에서 일어나더니 나를 위해 힘겹게 의자를 빼주었다. 부어오른 눈가에 검은 멍이 들어 있지만 아주 심각해 보이지는 않았다. 하지만 멍든 건 눈이 전부가 아니겠지. "어젯밤 일은 미안해." 크리스티안이 수줍게 말했다.

　"미안하다고? 크리스티안, 미안한 건 나야. 다 내 잘못이었어."

　하지만 크리스티안은 내 사과를 못 들은 척했다. "그건 내가 다 알아서 처리했어." 약간 자랑스러움이 깃든 말투였다. 그가 침을 한 번 꿀꺽 삼키더니 내게 불안한 미소를 지어 보였다. "다시는 날 만나주지 않을까 봐 걱정했어."

　나는 크리스티안의 손 위에 내 손을 올렸다. "어젯밤 네가 날 구해줬잖아. 네가 나타나지 않았으면 내가 파울루스에게 무슨 짓을 당했을지 상상도 못하겠어."

"저기, 파울루스는 앞으로 너와 함께 있는 모습이 눈에 띠면 나를 쫓아내버린다고 했어. 그러니까 우리는 몰래 만나야 해. 괜찮아?"

그래서 터키 음식점을 선택한 거구나. "당연하지."

웨이터가 나타나자 크리스티안이 우리 몫의 홍차와 바클라바*를 주문했다. "이제 파울루스 이야기는 그만하자. 너에 대해 알고 싶어." 웨이터가 떠나자 그가 물었다. "넌 어디서 왔어?"

나는 그에게 파리에서 숙지했던 소피아의 신상에 관한 문서의 내용에 살을 덧붙여 들려주었다. 러시아의 내 고향에서 보낸 어린 시절에 대해, 늘 먹을 것이 부족했고, 도처에 폭력이 깃들어 있었고, 아빠는 보드카를 마셔댔으며 2년이나 실직 상태였다는 내용. 엄마는 독감에 걸려 돌아가셨다는 내용. "자작나무와 학이 그리워." 정말 러시아 냄새가 물씬 풍기는 세부 사항이라고 생각하며 내가 말하자 그는 내 말을 곱씹으며 고개를 끄덕였다.

"러시아와 독일은 그렇게 다르지 않네."

"그래?" 소피아가 열심히 맞장구치는데 바클라바가 나왔다.

크리스티안은 폴란드 국경 근처, 구동독에 속했던 그의 고향에 대해 이야기해주었다. 아버지는 여섯 살 때 가출했고, 2년 뒤 어머니도 가출했다. 극렬 공산주의자였던 할머니는 크리스티안을 기르는 내내 가난이 얼마나 사람을 강해지게 하는지를 교육시켰다. 발에 맞는 신발을 찾기 힘들었고, 겨울 내내 감자만 먹고 지냈다고 한다.

나는 조그만 접시에 담긴 바클라바를 조심스레 집었다. 크리스티안에게는 시시한 조직폭력배로 살아가는 삶조차 분에 넘치는 것일 테지. 한

---

*   터키의 달콤한 디저트.

정판 가죽 재킷과 가로 3미터짜리 텔레비전을 사겠다는 꿈이 감자밖에 못 먹는 생활을 단숨에 짓눌러버린 것이다.

고개를 들자 크리스티안이 내 얼굴에 바짝 얼굴을 대고 촉촉한 눈빛으로 나를 바라보고 있었다. 작업에 들어갈 시간이었다. 대담하게 굴어야 해. "그 베로니카라는 애, 맘에 들더라." 내가 입을 열었다. "대화를 많이 했거든. 귄터랑 루카스 이야기도 다 해줬어."

하지만 크리스티안은 귄터나 루카스 이야기를 할 기분이 아닌 것 같았다. 그가 의자를 내게 가까이 바짝 붙이느라 바닥에서 삐걱대는 소리가 났다. "이제는 알겠지? 이 일이 어떤 일인지, 내가 하는 일이 뭔지 말이야."

"그래서 네가 좋아. 세상은 너에게 아무 기회도 주지 않았지만, 네가 스스로 기회를 잡은 거잖아. 정말 용감해." 나는 그에게 기대면서 그의 입술에 살짝 입술을 갖다댔다. 아주 사뿐하고 달콤한 키스. 나는 신중하게 5초간 기다린 뒤 속삭였다. "멋지다고 생각해, 지금까지 일어난 사건 말이야."

"사건이라니?" 크리스티안도 속삭이는 목소리로 물었다.

또다시 키스, 그다음에 속삭임. "파리에서 있었던 일 말이야. 베로니카가 말해줬어. 파울루스가 미국인을 납치했다며."

그러나 바로 그 순간 나는 내가 너무 멀리 갔다는 사실을 깨달았다. 크리스티안이 별안간 몸을 떼더니 주변을 둘러보고 입가를 손으로 훔쳐냈던 것이다.

"그래, 그건…… 그냥 일일 뿐이야." 그가 초조하게 꿀꺽 침을 삼켰다. "어떤 체코 놈들이 시킨 쓰레기 같은 일이야. 몰라, 그건 우리가 하면 안 되는 얘기야, 알겠어?"

나는 키스로 그의 말을 막았다. 이번에는 더 길게 키스하며 그의 머리를 어루만졌다. '어떤 체코 놈들이 시킨 쓰레기 같은 일.' 주변에 있던 사람들이 이쪽을 보며 킬킬 웃기 시작했다.

크리스티안이 나를 부드럽게 밀쳐냈다. "이런, 여기서 이러면 안 돼."

나는 일어서려고 의자를 뒤로 밀었다. "그럼, 다른 데 가자."

*

싸구려 호스텔로 향하는 내내 크리스티안은 내 손을 꼭 잡고 대로를 나란히 걸었다. 왼쪽으로 꺾어 몇 블록 너머의 우반 역까지 이어지는 휴대전화 가게, 케밥 식당 등이 들어찬 평범한 상업 지구로 들어섰다.

꽃집 진열창에 비친 우리 두 사람의 모습을 슬쩍 보는데, 또 다른 사람의 모습이 눈에 들어왔다. 다섯 발자국쯤 뒤에서 오클리 선글라스로 눈을 가린 몹시 건장한 남자 하나가 따라오고 있었다. 금발을 짧게 깎고, 청바지에 가죽 재킷 차림이었다. 특이할 건 아무것도 없었다. 평범했다. 일반적이었다. 다만…… 우리 뒤, 다섯 발자국 뒤를 자꾸만 따라온다는 점만 빼면.

"조심해야 해." 크리스티안이 말했다.

"조심하고 있잖아."

"거기, 멀어?" 그가 물었다.

"두 정거장 더 남았어."

크리스티안이 다시 뭐라고 입을 열었지만 아무것도 들리지 않았다. 내 관심사는 온통 우리가 지나치는 쇼윈도 그리고 오클리 선글라스를 쓴 건장한 남자에 집중되어 있었으니까. 유럽에서 이런 선글라스를 쓰는 사람은 흔치 않았다. 그리고 바로 그 순간, 길 맞은편에서 다가오는 또 다른 불길한 기척이 느껴졌다. 짧게 깎은 갈색 머리의 건장한 남자가 또 한 명. 선글라스를 쓰지는 않았지만 옷차림은 역시 가죽 재킷에 청바지였다. 꼭 유니폼 같았다. 남자가 길을 건너오더니 뒤에 있던 남자에게 합류했다. 두 사람은 아무 말도 주고받지 않았다. 그냥 나란히 걷는 두 남자. 이번에도 완벽하게 평범해 보였다.

나는 크리스티안의 손을 꼭 잡았다. "우리 미행당하고 있어." 딱 그에게만 들릴 만큼 낮은 목소리였다.

크리스티안의 몸이 긴장해서 굳어지는 것이 느껴지더니, 그가 아무렇지도 않게 뒤를 슬쩍 보았다.

"아는 사람?" 내가 물었다.

"아니." 크리스티안이 대답했다.

"파울루스의 친구들이야?"

"아니." 크리스티안이 다시 대답했다. "여기서 헤어지자. 쭉 가다가 오른쪽으로 꺾어서 두 블록 더 가면 대로가 나와."

하지만 나는 크리스티안이 필요했다. 크리스티안의 머릿속에 있는 정보가 무엇이건, 나는 그것이 필요했다.

"싫어, 난 너랑 같이 있을래."

어차피 크리스티안이 나를 설득하기에는 이미 늦은 시점이었다. 두 남자가 이제 거리를 좁혀 한 발짝 뒤로 다가왔던 것이다. 금발 남자가 크리스티안 뒤에 바짝 붙어 크리스티안의 손목을 꺾더니 손잡이에서 긴 금속 곤봉을 잡아 뺐다. 곤봉이 허공을 가르는 소리를 내며 크리스티안의 머리에 내리꽂혔지만, 내가 그를 끌어당기는 바람에 곤봉은 그의 투실한 어깨에 떨어졌다.

두 번째 남자가 팔을 내 목에 둘렀다. 팔꿈치로 갈비뼈를 찍으려 했지만 그는 내 공격을 막은 뒤 팔을 내밀어 내 손목을 붙잡았다. 나를 바닥에 엎어놓고 무릎으로 내 등을 찍어 눌렀다. 야엘이 가르쳐준 그 어떤 기술도 쓸 수 없었다.

크리스티안이 금발 남자와 몸싸움을 시작했지만 별로 큰 소득은 없었다. 착실히 훈련받은 것이 분명한 금발 남자가 권투선수처럼 크리스티안의 명치와 턱에 주먹을 날렸다. 크리스티안이 쓰러졌다. 남자가 그를 깔고 앉더니 크리스티안의 머리를 두 번, 세 번, 보도에 내리쳤다.

커다란 볼보 SUV 한 대가 모퉁이에서 미끄러지듯 나타나더니 누군가가 뒷좌석 문을 열었다. 나를 공격하던 갈색 머리 남자가 나를 끌어올리자 나는 그의 손아귀에서 벗어나려 발버둥 쳤다. 내가 일어서자마자 남자가 빙글 돌더니 다리를 들어 나를 발로 찼다. 남자의 운동화 밑창이 내 배에 정통으로 박히자 나는 숨을 토해내며 몸을 반으로 접었다. 뒤로 구르는 나의 시야가 어두운 터널처럼 서서히 좁아졌다. 숨을 고르고 싶었지만 폐가 공기를 갈구하는 날카로운 아픔만이 느껴졌다.

이제 두 남자 모두 내 쪽으로 다가오고 있었다. 나는 비틀거리며 물러선 뒤 온 힘을 짜내 레오의 권총을 찾아 주머니를 뒤졌다. 두 남자가 나를 붙잡으려 손을 내밀고 다가오는 순간, 나는 권총의 안전장치를 풀고 두 사람 사이의 빈 공간을 겨누었다. 굉음과 함께 권총이 발사되는 순간 손에 든 권총과 함께 내 온몸이 요동쳤다.

두 사람 사이의 빈 공간 뒤에는 볼보 SUV가 서 있었던 모양이었다. 표면에 작은 구멍이 뚫렸다. 나는 네 발을 연달아 더 쏘았다. 거리에 비명 소리가 난무하면서 사람들이 우리를 피해 이리저리 달아났다.

두 남자가 볼보 뒷좌석으로 뛰어들자 옆면에 총구멍이 다섯 개 뚫린 볼보 SUV가 뒷좌석 문을 채 닫지도 않은 채로 출발했다. 볼보가 사라지고 몇 초 뒤, 사이렌 소리가 가까워지기 시작했다.

*

나는 경찰이 오기 전에 그 자리에서 달아나 반 블록 떨어진 길가의 쓰레기통에 권총을 버렸다. 하지만 나에게 주어진 단 하나의 끈인 크리스티안을 버릴 수는 없었다. 아직 살아 있는지는 모르겠지만 말이다. 나는 블록을 한 바퀴 돌아 아무도 날 알아보지 못하길 바라며 사건 현장에 몰려든 군중 뒤에 끼어들었다. 나를 알아보는 사람은 없었다. 앰뷸런스가 도착해 있었고, 옆에 병원 이름이 새겨져 있었다. 나는 구급대원들이 크리스티안을 앰뷸런스에 싣는 모습을 지켜보았다. 경고등을 깜박이면서 사이렌을 울리며 앰뷸런스가 떠났다. 만약 크리스티안이 이미 죽었다면 그럴 리가 없겠지? 경찰들이 사건 현장 주위를 폐쇄하고 목격자들에게 탐문수사를 시작하는 것을 보고 나는 그 자리를 벗어났다.

나는 아까의 장면을 머릿속에서 끊임없이 되풀이해보았다. 그 남자들은 누구였을까? 목표물은 나였을까, 크리스티안이었을까? 나는 다섯 시간 동안 앰뷸런스 옆면에 적혀 있던 병원 근처를 돌아다녔다. 내 계획은 엉망진창이 되었다. 그리고 그건 아직 생사를 알 수 없는 크리스티안이 병실에서 상대적으로 안전하게 보호받고 있기 때문만은 아니었다. 병원

밖 소방도로에 경찰차 한 대가 서 있었다. 아주 평범한 흰색 폭스바겐 승용차처럼 보이지만, 자세히 보니 특수 번호판과 묘하게 생긴 무전기 안테나가 달려 있었다. 형사가 타고 있는 걸까, 아니면 다른 누구일까.

그러나 병원 밖을 서성인 지 다섯 시간이 지나자 나는 결국 내가 할 수 있는 단 하나의 행동을 취하기로 했다. 응급실을 통해 병원 안으로 들어가 로비로 나가는 문을 찾았다. 안내 데스크에 다가가 크리스티안이 있는 병실을 물었다. 직원은 그가 4층 22호실에 입원해 있다고 알려주었다.

크리스티안의 몸에 부착된 기계가 웅웅 소리를 고르게 내고 있었다. 그는 아직 살아 있어, 그는 살아 있어, 하고 모든 진동이 말했다. 양 눈에 멍이 들고, 한쪽 뺨은 눈 뜨고 보기 어려울 정도로 망가졌으며, 턱은 뒤틀렸다. 하지만 산소호흡기는 달지 않았고 심장박동을 표시하는 모니터는 매번 같은 답을 내놓는 수학 문제처럼 안정적인 수치를 유지하고 있었다.

누가 문을 가볍게 두드리는 소리가 들리더니 간호사가 들어왔다. 초록색 수술복 어깨에도 채 닿지 않는 짧고 부스스한 갈색 머리. 이름표에 '우르술라'라고 적혀 있었다.

"무사할까요?" 내가 물었다.

간호사는 어깨를 으쓱하더니 클립보드에 뭐라고 적었다.

"지금 상태가 어때요?"

"가족이니?" 나는 고개를 끄덕였다.

"뇌진탕, 왼쪽 광대뼈에 가느다란 금이 갔고, 갈비뼈 네 개가 골절되었어." 마치 식료품 쇼핑 목록이라도 읽듯 간호사가 읊어주었다.

"누가 이런 짓을 했는지 경찰이 밝혀냈어요?"

우르술라가 한숨을 쉬었다. "경찰이 볼보 차량과 백인 두 명을 찾고 있어. 하지만 여자 한 명도 같이 있었다고 하더라. 그 여자도 찾고 있다고 해."

"여자라고요?"

간호사가 나를 지그시 쳐다보았다. 그녀의 시선이 내게 지나치게 오래 머무르는 것만 같았다. "미국인, 가출 청소년이라고 하던데."

시선을 돌렸지만 여전히 간호사의 눈길이 느껴졌다. 대체 어떻게 알았을까? "언제쯤 정신이 돌아올까요?" 나는 최대한 러시아 억양을 강하게 섞어 물었다.

"의식은 금방 돌아올 거야. 한 달쯤은 두통이 심하겠지만, 살아남은 걸 감사해야지." 우르술라가 버튼 하나가 달린 조그만 리모컨을 집어 들더니 내게 건네주었다. "네가 여기 있는 동안 환자가 깨어나면 이걸 전해주렴. 버튼을 누르면 모르핀이 들어가거든. 선물이지."

"그럼 모르핀을 남용할 수도 있잖아요?"

"시간당 최대 양이 정해져 있어. 고통을 잊고 기분을 들뜨게 하는 정도지 그 이상은 아니야."

우르술라가 병실 문을 나서려 하다가 걸음을 멈추었다. "부탁이 있는데, 환자가 깨어나면 간호사실에 알려주겠니?"

"그럴게요."

"카페테리아에서 경찰이 환자가 깨어나기를 기다리고 있어서 말이야."

나는 간호사가 병실을 떠나는 모습을 눈으로 좇았다. 내가 누군지 아는 게 분명해. 아니면, 곧 알아내겠지. 나는 복도로 향한 창문에 커튼을 내린 뒤 병상에 무력하게 누워 있는 크리스티안을 돌아보았다. 의식을 잃은 그는 훨씬 어려 보였다. 20대의 조직폭력배가 아니라 열 살짜리 아이 같았다. 머리에는 붕대가 단단히 둘러져 있고 왼쪽 뺨은 머핀의 윗부분처럼 불룩 부풀어 올라 있었다.

"크리스티안, 정신 차려." 나는 소피아의 억양을 버리고 독일어로 그에게 속삭였다.

미동도 없었다. 나는 유일하게 붕대를 두르지 않은 부분인 그의 어깨에 손을 얹고 조심스레 흔들었다.

"일어나야 해, 크리스티안."

그의 몸이 아주 약간 움찔하더니 마치 꿈속에서 싫다고 하는 것처럼 고개를 저었다. 그래서 나는 손톱을 세워 그의 어깨를 움켜잡은 뒤 온 힘을 짜내 꾹 눌렀다. 크리스티안이 몸을 뒤틀더니 눈을 떴다. 그러자 모니터에 뜬 고른 심장박동이 다시 빨라지기 시작했다. 나를 바라보는 그는 부풀어 오른 얼굴을 한 채로도 애써 웃어 보이려 했다.

"많이 아파, 크리스티안?" 나는 유치원 선생님처럼 부드러운 말투로 물었다.

그가 간신히 고개를 끄덕였다.

"내가 아픈 걸 멈춰줄까?"

또 한 번 간신히 끄덕이는 고개.

나는 모르핀을 주입하는 리모컨을 손에 들고 버튼을 눌렀다. 몇 초 뒤 그의 일그러진 얼굴이 편안해지고, 눈빛이 순하게 흐려졌다.

"그 미국인이 어디 있는지 말해줘, 크리스티안." 내가 속삭였다.

나를 바라보는 그의 동공이 좁아졌다. 얼굴에 혼란스러운 빛이 감돌았다. "미국인이라니?" 간신히 알아들을 수 있는 목소리였다.

"파울루스가 파리에서 납치한 미국인 말이야."

크리스티안의 호흡이 빨라지더니 그의 눈길이 내달리는 것처럼 방 안을 방황했다. "아주 나쁜 짓이었어, 소피아."

피가 차갑게 식는 것만 같았다. "무슨 나쁜 짓이었어, 크리스티안?"

그는 입을 열었지만 아무 말 없이 다시 닫았다. 도마 위의 물고기 같다. "우리는 나쁜 짓을 해." 그가 속삭였다. "창고 안에서."

부드럽게 해야 해, 나는 속으로 생각했다. 부드럽게 하자. "그 미국인이 거기 있어? 크리스티안, 창고에? 그 미국인이 창고에 있다는 거야?"

"봤어."

"누굴 봤어, 크리스티안?"

"미국인."

"창고에서? 네가 창고에서 미국인을 봤다는 거야?"

그는 나른한 구름 속을 떠다니듯 천장을 올려다보았다. "소피아는 스파이야?" 그가 얼굴을 일그러뜨리며 느릿느릿 물었다. 왼쪽 눈에서 눈물이 한줄기 흘러내리더니 관자놀이를 지나 귀로 흘러갔다. "소피아가 스파이였다니. 파울루스에게 미안하다고 전해줘. 파울루스는 알고 있었어. 소피아가 스파이라는 사실을."

잘 생각해서 결정해야 한다. 그가 다시 의식을 잃을지 모른다는 위험을 감수하고 모르핀 투여 버튼을 누를지, 아니면 그가 입을 다물어버릴지 모른다는 위험을 감수하고 누르지 않을지. 나는 버튼을 눌렀다. 그의 얼굴이 편해지더니 다시 흐릿하고 순한 표정이 돌아왔다. 그가 의식을 잃을 것 같아서 뺨을 때렸다. 처음에는 살짝, 그다음에는 힘을 실어서. 크리스티안의 눈빛이 초점을 찾지 못하고 흔들렸다. "지금은 안 돼, 크리스티안." 내가 말했다. "잠들 때가 아니야. 창고가 어디 있지?"

"파울루스에게 미안하다고 전해줘."

"파울루스는 네가 나에게 전부 말하면 용서해준대."

그가 내 시선을 피했다. 모르핀을 거부하고 더 나은 판단을 하려 애쓰는 중인 게 분명했다. 나는 부러진 갈비뼈 위에 두른 붕대에 한 손을 올린 다음 힘을 실어 눌렀다. 그의 몸이 무의식적으로 뒤틀리더니 다시 눈에 초점이 돌아왔다. 내 손을 치우려고 버둥거렸지만 그는 이미 모르핀에 취해 있었고 너무나도 약했다.

"창고는 어디 있어, 크리스티안?"

크리스티안의 얼굴이 고통으로 일그러지는 것을 보면서 나는 다시 한 번 부러진 갈비뼈를 눌렀다. "아들러게스텔." 그가 괴로운 얼굴로 내뱉었다.

"아들러게스텔 어디?"

"제발, 너무 아파."

"대답하지 않으면 우리 어머니의 영혼을 걸고 널 이 침대 위에서 죽일 거야, 크리스티안."

"도르펠트슈트라세."

의식이 너무 흐릿해져버려서 이제 더 이상의 정보는 얻어낼 수 없을 것 같았다. 손에서 힘을 빼자 그의 얼굴이 풀리기 시작했다. "스파이 소피아는 조심해야 해." 약과 고통에 취한 크리스티안이 힘겹게 중얼거렸다. "창고에서 우리는 나쁜 짓을 해."

"잘 자, 크리스티안." 나는 그렇게 말한 뒤 모르핀 투여 버튼을 세 번 더 눌렀다.

17장

아들러게스텔의 도르펠트슈트라세로 가는 데 한 천 년은 걸리는 것 같았다. 기차, 버스, 또 기차, 다시 트램으로 갈아타고 그곳으로 향하는 내내, 아빠를 만났을 때 나는 무슨 말을 할지, 아빠는 무슨 말을 할지를 생각하고 있었다. 아빠가 어떤 몰골일지, 어떻게 아빠를 풀어줄지, 아니면 어떻게 우리가 그곳에서 빠져나올지에 대한 생각은 하지 않았다. 아무것도 모르는 채로 계획을 세워본들 아무 소용없다. 어차피 애매모호한 위치밖에는 아무런 정보도 없다.

'우리는 창고에서 나쁜 짓을 해.'

나는 아들러스호프 정거장에서 내렸다. 맛없게 생긴 식당들이 즐비한, 수상하리만치 아무런 특색도 없는 동네였다. 트레이닝복에 러닝셔츠를 입은 창백한 남자가 입에 담배를 아무렇게나 물고 유모차를 밀고 있었다. 피투성이인 정육점 앞치마를 두른 동양인 남자가 벽에 기대 병째로 맥주를 마시고 있었다. 한 줄로 늘어선 가로수와 철조망 울타리 너머로 통근 열차가 지나가는 소리가 들렸다. 노르스름한 조명이 켜진 열차 안에서 졸린 머리들이 유리창에 기댄 채 덜컹덜컹 흔들리며 베를린의 경계 너머, 여기보다 조금 더 생기 있는 동네에 위치해 있을 자기 집을 향하고 있었다.

쇠약해진 산타클로스같이 회색 수염을 기른 깡마른 노인 한 명이 술 취한 사람처럼 이리저리 비틀거리며 자전거를 몰고 내 앞을 스쳐 지나갔다. 자전거 후미에 강력 접착테이프로 고정시킨 오래된 라디오에서 독일 민요가 흘러나오고 있었다. 튜바와 트롬본, 베이스 드럼 소리가 꼭 퍼레이드를 위한 음악 같았다.

여기 있는 대개의 건물은 아파트였다. 창고라 할 만한 것은 전혀 없어 보였다. 바로 그 순간, 창고가 내 눈에 들어왔다. 텅 빈 주차장 안쪽, 애써 찾지 않으면 보이지 않을 만한 곳에 폐쇄된 주차장 같은 자그마한 단층 건물 하나가 있었던 것이다. 차체 수리 서비스나 중고 자동차 부품을 판매한다는 애매모호한 간판이 문에 붙어 있는 것 외에는 건물의 용도를 짐작케 할 만한 아무 표시가 없었다. 나는 처음에는 곁눈질로 그쪽에 누가 있는지만 확인하며 건물을 지나쳐갔다. 적어도 내 눈에는 아무도 보이지 않았다.

건물에는 차고가 하나 붙어 있었고, 내 머리보다 높은 나무 울타리가 마당 전체를 둘러싸고 있었다. 울타리 한쪽은 조그만 아파트의 창이 없는 벽면과 인접해 있고, 다른 쪽은 아무렇게나 자란 키 작은 나무들이 줄 지어 있는 골목길을 바라보고 있었다. 나는 부서진 유리조각, 버려진 타이어와 쓰레기가 가득한 골목을 걸어가다가 이 울타리가 또 다른 건물로 이어져 있다는 사실을 알아차렸다. 더 크고, 아무리 못해도 백 년 정도는 묵은 매연과 담배 연기에 진한 갈색으로 변해버린 벽돌 건물이었다. 2층에는 아치형의 조그만 창문들이 있었는데 몇 개는 널빤지로 막혀 있었다.

나는 나뭇가지가 튼튼한지 확인해본 다음 나뭇가지에 매달려 울타리 안쪽을 들여다보았다. 울타리 바로 아래에 분해한 자동차 부품들이 깔끔하게 분류되어 쌓여 있었다. 앞 유리창은 여기, 문짝은 저기. 이 쓰레기장을 마주 보고 있는 건물에는 커다란 아치형 문이 세 개 있었는데 전부 사슬과 자물쇠로 바깥에서 잠겨 있었다. 만약 이 동네에 크리스티안과 그 친구들이 나쁜 짓을 벌일 만한 창고가 있다면 바로 여기일 거라는 생각이 들었다.

건물 앞과 마찬가지로 건물 뒤에도 아무도 없었다. 서서히 저물어가는 땅거미가 내 몸을 숨겨줄 것 같아서 나는 다리에 반동을 주어 울타리 안쪽, 십 수 개의 자동차 후드가 깔끔하게 쌓여 있는 자리 바로 옆에 뛰어내렸다. 내 부츠에 밟힌 유리조각이 부서지는 소리가 났다. 나는 제자리에 꼼짝도 않고 얼어붙은 채 혹시 쓰레기장을 뛰어다니는 개라도 있지 않을까 하는 마음으로 기다렸다. 그러나 아무것도 없었다. 지나가는 자동차 소리와 내 숨소리 말고는 아무 소리도 들리지 않았다.

창고의 커다란 아치형 대문을 걸어 잠근 사슬과 자물쇠는 튼튼한 데다가 새것이었다. 쉽게 풀리지 않게 만들어진 번쩍거리고 묵직한 제품들이었다. 하지만 내 눈길을 사로잡은 것은 문과 손잡이 그 자체였다. 문을 만든 목재는 낡았고 손잡이는 녹슨 철제였다. 뉴욕의 한 은행가가 식당 테이블로 쓰려고 6천 달러를 주고 살 그런 물건이었다.

마당을 몇 초가량 둘러보았을 뿐인데 찾는 물건이 곧장 눈에 띄었다.

1미터 정도 길이의 철근이었다. 나는 철근을 세 번째 문에 걸린 체인 안쪽으로 밀어 넣어 지렛대처럼 뒤틀며 체인을 녹슨 문손잡이에 짓눌렀다. 생각보다 손잡이가 견고해서 온몸의 힘을 다 실어야 했지만 몇 분간 힘을 가하자 두 개의 손잡이가 안쪽으로 휘어지기 시작했다. 철근을 뒤틀자 백 년이 넘는 세월 동안 나무문에 박혀 있던 것 같은 반짝이는 쇠못이 1밀리미터씩 서서히 빠져나오기 시작했다. 힘을 기울이느라 위쪽 팔에서부터 엉덩이, 정강이에 이르기까지 온몸의 근육이 솟아오르는 것이 느껴졌다. 철근을 뒤틀 때마다 못이 쇳소리를 냈다. 그러다 마지막으로 온 힘을 다해 왼쪽으로 한 번 비틀자 드디어 손잡이를 문에 고정하던 못이 튀어나왔다.

잠깐이지만 야엘의 미소가, 나를 자랑스러워하는 야엘의 마음이 라디오 전파처럼 전해지는 것만 같았다. 야엘이 지금 파리에 있는지, 텔아비브에 있는지, 지옥에 있는지 알 도리는 없지만.

*

나는 문을 몇 인치만 살짝 열고 안을 들여다보았다. 갈색과 금색 체크무늬로 된 낡은 소파 하나, 타이어와 널빤지로 만든 커피 테이블 위에 그득한 맥주병 그리고 뜯지 않은 아이패드 상자 같은 것이 높이 쌓여 있는 안쪽 벽 근처에 포마이카 식탁 하나가 보였다. 퀴퀴한 공기 속에 마리화나와 담배, 맥주의 악취가 감돌았다. 나는 안으로 살짝 들어가 문을 닫았다.

뒷벽 높은 곳에 나 있는 작고 더러운 창으로 들어오는 빛은 침침해서 나는 열쇠고리에 달아놓았던 손전등을 켜고 방 안에 빛을 비추어보았다. 테이크아웃 음식 용기가 아무 데나 버려져 바퀴벌레가 꼬이고 있었다. 벽에 붙여 천장 높이까지 쌓아놓은 상자들에는 조니 워커, 말보로, 애플, 구찌 같은 상표들이 새겨져 있었다. 손전등 불빛을 문이 없는 옆방에 비추자 그 안에는 상자들이 더 많았다. 그 상자들 안에 든 것이 진품이든, 짝퉁이든, 분명 수천이 아니라 수백만 달러어치는 될 것 같았다.

최대한 소리를 내지 않고 쓰레기로 가득한 바닥을 딛고 걸어가다가 2층과 지하실 양쪽으로 연결되는 계단을 만났다. 인질을 가둔다면 어디를 선택할까? 2층? 아니면 지하실? 나는 담배꽁초와 음식 포장지, 뼈만 남은 쥐가 꽉 물려 있는 쥐덫 위로 손전등을 비추며 지하실로 향하는 계단을 내려갔다. 계단 아래에 나무문이 활짝 열려 있고, 그 안에는 상자가 더 많이 쌓여 있었다.

나는 귀를 바짝 기울이면서 천천히 지하실로 들어갔다. 머리 위까지 나무 들보가 노출되어 있는 지하실 천장은 아주 낮았다. 들보 사이의 공간으로 전선과 파이프 몇 개가 천장 전체를 뒤덮고 있었다.

내가 찾던 것은 방 안쪽 끝에 있었다. 처음에는 식당 같은 곳에 있는 커다란 공업용 냉동고인 줄 알았지만, 표면이 녹슬고 구부러진 사각형과 직사각형 금속 지스러기로 뒤덮여 있었다. 마찬가지로 금속을 입힌 문은 하나뿐인 단단한 경첩에 의지한 채 살짝 열려 있고, 문 안쪽에는 한 쌍의 빗장과 자물쇠를 다는 커다란 쥠쇠가 달려 있었다. 구조와 빗장의 크기를 볼 때 무언가를 가두기 위해 만들어진 방임이 틀림없었다. 나는 문에 손을 댄 채 아까 했던 생각을 고쳐먹었다. 냉동고처럼 생긴 것이 아니었다. 가스실처럼 생겼다.

문을 조심스럽게 여는 동안에도 그 안에 아빠가 있을지도 모른다는 생각이 떠나지 않았다. 그러나 물론 그 안에 아빠는 없었다. 작은 공간을 둘러싼 벽과 천장은 전부 오래된 쿠션을 둘러 볼트로 고정해놓은 상태였다. 이 공간의 미학적 주제는 질식인 것 같았다. 비명의 질식, 희망의 질식. 방 바깥에 조명 스위치가 있기에 스위치를 올려보았다. 천장 한가운데 철창에 담긴 전구가 매달려 있었다. 이 공간을 보는 것만으로도 토할 것 같았지만 꾹 참고 눈을 떴다. 냉정하고 엄정하게 바라보려고 애썼다. 관찰하고 유추해야 해, 하고 나는 속으로 생각했다. 눈에 보이는 것만으로 판단하기로 했다.

사실: 두 개의 철제 링 위쪽은 빛을 잃어 칙칙하고, 아래쪽은 반들반들한 링이 약 1미터 간격을 두고 콘크리트 바닥에 박혀 있다.

추론: 링 아래쪽이 반들거리는 것을 보면 누군가가 한동안 이 링에 묶여서 반복적으로 그리고 아주 오랫동안 발버둥 쳤을 것이다.

사실: PVC 파이프가 지나가는 곳 몇 센티미터 위로 나 있는 조그만 환풍기 입구는 벽에서 쿠션으로 덮지 않은 유일한 공간이다.

추론: 환풍기 외에 이 방은 밀폐된 구조이다.

사실: 콘크리트 바닥 한가운데는 철로 된 배수구가 하나 있고 가장자리는 녹으로 뒤덮여 있는 것 같다. 그러나 손톱으로 녹을 긁어본 결과 그것은 녹이 아니라 피다.

추론: 여기 갇힌 사람은 고문을 당하거나 죽었다. 또는 고문을 당한 뒤에 죽었다.

아빠가 여기 있었던 게 분명했다. 아빠 냄새가 났다. 어쩌면 그건 내 생각에 불과한지도, 아니면 상상에 불과한 건지도 몰랐다. 아빠의 냄새가 두려움과 고통과 뒤섞여 있었다. 나는 아빠의 목숨 그리고 엄마의 기억에 대고 이런 짓을 한 사람을 죽여버리겠다고 맹세했다.

그러나 더 이상 눈앞의 광경과 심리적 거리를 둘 수가 없었다. 감정에 휩싸여 더 이상은 객관적으로 상황 판단을 할 수가 없었다. 그래서 나는 눈물을 닦고 조그만 감금실을 나간 다음 바깥을 꼼꼼히 살펴보기 시작했다. 커다란 나무상자 위에 쌓여 있는 종이를 집어 들어 훑어보고, 내려놓고, 훑어보고, 내려놓기를 반복했다. 핸드백 화물의 운송장, 피자와 맥주 영수증, 일본 포르노 잡지, 전자레인지 설명서 따위였다.

그러나 종이 뭉치가 점점 줄어들자 그 아래 있는 컨테이너들이 내 눈에 들어왔다. 가공하지 않은 소나무로 만든 컨테이너들은 아직도 송진 냄새가 물씬 풍길 만큼 새것이었다. 컨테이너 윗면에는 스텐실로 이렇게 새겨져 있었다.

체스카 스브로요브카 우헤르스키 브로드

CZ 805 브렌 5.56 X 45

체코 공화국 제조

나는 머릿속을 뒤지며 어째서 이 단어들이 이렇게 낯익어 보이는지 생각하다가 드디어 정답을 떠올렸다. 파울루스의 침실에서 발견한 금도금 권총의 생산자명과 똑같았다. 체코산, 한정판, 100개 중 64번째. 카드도 기억났다. 비즈니스 거래를 마무리 짓고 감사의 마음을 표시하는 내용으로 BK라는 이니셜로 서명이 되어 있었다. '보리스인지, 반다르인지, 버, 뭐라는 사람.'

똑같은 글자가 새겨진 컨테이너가 아홉 개 더 있었다. '브렌', 이건 총 이름이겠지? 나머지 두 개에는 셈텍스라고 적혀 있었는데, 역시 체코산 이었다. 평생을 외교관의 딸로 살아왔으니 셈텍스가 무엇인지는 누구보다도 잘 알고 있었다. 셈텍스는 플라스틱 폭탄으로, 전 세계적으로 폭파 전담반과 테러리스트가 고민 없이 선택하는 제품이다. 아이패드와 구찌 핸드백, 말보로 사이에 파울루스는 무기를 숨겨놓았던 것이다.

머리 위에서 마룻바닥이 삐걱대는 소리가 났지만 나는 두 번째 삐걱대는 소리가 날 때에야 간신히 그 사실을 알아차렸다. 나는 제자리에서 얼어붙었다. 귀가 강아지 귀처럼 바짝 섰다. 발소리, 그다음에 또 발소리가 이어졌다. 누군가가 나타났다.

나는 손전등을 끈 다음 나갈 곳을 찾아 둘러보았지만 계단 외에 이곳을 빠져나갈 출구는 없었다. 머리 위에서 누군가 소리를 내지 않고 움직이려는 발소리가 들렸다. 느리고 조심스런 발걸음, 바닥의 어디에서 소리가 나고 어디에서 소리가 나지 않는지 잘 알고 있는 사람의 움직임이었다.

계단 꼭대기에서 독일어 억양이 깃든 영어를 쓰는 남자 목소리가 말했다. "그웬돌린 블룸, 모습을 드러내시지."

*

깜깜한 지하실에서 파울루스는 스스럼없이 움직였다. 이 지하실을 훤히 알고 있다는 듯이 쓰레기 더미와 나무 상자 사이로 수월하게 발걸음을 내딛었다. 그는 감금실 안에서 유일하게 흐릿한 빛을 발하는 전구 쪽으로 다가갔다. 활짝 열린 감금실 문이 가까이 오렴, 더 가까이 와, 하면서 그를 불러들이는 것처럼.

파울루스는 침착하고 무심한 태도로 오른팔에는 고급 가죽 재킷을 걸치고 왼팔 아래에는 권총을 차고 있었다. 그는 감금실 문 앞 1미터 남짓한 곳에서 걸음을 멈추더니 재킷을 총이 담긴 컨테이너 위에 조심스레 올려놓았다. 그러더니 두 손을 허리께에 얹은 채 내 이름을 다시 한 번 불렀다. 아주 주의 깊게 들어야 위험을 감지할 수 있는 그런 목소리였다.

그는 내 기척에 귀를 기울이는 듯이 말을 멈췄다가 앞으로 두 발짝 뗐다. 감금실 앞에서 고작 몇 센티미터 떨어진 곳이었다. 혹시 내가 벌써 도망쳤다고 생각하는 걸까, 아니면 내가 여기 온 게 맞는 것인지 다시 한 번 생각하는 걸까. 파울루스는 허리를 숙이고 감금실 안으로 머리를 집어넣었다. 그가 감금실 안 구석구석을 둘러보는 내내 전구에서 나오는 불빛이 빡빡 깎은 그의 두피를 비췄다.

바로 그 순간, 내 양쪽 발이 파울루스의 허리의 잘록한 부분에 정확히 내리꽂히면서 그가 감금실 안으로 엎어졌다. 그가 바닥에 쓰러지는 순간 총집에서 권총이 튕겨 나와 콘크리트 바닥 저 구석으로 날아갔다.

나는 몸을 날릴 때 붙잡고 지탱하고 있었던 동 파이프를 놓고 문을 그러잡았다. 그가 나에게로 다가왔지만 나는 문을 쾅 하고 닫은 뒤 그가 온 힘을 실어 부딪쳐오는 문의 빗장을 잠가버렸다. 먼 곳에서 울려 퍼지는 경적 소리 같은 것이 들렸다. 좁다란 PVC 환기구를 통해서 그의 분노의 절규가 아주 희미하게 들려왔다.

발목을 천장의 대들보, 동 파이프에 걸고 손으로 다른 파이프를 잡은 채 몸을 수평으로 하고 매달려 몸을 숨기고 있는 동안 달라붙은 거미줄이 여전히 얼굴과 몸에 잔뜩 붙어 있었다. 파울루스가 계단을 내려오는 순간 나는 낡은 파일 캐비닛을 타고 올라가 천장의 좁은 공간에 몸을 숨기고, 낡은 파이프가 부러지진 않을까, 아니면 내 다리가 부러지진 않을까, 아니면 혹시 파울루스에게 내 숨소리가 들리지 않을까 조마조마해하고 있었다. 그렇게 파울루스가 지하실로 들어와 감금실로 다가가는 내내 나는 죽은 듯 꼼짝하지 않고 있었던 것이다.

나는 낡아빠진 나무의자를 감금실 옆에 세워놓고 올라가 PVC 환기구 근처로 다가갔다.

처음에는 조용했다가, 잠시 후 작게 낄낄 웃는 소리가 들려왔다. "황색 경보가 뭔지 아나?" 영어였다. "실종자가 있을 때 인터폴이 내리는 수배령이야. 예를 들면 미국의 청소년, 그웬돌린 블룸 같은 실종자."

나는 그 말을 무시했다. 파울루스가 그런 말을 하는 것은 추측일 뿐 확실한 근거가 있는 것은 아닐 테니까. "그게 누군데?" 나는 소피아가 쓰는 러시아 억양이 섞인 독일어로 말했다.

"넌 아니란 말이지? 그럼, 그웬돌린을 만나거든 황색경보가 적색경보로 바뀌었다고 전해주시지. '살인 사건 관련인 수배'라고 하더군."

"무슨 살인 사건?" 소피아가 물었다.

"크리스티안 라이츠키 살인 사건이지." 그의 목소리가 잦아들었다. 라이터가 찰칵하는 소리가 들리더니 잠시 후 환기구로 담배 연기가 새어나왔다. "미안하군, 설마 몰랐나? 한 시간 전쯤 병실 침대에서 베개로 질식사한 채 발견되었지. 내 친구 하나가 발견하고 곧장 내게 전화로 알려주더군."

나는 두 눈을 꼭 감았다. 불쌍한 크리스티안. 불쌍하고, 불운하고, 고통만 받은 크리스티안. 하필이면 너여서 정말 미안해. 이제 더 이상 소피아 흉내를 낼 필요가 없었다. "당신 짓이야, 파울루스?" 나는 영어로 물었다. 베를린에 도착한 뒤, 내 진짜 목소리를 내 귀로 들은 건 처음이었다.

"그러니까 나랑 이야기하고 있는 사람이 그웬돌린 블룸이 확실하군!"

"왜 크리스티안을 죽였지, 파울루스?"

"만약 내가 그를 죽였다면, 그건 이 건물의 위치를 네게 이야기했기 때문이었겠지. 하지만 경찰한테는 다른 생각이 있는 모양이던데. 간호사가 네 사진을 보더니 몇 킬로 정도 홀쭉하고 머리 색깔은 다르지만 분명 너라고 확인해줬다더군. 그건 그렇고, 축하해."

"뭘 축하한다는 거야?"

"살 빠진 거 축하한다고."

나를 화나게 해서 분노에 찬 내가 어리석은 짓을 하도록 유도하는 게 분명했지만 난 그런 수작에 넘어갈 생각이 없었다. 파울루스를 붙잡았으니, 지금부터 모든 걸 철저히 계산하고 그대로 움직여야 한다. 이 모든 일이 결론에 도달할 때까지 남은 시간이 째깍째깍 소리를 내며 가는 것만 같았다. 예, 아니오. 살아 있다. 아니면 죽었다. "그에게 무슨 짓을 한 거지?"

"크리스티안 말이야?"

"미국인 말이야."

파울루스는 뭔가를 생각하는 듯 한참 잠잠하다가 말했다. "가족인가 보군? 성이 같은 걸 보니."

"그래." 내가 대답했다.

"삼촌? 아버지? 아버지겠지. 누가 삼촌의 복수를 하려고 이 고생을 하겠어."

"나는 복수를 하려는 게 아니야. 아빠를 찾는 거야."

"찾는다고?" 파울루스가 작게 웃음을 터뜨렸다. "그럼 안타깝게도 또하나 나쁜 소식을 전하는 수밖에."

나는 비명을 지르지 않으려고 눈을 질끈 감고 손바닥을 이로 세게 물어뜯었다.

"그 친구의 마지막은 끔찍했지." 파울루스가 말을 이었다.

"*Schmuddelig*. 영어로는 뭐라고 하지?"

잔인한, 더러운, 역겨운, 지저분한, 끔찍한. "무슨 일이 일어난 거지?" 그렇게 묻는 내 얼굴은 눈물로 젖어 있었다.

"내가 직접 처리했지. 칼로. 이 방에서. 시체는 차에 싣고 동쪽으로 가서 폴란드 국경 근처 늪에 버렸고."

나는 쓰러지지 않으려고 벽에 기댄 채 감금실 모서리를 부여잡았다.

"죽기 직전에 네 이야기를 하더군." 파울루스가 외쳤다. 즐기고 있는게 분명했다. "제발 살려달라고 애원을 하더군. 자기한테는 아내와 자식들이 있다고. 어찌나 울부짖던지, 계집애처럼 눈물을 질질 흘리더군."

눈이 번쩍 뜨였다. 머릿속에서 파울루스의 말이 맴돌았다.

"정확히 뭐라고 했는데?" 나는 파울루스에게 물었다. "정확하게 말해봐."

"흔히들 하는 소리지. '제발 살려주세요.' 그렇게 애원했다고."

"그리고 그다음에는?"

"'나한테는 아내와 자식들이 있단 말입니다.'"

아내. 자식들. 아내는 죽었고, 자식은 한 명뿐이다. "확실해?"

"*Genau*." 파울루스가 말했다. "확실하지. 어떻게 그 말을 잊겠어? 진정성이 줄줄 흘러넘치던걸."

나는 감금실 외벽을 뒤덮은 금속의 질감에 애써 집중하며 숨을 가라앉히려 애썼다. 파울루스의 말은 거짓말이다. 아닐 수도 있고. 이 끈이 어디까지 이어지는지 이성적으로 생각해야 한다.

하지만 동시에 파울루스는 게임을 하고 있는 것이기도 하다. 내게 자신의 말에 계속 귀를 기울이게 하려고, 내게 계속 말을 시켜서 조력자가 나타날 때까지 시간을 끄는 것이다.

나는 환기구에 대고 말했다. "그럼 이제 너를 죽이는 수밖에. 그밖에 무슨 수가 있겠어?"

파울루스는 다시금 자신감 넘치게 웃어댔다. "무슨 수로? 총은 나한테 있는걸. 그리고 너한테 만에 하나 총이 있다 해도 우리 사이엔 2센티미터 두께의 철벽이 쳐져 있단 말이지. 게다가 사람 죽일 줄은 아나, 꼬마 아가씨? 가슴이야 있겠지만 불알은 없지 않아?"

나는 브렌이 담겨 있던 나무 컨테이너를 생각했다. 그걸 내가 열 수 있을까? 그 안에 총알이 들어 있을까, 아니면 총알은 배터리처럼 따로 파는 건가? 어쨌든 상관없었다. 내 머릿속에 또 다른 가능성이 떠올랐던 것이다.

"네가 만든 감금실, 아주 견고하던데. 이 파이프를 막아버리면 안에 있는 산소로 얼마나 비틸 수 있을까?" 내가 말했다.

그가 잠시 입을 다물었다. 질식해 죽을지도 모른다는 가능성을 떠올린 뒤 방 안의 크기와 자신의 폐활량을 계산해 시간으로 나누고 있는 것이 틀림없었다. "최소한 하루 이틀은 버티겠지." 그가 마침내 대답했다.

"이런, 난 몇 시간이라고 생각했는데 말이지. 뭐, 나는 가슴 달린 아가씨니까 우리 둘 다 수학 실력이야 고만고만하지 않겠어?" 내가 말을 이었다. "그래서 여기다 불을 붙여보면 어떨까 싶었지. 낡은 건물, 낡은 기름투성이 목재, 불이 붙을 만한 물건들도 잔뜩 있더라고. 그 라이터, 환기구 통해 넘겨줄 생각 없어?"

"내 동료들이 금방 올 거야."

"파울루스, 네 동료들이 과연 너를 구하러 불타는 건물에 뛰어들 만큼 널 사랑할까?" 나는 그가 벗어둔 재킷을 집어 든 뒤 주머니를 뒤져 지갑과 역겹게 생긴 접이식 나이프를 꺼내 내 주머니에 넣었다. 그다음에는 껌 한 통, 자동차 키 그리고 마침내 내가 찾던 것이 나왔다. "라이터는 됐어, 성냥을 찾았거든."

나는 바닥에 떨어진 운송장 종이를 주워서 햇불을 만들 수 있도록 꼬았다. "*Auf wiedersehn*〔잘 있어〕, 파울루스." 그렇게 말한 뒤 나는 종이 끝에 불을 붙여 파이프 안으로 밀어 넣었다.

방음재에 막혀 잘 들리지 않는 높은 음조의 비명 소리가 파이프를 통해 스며 나왔다. 나는 불붙은 종이를 도로 꺼낸 뒤 바닥에 밟아 꺼버렸다. "뭐라고?"

"거짓말이었어." 파울루스가 외쳤다. "죽였다는 말은 거짓말이야. 아직 살아 있어, 어쩌면 살아 있을 수도 있다고."

나는 제자리에 가만히 서 있었다. 바보같이 일그러진 미소가 얼굴에 퍼지는 걸 느끼며 나는 감금실 외벽에 이마를 댔다. 하지만 이것도 거짓말일지 모른다. 지금 파울루스가 처한 상황에서 달리 할 수 있는 말이 뭐가 있겠는가?

나는 차분한 목소리로 물었다. "정확히 무슨 일을 했지?"

"거래를 했어." 그가 즉시 대답했다. "총이랑, 다른 물건들이랑 바꿨어."

나는 목재 컨테이너를 바라보았다. "무슨 총, 무슨 물건들?"

잠시 조용하던 파울루스가 입을 열었다. "그런 건 왜 묻지?"

"파울루스, 내 질문에 대답하지 않으면 산 채로 태워버리겠어."

"브렌이야. 그리고 셈텍스라는 폭탄."

그렇군. 그 카드. 그 권총. 크리스티안이 남긴 말. 어떤 체코 놈들을 위한 쓰레기 같은 짓. 이제 전부 아귀가 맞아떨어지기 시작했다. "고마워, 파울루스."

"뭐라고? 안 들려." 그가 물었다.

나는 발끝을 세워 환기구에 대고 다시 한 번 했던 말을 반복했다.

내가 환기구 바로 앞으로 다가가는 순간 갑자기 열기와 함께 공기를 가르며 무언가가 내 왼뺨을 스쳐 지나갔다. 나는 의자 위에서 뒤로 굴러 떨어지며 바닥에 등을 세게 부딪쳤다. 화약이 풍기는 코르다이트*와 유황 냄새가 코를 찔렀다.

떨리는 손으로 얼굴을 만져보니 총알은 비껴 나간 것 같았다. 몇 밀리미터 차이로 내 머리를 비껴 나갔다. 나는 자리에서 일어나 파울루스의 재킷을 다시 집어 들었다.

파이프에서 담배 연기 같은 가느다란 연기 한 줄이 새어나왔다. 그는 독일어로 나에게 욕설을 마구 퍼붓고 있었다. 밀폐된 공간에서 총을 쏘았으니 당분간 귀는 안 들리겠지. 그래서 나는 굳이 작별인사는 남기지 않고 환기구 안에 재킷을 최대한 꽉꽉 밀어 넣었다.

---

* 총알이나 폭탄 등에 쓰이는 화약.

유리 상자처럼 생긴 중앙역이 안쪽에서 빛을 뿜어냈다. 기차역이라기보다는 기차역의 엑스레이 사진 같았다. 철제 뼈대 외에는 모두 투명했다. 투명한 벽 안으로 사람들이 혈구처럼 이동하는 모습이 보였다.

나는 다른 베를린 사람들과 마찬가지의 차분한 걸음걸이로 역 안으로 들어갔다. 경찰들, 보라고, 내가 얼마나 평범하고, 살인자 같지 않은지. 역 안은 독일 같지 않게 차분한 무정부 상태의 분위기가 감돌았다. 모두들 공손하면서도 똑바른 정신으로 빠르게 움직이고 있었다. 나도 최대한 다른 사람들을 흉내 냈다. 걸음을 빨리하지만 서두르지는 않으면서. 웃음기는 없지만 성난 표정을 짓지는 않으면서. 매표소 앞에는 줄이 단정하게 늘어서 있었다. 내 앞에는 어린 아들을 데리고 있는 무슬림 여자가 서 있었다. 뒤에는 여드름투성이 대학생 남자가 서 있었다. 두 명의 경찰이 기관단총을 들고 천천히 걸어와 사람들의 얼굴을 쳐다보았다. 수상해 보일 것 같아 시선을 피하지 않으려 애썼지만 잘되지 않았다.

프라하로 가는 80유로짜리 편도 티켓을 샀다. 20분 뒤 14번 트랙에서 출발하는 열차였다. 네 시간만 조용히 버티면 체코 국경을 넘어갈 테니, 거기선 안전할 수 있을 것이다. 아니, 최소한 여기 있는 것보다는 안전할 것이다.

하지만 아직 20분이 남았다. 그리고 오늘 밤, 중앙역에는 경찰이 쫙 깔려 있었다. 어딜 가나 경찰이 있었다. 위아래가 붙은 짙은 푸른색 제복에 기관총을 들고 개를 데리고 다니는 비열한 인상의 경찰들, 아니면 목깃에 배지를 달고 있는 정장 차림의 영리해 보이는 경찰들. 설마 살인 사건과 관련된 어느 10대 소녀 때문에 도시 전체를 폐쇄해버리진 않았겠지. 하지만 그들이 내 이름을 알고 있다고 가정하고 움직여야 했다. 내 사진을 보았을 가능성도 있다.

화장실은 악취가 나지만 최소한 남들 눈에는 띄지 않는 장소였다. 나는 화장실 칸 안에 들어가 문에 등을 기댄 채 파울루스의 지갑을 뒤졌다. 콘돔 하나, 신분증 하나 그리고 약 천 유로 정도 되는 돈뭉치가 나왔다.

나는 파울루스를 산 채로 남겨놓고 온 걸 후회하게 될 것이다. 야엘이라면 분명 그를 죽였겠지. 야엘이라면 두 번 생각하지 말고 창고를 태워버리라고 했을 것이다. 나도 그러고 싶었다. 정말 그럴 수 있기를 간절히 원했다. 심지어 그러려고도 했다. 하지만 파울루스가 했던 말 중 적어도 하나는 맞는 말이었다. 난 킬러가 아니었다. 사람을 죽일 수 없어서가 아니라, 내 안의 '그것'이 허락하지 않아서가 아니라, 그것이 내가 심연으로 빠져들지 않게 막아주는 단 하나의 장벽이기 때문이다. 나는 열일곱 살의 나 자신을 위해 딱 그만큼의 공간을 허락할 것이다. 그웬돌린 블룸의 아주 작은 조각 하나를, 가능한 한 오래 남겨놓을 것이다.

15분 뒤, 나는 화장실을 나와 14번 트랙을 향했다. 파울루스의 재킷에서 꺼낸 것 중 돈뭉치와 접이식 나이프 말고는 모두 가는 길에 쓰레기통에 버렸다.

기차역 플랫폼에도 무장 경찰들이 서서 모든 사람들을 살펴보고 개를 풀어 짐 가방의 냄새를 맡게 했다. 저 개들이 내 냄새를 알기나 할까?

천상에서 내려오는 천사처럼 기차가 도착하자 나는 천사가 전자 벨 소리를 울리고 문을 열 때까지 잠깐 기다렸다. 그다음 문이 닫히기 2초 전에 기차에 올라탔다. 브레이크가 쉭쉭 소리를 냈고, 또 한 번 벨 소리가 난 뒤 알아듣기 힘든 소리의 방송이 나오더니 기차가 움직이기 시작했다.

나는 텅 빈 2등석 객실을 찾아 창가 쪽 자리에 풀썩 주저앉았다. 창밖으로 플랫폼이 스쳐 지나가며 계단을 도로 올라가는 경찰들의 모습, 기차를 놓치고 제풀에 화가 나서 팔을 휘두르는 사람들의 모습이 보였다.

객실에 아무도 없는데도 나는 좌석에 등을 기대고 앞좌석에 부츠 신은 발을 올려놓으면서 손으로 입을 가려 미소를 숨겼다. 창밖의 플랫폼이 어두운 터널로 바뀌더니, 잡초투성이의 도시 풍경, 그다음에는 교외, 시골로 차례차례 이동했다.

탈출 성공이었다.

프라하

18장

　나는 잠시 눈을 붙였다. 승리한 사람들이 꾸는, 설탕 옷을 입힌 듯 다디달고 깊은 잠이었다. 베를린 역을 떠난 뒤 몇 분 후 티켓 검사가 있었지만 그 뒤로는 내 잠을 방해하는 사람은 없었다. 그러니까 승리에는 보상이 따르는 셈이다.

　이번 경우에 그 상이란 꿈이었다. 처음부터 꿈인 게 확실한 그런 꿈이기에, 이건 사실이 아니야, 하고 말하는 목소리를 잠재우며 이 꿈이 영원히, 영원히 지속되기를 바라며 계속 꾸는 꿈.

　꿈속에서 나는 이 기차와 똑같은 기차를 타고 지금 지나는 시골과 똑같은 시골 풍경을 지난다. 스피커에서 잡음이 많이 섞인 커다란 안내 음성이 나온다. '퀸스보로 플라자, 39번가, 36번가.' 그리고 독일의 시골 풍경을 하고 있는 퀸스의 풍경을 기차가 덜컹덜컹 지나가다가 31번가 정거장에 멈추자 내가 있는 객실로 테런스가 들어온다.

"자리 있어요?" 테런스가 내 옆자리를 가리키며 묻는다. 레코드 가게에서 처음 만났을 때와 똑같이 잘 다려진 카키색 바지에 터틀넥 스웨터 차림이다. 나는 나야, 그웬돌린이야, 하고 입을 열지만 아무 말도 나오지 않는다.

테런스가 나를 못 알아보는 것 같아서 처음에는 당황하지만, 다음 순간 이해한다. 그래, 어떻게 테런스가 날 알아보겠어. 나는 이제 테런스가 뉴욕에서 알던 그 사람이 아니다. 내가 다시 목소리를 내려는 순간 테런스는 헤드폰을 낀다. 하지만 꿈이니까, 나에게도 그가 듣고 있는 음악이 들린다. 마일스 데이비스가 연주하는 느리고, 슬프고, 사랑스러운 곡이다. 처음에는 트럼펫과 스크래치 드럼의 연주가 이어지다가, 조용히 피아노가 끼어들고, 마침내 색소폰 연주가 시작된다.

다음 순간, 배경은 기차 안이 아니라 내가 실제로는 들어가본 적도 없는 월도프 아스토리아 호텔 바의 김 서린 창가다. 색소폰의 멜로디에 트럼펫이 가세하더니 화음을 이룬다. 마치 두 악기 사이에 따뜻하면서도 지적인 대화가 이루어지는 것처럼, 색소폰이 트럼펫에게 이해해, 이해해, 하는 것처럼.

우리는 사람 많은 연회장, 부유한 사람들 속에 끼어 있다. 늦은 시간이고, 나는 피곤해서 테런스에게 기댄다. 향수 냄새, 평범한 삶의 냄새가 훅 밀려든다.

나비넥타이에 흰 셔츠, 조끼 차림의 웨이터가 나타나더니 "드레스덴에 도착했습니다." 하는 바람에 나는 꿈에서 깨어났다.

기차가 드레스덴 역에 도착하자 사람들이 제각기 내리고 탔다. 열차에 올라탄 사람들은 객실을 훑어보며 조용한 사람, 말 많은 사람, 성격이 좋아 보이는 사람, 아니면 작업을 걸어볼 만한 사람을 찾았다. 나는 못마땅한 얼굴로 몸을 쭉 펴면서 최대한 옆에 앉기 꺼려지는 사람 연기를 했는데 그 연기가 대충 통한 모양이었다. 그러다 갈색의 기름기 낀 머리를 포니테일로 묶은 마른 청년이 문가에 서서 내 얼굴을 빤히 쳐다보는 게 보였다. 누군가 특정한 사람을 찾는 것 같았는데 아무튼 난 아니었다.

기차가 다시 움직이기 시작하더니 주택이며 그라피티투성이 빌딩으로 이루어진 드레스덴의 구질구질한 동네가 차창 밖으로 스쳐갔다. 제2차 세계대전이 일어나기 전에는 이탈리아의 피렌체처럼 근사한 동네였다고 들었다. 아름다운 중세풍의 독특한 도시. 그러나 전쟁이 끝나기 몇 달 전 미국과 영국이 폭탄을 떨어뜨리고 도시 전체를 불태우는 바람에 수천 명의 군인과 노동자, 어머니와 아이들이 산 채로 타 죽었다. 커트 보니것이 쓴 책에서 읽은 적이 있다.

나는 휴대전화를 꺼내 테런스에게 문자 메시지를 보냈다.

기차 안이야, 잠시 잠들었는데 꿈에 네가 나왔어.

정확히 27초 뒤 답장이 도착했다.

아 정말? 무슨 꿈이었는데?

마일스 데이비스의 음악이 나왔어. 하고 나는 답장을 썼다. 우리가 월도프 아스토리아 호텔의 바에 있었어.

이번에는 답장이 오는 데 좀 더 시간이 걸렸다. 뉴욕은 오후겠지. 나는 테런스가 교실에 앉아 책상 밑에 휴대전화를 숨기고 바삐 문자 메시지를 쓰는 모습을 그려보았다.

네 생각 많이 해.

나는 미소를 지으며 몇 번 눈을 깜박였다.

나도 네 생각 많이 해.

필요한 게 있으면 언제든 말해. 난 여기 있으니까.

이상하게도, 그 말이 꼭 진짜 같았다. 테런스를 잘 아는 것도 아닌데, 테런스의 말은 항상 진심이라는 게 내 마음속에 변하지 않는 공식처럼 절대적으로 붙박여 있었다. 그 순간, 내 마음을 읽기라도 한 듯 다음 문자 메시지가 도착했다.

가서 너와 함께 있을 수 있어. 도와줄게. 비행기를 타면 내일 도착

할 수 있어.

혼자 앉아 있는데도 나는 내 표정을 숨기려 얼굴을 손으로 가렸다. 이 표정은 나만이 간직하고 싶은 표정이었으니까. 아픔과 고마움이 동시에 떠오른 이 표정.

고마워. 곧 만나자. 아직은 안 돼.

사실은 간절히 테런스가 보고 싶었지만, 난 그렇게 어리석지 않았다. 앞으로 일어날 일들은 지금까지 일어난 일들보다 훨씬 힘들 테고, 어퍼 이스트 사이드에서 자란 유약한 소년이라면 1초도 견디기 힘들 것이다. 그 애가 줄 수 있는 도움, 그 애의 영리한 머리, 그 애가 가진 지식, 그 애의 친절한 마음씨는 이곳에서 마구 으스러질 것이다.

나는 문자 메시지를 쓰기 시작했지만 너무 길고, 너무 진심이 꽉꽉 들어차 있는 말들이었다. 이런 말은 얼굴을 직접 보고만 할 수 있는 말이다. 그래서 나는 쓰던 메시지를 지웠다.

어쩌면 이렇게 재수가 없을까. 이 아름다운 소년과 도망쳐서 산딸기와 사랑만 먹고 살고 싶은 이 시점에 전쟁에 나가게 되었다니.

*

기차가 드레스덴 외곽을 지나치며 속도를 높이자 창밖 풍경이 흐려졌다. 국경에 거의 다다랐다. 한 시간 안에 프라하에 도착할 것이다. 검표원이 다시 나타나 새로운 승객을 상대로 표에 찰칵찰칵 구멍을 뚫는 소리가 들렸다.

나는 배낭을 집어 들고 화장실로 향한 뒤 얼굴에 말라붙은 베를린의 땀을 세수로 씻어냈다.

누군가가 화장실 문을 공손하게 똑똑 두드렸다.

"*Einen Moment*〔잠깐만요〕." 내가 대답했다.

두 번째 노크는 좀 더 끈질겼다.

"*Einen Moment!*"

그러나 바깥에서 또다시 문을 두드리는 바람에 나는 그만 화가 솟구치고 말았다.

문을 확 열자 드레스덴에서 탔던 포니테일 남자가 서 있었다. 사나흘은 면도하지 않은 것같이 수염이 듬성듬성 나 있고 손에는 조그만 권총이 들려 있었다.

"물러서." 그가 영어로 말했다.

나는 문을 닫아버리려고 했지만 남자가 어깨로 문을 밀어 열었다.

"벽에 붙어 서." 남자가 한쪽 손으로 내 재킷 옷깃을 움켜쥐고 다른 한 손으로는 권총을 내 얼굴에 들이대며 분노가 이글거리는 목소리로 내뱉었다. 그가 좁아터진 화장실 안에 몸을 억지로 구겨 넣고는 뒷발로 화장실 문을 차서 닫았다.

남자의 영어는 모국어가 아닌 것 같았고 독일인 억양이 섞인 것 같지도 않았지만, 나는 그가 파울루스가 보낸 사람일 거라고, 즉 어떤 식으로든 간에 파울루스가 그 방을 탈출했다고 생각할 수밖에 없었다. 내 행선지는 뻔했으니 파울루스의 전화 한 통으로 부하 중 누군가가 드레스덴에서 기차에 올라탔겠지. 그 개새끼를 산 채로 태워버릴걸 그랬다.

"잘 들어." 남자가 말했다. "이제 곧 체코 국경을 넘을 거야. 첫 번째 정차역에서 너는 나와 같이 기차에서 내릴 거야. 아주 조용히, 아무 문제 일으키지 않고 말이야. 알아들었어?"

남자는 왼손으로 내 양쪽 주머니를 더듬으며 무기가 있는지 확인했다. 파울루스에게서 빼앗아온 나이프를 어디에 뒀더라? 배낭 안, 배낭은 세면대 옆에 세워두었다.

거울 위에 달린 조명이 점점 느려지는 기차의 움직임에 맞추어 깜박거렸다. 몸이 뒤로 기울어지는 걸 보니 언덕을 오르는 것 같았다. 총을 든 남자는 기울어지지 않으려고 두 발로 단단히 몸을 버티고 섰다.

"파울루스한테 얼마 받았어?" 내가 물었다.

"무슨 소리야?"

"파울루스한테 얼마 받았냐고. 내가 더 후하게 쳐줄 수도 있어."

"파울루스가 누군데?"

나는 침착하게 상황을 머릿속에서 정리하며 야엘이라면 나에게 뭐라고 조언했을지 애써 생각해보았다. 훈련 과정에서 수없이 그랬던 것과 마찬가지로 나는 절대적 약자의 처지였다. 남자에겐 총이 있고, 나에겐 아무것도 없었다.

나는 눈짓으로 배낭이 있는 쪽을 가리키며 고갯짓을 했다. "배낭에서 뭐 좀 꺼내면 안 될까?"

"그래."

"그래, 된다는 거야, 아니면 그래, 안 된다는 거야?"

남자는 혼란스러운 듯 눈을 가늘게 떴다. "그래, 안 된다고."

"탐폰을 꺼내야 해." 나는 영어로 말한 다음 독일어 발음으로 "탐—폰." 하고 덧붙였다.

남자는 내 말을 알아듣고 인상을 찌푸렸다. "기다려."

"안 돼, 지금 필요해. 당장, 안 그러면 너랑 나 둘 다 상당히 역겨운 꼴을 보게 될 텐데."

그는 배낭을 집어 들더니 안을 뒤지기 시작했다.

"한 번 썼던 탐폰 말고 새 걸로 부탁해."

남자가 당황해서 나를 보고 눈을 깜박였다. 여성이며 탐폰에 대해 아는 바를 머릿속으로 사정없이 뒤져보는 것이 틀림없었다. 결국 남자는 나에게 배낭을 떠안기며 내 얼굴에 총구를 들이댔다. "자, 네가 꺼내. 대신 허튼 수작 부리면 죽는 줄 알아."

나는 옷이며 세면도구, 내가 가진 전 재산 등으로 묵직한 배낭을 집어들고 굴복한다는 듯이 안심시키는 미소를 지어 보였다. 새 친구의 눈에서 눈길을 떼지 않은 채로 배낭을 뒤져 내가 찾던 물건을 집었다. 파울루스의 나이프. "고마워." 내가 말했다.

남자가 배낭을 향해 손을 내미는 순간 나는 무거운 배낭으로 그의 얼굴을 찍어 눌렀다. 남자는 총을 든 손을 내 쪽으로 내밀었지만 나는 총을 붙들고 비틀어서 빼앗는 동시에 남자의 두 번째 손가락을 꺾어버렸다. 귀가 먹먹할 만큼 커다란 비명 소리가 울려 퍼졌다.

내가 문을 향해 나서려는 순간 남자가 간신히 왼손 주먹을 휘둘러 내 옆머리를 쳤다. 그 바람에 내 손에서 떨어진 권총은 변기 옆으로 굴러 떨어졌다. 나는 나이프를 들고 달려들었지만 남자는 수월하게 칼날을 피해 무릎으로 내 배를 쳐올렸다.

문을 열고 배낭을 낚아챈 뒤 비틀거리며 기차 통로로 나왔지만 남자 역시 그림자처럼 곧바로 뒤따라 나왔다. 나는 다시 한 번 그에게 나이프를 휘둘렀지만 남자는 공격을 피하면서 내 뒤로 몸을 돌려 아까 손가락이 부러진 팔로 내 목을 감고 다른 한 손으로 내 오른쪽 손목을 붙들었다. 남자가 내 손목을 비틀어 칼날이 내 가슴을 향하게 하더니 힘을 주었다. 서서히 칼날이 내게로 가까이 다가왔다. 아무리 저항해도 목에 팔이 단단히 감겨 있어 숨을 쉴 수가 없었다.

기차가 덜컹거리고 끼익거리는 소리를 내며 커브를 돌았다. 바깥에 몇 안 되는 집에서 새어나오는 불빛들이 흐릿하게 지나쳐가는 모습이 보였다. 곧 기차가 속도를 높여 직진하기 시작했다.

이제 칼날은 내 가슴에서 고작 몇 센티미터 떨어진 곳까지 다가와 있었다. 숨이 막히고, 힘도 떨어졌다. 나는 남은 힘을 끌어모아 왼쪽 팔꿈치로 그의 신장이 있는 옆구리를 세게 찍으며 그의 손아귀에서 간신히 빠져나왔다. 그다음에 한 발을 축으로 빙글 돈 다음 부츠를 신은 발바닥으로 그의 배를 걷어찼다. 벌렁 나자빠진 그가 거친 숨을 토해냈다.

나는 열차 앞쪽으로 향하는 통로를 달려가서 문의 레버를 사정없이 당겨보았지만, 잠겨 있는 것인지 너무 다급해서 문을 열 수가 없는 것인지 열리지가 않았다. 뒤를 흘낏 보니 쓰러졌던 남자가 다시 찾아 쥔 권총을 왼손으로 내게 겨누고 이쪽으로 다가오고 있었다.

"나이프 내려놔." 남자가 말했다.

나는 손에 쥔 쓸모없는 나이프를 내려다보았다. 그 순간 훈련 중에 들었던 야엘의 말이 떠올랐다. "칼이 있으면 도망치고, 총이 있으면 달려들어라."

내 옆에 있는 벽에 체코어, 독일어, 영어로 '비상 정지'라고 적혀 있는 철제 해치가 달려 있었다. 나는 해치를 열고 빨간 핸들을 잡은 뒤 온 힘을 다해 잡아당겼다.

충격적인 힘과 속도로 제동이 걸렸다. 트랙을 달리던 바퀴들이 멎으면서 금속이 긁히고, 찢어지는 듯한 소리가 허공을 갈랐다. 순간 모든 것이 앞으로 기우뚱 기울었다. 문에 몸을 납작하게 붙인 나는 남자가 급정거 직전의 기차와 같은 속도로 내 쪽으로 나동그라지는 것을 보았다.

트럭이 부딪치는 속도로 남자가 내게 부딪치는 순간 내 손에 들려 있던 나이프가 그의 가슴을 꿰뚫었다. 다음 순간 남자는 죽기 전 마지막으로 느낀 극도의 놀라움이 담긴 표정 그대로 바닥으로 스르르 미끄러졌다.

열차와 열차 사이 복도에 난 창으로, 체코 국경을 지키는 경찰로 보이는 남자들이 내 쪽으로 달려오는 것이 보였다. 나는 피가 묻어 미끌미끌해진 나이프를 접은 뒤 주머니에 넣고 열차 문을 열었다. 체코의 서늘한 밤공기가 내 얼굴을 향해 물씬 실려오며 어둠 속으로 나를 안내했다.

나는 1미터쯤 되는 높이에서 바닥으로 똑바로 뛰어내린 뒤 반쯤은 걷고, 반쯤은 비틀거리며 언덕 아래에 보이는 마을로 달려 내려갔다. 썩은 통나무에 발이 걸려 벌렁 넘어지는 바람에 기차 쪽이 보였다. 열차 문에서 새어나오는 빛에 경찰 한 명의 실루엣이 보였다. 손전등으로 잡초투성이 언덕을 훑는 중이었다. 곧바로 경찰도 바닥으로 뛰어내리더니 이쪽으로 겨눈 총 위에 손전등을 받쳐 들고는 풀숲 속을 이리저리 훑었다. 손전등 불빛이 바로 내 앞을 지나가는 순간 나는 숨을 참고 가만히 있었다. 다음 순간, 손전등 불빛이 꺼지더니 경찰은 열차 안으로 들어가버렸다. 왜 나를 쫓아오지 않지? 관할구역이 아닌가? 보충 인력을 기다리는 걸까? 어둠이 무서운 건가? 알 수 없었지만, 어쨌든 분명한 건 잠시 후면 경찰 대대가 홍수처럼 쏟아져 나올 것이다. 나는 내게 찾아온 이 기회를 놓치지 않기로 했다.

*

분명 누구에겐가 내가 숨을 헐떡이는 소리가 들릴 거라고 생각하며 나는 차고 옆에 웅크리고 앉아 있었다. 손도, 팔도 떨리고, 온몸이 난폭하게 발작을 일으키듯 떨려왔다. 최소한 두 가지 종류의 두려움이 만들어 낸 경련이었다. 경찰에 대한 두려움 그리고 내가 방금 저지른 살인이 내 머릿속에서 영영 재생되리라는 두려움. 피범벅이 된 내 손, 하미드의 총상에서 새어나온 피가 그의 가슴을 잉크 빛으로 물들였던 것처럼 내 옷에 검은색으로 스며들던 피. 문질러 지워보려 해도 피는 기름때처럼 퍼지기만 했다. 비상제동 레버를 내리는 일은 얼마나 쉽고 일상적인 동작이었는지. 나머지는 뉴턴의 제1운동법칙에 맡겼다. '움직이는 물체는 계속 움직임을 유지한다.' 오늘의 물리학 지식.

그 순간 팔다리의 경련이 멎고 머릿속의 먹구름이 걷히더니 냉철한 이성이 다시금 돌아왔다. 상황을 측정하고, 계획을 짜고, 행동을 취해야 한다.

나는 산기슭 가장자리에 자리 잡은 작은 차고와 뜰 쪽을 향해 최대한 소리 내지 않고 조심조심 내려갔다. 생선 비린내와 썩은 수초 냄새가 나는 걸 보니 멀지 않은 곳에 강이 있는 것 같았다. 여기서 보는 이 마을은 작고, 드라마틱한 일이라고는 절대로 일어나지 않을 것만 같은 곳이다. 단정히 늘어선 집들 뒤쪽 창문으로 조그만 가족들이 벌써 집 안에 들어와 있는 것이 보였다. 엄마, 아빠 그리고 여섯 살쯤 된 딸이 식탁에 앉아 함께 저녁을 먹고 있었다. 여자가 소파에 앉아 텔레비전을 보고 있었고, 옆에 앉은 남자는 콧잔등에 안경을 걸친 채 책을 읽고 있었다. 세 명의 10대 청소년들이 비디오게임을 하는 와중에 옆방에서는 셋 중 누군가의 엄마가 한 무더기의 청구서를 들여다보느라 분주했다. 이 조그만 가족들은 희생자의 피를 몸에 묻힌 살인자가 지나가며 창으로 자기 집을 들여다보고 있다는 걸 알면 무슨 생각이 들까? 나는 철로에서 점점 멀어지는 언덕 기슭의 커브 길을 따라갔다. 대로를 피해 차고들 사이의 좁다란 흙길을 따라 걸었다. 아마 10대들이나 밀회하는 커플들이 자주 이용할 것 같은 이 길은 다행히도 어둡고 거의 아무것도 보이지 않았다.

곧 찾던 것이 눈에 들어왔다. 블록 맨 끝, 나란히 늘어선 네 채의 집. 집주인이 아직 귀가하지 않았거나 마을을 잠시 떠나 있는 집들. 나는 세 번째 집을 골라 뒤쪽 창으로 안을 들여다보며 인기척이 있는지 가늠해보았다. 여왕처럼 뽐내는 검은 고양이 한 마리가 소파 위에 누워서 지루하다는 눈빛으로 나를 쏘아보더니, 하품을 하고 일어나서 바닥에 있는 네 개의 먹이그릇을 향해 우아하게 걸어갔다.

먹이그릇이 네 개. 주인이 한동안 집을 비운다는 뜻일 수도 있었다. 나는 혹시나 하는 생각에 조용히 뒷문을 똑똑 두드리며 창으로 인기척을 살폈지만 고양이 말고는 움직이는 기척이 없었다.

나이프를 꺼내 칼날로 문과 문틀 사이의 공간을 쑤시자 나무 문틀이 삐걱거렸다. 세 번째로 힘껏 칼날을 당기자 문틀에서 삐걱 소리가 나면서 문이 열렸다.

들어와서 문을 닫자 호기심을 느낀 고양이가 다가오더니 8자를 그리며 내 두 발 사이를 돌아다녔다. 고양이의 머리를 긁어주며 집 안을 둘러보았다. 먹이그릇 네 개 외에도 파이 깡통에 물이 가득 담겨 있었고 앞문에 달린 우편물 입구 안쪽에 우편물이 잔뜩 쌓여 있는 게 보였다.

두 명의 10대 남자아이들이 2층 방의 벙커 침대를 나누어 쓰는 모양이었다. 자동차와 비키니 입은 여자들이 나오는 잡지들, 제이 지 포스터가 벽에 붙어 있었다. 그 아이들의 옷장은 뒤진 보람이 있었다. 나는 동생의 옷장에서 티셔츠와 청바지, 황급히 탈출하느라 파리에 놓고 온 엄마의 군용 재킷을 닮은 초록색 외투를 꺼냈다.

창이 없는 조그만 욕실에 들어와 불을 켰다. 손과 팔뚝, 가슴과 배, 얼굴에 묻은 피가 말라붙어서 짙은 똥색 얼룩으로 변해가고 있었다. 나는 옷을 벗은 뒤 부츠를 제외하고 모두 돌돌 뭉쳐 쓰레기봉투에 넣었다. 그 다음에는 손수건을 한 뭉치 집어 피를 닦아냈다. 손이 닿는 데 있는 수건은 아마 크리스마스에 방문할 친지들을 위해 준비해두었던 듯, 조그만 사슴과 눈사람들이 수놓인 것뿐이었다. 손님을 위해 소중히 마련했을 수건을 망쳐버린 것에 죄책감이 들었다.

세면대 아래 캐비닛에 바리캉이 있기에 나는 머리 모양을 바꾸기로 했다. 1센티미터만 남기고 두피가 드러나 보일 정도로 머리를 짧게 깎아버렸다. 서툰 솜씨긴 하지만 신원은 확실히 숨겨질 것 같았다. 훔친 옷으로 갈아입고 나니 몇 미터 밖에서 보면 10대 소년으로 보일 것 같았다. 이 정도면 경찰의 눈을 피해 거리를 돌아다닐 수 있기를 바랄 뿐이었다.

나는 머리카락을 주워 담고 세면대에 묻은 피는 휴지와 캐비닛에서 꺼낸 세제로 닦았다. 그다음에는 왔던 길을 되밟아가며 내가 만졌던 물건을 모두 닦아냈다. 증거인멸을 위해서라고 생각하면서도 사실 이 행위에는 더 큰 의미가 있다는 것을 알고 있었다. 나의 방문 때문에 이 가족이 더럽혀지지 않으면 좋겠다는 생각. 내가 속한 세상이 아닌 깨끗한 세계에 사는 이 가족에게 내가 묻혀온 역겨움이 전염되지 않으면 좋겠다는 생각.

*

경찰이 프라하와 가까운 남쪽으로 수색을 펼칠 것이라는 생각이 들어 나는 마을 북쪽을 향했다. 몇 킬로미터 떨어진 트럭 정차장에서 만난 비톨트라는 이름의 폴란드인이 모는 트럭을 얻어 타고 10유로에 프라하까지 가기로 했다. 이 협상은 우리가 공통으로 쓸 수 있는 유일한 언어인 기초 독일어로 이루어졌다. 프라하로 가는 시간 내내 라디오에서 나오는 레드 제플린이며 에어로스미스의 노래를 크게 따라 부른 것만 빼면 비톨트는 더할 나위 없이 친절했다. 심지어 시끄럽게 노래를 불러 미안하다며 리버부어스트* 샌드위치 반쪽을 나눠주기까지 했다.

비톨트는 비타바강 서쪽에 나를 내려준 뒤 저쪽에 보이는 다리를 건너가면 구시가지로 이어진다고 알려주었다. "*Das Prag, das du dir*

_____

* 간으로 만든 소시지.

vorgestellt hast." '네가 상상하던 바로 그 프라하'라는 뜻이었다. 헤어질 때 비톨트는 웃으며 내게 행운을 빈다고, 몸조심하라고 말했다.

비톨트는 내가 몇 개월 만에 처음으로 만난 정상적인 사람이었다. 이 대로 비톨트가 가는 길을 따라가버리고 싶은 마음이 얼마나 간절했는지 모른다.

안에서는 환한 빛이 진동하고 바깥은 삼성 광고로 도배된 트램 한 대가 다리 위를 지나가고 있었다. 어디선가 바리톤 음조의 교회 종소리가 들려왔다. 열한 번, 아니 열두 번. 자정이지만 아직 다리 위는 사귄 지 한 달 남짓 되어서 서로에게 흠뻑 빠져 있는 10대 남녀들로 가득했다. 어떤 남자가 대마초나 코카인이나 헤로인을 사지 않겠느냐고 다가왔다. 쑥 내민 손에 동전 몇 푼이 담긴 컵을 들고 바닥에 엎드려 있는 남자도 있었다.

다리를 건너가니 카페가 하나 나왔다. 창문으로 들여다보니 카페 안에는 노란 조명이 켜져 있었고 나비넥타이와 에이프런을 갖춰 입은 구식 웨이터들이 쫙 빼입은 손님들에게 김이 나는 음식과 긴 잔에 담긴 맥주를 나르고 있었다. 저 손님들은 어디를 갔다 오는 길일까? 오페라를 보고 왔을까, 아니면 연극? 내가 지금 처한 상황의 시급한 문제는 따로 있었기에 음식 생각은 나중에서야 밀려왔다. 어쨌거나 나는 배가 고팠다. 오리 요리나 덤플링이 먹고 싶은 게 아니라, 김이 모락모락 나는 먹음직스러운 음식처럼 구미가 당기는 세련된 친구들이 간절했다.

잠깐이었지만 식당 안으로 들어갈까 하는 생각을 했다. 그러나 남의 눈에 띌 위험을 감수할 수는 없었다. 두 나라에서 일어난 살인 사건의 주요 참고인으로 현상 수배가 내려진 덕분에 이제 나는 온 나라의 텔레비전에 얼굴을 알린 유명인이었으니까.

경찰차가 뿜어내는 라이트가 내 눈앞의 길을 부분적으로 가로막았다. 주기적으로 순찰을 도는 것뿐이겠지만, 새로운 나는 이제 경찰이라면 덮어놓고 피해야 했다. 그래서 나는 경찰을 피해 좁은 골목길로 숨어들었다. 다음 순간 꼭 사람들의 눈에 띄지 않는 몇 백 년 전의 시공간으로 뛰어든 것만 같았다. 자갈이 깔린 길 위에는 수백 년간 마차들이 지나다니며 남긴 바퀴 자국이 있었고 거기서 살짝 비껴간 자리에 자동차가 지나가며 남긴 바퀴 자국이 있었다. 길 양쪽에 서 있는 중세풍 건물들에 부딪쳐 크게 울리는 내 발자국 외에 들리는 건 나를 스쳐 지나가는 스쿠터의 요란한 모터 소리가 전부였다.

두 갈래 길이 나와서 왼쪽 길을 선택했지만 길을 따라가다 보니 어느새 제자리로 돌아와 있었다. 그래서 다시 오른쪽 길을 택해 걷기 시작했더니 이 길도 마찬가지로 다시 갈림길에서 갈림길로 이어질 뿐이었다. 프라하라는 도시는 숲이 자라나는 것처럼 온갖 혼돈과 유기적인 아름다움에서부터 세워진, 어떠한 논리도 없는 복잡한 무정부 상태를 이루고 있었다.

그러다가 가까스로 어떤 광장 안으로 들어섰다. 순간 눈앞에 펼쳐지는 풍경에 숨이 막혀왔다. 비톨트의 말 그대로였다. 바로 여기가 내 상상 속의 그 프라하구나. 호박색 불빛, 오랜 시간 아름다움을 직접 만져보려는 수많은 관광객들의 손길에 부드럽게 반질반질해진 돌들. 이런 상황에서 이런 풍경을 보다니 억울했다. 별 생각 없이 테라스가 있는 카페를 뱅뱅 돌아다니는 관광객들, 사진을 찍으려고 포즈를 잡는 가족들, 심지어는 맥주를 마시면서 여자들을 보고 군침을 흘리는 남자들까지 부러웠다.

어쨌거나 나는 풍경 감상은 때려치우고 현실적으로 가장 시급한 일들에 대해 생각하기 시작했다. 지금 가장 중요한 문제는 오늘 밤 잘 곳을 마련하는 것이었다. 경찰에게 내 신원이 알려졌다면 호텔이나 호스텔은 아예 생각도 하지 말아야겠지. 분명 내 신원이 여기저기 알려졌을 것이다. 마리나 같은 사람을 찾으려 시도는 해보겠지만 프라하에서도 베를린에서처럼 운이 좋을 거라고 기대하면 안 될 것 같았다.

사람들 무리에서 살짝 벗어나자 한쪽에는 건물, 다른 한쪽에는 3미터 정도 높이의 담이 있는 좁다랗고 구불구불한 길이 보였다. 벽 뒤에 뭐가 있는지는 전혀 알 수 없었다. 아마 공원이나 정원이 있겠지. 마약중독자나 미친 사람들이 없는 곳일지도 모른다. 나는 주변에 사람이 없는지 둘러본 다음 벽에서 불쑥 튀어나온 캐리지 램프*를 붙잡고 담 위로 몸을 끌어올렸다. 담 너머를 넘겨다보니 뉴욕의 그래머시 공원을 작게 줄여놓은 것처럼 생긴 사설 공원 비슷한 것이 보이긴 했지만 어두워서 자세히 보이지는 않았다. 나는 아래에 무엇이 기다리고 있는지 모르는 채 최대한 조심스레, 조용히 담 너머로 내려갔다.

발이 뭔가 단단한 것에 닿았는데 체중을 싣자 발밑에 있는 것이 기울어졌다. 부츠를 신은 발끝으로 내가 밟고 선 것이 무엇인지 더듬어보다가 팔에 힘이 풀려 털썩 아래로 떨어졌다. 어둠 속을 둘러보니 바닥에서 기묘한 각도로 불쑥 튀어나온 납작한 돌조각들이 마치 비뚤어진 치아처럼 한데 모여 있는 모습이 보였다.

공동묘지구나.

나는 눈을 감고 어린애 같은 두려움을 물리친 다음에 다시 눈을 떴다.

---

* 마차에 달기 위해 설계된 등.

여긴 그냥 하나의 장소일 뿐이야, 그것도 아무도 없는 장소, 하고 되뇌었다. 병든 작물들이 마구 웃자란 밭처럼 비석들이 빽빽했다. 나는 희미한 달빛에 의지해 비석들을 타넘으며 오솔길을 찾아보았다. 지금 보니 비석에 쓰인 글자들은 대부분 히브리어로, 날짜도 모두 수백 년 전이었다. 공동묘지는 비탈진 지형이었는데, 비탈을 따라 계단식으로 다섯, 여섯, 아니 열두 층쯤 되는 열을 이루며 죽은 사람들이 차곡차곡 묻혀 있는 것 같았다.

잠깐이지만 나는 담을 도로 넘어 공동묘지를 나갈까 하고 생각했다. 하지만 현실적으로 생각하면 오늘 밤을 보내기에 이보다 더 나은 장소를 찾을 가능성이 없어 보였다. 게다가 내 앞엔 유령보다 더 두려운 현실도 기다리고 있잖아. 나는 두 개의 열 사이에서 옆으로 누울 만한 좁은 공간을 찾았다. 낮의 햇볕을 얼마나 받았는지 아직도 따뜻한 묘석은 몸에 닿자 거의 부드럽게 느껴질 정도였다. 여행자여, 편히 쉬게나, 하고 비석들이 말하는 것만 같았다.

나는 재킷으로 몸을 단단히 감싸고 죽은 사람들 사이에서 잠을 청했다.

*

마치 나 역시 이곳에 잠든 생명 없는 시체 중 하나처럼, 꿈도 꾸지 않는 조용한 밤이 지나갔다. 바닥은 부드러웠고 나를 꼭 껴안는 비석들 덕분에 나는 파리를 떠난 이래 가장 깔끔한 숙면을 취했다.

햇빛과 삽 끝이 부츠 밑바닥을 쿡쿡 찌르는 걸 느끼고 두 눈을 떴다. 멍하던 시야가 밝은 빛으로 채워지면서 파란 작업복을 입은 흰머리 노인이 삽을 들고 나를 내려다보고 있는 게 보였다. 노인은 체코어로 짐작되는 말로 뭐라고 말을 걸더니, 다시 느릿한 영어로 말했다.

"술주정뱅이는 들어오면 안 돼, 알겠어? 어서 나가."

"잘 데가 없었어요." 나는 위험한 사람이 아니라는 뜻으로 손을 들어 보이면서 느릿느릿 말했다. "돈이랑 여권을 도둑맞았어요. 무슨 말인지 아시겠어요? 도둑을 맞았어요."

"영국인? 미국인인가?"

"네." 그러다가 바로 덧붙였다. "아, 아니요. 영어를 조금 할 줄 알아요." 어떤 사람 행세를 해야 할지 아직 확신이 없었다.

노인은 내 짧은 머리와 10대 남자아이의 복장 아래를 꿰뚫어보듯 나를 유심히 바라보았다. "여자애잖아?" 내가 아니라 자기 스스로에게 하는 말 같았다. "전 위험한 사람이 아니에요, 할아버지."

"돈과 여권을 도둑맞았다면, 경찰에 신고해주면 되겠니?"

"아니요." 너무 빨리 대답한 것 같아서 나는 억지웃음을 지었다. "괜찮아요. 나중에 제가 신고할게요."

노인의 입가에 새겨진 깊은 주름이 꿈틀거렸다. 머릿속에서 뭔가 결단을 내리는 모양이었다. "배고프겠군."

"괜찮아요. 어쨌든, 고맙습니다." 내가 대답했다.

"간단한 아침을 주마." 노인이 말했다. "먹고 나면 여기서 나가렴."

*

노인은 공동묘지의 부설 박물관 위층 숙소에 머무르는 묘지 관리인이라고 자신을 소개했다. 오늘은 안식일인 토요일이라 묘지를 찾는 사람이 아무도 없을 것이라고 했다.

내가 조그만 식탁 앞에 앉아 있는 동안 노인은 목재 조리대 위에서 빵과 치즈를 준비하느라 바쁘게 움직였다. 내 옆에 놓인 테이블 위에는 크고 낡은 텔레비전이 하나 있었다. 아침 뉴스가 나오고 있었다. 기자의 말을 알아들을 수는 없었지만, 곧 화면에 어제 내가 타고 있었던 기차 그리고 경찰견을 대동한 경찰들이 내가 도망쳐 내려온 언덕을 수색하는 모습이 보였다. 제발 뒤돌아보지 마세요, 일기예보가 나올 때까지만요, 하고 속으로 빌었다. 다음 장면은 검은 비닐에 덮인 시체를 두 남자가 들것에 싣고 가는 모습이었다.

묘지 관리인은 접시에 두툼하게 썬 오렌지색 치즈와 거친 호밀 빵을 담아 내어온 뒤, 자리에 앉아 작업복 옷깃에 냅킨을 고정시킨 다음 샌드위치를 만들기 시작했다. "너도 들었겠지?" 노인이 고갯짓으로 텔레비전을 가리켰다. "살인 사건이야. 베를린에서 온 기차에서 남자가 죽었어."

"누군지…… 밝혀졌나요?"

"살인범 말이냐?" 노인이 어깨를 으쓱했다. "글쎄다."

안도감이 들어 긴장으로 굳어 있던 어깨가 약간 풀렸다. 어쩌면 경찰이 범인을 알아내지 못한 건지도 모른다. 아니면 알지만 보도하지 않는 건지도 모르고. 어쨌든 지금 이 순간만큼은 안전했다.

"여권을 잃어버렸다니 말인데," 노인이 입을 열었다. "내가 신고를 해주는 게 낫겠지. 넌 체코어를 못하니까."

나는 예의바른 미소를 지으며 대답했다. "친절하신 분이네요, 하지만 괜찮습니다."

음식을 씹는 노인의 눈가 주름이 짙어졌다. 의심의 눈길일까, 아니면? 그 순간 노인이 살짝 웃었다. 비뚤어진 누런 이가 드러났다. 그중 두 개는 금니였다. "유태인이냐?" 노인이 물었다.

"부모님이 유태인이세요."

"유태인들은 경찰의 도움을 꺼려하지. 우리에겐 아픈 역사가 있으니까."

"제가 알아서 할 수 있어요."

"프라하에는 범죄자가 많아." 노인이 말했다. 아마 이곳의 이름이 체코어로는 프라하인 것 같았다.* "범죄자, 폭력, 도둑질, 무슨 말인지 알지?"

노인은 온 세상을 가리키듯 커다란 몸짓을 해 보였다. "그중에서도 혼자 있는 여자들이 가장 위험해."

"잘 새겨들을게요."

"내가 아는 사람이 하나 있어. 프라하 10구 브르소비체에 사는 헤드비카라는 친구인데, 여기서 멀지 않지. 거기 가면 묵게 해줄 게야. 싸게 해주긴 할 텐데, 돈은 좀 있니?"

"조금은 있어요."

노인은 쌓여 있는 종이 더미를 뒤지더니 찢어진 봉투 하나와 연필을 집었다. "헤드비카가 너를 잘 돌봐줄 거야. 많은 걸 묻지 않는 여자지. 여권이 없어도 아무 상관없어."

묘지 관리인 노인은 경찰의 도움을 꺼려하는 이 세계를 잘 아는 사람이라는 짐작이 들었다. 노인이 주소를 휘갈겨 쓴 봉투를 내게 건넸다. 노인이 한 말에 따르면 내가 필요로 하는 바로 그 장소 같았다. 나이 많은 여자의 값싸고 은밀한 집.

---

* 프라하의 영어식 발음은 '프라그'이다.

아침 식사가 끝나자 나는 아침식사와 친절의 보답으로 내가 할 수 있는 유일한 일인 설거지를 했다. 노인과 헤어지면서 나는 그와 건조하게 악수를 나누었다.

"고맙습니다." 내가 말하자 노인은 심각한 표정으로 고개를 끄덕였다.

"프라하에서는 몸조심해라."

19장

나는 담배 파는 가판대에서 심 카드 세 개와 교통 패스를 샀다. 노인이 알려준 길은 아주 찾기 쉬워서, 얼마 지나지 않아 조그만 아파트 건물들로 이루어진 조그만 동네인 프라하 10구에 도착했다. 낡았지만 깨끗하게 관리된 곳이었다.

헤드비카라는 할머니는 나이가 아주 많고 눈사람을 닮은 토실토실한 체형이었다. 외출복인지 잠옷인지 모를 무채색 스모크를 입은 헤드비카가 숙박 시설로 쓰는 3층짜리 건물을 안내해주었다. 건물 역시 낡았지만 구석구석 깨끗하게 청소되어 있었다. 헤드비카는 여기는 독일어로 부엌이야, 하고 설명했다. 동유럽에서 독일어는 쓸 만한 공용어였다. 냉장고는 모두 함께 써도 되지만, 남의 음식을 훔치면 쫓겨난단다. 여기는 거실이야, 흡연 금지, 텔레비전을 크게 틀어선 안 돼. 너는 이 방을 쓰렴, 자고 가는 손님은 안 돼. 방세는 매주 월요일 오전에 선불로 내려무나. 우리는 숙박 계약을 한다. 일주일에 2,500크라운, 또는 100유로. 크라운이 든 유로화든 상관없어. 내가 첫 주치 방세를 내자 헤드비카는 돈을 받아 떠났다. 심지어 내 이름조차 묻지 않았다.

방은 좁고, 가구가 거의 없었다. 사실 감옥의 독방과 별다르지도 않았다. 1인용 침대, 나무 의자 하나, 나무 테이블 하나 그리고 옷을 넣는 세 칸짜리 작은 서랍. 욕실은 복도 끝에 있는데, 남녀 모두 사용하는 것이니 반드시 문을 잠그고 속옷을 아무 데나 두지 말라고 헤드비카는 설명했다.

복도를 지나다니던 베트남인, 시리아인, 라틴계로 보이는 남자들이 나에게 인사를 건넸다. 아마 불법체류 노동자일 것이다. 그래도 알 도리는 없었다. 그냥 방이 필요한 사람들일 것이다. '여권이 없어도 아무 상관없어.'

너무 지쳐서 잠을 자고 싶지만 참아야 했다. 할 일이 너무 많았다. 아빠가 프라하에 있다는 결론으로 비약하긴 했지만 구체적인 증거는 없이 전부가 정황일 뿐이었다. 베로니카와 크리스티안이 했던 몇 마디 말, BK라는 서명이 있는 카드. 총이 담긴 컨테이너 몇 개, 파울루스가 목숨이 오락가락하는 상황에서 했던 주장. 잠시 동안 이런 정황증거들을 추려내고 있자니 폐소공포증에 걸릴 것처럼 방 안이 갑갑해져왔다. 그래서 생각을 이어 나가기 위해 밖으로 나갔다.

전함 색깔과 같은 하늘이 프라하 위에 짙게 드리우며 해를 가렸다. 비가 올 것 같기도 하고, 하늘이 무너져 내릴 것 같기도 했다. 마음속에 간절한 욕망이 있었지만 내가 바라는 게 무엇인지 잘 모르겠다. 한줄기 햇살일까, 아니면 오렌지주스 한 잔일까, 아니면 빌어먹을 꽃 한 송이

일까.

나는 구석에 놀이터가 있는 조그만 공원으로 들어갔다. 정글짐에 분홍색 원피스를 입은 꼬마 아이가 거꾸로 매달려 있었고, 아이의 할머니처럼 보이는 여자가 벤치에서 책을 읽고 있었다. 지금의 내가 꿈꿀 수 있는 것 중에선 가장 쾌활한 장면이었기에 나는 근처 벽에서 선반처럼 튀어나온 자리에 엉덩이를 걸치고 그 모습을 바라봤다.

꼬마 아이가 체코어로 뭔가 말하더니 같은 말을 더 큰 소리로 한 번 더 반복했다. '나 좀 봐요'가 아닐까 하는 생각이 들었다. 할머니가 고개를 들어 아이를 보더니 웃으며 고개를 끄덕인 다음 내 쪽을 보았다. 그다음엔 다시 책을 보는 척했지만 나를 경계망에 넣은 것 같다는 생각이 들었다. 잠시 뒤, 할머니가 일어서더니 꼬마 아이를 데리고 놀이터를 떠나며 어깨 너머로 나를 흘깃 바라보았다.

폭우의 조짐인 것만 같은 빗방울 하나가 더러운 청바지를 입은 내 무릎에 톡 떨어지더니 짙은 원을 그리며 퍼졌다. 또 한 방울이 머리에 떨어지더니 짧게 깎은 머리카락 사이를 간질이며 목 뒤로 흘러내렸다. 나는 눈을 감고 모든 것이 파국에 이르기 직전 톰킨스 스퀘어 파크에서 테런스와 함께 있었던 순간을 그려보았다.

나는 휴대전화를 꺼낸 뒤 새 심 카드를 넣고 테런스의 전화번호를 눌렀다. 우리 사이에 놓인 시간과 거리가 얼마나 아득한지를 강조하는 것만 같은 신호음이 쉿소리처럼 울렸다.

테런스의 목소리는 터널 저쪽에서 들리는 것처럼 작게 들렸다. "여보세요?"

"나야." 내가 속삭였다.

아주 먼 곳에서부터 먹구름과 공간, 행성을 지나 여기까지 신호가 날아오면서 생기는 잡음.

"그래, 나야." 그가 말했다.

"우리가 누군지 우린 잘 알지." 내가 말했다.

"통화는 위험해."

"전화를 끊자마자 심 카드를 바꿀 거야."

"그 일은…… 성공했니?"

"아직, 하지만 가까이 왔어. 그러니까 예진보다는."

"내가 도울 일은 있어?" 그가 말했다.

"응, 좀 있다가 온라인 채팅할 수 있어?" 내가 대답했다.

"20분쯤 뒤에?"

"좋아. 지난번처럼 토르 서버를 이용해줘."

"전화한 이유가 그거야?"

"어느 정도는."

"그럼 그 밖에는?"

나는 눈을 감았다. 눈시울이 뜨거워지고, 숨이 목까지 차올랐다. 지금 이 순간, 또 다른 사람이 나와 함께 있다는 것, 내 말에 귀를 기울인다는 것이 무엇보다도 소중하게 느껴졌다. 그 사람이 달만큼 먼 곳에 있더라도.

"그냥, 평범한 사람 목소릴 듣고 싶어서."

"너 괜찮아?"

"응." 거짓말이었다.

토르 서버에 연결합니다:

라이머(일본)

사미즈닷갬블(세르비아)

스토리타임(캐나다)

갬블(요르단)

〈〈반갑습니다! 토르 익명 대화방에 입장하셨습니다!〉〉

〈〈개인/보안 모드로 접속하셨습니다〉〉

〈익명의 유저 레드가 접속했습니다〉

레드: 도와줘서 고마워

스콜라: 별 말씀을. 목소리 들어서 좋았어

레드: 네 미친 해킹 실력이 필요해

스콜라: 미친 실력은 아니지만 해볼게

레드: 큰 부탁은 아니야

레드: BK라는 이니셜을 가진 체코 남자가

레드: 독일로 총과 폭탄을 보내고 있거든

스콜라: 테러리스트야?????

레느: 아니

레드: 그럴 수도 있고. 난 몰라.

레드: 내 생각엔 무기 밀매상인 거 같은데

스콜라: 그 외의 정보는?

레드: 그게 다야

레드: 내가 아는 건

스콜라: 진심이야?

레드: 그래!

레드: 실망시켜서 미안

스콜라: 나 잠시

레드: ??

스콜라: 5분만

레드: 거기 있어?

레드: 거기 있어?

레드: 거기 있어?

스콜라: 1분만

레드: 미안

레드: ??????????????

스콜라: 시간이 너무 많이 걸리네

스콜라: 찾아봤는데

스콜라: BK라는 이니셜이 너무 많아

스콜라: 그중 한 명이 체코 범죄자고

스콜라: 이름은 보호단 클라디브

스콜라: 미안, 클라디브가 아니라 클라디보

레드: ㅅㅂ

레드: 확실해?

스콜라: 1992년까지 범죄 이력이 있고

스콜라: 무기 밀매상

스콜라: 그리고 인신매매범

스콜라: 거물 범죄자야

스콜라: 거의 파블로 에스코바르 수준의 쓰레기

레드: 진짜? 어떻게 찾았어?

스콜라: 인터폴 데이터베이스에 다 있어

레드: 완전 충격

레드: 인터폴 데이터베이스에 어떻게 들어갔는데?

스콜라: ;)

스콜라: 농담이야 공개 정보야

스콜라: 말하자면 그렇다고

스콜라: 검색 방법을 몰라서 오래 걸렸어

레드: 그래도 너 천재다!!!!

레드: 천재

스콜라: 감사 그런데 별일 아냐

레드: 주소는 어디야?

레드: ??

스콜라: 그 사람 엄청나게 위험한 사람이야

스콜라: 안 돼

레드: 알아야 해

레드: 제발

레드: 제발!!!!

스콜라: 주소는 없어

스콜라: 이사를 자주 다니나 보지

레드: 지역은

레드: 지역만 알려줘

스콜라: 프라하 1구

나는 보안되지 않은 일반 모드 브라우저를 켠 뒤 구글에서 보흐단 클라디보를 검색했다. 수많은 기사들이 화면을 뒤덮었다. '프라하에는 범죄자가 많아.'

체코 매체에 나온 기사들은 주로 클라디보가 체코 내에서 저지른 범죄에 주목하고 있었다. 프라하의 카지노에서 벌인 범죄. 판사와 경찰 고위 간부들, 체코 정부의 주요 인물들과의 관계에 이르기까지. 프라하의 타블로이드 신문에는 '카를로비 바리*에서 판사, 참수된 상태로 발견돼'라는 자극적인 헤드라인이 달려 있었다. 사진까지 실려 있는 끔찍한 기사였다. 또 다른 기사는 클라디보 일당이 프라하의 노상 범죄까지 손을 뻗쳤다는 내용을 다루면서 클라디보에게 자릿세를 내지 않은 한 소매치기가 원형 톱으로 오른손을 잘렸다는 이야기를 싣고 있었다.

나도 모르게 눈이 감겼다. 아빠를 납치한 사람이 이렇게나 잔인하다니……. 하지만 애써 그 생각을 떨쳐냈다. 그런 생각은 하지 말자. 생산적인 일에 몰두하자.

나는 체코 신문 말고도 더 많은 신문들을 검색했다. ≪뉴욕타임스≫에는 클라디보가 수단과 이라크, 시리아의 무기 밀수에 관여했다는 기사가 있었다. ≪가디언≫은 클라디보가 러시아에서 시리아, 시리아에서 몰도

---

* 체코의 온천 도시.

바, 몰도바에서 중국으로 내용물을 알 수 없는 의문의 화물기를 보냈다는 내용을, 그의 이동 경로를 보여주는 다이어그램과 함께 실었다.

스크롤을 내려 다음 기사를 살펴보았다. 다음 매체는 ≪슈피겔≫이었다. 클라디보의 조직이 동유럽과 러시아에서 여성과 아이들을 납치해 전 세계의 부유한 고객을 대상으로 경매에 부친다는 내용이었다. '플라이슈쿠라토[fleischkurator].' 이 기사가 클라디보에게 붙인 이름이었다. 번역하면 '인간 큐레이터', 다른 번역은 '신체 큐레이터.'

그러다 ≪이코노미스트≫에 실린 다음 기사를 보는 순간 내 몸이 차디차게 식었다. 불과 며칠 전에 나온 이 기사는 보호단 클라디보가 그의 옛 보스이자 세르비아의 거물급 범죄자인 빅토르 조릭이 사망한 지 불과 수 주 만에 이미 수십 년간의 체계를 개혁하고 새로운 공급 활로를 뚫어 유럽 조직범죄의 지형을 바꾸고 있다는 내용이었다. 빅토르 조릭, 아빠의 노트북에서 본 그 사진의 남자. 이마에 동전만 한 총구멍이 뚫려 있던 남자. 조릭이 무슨 짓을 했느냐고 내가 묻자 아빠는 말했지. '아주 나쁜 짓'이라고. '최악의 짓'이라고.

*

나는 다시 헤드비카의 집을 향해 발길을 옮겼다. 내가 제대로 된 곳을 찾아와 제내로 된 사람을 쫓고 있다는 것을 알았으니, 이제 어떻게, 어디서 그를 찾을지를 알아내야 했다. 머릿속에서 얼굴들 몇 개, 조각난 대화 몇 토막이 스쳐 지나갔다. 헤드비카가 월요일마다 방세를 내라고 했던 것, 크라운이든 유로든 상관없다고 했던 것, 묘지 관리인이 아침을 먹으면서 나에게 프라하의 범죄자들에 대해 경고했던 것, 혼자 다니는 여성들이 가장 위험하다고 했던 것.

어느 가게 앞을 지나가는데 한 노인이 가게 입구에 서 있다가 나오며 반점이 가득 난 손을 뻗어 떨리는 목소리로 돈을 구걸했다. 피해가려다가 마음을 바꾸었다. 남에게 베풀면 나에게도 돌아오겠지. 나는 잔돈을 찾아 주머니를 뒤졌지만 나오는 것은 종잇조각 몇 개, 성냥갑 하나 그리고 뉴욕에서 가져온 트럼프 카드가 전부였다. 청바지 주머니를 뒤지자 동전 몇 개가 나오기에 노인에게 주었다.

트럼프 카드.

나는 주머니에서 트럼프 카드를 꺼내 손으로 만지작거렸다.

*

프라하 1구의 아름다움이 관광객들을 끌어들이고, 여기 모인 관광객들이 다시 범죄자들을 프라하 1구로 끌어들인다. 온 세상이 다 똑같다. 돈 많은 관광객이 모이는 곳. 관광객들은 천연자원이나 마찬가지다. 무르익어 따기만 하면 되는 산딸기와 같은 존재들이다.

돌로 된 분수 테두리에 앉아 둘러보니 구시가지의 광장 전체가 보였다. 맥주를 파는 노점, 관광객에게 바가지를 씌우는 기념품 가판대 그리고 이리저리 돌아다니면서 사진을 찍는 관광객들. 그들의 주머니를 터는 소매치기와 야바위꾼도 보였다. 온갖 사소한 범죄들, 어떤 문화권에나 있는 사기 수법들이 이 광장에 그득했다. 거스름돈 슬쩍하기, 환치기, 카메라 부수기.* 전 세계 여러 나라에서 보고 또 보았던 것들. 하지만 단 한 가지만 없었다. 바로 스리 카드 몬테였다.

여기저기 경찰의 모습이 눈에 띄었지만 야바위 같은 건 눈감아주는 모양이었다. 구시가지 광장을 세 시간 정도 바라보고 있는 동안 아무도 체포되지 않았으니 말이다. 노발대발한 관광객 한 명이 경찰을 찾아가는 모습이 보였다. 경찰이 관광객에게 광고 전단지를 한 장 건네주자 자포자기한 관광객은 바닥에 전단지를 버린 다음 쿵쾅거리며 걸어가버렸다. 광고 전단지를 집어 들어보니 온라인으로 경찰에 신고하는 방법이 여러 언어로 적혀 있었다.

나는 두 개의 맥주 노점 사이에 상자를 하나 놓고 카드를 섞기 시작했다. 집기 쉽게 긴 쪽으로 배열한 하트 퀸, 스페이드 잭, 클럽 잭. 퀸을 왼쪽으로, 오른쪽으로, 가운데로 옮기며 카드를 섞었다.

그러나 내게 필요한데 없는 것이 있었다. 게임을 해서 돈 따는 시늉을 해줄 사람, 즉 바람잡이가 필요했다. 바람잡이가 없는 이상 만약 내가 찍은 관광객이 제대로 된 카드를 집는다면 결국 나는 온 세상의 1인 사기꾼이 오랜 세월 해오던 그 방법에 의존할 수밖에 없을 것 같았다. 경찰이 온다고 고함을 지르고 게임을 접고 도망치는 것 말이다.

첫 번째 희생양은 금방 나타났다. 뮌헨 축구팀 티셔츠를 입은 술 취한 독일 남자 세 명이었다. 손에 맥주를 들고 게임을 바라보는 동안에도 몸을 흐느적거리고 비틀거릴 정도로 취해 있었다.

"퀸을 찾아보세요!" 내가 소리를 질렀다. *"Folgen Sie der Dame!"*

---

* 관광객에게 자신의 카메라를 건네며 사진을 찍어달라고 부탁하고 카메라를 돌려받을 때 일부러 떨어뜨린 뒤 보상을 요구하는 사기 수법.

세 사람이 가까이 다가오더니 셋 중 하나가 용감하게 맨 왼쪽 카드를 손가락으로 짚었다. 카드를 뒤집자, 짠, 퀸이 나타났다. 나는 다시 세 장의 카드를 이리저리 섞었다. 이번에 고객은 가운데 카드를 가리켰다. 이번에도 정답이었다.

"*Ziegen Sie mir Ihr Geld.*" 카드를 섞으며 내가 말했다. 판돈을 걸라는 뜻이었다. 그가 20유로 지폐를 한 장 꺼내더니 세 번째로 이겼다. 나는 상자 너머로 그에게 20유로를 밀어주었다.

이제 그만하고 가자, 하고 동료들이 말리려 했지만 이미 물욕에 눈이 뒤집힌 고객은 또 돈을 꺼냈다. 두 배 아니면 못 건다고 내가 말하자 그가 알았다고 대답했다. 나는 퀸을 집는 동시에 스페이드 잭을 재빠르게 카드 밑으로 밀어 넣은 다음 한 번 더 카드를 섞었다. 고객은 맨 오른쪽 카드를 가리켰다. 뒤집었다. 스페이드 잭이었다.

고객이 나에게 40유로를 건넸다. 나에게 졌다는 데 화는 나지만 이미 걸려들었으니 자기 자신에게, 또 친구들에게 자신이 패배자가 아니란 걸 증명하고 싶어 안달이었다. 고객이 20유로를 두 장 더 꺼내자 나는 다시 카드를 섞었다. 이번에는 왼쪽 카드를 선택했다. 클럽 잭. 안됐군.

운동화에 야구 모자 차림의 미국인 부부가 슬쩍 다가와 구경했다. 남자는 나스카* 로고가 새겨진 티셔츠를 입고 있었다. 연습 게임에서 여자는 퀸을 뽑았다. 나는 일부러 서툰 영어를 흉내 내며 판돈을 걸라고 했다.

"글쎄요." 여자가 모음을 둥글게 굴리며 흘리는, 풍선처럼 섬세한 중서부식 발음으로 말했다. "아깝네요, 잘하시는데." 그러자 남자가 주머니에서 10유로 지폐를 꺼냈다. 잠시 후 그 돈은 20유로로 변하고, 그다음

---

* 전미 스톡 카 경주 협회.

에는 50유로로 변했다. 남자의 얼굴이 분홍색으로 변하더니 마치 내가 그의 배를 발로 차기라도 한 것처럼 씩씩거렸다. 결국 두 사람은 고개를 절레절레 저으며 화가 난 걸음으로 사라졌다.

한 시간 후 내가 번 돈은 100유로를 웃돌았다.

두 시간 후, 340유로를 넘었다. 관광객을 상대로 야바위나 벌이고 있는 스스로에게 화가 났지만 돈을 벌고 있으니 기분이 조금 나아지는 것 같았다.

광장 저편에서 똑같은 푸마 트레이닝복을 입은 남자 두 사람이 내게 다가오는 것이 보였다. 젊고 상당히 잘생긴 얼굴이었다. 특히 둘 중 키가 더 큰 남자는 운동을 꽤나 한 듯 목 굵기가 얼굴만 했다. 그 남자가 내 팔꿈치 바로 위를 거세게 움켜쥐고 체코어로 뭔가 말했다. 나는 멍한 얼굴로 그를 바라보았다. 그러자 그는 거의 체코어 억양이 느껴지지 않는 영어로 한 번 더 말했다. "강에서부터 나로드니까지는 우리 구역이야, 알겠어?" 그에게서는 학창시절부터 불량배 외길만 걸어온 듯한 기운이 풍겼다. 다음 순간 그가 나를 광장 구석에 있는 낡고 아름다운 교회 벽에 밀어붙였다. "이봐, 꼬마야, 오늘 얼마나 벌었지?"

"난 꼬마가 아냐." 나는 소피아의 거친 러시아 억양을 섞은 영어로 대답했다. "그리고 그건 너희들과 아무 상관없는 내 돈이야."

그가 손가락으로 내 턱을 들어 올리더니 내 얼굴을 유심히 쳐다보았다. "이런 제길. 리보르, 여기 봐. 여자애야."

리보르라는 이름으로 불린 다른 한 명이 씩 웃더니 체코어로 뭐라고 말했다.

"난 에밀이야." 키 큰 남자가 말했다. "내 이름 들어봤어?"

"아니."

"여기, 이 구역 전체가 내 구역이야. 에밀의 구역이라고. 내 말 잘 들어. 돈을 내놓고, 여기서 꺼져. 알아듣겠어?"

"그럼 여기가 보호단 클라디보 구역이 아니라는 뜻이야?"

두 남자가 서로를 쳐다보았다. "우리랑 거래하는 게 곧 클라디보랑 거래하는 거야." 에밀이 내 재킷에 손을 뻗어 주머니를 뒤지는 와중에 리보르가 말했다.

나는 한 손으로 에밀의 손목을 붙잡는 동시에 다른 손으로 그의 어깨 안쪽을 가격했다. 에밀이 바닥에 쿵 하고 쓰러지자 나는 그의 팔을 뒤로 꺾어 고정했다. 내가 젤을 떡칠한 리보르의 머리카락 안에 손을 집어넣어 움켜쥐고 그의 얼굴을 자갈길에 딱 한 번, 그렇게 심하지 않게 힘을 조절해서 내리치자 리보르가 고함을 치기 시작했다. 세게 치진 않았다. 딱 그들을 자극할 만큼만.

다음 순간 리보르가 나를 움켜쥐고 질질 끌고 가기 시작했다. 에밀이 벌떡 일어섰다. 두피에서부터 한줄기의 피가 이마를 지나 코로 흘러내리고 있었다. 에밀이 재킷 안에서 뭔가 꺼내려 하자 리보르가 손을 들어 올리며 경찰 이야기를 했다. 에밀은 결국 내 배를 한 대 치는 것으로 끝냈다.

20장

우리는 에밀의 BMW 스테이션왜건을 타고 프라하 1구를 지나 남쪽을 향했다. 뒷좌석에 앉은 내 옆에 리보르가 바짝 붙어서 한 손으로 내 옆구리에 총구를 찌른 채로 다른 손으로는 내 등과 어깨, 엉덩이, 다리를 더듬어댔다. 나는 살아남는다면 언젠가 리보르의 손을 잘라버리겠다는 결심을 머릿속에 새겨 넣었다.

클라디보의 손길이 길거리에서 일어나는 범죄의 맨 밑바닥까지 뻗어나갔다는 기사가 사실이라면, 에밀과 리보르로 시작해 먹이사슬을 쭉 타고 올라가면 분명 그를 만날 수 있겠지.

내가 광장에서 빌인 작은 쇼는 전부 클라디보를 만나기 위한 술수였다.

바깥 풍경은 여전히 프라하를 벗어나지는 않았지만 한층 더 교외 느낌이 풍기는 곳으로 변했다. 10여 분 뒤, 차가 길거리에 멈추더니 낮은 아파트 빌딩들과 상점들 사이에 위용을 드러내고 있는 어떤 건물의 뒤쪽 직원용 출구로 들어갔다. 강 쪽을 마주한 거창한 저택으로 100년은 된 것 같은 3층짜리 회색 석조건물이었다. 오스트리아 헝가리 제국의 독특한 풍취가 풍기는 이 건물 앞에 내린 우리는 한때 하인들이 썼을 것 같은 밋밋한 문 앞에 섰다. 에밀과 리보르가 나를 이끌고 계단을 올라 번지르르한 업무용 주방으로 들어갔다.

나비넥타이에 조끼를 갖춰 입은 종업원들은 우리의 존재를 철저히 무시했다. 마치 푸마 트레이닝복을 입은 두 남자와 거의 삭발에 가까운 머리를 한 여자 한 명이 자신들의 주방을 가로지르는 모습이 전혀 새로울 것이 없다는 듯한 태도였다. 에밀이 문을 활짝 열더니 나를 옆방으로 끌고 갔다.

카지노라는 것은 영화에서 본 게 전부였지만 번쩍이는 불빛을 받으며, 허리에 지퍼 달린 작은 가방을 찬 나이 든 사람들로 가득한 소란스러운 곳일 거라는 내 상상과는 완전히 달랐다. 이곳은 제임스 본드 영화에나 나올 것 같은 크리스털 샹들리에, 재킷과 넥타이를 갖춘 남자들, 드레스를 입은 여자들이 있는 카지노였다. 건물 바깥에는 여기 카지노가 있다는 사실을 광고하는 아무 표시도 없었으니, 사람들은 그러니까 이곳에 올 만한 사람들은 카지노의 존재를 애초부터 알고 있었다는 뜻일 것이다. 웃음소리, 칩이 서로 부딪치는 소리, 카드 섞는 소리, 룰렛이 돌아가는 찰칵찰칵 소리가 났다.

우리는 잠시 동안 파티장에서 문전박대당하는 달갑지 않은 손님처럼 문밖에 선 채로 거슬린다는 듯이 우리를 흘겨보는 시선들을 참아냈다. 큼직한 체구에 검은 머리가 벗겨져가는 남자 한 명이 우리 쪽으로 얼른

다가왔다. 뛰는 듯한 걸음걸이에 턱시도의 조합이 꼭 바삐 걸어가는 펭귄 같았다. 남자는 쉿 소리를 내더니 우리를 주방 구석으로 돌려보냈다.

턱시도를 입은 남자와 에밀이 체코어로 무언가 날카로운 말을 주고받고, 곧 턱시도 남자가 우리를 이끌고 복도를 걸어가더니 아까보다 훨씬 더 초라한 방으로 들여보냈다. 여기에는 저마다 조폭 스타일로 트레이닝복을 차려입은 대여섯 명의 남자들이 이 방이 자신들의 클럽하우스라도 된다는 것처럼 낡아빠진 가죽 소파와 카지노 바닥에서 끼익거리는 소음을 내는 바 스툴에 앉아 있었다.

턱시도 남자가 폴더와 재떨이, 커피 잔이 잔뜩 쌓인 낡은 나무 책상으로 다가가 의자에 앉자 체중이 실린 의자에서 삐걱 소리가 났다.

턱시도 남자는 에밀과 체코어로 다다다 쏘아붙이듯 열띤 대화를 주고받았다. 대충 보기에는 턱시도 남자는 에밀이 나를 여기 데려온 것에 대해 무척 화가 난 것 같았고, 에밀은 상황을 설명하려는 것 같았다. 방 안의 다른 남자들은 호기심 어린 눈길로 이쪽을 보기는 했지만 끼어들지는 않았다.

턱시도 남자가 손가락을 딱딱 두 번 튕기더니 나를 가리켰다. "이름은?" 영어였다.

"소피아." 내가 대답했다.

"나는 미로슬라프 베란, 다들 '보스'라고 부르지. 소피아, 왜 사람들이 나를 보스라고 부르는지 알아?"

"당신이 보스라서?"

"그렇지! 자, 이제 말해봐, 너는 어디 출신이지? 아르메니아? 아니면 집시인가?"

"러시아."

"우리 에밀 말로는, 네가 프라하 1구에서 도박판을 벌이고 있었다던데." 그가 지친 목소리로 말을 이었다. "에밀은 그 게임이 무척 정교했다고 말하더군. 프라하 1구에서 벌어지는 모든 도박판은 에밀의 소관이야. 거긴 에밀의 구역이니까. 무슨 소린지 알겠어?"

"네." 내가 대답했다.

"에밀의 구역을 침범하고, 자기 머리를 길바닥에 처박았으니, 에밀은 너를 쏴 죽여야 한다고 하는데 말이야." 베란, 즉 보스의 말이었다. "보다시피 에밀은 누굴 쏘기 전에 반드시 내 허락을 받아야 하거든. 지난번에 일어난 사건 때문에 생긴 새로운 규칙이야. 그렇지, 에밀?"

에밀은 항의하듯 뭔가 말하려고 입을 열었다가 보스가 손가락 하나를 들어 올리자 입을 다물었다.

보스가 의자를 삐걱대며 자리에서 일어나더니 두 팔로 가슴 앞에 팔짱을 낀 채 내 쪽으로 다시 다가왔다. "우리는 이성적인 사람들이야, 소피아. 소소한 강도짓이나 집시 소매치기들은 봐주지. 먹고는 살아야 하지 않겠어? 하지만 프라하에서 도박판을 벌인다는 건 우리의 이익을 정면으로 침해하는 짓이야. 감히 우리와 경쟁하려 들 때 받는 벌이 무엇인지 알아?"

"몰라요."

보스가 내 쪽으로 몸을 기울여 내 얼굴을 살살 만지더니 애견 쇼에 나오는 개를 칭찬하듯 내 머리를 이리저리 돌렸다. "처음 걸렸을 땐 손가락 하나를 자르지. 물론 이건 남자들이 받는 벌이야. 여자들은 다른 벌을 받지. 자세히 알고 싶나?"

나는 고개를 세게 비틀어 그의 손아귀에서 벗어났다. "도박이 아니에요." 내가 말했다. "그냥 야바위였다고요."

"에밀은 카드 게임이었다고 하던데."

"스리 카드 몬테라는 야바위예요. 카드 게임처럼 보이지만 아니에요." 내가 대답했다. "아무도 못 이기죠. 제 방식으로 한다면 말이에요."

보스가 체코어로 뭔가 말하자 트레이닝복을 입은 남자 한 명이 얼른 책상 서랍에서 카드 한 벌을 꺼내왔다.

"한번 해봐." 보스가 말했다.

다시금 방 안에 있는 사람들의 모든 관심이 나에게 집중되었다. 내가 카드에서 클럽 잭, 스페이드 잭, 하트 퀸을 꺼내 길게 늘어놓는 모습을 보며 다들 호기심이 쏠린 듯 내 쪽으로 몸을 기울였다. 나는 보스에게 퀸을 찾으라고 한 다음 보스의 시선이 카드의 움직임을 따라갈 수 있을 만큼 천천히 카드를 섞었다. 손을 멈추고 보스에게 고갯짓을 했다.

"당연히 이거지." 보스가 말했다. 내가 보스가 고른 카드를 뒤집어 퀸을 보여주자 그는 만족스러운 얼굴로 방 안을 둘러보며 껄껄 웃더니 내 어깨를 탁 쳤다. "에밀 정도는 속일 수 있을지 몰라도 나는 어림없어."

"그럼 판돈을 걸어봐요." 내가 말했다.

"뭐라고?"

"그렇게 자신 있으면 돈을 걸어보라고요."

누군가의 손이 돌돌 말아 고무줄로 묶은 두툼한 유로화 뭉치를 책상에 내려놓았다. 손을 따라 시선을 이동했더니 손의 주인은 에밀이었다.

"널 걸지." 에밀이 말했다. "네가 이기면, 3천 유로를 받아서 이 방을 나가고, 내가 이기면 넌 내가 가지는 거야."

보스가 웃었다. "네가 가진다니 무슨 뜻이지, 에밀? 애완동물 삼고 싶다는 소리야?"

에밀의 친구들이 작게 휘파람을 불어댔다. 뒤에서 뭔가 신이 나서 자기들끼리 수군거리는 소리도 들렸다. 보스도 이 내기가 마음에 들었는지 방 안에 있는 사람들의 반응을 살폈다.

내 몸속에서 두려움이 일어나더니 이성의 세포 하나하나가 살아나서 나에게 출구로 나가라고, 지금 당장 도망치라고 고함을 질러댔다.

보스가 고개를 까닥였다. "좋아." 그러자 방 안의 사람들이 휘파람을 불며 환호하기 시작했다.

그러나 내가 카드를 집어 들고 섞으며 퀸을 왼쪽으로, 오른쪽으로 보내고, 스페이드 잭 밑으로 교차시키면서 잭을 퀸이 있는 자리에 보내기 시작하자 방 안엔 침묵이 감돌기 시작했다.

에밀이 내 손길을 뚫어지게 보고 있는 걸 보고 나는 속도를 높였다. 이건 게임이 아니야, 야바위야, 하고 끊임없이 스스로에게 주문을 걸었다. 그래서 카드를 섞는 동안 마치 실수인 것처럼 한 번 퀸을 뒤집어 보여준 다음 다시 집어 재빠르게 잭과 위치를 바꿨다. 카드 섞기를 과장된 손짓으로 마무리한 뒤 카드 세 장을 테이블 위에 던져놓았다. 에밀은 내 표정을 읽으려고 집요한 눈초리로 나를 바라보았지만 나는 돌로 만들어지기라도 한 것처럼 어떤 표정도 내보이지 않았다.

너무 쉽잖아, 속임수야, 하고 그가 생각하는 게 보였다. 그러고는 다시한 번, 어쩌면 보이는 그대로일 수도 있어, 하고 생각했다. 그는 보스를 올려다보았지만 보스는 카지노의 고수답게 포커페이스였다.

에밀이 검지를 뻗더니 왼쪽 카드에 놓았다가 갑자기 마음을 바꾸어 가운데 카드를 가리켰다.

"정말 그걸 선택한 거야?" 내가 물었다.

그가 천천히 숨을 내쉬면서 "그래." 하고 대답하는 순간 그의 얼굴 근육이 꿈틀거렸다.

내가 카드를 뒤집어 클럽 잭을 보여주자 방 안의 모든 사람들이 놀라움에 숨을 헉 하고 몰아쉬는 소리가 들렸다. 에밀이 손을 허공에 들어 올리는 순간 나는 그가 나를 때리려는 줄 알고 몸을 피했지만 그는 기나긴 욕설을 내뱉으며 길길이 뛰었고 방 안의 사람들이 껄껄 웃어대기 시작했다.

에밀이 나를 가리키며 체코어로 보스에게 화를 내면서 뭐라고 쏘아붙였다. 아마 내가 사기를 쳤고 자기는 억울하다는 내용이겠지. 당연히 사기를 쳤다. 그런데 애초에 이건 사기고 야바위라고 이야기를 하고 시작한 일 아닌가? 이번에는 보스가 내 바람잡이가 되어서 진정한 먹잇감을 끌어와 준 셈이었다.

보스가 에밀을 내려다보았다. "우리는 cestný lidé〔정정당당한 사나이들〕 아닌가?" 비단 에밀뿐만 아니라 방 안의 모든 사람들을 향한 외침이었다.

다들 무안해진 듯 고개를 끄덕였다. 보스가 책상 위에 있던 담뱃갑에서 담배 한 대를 꺼내더니 불을 붙인 다음 생각에 잠긴 듯 담배 연기를 뿜어냈다. "돈 챙겨, 소피아. 이겼으니 이곳을 떠나도 좋아."

에밀은 증오심 가득한 눈빛으로 나를 뚫어지게 바라보며 이리저리 서성였다. 만약 에밀이 이겼다면 그가 나에게 무슨 짓을 했을지 생각도 하기 싫었다. 그리고 이제부터 나에게 무슨 짓을 할지도 생각하고 싶지 않다.

나는 앞으로 걸어 나오며 돈뭉치를 집었다. 손에 들린 두둑한 돈뭉치가 만족스러웠다. 한 곳에서 이만큼 많은 돈을 보는 것도 처음이었다.

"보통 수수료로 얼마를 떼죠?" 내가 보스에게 물었다.

"수수료라니?"

"프라하 1구에서 한 게임당 당신이 떼어가는 수수료 말이에요."

"30퍼센트."

나는 돈뭉치에서 900유로를 꺼내 책상 위에 올려놓았다. "당신 밑에서 일하게 해주세요."

보스가 놀라움에 눈썹을 치켜 올리는 순간 방 안에서 몇 사람이 낄낄 웃는 소리가 들렸다. "보다시피 우리 조직엔 남자뿐이야." 보스가 말했다.

"제가 방금 1분도 안 걸려서 900유로를 벌어다주지 않았나요?"

보스가 깊은 숨을 들이쉬더니 콧구멍을 벌렁거렸다. 그가 생각에 잠긴 채 방 안을 둘러보는 동안 긴 침묵이 흘렀다. 그러다 그가 반전을 꾀하듯 미소를 짓더니 어깨를 으쓱했다.

"안 될 거 있어?"

*

다음날 아침 9시, 카지노는 문을 닫고 직원들만 남아 있었다. 카지노는 오후에 다시 열리겠지만 지금은 트레이닝복에 운동화 차림의 조직원들만 바 앞, 값비싼 녹색 가죽을 입힌 스툴에 앉은 채 부스러기를 고급 플러시 카펫 위에 뚝뚝 흘리면서 빵과 치즈와 살라미로 아침식사를 하는 중이었다. 내가 나타나자 그들의 대화가 멎었다. 다들 고개를 돌려 내가 걸어가는 모습을 쳐다보았다. 분해한 권총을 철수세미로 청소하고 있던 깡마른 소년이 나를 보더니 눈썹을 치켜들고 '망조가 들었군' 하고 생각하는 듯 고개를 절레절레 흔들었다.

보스인 베란은 평상복으로 보이는 청바지에 가슴까지 활짝 열어젖힌 흰색 와이셔츠 차림으로 바 뒤에 앉아 소시지와 자우어크라우트*를 먹으며 이따금 생수를 병째 마시고 있었다. 나를 본 그가 마치 깜짝 놀란 듯이 미소를 지었다.

"따라와." 베란의 말에 나는 그를 따라 복도를 지나 그의 사무실로 갔다. 그가 의자를 권하자 나는 등을 곧게 펴고 똑바로 앉아 두 손을 무릎 위에 가지런히 모았다.

베란이 방 안에 있던 철제 캐비닛을 열고 옷걸이에 걸려 있던 기다란 드라이클리닝 백을 꺼냈다. "여권 이리 줘."

나는 여권을 꺼내 책상 위에 놓았다.

"마약 해? 헤로인, 필로폰?"

"안 해요."

"정말이야? 가끔 대마초도 안 피운다고?"

"어릴 때는 피웠지만 지금은 끊었어요."

그는 드라이클리닝 백을 책상 위에 길게 펼쳐놓았다.

"옷 벗어."

"네?"

"벗어. 걸치고 있는 걸 다 벗으라고."

사실은 일이 이렇게 될 줄 알고 있었던 건지도 모른다. 크리스티안이랑 섹스할 각오도 했는데 베란이라고 못할 건 뭐람? 유럽의 하수구를 죽

---

*　'신맛 나는 양배추'라는 뜻의 독일어로, 양배추를 발효시켜 만든 요리이다.

기 살기로 기어 다니는 주제에 멀쩡한 몸으로 기어 나올 줄 알았던 걸까.

재킷과 셔츠가 차례로 바닥에 떨어졌다. 나는 몸을 떨지 않으려 애썼다. 잠시 후 바지도 바닥에 떨어졌다. 베란이 흥미 없다는 듯한 눈길로 내 몸을 훑어보았다.

약하게 굴지 말자, 나는 속으로 생각했다. 목적은 수단을 정당화한다. 나는 손을 등 뒤로 돌려 브래지어의 후크를 풀려고 했다.

"거기까지면 됐어." 베란이 말했다. "팔 이리로 내밀어봐."

베란은 의사라도 된 것처럼 내 양손을 잡고 비틀더니 손목에서 어깨까지 꼼꼼히 살펴보았다. "깨끗하군." 놀라운 기색이 깃든 목소리로 말했다. "무례하게 군 건 미안해. 하지만 주삿바늘 자국이나 도청기가 있으면 곤란해서 말이야. 마약중독자는 내 밑에서 일할 수 없어. 경찰 끄나풀도 마찬가지고."

그가 옷걸이를 붙잡고 드라이클리닝 백의 비닐을 벗겨냈다. 안에 든 것은 일종의 유니폼이었다. 흰 셔츠, 자수가 놓인 밤색 조끼, 짧은 밤색 스커트, 조그만 밤색 나비넥타이.

"자, 입어."

긴장이 풀려 덜덜 떨리는 손으로 옷을 받아 들었지만 대체 무슨 유니폼인지 알 수가 없었다. 거울은 없었지만 내 몰골이 볼썽사납다는 것 정도는 알 수 있었다. "보스, 웨이트리스 유니폼이에요?" 내가 물었다.

"소피아, 너는 이제부터 딜러야. 이 카지노에서 일하는 거지. 블랙잭, 포커, 바카라를 하는 거야."

"저는 아무것도 할 줄 모르는데요." 내가 대답했다.

"점수 계산은 할 줄 알겠지, 카드 다루는 솜씨는 이미 봤고. 그것만으로도 벌써 다른 딜러들보다 훨씬 뛰어나다고."

"저는 제가……."

"그 녀석들, 에밀과 리보르와 함께 일할 줄 알았단 말이지?" 그는 고개를 절레절레 흔들었다. "말도 안 되는 소리. 여기서 여자들이 일할 만한 곳은 카지노뿐이야."

고마워해야 하는 상황 같아서 나는 보스에게 감사를 표했다. 물론 내가 기대했던 것과는 전혀 다른 일이었지만 말이다.

"별일 아니야." 그가 따뜻한 목소리로 대답했다. "카지노에는 거리에서도 가장 재능 넘치는 녀석들만 골라서 고용하지. 똑똑한 녀석 중에서도…… 부모가 없는 자식들을 영어로 뭐라고 하지?"

나는 기억을 뒤져 영어 단어를 떠올렸다. "고아?"

"그래, 고아들만 고용해." 보스가 사무실의 문을 열어주었다. "없어져도 아무도 찾지 않을 사람들 말이야."

*

내 이름표에는 소피아라고 적혀 있었고 유니폼은 지나치게 꽉 끼었다. 다른 여자 딜러들 말로는, 가슴과 엉덩이를 강조하기 위한 목적도 있지만 헐렁한 옷 속에 칩을 몰래 숨기지 못하게 하기 위해 일부러 그렇게 만든 거라고 했다.

내게 게임을 가르쳐줄 동료 딜러인 로사가 카드 세 장을 내 앞에 던져 놓았다. 다이아몬드 퀸, 스페이드 8, 클럽 7.

"25." 나는 즉각 그렇게 대답한 다음 이 숫자를 러시아어, 독일어 그리고 로사에게 배우고 있는 체코어로 반복했다. 알고 보니 체코어는 러시아어와 상당히 비슷해서 숫자 정도의 간단한 표현은 곧 수월하게 익힐 수 있었다.

로사는 창백한 피부에 종 모양으로 둥글게 자른 검은 머리를 가진 조그만 체구의 여자였다. 거칠고 어두운 버전의 팅커 벨 같다. 로사가 카드 세 장을 더 던졌다. 하트 잭, 스페이드 에이스, 다이아몬드 2.

"23 아니면 13." 내가 대답했다. 에이스는 어떤 상황이 유리하느냐에 따라 1일 수도 있고 11일 수도 있다.

우리는 로사가 만족할 때까지 숫자 계산 연습을 했다. "소피아, 타고났네." 로사는 우아하게 손목을 꺾는 동작으로 카드를 섞으며 짤막한 영어로 말했다.

"자, 네 얼굴을 어쩌면 좋을까?"

"얼굴?"

"그래. 그 머리에 화장도 안 하니 가슴 달린 남자 같잖아. 이리 와."

로사가 나를 화장실로 데려가더니 카운터 위에 핸드백의 내용물을 꺼내 늘어놓았다. "자." 로사가 립스틱 하나를 집어 들었다. "이게 뭔지 알아?"

"당연하지." 내가 대답한다.

"그럼 발라봐." 나는 립스틱의 뚜껑을 열고 입술에 발라보았다. 솔직히 말하면 살면서 화장을 해본 건 예닐곱 번이 전부였다. 나는 화장품, 특히 립스틱을 끔찍하게 싫어했다. 그 맛도 촉감도 싫었다.

로사가 혀를 쯧쯧 차더니 고개를 저으며 내 손에서 립스틱을 빼앗아 들었다. "어휴, 내가 하는 게 낫겠어. 얼굴 이렇게 해봐."

내가 로사가 지은 표정을 따라 입술을 옆으로 쭉 늘리자 그녀가 내 입술에 립스틱을 발라주었다. 그다음에는 아이섀도, 아이라이너, 블러셔 순서로 이어졌다.

"다른 딜러들 만나봤어?" 화장하는 손길을 멈추지 않은 채로 로사가 물었다.

못 만나보았다고 대답하자 로사가 동료들 이야기를 해주었다. 베란이 했던 말이 맞았다. 우리는 전부 고아들, 유럽의 축축하고 어두운 구석을 떠돌던 사람들이었다. 로사는 자기와 친한 사람들이 누구누구인지 알려주었다. 루마니아 집시 출신인 마리와 비카와 제일 친하고, 그다음은 크로아티아 출신 무슬림인 에이다. 독일 급진주의자의 딸인 게르트 순서였다. 우크라이나 출신 무정부주의자인 이반은 처음에는 말이 없지만 친해지고 나면 쿨한 애라고 했다. 마지막으로 로사는 자기 자신에 대해서도 이야기해주었다. 헝가리 출신으로 9개 국어를 할 줄 아는 견습 마녀라고 했다. 견습 마녀라는 말을 듣고 어처구니가 없어서 눈썹을 휘둥그레 치켜들자 로사는 내가 카지노에 오는 예지몽을 꾸었다고 말해주었다. S라는 글자로 시작하는 이름을 가진 짧은 머리 여자가 모두를 위한 선물을 가져오는 꿈이었다고 한다.

"웬 선물?" 내가 물었다.

"그건 꿈에 안 나왔어." 로사가 대답했다.

"그 꿈의 결말은 뭐였는데?"

그 순간 로사가 미소를 지었다. 거짓말을 하는 게 분명했다. "기억 안나." 그녀가 말했다.

꿈 이야기를 좀 더 물어보려는데, 로사가 내 어깨를 잡고 거울 쪽으로 돌려세웠다.

거울 속에서 난생처음 보는 내 얼굴이 나를 빤히 바라보고 있었다. 블러셔를 발라 분홍빛으로 물든 광대뼈, 열 가지 색조의 아이섀도 덕분에 커다랗고 생기 있어진 두 눈. 립스틱을 발라 커다랗고 볼륨감 넘치는 입술. 꼭 진짜 어른이 된 내 모습을 미리 보는 것 같았다. 굳이 말하자면 새로운 내 모습은 예뻤다. 거울 속 내 모습은 빠른 속도로 변해버린 나 자신의 모습이었다. 기교 넘치는 솜씨의 화장 뒤에 내가 버리고 온 예전의 나보다 훨씬 잔혹하고 거친 여자가 냉소를 던지고 있는 게 엿보였다.

"맘에 들어?" 로사가 물었다.

"어…… 잘 모르겠어." 내가 대답했다.

"화장이란 말이지, 여자의……." 로사가 잘 떠오르지 않는 영어 단어를 찾느라 성마르게 허공에 손을 휘젓다가 결국 'Verkleidung'이라고 독일어로 말했다.

"가면." 내가 말해주었다.

"그래, 화장은 여자의 가면이야. 남자가 여자의 예쁘고 기분 좋은 모습을 보고 싶어 한다면, 우리는 가면을 쓰고 그렇게 행세하면 돼." 로사가 화장품들을 다시 그러모아 클러치 백 안에 집어넣었다. "카지노를 담당하는 남자들은 우리가 늘 예쁘고 기분 좋은 모습이길 바라니까, 신경 써야 해."

"알아. 에밀 패거리는 위험하잖아."

"퓨, 걔들은 아무것도 아니야." 그러면서 로사가 내 쪽으로 돌아섰다. "진짜 두려워해야 할 사람은 베란과 그 위에 있는 사람들이지."

목 뒤가 서늘해져왔다. 여기서 뭔가 정보를 얻어내야 했다. 로사는 친절한 동시에 영리하기까지 했다. 여기는 나의 세계가 아니라 로사의 세계다.

"베란이 보스 아니야?" 내가 순진한 척 물었다.

"카지노 그리고 길거리를 담당하는 녀석들의 보스지." 로사는 내 어깨에 손을 올리더니 고개를 한쪽으로 지그시 기울였다. "너, 카지노 주인이 누군지 알아?"

몸이 뻣뻣하게 굳어왔다. 로사, 제발 그 이름을 말해줘. 나는 고개를 저었다.

"그 사람 이름은 '악마'야." 로사가 감정이 실리지 않은 목소리로 말했다. "그런데 그 악마는 자기 자신을 클라디보라고 부르지."

*

로사가 그 이름을 입에 담았을 때 내 안에 차오른 감정은 두려움이 아니라 긍지였다. 내가 악마를 찾아냈고, 이제 그 악마에게 가까이 왔다는 긍지. 그래서 나는 자신감이 담긴 차분한 손놀림으로 악마가 운영하는 카지노 테이블에서 첫 손님을 받는 중이었다.

나는 점수를 계산해 4개 국어로 이야기했고, 줄담배를 피워대는 덩치 큰 더벅머리 러시아인은 블랙잭을 연속으로 세 판째 하고 있었다. 내가 웨이터를 부르자 잠시 후 그들이 샴페인 병목이 비쭉 나와 있는 은색 얼음 통을 가지고 왔다. 마치 침몰하는 배의 돛대 같았다.

결국 러시아인은 패배했다. 다른 모든 고객들과 마찬가지였다. 딜러들은 보통 테이블에서 판돈을 거둬갈 때 아무런 감정도 내비치지 않지만 그때 약간 안타깝다는 미소를 지어 보이면 팁을 받기 쉽다고 로사가 조언해주었기에 나도 그렇게 해주었다.

첫날 밤, 나는 헤드비카의 집에 있는 내 방으로 돌아갔다. 그리고 그 뒤로 20일 동안 나는 점점 더 많은 돈을 가지고 같은 방으로 돌아갔다. 내가 감당할 수 없는 액수였다. 지금 내가 버는 돈은 아빠가 정부를 위해 일하면서 벌었던 돈보다 많았다. 나는 이제 길거리 음식을 사다가 방에서 먹는 대신 카페에서 식사를 할 수 있었다. 새 옷을 사고, 직접 화장품도 사고, 일터에서 신을 세련된 플랫 슈즈도 샀다. 매일 밤 나는 돈을 쓴다는 새로운 즐거움을 향한 충동과 맞서 싸우면서 내가 여기에 온 이유를 애써 떠올렸다.

내가 카지노 일자리를 받아들인 건 아빠를 인질로 잡고 있는 조직에 가까이 다가서기 위해서였다. 조직원들이 종일 카지노를 들락거리니 감시는 어렵지 않았다. 그러나 며칠 지나지 않아 내가 레즈비언이라는 소문이 돌기 시작했다. 로사가 그 소문을 전해주며 그런 소문이 도는 건 내 머리가 짧고, 또 에밀에게 본때를 보여주었기 때문이라고 했다. 남자들은 레즈비언을 공들이면 정복할 수 있는 상대라고 생각해서, 누가 가장 먼저 나와 잘지 경쟁하고 있다고 했다. 그중 가장 많이 애쓰고 있는 것은 에밀이었는데, 아마 그럼으로써 동료들 사이에서 존엄성과 지위를 회복할 수 있으리라는, 이해할 수 없는 남자들의 꼴같잖은 논리에서 비롯된 생각일 것 같았다.

"근사한 내 집에 언제 한번 와보라고, 포르쉐 타본 적 있어?" 그들은 미국 텔레비전 프로그램에 나오는 조폭들에게 배운 영어로 가엾게 죽음을 맞은 크리스티안과 똑같은 방식으로 수작을 걸어왔다. 그런 수작 앞에서 철벽을 치지 않으려고 온 힘을 다해야 했다. 꾹 참고 마주 웃어준 다음 집이 얼마나 근사한지 물어보고, "아니, 포르쉐는 한 번도 안 타봤어." 하고 대답해야 했다. 그다음에는 술잔에서 절대 눈을 떼선 안 된다.

하나도 궁금하지 않은 포르쉐에 대해 이런저런 질문을 던지는 사이사이에 나는 슬쩍 클라디보에 대한 질문을 섞기도 했다. 하지만 돌아오는 답이라고는 그가 미스터리에 싸인 인물이고, 다른 업소도 여러 개 소유하고 있기 때문에 카지노에는 가끔 한 번씩 들렀다가 금방 사라져버린다는 게 전부였다.

점점 참을성이 바닥을 드러내고 있었다. 보스인 베란을, 에밀을, 리보르를, 그 밖에 스무 명은 되는 다른 조직원들이 카지노 안을 이리저리 돌아다니는 모습을 볼 때마다, 그들이 아빠에게 손을 댔을지, 아빠를 폭행했을지, 아니면 아빠의 목을 베어버렸을지, 아빠의 시체 위에 삽으로 흙을 부었을지 궁금했다. 때가 오면 나는 그들이 한 짓을 그대로 갚아줄 테니까.

*

보흐단 클라디보라고 불리는 악마가 등장한 것은 카지노에서 일한 지 22일째 되는 날, 카지노 오픈을 몇 분 남긴 시점이었다. 사람들은 그를 '판 클라디보'라고 불렀다. 체코어로 판은 '씨'와 '선생님'의 중간쯤 되는 경칭이었다.

클라디보는 키가 작고 왜소했는데, 가느다란 줄무늬가 새겨진 굉장히 비싸 보이고 맵시 넘치는 양복을 걸치고 있어서 한층 더 깡말라 보였다. 올백 스타일로 넘긴 검은 머리, 앙상한 얼굴, 섬세하고 새를 닮은 이목구

비를 가진 그는 은테 안경 너머로 세상을 잽싸게 훑어보는 것 같은 눈매를 하고 있었다. 지금까지 만난 다른 조직원들은 힘을 과시했고 근육과 걸핏하면 화를 내는 성미로 내게 겁을 준 반면, 보호단 클라디보에게서는 지성이 뿜어져 나왔다. 그래서인지 그를 보는 순간 그의 정신 그리고 수술을 집도하듯 냉철한 이성을 두려워하게 되었다. 그는 모든 문제를 종양 덩어리나 마찬가지로 취급했다. 그가 문제를 해결하는 방식은 칼로 베어내 버리는 것뿐이리라는 확신이 들었다.

클라디보가 도착하자 보스는 수선을 떨면서 새 샹들리에며 테이블에 씌운 새로운 펠트 천이며 새로 온 여자, 즉 나를 가리켰다. 나는 수줍은 듯 미소를 지으면서 존경의 의미로 고개를 살짝 숙였다. 하지만 보호단 클라디보는 샹들리에나 펠트 천, 또는 나 같은 것보다 훨씬 중요한 것에 대해 골몰하고 있는 모양으로 우리를 눈으로 한번 훑은 뒤 보스를 이끌고 카지노를 지나 주방으로 들어가버렸다.

"독일어로 말하자면 저 사람은 '*gestört*' 상태야." 주방의 문이 닫히는 걸 보고 로사가 말했다. "영어로 뭐라고 해?"

"고뇌하고 있다." 내가 대답했다.

"딱 그거야." 로사가 말했다. "클라디보는 고뇌 중이야."

"뭣 때문에?" 내가 묻는다.

"누구한테나 걱정거리는 있는 법이지." 로사는 어깨를 으쓱하더니 내 곁을 떠났다. "아무리 괴물이라도 말이지."

나는 한 시간 동안 텅 빈 블랙잭 테이블을 지키고 앉아 있었다. 주중 오후는 늘 이런데, 특히 오늘은 이런 조그만 행운이 반가울 뿐이었다. 카지노 사무실에서 클라디보와 베란이 무슨 대화를 나누고 있을지 궁금해

조바심을 내며 점수를 계산했다면 분명 견디기 힘들었을 것이다. 나는 그들이 아빠를 데리고 있다는 증거, 아빠가 살아 있다는 확실한 증거를 얻고 싶었지만 아주 사소한 단서라 해도 간절했다.

"할 수 있나?" 내 옆에서 갑자기 누군가 영어로 말하는 소리가 들렸다.

돌아보니 보호단 클라디보가 몸 앞에서 손을 꼿꼿이 세운 채 내 앞에 서 있었다.

"이 테이블에서 게임 한 판 할 수 있느냐고 물었어." 그가 미소를 지었다.

입술이 한순간 덜덜 떨리는 것을 느끼면서 나는 간신히 대답했다. "물론입니다, 판 클라디보."

클라디보가 한가운데 의자에 앉더니 5천 유로어치의 칩을 주머니에서 꺼내 테이블에 올려놓았다.

그가 가진 패는 좋지 않았다. 10과 6, 내가 가진 것은 11. 그가 테이블을 가운뎃손가락으로 두드리자 내가 카드를 뒤집었다. 그가 가진 카드의 합은 21이었다. 나는 내 두 번째 카드를 뒤집었다. 7이었다. 총합은 18.

"축하드립니다." 나는 카드를 그러모으면서 그에게 5천 유로어치의 칩을 얹어주었다.

"소피아 티무로브나, 맞나? 내가 부칭을 정확하게 말한 게 맞지?"

부칭이란 러시아 이름에서 아버지의 이름을 따서 만드는 가운데 이름을 뜻한다. 소피아의 경우, 아버지의 이름인 티무르에서 따온 티무로브나가 부칭이 된다. "예, 맞습니다." 내가 대답했다.

"베란 말로는 네가 이 카지노의 떠오르는 스타라는데. 똑똑하고, 카드 실력도 좋다고 말이야." 그는 판돈을 두 배인 1만 유로로 늘렸다. "러시아 어디 출신이지?"

"남부의 아르마비르라는 마을 출신입니다." 나는 손으로 카드를 펼치며 대답했다. "19. 또 이기셨네요."

클라디보가 총 2만 유로가 된 자기 칩을 쌓아올렸다. 나는 그에게 잭과 4를 던졌고 내 몫으로는 8 두 장을 던졌다.

"러시아인들은 멋진 사람들이지." 그가 말했다. "결단력 있고, 충성스럽단 말이야. 다음 카드 줘."

"제가 아는 러시아인들과는 다르네요." 나는 그에게 3 한 장을 주며 대답했다. 그가 가진 카드의 합계는 17이었다.

그가 카드 한 장을 버리자 나는 4를 가져왔다. 합은 20. "딜러 승입니다." 나는 다른 손님에게 하는 것과 똑같이 클라디보의 2만 유로어치 칩을 쓸어왔다.

보호단 클라디보가 나를 잠시 쳐다보더니 주머니에서 천 유로짜리 칩을 꺼내 테이블 너머로 내게 밀어주었다. "네 몫의 팁이야." 그가 말했다. "감히 나에게 이렇게 군 딜러는 네가 처음이군."

"이렇게 굴다니요?" 내가 물었다.

"나에게 져주지 않은 딜러는 네가 처음이라고."

나는 방금 받은 천 유로 칩을 언제나처럼 팁 주머니에 넣고 그에게 간단히 고맙다고 말했다. 클라디보는 이번에도 흡족한지 내가 시선을 돌릴 때까지 나를 빤히 쳐다보았다.

"프라하에 온 지 얼마 안 되었다던데." 그가 말했다. "남자 친구는 있나?"

속이 울렁거리기 시작했다. "사귀는 사람은 없습니다."

"그래, 베란이 그렇게 말하더군. 다들 네가 레즈비언이라고들 하던데,

내가 보기엔 너는 여기 있는 녀석들과는 만나지 않을 정도로 똑똑한 것뿐인 것 같군. 거친 녀석들이니까."

"저는 그냥 아무와도 사귀지 않는 것뿐입니다."

"물론, 내 상대가 되어달라는 건 아니야. 내 아들 로만을 만나보지 그래. 네 성격이 내 아들에게, 아마 좋은 영향을 미칠 것 같으니까." 클라디보가 말했다.

나는 고개를 살짝 움츠리며 최선을 다해 예의바른 미소를 지어 보였다.

"죄송합니다만, 판 클라디보, 말씀드렸듯 저는 아무와도 사귈 마음이 없습니다."

"그렇다면 그 결정을 존중해주어야겠군." 그가 한숨을 쉬더니 양복 재킷에서 조그만 수첩을 꺼냈다. "어쨌든 마음이 바뀔지도 모르니 내 휴대전화 번호를 알려주겠어."

그가 만년필로 종이에 휴대전화 번호를 적었다. 빛을 받은 은빛 펜촉이 수술용 칼처럼 반짝였다. 피아노처럼 까만 펜대 옆면에 '아빠에게, 사랑하는 G가'라고 새겨진 글귀가 보였다.

21장

로사가 검은 감초와 여름의 젖은 흙냄새가 나는 차를 끓여다주었다. 한 모금 마셨더니 맛은 끔찍했지만 따뜻해서 좋았다. 이건 약이야, 그러니까 당연히 입에는 쓰지. 로사의 말이었다.

그날의 일과를 어떻게 끝냈는지도 모르겠다. 담배 연기의 장막 속에서 흐릿하게 보이는 카드, 쌓여 있는 칩, 쌓여 있는 돈. 카지노에서 퇴근한 뒤, 얼굴이 죽은 사람처럼 하얗게 질려 트램 정거장 바닥에 앉아 있는 나를 로사가 발견했다.

그래서 로사가 나를 자기 집으로 데려와 차와 음식을 내주었던 것이다. 내가 아무리 괜찮다고, 집에 가겠다고 해도 소용없었다. 로사는 택시까지 불러서 나를 강의 저 먼 서쪽, 카페 위층에 있는 조그만 자기 집까지 데리고 왔다.

내가 할 수 있는 것은 러시아인인 소피아의 가면 속에 숨어서, 소피아의 억양으로 말하고, 소피아의 방식으로 차를 마시는 것뿐이었다. 로사에게 모든 걸 털어놓고 싶은 마음이 간절했다. 진실을 털어놓고 무거운 짐을 벗어던지고 싶었다. 하지만 로사에게 내가 할 수 있는 말은 담배 연기 때문에 편두통이 심해서 이렇게 됐다는 말뿐이었다. 사실 머리가 아픈 건 아빠가 납치된 이래로 가장 큰 충격과 공황을 경험했기 때문이다.

클라디보가 가지고 있던 것은 내가 아빠에게 선물했던 펜이었다. 내가 찾고 있던 바로 그 증거가 눈앞에 나타난 것이다. 하지만 이제 어떻게 하지? 내가 뭘 하지? 내게 필요한 건 끝내주는 닌자이자 전투의 여신, 이스라엘 스파이 야엘이었는데 지금 내 옆에 있는 건 자기가 마녀라고 생각하는 헝가리의 요정 로사뿐이었다.

"이 차는 아니스, 헝가리에서는 '에데스 곰바'라고 부르는 원료로 만든 거야. 신체가 아니라 눈에는 보이지 않는 것을 달래는 약이지." 로사가 설명했다.

"영혼." 내가 말했다.

"영혼, 바로 그거야."

나는 로사가 아래층 카페에서 사다준 오리구이를 이리저리 뒤적이고는 있었지만 죽은 것을 보니 입맛이 뚝 떨어졌다.

로사는 뉴욕에서 릴리 할머니가 해줬던 것과 똑같이 내 주변에 베개를 쌓아 둥지 같은 것을 만들고 나를 감싸고 어깨에 담요를 단단히 여며주었다. 헝가리 출신들은 이런 걸 잘하는구나.

"넌 꼭 고양이처럼 특이해." 로사가 자기 찻잔을 들고 내 옆 소파에 앉으며 말했다. "차분하고 조용하다가도 갑자기 꼬리에 불이라도 붙어버린 것처럼 굴잖아."

"붉붉은 거 맞아." 나는 입속으로 그렇게 중얼거리고 차를 한 모금 더 마셨다.

"있지, 일전에 어느 날 밤 네 생각을 하다가 잠이 안 와서 일어났거든. 그리고 네 운명을 타로 카드로 점쳐봤거든."

"타로 카드?"

"그래. 소피아, 너 타로 카드 점 믿니?"

나는 어린 시절부터 신을 믿은 적이 한 번도 없었고, 당연히 타로 카드든 위자 보드든 이빨 요정이든 믿은 적이 없었다. "사실 별로 그런 쪽엔 관심이 없어."

"중력을 믿지 않는다고 해서 중력이 사라지는 건 아니지." 로사가 미소를 지었다. "점괘를 알고 싶어?"

"그래." 나는 로사를 기분 좋게 해주려고 그렇게 대답했다. "얘기해봐."

로사는 소파에 앉은 채 앞으로 몸을 기울인 다음 조그만 손가락 끝을 서로 맞붙였다. "첫 번째 카드는 과거를 알려주는 카드인데, 컵 6번이었어. 어린 시절을 말하지. 순수. 하지만 지금은 사라지고 없지. 현재를 나타내는 두 번째 카드는 '바보'였어."

나는 애써 살짝 웃으며 차를 한 모금 더 홀짝였다.

"오해하지 마, 바보 카드는 멍청하단 뜻이 아니거든. 바보는 현명하고 영리해." 로사가 말했다.

"그럼 세 번째 카드는?" 내가 물었다.

로사가 앉은 자리를 살짝 옮겨 물러났다. "죽음이었어. 하지만 거꾸로 뒤집힌 죽음이야." 그녀가 말했다.

그래, 난 거꾸로 뒤집혀서 죽나 보다. "무슨 뜻인데?"

로사가 어깨를 으쓱했다. "확실하지는 않아. 나도 타로 카드 초보거든. 하지만 우리 마을에 살던 할머니는 뒤집힌 죽음 카드는 꼭 죽음만을 뜻하는 건 아니라고 했어."

"그럼 무슨 뜻인데?"

"정확히는 몰라." 로사가 내게 몸을 가까이해 오더니 내 양 무릎에 손을 대고 지그시 눌렀다. "아마 누군가 죽는다는 뜻일 거야. 하지만 이 카드는 변화를 의미할 수도 있어. 무언가가 끝난다는 뜻이지."

나는 눈을 찡그리듯 감고 이마를 손으로 눌렀다. 졸렸다. 포근한 담요로 둘러싼 듯한 안정제의 기운이 속에서부터 퍼지기 시작했다. 아니스 그리고 에데스 곰바인지 뭔지로 만든 그 차의 영향인 것 같았다.

"아까 얘기했지만 난 타로 카드 같은 거 안 믿어." 내가 말했다.

"알아. 그런데 난 믿어." 로사가 대답했다.

나는 소파 위에 쌓인 이불과 담요 속에 몸을 파묻었다. 방 안이 살짝 빙글 도는 것만 같다가 멈추더니, 이번엔 반대 방향으로 돌았다. 로사가 내게 바짝 붙어오더니 나를 끌어안고 빙빙 도는 세상에서 내가 넘어지지 않도록 단단히 붙들어주려는 듯 나를 끌어안았다.

다음 순간, 나는 갑자기 녹색 드레스 차림에 흰 가면을 쓴 모습으로 어떤 고상한 집 안에서 열리는 무도회에 와 있었다. 꿈인 게 분명했지만, 꼭 영화처럼 선명했다. 무도회에 모인 사람들은 전부 남자들이었는데, 벽난로에서 타는 불꽃 때문에 그들의 얼굴에 오렌지 빛이 일렁이고 있다. 나는 옛날식 성배를 닮은 황금 잔 여섯 개를 담은 쟁반을 들고 있다. 나는 이 잔을 클라디보에게, 에밀에게, 베란에게 그리고 내가 알 수 없는 다른 세 남자에게 하나씩 건넨다. 그들이 다 어딘가로 사라지고 나자 나는 테두리에 금박을 입힌 거울 앞 테이블 위에 쟁반을 올려둔다. 가면을 벗자 거울에 비치는 것은 내 얼굴이 아니라 해골이다.

*

들떠서 급하게 연락하는 것처럼 보여선 안 되니까 나는 일주일이 지난 뒤에야 클라디보에게 전화를 걸었다. 보흐단 클라디보는 저녁 식사를 같이하자고 했다. 보흐단 그리고 그의 아들 로만 그리고 소피아가 함께하는 저녁 식사.

우리는 체코 국회의사당인 흐라드차니 성 근처에 있는 레스토랑에서 만났다. 흰색 테이블보에 보라색 벨벳으로 덮인 벽, 양초가 금빛을 뿜어내며 타고 있는 곳이었다. 오늘 밤을 위해 로사는 나에게 소매 없는 검은 드레스를 빌려줬다. 로사가 입어도 짧은데 내가 입기에는 더 짧아서, 이 만남의 목적에 안성맞춤이었다. 아들과 함께 나타난 보흐단은 레스토랑 로비에 앉아 기다리던 나를 보는 순간 위아래로 훑어보며 흐뭇한 미소를 지었다.

보흐단의 아들 로만은 아버지의 화려한 미감을 물려받은 건 확실했지만 외모는 유전이 아닌 것 같았다. 로만은 키가 훤칠했고 고급스러운 양복을 걸친 몸은 탄탄한 근육질로 보였다. 깔끔하게 가르마를 탄 짙은 금발 머리에, 잘나가는 월스트리트 증권거래인처럼 자신감이 풍겨 나오는 남자였다. 하지만 내가 초록색 벨벳 소파에서 일어나 그들의 양 뺨에 가볍게 입 맞추며 인사하자 로만은 아버지를 향해 인상을 찌푸려 보였다. 아들과 협의되지 않은 깜짝 소개팅이었나 보다.

모두 테이블에 앉자 보호단 클라디보는 여기가 프라하 전역에서뿐 아니라 체코 공화국 전체에서도 가장 고급스러운 레스토랑이라고 했다. 진짜인지 아닌지는 모르겠다. 푸아그라든, 메추라기 구이든, 웨이터의 말에 따르면 섬세한 크림소스에 주니퍼베리*로 향미를 더했다는 아스파라거스든 조금도 맛이 느껴지지 않았기 때문이다. 남자들은 82년산 샤토드 뭐라는 와인을 마시다가 내게도 한 잔 권했다. 고맙지만 괜찮습니다, 소피아는 그렇게 대답하며 생수를 마시겠다고 했다.

이 두 사람이 에밀, 심지어 미로슬라프 베란과도 다른 종류의 범죄자라는 사실은 처음부터 분명히 알 수 있었다. 이들은 와인 리스트에 정통하고, 샐러드 포크와 육류용 포크를 정확하게 구분하는 유형의 범죄자들이었다. 나도 모르게 포크로 음식을 찌르고 와인 잔의 목을 움켜쥐는 그들의 손놀림에서 눈을 떼지 못하고 있었다. 보호단 클라디보의 손은 섬세하고 손가락이 늘씬했다. 피아니스트의 손 같았다. 그 아들의 손은 큼직한 동물의 앞발 같고 손가락은 굵직한 것이 목을 조르기 딱 좋아 보였다.

"그럼 부모님은 러시아에 있겠군, 소피아." 보호단이 말했다.

나는 슬픈 미소를 지어 보였다. "엄마는 제가 일곱 살 때 돌아가셨고, 아빠는 열네 살 때 돌아가셨어요."

"비극적이군. 가족이란 어마어마하게 중요한 거야. 떼려야 뗄 수 없는 사이가 가족이지. 어쩌면 언젠가 하느님이 소피아 너를 위한 가족을 내려줄지도 모르겠구나." 보호단이 말했다.

"그랬으면 좋겠네요." 나는 웃으며 대답했다.

나는 소피아의 정체성을 한계까지 밀어붙여 두 사람 모두에게 꼬리를

---

* 유럽 원산의 상록 관목인 주니퍼 나무의 열매로 향신료로 쓰인다.

치면서도 특히 로만에게 집중했다. 보흐단은 이쯤으로도 만족한 것 같았지만 로만은 쉬운 상대가 아니었다. 나는 소피아가 살던 아르마비르라는 작은 도시에 대한 이야기를 지어냈고 책을 읽고 공부하는 걸 좋아한다는 이야기도 했다. 어려운 삶을 이겨내고 새 삶을 찾아 유럽에 와서, 오늘밤 이 자리까지 오게 되었다는 이야기도 했다. "두 분과 저녁 식사를 하다니 정말 영광이에요." 그 말에 이어 나는 수줍게 두 사람의 건강을 비는 건배를 제안했다.

"소피아, 대학은 나왔나?" 보흐단이 물었다.

"아쉽게도 못 다녔어요."

보흐단이 아무것도 아니라는 듯 손을 휘휘 저었다. "그럼 나랑 똑같군. 너와 나 같은 사람들에겐 진짜 세상이 바로 대학교나 마찬가지야." 그러더니 보흐단은 로만 쪽을 가리켰다. "하지만 로만은 다르지. 예일대 출신이거든. 미국에선 '아이비리그'라고 한다지. 심지어 조정 팀에서도 활동했다니까."

"예일대에 가다니, 정말 운이 좋으시네요." 나는 로만에게 말했다.

"그 등록금을 내주는 아버지가 있는 게 운이 좋은 거지." 보흐단이 킬킬 웃었다. "안 그러냐, 로만?"

로만은 자기 잔에 와인을 채웠다. "엄청나게 운이 좋죠."

"이제는 왕이 왕자에게 외제차도 사주고, 왕자와 '가까운 친구들' 파티 비용도 대주니 얼마나 좋으냐?"

두 남자 사이에 사나운 시선이 오갔다. 불꽃이 튈 것 같아서 내가 얼른 *끄*기로 했다.

"그럼 로만, 음악 좋아해?" 내가 말을 건넸다.

안심한 것만 같은 희미한 미소. 로만이 웃음을 지은 건 이번이 처음이었다. "좋아하지."

"재즈. 왕과 왕자가 공유하는 유일한 음악 취향이랄까? 소피아, 너는 어떤 음악을 좋아하냐?" 보호단이 덧붙였다.

"아, 저도 재즈를 정말 좋아해요." 나는 숨을 들이쉬고 잠시 그대로 숨을 참는다. "아빠, 우리 아빠도 재즈를 좋아하셨어요."

보호단의 눈빛이 활기를 띠었다. "프라하가 동유럽 재즈의 중심지라는 사실을 알고 있었니? 물론 여기서 재즈는 언더그라운드 뮤직이지. 공산주의자들은 재즈를 혐오했으니까. '데카당스'*한 위험한 음악이라고 말이야."

버스 보이**들이 와서 접시를 치워가자 웨이터가 디저트 메뉴를 가져왔다. 하지만 보호단은 웨이터에게 그만 가라는 손짓을 하더니 시가에 불을 붙였다. 시가 연기 너머에서 그는 마치 내게 어떤 질문을 하려는 듯 쳐다보았지만 그 질문은 나중으로 미루기로 한 듯싶었다. 그다음에 그는 손목시계를 보더니 눈썹을 추켜올렸다.

"로만, 잠시 후에 스타라 파니에서 재즈 공연이 시작될 텐데 소피아와 같이 가렴."

로만의 목 근육이 꿈틀거리는 게 보였다.

"소피아가 바쁘지 않을까요? 내일 출근해야 할 텐데."

"무슨 소리. 보스의 아들과 데이트가 더 중요하지. 게다가 러시아 여자와 데이트할 기회는 놓치면 안 돼. 그렇지 않니, 소피아 티무로브나?" 보

---

* 19세기 프랑스와 영국에서 유행한 문예 경향의 퇴폐주의.
** 레스토랑에서 빈 그릇을 치우는 역할을 하는 사람.

흐단이 말했다.

"맞습니다. 판 클라디보."

*

우리는 곧 레스토랑에서 나오고, 보흐단은 보디가드가 열어준 메르세데스 뒷좌석 문 너머로 사라졌다. 곧 주차 직원이 로만의 늘씬한 아우디를 몰고 왔다. 새까맣고 우아한 차였다. 내가 조수석에 앉자 로만이 운전석에 앉았다.

"있잖아, 나와 데이트하기 싫다고 해도 이해할게. 난 괜찮아." 내가 말했다.

"괜찮아." 그가 차의 시동을 걸었다. "그냥, 오늘 이런 일을 예상하지 못해서 그래. 아버지는…… 나를 개조하려는 중이거든."

"개조라니?"

"그런 게 있어."

우리는 강을 건너 프라하의 구시가지로 진입해 좁은 차도에 간신히 끼어든 다음 구시가지 광장 근처에 차를 세웠다. 불과 몇 주 전에 내가 관광객들을 상대로 야바위를 벌인 곳이었다. 길 건너편까지 스타라 파니에서 나오는 음악이 울려 퍼졌다. 맹렬한 색소폰과 드럼 리프다.

스타라 파니라는 클럽은 철제 계단 아래에 있었다. 오래된 주류 밀매점처럼 근사하게 생긴 이 공간에는 한쪽에 무대가 있고 테이블마다 조그만 램프가 하나씩 있어서 멋지게 옷을 차려입은 관객들의 얼굴을 비추고 있었다. 밴드 연주도 훌륭했다. 색소폰, 피아노, 베이스, 드럼으로 이루어진 4중주였다.

우리는 한쪽에 놓인 조그만 VIP석 소파에 앉았다. 웨이트리스가 나타나더니 로만의 이름을 부르며 인사한 뒤 나를 위아래로 훑어봤다. 로만은 자기 몫으로 맥주를, 내 몫으로 생수를 주문했다.

연주가 이어졌지만 로만은 음악에는 관심이 없는 듯 휴대전화만 쳐다보며 문자 메시지를 보내더니 초조하게 주변을 둘러보았다. 나를 여기 데려온 건 단지 아버지의 비위를 맞추기 위해서였던 게 분명했다. 나는 그에게 조금 더 몸을 바짝 붙이고 한 손으로 그의 다리를 쓸어내려보았다. 하지만 로만은 내 몸과 닿지 않게 자세를 고쳐 앉았을 뿐이다.

문자 메시지가 도착하자, 로만은 또 답장을 보내더니 내 쪽으로 몸을 기울였다.

"미안, 소피아. 가봐야 해."

"무슨 일 있어?" 내가 물었다.

"그게…… 사실 누굴 좀 만나야 해. 사업상의 약속이야." 그가 대답했다.

"그래."

"그러니까, 음…… 난 지금 누구랑 사귈 생각은 없거든." 그가 주머니에서 두툼한 돈뭉치를 꺼내더니 나에게 몇 장 건넸다. "택시 타고 집에 가." 그는 음료 값으로 지폐 몇 장을 더 내려놓은 뒤 계단 위로 사라져버렸다. 누굴 만나는 거지? 뭐 때문에? 나는 잠깐 기다렸다가 그를 따라 클럽 밖으로 나갔다.

클럽 바깥의 거리는 티셔츠 차림의 관광객으로 빈틈없이 꽉 차 있었지만 그 속에서 고급 양복을 차려입은 로만의 모습은 금방 눈에 띄었다. 나는 열 명 정도의 거리를 두고 그를 따라갔다. 하이힐을 신고 자갈이 깔린 길을 걷기가 힘들어서 구두는 벗은 채 손에 들었다. 누군가 휘익 하고 휘파람을 불었고 나를 눈으로 훑어대는 사람도 있었지만 나는 전부 무시하고 목표물에만 집중했다.

로만은 좁은 길로 접어들더니 다시 큰길로 나갔다. 그다음에는 어느 바 안으로 들어갔다. 나는 길 건너편 벽 아래, 가로등 불빛이 닿지 않는 어두운 구석을 골라 섰다. 바는 특별할 것 없어 보이는 곳이었다. 프라하에서라면 사실 새 건물이나 마찬가지겠지만 백 년쯤 된 것 같은 조그만 흰색 건물 현관 앞에 데님 조끼를 입은 경비가 스툴을 놓고 지키고 있었다.

로만을 기다리는 동안 나는 그 안에서 어떤 일이 일어나고 있을지 궁금했다. 진짜 여자 친구를 만나는 걸까, 아니면 로만의 말대로 사업상 동료를 만나는 걸까? 한 시간, 아니면 그보다 약간 못 미치는 시간이 지났을 때쯤 바의 문이 열리더니 술에 취한 로만이 비틀거리며 밖으로 나오고 곧 한 남자가 따라 나왔다. 둘 다 취했는지 비틀거리는 걸음걸이였다. 둘은 서로 어깨를 만지작거리고 농담을 나누며 웃고 있었다.

이제 길에는 사람이 별로 없어서 나는 아까보다 더 멀찍이 떨어진 채 두 사람의 뒤를 밟았다. 둘은 10분쯤 걷더니 굉장히 세련된 현대식 아파트 건물 앞에 걸음을 멈췄다. 대화 내용은 전혀 들리지 않았지만, 눈에 보이는 것만으로도 충분히 어떤 상황인지 이해할 수 있었다. 로만이 손목시계를 들여다보자 상대는 아파트를 가리켰고 로만은 고개를 저었다. 상대가 자기 발치를 내려다보았고 잠깐 불편한 침묵이 감돌았다. 그때 로만이 손을 뻗더니 상대의 턱을 살짝 들어 올리며 그에게 키스했다. 두 사람에게 의미가 커 보이는 진한 키스였다.

*

　맥락이 달랐더라면, 이 삶이 다른 인생이었다면, 이 키스가 달콤하고 감동적인 장면이라고 생각했을 것이다. 그러나 이 장면이 나의 계획에 어떤 영향을 미치게 될까?

　키스가 길어지자 지나가던 남자 세 명이 그들을 주시하기 시작했다. 그들은 만취한 채 휘파람을 불며 고함을 질러댔다. "호모 새끼! 호모 새끼!" 로만과 그의 남자 친구는 키스를 멈추고 그 말을 못 들은 척했다. 남자 친구가 로만의 손을 한 번 꽉 쥐더니 건물 안으로 들어가 사라지자 로만은 비틀거리는 발걸음으로 길을 걷기 시작했다.

　취객들이 로만을 쫓아가며 자기들끼리 주고받는 말소리가 들렸다. 20대 중반쯤으로 보이는 취객들은 짝퉁 버버리 폴로셔츠를 입고 있었다. 쩌렁쩌렁 울려 퍼지는 대화 내용을 들어보니 남자들끼리 영국에서 관광을 왔고 '프라하의 새들'이 들던 만큼 호락호락하지 않아서 실망했다는 것 같았다.

　취객들 중 한 사람은 중간중간 로만의 등 뒤에 대고 외설적인 말을 외치며 조롱을 멈추지 않았다. 로만이 그 말을 듣고도 영리하게 모른 척하는 것인지, 너무 취해서 미처 대답할 수 없는 건지는 알 수 없었다. 로만은 어떤 건물 앞에서 잠깐 걸음을 멈추고 머리를 벽에 기댔다.

　취객들은 그 순간 그의 허점이라도 발견한 듯 재빨리 로만을 따라붙었다. 로만은 구시가지 광장으로 들어가는 좁다랗고 텅 빈 길로 접어들었다.

　취객 한 사람이 맥주병을 휘둘러 로만의 뒤통수를 쳤다. 로만이 뒤를 돌아보았다. 침침한 불빛 속에서도 그의 얼굴에 깃든 공포와 분노가 선명히 보였다. 그러나 취객들은 겁먹지 않았다. 한 사람이 로만의 양 어깨를 움켜잡더니 그의 코를 겨냥해 박치기를 했다. 로만의 고개가 뒤로 꺾였다. 다음 순간 세 명의 취객 모두가 돌아가며 술 취한 주먹으로 로만을 가격했고, 로만은 벽에 몸을 부딪치며 바닥으로 쓰러져버렸다.

로만이 힘없이 쓰러지자 세 사람은 재미난 장난이 너무 일찍 끝나버렸다는 듯 제자리에 서 있었다. 그만둬, 나는 속으로 생각했다. 이쯤이면 충분하잖아. 그 순간 셋 중 한 사람이 운동화를 신은 발로 로만의 배와 옆구리, 머리를 걷어차기 시작했다. 나머지도 가담했다.

나는 손에 들고 있던 하이힐을 바닥에 내던지고 로켓처럼 앞으로 돌진해 세 명의 취객 중 가장 덩치가 큰 자의 손목을 붙잡고 팔을 꺾어 돌려 세운 뒤, 한 팔로 목을 조르면서 뒤통수를 자갈 벽에 짓찧었다. 그가 내 쪽으로 휘청하는 순간 나는 그의 턱에 몸이 홱 돌아갈 정도로 강한 한 방을 날렸다.

또 다른 취객이 뒤에서 내 어깨를 붙들자 나는 팔꿈치를 그의 배에 내리꽂은 뒤 뒤로 돌아 손바닥 끝으로 턱 밑을 거세게 올려쳤다. 그가 뒤로 벌렁 넘어졌다. 몸이 말을 듣지 않는 것 같았지만 바로 일어설 것 같았다. 그 순간 옆쪽에서 움직임이 느껴지는 바람에 나는 몸을 돌렸다. 마지막 한 사람이 휘두른 주먹이 내 머리를 딱 6인치 차이로 비켜갔다. 보답으로 나는 그의 사타구니에 재빨리 킥을 한 번 날렸다. 그가 몸을 반으로 접으며 비틀비틀 뒤로 물러섰다. 내가 그쪽으로 다가가려는데 나머지 두 취객이 항복의 뜻으로 두 손을 들어 올리는 모습이 보였다.

나는 로만 쪽을 쳐다보았다. 로만은 여전히 반쯤 의식을 잃은 채 바닥에 쓰러져 있지만, 손에 권총을 들고 그들에게 겨누려 애쓰고 있었다. 셋 중 두 사람이 몸을 돌리더니 비틀비틀 거리를 달려 도망쳐버렸고 세 번째 사람은 다른 방향으로 달려갔다.

로만은 목표물을 찾아 총구를 돌렸지만 나는 부드럽게 두 손으로 총을 감싸 총구를 아래로 내리게 했다. "총은 내려놔." 내가 속삭였다.

로만의 코에서는 피가 솟아나고 있었다. "개새끼들." 그가 숨을 몰아쉬며 중얼거렸다.

그러나 곧 로만은 다시 의식을 잃어버리고 말았다. 맥박을 확인해보니 힘차게 뛰고 있기는 하지만, 병원에 가야 했다. 그러나 내가 혼자 힘으로 그를 차에 태울 방법은 없었다. 도와달라고 고함이라도 쳐볼까 잠깐 생각했지만, 곧 클라디보 가문 사람들은 경찰에게서 무슨 일이 어째서 일어났는지 질문 받는 일을 달가워하지 않으리라는 생각이 들었다.

나는 로만의 주머니에서 휴대전화를 꺼낸 뒤 주소록을 찾느라 씨름했다. 주소록을 한참 뒤진 끝에 '오텍'이라는 단어를 찾았다. 아버지라는 뜻. 러시아어와 똑같다. '오텍'을 누르자 전화가 걸렸다.

"판 클라디보." 클라디보가 전화를 받자 내가 말했다. "저 소피아예요. 로만이 다쳤어요. 길에서 린치를 당했어요. 숨은 쉬고 있지만 의식은 없어요. 앰뷸런스를 부르는 게 좋을까요?"

잠시 침묵. 그리고 차분한 목소리가 이어졌다. "아니, 앰뷸런스는 안 돼. 어디지?"

"프라하 1구. 구시가지 광장 근처예요. 작은 골목인데……."

"근처에 가게가 있나? 가게 이름을 대."

나는 밤이라 문을 닫은 피자 가게와 와인 판매점 간판을 보고 상호를 불러주었다.

"사람을 보낼 테니 그 자리에서 꼼짝 말고 기다려."

"감사합니다."

"소피아?"

"네?"

"네가…… 네가 로만과 함께 있었나?"

"아니에요. 판 클라디보. 저는 나중에 왔어요."

침묵. 수화기 저편에서 부드러운 음악 소리와 잔 부딪치는 소리가 들렸다. 파티장 같았다. "곧 사람이 갈 거다." 그 말을 끝으로 전화가 뚝 끊겼다.

나는 로만의 옆을 5분간 지키며 기다렸다. 숨소리가 깊고 고른 걸 보니 아직은 괜찮은 것 같았다. 그때 골목 저편, 광장 쪽에서 사람의 형체 두 개가 나타났다. 그들이 가로등 불빛 아래에 다다라서야 나는 그들이 에밀과 리보르라는 것을 알아보았다.

"대체 무슨 일이야?" 에밀이 물었다.

"남자 세 명이 로만을 공격했어." 내가 대답했다.

두 사람은 잠시 동안 멍하니 로만 옆에 서서 앞으로 어떻게 해야 할지 체코어로 의논하더니 양쪽에서 로만의 겨드랑이를 받치고 부축해 광장 쪽으로 질질 끌고 나갔다.

내가 반대쪽으로 걸음을 옮기려고 하는데 에밀이 "안 되지." 하면서 내 팔을 붙들었다. "보스가 너도 데려오라고 했어."

나는 에밀의 BMW까지 따라가서 리보르와 함께 로만을 뒷좌석에 구겨 넣었다. 내가 조수석에 타자 BMW는 한밤중 프라하의 붐비는 도로 위로 출발했다.

"누구 짓이지?" 도심을 떠나 교외로 접어들자 에밀이 물었다.

"영국인 세 명이었어. 왜 로만을 표적으로 삼았는지는 모르겠어." 내가 말했다.

에밀이 숨넘어가게 웃었다. "난 잘 알겠는데."

그 말을 끝으로 아무도 입을 열지 않았다. 아파트 건물들이 점점 줄어들더니 작은 집들이 나왔고, 도시에서 점점 더 벗어날수록 점점 더 커다란 저택들이 등장했다. 우리가 탄 차는 개인 소유의 자갈길로 접어들었다. 자갈길에는 마치 이 사유지를 감히 침범하는 이들에게 무슨 일이 일어나게 될지를 불길하게 예고하는 듯한 체코어 경고문이 붙어 있었다.

우리는 위풍당당한 돌벽에 달린 철 대문으로 다가갔다. 돌벽 뒤에는 치장벽토로 꾸민 커다란 저택이 있었다. 잘 손질한 정원이 딸린 어마어마한 규모의 저택이었다. 조직폭력배 유니폼이나 마찬가지인 트레이닝복 차림의 남자 한 명이 한 손으로 헤드라이트 불빛으로부터 눈을 가리면서 다른 한 손에는 자동소총을 들고 이쪽으로 다가왔다.

22장

사람들이 부엌의 기다란 목재 테이블 위에 마치 식사 준비라도 하듯 로만을 눕혔다. 로만의 몸과 테이블 상판 사이에는 퀼트로 된 임시 매트리스가 끼워져 있었고, 로만 위쪽에는 구리 냄비와 팬이 매달린 걸이가 달려 있었다. 보호단의 개인 경호원 중 몇 명이 옆에서 지시를 기다리고 있었다.

넥타이를 느슨하게 흐트러뜨리고 셔츠 소매를 걷어 올린 보호단이 허리 양쪽에 손을 짚고 서서 주치의의 손놀림을 감시하고 있었다. 의사는 깍듯하면서도 겁에 질린 듯 눈을 내리깔고 있었다.

나는 보호단이 시키는 대로 벽에 기대 있던 나무 의자를 끌어와 앉았다. 로만이 똑똑히 보이는 자리였다. 방금 의식을 되찾았고, 뺨의 찢어진 상처를 의사가 꿰매는 중이었다. 로만은 공황 증세가 역력한 눈빛으로 나를 바라보고 있었다. 의사가 피를 닦아내더니 처치가 끝났다고 말했다.

보호단이 손가락을 딱 튕기면서 체코어로 무슨 명령을 내렸다. 모두이 방을 떠나라는 말이 분명했다. 의사를 포함해 모든 사람이 그 순간 이 방을 떠나기 시작했으니까. 나도 자리에서 일어나려는데 보호단이 내 어깨를 눌러 도로 의자에 주저앉혔다. "넌 여기 있어." 그가 말했다.

모두가 밖으로 나가고 부엌문이 닫히자 보호단이 몸을 돌려 나를 위에서 굽어보았다. "아무것도 숨기지 마라. 단 한 마디라도 거짓말을 한다면 내가 분명 알아내고 말 테니까." 보호단이 말했다.

"남자 세 명이었어요. 만취한 영국 남자 세 명이 나타나더니 로만에게 끔찍한 소리를 하면서 괴롭혔어요. 놈들이 로만을 붙잡자 로만은 반격했어요. 마치…… 사자처럼 용맹하게 싸웠어요."

보호단이 고개를 절레절레 젓더니 로만을 향해 돌아섰다.

"들었니, 로만? 너한테 사자 같다는구나. 충성스럽기도 하지. 아직까지도 저 아이 눈에는 네가 정글의 대장으로 보이는 모양이야." 보호단이 아들을 향해 몸을 굽히고 바짝 얼굴을 가져다댔다. "너, 그 녀석과 같이 있었지?"

로만이 눈을 감더니 체코어로 무슨 대답을 했다. "영어로 대답해. 소피아도 알아들을 수 있게." 보호단이 말했다. "겁쟁이처럼 굴지 말고."

"저는…… 친구와 함께 있었어요."

보호단이 그 순간 "친구라고?" 하고 고함을 지르는 바람에 나는 깜짝 놀라 자리에서 벌떡 일어섰다. "네 남자 친구들 얘기냐? 네가 만나고 다니는 애인들?"

그 순간 로만의 눈빛에 깃든 모욕감은 그의 몸에 난 상처들보다 더 고통스러워 보였다. "Ano." 그가 '네'라고 낮은 목소리로 대답했다.

보호단이 고개를 끄덕이더니 식탁 모서리에 기댔다. "네 그 역겨운 짓을 알면서도, 비밀로 하라고 내가 그렇게 부탁했는데! 너는 그것조차도 할 수가 없구나. 내 아들이 남색꾼이라는 걸 남들이 알면 어떻게 되는지 몰라?"

"죄송합니다, *táta*〔아빠〕."

"그런데 너는?" 보호단이 내 쪽을 손가락으로 가리켰다. "어떻게 네가 하필 그 자리에 있었던 거지?"

"저희는…… 헤어져서 각자 길을 가고 있었어요." 내가 대답했다. "다른 술집에 들렀다가 돌아가는 길에 우연히 길에서 로만을 본 거예요."

"그래서 넌 뭘 했지? 손톱이나 손질하면서 쓸모없는 암캐처럼 쳐다보고나 있었니, 아니면 뭔가 도움을 줬어?"

로만이 끼어들었다. "소피아는 놈들과 맞서 싸웠어요. 놈들을 바닥에 쓰러뜨렸어요."

보호단이 고개를 한쪽으로 기울이더니 나를 쏘아보았다. "사실이냐?"

나는 고개를 끄덕였다. "그렇습니다, 판 클라디보."

보호단이 내 쪽으로 몸을 가까이 기울여왔다. 너무 가까워서 향수 냄새가 훅 끼칠 정도의 거리였다.

"싸우는 기술은 누구에게 배웠지?"

"아버지가 군인이었어요. 스페츠나즈 출신이에요." 내가 대답했다. "여자들은 바느질과 요리만큼 자기방어에도 능해야 한다는 것이 제 아버지의 신조였어요."

"로만, 저 아이가 스페츠나즈처럼 싸웠다는 말이 사실이냐?"

"맞아요." 로만이 대답했다. "아버지 부하들보다 훨씬 낫던걸요." 보흐단이 한숨을 쉬더니 관자놀이를 문질렀다. "소피아, 사람을 불러 집까지 태워다달라고 하지."

"저는 여기서 로만을 보살필⋯⋯."

보흐단이 부엌문을 열었다. "소피아, 이제 더 이상 네가 할 일은 없어." 트레이닝복 차림에 탈색한 짧은 머리, 목에는 다이아몬드 모양을 문신으로 새긴 깡마른 남자가 내 팔꿈치 위쪽을 잡고 끌고 나와 폭스바겐 뒷좌석에 태웠다. 운전하는 내내 그는 아무 말도 하지 않았다. 심지어 헤드비카의 집 주소조차도 묻지 않았다. 이미 알고 있는 게 틀림없었다.

방으로 돌아온 나는 잠들지 못하고 세 시간 동안 침대에 누워 뒤척였다. 심지어 로만이 린치를 당한 것이 나의 계획에 어떤 영향을 미치게 될지에 대해서도 생각할 수가 없었다. 새벽 4시가 되자 눈이 저절로 감기기 시작했는데, 바로 그 순간, 그들이 나타났다.

*

문을 쾅쾅 두드리는 소리가 들리더니 사람들의 목소리와 열쇠 짤랑거리는 소리가 들렸다. 누구냐고 묻기도 전에 문이 열리더니 머리를 망으로 틀어 올리고 두꺼운 퀼트 잠옷을 입은 헤드비카가 나타났다. 헤드비카 뒤에는 두 남자가 서 있었다. 한 명은 다이아몬드 문신을 한 그 남자, 다른 한 명은 모르는 사람이었다. 두둑한 체격에 쉰 살쯤 되어 보이는 그 남자는 얼굴빛이 벌겋고 회색 수염은 담뱃진에 물들어서 콧구멍 아래는 오렌지색에 가까웠다. 불쌍한 헤드비카는 겁에 질린 것도 같고 화가 난 것도 같았다.

"따라와." 두 번째 남자가 서랍장을 거칠게 열더니 안에 있던 내 소지품을 침대 위에 쏟아냈다. 다이아몬드 문신을 한 남자가 주머니에서 접힌 쓰레기봉투를 꺼내 열더니 침대 위에 널브러진 내 물건을 담고 휴대전화는 주머니에 넣었다. 나는 청바지와 티셔츠를 입었다. 하지만 부츠도, 다른 신발도 전부 쓰레기봉투에 담아버린 뒤여서, 신발을 달라고 했지만 그들은 무시했다.

물건을 다 쓸어 담고 나자 방 안에 내 흔적은 사라지고 없었다. 한때 내가 그 방에 존재했다는 흔적조차 없었다. 콧수염 남자가 지폐를 센 다음 헤드비카의 손에 쥐여주었다. 소란을 일으킨 값 그리고 누군가 찾아와 나에 대해 묻거든 조용히 고개를 저으라는 뜻으로 조금 더.

따라가지 않는단 선택지는 아예 존재하지도 않았다. "판 클라디보의 명령이야." 그들 중 한 명이 말했다. 잠깐이지만 도망칠까 하는 생각도 해보았다. 하지만 맨발인 이상 몇 미터 가지도 못하고 그들의 총에 맞아 쓰러질 게 뻔했다.

나는 그들의 손에 이끌려 아무런 표시도 없는 밴 뒷좌석에 올라탔다. 뒷좌석과 앞좌석은 바닥에서 천장까지 철망으로 분리되어 있었다. 두 사람이 내 팔을 붙들고 바닥에 쓰러뜨렸다. 비틀려 등 뒤로 돌아간 팔에 차가운 금속의 감촉이 느껴지더니 철컥 하고 수갑이 채워지는 소리가 들렸다. 발버둥 쳤지만 그들은 내 발을 붙잡더니 발목에도 족쇄를 채웠다. 다이아몬드 문신을 한 남자가 엎드린 나를 위에서 제압하는 동안 콧수염 남자는 내 머리에 검은 천으로 된 덮개를 뒤집어씌웠다.

밴의 문이 닫히고 몇 초 뒤, 차가 움직이기 시작했다. 콧수염 남자가 아직도 뒷좌석에 있는 모양이었다. 냄새로 알 수 있었다. 맥주 냄새, 담배 냄새, 땀 냄새다. 남자의 큼직한 덩치가 뒷좌석 공간을 거의 가득 메우고 있는 것도 느껴졌다. 뒷좌석에는 앉을 자리가 없고 붙잡을 것도 없어서 코너를 돌 때마다 나는 데굴데굴 굴러 뒷문에 부딪쳤다.

"네년이 카지노의 미로슬라프 베란에게 보여준 여권은 위조 여권이 틀림없었어." 콧수염 남자가 러시아어로 고함을 질렀다. "본명이 뭐지?"

"소피아 티무로브나 코즐로프스카야." 내가 대답했다.

대답하자마자 그의 손이 내 머리 옆을 가격했다.

"본명이 뭐지?" 그가 다시 한 번 고함을 쳤다.

"소피아 티무로브나 코즐로프스카야." 나는 똑같이 대답했다.

머리 반대쪽으로도 손이 날아왔다. 아까보다 더 셌다.

"본명이 뭐지?"

"소피아 티무로브나 코즐로프스카야."

부츠 신은 발이 내 옆구리를 걷어차는 바람에 나는 바닥에 쓰러졌다. 밴이 속도를 높이더니 매끈한 길로 접어들었다. 꼭 고속도로를 탄 것 같았다. 내가 믿을 구석은 단 하나뿐이었다. 아엘이 준 여권이 아엘의 말대로 진짜이기를. 만에 하나 그렇지 않다 해도, 나는 내가 지어낸 이야기를 끝까지 밀어붙이는 수밖에 없다. 놈들이 아직도 아빠를 데리고 있다면 내 진짜 이름을 입 밖에 내는 순간 아빠를 죽이겠지.

남자의 손이 내 셔츠를 붙잡더니 나를 앞으로 홱 끌어당겼다. "이미 기록을 확인해봤다고, 개 같은 년. 여권에는 고향이 아르마비르라고 되어 있지만 그곳 병원에는 네 출생 기록이 없었어."

억양을 들으니 콧수염 남자는 러시아 출신인 게 분명했기에 나도 완벽한 억양을 끌어내 러시아어로 대답했다. "나는 노보쿠반스크에서 태어났으니까. 아르마비르는 내가 어린 시절을 보낸 곳이야."

그가 나를 밴의 벽에 밀어붙였다. "나는 아르마비르를 내 고향만큼 잘 알아. 그래, 거기 있는 오페라 하우스의 지붕은 무슨 색이지?"

"오페라 하우스 지붕은 파란색이야."

"개소리 지껄이지 마, 아르마비르에는 오페라 하우스가 없다고."

"오페라 하우스 지붕은 파란색이야." 나는 같은 말을 반복했다.

"판 클라디보한테는 네 아버지가 스페츠나즈 출신이었다고 했더군." 그가 고함을 질렀다. "네 아비는 공장 노동자였잖아!"

"군대에서 퇴역한 뒤 공장에서 일했어!" 나도 마주 고함을 질렀다. "아버지는 어릴 때 돌아가셨고."

"웃기지 마, 개 같은 년." 그가 으르렁거리더니 내 귀싸대기를 날렸다. "네 아비는 왜 죽었지?"

"보드카를 많이 마셔서."

왼쪽 신장이 있는 곳에 내리꽂히는 주먹. "네 아비가 일한 공장은 무슨 공장이고?"

"고무 공장. 고무를 만드는 공장이었어!" 나는 비명을 질렀다.

오른쪽 신장에 주먹이 내리꽂혔다. "어디에 쓰는 고무인데?"

"네 엄마가 쓰는 자위기구 만드는 고무."

그러나 그는 이미 말장난에는 진력이 난 듯 고래고래 몇 가지 질문을 더 외치고 몇 대 더 때리더니 심문을 멈췄다. 그는 거칠게 숨을 몰아쉬고 있었다. 쌕쌕 소리가 났다. 다음 순간 라이터가 찰칵 하는 소리가 나더니 담배 연기가 퍼졌다.

기다림도, 앞으로 무슨 일이 일어날지 걱정하는 것도 이제는 다 끝인 것 같았다. 뭔가가 잘못되는 바람에 내 이야기에 뚫린 구멍을 놈들이 알아채고 사태를 파악하기 시작한 게 분명했다. 성 옆에 있는 레스토랑에서 시작된 저녁은 늪지를 떠다니는 통 속에 든 내 시체로 끝이 날 것이다. 너무 심한 비약이 아닐까 하는 생각도 들었지만, 아무리 생각해도 다른 결말은 없을 것 같았다.

여전히 밴은 고속도로를 달리고 있었다. 밴 안에 있는데도 대형 트레일러트럭 옆을 지나쳐갈 때 트럭의 타이어 소리와 공기제동장치 소리가 들렸다. 시간 감각이 사라지고 있었다. 심문을 받은 것도, 얻어맞은 것도, 몇 시간처럼 느껴졌지만 아마 실제로는 몇 분밖에 안 되는 짧은 시간이었을 것 같다. 몸이 욱신욱신 아파왔고 수갑에서 빠져나오려고 소득 없이 흔들어댄 손목에서 피가 흐르는 게 느껴졌다.

지나가는 차들의 소음과 콧수염 남자가 새 담배를 피울 때마다 찰칵이는 라이터 소리 외에는 아무 소리도 없이 아주 오랜 시간이 지난 뒤, 밴이 속도를 낮추더니 오른쪽으로 확 꺾었다. 길은 요철투성이라 나는 밴 뒷좌석에서 장난감 공처럼 이리저리 튀고 굴렀다. 10분가량 지나자 다시 속도가 줄어들더니 또 한 번 밴이 우회전을 했다.

이제 거의 다 온 게 틀림없었다. 뱃속이 긴장으로 팽팽해지는 와중에 나는 이제 나에게 어떤 일이 일어날까 생각했다. 총에 맞아 죽나? 목이 졸려서 죽는 걸까? 그런데 왜 프라하가 아니라 여기까지 온 거지? 대답은 중요하지 않을 것이다. 단순히 내 공포감을 극대화시키기 위해 그랬을 것이다. 체념 때문에 온몸의 감각이 사라져버린 것 같았다. 죽음 앞에 무신론자는 없다는 옛말이 있지만, 어쨌든 이 상황에서 신이 없는 건 분명하니 일대일 동점이었다. 대낮의 태양처럼 명명백백하게 피할 수 없는 운명일 것이다.

머리에 검은 덮개를 쓰고 있는데도 운전석의 창문이 열린 게 느껴졌다. 공기의 압력이 달라졌고 빽빽 울어대는 귀뚜라미 소리가 들렸다. 한밤중 숲속의 축축하고 달콤한 향기가 훅 끼쳤다.

나를 때릴까? 목을 칼로 따버릴까? 그전에 강간부터 하려나?

다음 순간 아무런 예고도 없이 내 머리의 덮개가 홱 벗겨지는 바람에 나는 앞을 더 잘 보려고 일어나 앉았다. 길과 폭이 거의 같은 커다란 진흙탕을 향해 가고 있는 차의 헤드라이트 속에서 벌레들이 빙빙 돌고 있는 모습이 보였다. 운전석의 남자가 욕지거리를 하더니 뒷바퀴를 회전시켜 진흙탕을 빠져나왔다. 눈앞에는 쇠사슬로 된 커다란 문이 있었고 그 문을 여는 한 경비원의 실루엣이 역광 속에 드러났다.

밴은 나방이 잔뜩 모여들어 회색빛을 내는 네 개의 나트륨등으로 환히 밝혀진 안뜰로 들어갔다. 안뜰을 둘러싸고 40년 전에 초록색으로 칠해놓고 그 뒤로 한 번도 새로 손보지 않은 것 같은 건물들이 늘어서 있었다. 밴은 기다란 2층짜리 건물 앞에 멈췄다. 건물들은 전체적으로 군대 막사와 같은 수용소 분위기가 풍겼다.

그러나 우리는 혼자가 아닌 것 같았다. 다른 차가 대여섯 대 더 주차되어 있었다. 레인지로버 두 대, BMW 세단 세 대 그리고 보호단 클라디보가 레스토랑에서 집으로 갈 때 탔던 것과 똑같이 생긴 메르세데스 한 대.

운전석의 남자가 시동을 끄더니 내려서 뒷좌석 문을 열었다. 밴에서 내리는 내가 얼마나 순종적이었던지 나 자신도 충격을 받을 정도였다. 나는 맞서 싸우지도, 저항하지도 않았다. 나는 그들이 내 양팔을 잡고 들어 올려도 가만히 있었다. 몇 걸음 걷다보니 그들이 붙잡은 팔이 너무나 아팠다. 팔을 쥔 손아귀 힘이 억세서가 아니라, 내가 걸음을 옮기지 못하는 통에 그들의 손에 질질 끌려갔기 때문이다. 내 마음이 차마 받아들이지 못하는 그 사실을 내 몸은 이미 인정하고 있었다. 이렇게 모든 것이 끝난다는 사실 말이다.

*

맨발에 느껴지는 진흙의 감촉이 차가웠다. 숲의 냄새가 났다. 생명력으로 가득한 축축한 냄새. 뺨과 이마에 나방이 몸을 부벼댔다. 나를 심문하던 콧수염 남자가 건물로 들어가는 문을 열었다. 점멸하는 형광등이 지저분한 리놀륨 바닥에 역겨운 푸른빛을 뿜어내고 있었다. 힘없이 질질 끌려가는 내 두 발이 내 뒤로 곧 목숨을 잃을 자의 품위 없는 발자국을 남겼다. 나를 끌고 가던 두 사람은 활짝 열린 사무실 문 앞에 멈추더니 공손하게 문틀에 노크를 했다. 그러자 의자에 앉아 있던 보흐단 클라디보가 몸을 일으켰다.

보흐단 클라디보는 여덟 시간 전 저녁 식사 자리에서 내 맞은편에 앉아 있었던 사람과는 완전히 다른 사람 같아 보였다. 형광등에 비친 그의 얼굴은 해골처럼 핼쑥해서, 로사가 말한 대로 중세 목판화에 등장하는 악마 같았다. 보흐단은 다시 완벽하게 몸에 맞춘 정장 차림이었고 목까지 올려붙인 넥타이의 매듭은 두툼해서 꼭 그의 목울대 받침 같았다.

나를 심문하던 남자가 체코어로 몇 마디 하자 보흐단은 마치 방금 들은 말이 자신의 추측을 확인해주기라도 한다는 듯 고개를 딱 한 번 끄덕였다. 보흐단이 내게 다가오더니 내 어깨에 한 손을 올린 다음 나를 이끌고 복도 저쪽으로 데려갔다. 두 남자도 뒤따라왔다.

"이곳이 어딘지 알고 있나?" 보흐단이 낮고 은밀한 말투로 내 귓가에 대고 물었다.

"아뇨." 내 대답은 간신히 목소리가 되어 나왔다.

"이곳을 우리는 타보르, 기지라고 부르지. 하지만 공산주의 시절에는 비밀경찰이 소유한 감옥이었어."

우리는 철제 계단 꼭대기에 서 있었다. 계단을 내려가기 시작하자 그의 발소리가 쟁쟁 울렸다. 내 발걸음에는 소리가 없었고 맨발에 느껴지는 계단의 감촉은 얼음판처럼 차갑기 그지없었다.

"고문, 처형. 보통은 뒤통수에 총을 쏴서 처형했지." 보흐단이 말을 이었다. "전부 바로 이 지하실에서 일어났던 일들이야."

우리는 하나뿐인 계단과 평행하게 이어진 또 다른 복도를 걸었다. 그런데 이번 복도 양편에는 철문들이 죽 늘어서 있었고 눈높이에 달린 조그만 철제 해치에는 오래되어 빛바랜 숫자들이 스텐실로 새겨져 있었다.

"너를 집에 보내고 나서 혼자 생각했지. 남자처럼 용맹하게 싸우면서, 충성심은 마치 어머니와 같은 이 여자아이는 대체 누굴까 하고 말이야." 보흐단이 집요해 보이는 눈을 가늘게 떴다. "그런 여자라면 당연히 둘 중 하나겠지. 다이아몬드보다 귀한 보물이거나, 아니면 누가 날 엿 먹이려고 보낸 스파이거나."

"전 스파이가 아니에요, 판 클라디보."

"하지만 노파심에서 한 행동이니 이해해주려무나." 보흐단은 7번이라고 적힌 철문 앞에 서더니 흐려져서 거의 보이지 않는 숫자를 한 손가락으로 쓰다듬었다. "여긴 내가 갇혔던 방이야. 5개월간 수감됐지. 1986년

봄에서 여름까지. 죄목은 훌리건스트비[chuliganstvi], 즉 훌리건 행위였어. 청바지와 미국 록음악이 담긴 테이프를 팔다가 체포되었지."

무릎이 풀리기 직전이었다. "판 클라디보, 저는 배신한 적이 없어요."

보흐단이 내 양 어깨에 손을 하나씩 올리더니 심호흡을 한 번 하고 마침내 미소를 지었다. "이제는 그 사실을 안다, 소피아 티무로브나. 너는 스파이가 아니야."

방금 들은 말뜻을 이해하느라 머릿속이 빙글빙글 돈다. 잘못 들었나? 말이 잘못 나온 걸까? 나를 믿는다고? 아까 나를 심문하던 콧수염 남자가 내 앞으로 다가오더니 양손의 수갑을 풀고, 무릎을 꿇고 앉아 내 발목에 채워진 쇠고랑도 풀어주었다.

내가 안도의 한숨을 훅 내뱉는 순간 클라디보가 나를 품에 안고 꽉 끌어안았다.

"내 부하들이 밴 안에서 거칠게 다룬 점에 대해선 사과하지." 클라디보가 말을 이었다. "신중을 기해서 나쁠 건 없어. 이해하지?"

"예, 판 클라디보." 내가 대답했다.

그는 포옹을 풀더니 한 손을 내 뺨에 댔다. "그래서 소피아 티무로브나, 네 충성심을 시험하기 위해 이제 한 가지 마지막 부탁을 해야겠어. 그러니까 우정의 증거를 확인하는 절차라고 해두지."

*

　보호단 클라디보가 7번 방 문의 손잡이를 돌리더니 밀어 열었다. 안에는 턱시도 셔츠를 팔꿈치까지 걷어 올린 미로슬라프 베란이 서 있었다. 그의 다리 아래로 방 한가운데에 손을 뒤로 돌려 묶인 남자가 겁에 질린 채 애원하는 얼굴로 무릎을 꿇고 있는 모습이 보였다. 첫 순간 느낀 충격이 지나가자 나는 그 남자가 로만을 공격했던 세 사람 중 나와 맨 먼저 맞붙었던 가장 덩치 큰 남자라는 것을 알아보았다.

　독방 구석에는 나무 테이블이 하나 있었고 그 위에는 펜치와 파워드릴과 토치가 놓여 있었다. 고문 도구일 것이다. 독방에 갇힌 인질은 막 심장마비를 일으킬 것처럼 제대로 숨조차 못 쉬고 있었다. 그가 나를 쳐다보는 순간, 나는 그 눈빛 속에서 그가 나를 알아보았음을 읽어냈다.

　보호단은 내 등 뒤, 복도에 서 있었다. "다행히도 프라하 경찰청장이 나와 절친한 친구라서 말이야. 청장이 병원에 연락해서 몇 바늘 꿰매고 병원을 막 떠나려던 이 친구를 찾아냈지. 고작 몇 바늘 꿰맨 건 내 아들을 때려눕힌 대가라기엔 좀 약소하지. 그렇지 않은가, 소피아 티무로브나?"

　"맞아요, 판 클라디보." 내가 대답했다.

　묶여 있던 남자가 입을 연 다음 사레가 들린 듯 기침을 하다가 간신히 입을 열었다. "아가씨, 정말 미안합니다. 그러니까, 우리 친구들은 그냥 장난 친 거였어요. 물론 장난이 좀 심했지만, 그러니까 그냥…… 제가 돈을 좀 마련해서……."

　미로슬라프 베란이 남자의 머리에 주먹을 날리자 남자는 옆으로 쓰러졌다. 베란은 주머니에서 흰 손수건을 한 장 꺼내더니 눈썹에 맺힌 땀과 손마디에 묻은 피를 닦아냈다. 그다음엔 손에 피를 묻힌 것의 복수인 양 에나멜 로퍼를 신은 발로 남자의 옆구리를 세게 걸어찼다. 남자는 억 소리를 낼 뿐 아무 대답도 하지 못했다.

보흐단이 앞으로 걸어 나가더니 쓰러진 남자 위로 몸을 구부렸다. "이 여자, 기억나나?"

남자가 고개를 끄덕였다.

"네놈들이 내 아들을 때려눕힌 다음 이 여자가 나타나서 네놈들을 공격했다는 것도 사실이고?"

남자는 또 한 번 고개를 끄덕였다. "맞습니다. 선생님. 그랬어요. 정말 무자비하게 우리를 공격했습니다. 우리가 한 건 주먹질 조금이었을 뿐이에요. 그냥 주먹다짐을 했을 뿐인데, 갑자기 이 여자가 나타나선 도리어 싸움을 키운 겁니다. 선생님, 이 여자가 일을 크게 만들었다고요."

보흐단이 몸을 일으키더니 내 쪽을 향했다. "여기 갇혀 있을 때 내가 어떻게 살아남았는지 아나, 소피아 티무로브나?"

"모릅니다, 판 클라디보."

"결단력 덕분이었지. 그런데 로만에게는 그게 없어. 그 때문에 녀석의 약점을 자제할 수가 없는 것이지. 하지만 너에게는 결단력이 보이는군, 소피아 티무로브나." 보흐단이 말했다.

"맞아요. 판 클라디보. 저는 결단력이 있어요."

보흐단이 체코어로 베란에게 뭐라고 말하자 베란은 허리 벨트에 차고 있던 소음기가 달린 권총을 꺼내 손잡이 부분을 내 쪽으로 하고 건네주었다. 나는 총을 본 뒤 클라디보의 얼굴을 바라보았다. 그러나 그 얼굴에서는 희미한 미소와 기대에 찬 듯 치켜든 눈썹 말고는 아무 표정도 읽을 수가 없었다. 나는 총을 받아 들었다. 길이 잘 든 묵직한 권총이었다. 가늠자, 해머, 방아쇠 울 언저리의 날카로운 모서리는 허리 벨트와 총집을 수백만 번 들락거린 탓에 반들반들하게 빛이 났다.

"보여다오, 소피아 티무로브나. 네 결단력을 보여줘."

내 머리는 이 말의 뜻을 이해하지 않으려고 저항하고 있었다. 머리가 내 손에 명령을 내리기를 거부했다. 하지만 내 안의 그것, 뉴욕에서부터 자라기 시작해 파리에서부터 강해진 것, 베를린에서부터는 더욱더 난폭해진 '그것'이 이미 내 안을 채우고 있었다. 내가 아니라 '그것'이 내 자리를 차지했다. 그렇기에 방금 받은 명령을 수행하는 데 아무 문제가 없을 것만 같았다. 계산은 이미 끝났다. 아빠를 찾기 위해서는 클라디보에게 가까워져야 하고, 그러기 위해서는 나의 충성심을 보여줘야 하고, 그러기 위해서는 이 남자를 죽여야 한다……

금속을 망치로 내리치는 것 같은 소리가 났다. 남자의 머리 뒤, 벽과 바닥에 새빨간 빛이 번져갔다. 그다음에는 희미한 짤깍 소리가 나면서 맨발 가장자리에 무언가 타는 듯한 기분이 느껴졌다. 고개를 숙여 살펴보니 아직도 연기가 피어오르는 탄피가 내 맨발에 닿아 있었다.

23장

해가 떠오르고 보랏빛 하늘이 오렌지 빛이 되더니 노랗게 바뀌었다. 우리는 고속도로를 타고 프라하로 돌아가는 중이었다. 매끄럽게 굴러가는 보흐단의 메르세데스 뒷좌석에 타고 있자니 꼭 하늘을 나는 것 같았다. 시트의 색깔도 촉감도 버터 같다. 손이 떨리는 바람에 나는 가죽 시트를 움켜쥐었다. 분명 시트에 손톱자국이 남아 지워지지 않겠지. 보흐단이 좌석 사이의 패널을 열자 조그만 냉장고가 나왔다. 그가 그 안에서 물 한 병을 꺼내 건넸다. 하지만 나는 토할 것 같은 기분이 들어 고개를 저었다.

"남자라면 누구나 아들을 원하지. 그래서 하느님은 나에게 아들을 선물로 주셨어." 보흐단이 부드러운 목소리로 말했다. "하지만 딸을 달라고 하는 게 나았을 것 같구나."

내 눈에 가득한 증오심이 보이지 않는 걸까?

"감옥에서 네가 했던 행동은," 보호단이 말을 이었다. "그건 체코어로 '실라'라고 하는 가치를 보여주었지. 강인함, 힘 그리고 권력이라는 뜻이야."

나는 보호단을 쳐다볼 수가 없어서 창밖만 보았다.

"너의 심정은 이해한다, 소피아 티무로브나. 하지만 이 세계에서 여자가 성공하려면 남자보다도 잔혹해져야 해."

집중해야 한다. 내가 저지른 행동은 나에게 아무 의미도 없다는 것을, 내 의지가 내 행위에 맞먹는다는 것을 보여주어야 한다. "맞아요, 판 클라디보." 나는 그렇게 대답했다.

멀찍이 프라하가 모습을 드러내기 시작했다. 붉은색과 베이지색의 아파트 지붕들, 철골과 유리로 된 새로 지은 마천루들, 흐라드차니 성의 첨탑들. 로만을 공격했던 나머지 두 남자는 프라하의 거리를 돌아다니며 사라진 친구를 찾고 있을까?

보호단이 아버지처럼 내 손등을 토닥거렸다. "카지노는 너에게 최선의 일자리가 아니다."

"네?"

"네가 가진 기술을 거기서 헛되이 쓰고 있잖아. 그러니 지금부터는 내 밑에서 일해라. 딜러는 그만두고 말이야. 어때, 이쪽이 너한테도 더 낫지 않아?"

"네, 그럴게요, 판 클라디보. 그쪽이 더 나을 것 같네요."

"내 부하들에게 결단력의 모범을 보여다오. 또 넌 로만에게도 좋은 파트너가 될 거야. 글쎄, 녀석이 너 때문에 그 버릇을 고칠지도 모르는 일이니까."

"좋은 파트너라고요?"

"동반자 말이야. 그러다 먼 훗날 잘하면 진짜 연인이 될 수도 있겠지. 하지만 사랑이라는 것은 하느님의 소관이지, 내가 어떻게 할 수 있는 것은 아니지 않겠나? 물론, 보수는 후하게 줄 거야."

"그러니까, 로만의 여자 친구가 되는 대가로 보수를 주신다는 말씀인가요?"

보흐단이 어깨를 으쓱했다. "다른 사람들 눈에는 그렇게 보이겠지. 하지만 나는 내 아들 녀석이 남색을 즐긴다는 사실을 용납하지 못할 정도로 꽉 막힌 사람은 아니야. 내가 너에게 원하는 것은 단 하나야. 로만에게 좋은 모범을 보여달라는 거지. 녀석의 옆에 붙어서 버릇을 고쳐주고 결단력이라는 것이 무엇인지 보여주는 것 말이야."

"창문을 열어도 될까요? 공기가 답답해서요."

보흐단이 승낙의 의미로 고개를 끄덕이자 나는 버튼을 눌러 창문을 아주 조금 내렸다. 바깥 공기는 서늘하고 휘발유 냄새가 났다.

"요즘 세상에서 남자들의 일을 하려는 여자들은 가만히 집 안에만 머물러선 안 되지." 보흐단이 말을 이었다. "소피아, 내 사업을 배울 마음의 준비가 되었나?"

'차라리 죽는 게 낫지'라고 생각하면서도 나는 애써 미소를 띠고 입을 열었다. "네, 판 클라디보. 그보다 더 기쁜 일은 없을 거예요."

보흐단 클라디보는 만족스러운 듯이 한숨을 쉬었다. "내가 생각한 그대로군. 하지만 이 바닥에서 성공하려는 여자에 대해 내가 뭐라고 했는지 잊지 마라."

"남자보다 더 잔혹해져야 한다는 말씀이죠?" 그렇게 말하면서 억지로 그를 쳐다보았다. "그럴게요, 판 클라디보. 그리고 기회를 주셔서 고맙습니다."

메르세데스가 고속도로를 벗어나 강변을 끼고 있는 깔끔한 구역의 자갈길로 갔다. 오래된 저택들이 값비싸 보이는 새 건물들과 섞여 있었다. 모든 것이 공산주의 이전 아니면 이후로 극명하게 나뉘어 있었다. 마치 20세기 후반은 아예 존재하지도 않았다는 듯이. 메르세데스는 창문에 달린 밝은 색깔의 칸막이들로 기묘하고 기하학적인 모양을 조성하고 있는 아파트 건물 앞에 섰다. 마치 잘 세공한 보석처럼 아침빛에 빛나는 건물이었다.

"여긴 어디지요?" 내가 물었다.

"로만이 사는 집이야." 보호단이 말했다. "이제부턴 네 집이기도 하고."

*

보호단 클라디보가 내 팔꿈치에 손을 얹고 집 앞까지 에스코트해주었다. 우리 뒤에는 도어맨이 눈을 내리깔고 공손한 태도로 서서는 손에 내 소지품이 담긴 쓰레기봉투를 들고 있었다. 내가 열쇠로 자물쇠를 잘 열지 못하자 보호단이 옆으로 다가와서 도어맨에게 문을 열게 했다.

"들어오시겠어요?" 내가 물었다.

클라디보는 고개를 딱 한 번 저었다. "밤사이 많은 일이 있었으니 너도 혼자 쉴 시간이 필요할 거야. 로만은 좀 있다 올 거다."

고요한 집 안에 있자니 테런스의 집 안, 온갖 고급스러운 장식들에 깃들어 있던 침묵이 떠올랐다. 거실에는 크림색 가죽으로 된 낮은 소파가 두 개, 그 아래에 새빨간 핏빛의 고급스러운 부하라*산 러그가 깔려 있었다. 복도에는 명화가 여러 점 걸려 있었고 부엌의 와인 냉장고에도 고급 와인들이 보관되어 있었다.

욕실을 찾은 나는 욕조에 뜨거운 물을 채우기 시작했다. 수도꼭지 여는 방법을 알아내는 데만 해도 5분이 걸렸다. 욕실 안의 모든 것은 흰 대리석, 짙은 색 목재로 되어 있고 표면은 반들반들 윤이 났다. 근사했다. 정말로. 욕실만 전문으로 다루는 잡지에 나오는 화보 같았다. 그러고 보니 전생처럼 느껴지는 그 세계에는 그런 잡지들도 있었지. 그런데 지금 내가 살고 있는 이 세계는 내가 머리를 총으로 쏴서 날려버린 영국인 관광객의 피가 발에 점점이 말라붙어 있는 그런 세계다.

욕조가 커서 물이 차기까지 시간이 걸렸다. 그동안 나는 아빠를 그리고 클라디보가 아빠를 인질로 잡아두고 있을 환경을 생각했다. 아빠가 어디에 있건, 아빠를 위한 뜨거운 물이 담긴 욕조는 없겠지. 그러나 욕조 테두리에 앉아 있는 동안, 어쩌면 아빠가 어디에 있는지 내가 정확히 알고 있는지도 모르겠다는 생각이 들었다.

아직 아빠가 클라디보의 손아귀에 있다면, 내가 방금 전까지 있었던 비밀경찰의 감옥에 갇혀 있을 가능성도 있었다. 당연한 생각이다. 이미 만들어져 있는 감옥인 데다가, 은밀하고 보안이 철통같은 곳이니까. 어쩌면 난 아빠에게서 단 몇 미터 떨어진 곳에 있으면서 그 사실을 몰랐던 게 아닐까?

나는 수도꼭지를 잠근 뒤 옷을 벗고 물속으로 들어갔다. 물이 너무 뜨거워서 살갗이 벌겋게 달아올랐지만 중요한 건 바로 그거였다. 나는 몸

---

* 고대 실크로드 시대부터 번영했던 우즈베키스탄의 도시.

을 소독하고 싶었다. 고통을 통해 정화되고 싶었다. 나는 내가 죽인 남자를 위해 울거나 최소한 죄책감이라도 느껴보려고 안간힘을 썼다. 아직도 내 안에 보통 사람의 감정이 조금은 남아 있다는 걸 증명하기 위해서. 그러나 아무 소용이 없었다. 그자는 지나가던 사람을 건드렸고 '호모 새끼'라고 부르면서 발로 밟아 죽이려고 했다. 그럼 그 이야기의 결말이 달리 어떻게 끝나야 할까? 멍청한 등신들이 이런 상황에 제 발로 끼어든 거 아닌가? 두 남자가 키스하는 모습을 보고 그냥 그 자리를 떠나 친구들과 맥주나 한잔 더 마셨더라면 이런 일도 없었을 것이다. 그럴 수도 있었는데, 그러지 않았으니까. 그 대가로 시체가 되어서 머리를 탈색하고 목에 다이아몬드 모양 문신을 한 남자의 손으로 구덩이에 파묻히고 있는 것이다. 어쨌든 나는 그렇게 나의 살인을 정당화시키고 있었다. 로만의 면도날을 집어 들어 내 손목을 그어버리지 않으려면 어쩔 수 없었다.

그러나 여기서 배워야 하는 교훈이 있었다. 나는 소피아라는 사람의 신원에 대해 캐묻고 여러 가지 심문을 당하며 첫 번째 테스트를 통과했다. 하지만 테스트는 이번으로 끝이 아닐 것이다. 소피아는 다음 테스트를 무사히 통과하지 못할 것 같다. 보흐단 클라디보 같은 사람의 철저한 수색을 피할 수는 없을 것이다. 이미 야엘이 알려주었던 스파이 입문 단계는 훌쩍 넘어섰고, 펜치나 파워드릴, 토치를 사용하는 고문에서 버틸 수는 없을 것이다. 나한테는 대안이 필요하다. 탈출구가 필요하다.

욕조 마개를 열어 물을 빼고 수건으로 몸을 닦았다. 로만이 돌아오기 전에 해야 할 일이 많았다.

쓰레기봉투 안에 들어 있던 내 소지품은 하나도 손대지 않은 그대로였다. 돈도 전부 그대로 있었다.

얼른 옷을 입고 밖으로 나가려던 길에 정면을 향해 난 창문 앞에 멈춰섰다. 길 건너편에 조그만 슈코다 해치백 한 대가 서 있고 가죽 재킷을 입은 젊은 남자 두 명이 담배를 피우면서 차에 기대선 채 로만의 아파트 입구를 바라보고 있었다. 서로 이야기를 주고받지도 않고, 휴대전화를 확인하지도 않으면서, 담배를 피우며 이쪽만 뚫어지게 주시하고 있었다. 그렇군, 하고 나는 생각했다. 이제 나는 보흐단 클라디보의 소유구나. 돈을 주고 사서 프라하에서 가장 비싼 벽장 속에 처박아놓은 거지. 클라디보는 나를 보호하는 걸까, 아니면 인질로 삼은 걸까? 아마 둘 다 별다른 차이는 없을 것이다.

나는 이 방 저 방을 돌아다니며 혹시 창문으로 빠져나갈 수 있을지 하나하나 확인해보았다. 하지만 창문은 전부 몇 인치 정도만 열리는 게 고작이었고 그사이로 간신히 빠져나간다고 해도 옆 건물 지붕까지 5층 높이를 뛰어내려야 했다. 그래서 결국 나는 로만의 집을 빠져나와 12층에서 지하까지 계단을 내려갔다. 복도를 따라가다 보니 모든 층에서 나온 쓰레기를 압축기에 비워내는 쓰레기 처리장이 나왔다. 그곳에는 예상대로 바깥으로 나가는 문이 있었는데, 문을 열면 거리와 평행하게 이어진 골목길이 나올 거라는 직감이 들었다.

과연 문밖은 내 직감대로였다. 골목길은 텅 비어 있었다. 나는 바닥에서 종잇조각을 하나 주운 다음에 접어서 문 아래에 쐐기처럼 끼워 넣어 문이 안쪽에서 잠기지 않게 해놓았다.

그러고는 재킷의 후드를 눌러쓴 다음 골목길을 돌아 사라졌다.

*

지하철 계단 벽은 그라피티로 뒤덮여 있었다. 역 벤치에는 약에 취해 지루해하는 청소년들이 빈둥거리고 있었다. 해골 같은 얼굴에 움푹 들어간 눈은 휘둥그레 크고, 몸에는 세 치수는 더 큰 티셔츠를 걸치고 있었다.

나는 그들을 지나쳐 거리로 나갔다. 낡은 가게들 앞에 주차되어 있는 낡은 차들. 호호 할머니 한 명이 가던 길을 멈추고 머리에 두른 물방울무늬 스카프를 고쳐 매더니 나에게 남자처럼 생겼다고 잔소리를 했다. 예쁘장한 여자애라면 머리를 길러야지, 하고 할머니가 말했다.

정육점과 조그만 빵집, 자동차 수리소, 여행사가 나왔다. 하지만 내가 찾는 가게는 그곳에서 조금 더 멀리 간 곳, 중고 악기점과 선탠 살롱 사이에 있었다. 가게 앞의 간판에는 러시아어로 '식당 용품점'이라고 적혀 있었다.

차고 문처럼 가게 앞의 셔터가 위로 올라가 있었다. 나는 가게 안으로 들어가 안을 둘러보는 척했다. 철제 믹싱 볼, 체, 플라스틱 재떨이 등이 천장까지 비뚜름히 쌓여 있었다. 알전구 근처에서 웅웅대던 파리 한 마리가 내 주위를 잠시 빙빙 맴돌더니 가게 문밖으로 나가버렸다. 나는 물건 몇 가지를 집어 들고 비만한 몸매에 회색빛 얼굴의 어떤 남자가 스툴을 놓고 앉아 있는 카운터로 다가갔다.

내가 카운터 위에 물건들을 내려놓자 남자가 휴대용 계산기에 물건 값을 입력하기 시작했다. 그때 내가 몸을 바짝 기울이고 러시아어로 말했다. "쥐가 들끓어서 보스의 명령으로 이 가게에 왔어요."

남자가 지저분한 안경 너머로 나를 훑어보았다. "쥐덫, 쥐약은 7번 통로."

"네, 그건 봤어요. 그러니까, 쥐 문제가 심각하거든요. 보스가 이 가게를 콕 집어서 가보라고 하더군요. 이 가게에 좋은 물건이 있다고 했어요."

"좋은 물건?"

나는 남자의 뒤에 있는 창고로 추정되는 문 쪽으로 고갯짓을 했다. "진짜 물건 말이에요. 우리 고향에서 쓰던 그런 물건요." 내가 말했다. 남자는 팔로 카운터를 지탱하고 힘겹게 스툴에서 몸을 일으키더니, 방에 들어갔다가 잠시 후 판지로 만든 작은 상자를 하나 들고 나왔다.

"북한에서 제조한 물건이지."

"최고의 제품인가요?" 내가 물었다.

"롤스로이스 급이지."

나는 상자를 들고 이리저리 살펴보았다. 상자는 전체가 노란색이고, 밑줄이 그어진 볼드체로 쓰인 한글 옆에 해골과 교차된 갈비뼈 모양이 그려져 있어서 전체적으로 경고 라벨처럼 생겼다.

"쥐약은 맨손으로 만지면 안 돼. 나라면 맨손으로는 그 상자도 안 만지겠지만." 남자가 말했다.

나는 상자를 카운터에 떨어뜨리듯 내려놓았다. "효과가 빠른가요?"

남자가 킁 소리를 내며 짧게 웃었다. "1분이면 충분하지. 2분일지도."

"아픈가요?"

"쥐는 고통을 몰라." 그가 그렇게 말하면서 나를 노려보았다. "아니, 쥐도 고통을 느끼려나? 내 알 바 아니지."

*

자살을 대비한 독약을 가지고 다니는 건 오랜 시간 스파이들 사이에서 이어져 내려온 전통이다. 나치가 문밖에서 기다린다고? 알약을 꽉 깨물면 된다. 그럼 놈들의 손이 내 몸에 닿기도 전에 죽어 있겠지.

보통은 농축된 청산가리를 쓰지만 유사시에는 북한에서 제조한 쥐약도 효과가 있을 것이다. 적어도 지금 믿을 만한 구석은 이것뿐이다.

중요한 것은 이 쥐약에는 북한을 제외한 전 세계 거의 모든 국가에서 금지된 성분인 청산가리와 탈륨이 들어 있다는 것이다. 이 성분은 양파와 마늘을 볶는 냄새에 비견할 만큼 쥐의 구미를 당긴다. 최소한 인터넷에는 그렇게 적혀 있었다. 검색을 통해 그 사실을 알아내기까지 10분이 걸렸고, 프라하에서 이 약을 구할 수 있는 곳을 알아내기까지 10분이 더 걸렸다. 전 세계 어느 러시아 가게에 들어가도, 캐비아부터 보드카, 쥐약에 이르기까지 창고 안에는 더 좋은 제품이 숨겨져 있다. 질문을 잘하는 것이 중요하다.

나는 나갈 때와 같은 방법으로 집 앞, 보호단 클라디보가 보낸 감시원들을 피해 집 안에 들어왔다. 그리고 립밤이 담긴 통을 꺼낸 뒤 립밤을 꺼내고 빈 통에 쥐약 두 알을 넣었다. 그 위에 립밤의 끝을 조금 부러뜨려 넣었다. 이제 내 몫은 챙겼다. 펜치와 토치를 마주하는 순간을 위한 내 나름의 대비책이다. 꼭 그런 일이 일어나야 한다면, 결국 그런 일이 일어나게 된다면 말이다.

립밤을 청바지 주머니에 집어넣는 순간 현관문이 열리는 소리가 들렸다. 나는 얼굴에 억지 미소를 띤 뒤 욕실을 나가 로만을 맞이했다.

로만은 얼굴이 여전히 부어 있었고 손에 붕대를 감은 채 발을 질질 끌며 걷고 있었다. 나는 복도에 서서 로만이 휴대전화와 지갑을 현관 옆 테이블에 올려놓고 거울에 비친 자기 얼굴을 들여다보는 모습을 보았다. 내가 안녕, 하고 인사했지만 로만은 내 인사를 무시했고, 내가 어깨를 덮은 양복 재킷을 벗겨주려고 손을 대자 움찔했다. 로만은 목적을 달성하기 위한 수단일 뿐이야, 하고 나는 속으로 생각했다. 동정하면 안 돼. 로만이 무슨 일을 당하건 내 알 바 아니야.

"좀 어때?" 내가 물었다.

"아버지가 새로운, 아주 중요한 임무를 맡기더군." 로만이 대답했다.

"무슨 임무?" 나는 쾌활한 목소리로 물었다.

"널 데리고 쇼핑을 가라고 하시더라."

"무슨 소리야?"

"새 옷, 새 신발, 머리끝부터 발끝까지 새 것으로 빼입히라는 거야. 아버지 말이 네가 제대로 된 클라디보 가문 여자처럼 보여야 하니까 날더러 도우라더군. '호모들은 그런 데 재능이 있으니까.' 아버지가 나한테 한 말이야."

로만의 목소리에 묻은 고통이 생생하게 느껴졌다. 그는 어젯밤에 입었던 것과 같은 셔츠 단추를 푸느라 한참 애를 먹는 모양이었다.

"내가 해줄게." 내가 단추 하나를 대신 끌러주었다.

"내 몸에 손대지 마." 로만이 내 손을 털어내며 말했다. 그는 천천히 나머지 단추를 풀더니 셔츠를 벗었다. 상반신은 탄탄한 근육질이었지만 가슴에 전체적으로 붕대가 넓게 감겨 있었다.

"이건 왜 그래?" 내가 물었다.

"갈비뼈에 금이 갔어." 로만이 바닥으로 시선을 떨어뜨리더니 신 레몬을 베어 문 것처럼 입술을 비틀었다. "어젯밤, 어디까지 봤지?"

"그 사람들이 널 때리는 것만 봤어."

"거짓말 마."

"볼 건 다 봤어. 하지만 어쨌든 난 신경 안 쓴다는 말을 하고 싶어."

로만이 내 말에 고개를 끄덕이며 시선을 다른 데로 돌렸다. "어쨌든 다 끝난 일이야."

"로만, 차라리 떠나는 게 어때?" 나는 그의 셔츠를 집어 들며 그의 표정을 살폈다. "프라하를, 그러니까 유럽을 떠나서, 다른 데로……."

조명 속에서 그의 눈이 날카롭게 나를 쏘아보았다. "난 호모가 아니야." 그가 이를 갈았다. "나에게 중요한 건 이 사업뿐이야. 그건 그렇고, 너 운이 좋았어."

"뭐가?"

"목숨을 구했잖아. 네가 날 도왔다고 내가 아버지에게 말하지 않았다면 너도 죽은 목숨이었을걸." 로만이 내 손에서 셔츠를 잡아채더니 한 발짝 다가와 내 머리 위에서 나를 내려다보았다. "그래서 아버지는 네가 길에서 몸 파는 여자들과는 다르다고 생각하는 모양인데, 두고 봐야지, 소피아. 네 정체를 두고 볼 거야."

"그래, 로만." 나는 눈을 내리깔며 대답했다. "이제 좀 쉬어. 내가 차 한 잔 갖다줄게."

*

프라하에 온 첫날밤을 보낸 공동묘지에서 지척의 거리에 있는 파리즈스카의 옷가게는 지나가는 사람들이 더러운 손으로 진열된 상품들을 만질세라 입구에 있는 부저를 눌러야 들어갈 수 있게 되어 있었다. 클로데트라는 이름의 직원이 나에게 드레스를 이것저것 보여주며 영어로 설명해줬다. 목소리는 이보다 더 공손할 수가 없을 정도로 공손했지만 눈빛에는 생생한 경멸이 깃들어 있었다. 분명 이전에도 이런 식으로 근본 없는 길거리의 여자를 근사한 정부(情婦)로, 때로는 아내로 탈바꿈시켜준 일이 많았겠지. 클로데트의 눈은 이렇게 말하고 있었다. '하지만 꼬마야, 여긴 일방통행로란다. 돌아가는 길은 없어.'

나는 탈의실 안에서 거울에 비친 내 모습을 믿기지 않는 눈으로 바라보느라 필요 이상으로 오래 미적거렸다. 잦은 염색 덕분에 몇 년이나 본 적 없는 내 본래의 검은 머리가 짧게 깎은 뒤로 조금 자라 있었다. 왼쪽에서 가르마를 타서 매끄럽게 옆으로 넘긴 머리카락 아래에는 선이 날카로운 화난 얼굴이 있었고, 그 아래로는 야엘의 훈련을 받던 때보다도 더 튼튼하고 단단해지고 성난 신체가 이어졌다. 반투명하고 창백한 피부가 그 아래에 있는 놋쇠처럼 단단한 살갗을 팽팽하게 감싸고 있어서 마치 돌로 만들어진 인간 같다. 이 낯선 모습에는 새로운 종류의 아름다움이 감돌았다. 힘이 만들어낸 아름다움, 분노가 만들어낸 아름다움. 무시무시한 동시에 근사했다. 그리고 태어나서 처음으로 거울에 비친 내 모습을 보며 기분이 좋아졌다.

나는 탈의실을 나와 실크를 입힌 소파에 늘어져 있는 로만에게 드레스를 차례차례 갈아입으며 보여주었다. 그는 내가 커튼 뒤에서 나올 때마다 즐거운 척하며 온갖 칭찬과 음란한 말을 늘어놓았다. 그러다가 지루함을 더 이상 참기 힘들어지자 로만은 이제 그만하자고 했다.

"어떤 게 제일 마음에 들어?" 내가 로만에게 물었다.

"내 사랑스런 천사가 마음에 드는 것." 발음이 흐릿했다. 공격을 당한 밤부터 통증을 줄이기 위해 퍼코셋*과 모르핀 처방을 받았기 때문이었다. 아직도 진통제에 취해 있는 걸까? 다시 술에 취한 걸까? 로만은 몇 시간에 한 번씩 칵테일을 리필해 마시고 있어서 그가 어떤 상태인지 잘 알 수가 없었다.

"초록색, 에메랄드 색. 스팽글 장식이 달린 것." 내가 말했다.

그러자 로만은 이제 됐다는 듯 손을 휘둘렀다. "완벽해."

에메랄드 색에 스팽글 장식이 달린 드레스는 차 한 대 값은 되었다. 말 그대로 내가 지금까지 살면서 가져본 가장 비싼 것보다 스무 배는 더 비쌌다. 로만은 드레스 값을 현금으로 지불했지만, 돈을 세기 힘들어해서 내가 도와주었다.

파리즈스카 거리로 나오자 우리를 따라다니던 두 명의 경호원이 담배를 발로 밟아 끄고 열 발짝 뒤에서 우리를 따라왔다. 로만의 아파트 앞을 지키던 그들이 우리를 종일 따라다니고 있었던 것이다. 나는 어깨 너머로 경호원들이 있는 방향을 슬쩍 보면서 "저 사람들 따돌릴 수는 없어?" 하고 물었다.

로만은 내 질문을 무시했다. "우리는 오늘 밤 다스 헤르츠를 보러 갈 거야. 클럽용 의상도 사야 할걸."

---

* 마약성 진통제의 일종.

머릿속으로 독일어를 해석해보았다. "'심장'이라고?"

"아니, 다스 헤르츠는 사람 이름이야. 디제이지. 우리는 오늘 밤 다스 헤르츠의 공연에 가야 해. 아버지가 늘 하는 말인데, 사람들은 자기 눈에 보이지 않는 왕은 섬기지 않는다지. 대중 앞에 나타나는 것도 비즈니스의 일환이야."

"그럼 나머지는? 공적인 일을 빼면? 네 아버지가 나한테 사업을 배우라던데." 내가 물었다.

"배우게 될 거야, 곧." 로만의 새킷 주머니 속에서 휴대전화 벨이 울리자 그가 전화를 받았다. 체코어로 짧은 대화가 이어지더니 그가 전화를 끊었다. "끝났어. 내 말대로." 그가 말했다. "그 친구 이름은 자노스였어. '지미'라고 불리는 걸 좋아했지."

"누구?"

"네가 봤던 그 호모 말이야. 바에서 날 따라왔던 녀석." 로만의 목소리에 조소가 감돌았다.

"너…… 그 사람이랑 헤어졌어?"

"죽었어. 총에 맞아 죽었지. 자기 집에서. 아침을 먹던 중이었어." 로만이 대답했다.

문득 식은땀이 솟아나고 토할 것처럼 속이 울렁거렸다. "네 아버지가 시킨 짓이야?"

"아니." 로만이 대답했다. "내가 시켰어."

프라하에 사는 서른 살 미만의 젊은이들이 전부 '푸메'라는 이름의 클럽에서 열린 다스 헤르츠 공연에 모여 있는 것만 같았다. 클럽은 프라하 1구 남쪽, 공산주의 시대에 세워진 병원의 반쯤 파괴된 잔해 속에 위치해 있었다.

로만과 나는 무대가 바로 내려다보이는 3층의 VIP 좌석에 앉았다. 우리는 거대한 괴물의 턱뼈같이 비쭉비쭉하게 무너진 벽체 안쪽에서 벌어지는 파티를 내려다보았다. 멋지게 차려입은 사람들이 괴물의 혀에 해당하는 플로어에 서서 곧 괴물의 입속으로 삼켜질 줄은 꿈에도 모른 채 달빛과 레이저 조명을 받으며 춤을 추고 있었다. 다스 헤르츠는 말도 안 되게 복잡한 턴테이블과 맥북 뒤에 서서 한쪽 귀에 헤드폰을 대고 팔을 허공에 허우적대는 중이었다.

우리는 사람들의 눈에 띄기 위해 이곳에 왔다. 근사한 사람들 속에서. 무언가를 의미할 사람들 속에서. 다스 헤르츠는 불과 지난주에 헬싱키에 있는 마약중독 재활시설에서 나왔기 때문에 이 공연은 그가 9개월 만에 펼치는 공연이었다. 기자들이 몰려와 있었고 곧 그들은 중유럽의 가장 큰 범죄 가문의 상속인인 로만 클라디보 또한 새 여자 친구와 함께 행차했다고 트위터에 써재길 것이다.

나만 빼고 다들 알고 있는 것 같은 미국 래퍼가 우리에게 보내준 크리스털 샴페인이 얼음통에 담긴 채 발치에 놓여 있었다. 트레이닝복 차림을 한 로만의 친구들이 우리 앞 테이블에 놓인 코카인을 흡입하고 있었다. 누군가가 새로운 문신을 자랑했다. 핑크색과 오렌지색의 악마가 오토바이를 타고 있는 도안이었다. 또 다른 누군가는 글록 9밀리미터를 자랑했다. 플라스틱 복합재 소재에 15발 탄창이 장착된 늘씬한 권총이었다.

"무슨 사고가 있었어?" 누군가 중요해 보이는 인물이 로만의 부은 눈과 손에 감긴 붕대를 보고 물었다.

"교통사고가 났어." 로만이 대답했다. "18번 도로에서 람보가 전복됐지." '람보'는 람보르기니의 약어이다. 람보르기니라는 말을 자주 입에 담는 사람들의 시간을 아껴주는 약어.

로만은 여전히 퍼코셋과 모르핀의 약기운에 취해 있었다. 약, 샴페인, 위스키, 맥주 덕분에 로만은 오늘 밤 특히 친근한 태도로 새 여자 친구를 자랑하며 프라하의 클럽 신을 장악한 '이성애자' 왕의 지위를 뽐내고 있었다.

나는 로만에게 인사하러 온 사람들에게 미소로 화답하고 농담을 들으면 아낌없이 웃어주었다. 일본에서 온 팝스타가 보낸 캐비아도 받았고, 두바이에서 온 술탄의 아들의 뺨에는 입을 맞췄다.

그러나 다행히도 이런 의식은 오래가지 않았다. 공연이 시작된 지 불과 30분 만에 침입자가 끼어들었던 것이다. 땀투성이에 화가 난 에밀이었다. "전화를 왜 안 받았어요?" 에밀이 음악 소리를 뚫고 로만에게 고함을 질렀다.

"진정하고 코카인이라도 조금 해. 뭐 좀 마시겠어? 웨이트리스는 어디 갔지? 세르비르카!" 로만이 웨이트리스를 찾았다.

"문자 메시지를 네 개, 다섯 개 보냈단 말입니다." 에밀이 말했다. "로만, 문제가 생겼어요."

"문제야 언제나 있지." 로만이 다시금 외쳤다. "세르비르카!"

"리보르가 경찰에 붙잡혔어요. 장물을 팔다가요."

로만이 콧등을 찌푸렸다. "내일 아침에 보석금 내고 데려와."

에밀이 내 쪽을 살피며 입을 열었다. "리보르와 제가 오늘 해야 할 일이 있거든요. 화물을 받아서 타보르에 갖다놔야 하는데."

타보르. 클라디보가 비밀경찰 기지를 가리키던 말이었다.

"내가 도와줄게." 내가 말했다.

에밀이 어깨를 으쓱했다. "글쎄, 보스의 여자 친구에게 실례이긴 하지만……."

"데려가." 로만이 입을 열었다. "소피아를 데리고 가."

에밀이 믿을 수 없다는 듯 웃음을 터뜨렸다. "로만, 장난이 아니라고요."

"아버지 말씀이 소피아도 비즈니스를 배워야 한다더군." 로만이 에밀의 어깨를 움켜쥐며 말했다.

"그래서요?"

역겨운 조소가 로만의 얼굴을 가로질렀다. "그러니까 어디 한번 가르쳐보자고."

24장

 한밤중, 소콜롭스카 거리에 빗방울이 똑똑 떨어지기 시작했다. 거리는 잠들어 있었다. 상점 문에는 철제 셔터가 내려가 있고 아파트의 창문은 커튼으로 가려져 있었다. 어디선가 모닥불이 타고 있나 보다. 포근한 냄새가 나고, 나는 내가 모닥불가에서 담요로 몸을 둘러싼 채 카프카를 읽고 있었더라면, 아니면 프라하의 보통 사람들이 벽난로 앞에서 하는 무엇이든 하고 있었더라면 하고 생각했다. 그러나 나는 두 블록 전 마지막으로 열려 있던 케밥 노점에서 산, 종이컵에 담긴 진흙 질감의 진한 터키식 커피를 홀짝이고 있는 중이었다.

 클럽에서 입었던 의상을 갈아입고 돌아온 뒤에 트럭을 가지러 갔던 에밀과 만나기로 한 장소가 이곳이었다. 길 저편에서 작고 네모난 트럭이 노란 헤드라이터로 자갈길을 비추며 모퉁이를 돌아 내 쪽으로 다가오는 모습이 보였다. 이렇게 먼 거리에서도 차 안에서 틀어놓은 힙합 음악이 쾅쾅 울려 퍼지는 소리가 들렸다.

트럭이 내 앞에서 속도를 줄이며 멈추자 나는 조수석에 올라탔다. 여자, 그것도 나와 함께 작업해야 하는 신세가 된, 분노가 이글거리는 에밀의 얼굴은 대시보드에서 새어나오는 푸른빛 때문에 더 위험해 보였다. 에밀이 액셀을 밟더니 좌회전을 했다. 잠시 후 우리는 고속도로로 접어들어 북쪽을 향해 달리기 시작했다.

"로만이 왜 너를 '슬램'으로 보낸 거지? 넌 너무 고상해서 우리랑 같이 일하기 힘든 줄 알았는데." 에밀이 말했다.

"'슬램'이 아니라 '슬럼'이겠지." 나는 스피커에서 흘러나오는 형편없는 체코어 랩에 묻히지 않게 큰 소리로 대답했다.

"네가 뭘 안다고, 어차피 넌 러시아인이잖아." 그가 말했다.

"음악 좀 줄이면 안 돼?"

"이건 내 앨범이야. 내가 바로 'MC 브라'라고. 갱스터, 암살자라는 뜻이지. 내가 래퍼인 줄은 몰랐겠지?"

나는 그 말을 무시하고 볼륨을 줄여버렸다. "우리가 받으러 가는 물건이 뭔데?"

"화물. 그 이상은 말 못해." 에밀은 왼쪽 차선에 끼어든 뒤 나트륨등의 불빛을 받으며 돛처럼 펄럭거리는 색색의 방수 천으로 덮인 트레일러트럭들을 지나쳤다.

나는 좌석과 좌석 사이의 공간에 놓여 있는 배낭을 집어 들어 무릎에 얹었다. "이게 뭐야?"

"화물이랑 교환할 물건." 에밀이 대답했다.

배낭의 지퍼를 열자 노르스름한 빛이 감도는 딱딱한 사탕 같은 결정들이 꽉 찬 비닐봉지 세 개가 나왔다. 한 봉지당 2파운드가 조금 넘는 것 같았다. 1킬로그램 정도일까. "마약이야?" 내가 물었다.

"촌뜨기 같으니, 크리스털 메스*잖아. 최상품이지. 오클라호마에서 수입한 물건이야." 그러더니 에밀이 자랑스레 덧붙였다. "오클라호마라고, 미국에 그런 데가 있어."

3킬로그램의 필로폰이 얼마만큼의 가치를 가지는지는 모르겠지만, 상당할 것 같았다. 승용차가 아니라 트럭을 몰고 가는 걸 보면 마약과 교환할 물건 역시 부피가 상당한가 보다.

"까먹을 뻔했네." 그가 재킷을 뒤지더니 권총을 한 자루 꺼내 내 무릎에 올려놓았다. "만약의 사태를 대비해서 주는 거야."

"무슨 사태?"

"닥쳐봐야 알겠지." 그가 대답했다.

우리는 오랫동안 스피커로 흘러나오는 스크래치 드럼과 MC 갱스터 암살자의 목소리 외에는 아무 소리도 없는 침묵 속에서 고속도로를 달렸다. 그러다가 에밀이 오른쪽으로 차선을 옮기며 기어를 저속으로 바꾸었다. 고속도로를 빠져나온 트럭은 '네메츠코'라는 표지판 아래로 접어들었다. '독일'이라는 뜻이었다.

*

우리가 체코 국경을 건넌 것은 새벽 2시가 조금 넘은 시각이었다. 실제로 국경이 있는 것이 아니라 국경이 있었던 흔적뿐이다. 널빤지로 막아

---

*   crystal meth. 필로폰으로 알려져 있는 메스암페타민(methamphetamine)을 일컫는 속어.

놓은 경계초소, 영영 내려가지 않는 차단기. 유럽연합이 상업과 여행의 부담을 덜어주기 위해 내린 조치가 결국 범죄자들의 부담까지 덜어준 셈이다. 에밀 그리고 아마도 나 같은 사람들 말이다.

우리는 국경에서 몇 킬로미터 떨어진 곳에서 고속도로를 나와 모든 건물에 불이 꺼져 있는 밤중의 조그만 마을을 지나쳐 갔다. 마을 끝에 펼쳐진 농지에 거의 다다를 무렵 에밀이 속력을 낮추고 작은 골목으로 좌회전했다. 우리는 골목을 따라 조그만 상점 뒤쪽의 로딩 독에 섰다.

청바지에 가죽 재킷을 입은 남자가 한쪽 다리를 벽에 괸 자세로 기다리고 있다가 우리를 보고는 입에 물었던 담배를 제임스 딘처럼 물웅덩이에 휙 던지더니 이쪽으로 다가왔다.

"잘 지냈어?" 열린 차창을 통해 에밀이 남자에게 인사를 건넸다.

두 사람은 몸을 부딪치며 포옹과 등 부딪치기로 끝나는 복잡한 악수를 했다.

제임스 딘이 나를 보더니 고개를 까닥이며 "저 여자는 누구야?" 하고 물었다.

"소피아. 새로 온 여자야. 보스는 요즘 여자를 데리고 다니는 게 좋다고 생각하나 봐." 에밀이 대답했다.

남자가 나를 위아래로 훑어본 다음 고개를 끄덕였다. "난 피셔." 그러더니 다시 에밀을 바라보았다. "저 안에 있는 놈들은 진짜 갱스터니까 행동 조심해. 알아들었어?"

로딩 독의 셔터가 올라간다. 안에 있는 사람들이 바로 그 진짜 갱스터인 모양으로, 찢어지고 군데군데 덧댄 청바지에 가죽 재킷, 작업용 부츠 차림으로 불안하게 돌아다니고 있었다. 하지만 에밀은 아무렇지도 않게 밴에서 내렸다. "따라와."

피셔와 에밀과 나는 로딩 독에 기어올라 상점 뒤쪽으로 들어갔다. 우리 뒤로 차고 문이 닫히며 금속 톱니바퀴와 체인이 요란한 소리를 냈다. 피셔가 안에 있던 사람들을 소개했다. 이름이 전부 러시아식이었다. 그 중 대장 격으로 보이는 맥스라는 남자가 작업대 뒤에 서 있다가 마치 개장수가 떠돌이 개들을 보고 짓는 웃음처럼 우리에게 진심 어린 미소를 지어 보였다. 맥스는 숱이 거의 없는 금발이었고 재킷에는 수류탄을 품고 발톱을 드러낸 박쥐며 해골 아래 교차된 두 개의 망치 모양 패치들을 덕지덕지 달고 있었다. "물건은 가져왔나?" 맥스가 영어로 말하며 에밀의 손에 든 배낭을 향해 고갯짓을 했다.

에밀이 배낭에서 비닐봉지 세 개를 꺼내 작업대 위에 늘어놓았다. 무리 중에서 가장 덩치가 작은 남자가 봉지를 열더니 집게로 안에 든 필로폰 결정 하나를 집어서 시험관에 넣은 뒤 간이 실험도구 몇 가지가 놓인 다른 테이블로 갔다. 모두의 눈이 그의 손짓에 집중하는 순간, 공기 중에 감도는 긴장이 생생하게 느껴졌다. 나는 주머니에 든 총을 살짝 손가락으로 만져보았다.

마침내 남자가 돌아와서 러시아어로 모두에게 들리도록 크게 말했다. 나는 에밀에게 바짝 붙어 서서 그 말을 통역해주었다. "대략 90퍼센트 순도의 매우 순수한 물건이래."

맥스는 팔을 쭉 뻗더니 씩 웃었다. "3킬로그램, 최상품이군."

"약속대로야." 에밀이 말했다. "그럼, 화물은 가져왔어?"

맥스가 자기 부하들에게 고갯짓을 하자 부하 두 명이 가게 안으로 들어갔다.

"그럼, 미리 약속한 대로, 열 개?"

"맞아. 열 개." 에밀이 말했다.

상점 깊숙한 곳 어디선가 아까 들어간 두 부하가 고함을 지르는 소리가 들리더니 곧 고음의 비명 소리가 뒤따랐다. 다음 순간, 젊은 여자들, 여자아이들이라고 말하는 게 더 정확할 것 같은 한 무리가 모퉁이를 돌아 나타났다. 가장 어린 아이가 열네 살 정도, 나이가 많은 아이도 고작 열일곱 살로 보였다. 내 피부에 송글송글 땀방울이 비어져 나오더니 별안간 욕지기가 거세게 밀려왔다. 이게 바로 그 '화물'이구나. 이 아이들이 '열 개'라는 소리구나.

두 남자가 케이블타이로 손목을 결박당한 여자아이들을 막대기로 몰고 오더니 아무렇게나 후려쳤다. 아픔을 주는 것 말고는 아무 목적도 없는 행위였다.

"이봐! 상처를 남기면 안 돼!" 에밀이 고함을 지르더니 나에게로 돌아섰다. "통역해줘."

나는 에밀이 했던 말을 러시아어로 바꾸어 외쳤다.

그들이 여자아이들을 방 앞쪽에 세웠다. 어깨를 앞으로 구부리고 두 눈은 공포에 질려 휘둥그레진 채로 바들바들 떨고 있는 열 명의 소녀들. 모두 눈에 띄게 예쁜 외모였다. 충격적일 정도로. 여자라면 누구나 원하는 그리고 딸 가진 부모라면 누구나 두려워하는 그런 아름다움이었다. 소녀들 중 몇 명이 나를 바라보았다. 공포에 질린 눈빛 속에도 증오심을 숨기지 않고 있었다. 이 아이들은 이곳의 남자들에게 이런 대접을 받는 것에는 이미 익숙해져 있었지만 내 몫으로는 지옥에서도 가장 나쁜 자리를 마련해놓을 게 분명했다.

턱과 주먹이 단단하게 다물렸다. 총을 꺼내서 저 아이들을 풀어주자. 나에게 남은 마지막 양심의 이름으로, 그웬돌린, 정의로운 일을 해야 해. 하지만 나는 아무 일도 하지 않았다. 할 수 있는 일이 하나도 없잖아, 하고 속으로 생각했다. 총에는 총알이 여덟 발쯤 들어 있을 것이다. 내가 아무리 명사수라고 한들 러시아인 두 명을 쓰러뜨리기도 전에 시체가 되어 바닥에 나뒹굴 것이다. 내가 원치 않는 일이 바로 그것이다. 나는 겁쟁이니까, 나는 이기적이니까.

맥스가 작업대 앞으로 돌아 나오더니 에밀 뒤에 섰다. "괜찮지? 저 빨간 머리는 페테르부르크 출신이야. 저년 때문에라도 가격을 좀 더 쳐서 받을까 했지만, 안 그러기로 했지. 저년은……." 맥스가 나를 쳐다보며 말을 이었다. "'포다록'으로 주겠어."

"선물." 내가 통역해주었다.

"그래, 선물. 저년을 선물로 주고 앞으로도 좋은 동업자 관계를 유지해보자고, 어때?"

에밀이 앞으로 나서더니 빨간 머리 소녀의 묶인 손목을 들고 일으켜 세웠다.

"트랙마크*가 있으면 안 돼." 그가 말했다.

맥스는 어깨를 으쓱했다. "말한 대로, 약물중독자는 없어. 전부 최상품이지."

에밀이 옆에 서 있던 소녀의 검은 머리카락을 만지작거리자 그 애가 몸을 움츠렸다. "다른 애들은 어디 출신이지?"

"폴란드, 루마니아, 러시아, 알바니아. 글쎄. 그쪽 부탁대로 최상품만

---

*　마약 주사로 혈관에 상처가 나 주위가 거무스름하게 변한 흔적.

선별해왔다니까?"

"전부 *깨끗한가*?" 에밀이 물었다.

맥스가 눈을 찡그렸다.

"병이 없냐고? 없어. 의사를 불러다 검사했지. 비누만큼 깨끗하다고." 그러면서 맥스가 에밀의 어깨를 툭툭 쳤다. "만에 하나 HIV든 매독이든 있으면 전화하라고. 문제없이 환불해줄 테니까."

에밀이 한 손을 내밀자 맥스가 악수를 했다. 이 모든 과정이 치가 떨리게 신사적이었다.

누군가 차고의 셔터를 올리자 에밀은 나에게 트럭의 짐칸을 열라고 했다. 나는 데크에 서서 소녀들 한 명 한 명의 가느다란 팔을 붙잡고 짐칸에 태워주었다. 두세 명이 울기 시작했다. 한 명은 반항하기도 했지만 에밀이 그 애의 머리채를 붙잡아 고개를 뒤로 확 젖히더니 총구를 볼에 가져다대자 반항은 끝이 났다.

내가 빨간 머리 소녀의 팔에 손을 대자 그 애는 내 손길을 뿌리치더니 혼자 힘으로 짐칸에 올랐다. 그 뒤에는 내 얼굴에 침을 뱉더니 나에게 악마 같은 년이라고 욕을 했다.

*

에밀은 차창을 내린 채로 라디오에서 흘러나오는 릴 웨인의 랩을 목청껏 따라 부르며 리듬에 맞춰 트럭 문을 쿵쿵 두드렸다.

"그만 좀 해." 내가 말했다.

"뭐?" 시끄러운 음악 소리 너머로 에밀이 고함을 쳤다.

내가 손바닥으로 라디오의 전원 버튼을 눌러 <i>J</i>자 음악이 멎었다. "그만하라고. 문 두드리지 말라고. 그리고 제발 그 빌어먹을 노래도 그만 둬."

대시보드에서 흘러나온 불빛에 에밀의 비웃음이 스쳤다. "그래, 이래서 로만이 여자를 보낸 게 실수라는 거야. 짐칸에 있는 여자들은 그저 창녀일 뿐이야."

"그들과 내가 다를 게 뭐가 있어?" 그러자 에밀은 어깨를 으쓱했다. "넌 앞자리에 타고 있잖아."

나는 피부를 녹일 기세로 몸속에서 끓어오르는 분노의 열기를 더 이상 감당할 수 없어 눈을 질끈 감았다. 손이 주머니 속으로 들어간다. 손이 총 손잡이를 감싼다. 손가락이 방아쇠를 찾는다. 아빠를 찾는 미션은 오늘 밤 이렇게 끝이구나. 한 명, 어쩌면 두 명의 목숨을 대가로 열 사람의 목숨을 구하는 것. 쉬운 선택이잖아, 안 그래? 어떤 만들어진 신의 만들어진 도덕이라 해도 다른 선택지는 없어. 에밀의 머리를 날려버리고 운전대를 쥐는 거야.

"저 여자들을 거기, 타보르로 데려가는 거야?" 내가 물었다.

"그래." 에밀이 대답했다.

"그럼 타보르에서 저 애들은 어떻게 되는 거지?"

에밀은 담배에 불을 붙이며 잠시 생각을 하는 것 같았다. 담배 연기가 곡선을 그리며 열린 차창 밖으로 밀려 나갔다. "타보르에다 붙잡아놓는 거지."

"붙잡아놓는다고……." 나는 에밀의 말을 되뇌었다. "그 애들을 강간하는 거야?"

에밀이 얼굴을 찌푸렸다. "소피아, 저년들은 창녀야. 창녀랑 하는 건 강간이 아니지."

나는 엄지손가락으로 권총의 안전장치를 내린 다음 주머니에서 꺼낸 권총을 허벅지 옆에 바짝 붙여 숨겼다. 하지만 그전에 에밀로부터 자백을 받아내야 했다. 죽이는 것만으로는 부족하다. 왜 죽는지 이유도 알아야 한다. "에밀, 그럼 그 애들을 타보르에서 강간하는 거야?"

"미쳤어? 그런 짓을 하면 판 클라디보가 그걸 잘라버릴걸. 그냥 타보르에 보관하는 거야. 경매가 있는 날까지."

독일 뉴스 사이트에서 읽었던 경매 이야기였다. 플라이슈쿠라토. 인간 큐레이터. 신체 큐레이터. 에밀과 나 사이의 거리는 고작 30센티미터 남짓이었다. 동작이 빨라야 한다. 총을 꺼내자마자 쏘아야 한다.

"몇 달에 한 번씩," 에밀이 말을 이었다. "카지노에서 성대한 파티가 열리지. 이런 특별한 여자들만 있는 파티." 그가 내 얼굴을 보더니 내 표정에 깜짝 놀란 것 같았다. "너, 화났어? 저 애들 때문에?"

"에밀, 너는 화가 안 나?" 내가 물었다.

에밀 같은 사람에게는 꽤 까다로운 질문이었는지 그는 곰곰이 생각하다가 마침내 대답했다. "그럴지도."

"무슨 뜻이야?"

"생각해보면, 이 애들이 너무 어리다는 생각도 들거든. 어쩌면 저 빨간 머리는 페테르부르크에 계속 살면서 학교 선생님이나 뭐 그런 게 되고 싶었을지도 모르는데 우리가 저 애를 창녀로 만든 거잖아." 에밀은 눈살을 찌푸리며 차 앞으로 펼쳐진 길을 쳐다보았다. 생각에 잠긴 철학자 같았다. "그래서 내가 생각을 아예 안 하는 거야."

당연히 그렇겠지. 그리고 고마워, 에밀. 결정을 쉽게 만들어줘서. 나는 쥐고 있던 권총에 빠르게 눈길을 주며 손에 힘을 주었다. 지금이야.

"그 늙다리도 마찬가지야." 에밀이 문득 입을 열었다. "그 사람은 누굴까? 대체 판 클라디보에게 무슨 짓을 한 걸까? 내 알 바는 아니지만. 그래서 거기에 대해서도 생각을 접었지."

내 몸이 제자리에 딱 얼어붙었다. "늙다리라니?"

"왜 그 나이 많은 아저씨 말이야. 사실 많이 늙은 건 아닌데 머리는 회색으로 셌지. 아니면 지금쯤 회색이 됐을 거야. 타보르의 맨 마지막 방에 갇혀 있는 사람."

나는 권총을 도로 주머니에 집어넣었다. "아, 그 사람."

*

새벽빛이 밝아올 무렵 고속도로를 빠져나온 우리는 울퉁불퉁한 2차선 도로를 달렸다. 그리고 숲으로 둘러싸인 자갈 깔린 도로로 접어들었다. 눈앞에 타보르의 정문이 보였다.

에밀이 안뜰 한가운데 차를 세우고 시동을 껐다.

에밀이 차에서 내리자 나는 주머니에서 아이폰을 꺼낸 뒤 GPS 앱을 열어서 내 위치가 잡히기를 기다렸다. 하지만 아무 일도 일어나지 않았다. 신호가 전혀 잡히지 않았다.

"나올 거야, 말 거야? 안 내리려고 버티는 년들도 있단 말이야." 에밀이 밖에서 소리를 질렀다.

나는 주머니에 아이폰을 집어넣었다. "지금 가."

짐칸의 문을 여는데 정문을 지키던 경비가 다가왔다. 건물 안에서 경비 다섯 명이 더 나와서 트럭 뒤에 모여 섰다. 짐칸 안쪽 구석에 있던 소녀들이 몰려나왔다. 제일 나이가 많아 보이는 소녀는 맨 앞에 서서 나머지 아이들을 보호하려는 듯 양팔을 펼치고 있었다. 아직 10대 티를 채 벗지 못한 땅딸막한 경비 한 명이 갑자기 무슨 배짱이라도 생겼는지 "나오라고, 이년들아! 빨리 나와!" 하면서 칼라슈니코프 소총의 개머리판으로 데크를 두들기며 고함을 쳤다.

여자들은 난폭한 명령에 움찔하면서도 움직이지 않았다. 에밀이 다들 안으로 들어가서 여자들을 끌어내리라고 명령했다. 남자들이 양손으로 두 명씩 팔을 붙들고 질질 끌어내는 장면을 보고 나는 고개를 돌렸다. 돌릴 수밖에 없었다. 땅딸막한 경비가 총구로 그들을 꾹꾹 찔러 건물 쪽으로 향하게 했다.

경비들이 여자들을 독방에 가두는 동안 에밀은 타보르의 주방에서 커피를 잔뜩 마셨다. 경비들이 돌아와서 아침을 먹기 시작하자 누군가 페이스트리를 가져온 것이다. 나는 옆으로 물러서서 카운터에 기대고 섰다. 에밀과 나머지 남자들은 활기차게 대화를 나누었는데 대화의 요지는 지하에 가둔 여자들의 품질이 좋다는 내용 같았다. 음식 옆에 칼라슈니코프 소총이 두 개 놓여 있었고, 모두가 총을 하나씩 들고 있었다. 지금은 움직이기에 시기가 좋지 않다.

방 안은 남학생 사교 클럽 하우스처럼 꾸며져 있었고 낡은 수건과 요리용 기름 냄새가 났다. 공산주의 시절의 싸구려 사무용 가구에 누군가의 어머니가 쓰던 낡은 소파가 합세했고 거대한 LED 텔레비전에서는 간밤 있었던 축구 경기의 하이라이트 장면을 보여주는 중이었다.

그때, 구석에 있던 책상과 오래된 양방향 무전기가 눈에 띄었다. 나는 그쪽으로 걸음을 옮겼다. 50년은 된 것 같은 물건이었다. 스위치와 다이얼이 달려 있었고 와이어는 천장까지 연결되어 있었다.

"손대지 마!" 누군가 고함을 질렀다.

다시 식탁 쪽을 보니 모두 나를 보고 있었다. "왜?"

"여기는 전화 연결이 안 돼서 휴대전화는 사용할 수 없어." 땅딸보가 말했다. "프라하와 연락하는 수단은 이 무전기가 유일하다고. 물론 암호로만 소통하지."

연락 방법은 하나뿐이군. 무전기가 망가지면 도움을 청할 수단이 없다는 소리다.

"아래층 여자들 말이야." 내가 입을 열었다. "식사는 언제 하지?"

"우리가 허락할 때." 누군가가 대답했다.

"지금은 어때? 뭐라도 좀 먹여야 할 것 아냐." 내가 말했다.

식탁에서 뭐라고 웅얼웅얼 의논이 오가고 작은 웃음소리가 터지더니 땅딸보가 일어나 캐비닛 속에서 미국산 단백질 바가 든 커다란 상자를 꺼내왔다. "한 명당 한 개씩이야. 더 주면 살이 찌니까."

*

보호단 클라디보와 함께 왔던 길을 되밟아가는 내 발소리가 금속성 계단에 크게 울렸다. 한 걸음 한 걸음 걸을수록 내 몸속에서 자라난 공포가 두 배로 더 커지고, 가슴속의 응어리도 점점 단단해지는 것 같았다. 둘 중 어떤 게 더 최악일까? 갇혀 있는 아빠를 발견하는 것, 아니면 아빠가 사라진 것을 발견하는 것 중에서?

상자 속에 들어 있는 단백질 바가 서로 부딪치는 소리를 듣고 나는 떨리는 손을 애써 진정시켰다.

아래층 복도는 내가 기억하는 모습 그대로였다. 벽을 따라 번호가 붙은 감옥 문이 쭉 늘어서 있고 각각의 문에는 작은 창문을 덮은 해치가 있고 바닥 쪽에는 길고 좁은 구멍이 뚫려 있었다.

첫 번째 방의 창문을 덮은 해치를 연 순간 나도 모르게 새어나오는 비명을 막느라 손에 들었던 상자를 떨어뜨릴 뻔했다. 트럭에 태웠던 소녀들이 발가벗겨진 채로 갇혀 있었다. 두 명은 침상 위에 웅크리고 있고, 다른 두 명은 바닥에 있었다. 모두 발가벗은 무릎을 세워 발가벗은 가슴을 가리고 발가벗은 팔로 다리를 꼭 끌어안은 자세였다. 그들은 덜덜 떨며 눈앞을 똑바로 쏘아보고 있었다. 단 한 명만이 고개를 돌려 창문을 통해 나를 쳐다보았다. 공포에 질린 그녀의 표정이 서서히 겁에 질린 슬픔으로 바뀌었다. 다음에 무슨 일이 일어날지 이미 알고 있는 표정이었다. 이야기를 들은 게 분명했다. 그녀의 나이는 열다섯 살쯤으로 보였다.

나는 문 밑에 난 구멍으로 단백질 바를 열 개쯤 밀어 넣었다.

다음 방에는 나머지 여섯 명의 아이들이 거의 비슷한 상태로 갇혀 있었다. 트럭에서 다른 소녀들을 보호하려 했던 나이가 가장 많은 소녀가 팔로 다른 아이들을 끌어안고 자신의 공포를 애써 숨기고 있었다. 마리나가 생각났다. 또 한 번 나는 안타깝다는 몸짓을 해 보인 뒤 문 아래에 난 구멍으로 단백질 바를 열 개쯤 밀어 넣었다.

다른 사람들도 있을까? 세 번째 방의 해치를 열어보았더니 방 안은 텅 비었고 바닥에 이상한 모양으로 둘둘 말린 담요 그리고 창밖을 보려고 창에 입김을 불었던 흔적이 전부였다. 이 방에 갇혔던 여자들이 남긴 흔적은 그게 다였다. 생명과 절망의 작은 얼룩. 그들이 어디서 죽었는지, 아직 살아 있는지 아무도 모를 테지.

나는 네 번째, 다섯 번째, 여섯 번째 방도 차례로 확인했다. 지금은 아무도 없지만 최근까지 사람이 있었던 것 같았다. 그 사실을 깨닫자 더 고통스러웠다. 나는 눈을 감고 차가운 돌벽에 이마를 맞댄 채 여기 갇혀 있던 사람들의 운명을 그려보았다. 여기, 이 타보르는 원래는 감옥이 아니었다. 이곳은 살아 있는 생명이 고기로 변하는 도살장의 임시 축사였다.

내 안에서 욕지기가 증오심으로 변하고 증오심은 분노로 변했다. 나는 목숨을 걸고라도 위층의 남자들과 클라디보 부자를 죽이고 말겠다고 다짐했다.

마지막 방으로 가서 창에 달린 해치를 열었다. 한 사람의 형체가 보였다. 웃통을 벗은 채 침상에 누워 있는 남자였다. 얼굴은 벽을 향하고 있는데도 뺨에 난 덥수룩한 수염이 갈색에서 회색으로 세어가는 모습이 보였다. 남자의 머리는 몇 달이나 자르지 않은 듯 텁수룩했다. 교과서에 나오는 전쟁 포로, 잔혹행위의 희생자처럼 보였다. 남자는 등을 바로 대고 눕더니 천장을 보았다. 갈비뼈가 해골처럼 완전히 드러나 있었다.

남자는 문에 달린 해치가 열린 것을 깨닫고 눈을 가늘게 뜨고 바깥을 확인했다. 수염이 텁수룩해도, 14킬로그램쯤 체중이 줄었어도, 복숭아 빛이던 피부색이 회색으로 변했더라도, 알아볼 수 있었다. 틀림없이 아빠였다.

25장

창을 등지고 있어 내 모습은 윤곽으로만 보였나 보다. 아빠는 내 얼굴을 보지 못한 것 같았다. 아니면 봤는데도 나를 알아보지 못했거나. 나는 소리 없는 비명을 막으려고 두 손으로 입을 가렸다. 아빠가 살아 있다. 살아 있다. 하지만 그뿐이었다.

그때 계단에서 발자국 소리가 들렸다. 나는 창에 달린 덮개를 닫고 손바닥으로 눈을 꾹 누르며 시선을 돌린 채 숨을 골랐다.

"다 했어?" 복도 끝에서 에밀의 목소리가 들려왔다.

"응."

"서둘러. 다시 프라하로 돌아가야 하니까."

"잠깐만."

에밀이 자리를 떠난 게 확실해지자 나는 주머니에서 총을 꺼내 무게를 가늠해보았다. 누군가가 칼라슈니코프 소총을 꺼집어내기 전에 이 총으로 놈들을 제압할 수 있을까? 가능성을 재보는 것조차 무의미했다. 당연히, 그럴 수 없을 것이다.

나는 다시 아빠가 갇힌 방문 쪽으로 다가갔다. 당장이라도 유리창을 덮은 덮개를 열고 아빠가 나를 알아볼 때까지 유리창을 마구 두드리고 싶었지만 그 순간 이성이 나를 붙잡았다. '안 돼.' 이성이 말했다. '생각을 해야 해.'

아빠가 어떻게 반응할지 알 방법이 없었다. 위층에 있는 사람들에게 들리지 않게 유리문을 통해 아빠에게 그동안 있었던 일을 설명할 방법이 없었다. 아빠가 눈앞에 있는데도 아무 탈 없이 아빠에게 메시지를 전할 방도가 없었다.

나는 마지못해 아빠가 갇힌 방에서 물러나 계단을 올라갔다.

"떠날 준비 됐어." 내가 에밀에게 말했다.

"너 울었냐?"

"닥쳐. 어서 가자고." 내가 대답했다.

트럭에 올라타면서 나는 마음속으로 지하실에 갇힌 아빠와 소녀들에게 꼭 돌아오겠다고 약속했다. 그리고 에밀과 그 밖의 패거리들을 향해서도 똑같은 약속을 했다.

*

나는 침대에 누워 잠든 로만 앞에 서서 로만의 권총으로 그의 머리를 겨누고 있었다. 로만은 똑바로 누워 바보처럼 코를 골아댔고 그때마다 붕대를 두른 가슴이 오르락내리락했다. 정의롭게 행동하려면 로만을 죽여야 했다. 로만의 머리가 침대의 헤드보드에 부딪치며 박살나는 순간 구름이 양쪽으로 걷히고 새들이 노래하고 클라디보 부자가 만들어낸 희생자들 모두가 감사와 안도의 한숨을 한꺼번에 내쉬는 통에 귀가 먹먹해지겠지.

그러나 나는 방아쇠를 당기지 않을 것이다. 로만을 죽인다고 해서 우리 아빠가, 지하실에 갇힌 소녀들이 풀려나는 건 아니니까. 이 사악한 자들의 군대는 로만 하나를 없앤다고 사라지는 것이 아니다. 심지어 클라디보라는 이름을 가진 사람은 로만 말고도 또 있다. 그러나 나는 머지않아 이 방아쇠를 당길 것이다. 이 정도만으로도 다음 단계로 나아가기엔 충분하다. 나는 로만의 권총을 총집에 집어넣은 다음 서랍장 위에 완벽하게 진열되어 있는 향수병들 사이 제자리에 올려놓았다. 그다음에는 로만이 전날 밤 입었던 옷을 집어 들었다. 그가 입었던 정장을 삼나무 옷걸이에 걸어 문손잡이에 걸었다. 술을 쏟아 냄새가 풀풀 나는 셔츠를 둘둘 뭉쳐 세탁물 바구니에 넣었다.

잘 보라고, 로만. 네 애인이 너를 얼마나 잘 돌보는지.

나는 거실로 돌아와 다시 오늘 오전 7시 30분부터 마시기 시작한 와인 앞에 앉았다. 갈색이 도는 붉은색에 푹 익은 포도즙과 흙 맛이 감도는 좋은 와인이었다. 하지만 지금 내가 와인을 마시는 건 맛을 느끼기 위해서가 아니었다. 치료를 위해서였다. 내가 본 것들을 잊기 위해서, 덜덜 떨고 있는 소녀들의 모습을 머릿속에서 떨쳐버리기 위해서. 불쌍한 아이들, 겁에 질린 불쌍한 아이들.

"술은 못 마시는 줄 알았는데."

고개를 들자 복도 끝에 로만이 목욕 가운 차림으로 서 있었다.

"시작하기에 오늘이 딱 좋은 날 같아서 말이야." 대답을 하는데 혀가 꼬였다.

로만은 고개를 끄덕였다. "어제는 어땠어? 에밀과 화물을 가지러 간 것 말이야."

"그 화물이란 게 여자들인 줄은 몰랐어."

로만은 아무렇지도 않게 고개를 끄덕였다. "나는 커피."

"뭐라고?"

그가 고개로 주방 쪽을 가리켰다. "나는 커피 마시겠다고. 만들어와."

나는 주방을 향해 걸어가며 그를 쳐다보았다. 값비싼 가운을 걸친 예일 대학교 출신의 괴물이 서 있었다.

나를 따라온 로만이 에스프레소 머신 사용법을 알려주었다. 이 레버 말고 저쪽 레버. 이 선 말고 이 선까지 채워야 한다는 둥. "이탈리아에서 건너온 물건이니까 섬세하게 다뤄야 해." 하고 그가 말했다. 로만은 사소한 집안일을 나에게 지시하는 데 재미를 느끼고 있는 것 같았다. 그는 벽에 기대 착하고 어린 가정부 겸 애첩을 지켜보았다.

커피 내리기에 성공한 나는 식탁 위로 그에게 에스프레소가 담긴 잔을 내밀었다. "경매에 내보내는 거지? 타보르에 갇힌 여자들 말이야."

"나는 잔 받침을 꼭 쓰는데." 로만이 자기 컵을 가리켰다. "커피를 마실 때 말이야."

나는 찬장에서 잔 받침을 찾아 그에게 건넸다. 로만이 나를 한참 바라보다가 커피를 한 모금 마신 뒤 다시 나를 쳐다보았다. "경매 얘기는 누구한테 들었지? 에밀?"

"맞아."

"너, 이 비즈니스에 대해 알고 싶다고 하지 않았어? 바로 이게 그 비즈니스야." 그가 말했다.

"그 아이들, 아직 어린애들이잖아." 내가 우물거리며 말했다. "어린애들이라고, 로만."

"인생이 그런 거지, 뭐. 어떤 사람들은 다른 사람들보다 더 가치가 높거든." 그가 커피 잔과 잔 받침을 식탁에 내려놓더니 주머니 깊숙한 곳에 손을 찔러 넣었다. "어쨌든 커피는 괜찮았어. 에스프레소 머신 사용법이 꽤 까다로운데 잘했네."

"고마워."

잠시 후 로만이 내 셔츠 앞섶을 붙잡고 벽에 밀어붙였다. 그다음에는 카운터 위 칼꽂이에서 기다란 식칼을 빼내 내 코앞에 갖다댔다. 칼날이 떨리지도 않았다. 칼을 든 로만의 손이 전혀 떨리지 않았기 때문이다. "그 여자들이 고향에서 가진 게 뭐가 있었겠어? 아무것도 없는 애들을 데려다가 베르사체를 입히고 머리도 잘라준다고."

지금 로만을 죽이자. 원칙대로. 손으로 손목을 붙잡고, 무릎으로 사타구니를 올려치고, 칼을 목에 갖다대자. 하지만 그러는 대신 나는 항복했다는 듯 허공을 향해 두 손을 들었다. "로만, 알았으니까 제발 그만해."

내 목에서 고작 1센티미터가량 떨어진 곳에 칼날이 잠시 그대로 머물렀다. 그 뒤로는 분노로 일그러진 로만의 얼굴이 보였다. 다음 순간, 로만이 내 셔츠를 놓고 뺨을 짝 때리는 바람에 나는 비명을 지르며 바닥을 굴렀다.

입술에 무언가 축축한 것이 한 방울 맺히더니, 대리석 타일 위로 핏방울이 뚝 하고 떨어졌다. 하얀 바닥에 빨간 핏방울. 그다음에는 또 한 방울, 다시 또 한 방울이 떨어지더니 목표물에 뚫린 피투성이 총구멍처럼 피가 타일 위에 동그랗게 모였다. 다리를 걸어.

로만이 칼을 카운터 위에 올려놓고 내 옆에 무릎을 꿇고 앉았다.

"우리 아버지를 교묘하게 속여서 네가 이런 일에 걸맞은 사람인 척했지. 소피아, 하지만 나는 네가 이 비즈니스를 할 만큼 냉혹한 사람인지 의문이 들어. 모든 대가를 치를 만큼 거친지."

나는 그대로 잠시 가만히 바닥에 쓰러져 핏방울을 노려보았다.

"난 충분히 냉혹해." 내가 대답했다.

"얼마나?"

"어떤 대가도 치를 수 있을 만큼."

26장

　보호단 클라디보와 그의 아들 로만에게 감사의 말을 전하고 싶다. 에밀, 리보르, 세 명의 영국 남자들 그리고 베를린에서 프라하로 오는 기차 안에서 만난 그 남자에게 감사의 말을 전하고 싶다. 파울루스와 크리스티안에게도 감사의 말을 전하고 싶다. 파리의 바 뒷골목에서 나를 강간하려 했던 그 돼지 같은 남자를 잊을 순 없겠지. 그 바 이름이 뭐더라? 깡마른 염소? 살찐 염소? 그 이름을 누가 기억하겠나. 어쨌든 나는 지금 이야기하는 모두에게 감사한다. 그들이 나에게 준 교훈 때문이다. 그들을 통해 내 안의 '그것', 즉 하루하루가 갈수록 점점 커져가고, 강해지고, 더욱더 사나워지는 잔혹성이 단련되었으니까.

　오늘은 화요일, 경매가 있는 날 아침이다. 공교롭게도 오늘은 내 생일이기도 하다. 오늘 나는 열여덟 살이 된다. 아니, 잔혹성에 잡아먹히기 전에 존재했던 오래전의 나, 이제는 쓸모없어진 그웬돌린 블룸이 열여덟 살이 되는 날이라고 해야 할는지도 모르겠다. 열여덟 살 생일은 성인이 되는 날, 어린 시절 배웠던 모든 것을 성인의 세계에 적용하기 시작하는 날이다. 지금까지의 모든 삶은 단지 서막에 불과했다. 실제가 아닌 리허설이다.

오늘 저녁, 연미복을 차려입은 로만과 스팽글이 달린 에메랄드 드레스를 차려입은 나는 축하 행사에 가겠지만, 내 생일 축하 행사는 아니다. 전용기를 타고 온 세상을 돌아다니는 남자들, 도덕을 깔아뭉개고 타인의 생명을 팔아 치울 수 있는 특권을 가진 남자들을 위한 행사가 될 것이다.

그리고 세상의 모든 도덕법칙을 벗어난 이 거래를 위해 성대한 축하 행사가 열리고, 그들은 마치 정당하고 신사적인 존재처럼 굴겠지. 파티를 준비하느라 카지노는 문을 닫았다. 무대를 만든 뒤에는 아침 일찍 리츠 칼튼 셰프가 만든 전채 요리, 55년 된 매캘런 스카치위스키 그리고 빠져 죽을 만한 양의 아르망 드 브리냑 샴페인을 준비해두었다고 했다. 로만이 보여준 리스트를 봤다. 보호단과 로만은 온종일 고객들과 이야기를 나눌 것이고 나머지 상급 조직원들은 대부분 아무나 들어갈 수 없는 카지노의 3층에 벌써부터 대기하면서 머리와 메이크업을 손질하고 드레스를 갈아입는 소녀들을 감시하는 경호원들을 감시하고 있을 것이다.

하지만 거리를 담당하는 조직원들은 오늘 밤 행사에 낄 수 없다. 에밀과 리보르는 다른 곳에서 또 다른 거래를 맡게 된다. 내가 도움을 얻을 수 있을 거라 믿고 있는 구석이 바로 그들이다. 비록 그들은 아직 무슨 영문인지 모르겠지만.

"내 연미복 재킷을 바람 잘 통하는 데 걸어놓았다가 욕실에 갖다놔." 집을 떠나기 전에 로만이 말했다. "나비넥타이가 닳아빠졌으니 파리즈스카에 가서 새 걸로 하나 사두고, 새틴 말고 그로그랭* 소재로. 또 내 커프스단추도 좀 찾아봐."

"알았어." 나는 그렇게 대답하고 로만이 집을 떠나는 모습을 지켜보았다.

하지만 그들만큼이나 나도 바빴다. 그래서 나는 로만의 연미복 재킷을 드라이클리닝 커버에서 꺼내놓고, 서랍을 뒤져 커프스단추를 찾고, 양복점에서 새로운 타이를 산 뒤, 내 안의 잔혹성과 함께 온 세상을 불태워버리러 출발했다.

*

프라하 8구 외곽의 칙칙한 동네에 있는 리보르의 집은 썩 나쁘지 않았다. 집은 잘 관리되어 있었고 거의 모든 발코니마다 화분이 장식되어 있었다. 지붕의 테라코타 기와는 아침의 칙칙한 빛을 받고도 환하게 빛났다.

나는 길 건너 조그만 식료품점을 들락거리는 사람들 속에 섞여 리보르의 차가 아직 길 건너편에 주차되어 있는 것을 확인했다. 그다음에는 골목으로 들어가 새 버너폰**을 꺼내 112, 즉 유럽의 911을 눌렀다. 교환원은 당연히 체코어로 말했지만 나는 체코어를 할 수 없었을 뿐만 아니라 통화가 녹음될 것을 예상했기 때문에 러시아어로 이야기했다.

처음에는 내가 연기에 서툴다는 것 때문에 겁이 났다. 내 말을 믿을까? 내 말이 진심으로 들릴까? 그러나 사실 따지자면 유럽에 도착한 이래로 내가 한 모든 일은 연기나 마찬가지였다.

---

* 올이 조밀하고 뚜렷한 가로무늬가 있는 직물. 날실에 가는 실을 조밀하게 배열하고 여기에 약간 굵은 듯한 씨실을 넣어 평직으로 짠다.
** 주로 마약 거래에 쓰이는, 추적이 불가능한 1회용 전화기.

리보르 크렌이라는 남자가 나를 때렸어요, 하고 내가 말했다. 총으로 날 위협했어요. 필로폰에 만취해 있었는데, 집에도 많이 있어요. 5, 6킬로그램은 될 거예요. 이 리보르라는 사람은 마약계의 큰손이거든요. 아, 너무 무서워요. 지금 화장실에 숨어서 신고하는 거예요. 주소는 프라하 8구 559번지. 제발 빨리 와주시면 안 돼요? 죽을 것 같아요. 아, 지금 그 사람이 왔어요……

여기까지 말한 뒤 나는 심 카드를 빼고 부츠로 밟아 부숴버렸다. 전화를 끊은 지 정확히 6분 43초 뒤, 길 건너편에 두 대의 경찰차와 특별기동대 밴 한 대가 동시에 도착하는 모습이 보였다. 헬멧에 방탄복을 입고 어깨에 자동소총을 단단히 멘 프라하 경찰이 아파트 계단을 달려 올라갔다. 2분 뒤 리보르와 마약에 취한 다른 한 명이 경찰에게 팔을 붙들려 건물 밖으로 나왔다. 리보르는 눈에 방금 생긴 것 같은 멍이 있었고 눈에 띄게 다리를 절고 있었다.

리보르는 에밀을 따라 화물을 가지러 가기로 했던 날 체포되었다가 나온 지 일주일도 안 되었기 때문에 이번에는 더 혹독한 대접을 받을 게 틀림없었다. 욕실에 있을 줄 알았던 러시아 여자는 나타나지 않았고, 5, 6킬로그램이나 있다던 필로폰 역시 나오지 않을 것이다. 그래도 분명 마약 조금 그리고 조금이라기엔 좀 많은 총은 발견될 것이다. 프라하 최고의 변호사를 선임해도 하루 이틀 안에 풀려날 가망은 없을 것이다. 나한테 필요한 건 그게 다다.

나는 프라하 1구로 가는 다음 트램을 타고 30분 뒤 카지노에 도착했다. 리보르가 체포당했다는 소식은 아직 카지노까지 당도하지 않은 듯했다. 나는 그날 밤 있을 경매 행사를 위해 음식 나르는 일을 돕는 척하며 카지노를 어슬렁거렸다. 그러다 에밀이 큰 소리로 욕설을 내뱉는 소리를 듣고 마침내 소식이 도착했음을 감지했다. 오늘 에밀은 리보르와 함께 경매와는 무관하지만 무척 중요한 선편 화물을 가지러 갈 계획이었다. 리보르가 없는 관계로 문제가 생겼다. 에밀은 어떻게 해서든 궁여지책을 짜내야 했다. 그리고 다행히 마침 내가 있었다.

나는 복도로 에밀을 끌고 나가 마지못한 듯 따라가겠다고 말했다. 많이 멀어? 내가 묻자 에밀은 별로 멀지 않다고 대답했다. 저녁이 되기 전에 도착할 수 있을까? 내가 묻자, 에밀이 시간은 충분해, 라고 말했다. 그럼 출발하자, 내가 말했다.

*

이번에는 트럭이나 밴이 아니었다. 낡아빠진 슈코다 운전석에 에밀이 앉았다. 번호판은 없고 슬로바키아의 브라티슬라바에서 발행한 임시 등록증이 뒷유리에 붙어 있을 뿐이었다. 타보르를 향할 거라고 생각했지만, 에밀은 프라하에서 동남쪽으로 두 시간 거리에 있는 도시인 브르노 쪽으로 가는 고속도로를 탔다.

"브르노에 뭐가 있는데?" 내가 물었다.

"우리가 받아올 물건." 대답하는 에밀의 목소리만으로도 그가 자세한 이야기를 해줄 생각이 없다는 게 분명했다.

"뭔지는 몰라도, 물건을 받아서 타보르에 가져가는 거지?"

에밀이 나를 날카롭게 바라보았다. "그게 왜 궁금하지?"

"그냥."

"맞아. 그런데, 왜 웃는 거야?" 에밀이 대답했다.

나는 독방에 갇힌 채 이제 몇 시간 뒤 이 모든 일이 종막을 맞을 것임을 모르고 절망에 빠져 문을 바라보고 있을 아빠의 모습을 그려보았다.

"내가 웃었어?" 내가 말했다.

나중에 에밀은 뒷좌석에 있던 배낭을 끄집어내며 이번 일은 현찰 박치기라고 설명했다. 배낭 안을 들여다보니 비닐에 싼 500유로 뭉치가 잔뜩 들어 있었다. 총 45만 유로. 그렇게 큰 금액인데 돈뭉치의 크기와 무게는 놀랄 만치 작았다.

브르노에 도착하기 30분 전, 차는 고속도로를 빠져나와 굴뚝이 더 이상 연기를 뿜지 않고 주차장은 텅텅 비어 있는 두 개의 폐공장 사이로 난 쓰지 않는 길로 접어들었다. 그곳에서 길가에 차를 대고 기다렸다. 지난번과 마찬가지로 에밀이 나에게 총을 건네주었다.

"문제가 생길까?"

"닥쳐봐야 안다니까."

5분 남짓 기다리자 조그만 트럭 한 대가 길 저쪽에서 느릿느릿 다가오는 모습이 보였다. 이삿짐 트럭처럼 생겼지만 차 옆에는 등록번호 외에 어떤 로고나 표시도 없이 밋밋했다. 안에 무엇이 들어 있는지는 모르겠지만 꽤나 무거운 모양으로 도로의 요철에 걸릴 때마다 기우뚱했다가 공회전을 해서 빠져나왔다. 트럭은 우리 앞 10미터쯤 떨어진 곳에 멈췄다.

에밀이 차에서 내리면서 말했다. "여기 가만히 앉아서 총 준비하고 있어. 그리고 내가 팔을 이렇게 흔들면 돈 가방 들고 내려."

트럭에서 남자 두 명이 내렸다. 세심하게 다듬은 검은 머리에 몸에 맞지 않는 양복 차림이었다. 둘 중 한 사람은 뭉툭한 칼라슈니코프 소총을 들고 있었다.

에밀이 그들에게 다가갔다. 짤막한 대화가 이어지더니 오렌지색 넥타이를 맨 어깨가 넓은 남자가 이를 드러내며 씩 웃었다. 에밀이 내 쪽을 돌아보며 팔을 흔드는 것을 보고 나는 배낭을 들고 차에서 내렸다.

두 남자의 출신은 알 수 없었지만 에밀과는 영어로만 의사소통을 할 수 있는 것 같았다.

"여자 친구인가?" 오렌지색 넥타이를 맨 남자가 물었다.

에밀이 내게서 배낭을 받아 들어 남자에게 건넸다. "조수야, 니코."

"내 조수로 딱 어울릴 것 같은데." 니코라고 불린 남자가 배낭을 트럭 운전석에 올려놓으며 내게 음흉한 웃음을 날렸다.

나는 긴장하며 주머니 속에서 권총을 꽉 움켜쥐었다. "일단 일부터 끝내자고." 에밀이 말했다.

니코가 배낭을 열더니 칼라슈니코프 소총을 든 남자가 엄호하는 가운데 돈뭉치를 손으로 만져보며 확인했다.

"다 진짜군." 잠시 후 그가 입을 열었다. "이리 오라고, 친구들. 물건을 확인해야지."

소총을 든 남자가 몇 발자국 뒤에서 우리를 따라오는 가운데 에밀과 나는 니코를 따라 트럭 뒤로 돌아갔다. 트럭의 문을 위로 올려 열자 안에는 스텐실로 한자가 새겨진 초록색 컨테이너가 화물칸의 절반이나 차 있었다.

"Pf 89 로켓추진식 유탄, 표준 88밀리미터 규격. 스무 개야." 마치 희소가치가 있는 차의 후드를 어루만지듯 남자가 컨테이너를 손으로 훑어내렸다.

"열어봐." 에밀이 말했다.

니코가 트럭 안에서 지렛대를 가져와 컨테이너 뚜껑을 비틀어 열었다. 나무로 된 버팀대 안에 로켓발사식 유탄이 다섯 개씩 딱 맞게 들어 있었다. 압인된 금속과 플라스틱으로 만들어진 물건, 막대기 같고 싸구려처럼 보이지만 사람의 목숨을 빼앗을 수 있는 물건.

에밀이 물건을 검수하는 동안 나는 머릿속에서 계산에 여념이 없었다. 컨테이너 하나당 다섯 개가 들었다면 총 100개라는 뜻이다. 하나당 어림잡아 열 명 정도 죽일 수 있다면 이론적으로 천 명을 살상할 수 있는 양의 무기였다.

대단한 일을 했군, 그웬돌린. 자랑스러워하려무나.

"트럭은 슬로바키아 등록번호가 붙은 깨끗한 물건이야." 니코가 에밀에게 열쇠를 건네며 말했다. "아무 문제 안 될 거야."

*

놈들에게서 받아 탄 트럭은 우리가 몰고 갔던 차보다도 형편없이 느렸다. 그러나 오후 4시가 되었을 때 한 시간 정도만 더 가면 타보르에 도착할 수 있을 만큼 길을 갔다. 싣고 가는 화물의 성질 때문인지 에밀은 주로 뒷길을 택했다. "이런 걸 싣고 가다가 검문이라도 당하면 곤란하니까." 에밀이 설명했다.

"아까 그자들은 누구야?"

"니코는 불가리아 국방부에서 물건을 빼오는 친구고, 다른 친구는 처음 보는 녀석이었어."

"판 클라디보는 이 무기를 어디다가 판매하는데?"

"유럽 안에서 거래하기는 좀 위험하지. 어쨌든 저 물건이 나를 겨냥하지 않는 이상 무슨 상관이겠어?" 에밀이 어깨를 으쓱하며 말했다.

내가 다시 무릎에 펼쳐놓은 지도를 살펴보는 동안 에밀은 이번 거래로 받은 돈으로 가죽 소파를 사고 어머니의 엉덩이 성형수술을 시켜드릴 거라는 소리를 늘어놓았다.

"트럭 운전은 어려워?" 내가 물었다.

에밀은 고개를 저었다. "대형 트럭이랑은 달라. 일반 승용차 운전하는 법만 알면 이 트럭도 몰 수 있지."

뉴욕에 온 뒤부터 한 번도 운전을 하지 않았지만 모스크바에서 살 때 나는 외교관 자녀를 위한 운전면허 교육을 받았었다. 주말마다 아빠와 함께 작은 볼보 해치백을 타고 교외를 다니며 운전연습을 했다.

"내가 해봐도 돼?"

"트럭 운전 말이야? 말도 안 되는 소리."

하지만 결국은 에밀을 설득했고 몇 킬로미터를 달린 뒤 우리는 자리를 바꿨다. 에밀은 내가 클러치를 잘못 밟거나 기어 변속을 실수할 때마다 얼굴을 찌푸렸다. 그는 한참이 지나서야 조수석 문 위에 달린 손잡이를 꽉 움켜쥐고 있던 손에 힘을 풀고 마음을 놓았다. 에밀의 말이 맞았다. 트럭은 조금 크고 민첩성이 떨어지지만 일반 승용차를 운전하는 것과 다를 바가 없었다.

"오늘 밤 경매에 참석하나?" 트럭이 텅 빈 흙길로 접어들 때 에밀이 물었다.

"난 경매에서 팔리는 물건이 아닌걸. 그러니까 안 가."

"나도 안 가. 우리 같은 놈들은 초대해주지도 않거든. 잘나신 판 클라디보께서는 우리가 갑부 친구들 앞에서 트림을 쩍쩍 하거나 무슨 말실수라도 할세라 겁이 나나 보지. 빌어먹을 인종차별주의자." 씁쓸한 말투였다.

"여자들은 전부 카지노에 가 있는데, 타보르에는 누가 있어?"

"상주하는 경비 여섯 명 그리고 나머지는 알잖아."

"모르는데?"

"그 늙다리 아저씨 말이야. 독방에 갇혀 있는. 아무튼 신경 쓰지 마." 그가 고개를 저었다. "부탁 하나 들어줄래?"

나는 운전대를 단단히 붙들었다. "무슨 부탁?"

"로만에게 그 빨간 머리는 얼마짜리냐고 물어봐줘. 페테르부르크 출신 말이야." 에밀이 손가락으로 창틀을 툭툭 두드렸다. "나중에 100만 유로가 생기면 사고 싶거든. 아니면 꼭 걔가 아니더라도 비슷한 애로. 가슴이 더 빵빵하면 좋지."

그 말을 듣는 순간 나는 지금이 바로 그 순간이라는 결정을 내렸다.

나는 트럭을 길가에 세우고 운전석 문을 열었다. "타이어에 문제가 생긴 거 같아." 하면서 내가 트럭 밖으로 뛰어내렸다.

나는 조수석이 있는 쪽으로 돌아가 뒷바퀴 옆에 서서 에밀을 불렀다. 그가 트럭에서 나왔다. "이거 좀 보라고." 내가 타이어를 가리켰다.

에밀이 눈을 찌푸리고 타이어를 확인했다. "아무 문제없는데."

"더 자세히 봐."

에밀이 쭈그리고 앉더니 주먹으로 타이어를 두들겨보았다. "전혀 이상 없는걸."

그러나 그가 고개를 돌리는 순간 나는 그가 주었던 권총을 주머니에서 꺼내 그의 이마 한가운데를 겨냥했다. 그가 뭐라고 말하려는 듯 입을 열었지만 나는 그의 오른쪽 눈 바로 위를 향해 방아쇠를 당겼다.

근처 나무에 앉아 있던 새들이 날개를 치며 솟아오르더니 잠깐 동안 노여운 천사들처럼 허공을 가로질러 날아갔다. 다음 순간 새들이 사라지자 남은 것은 나 그리고 에밀의 시체뿐이었다.

*

타보르 입구를 지키고 있던 경비는 망설이지 않고 문을 열어주었다. 나를 알아보았을 뿐 아니라 내가 엄청난 속도로 미친 듯이 경적을 울리는 걸 보고 비상사태라는 것을 파악한 모양이었다.

나는 안뜰 한가운데에 브레이크를 힘껏 밟아 트럭을 세운 다음 운전석 바깥으로 뛰어내렸다. "에밀이 총에 맞았어." 나는 게이트에 있던 경비에게 고함을 질렀다. "거기 멍청하게 서 있지 말고 사람들을 불러오라고!"

보초가 문에 대고 소리를 지르자 건물 안에서 네 명의 경비가 더 달려나와 내 쪽을 향했다. 지난번에 왔을 때와 같은 사람들이었다. 나는 트럭 짐칸을 열었다. "에밀은 무거워. 전부 힘을 합쳐야 옮길 수 있을 거야."

다섯 명 모두가 짐칸 안으로 들어가서 뭘 해야 할지 모르는 채로 시체 주변에 모였다. 그다음에는 쪼그리고 앉아 에밀을 깨우려는 듯 쿡쿡 찔러봤다. 그 순간 나는 짐칸 셔터에 달린 끈을 붙잡고 온 힘을 모아 아래로 내려버렸다. 쾅 소리를 내며 셔터가 닫히자 나는 레버를 내려 아예 잠가버렸다.

트럭의 벽이 두꺼워 그들의 고함 소리는 잘 들리지 않았지만 의미는 분명했다. 처음에는 혼란, 그다음에는 명령, 마침내 분노. 잠시 뒤 그들은 밖으로 나오려고 안에서 문을 부서져라 두드리고 문을 위로 올리겠다고 빗장을 짤랑짤랑 울리기 시작했다.

무기를 싣고 오는 길에 내가 세운 계획은 그들을 트럭 안에 가둬버리는 것까지가 전부였다. 하지만 에밀의 시체를 짐칸에 싣고 오는 동안, 세상을 조금이라도 더 낫게 만들 기회를 왜 마다할까 하는 생각이 들었다.

그래서 그 목적을 위해 나는 다시 트럭으로 돌아가 아까 짐칸에서 미리 꺼내 두었던 로켓발사식 유탄 하나를 꺼냈다. 이것이 일으킬 수도 있는 희생의 크기를 생각하면 놀랄 만치 가벼운 물건이었다. 하지만 요점은 바로 그게 아닐까? 어린애라도 사용할 수 있을 만큼 쉽고 가벼운 무기.

나는 어깨에 무기를 메고 진흙탕을 가로질러 뜰의 저쪽 끝으로 간 다음 트럭 한가운데를 조준했다. 내가 가진 권총에 달린 것과 다름없는 단순한 안전장치만 달려 있었기에 나는 엄지손가락으로 안전장치를 내렸다.

트럭 안에서 더 큰 고함 소리가 들렸고 총알이 트럭의 금속에 부딪치는 소리가 난다. 개중 한 명에게 총이 있어서 안쪽에서 짐칸의 벽을 쏘아 구멍을 뚫으려고 시도하는 것 같았다.

유탄이 날아가는 소리는 정신이 쏙 빠질 정도로 무시무시했다. 방아쇠를 단 한 번, 달각 당기는 것만으로도 쓰러질 것 같은 요란하고 강력한 물건이라는 생각이 나의 상상력을 주춤하게 만들었다. 약 0.5초 동안 나는 그런 생각에 사로잡혀 있었다. 그러나 쉭 하는 소리 뒤에 이어진 꽝음 그리고 만신창이가 된 트럭을 마구 뒤흔드는 흰색과 오렌지색의 섬광이 그 생각을 싹 지워버렸다. 갑자기 몸이 쑥 위로 들리는 것 같더니 문득 거리 감각이 사라져버린 것 같았다. 몸이 둥실 떠서 뒤로 움직였다. 이런 식으로 죽다니, 내가 예상했던 것만큼 아프지 않을 것 같다.

나는 몇 초간 의식을 잃었다. 눈을 뜨니 하늘이 보였다. 묵직하게 내려앉은 납빛 하늘이었다. 폭발 자체는 기억나지 않았지만 폭발이 남긴 둔중한 고통은 느껴졌다.

일어나자 시야가 조금 낯설었다. 마치 온 세상이 이전보다 날카롭게 벼려진 것처럼, 더 명확하게 보이는 것처럼 느껴졌다. 이제 트럭은 이전의 형체를 거의 알아볼 수 없이 불붙은 해골처럼 변해버렸고, 나는 그 모습이 아름답다고 생각했다. 트럭에 있던 남자들은 모두 죽었다. 단 하나 아쉬운 점은 놈들이 자신을 향해 날아오는 칼날을 똑똑히 보지 못했다는 점이다. 나는 몸에 상처나 구멍이 생겼는지 확인해보았다. 온몸이 진흙 투성이가 된 것 외에는 아무 상처 없이 깨끗했다.

나는 발사 장치를 땅에 버리고 주머니에 있던 권총을 꺼내 감옥으로 다가갔다. 에밀은 평소에 여섯 명의 경비가 상주한다고 말했는데, 트럭에 탄 것은 다섯 명이었다. 그러니까 타보르 안 어딘가에 한 명이 아직 남아 있다는 뜻이었다. 그를 맞이할 대비를 해야 했다.

입구도, 복도도, 주방도 텅 비어 있었다. 나는 이곳과 프라하를 잇는 유일한 통신 수단이라던 무전기를 바닥에 내리쳐 부숴버리고 천장으로 연결되어 있던 전선줄도 움켜쥐고 잡아당겼다. 그다음에는 서랍을 뒤져 둥근 고리에 감옥 열쇠들이 잔뜩 달려 있는 열쇠 뭉치를 찾았다. 열쇠 뭉치를 주머니에 넣은 뒤, 누군가 테이블 위에 올려놓았던 역겨운 모양새의 살상용 칼라슈니코프 소총을 챙겼다. 마지막으로 못에 걸려 있는 재킷들을 뒤져 바깥에 서 있는 차 키를 여러 개 챙겼다.

소총의 안전장치를 푼 채로 주방에서 계단으로 다가가 빠른 속도로 지하로 내려간 뒤 독방들이 늘어서 있는 복도로 들어갔다. 아직도 여섯 번째 경비는 눈에 띄지 않았다. 아빠가 있는 마지막 방을 제외한 모든 방의 해치를 열어서 안이 텅 비어 있는 걸 확인했다.

마지막으로 아빠가 갇힌 방 앞에 멈춰 서서, 이 모든 짓을 했는데 아빠가 어딘가 다른 곳으로 가버린 것만은 아니길 바라며 천천히 해치를 열었다. 하지만 아빠는 걱정스러운 표정으로 문 쪽을 보며 방 안을 느릿느릿 서성거리고 있었다. 아빠도 폭발음과 건물을 뒤흔드는 굉음을 들은 게 분명했다. 자물쇠에 열쇠가 꽂히는 소리를 듣자마자 아빠는 문에서 먼 벽에 바짝 붙어서 공포가 역력한 표정으로 이쪽을 보았다.

나는 문손잡이를 열고 문을 열었다.

아빠의 눈에 들어오는 것은 진흙투성이가 된 옷과 칼라슈니코프 소총이 전부였을 것이다. 아빠는 이 옷과 무기 뒤에 가려진 내 모습을 알아보지도 못했다. 아빠가 뉴욕에 남겨두고 온 딸은 나약하고 유약한, 이런 세계를 두려워했던 아이였는데, 지금 내 모습은 그 애와 조금도 비슷한 데가 없을 것이다.

아빠는 총을 맞을 거라고 생각했는지 손을 들어 몸을 가렸다. 기지가 습격당하면 가장 먼저 포로를 사살하니까. 그러나 총알이 다가오지 않자 아빠는 손가락 사이로 나를 쳐다보았다. 그 순간 누그러지는 아빠의 표정을 텁수룩한 수염 속에서도 알아볼 수 있었다. 아빠가 한쪽으로 고개를 젖혔다. 눈살을 찌푸리고 나를 바라보는 순간 작게 숨을 토하는 소리가 들렸다.

"아빠." 내가 말했다.

그러나 그것은 아빠에게는 어디선가 들어는 보았지만 의미는 잊어버린 지 오래된 외국어처럼 수수께끼에 불과한 말인 것 같았다.

"누구지?" 아빠가 나직한 목소리로 물었다.

"아빠, 나예요." 나는 최선을 다해 부드러운 목소리로 대답했다. "나라고요, 그웬돌린."

아빠의 팔이 허공에서 잠시 부들부들 떨리더니, 팔을 붙잡고 있던 무언가가 갑자기 쑥 사라진 것처럼 털썩 아래로 늘어졌다. 아빠는 눈앞에 보이는 내 모습이 그저 환영일 뿐이라는 걸 믿고 싶지 않다는 듯 고개를 저었다.

내가 살짝 한 걸음 다가가자 아빠는 몸을 움츠렸다.

"전부 다 말했잖아. 암호가 어디 있는지, 다 말했다고." 아빠가 애원했다.

"나예요." 내가 다시 한 번 말했다. "그웬돌린이에요, 아빠."

아빠는 몸을 돌려 벽에 고개를 묻었다. 흐느끼는 소리가 들렸다. "이젠 아무것도 없어. 없다고. 전부 다 넘겼단 말이야."

나는 손을 뻗어 망설이다 아빠의 어깨를 건드렸지만 아빠는 몸을 움츠렸다. 이번에는 좀 더 힘주어 어깨를 만지면서 다른 손으로는 팔꿈치 위를 붙잡았다. 아빠가 몸을 빼내려 하자 조금밖에 남지 않은 근육이 덜덜 떨리는 게 느껴졌다.

"아빠, 아빠, 나예요. 내 목소리 모르겠어요? 나라고요."

부어오르고 쩍쩍 갈라진 아빠의 입술이 무슨 말을 하려는 듯 움직이기 시작했다. 눈을 꾹 감더니 다시 뜬 뒤, 아빠가 한 손을 들어 내 뺨을 만졌다. 손바닥도 손가락도 땀에 흠뻑 젖어 있었다.

이제는 내가 눈물을 참으려고 눈을 꽉 감을 차례였다. 아빠가 가느다란 팔로 내 머리를 끌어안고 내 머리에 얼굴을 묻은 채 말하는 소리가 들렸다. "그웬, 너구나. 그웬, 우리 딸."

"아빠를 데리러 왔어요."

"대체…… 어떻게 여기까지 온 거니?"

"내가 끔찍한 일들을 벌였어요, 아빠."

내가 해야 했던 일. 그 모든 이야기가 상상 속에서 빛과 열기를 뿜어내며 타오르기 시작하는 듯 아빠가 나를 꽉 끌어안았다.

27장

우리는 무언의 협정이라도 맺은 듯 서로에게 아무것도 묻지 않았다. 이 감옥을 벗어날 때까지 아빠는 내게, 나는 아빠에게 아무런 질문도 하지 않을 것이다. 어딘가에 여섯 번째 경비가 있을 것이며, 우리 둘 다 아직은 끝이 아니라는 걸 알 만큼은 영리했다.

아빠는 영양실조 증세가 있었지만 재빨리 움직일 수 있을 만큼은 건강했다. 그렇기에 아빠는 여느 다정한 아버지들처럼 내가 다칠지도 모른다며 내가 들고 있는 칼라슈니코프 소총을 자신에게 달라고 우겼다. 이제 더 이상 충격받을 일도 없을 거라고 생각했지만 아빠가 이런 무기를 이전에도 만져본 게 분명하다는 사실은 좀 놀라웠다. 아빠는 총을 살펴보고, 공이치기를 잡아당겨보더니 경험이 풍부한 군인 같은 극기 서린 얼굴로 문 쪽을 향해 고갯짓했다. 나는 권총을 꺼내 들고 당장이라도 쏠 수 있도록 준비한 채 아빠를 따라 계단을 올라 1층으로 나갔다.

그러나 단단히 굳었던 아빠의 표정은 건물 바깥으로 나와 아직도 화염에 휩싸여 있는 트럭의 형체를 보자마자 사라지고 말았다. 아빠의 마음이 무너지고 있다는 걸 알 수 있었다. 딸이 아빠를 구해야만 하는 일은 있어서는 안 된다. 그리고 아빠를 구하기 위해 살인자가 되는 일도.

안뜰에 늘어서 있던 차들 중 세 대는 폭발로 인해 크게 손상되었고, 두 대는 키가 없어서 탈 수 없었다. 선택지는 피아트 해치백 한 대 그리고 도요타 랜드 크루저 한 대가 남아 있었고 우리는 도요타를 선택했다.

키를 찾고 있는데 갑자기 내 목 뒤로 성난 말벌이 공기를 가르는 것 같은 소리가 들렸다. 몸을 돌려 아빠를 바라보자 아빠의 얼굴에는 경악한 표정이, 왼쪽 어깨에는 붉은 원 하나가 서서히 퍼져 나가고 있었다. 어떤 일이 벌어졌는지 상황을 이해하기까지 시간이 걸렸지만 아빠의 반응은 빨랐다. 아빠는 오른손으로 칼라슈니코프 소총을 들더니 허공에 굉음을 일으키며 연발로 쏘아댔다.

나는 목표물을 보았다. 트럭에서 내리던 여자들을 쿡쿡 찔러대던 어린 땅딸보 녀석, 여자들이 살쪄선 안 되니까 한 사람당 단백질 바를 한 개씩만 주라던 녀석이었다. 내가 그를 알아보는 순간 그의 손에서 총이 툭 떨어졌다. 그는 양손을 옆으로 축 늘어뜨리고 입을 벌린 채 앞으로 비틀비틀 걸어오더니 진흙탕에 널브러졌다.

다시 고개를 돌려 아빠를 보자, 아빠는 얼굴이 새하얗게 질린 채 한 손으로 어깨를 꾹 누르고 랜드 크루저에 몸을 기대고 있었다. 아빠를 부축해 조수석에 태우는 내내 아빠는 고통으로 숨을 몰아쉬며 신음했다.

"고작 어깨에 맞은 것뿐이야, 그웬. 다른 데도 맞아봤어." 아빠는 이를 악물고 그렇게 말했다.

나는 응급처치 키트를 찾아 차 안을 뒤적였다. 그러나 내가 찾은 건 깨끗한, 더 정확히는 눈으로 볼 때 그럭저럭 깨끗해 보이는 흰색 러닝셔츠 하나뿐이었다. 나는 러닝셔츠를 네모로 접어 아빠의 상처에 대고 글러브 박스 안에 들어 있던 절연테이프를 둘둘 감아 부목을 만들었다.

"이제 떠나야 해, 그웬." 아빠가 고통을 억누르는 말투로 말했다. "다른 놈들이 더 있을지도 몰라."

아빠 말이 맞았다. 지금은 부목이 최선이다. 나는 랜드 크루저의 시동을 걸고 문을 빠져나온 다음 길 위를 뒹구는 돼지처럼 비틀거리며 자갈길을 달렸다. 고속도로로 이어지는 큰길에 다다를 무렵 아빠 쪽으로 눈길을 주었더니 아빠의 얼굴은 고통으로 단단히 굳어 있었다.

"어디로 가는 거니, 그웬?" 아빠가 물었다.

"대사관이오. 도움을 요청해야죠."

"안 돼, 대사관은 안 된다."

"하지만 클라디보가 대사관까지 따라올 수는 없잖아요."

아빠가 몸을 기울이더니 내 팔을 꽉 붙들었다. "그웬, 보호단 클라디보는 CIA 소속이야. 그는 CIA가 유럽에 파견한 요원이라고."

그 말이 허리케인처럼 내게 엄습하는 바람에 나는 한참이 지나서야 더듬더듬 말을 이었다. "그럴 리가 없어요. 클라디보는 괴물이잖아요, 아빠. 클라디보는 인신매매범이에요, 여자들, 어린 소녀들을⋯⋯."

하지만 아빠도 이미 알고 있겠지, 직접 겪어보았을 테니까.

"맞아, 하지만 CIA는 상관하지 않지."

"하지만 클라디보가 CIA 요원이라면 어째서 아빠를 인질로 잡고 있었던 거예요?"

"돈 때문이야, 그웬. 언제나 돈 때문이지. 온 세상을 움직이는 건 결국 돈이야. 클라디보의 보스였던 조릭은 거액의 계좌를 남기고 죽었어. 클라디보와 다른 CIA 요원이 그 돈을 가로채려고 했는데 내가 그 사실을 알아낸 거야." 아빠는 고통으로 얼굴을 찌푸리고 좌석 등받이에 기댔다. "젠장, 너무 아프구나."

"아빠, 제가 그 계좌를 가지고 있어요. 『1984』 안에 들어 있었어요. 아빠가 벨라 할아버지에게 주었던 책을 제가 받았어요." 내가 말했다.

또 한 번 몰려오는 고통에 아빠가 다시 얼굴을 찌푸렸다. "제발 거짓말이라고 해다오."

"퀸스에 있는 물품 보관소도 찾았고, 암호도 해독했어요. 전부 다 알아요." 아빠의 얼굴이 온통 땀으로 번들거렸다. "빌어먹을 벨라 같으니." 아빠가 숨을 몰아쉰다. "그건 네가 봐서는 안 되는 책인데, 절대로……. 그웬, 휴대전화 갖고 있니?"

나는 주머니에서 휴대전화를 꺼내 아빠에게 건넸다.

아빠가 어떤 번호를 누르더니 휴대전화를 귀에 갖다댔다. "여기는 앵글러." 그다음에 잠시 간격을 두고 아빠가 말을 이었다. "마틴에게 오늘 내가 타운을 떠난다고 전해줘. 하지만 떠나기 전에 그의 아파트를 한번 둘러봐야겠군."

애써 침착한 목소리를 내려 하고는 있지만 고통이 심한 게 틀림없었다. 거의 30초가량의 긴 침묵이 이어졌다.

"그래, 투어. 손님을 데려가지. 내 딸이야." 아빠가 말했다.

그 말을 끝으로 아빠가 전화를 끊더니 휴대전화를 바닥에 떨어뜨렸다.

"무슨 소리예요? 통화한 상대는 누구예요?" 내가 묻는다.

"친구. 이제 와서 내게 남은 유일한 친구지." 아빠가 그렇게 말한 뒤 등받이에 기대며 눈을 서서히 감기 시작했다. "얘야, 정말 미안하구나. 앞으로 일어날 일에 대해서, 정말 미안하다."

"아빠, 정신 차려요. 미안하다니 그게 무슨 뜻이에요? 무슨 일이 일어난다는 거예요?"

"대사관에는 갈 수 없어, 그웬." 이제 아빠의 목소리는 조용해졌다. 그리고 마지막 남은 힘을 다 써버린 것처럼 아빠가 천천히 정신을 잃기 시작했다. "프라하로 차를 몰아라."

*

운전을 하는 동안 2분에 한 번씩 아빠의 맥박을 확인했다. 맥박이 아주 약했고 그나마도 잴 때마다 점점 떨어지고 있었다. 나는 도시 외곽 어딘가에 차를 잠시 세우고 붕대가 꽉 감겨 있는지 확인했다. 붕대에는 이상이 없었지만 병원에 가야 하는 상태가 분명했다. 타보르를 지키던 경비 여섯 명이 모두 죽었고 무전기를 고장냈으니 지금까지 일어난 사태가 클라디보에게 알려졌을 리는 없었지만 아빠를 아무 병원에나 데려가서 위험에 노출시킬 수는 없었다.

나는 바닥에서 아빠가 떨어뜨린 전화기를 꺼내 방금 전 아빠가 통화했던 번호로 전화를 걸었다. 신호가 세 번, 네 번 울리더니 남자의 목소리가 전화를 받았다.

"안녕, 앵글러." 상대가 말했다. 정확히 어디인지 알 수 없는 애매한 억양이 느껴졌다. 프랑스 동부 같기도 하고, 러시아 서부 같기도 했다.

"저는 앵글러의 손님이에요. 딸이오. 방금 같이 그…… 아파트를 둘러 본다고 했던 사람이오." 내가 말했다.

"그래." 상대방이 말했다. "무슨 문제가 있니?"

"앵글러에게 의사가 필요해요. 어깨에 총을 맞았어요."

"의식은 있니?"

"없어요."

잠시 침묵. 배경에서 컴퓨터 자판을 누르는 소리가 들렸다.

"지금은 안전한 곳에 있니?"

나는 주변을 둘러보았다. 창고와 공업용품점만 있는 텅 빈 동네였다.

"네, 하지만 아닐지도 몰라요. 아무튼 지금 누가 우리에게 총을 겨누고 있진 않아요."

"거기 가만히 있어. 5분 뒤 사람이 갈 거야." 상대가 말했다.

"주소를 불러드릴까요?"

"이미 알고 있단다, 아가씨. 그럼 이만."

누가, 무슨 일이 다가올지는 모르겠지만 아빠가 그들을 믿는 이상 나역시 그들을 믿는 수밖에 없었다. 그럼에도 불구하고 나는 권총을 꺼내무릎 위에 올려놓은 채 거울을 통해 이쪽으로 다가오는 것들을 감시했다.

미안하다고 아빠는 말했다. 앞으로 일어날 일에 대해서라고 했다. 하지만 아빠가 무슨 계획을 세웠건 간에, 아빠는 나 없이 그 일을 해야 할 것이다. 나에게도 오늘 해야 할 일이 있고, 아직 절반밖에 끝마치지 못했다. 지금부터 내가 할 일은 어리석은 짓이다. 정확히는 자살에 가까운 짓이다. 이성은 나에게 그냥 놔두라고 한다. 가서 이 자리를 떠나라고 한다. 하지만 내 본능이 명령을 내리면, 나머지는 그 명령에 따르는 수밖에

445

없다. 그래서 나는 그 일을 실행하기로 한다. 아니면 그러다 죽거나, 그 것도 아니면 그 일을 성공하기도 전에 죽거나.

커다란 흰색 밴 한 대가 모퉁이를 돌아 다가오는 것이 보였다. 유리창 에는 어두운 색으로 선팅을 했고 옆면에는 '시티 투어'라는 글씨가 적혀 있었다. 이런 관광버스는 프라하 1구에서는 흔하지만 이런 외곽에서 보 니 어색하게 느껴졌다.

밴이 바로 우리 뒤에 서더니 운전석에서 사람이 내려 나를 향해 다가 왔다. 마흔쯤 되어 보이는, 희끗희끗한 갈색 머리에 파란색 '시티 투어' 재킷을 입은 키가 큰 남자였다. 나는 차창을 내렸다.

"옆에 있는 남자가 앵글러니?" 남자가 미소를 지으며 말했다.

숨결에서 스피어민트 껌 냄새가 풍기는 그는 진짜 미국인처럼 말했다.

"의사가 필요해요." 내가 말했다.

"보기만 해도 알겠군." 그가 말했다. "치료받게 할 테니 걱정 마라."

그가 밴을 향해 손짓하자 남자 한 명과 여자 한 명이 내렸다. 둘 다 가 죽 재킷에 청바지 차림으로 빨간 십자가가 그려진 캔버스 가방을 들고 있었다. 두 사람이 조수석 문을 열더니 아빠를 살펴보기 시작했다. 여자 가 아빠의 가슴에 청진기를 대는 동안 남자는 고무장갑을 낀 손으로 상 처 주변을 살펴보았다.

"밴에 태우지." 여자가 말했다.

나는 항의의 뜻으로 뭔가 말하려 입을 열었지만 운전석에서 내린 남자 가 안심하라는 듯 내 어깨에 손을 댔다. "저 사람들은 전문가니까 아빠는 무사할 거다." 그가 말했다. "그런데, 넌 이름이 뭐냐?"

"소피아, 아니 그웬돌린이에요."

"난 샘. 그럼, 아빠에게 설명은 들었니?" 그가 말했다.

"아니오."

"퇴각작전이야. 너와 네 아빠를 여기서 탈출시킬 거다."

"안 돼요. 아직은 안 돼요. 해야 할 일이 있어요. 아주 중요한 일이에요. 사람들의 목숨이 달린 일이에요." 내가 말했다.

"지금이 아니면 떠날 수 없어, 알았니? 자, 이제 시동 꺼라." 남자의 얼굴에서 웃음기는 이미 사라지고 없었다. 나는 남자의 말대로 시동을 끄고 남자가 내 쪽으로 뻗은 손에 키를 건네주었다.

내가 랜드 크루저의 문을 열고 내리자 남자는 한 발짝 물러섰다.

"여덟 시간." 내가 말했다.

"무슨 소리지?"

"여덟 시간만 주세요. 정확히 여덟 시간 뒤 이 자리에서 만나요."

샘이 고개를 젓는다. "우린 돌아올 수 없어, 그웬돌린."

"그럼 방법을 찾아보세요."

*

내가 로만의 집으로 돌아왔을 때 로만은 이미 파티를 위한 의상으로 갈아입고 집을 나선 뒤였다. 덕분에 나는 온전히 혼자 목욕재계의 시간을 가질 수 있었다. 방금 처리한 일의 더러운 흔적을 닦아내고, 앞으로의 임무를 위해 몸을 정결히 씻어냈다. 나는 로만의 라벤더 향 비누로 몸에 묻은 흙과 화약을 씻어내고, 로만의 면도기로 다리 제모를 하고, 로만의 포마드를 사용해 옆 가르마를 타 머리를 손질했다.

파리즈스카 거리의 상점에서 사온 스팽글로 장식된 에메랄드색 드레스의 포장을 벗겼다. 세상에, 너무나 아름다웠다. 나는 옷을 입고 간신히 등 뒤의 지퍼를 올린 다음 거울에 비친 내 모습을 보았다. 거울 속에 보이는 것은 나의 외모가 아니라 자아였다. 에메랄드 갑옷을 입고 전투에 나설 준비를 하는 여자. 비늘마다 반짝이는 빛을 받으면서, 내 몸의 곡선을 따라 그늘을 만들며 몸단장을 하고 흐뭇해하는 용이 보였다.

다음으로 챙길 것은 오늘 저녁의 근사한 무도회를 위한 액세서리였다. 파리에서 제작한 팔꿈치까지 오는 비둘기색 새틴 장갑. 밀라노에서 제작한 검은 비즈로 만든 클러치. 그리고 북한에서 제조한 갈색과 노란색 캡슐에 담긴 쥐약.

샘이 동의했는지 아닌지도 알 수 없는 그 약속을 지킬 수 있을 것 같지는 않았다. 이 임무에 도사린 위험을 곰곰이 따져봤을 때, 여덟 시간 뒤까지 내가 살아 있을지조차 알 수 없는 노릇이었다. 하지만 나에게는 치러야 할 죗값이 있었다. 내가 그 소녀들을 여기로 데려왔다는 것 자체가 나쁘지만, 오늘 밤 일어날 일은 더 나쁘다. 그들의 운명은 이제 내 책임이다. 내가 저지른 죄에 대한 대가. 내가 성공해서 그들에게 자유를 준다면 나 역시 살아남을 자격이 있는 것이고, 임무를 수행하는 동안 내가 실패하거나 붙잡힌다면, 살아갈 자격이 없는 것이다. 그때가 오면 캡슐을 입안에 넣고 꽉 깨물 것이다. 그다음으로 일어나는 일은 고통스럽겠지만 빠르게 끝날 것이다. 보흐단 클라디보가 내게 할 고문에 비하면 훨씬 덜 고통스럽고 훨씬 빠른 죽음을 맞을 수 있을 것이다.

오늘 저녁의 임무를 위해 떠나기 전 마지막으로 할 일이 하나 있었다. 나는 로만의 거실 소파에 앉아 다리를 꼬았다. 창문에는 우아하면서도 이목구비를 알아볼 수 없는 내 실루엣이 비쳤다. 용기를 내기까지 시간이 좀 걸렸지만, 결심을 다시 생각해보기도 전에 나는 전화번호를 누르고 있었고, 곧 전화가 연결되고 신호음이 울리기 시작했다.

신호가 두 번, 세 번, 네 번 울리더니 음성 사서함으로 연결되었다.

테런스가 전화를 받지 않으리라고는 예상치 못했기에 나는 신호가 나오고 나서 멍청하게 잠시 그대로 있었다. 숨을 고르려는 헛기침 소리, 테런스가 제일 먼저 듣게 될 소리는 긁는 듯하면서도 공황에 가까운 불안의 소리일 것이다. "안녕." 한참만에야 내가 입을 열었다. 내 목소리는 고해성사를 하듯 단조로웠다. "나야. 난…… 떠나. 언제 돌아갈지 모르겠어. 어쩌면 이번 전화가 마지막일 수도 있어. 그러니까, 어, 고맙다고 말하고 싶어, 전부 다." 나는 거기까지 말한 뒤 이제 막 내 입에서 나오려는 그 말이 어쩐지 쑥스러워 잠시 멈췄다. 다시 한 번 멀찍이서 들려오는 잡음, 위성과 태양광선 그리고 테런스와 나 사이에 놓인, 건널 수 없는 광활한 공간이 느껴졌다. 나는 쑥스러움을 밀어놓고 입을 열었다. "내가 하고 싶은 말은, 그러니까 내가 하려는 말은, 난 지금까지 한 번도 누굴 사랑한 적이 없어. 정말로. 어, 그러니까 옛날엔 있다고 생각했는데…… 바보 같은 소리겠지만……."

그러나 그 순간, 전화기에서 삐 소리가 세 번 났다. 스크린에 통화 종료라는 글자가 떴다. 정확히 어느 순간에 전화가 끊긴 걸까? 테런스가 듣게 될 내 마지막 말은 무엇일까?

나는 소파 옆자리에 휴대전화를 던졌다. 아마 이게 최선일 거야. 비록 테런스가 듣지 못하더라도, 최소한 내가 그 말을 했다는 것, 일부분만이라도 말할 수 있었다는 게 중요했다.

내 입에서 그다음으로 나올 말이 무엇이었는지 난 모른다. 널 사랑한 다는 말은 완전한 진실이 아니었을 것이다. 내가 사랑했던 건, 두 사람이 공원 벤치에 앉아서 고작 술에 취해 잠든 노숙자들이나 먹구름을 두려워 하며, 최소한 앞으로 우리 둘 중 한 사람에게는 없을 미래를 이야기하며 조금씩 사랑에 빠지던 그 세계였다.

바깥쪽 거리에서 앰뷸런스가 응급 상황을 알리는 사이렌을 울리며 지 나가는 소리가 들렸다. 나는 클러치에 휴대전화를 집어넣으며 시간을 확 인했다. 맙소사, 벌써 늦은 건 아니겠지?

*

나는 택시에 올라 오늘 밤은 평범한 백만장자들은 받지 않으려고 임시 폐장한 카지노를 향했다. 오늘의 고객은 백만장자들에게 월급을 주는 사 람들, 취미로 파베르제 달걀과 그리스 석상 그리고 몰도바 출신의 10대 여자들을 수집하는 억만장자들일 테니까. 택시는 입구에 줄 지어 서 있 는 리무진들을 지나며 속도를 낮추었다. 망토를 입고 모자를 쓴 도어맨 이 택시 문을 열어주면서 나를 소피아 양이라고 부르며 인사했다.

금속 탐지기를 든 경비가 나에게 팔을 들라는 손짓을 하더니 금속탐지 기로 내 몸을 쓸고 다른 한 명의 경비는 내 클러치 안을 검사했다. 그러 나 클러치 안에는 휴대전화 그리고 '이부프로펜'이라고 적힌 조그만 약 병뿐인데 경비는 약병 안까지 열어보지는 않았다.

"초대를 받으셨습니까, 소피아 양?" 턱시도 차림에 얼굴엔 차디찬 미 소를 장착한 남자가 물었다.

"판 클라디보의 초대를 받았어요." 내가 대답했다.

하지만 내가 거대한 중앙 계단을 오르려 하자 그가 한 손으로 나를 막아섰다. "오늘 밤이 분명합니까? 오늘 이벤트는 남성 전용입니다."

나는 그를 쏘아보았다. "그럼 판 클라디보한테 전화해서 물어보시든지. 제가 한 말을 다시 한 번 반복하느라 방해받게 되면 틀림없이 기뻐하실 테니까요."

나를 막고 있던 손이 사라지자 나는 하이힐이 대리석 계단에 부딪치는 소리를 또각또각 내며 2층으로 올라갔다.

나는 1층과 2층 사이에 있는 금박이 입혀진 거대한 문 안으로 들어갔다. 검은 타이를 맨 스무 명가량의 남자들이 칵테일을 마시고 웃음을 터뜨리고 자신의 포트폴리오에 더해질 오늘의 매물을 기대해 마지않는 모습을 배경으로 클래식 음악이 연주되고 있었다.

여자는 나뿐이어서 내가 군중을 헤치고 지나가자 대화가 멎고 시선이 내게 집중되었다. 몇몇 사람은 내가 매물이라고 생각했는지 내 어깨를 손가락으로 쓸거나 향수 냄새를 맡으려는 듯 고개를 이쪽으로 기울이기도 했다.

로만과 나는 거의 동시에 눈이 마주쳤다. 대화를 멈춘 그가 내 쪽으로 성큼성큼 걸어오며 죽일 듯한 표정과는 정반대로 반가운 목소리로 "소피아!" 하고 외쳤다. 그다음에는 내 어깨를 거세게 움켜쥐었다.

"안녕, 로만." 나는 아프다는 티는 하나도 내지 않고 대답했다.

그가 가까이 다가오더니 으르댔다. "대체 여기서 뭐 하는 거야?"

"무슨 대가도 치를 수 있냐고 나한테 묻지 않았어? 로만, 기억나? 난 여기 대가를 치르러 왔어."

"여긴 너 같은 사람이 올 데가 아니야."

로만 뒤에서 보호단이 나타나더니 아무런 동요도 없이 완벽하게 공손한 미소를 지어 보였다. "소피아 티무로브나, 만나서 정말 반갑구나. 그리고 로만, 네가 여자 친구를 초대한 줄은 몰랐는걸."

"초대한 적 없어요. 이제 막 가려는 참이에요." 로만이 대답했다.

나는 로만이 붙들고 있는 손에서 빠져나왔다. "판 클라디보, 제가 사업을 배워서 도움이 되길 바라셨죠? 이 사업의 한 측면은 이미 봤으니, 나머지도 보려고 왔어요."

"오늘 밤에 무슨 일이 일어나는지 알고 있니? 여자가 보기엔 역겨운 장면들이 펼쳐질 거야. 하지만 소피아 티무로브나, 너라면 그렇게 느끼지 않을지도 모르겠구나."

"이 여자들을 프라하로 데려온 것은 저예요, 판 클라디보. 그러니까 끝까지 지켜보고 싶어요." 나는 평정심을 유지한 채 말했다. "그리고 어떤 현명하신 분이 이렇게 말씀하시더군요. 이 세계에서 성공하려는 여자들은 남자들보다 더 잔혹해야 한다고요."

자기가 했던 말을 내가 되풀이하는 것을 들은 보호단은 미소를 지었다. 그가 로만과 체코어로 몇 마디 나누더니 내 뺨을 가볍게 두드렸다. "그렇다면 머물러도 좋아." 보호단의 말이었다.

*

정확히 8시 30분이 되자 오만한 웨이터처럼 턱을 높이 치켜든 미로슬라프 베란이 앞장서서 부엌문을 통해 소녀들을 데리고 나왔다. 남자들 몇 명은 금발이나 검은 머리의 소녀들을 보면서 키득거리며 팔꿈치로 서로의 갈비뼈를 찔러댔다. 상어에게 성대와 팔꿈치가 있었더라면 딱 그렇게 했을 것 같았다.

보흐단 클라디보의 고객들은 소녀들 주위를 돌아다니며 이야기를 나누고 그들을 꼼꼼히 들여다보며 소녀의 미모를 단순히 칭송하는 것 이상의 일들을 부끄러워하지도 않고 해댔다. 회색 머리의 백인 남자 한 명은 한 손가락으로 빨간 머리 소녀의 뺨을 어루만졌다. 아랍인 남자 한 명은 무게라도 재어보듯 금발 소녀의 잘 손질한 머리를 손으로 감싸 올렸다.

나는 소녀들이 에밀과 내가 트럭에 태울 때처럼 겁에 질려 있을 거라고 생각했지만 지금 이 방 안을 돌아다니는 소녀들은 그때와는 달랐다. 소녀들은 마치 새롭게 만들어진 것처럼 고무로 된 것 같은 미소를 띄운 채 남자들의 손길에도 움츠러들지 않았다. 남자들이 자리를 떠나고 그들의 시선에서 자유로워졌다는 확신이 들 때에야 소녀들의 표정은 다시금 딱딱한 공포로 바뀌었다.

남자들은 모두 여자의 사진 그리고 영어, 러시아어, 아랍어, 프랑스어, 중국어로 된 각자의 짧은 소개가 적힌 카드를 가지고 있었다. 칵테일 테이블 위에 카드 한 세트가 남아 있기에 나도 집어 들어 읽어보았다.

이리나, 벨라루스 비테브스크. 열다섯 살. 스포츠와 영화를 좋아함. 육체적으로도, 경제적으로도 강인한 남자를 원하며, 정열적인 사랑을 갈구하는 로맨틱한 취향이라고 스스로를 소개하고 있다. 이리나는 벨라루스어, 러시아어, 기초 독일어까지 3개 국어를 할 수 있지만, 후원자가 선호하는 언어를 배울 의향이 있다.

나는 사람들 속에서 이리나를 찾았다. 깡마르고 가슴이 납작한 이리나는 푸른색 칵테일 드레스를 입고 백금색 머리를 정수리에 우아하게 틀어 올린 채 지난번에 본 왼쪽 눈의 멍을 화장으로 가리고 있었다.

내가 보호단과 로만 일행임을 분명히 드러내기 위해 두 사람에게 가까이 다가갔다. 내가 이리나의 카드를 보고 있는 것을 보호단이 알아차렸다. "지금 이리나와 이야기하고 있는 사람이 보이지? 저 사람은 사우디아라비아 출신이야." 보호단이 말했다. "사우디아라비아 사람들은 금발에 환장을 해서 100만 유로까지는 우습게 올라가지. 가끔은 그보다 더 올라가기도 하고. 한번 지켜봐라."

그리고 잠시 후 정말로 발목까지 오는 번쩍이는 토브에 빨간색 체크무늬 카피예를 머리에 쓴 그 사우디인이 보호단에게 다가왔다. "700만." 그가 스카치위스키가 든 잔을 허공에 휘저으며 입을 열었다.

보호단은 웃음을 터뜨리더니 사우디인의 팔꿈치 위쪽에 손을 가져다 댔다. "950만까지 제안이 들어왔는데."

"그럼 1,200만." 사우디인이 말했다.

보호단이 내가 아빠에게 주었던 펜으로 작은 수첩에 메모를 했다. "결과는 나중에 알려드리지요."

사우디인이 사라지자 턱시도 차림에 덩치가 곰만 한 남자가 나타나더니 보호단의 어깨를 움켜쥐었다. 얼굴이 벌겋고 술 냄새가 풍겼다. "저 검은 천사 말이오." 러시아인이 말했다. "아직 안 팔렸다고 말해줬으면 좋겠는데."

나는 러시아인이 가리키는 손가락을 따라 고개를 돌렸다. 내 나이쯤 되는, 검은 머리를 허리께까지 늘어뜨린 여자아이였다. 눈도 검은색으로, 꼭 꺼진 석탄 두 개가 박혀 있는 것 같았다. 그녀는 구석에서 샴페인 잔을 들고 사람들이 억지로 신긴 높은 하이힐 위에서 굴러 떨어지지 않으려고 애써 버티고 있었다. 나는 그녀를 찾아 카드를 넘겼다.

도이나, 열일곱 살. 이름은 루마니아어로 '민요'라는 뜻이다. 오랫동안 오스만튀르크의 지배를 받던 흑해의 콘스탄차 출신으로 터키 혈통의 독특한 매력을 발견할 수 있을 것.

"마음 편히 먹게나, 세르게이 미하일로비치. 아직 다른 경쟁자는 없어." 보흐단이 그를 안심시켰다.

"1,500 부르지." 러시아인이 엄숙한 맹세라도 하듯 입을 연다.

"모욕당한 기분인데, 세르게이 미하일로비치."

러시아인이 붉게 달아오른 손마디를 물어뜯으며 고민하는 척했다. "2천. 하지만 그 위로는 한 푼도 안 되네. 이 도둑놈 같으니."

보흐단이 웃음을 터뜨리더니 그의 어깨를 탁 쳤다. "입찰 완료." 하지만 러시아인이 시야를 벗어나자마자 보흐단의 얼굴에서 미소가 사라졌다. 그가 내게 몸을 기댔다. "저 노랑이는 지난 15년간 거의 매번 ≪포브스≫가 선정한 최고의 갑부 1위 경쟁을 했지." 그러더니 그는 도이나 쪽으로 고갯짓을 했다. "저렇게 아름다운 여자는 흔치 않아. 저런 아이를 헐값에 팔아 치우다니 마음이 아프다고."

입찰 행진이 계속되었다. 콘스탄차에서 온 도이나 다음은 첼랴빈스크* 출신의 올레샤, 다음은 베오그라드 출신 타마라, 다음은 너무나 가난해

---

* 우랄산맥 근처의 도시.

서 이름도 없는 알바니아의 어느 마을 출신 엔드리타였다. 나는 엔드리타 다음 순서에서 바 옆의 테라스에 다녀오겠다고 양해를 구하고 자리를 떠났다. 밤공기가 쌀쌀해서 드러난 어깨와 팔이 덜덜 떨렸다. 나는 테라스에서 도시를 내려다보면서 계획을 잘 실행할 수 있을지 생각해보았다. 실패할 게 분명하다. 이 아이들은 리아드*, 모스크바, 마카오로 실려갈 테고, 나는 아무도 구하지 못한 채 목숨만 잃을 것이다.

오늘 밤은 별이 잘 보인다. 그러니까 적어도 하늘에는 별이 있다. 나는 별을 한참 바라보며 오지 않을 것이 분명한 신호를, 다정한 무관심이 아닌 어떤 것을 기다렸다. 신을 믿지 않으면 가장 힘든 점은 천국이 없다는 걸 안다는 점이다. 지옥도 없다는 걸 안다는 점이다. 보흐단과 로만처럼 여자들을 인신매매하는 사람도 다른 사람들과 마찬가지로 죽는다. 내가 바랄 수 있는 최선은 그들이 죽기 전 고통과 공포를 느끼는 것이 고작이다.

"쉽지 않겠지." 내 뒤에 다가선 보흐단 클라디보가 말했다. 그가 내 어깨에 자신의 야회복 재킷을 걸쳐주더니 담배에 불을 붙이고 물을 보글보글 뿜어내는 물고기처럼 담배 연기를 뿜어냈다. 담배 연기는 향긋하고 아주 값비싼 냄새가 났다.

"뭐가 쉽지 않다는 말씀이죠?"

그는 경매가 벌어지고 있는 카지노를 향해 고갯짓했다. "세 번, 네 번쯤 보고 나면 괜찮을 거야."

"판 클라디보는 익숙해지셨어요?" 내가 물었다.

"돈에 익숙해진 것뿐이야."

---

*   사우디아라비아의 수도

지금 그를 난간 너머로 떠밀어버릴 수도 있다. 그러면 주차장이나, 어느 리무진 위로 떨어지겠지.

"인생은 공평하지 않다, 소피아 티무로브나. 너도 그건 잘 알 텐데."

"맞아요. 판 클라디보."

"우리가 하지 않으면 다른 사람이 하겠지. 여자들을 화물 컨테이너에 실어 알 수 없는 곳으로 보내버릴 거야. 그렇다면 얼마나 낭비겠어? 우리가 하는 사업은 그중 특별한 아이들, 최고의 아이들을 구해주는 일이야. 길가 더러운 사창가에서 하룻밤에 스무 명의 남자를 받을 운명으로부터 구해주는 셈이지. 오늘 밤 네가 보는 여자들은 대부분 지금까지 살면서 처음 먹어보는 고급 음식을 먹으며 살 거야. 처음으로 수돗물을 써보는 아이들도 있지. 거리의 창녀들과는 차원이 다른 삶이란 말이야."

"구해준다고요?"

"말하자면 그렇다는 거지. 어쩌면 꼭 그렇지는 않을지도 모르지만." 그가 생각에 잠긴 듯 담배 연기를 뿜더니 곁눈으로 나를 바라보았다. "혹시 다른 생각이 드는가, 소피아 티무로브나? 혹시 넌 내가 생각한 그런 악마가 아닌가?"

나는 깊이 숨을 들이쉰 다음 보흐단 클라디보를 향해 돌아섰다. "저는 판 클라디보가 상상하는 바로 그 악마예요." 내가 말했다. "이제 안으로 들어가죠."

28장

경매가 끝난 후 낙찰에 성공한 열 명의 고객이 뒤풀이를 위해 일반인의 출입이 금지된 카지노 3층에 모였다. 내가 딜러였을 때는 출입할 수 없었던 곳이다. 아기 살결처럼 부드러운 가죽 소파들이 놓여 있고 죽은 동물의 머리들이 벽에 걸려 있는 고급스러운 공간이었다.

오늘 이곳은 남자들의 우렁찬 웃음소리로 가득했다. 석조 벽난로가 뿜어내는 불빛에 그들의 얼굴은 오렌지 빛으로 물들었다. 그러나 이곳은 학습을 위한 장소이기도 했다. 나의 학습. 그들은 호모 호리빌리스* 종의 표본이었기에 나는 이들의 행동과 사회적 상호작용을 꼼꼼히 살펴보았다. 예를 들면 이 사람들 중 누군가 수천만 유로를 주고 어떤 물건을 산다면, 판매자는 정중한 태도로 어느 정도 인내심을 가지고 송금이 완료될 때까지 기다려야 한다. 효율적인 면에서 자부심을 가진 스위스 은행

---

* Homo horribilis, 라틴어로 끔찍한 인간.

이라 할지라도 은행 사이의 송금 거래는 두 시간이 걸린다. 만약 낙찰자가 세이셸 군도에 돈을 보관하는 계급이 좀 더 낮은 인물이거나 아랍인 족장인 경우, 또는 키프로스에 돈을 보관하는 러시아인인 경우에는 네 시간까지 걸렸다. 뿐만 아니라 언어와 국적, 문화의 장벽을 뛰어넘어 여자를 돈으로 사는 남자들 사이에는 여러 가지 공통분모가 있기에 서로 예의를 갖추거나 심지어 진정한 우정으로 대하는 데에 아무 문제가 없다는 사실도 배웠다. 골동품 비행선을 수집하는 미국의 천연가스 거물이 휴대전화 갑부인 중국인과 친구가 되고, 사우디아라비아 왕의 처남은 감비아 출신 육군 대장에게 강한 호감을 느끼기 시작하는 식이었다. 러시아의 전과자는 인도의 광고회사 CEO와 영국의 화물 운송회사 상속자에게 머리 위에 술병을 올린 채로 춤추는 법을 알려주고 있었다.

그러나 부자 남자들은 성질이 급했기에, 송금이 끝나기를 기다리는 동안 3층의 다른 쪽 부속 건물로 흩어졌다. 오늘 밤 호스트가 무료로 제공한 호화로운 그 침실에는 자신들이 오늘 낙찰 받은 여자들이 기다리고 있다.

송금이 완료되고 열 개의 각각 다른 국가 외교부를 통해 여자들의 여행 비자 발급까지 끝나자 보호단과 로만은 칵테일을 서빙한 뒤 죽은 사담 후세인의 유품이라고 주장하며 시가를 나누어주었다. 사담 후세인의 아들들 역시 최근의 '불쾌한' 사건이 있기 전까지는 고객이었다고 했다.

나는 그들의 옆에서 배움에 충실한, 열정적인 여자 친구 역할을 했다. 미국인 고객은 나에게 시가 끝을 잘라내는 법을 알려준다는 핑계로 나를 자기 무릎으로 끌어당겼다. 사우디 고객은 스카치위스키가 든 잔을 불빛에 비추며 색깔로 위스키의 품질을 알아내는 법을 가르쳐주었다. 러시아 고객은 나에게 프러포즈를 했고, 나는 로만과 잘 안 되면 생각해보겠다고 답했다.

보호단이 내 팔꿈치 위쪽을 잡았다. "매력적인 안주인 노릇을 꽤나 잘하는걸, 소피아 티무로브나." 그다음에는 나직하게 이렇게 말했다. "오늘 밤 오길 잘했어." 그의 얼굴은 이른 저녁에 비해 약간 더 붉게 달아올라 있고, 목소리 또한 아까보다 부정확했다.

"고객들이 목이 타는 것 같은데, 제가 술을 좀 더 가져올까요, 판 클라디보?"

"좋아. 하지만 난 됐어." 그가 말했다.

"어머, 하지만 판 클라디보가 함께하지 않으면 고객들이 불쾌해하실 텐데요, 판 클라디보." 내가 웃으며 말한다. "딱 한 잔만 더 드시죠. 특별한 것으로요."

보호단이 한숨을 쉬었다. "딱 한 잔만, 그다음에는 물로 부탁해."

모두가 술에 취했고 피곤해하면서도 행복한 모습이었다. 내가 바깥으로 나가는데 미국인이 내 엉덩이를 딱 때리는 바람에 모두가 웃음을 터뜨렸다. 나 역시 웃음을 띄워주었다.

나는 문밖으로 나와 계단 아래에 있는 바로 향했다. 로사가 눈에 띄지 않게 서서 음료를 제조하는 곳이었다. 열 명의 고객에게 딸린 경호원들 역시 전부 여기서 생수를 마시며 기다려야 하는 지루한 형벌을 받은 터라 서로 한담을 주고받고 있었다. 싸구려 검은 양복을 입은 투실한 몸집의 경호원들이 테이블 근처를 얼쩡거렸다. 로사는 경호원들과 위층의 남자들이 무서워서 겁에 질려 있었다. 경매 현장에는 서빙하는 여자들도 들여보내지 않았지만 로사는 이 남자들이 여기 모인 목적을 잘 알고 있었다.

"데킬라 한 병." 나는 바 뒤로 들어가 로사에게 가까이 다가서며 나직하게 입을 열었다. "있어?"

"응, 있지." 로사가 대답했다. "아주 좋은 게 있어."

여기서 데킬라는 서유럽에서만큼 흔치 않아 이국적이고 특별한 술로 통했다. 모두가 한 모금씩 돌아가며 즐기게 될 것이다. 그게 예의니까.

"병째로 줘. 내가 따를 테니까." 내가 말했다.

"정말?"

"로사, 내 타로 카드 점괘 기억나? 내가 네 집에서 잤던 날에 알려줬잖아."

그녀는 발꿈치를 들고 가장 높은 선반에서 멋진 크리스털 병을 꺼냈다. "컵 6번, 바보 그리고 죽음 카드였지."

"로사, 혹시 네가 여기서 일한다는 걸 알고 있는 사람이 있니? 프라하에서 친하게 지내는 친구들이나, 고향의 가족들이라든지."

로사는 헝가리인답게 내 말뜻을 직감적으로 알아듣고 눈을 감았다. "내 친구는 너뿐이야. 가족은 열두 살 때 모두 잃었고."

나는 병을 바 위에 놓고 그녀의 두 손을 꼭 잡았다. "그럼 부탁 두 가지만 할게."

"그래, 소피아."

"첫 번째 부탁은, 여길 떠나. 이 나라를 떠나, 지금 당장. 그리고 다시는 돌아오지 마. 그리고 두 번째 부탁은, 이 카지노를 나간 뒤 20분이 지나면 경찰에 신고를 해줘."

로사가 내 손을 잡은 채 눈을 감았다. "있지, 우리 둘 다 떠나는 건 언제? 같이 떠나자. 프랑스나 영국으로. 같이 갈 수 있을 거야."

로사가 눈을 뜨자 나는 미소를 지으며 고개를 저었다.

로사는 숨을 들이쉬더니 나를 보고 눈을 깜박였다. "그러니까 네가 오기 전에 내가 꿨던 꿈대로 되는구나. 이게 그 선물인 거지?"

"그런가 봐."

"경찰에 신고해서 뭐라고 말할까?"

"학살극이 일어났다고 해."

*

내가 돌아올 무렵 방 안의 관심은 새로운 농담이나 잡담거리로 쏠려 있었다. 나는 가장자리까지 가득 찬 데킬라 열세 잔을 담은 묵직한 은쟁반을 가져와 높이 들었지만 아무도 관심을 기울이지 않았다.

나는 러시아인이 앉은 소파의 팔걸이에 엉덩이를 걸치고 앉은 뒤 그에게 몸을 기울이며 입을 열었다. "세르게이 미하일로비치, 이국적인 취향을 즐기는 분이시죠?" 내 말에 그가 흥미를 보이는 것 같았기에 나는 그에게만 들리는 나직한 목소리로 말을 이었다. "이 잔에 담긴 데킬라는 당신이 지금까지 맛본 이국적인 기쁨보다 훨씬 큰 기쁨을 줄 거예요."

그가 잔을 집으려 손을 뻗자 나는 쟁반을 옆으로 치웠다. "그렇게 서두르면 안 돼요. 모두 함께 즐겨야지요. 여기 있는 모든 사람이 함께 마실 거예요. 건배를 제의해주시겠어요?"

내가 그를 제대로 자극했음이 틀림없었다. 다음 순간 세르게이 미하일로비치가 벌떡 일어나 모두에게 잔을 하나씩 쥐여주었다.

"신사 여러분!" 사람들의 대화보다 더 큰 목소리로 세르게이 미하일로

비치가 외쳤다. "우리의 뛰어난 친구 보호단과 로만 클라디보를 위해 건배합시다."

그때 내가 끼어들었다. "세르게이 미하일로비치, 러시아식으로 해야 하지 않겠어요? 홀짝거리지 말고 한 입에 털어 넣어야죠."

"러시아식으로 건배합시다!" 그가 고함을 쳤다. "원샷입니다!"

모두 잔을 높이 치켜들었다.

"우리의 친구 보호단과 로만을 위하여! 만수무강하시기를!"

그 말과 함께 모두들 잔을 쭉 들이켰다. 나만 빼고 모두가. 그들은 세르게이 미하일로비치의 제의대로 한 입에 술을 쭉 털어 넣었다. 그의 제의를 따르지 않고 잔의 절반만 마신 사람은 보호단뿐이었다. 그는 찌푸린 얼굴을 한 채 눈을 가늘게 뜨고 잔에 남은 데킬라를 쳐다보고 있었다.

그러나 세르게이 미하일로비치가 잔을 벽난로에 집어던져 깨뜨리는 바람에 유리조각이 바닥에 흩어지자 보호단의 얼굴에서 그 표정은 사라져버렸다. "Na zdarovye!" 미하일로비치가 '건강을 위하여!'라고 외쳤다.

잠깐 어색한 침묵이 흘렀지만 다음 순간 보호단이 손님에 대한 예의의 뜻으로 일어서서 앞으로 나오더니 자기 잔도 벽난로에 집어던졌다. 그러자 미국인도, 감비아의 육군 대장도 똑같이 했고, 결국 모두가 자기 잔을 벽난로에 집어던져 깨뜨리더니 실컷 웃음을 터뜨렸다.

떠나야 할 때였다. 하지만 어쩐지 나는 이 자리를 떠날 수가 없었다. 행동할 용기를 냈다면, 그 결과를 지켜볼 용기도 있어야 했다.

그리고 내가 한 행동의 결과는 몇 초 후 쥐약에 들어 있는 어마어마한 농도의 청산가리가 약효를 발휘하기 시작하며 나타났다. 가장 먼저 반응을 보인 것은 중국인 휴대전화 갑부였다. 그는 두 손으로 배를 감싸 쥐고 비틀거리면서 앞으로 나오더니 균형을 잡으려 애쓰며 다리를 넓게 벌렸다. 그가 숨을 몰아쉬며 입을 벌리고 눈을 부릅뜬 채로 바닥에 쓰러지자 모두가 그를 돌아보았고 그 순간 똑같은 증상을 호소하기 시작했다.

감비아인은 의자 등받이를 끌어안고 캑캑거렸다. 미국인은 목의 넥타이를 쥐어뜯으며 소파 위로 엎어졌다. 덩치가 곰 같은 세르게이 미하일로비치조차 주먹으로 가슴을 쾅쾅 두드리더니 크게 울부짖으며 무릎을 꿇고 쓰러졌다. 보흐단은 테이블 끄트머리를 꽉 붙잡기는 했지만 그밖에는 이상스러울 정도로 꼿꼿한 태도로, 아들 로만이 몸을 반으로 접듯이 구부리고 두 손으로 목 부분을 붙잡으며 입을 벌리는 모습을 바라보고 있었다. 로만은 자기 아버지를 한 번 바라본 뒤 바닥에 쓰러지면서 마치 감전된 것처럼 온몸을 꿈틀댔다. 발작이 계속될수록 체리처럼 벌건 로만의 얼굴빛이 점점 짙어졌다.

보흐단이 방 저쪽에서 내 쪽을 보았다. 그의 육체는 죽어가고 있을지 몰라도 정신은 아직 멀쩡했다. 그는 눈앞에 벌어진 사태를 서서히 이해하는 중이었다. 무슨 일이, 어떻게 그리고 누가 이런 짓을 벌인 것인지. 해답이 떠오른 순간 그는 목구멍에 손가락을 넣어 마신 술을 바닥에 토해냈다.

나는 거의 동작을 멈춘 감비아인의 몸뚱이를 넘어가 보흐단에게 다가갔다. 그가 턱시도 재킷을 향해 손을 뻗었지만 재킷 주머니에 들어 있는 권총을 제대로 꺼내지는 못했다. 그래서 내가 대신 그의 권총을 꺼낸 뒤 느슨하게 쥐고 손을 옆구리로 내렸다.

"소피아 티무로브나." 보흐단이 말했다. "정말 실망스럽군."

나는 부드럽게 웃어 보였다. "사람을 잘못 봤어요, 판 클라디보. 내 이름은 그웬돌린 블룸이거든요."

고통을 겪으면서도 그는 머릿속에서 드디어 모든 것을 이해하게 된 모양이었다. 나는 그의 턱시도 재킷을 집고 안주머니를 더듬어 만년필을 꺼냈다. 약 기운이 온몸에 퍼지고 혈관을 타고 흐르며 모든 세포를 잠식한 다음 산소의 흐름을 막아버리는 바람에 보흐단은 더 이상 말할 수가 없었다. 나는 보흐단이 잘 볼 수 있도록 만년필을 들어 보였다. 그 순간 그가 경련을 일으키며 앞으로 쓰러졌다. 나는 그를 품에 받아 안고 꼭 끌어안았다. 맨살이 드러난 어깨에 그의 따뜻하고 미끈한 침이 줄줄 흘러내렸다.

"오늘 오후에 찾아냈어, 클라디보. 우리 아빠를 찾았어. 지금은 자유의 몸이 됐지. 그리고 네가 팔아 치운 여자들 역시 곧 자유의 몸이 될 거야." 내가 그에게 속삭였다.

내가 그의 몸을 놓아주자 그는 바닥에 풀썩 쓰러졌다. 그가 숨을 몰아쉬는 소리가 들리더니 갑자기 숨소리가 멈췄다. 그의 몸이 바닥에서 뱀처럼 한동안 꿈틀거리더니 모든 움직임이 멎었다.

*

열한 명의 소녀들이 커다란 중앙계단을 통해서 빙글빙글 도는 경찰차의 푸른 불빛 때문에 꼭 디스코클럽 같아진 로비로 내려왔다. 카지노 앞에는 수천은 될 것 같은 경찰차와 그 두 배쯤 될 것 같은 경찰들이 모여 있었다. 바리케이드를 치듯 이쪽을 향해 총을 겨눈 경찰들을 뒤로하고, 검은 헬멧에 페이스마스크를 한 여덟 명의 전담반이 앞으로 나오더니 열

여섯 개의 다리를 솜씨 좋게 움직이며 입구로 다가왔다.

소녀들이 문을 열고 허공에 손을 들어 올린 채 걸어 나왔고 나도 맨 뒤에서 따라갔다. 경찰들이 체코어로 무슨 명령을 고함치며 우리 쪽으로 달려왔다. 나는 다른 소녀들과 함께 무릎을 꿇고 앉았다. 무릎에 닿는 돌의 촉감이 딱딱했다. 누군가 뒤에서 나를 붙들었다. 또 다른 누군가가 나를 엎드리게 하더니 손목에 수갑을 채웠다.

잠깐이지만 나는 중력의 법칙을 벗어난 것처럼 하늘을 나는 것 같은 환상에 사로잡혔다. 평균대 위에 있을 때, 기분이 최고일 때 느끼던 바로 그 느낌. 그 무엇과도 바꿀 수 없는 이 감각. 그러나 나는 날고 있는 것이 아니었다. 누가 날 들어 올렸던 것이다. 내 양옆에 경찰관이 한 명씩 달라붙어 나를 번쩍 들어 올린 뒤 경찰차 뒷좌석에 태웠다.

29장

나는 손을 바닥에 대고 발끝은 내 침상인 콘크리트 판에 댄 채 다시 팔 굽혀펴기를 시작했다. 하나, 둘, 셋, 넷.

감옥에는 단 하나의 창문이 있었다. 문에 달린 작은 창은 밖에서 가려져 있었는데 내가 들어온 이래 한 번도 열린 적이 없었다. 천장 구석에는 검은 유리로 된 작은 돔 아래에 카메라가 달려 있었다. 24시간 감시하는 것인지는 알 수 없었지만, 일단은 그럴 거라고 생각했다.

열여덟, 열아홉, 스물, 스물하나.

나는 몇 분씩만 잠을 청했다. 감옥의 불은 늘 켜져 있었고 방 안에는 담요가 없어서 나는 종이처럼 얄팍한 오렌지색 죄수복 차림으로 차가운 콘크리트 판 위에 몸을 웅크린 채 덜덜 떨며 잤다. 문 밑에 난 틈새로 밀어 넣어주는 식사를 통해 시간을 가늠했다. 하루에 세 번, 총 아홉 끼를 먹었으니 여기 들어온 지 사흘이 지난 셈이었다.

첫날 밤에 있었던 심문 이후에 아무도 찾아오지 않았다. 분명한 건, 나를 심문한 사람들은 체코 경찰이 아닌 것 같다는 사실이었다. 영어를 너무 잘했고, 양복이 지나치게 고급이었다. 정부에서 일하는 사람들이 분명했다. 그중에서도 정보기관 소속 같았다. 그들에게 아무런 정보도 주지 않은 것은 아니었지만 나는 이름, 그러니까 내 진짜 이름이 그웬돌린 블룸이라는 것 외엔 어떤 것도 털어놓지 않았다. 독살당한 열두 구의 시체는 어떻게 된 일이지? 프라하의 옛 경찰서 건물 안에서 발견된 불에 탄 트럭의 잔해는? 몰라요. 아무것도 몰라요.

일흔둘, 일흔셋, 일흔넷, 일흔다섯. 드디어 몸이 따뜻해진 나는 지친 몸을 콘크리트 바닥에 널브러뜨렸다. 문가에서 무슨 소리가 나서, 처음에는 방금 식사를 한 것 같은데 벌써 식사 시간인가 하고 생각했지만 곧 이번에는 아까와는 다른 소리라는 데 생각이 미쳤다. 자물쇠에 열쇠가 들어가는 소리였다.

*

죄수 호송차 안에도 창문은 없었다. 난방이 되지 않은 뒷좌석에 혼자 앉아 있었지만 그래도 내 죄수복과 잘 어울리는 싸구려 부직포 슬리퍼나마 신겨준 데 감사할 지경이었다. 뒷좌석에는 나 혼자뿐이었다. 앞좌석과 뒷좌석 사이는 흰색 금속으로 된 단단한 칸막이로 가로막혀 있었다.

차는 처음에는 포장이 잘된 매끈한 길, 그다음에는 자갈길로 접어들어 약 20분가량 느린 속도로 달렸다. 바깥에서 자동차 엔진 소리, 성난 듯한 경적 소리, 멀리서 울려 퍼지는 사이렌 소리가 들렸다. 다시 프라하에 돌아온 게 틀림없었다. 차가 급격히 우회전을 하더니 곧바로 정지했다. 바깥에서 목소리가 들렸다. 두 여자가 한 남자와 이야기를 나누는 소리였는데 내용은 물론 어떤 언어로 말하는지조차 알아들을 수가 없었다.

문이 열리자 흐릿한 회색 하늘이 보였다. 아주 오랜만에 처음 보는 바깥 풍경이었다. 여성 경비 한 명이 나에게 나오라는 손짓을 했다.

빛깔도 냄새도 비가 올 것 같은 분위기를 풍겼다. 공기는 차디찼다. 호송차가 정차한 곳은 갈색 돌로 만들어진 아주 오래된 두 건물 사이에 난 골목이었다. 길에 떨어져 있던 맥주병 하나가 바람 때문에 이리저리 굴러다녔다. 또 한 명의 여성 경비가 다가오더니 앞에서 본 경비와 함께 나를 아무 표시가 되어 있지 않은 건물의 문 안으로 이끌었다. 그들은 긴 복도를 지나 문이 닫힌 엘리베이터 앞으로 나를 데려갔다.

엘리베이터의 문이 열리자 나는 눈앞에 펼쳐진 모습을 보고 깜짝 놀랐다. 마치 다른 세계, 한층 더 나은 세계로 가는 문이 열린 것만 같았다. 슬리퍼를 신은 내 발은 고급스런 빨간색 플러시 카펫을 밟고 있었고 나와 경비들의 모습이 벽을 따라 죽 늘어진 거울에 비쳤다. 버튼 위에는 놋쇠로 된 금연 표시가 붙어 있었다. 3층 옆에는 '클럽 층'이라고 적혀 있었다.

독특한 냄새가 났다. 살균제, 고급 비누, 구운 닭고기 냄새였다. 특이한 소리도 들렸다. 사람들의 이야기 소리, 소란스러운 식당 주방의 소음, 진공청소기 소리였다. 엘리베이터가 올라가면서 각 층을 지날 때마다 삑 하는 전자음 대신 듣기 좋은 벨 소리가 울렸다. 엘리베이터가 꼭대기 층인 14층에 섰고 문이 열리자 호텔이 나타났다.

경비들이 나를 열린 문들 사이로 난 복도로 안내해 맨 끝 방 앞에서 걸음을 멈추었다. 평범한 방이 아니라 거실에 그랜드피아노, 벽난로, 푸른 실크를 씌운 서로 어우러지는 소파들이 놓인 크고 멋진 스위트룸이었다.

짐꾼 유니폼에 나비넥타이, 흰 장갑으로 매무새를 갖춘 잘생긴 검은 머리 청년이 서 있다가 마치 이 호텔에서 오렌지색 죄수복에 수갑을 찬 손님을 매일 보기라도 하듯 고개를 숙이며 보기 좋게 웃었다.

경비들이 내 수갑을 풀어준 다음 나가서 문을 닫았다. 나는 아직도 웃고 있는 포터를 마주 보며 혼란에 사로잡혀 눈을 깜박였다.

"프라하 에미넌스 로열 호텔에 오신 것을 환영합니다, 손님. 머무실 방을 안내해드릴까요?"

내가 더듬거리며 그렇게 해달라고 말하자 포터가 벽난로 스위치를 알려주고, 욕조 사용법을 알려준 다음 침실 벽장을 열어 다리미와 다리미판이 있는 장소까지 알려주었다. 그가 벽장을 열자 내가 로만의 집에 가져다놓았던 내 옷들이 보였다. 전부 드라이클리닝과 다림질을 거친 깨끗한 상태로 옷장 안에 걸려 있었다.

"전부…… 누가 가져다놓은 거죠?" 내가 물었다.

"친구 분께서 준비해두셨습니다. 제가 아는 것은 거기까지라 더 이상 알려드릴 수가 없습니다."

"전화기가 있나요? 전화를 한 통 해야 해요."

"안타깝게도 전화기는 치웠습니다. 하지만 필요한 게 있으시면 직원이 24시간 문밖에서 대기 중이니 언제라도 호출하시면 됩니다."

그가 떠날 때 문밖에 서 있는 그 '직원'이 보였다. 군인처럼 짧은 머리에 표정 변화가 없는 30대 후반의 남자였다. 그는 벽에 등을 딱 대고 마치 중요한 부위를 가리는 것처럼 두 손을 앞으로 모으고 있었다. 사이즈가 너무 커서 헐렁하게 늘어지는 검은 양복 차림에, 이어폰의 돌돌 말린 전선이 귀에서부터 재킷 안으로 연결되어 있는 게 보였다.

그러니까 저 사람은 결국 또다른 간수일 뿐이고, 이 방도 또다른 감옥일 뿐이구나. 나는 포터가 복도를 지나 사라지는 모습을 본 뒤 '직원'이 입을 열기를 기다렸지만 그가 아무 말도 하지 않기에 다시 문을 닫았다. 체인으로 문을 잠그고 싶었지만 체인 역시 전화기와 마찬가지로 방에서 미리 떼어버린 게 분명했다.

방에서는 기분 좋은 바닐라와 꽃향기가 났는데, 덕분에 나는 처음으로 이 향기와 대조되는 내 체취를 의식했다. 그리고 보니 경매가 있었던 날 이후로 목욕을 하지도, 머리를 빗지도 않은 것은 물론 이조차도 닦지 않았다. 신선한 꽃다발 위에 걸린 금박 거울을 흘깃 쳐다보니 내 모습은 재앙 그 자체였다. 욕실로 향했는데 다행히 욕실의 잠금장치는 단단히 고정된 그대로였다.

나는 옷을 벗고 샤워기 아래로 들어갔다. 이 호텔에서는 물조차도 딱 좋은 따뜻한 온도에 고급스럽고 한층 부드러운 것만 같았다. 샴푸와 비누도 거품이 풍성하게 이는 제품이었다. 샤워를 마친 뒤 밍크코트만큼 두툼하고 부드러운 큼직한 흰색 목욕 가운을 걸쳤다. 그때 욕실 바깥에서 소리가 났다. 불길한 소리가 아니라 은식기를 차리는 소리와 낮은 이야기 소리였다. 욕실 문을 열고 침실로 걸어가자 웨이터 세 사람이 식탁에 한 사람을 위한 세련된 식탁을 차리고 있었다. 이 선물이 점점 더 신비스럽게 느껴졌다.

넥타이를 맨 웨이터 중 한 명이 마초볼 수프*를 그릇에 담았고 다른 한

---

* 무교병과 달걀을 반죽한 완자를 수프에 넣어 만든 유태인 음식.

명이 메인 요리에 덮여 있던 은색 뚜껑을 열자 수북한 감자튀김 위에 얹혀 있는 큼직하고 먹음직스러운 클럽 샌드위치가 나타났다. 심심한 굴라쉬*인지 매콤한 오트밀인지 모를, 회색빛 도는 분홍색의 정체불명 음식만 사흘간 먹고 난 뒤라 보기만 해도 군침이 돌았지만 나는 세상에 공짜 점심 같은 건 없다는 사실을 잘 알고 있었다.

어쨌거나 몇 분 만에 음식을 먹어 치운 다음 샴페인 통에 담가 차갑게 식혀놓은 코카콜라로 입가심을 했다. 너무 급하게 먹어 치우는 바람에 지나치게 배가 불렀는데 바로 그때 내가 먹은 음식의 대가가 도착했다. 문을 똑똑 두드리는 소리가 들렸지만 그것은 들어가도 좋은가를 묻는 노크가 아니었다. 내가 대답하지 않았는데도 다음 순간 문이 활짝 열렸다.

*

문을 열고 들어오는 사람이 체이스 칼라일이라는 사실을 알아차리기까지 잠시 시간이 걸렸다. 그러나 그를 알아본 순간 물이 끓어오르는 것처럼 공황이 온몸을 휘감았다. 나는 본능적으로 입고 있던 목욕 가운을 추슬렀다. 체이스는 뉴욕에서 보았을 때보다 좀 더 살쪘고 상당히 피곤해 보였다. 완벽한 갈색이던 머리도 관자놀이께가 희끗희끗 세어서 예전처럼 완벽해 보이지는 않았다.

"아래층에 콜롬비아 아시아 퓨전 음식점이 있기는 한데." 그는 버지니아 출신의 신사들이 쓰는 부드러운 억양으로 말했다. "하지만 사흘 동안 체코의 감옥 음식만 먹은 어린 그웬돌린은 좀 더 포만감을 주는 음식을

---

* 헝가리의 전통 요리인 고기와 야채로 만든 스튜.

좋아할 거라 생각했지."

"정말 맛있었어요. 고맙습니다." 나는 착하고 예의바른 어린 소녀처럼 대답했다.

칼라일이 의자를 끌어당긴 뒤 푹 파묻히듯 앉았다. 넥타이는 목둘레에 느슨하게 매어져 있었고 트위드 소재의 스포츠 코트는 입은 채로 잠을 잔 것처럼 구깃구깃했다.

"그 사람은 어디 있지, 그웬돌린?"

"누구 말이에요?"

"네 아버지 말이다."

나는 접시 옆에 놓인 포크를 내려다보면서 얼마나 빠른 속도로 이 포크를 집을 수 있을까 생각했다. "몰라요."

"아버지를 구출한 다음, 어딘가로 데려다주었지? 어디지?"

"외곽이었어요. 누군가를 만났거든요. 아빠는 '친구들'이라고 했어요."

"혹시 그 친구들이 러시아인이나 중국인이었니?"

"러시아인이나 중국인으로 보이지는 않던데요."

칼라일이 긴 한숨을 내쉬더니 손으로 머리를 그러안고 관자놀이를 꾹꾹 눌렀다. "이런 결말을 맞고 말다니. 우리는 매번 너의 안전을 위해 너에게 접촉했단 말이다."

나도 모르게 내 입에서 노여운 말들이 튀어나왔다. "대체 인제 나한테 접촉했다는 말이에요? 아저씨가 뉴욕에서 빈둥거리고 있는 동안 저는 여기서 아저씨들이 해야 할 일을 했어요. 아빠를 찾으려 애썼다고요."

칼라일이 내 접시에서 남은 감자튀김 하나를 집더니 먹을까 말까 고민하는 표정으로 쳐다보았다. "그웬돌린, 우리는 베를린에서 너를 구출하려고 노력했다." 피곤한 말투였다. "크리스티안이라는 그 갱스터한테서 말이야. 길에서 만났던 두 사람을 기억하니? 하지만 네가 총을 꺼내는 바람에 다 망쳐버렸어. 그다음에는 프라하로 가는 기차 안에서 다시 한 번 너와 접촉하려 시도했지. 그런데 그때는 네가 그 사람의 심장을 칼로 찔러버렸어."

"그 사람은 총을 가지고 있었어요." 내가 말했다.

"베를린에서 네가 한 짓을 생각하면 당연한 조치야." 칼라일이 고개를 저었다. "모든 일을 전문가들의 손에 맡겨뒀더라면 이런 일은 피할 수 있었을 거야."

"이런 일이라니, 무기며 10대 소녀들을 팔아 치우는 당신네들의 특급 요원을 죽인 일 말인가요?"

칼라일은 조금 놀란 듯 눈썹을 둥글게 추켜올렸다. 그러더니 자리에서 일어나 주머니에 손을 깊숙이 찔러 넣고 창가로 걸어갔다. "거짓말은 하지 않겠다, 그웬돌린. 우리가 하는 일은 아주 더럽고 더러운 세상에서 일어나는 더럽고 더러운 사업이지. 그래. 보호단 클라디보는 우리 쪽 사람이었어. 한때는 그랬다는 소리다." 그가 돌아서더니 중요한 포인트를 강조하듯 한 손가락을 허공에서 흔들었다. "하지만 그가 인신매매에 가담한다는 사실을 알자마자 그와는 손을 끊었어. 네 아버지가, 그에게 축복이 있길, 그 일을 맡았지."

"아빠에게 올가미를 씌운 게 누구였죠? 다 누가 벌인 일인가요?"

칼라일이 창가에 놓인 테이블 위, 고상하게 생긴 가죽 체스보드 위를 손가락으로 쓸더니 검은색 퀸을 집어 들었다. "체스 할 줄 아니?"

"몰라요."

"재미있단다. 정치가 체스를 닮았다고들 하지. 하지만 그렇지 않아. 정치에서는 모든 말이 폰이고 플레이어들은 테이블에 앉지도 않지." 그가 검은색 킹을 쓰러뜨리더니 나를 바라보았다. "그건 그렇고, 우리가 그를 스위스에서 체포했단다. 취리히에서 비행기에 내리자마자."

"누굴 체포했단 말이죠?"

"조셉 디아즈. 디아즈와 클라디보가 빅토르 조릭이 남긴 돈을 나눠 가지려고 했거든. 그 돈이 있는 금고의 비밀번호를 아는 사람은 네 아버지 하나뿐이었어." 그가 지친 듯 한숨을 내쉬었다. "그 비밀번호로 열 수 있는 계좌는 마치 스위스 은행에게 있어 네스호의 괴물 같은 존재야. 아직 그것이 실재하는지 아닌지도 몰라."

나는 시선을 내리깔고 칼라일이 아닌 테이블보나 빈 코카콜라 병에 집중하려 애썼다. 조이 디아즈는 우리가 해외에서 살던 시절 거의 가족 같은 존재였다. 아빠가 국무부에서 일하는 공직자가 아니라 CIA에서 일하는 스파이라는 사실을 알려준 것도 조이 디아즈였다. "그 말을 무슨 수로 믿죠?"

"무슨 말 말이냐?"

"조이 디아즈 아저씨에 대한 말요. 아빠를 배신한 사람이 칼라일 당신이 아니라는 걸 어떻게 믿냐고요."

두 손 들었다는 듯한 웃음을 지으며 칼라일이 시글프게 고개를 저었다. "모르겠구나, 그웬돌린. 주변을 돌아보렴. 여기가 지하 감옥이라도 되니? 내가 네 손목에 족쇄를 채웠니?" 나는 말뜻을 알아듣고 아무 대답도 하지 않았다.

칼라일이 다시 주머니에 손을 넣고 걸음을 옮겼다. 마치 자신의 봉급

수준에 비해 지나치게 많은 일을 하느라 지치고 몽롱해진 공무원 같은 태도였다. "내가 조셉 디아즈의 체포 영장을 보여주면 믿겠니? 아니면 네가 네 아버지를 찾아 떠나고 난 뒤로 내가 주고받은 수만 개는 되는 서신을 보여주면 믿겠니?"

"그래요." 내가 말했다. "한번 보여주세요."

칼라일이 눈썹을 치켜들었다. "알겠다, 보여주마. 잘하면 오늘 밤, 늦어도 내일 아침에는 볼 수 있을 거야."

"그럼 그다음은 뭐죠? 저는 체코 감옥으로 돌아가게 되나요?"

칼라일이 나에게로 걸어오더니 내 어깨에 한 손을 올렸다. 나는 놀랐지만 몸을 움찔하지는 않았다. "아니, 우리가 널 뉴욕으로 데려갈 거야. 네 아버지에게서 연락이 올 때까지 기다려야지. 체코 정부와는 교섭을 마쳤어. 그리 어렵지는 않았지. 체코 정부의 절반 정도는 네가 클라디보를 처리해준 공으로 훈장이라도 줄 기세였으니까. 내일 업무보고를 마치자마자 출발하자꾸나."

"업무보고라니요?"

칼라일이 어깨를 으쓱했다. "우리가 네게 무슨 일이 벌어졌는지 물으면, 넌 답을 해야 할 거야. 형식적인 절차지. 파일 캐비닛에 넣을 문건을 만들어야 하니까."

*

여자는 마흔 살쯤으로 보이는 외모에 검은 생머리를 뒤통수에 포니테일로 묶고 있었다. 감색 바지정장에 손에는 갈색 서류가방을 들고 있었다. 그녀는 스위트룸으로 들어오면서 미국인다운 밝은 어조로, 마치 잔디깎이 기계를 빌리러온 친절한 이웃이기라도 한 말투로 "안녕?" 하고 물었다. 칼라일은 그녀가 나의 업무보고를 도울 정신과 의사인 사이먼 박사라고 소개했다.

"공식적으로 표현했지만 그냥 대화를 주고받는 것뿐이란다." 하면서 사이먼 박사가 머리를 한쪽으로 기울인다. "그래, 그웬돌린, 한동안 상당히 힘든 일을 겪었지?"

그녀는 나에게 일어난 일을 쾌활한 말투로 물었다. '상당히 힘든 일을 겪었다'는 표현을 들으니 마치 내가 겪은 일이 전쟁이 아니라 교통사고처럼 느껴졌다. 그러나 아마 그게 사이먼 박사가 의도한 바였을 것이다.

"전 괜찮아요." 내가 대답했다.

"그웬돌린, 최근에 결핵 예방주사는 언제 맞았니?"

"잘 모르겠는데요."

사이먼 박사는 서류가방을 들어 올렸다. "안타까운 이야기지만, 체코 교도소는 결핵 감염률이 높단다. 그래서 이런 상황에 놓인 사람들에게는 추가 접종을 강력하게 권고하거든. 괜찮지? 아프긴 하지만 아주 잠깐이면 끝나."

나는 싫다고 말하려다가 주사를 맞는 것으로 모든 일이 해결된다면 협조해줘야겠다는 생각이 들었다. 나는 소파에 앉아 목욕 가운의 소매를 걷어 올렸다.

사이먼 박사가 내 옆에 앉더니 투명한 고무장갑을 양손에 낀 다음 주사를 준비했다. 팔꿈치 위쪽을 꾹 누르는 박사의 손가락이 차갑고 끈끈했다.

나는 평소에 주삿바늘을 똑바로 바라보지 못하는 편이었지만 이번에는 왠지 쳐다보고 싶은 기분이 들었다. 나는 가느다란 주삿바늘이 내 팔에 다가오는 모습을 지켜보았다. 바늘이 내 팔에 구멍을 내고 들어가는 아픔에도 눈을 깜박이지 않았다. 사이먼 박사가 주사기의 피스톤을 누르자 내 팔에 주입된 기분 좋게 시원한 액체가 가슴으로, 팔다리로, 머리로 퍼져 나가는 기분이 들었다. 그녀가 주삿바늘을 빼면서 주사를 찔렀던 자리에 거즈를 접어 대고 반창고로 붙였다.

"잘했어." 마치 네 살짜리 환자를 상대하는 소아과 의사 같은 말투였다.

사이먼 박사는 팔걸이의자에 앉았고 칼라일은 내가 앉아 있는 소파의 맞은편 끝에 자리를 잡았다. 내가 앉은 자리에서는 칼라일이 잘 보이지 않았다.

"편안하니?" 사이먼 박사가 물었다.

"네." 내가 대답했다.

"그러면 잠시 대화를 나눠보자꾸나." 사이먼 박사가 다리를 꼬더니 몸을 앞으로 기울였다. 살면서 내가 본 정신과 의사들은 모두가 저런 자세를 취하고 있었다. "아빠를 어떻게 구출했는지부터 이야기를 시작하자. 내가 듣기로는, 상당한 모험이었다던데."

박사의 자세도, 말투도 무척 짜증이 났다. 게다가 감옥에서 보낸 사흘 동안 밤인지 낮인지도 모르는 채 10분씩 간신히 눈을 붙인 여파가 이제 나타나는 것 같았다. 구석에 걸린 괘종시계를 쳐다보았다. 1시 17분. 딱 1시 30분까지만 질문에 대답한 다음 쉬자고 해야겠다고 속으로 생각했다.

나는 경매가 있었던 날 아침부터 이야기를 시작했다. 로켓 발사식 유탄을 거래하고, 에밀을 쏘고, 트럭을 태우고, 아빠를 구하고, 뚱뚱한 경비를 처치하고, 아빠가 총에 맞아 상처를 입은 순서였다. 내가 상당히 많은 것을 기억하고 있다는 사실에 스스로도 좀 놀라웠다. 나는 미술관을 걸어 다니며 눈먼 동행에게 전시물을 설명해주는 것처럼 사이먼 박사에게 세부적인 것에 이르기까지 기억을 생생하게 설명했다.

"자, 그럼 아빠와 헤어졌던 시점을 이야기해보자. 아빠를 데려간 사람이 누구니, 그웬돌린?"

나는 시티 투어 버스, 샘이라는 이름의 남자와 인상착의, 두 명의 의료진의 인상착의를 설명했다. 신기했다. 내 기억력이 이렇게 좋았나? 나는 목욕 가운을 여미고 소파에 조금 더 푹 파묻혔다. 소파가 정말 편안했다. 어쩌면 내가 사이먼 박사를 오해한 걸지도 몰라. 사이먼 박사가 점점 마음에 들기 시작했다. 그녀의 말투는 친절하지만 부담스럽지는 않았다.

"그럼, 그 샘이라는 친구에 대해 이야기해보자꾸나." 사이먼 박사가 말했다. "그 사람이 아빠를 어디로 데려간다고 했니?"

나는 고개를 저었다. "그런 이야기는 하지 않았어요."

"아무 말도 하지 않았다고? 분명 무슨 말을 했을 텐데."

"안 했어요. 샘이 그 말을 하기 전에 내가 먼저 자리를 떠났거든요."

"샘의 억양에서 특별한 점은 없었니?" 그녀가 물었다.

"미국식 억양을 썼어요." 내가 대답했다.

"흥미로운 사실이군." 그녀가 대답했다.

질문은 그날 밤의 사건에 관한 것으로 이어졌다. 내가 사용했던 독약, 독약을 구한 방법, 어떻게 독약을 먹였는가 하는 질문. 그들이 내 눈앞에서 모두 바닥에 쓰러져 죽는 모습을 보면서 내가 어떤 기분이었는지. 나는 마치 다시 카지노의 그 방에서 시체들을 헤치고 출구를 찾아 나오고 있기라도 한 것처럼 모든 것을 사실에 입각해 이야기해주었다. 내가 고개를 들자 그녀는 걱정스럽다는 듯 눈썹을 휜 채로 손에 티슈 상자를 들고 내 쪽으로 몸을 내밀고 있었다.

왜 티슈를 들고 있지? 생각하는 순간 차가운 눈물이 내 뺨을 흘러 목으로 떨어지는 게 느껴졌다. 언제부터 울고 있었던 걸까? 사이먼 박사 앞에서 운 게 부끄러웠지만, 그 기분은 곧 사라져버렸다. 사이먼 박사는 딱히 개의치 않는 것 같았다. 이런 모습을 수도 없이 봐왔을 테고, 내 눈물을 이해하는 것 같았다.

"조금만 더 나아가보자, 그웬돌린. 이번엔 뉴욕이야. 뉴욕이 기억나니?"

졸음이 쏟아졌다. 나는 소파에 푹 파묻힌 채 구석에 몸을 웅크리고 눈을 감았다.

"아직 잠들면 안 돼, 그웬돌린. 질문 몇 개만 더 대답하고 쉬자꾸나, 괜찮지?" 사이먼 박사가 말했다.

"알았어요, 사이먼 박사님."

"퀸스에 있는 물품 보관소 창고에 대해 알게 되었단다. 네가 거기 갔었지? 괜찮아, 아무 문제도 없을 거야."

"네, 창문을 깨고 들어갔어요."

"그 안에 뭐가 있었니? 창고 속에?"

마치 한참 동안 말을 하지 않았던 것처럼 목이 텁텁했다. 여기에 대해서는 설명해야 할 것이 너무 많았다. 책 안에 적혀 있던 암호에 대해서도, 테런스에 대해서도. "은행 계좌번호가 적힌 종이였어요. 물 좀 마셔도 될까요?" 내가 말했다.

칼라일이 시야 밖으로 사라지면서 잠시 질문의 흐름이 끊겼다. 잠시 후 칼라일이 물 한 잔을 들고 돌아와 내 앞 커피 테이블에 올려두었다.

"자, 그웬돌린, 그럼 그 계좌번호는 지금 어디 있니?" 물을 마시는 나에게 사이먼 박사가 물었다. 물이 맛있었다. 깨끗하고, 몸속을 정화시켜주는 것만 같았다.

"없앴어요. 태워버렸거든요." 내가 대답했다.

"왜 없애버렸지, 그웬돌린?"

쓰레기통 속에서 활활 타는 종이를 보면서 야엘이 했던 말이 떠올랐다. '절대로 잊지 마라. 이 계좌번호를 달라고 하는 사람은 전부 네 적이야.'

"어…… 기억이 안 나요. 죄송해요."

"괜찮아, 그웬돌린. 사본은 없었니?" 사이먼 박사가 말했다.

나는 이야기에 조금 더 살을 붙이려고 입을 열었다. 『1984』 책에 대해서, 암호에 대해서, 그러니까 책만 있으면 그 계좌번호를 다시 찾을 수 있다는 사실에 대해서. 하지만 나는 그 얘기를 하지 않았다. 할 수 없어서였다. 어쩐지 그 말이 도무지 나오지 않았다. 나는 목욕 가운 속으로 손을 넣어 아까 결핵 주사를 맞은 자리를 긁었다. 방 저편에 걸려 있는 괘종시계가 보였다. 5시 58분.

나는 시선을 내리깔고 목욕 가운을 이루고 있는 섬유만 빤히 쳐다보았다. 뭐가 문제지? 왜 대답할 수가 없지? 하지만 괘종시계가 가리키는 시간이 마음에 걸려 아무 생각도 할 수가 없었다. 네 시간 30분이 흘렀다고? 세상에, 어쩌다 시간이 이렇게 가버린 거지? 마치 잠이라도 든 것처럼 시간이 훌쩍 사라져버렸다. 나는 다시 팔의 따끔따끔한 자리를 긁었다.

내 신뢰를 저버리고 거짓말을 한 사이먼 박사에게 화를 내야 마땅하다는 걸 알고 있었다. 생각 같아서는 당장 자리를 박차고 일어서서 사이먼 박사의 목을 부러뜨리고 싶었다. 하지만 경솔한 짓은 하지 말자. 사이먼 박사의 의도를 속단하지 말자. 사실대로 이야기해줄 거야. 사이먼 박사라면 그럴 거야. 그러니까, 물어보자. 사이먼 박사는 쿨하잖아. 그녀는 믿음직한 얼굴을 가지고 있으니까.

"사이먼 박사님." 내가 물었다. "아까 맞은 주사, 결핵 예방주사가 아니었죠?"

"애야, 그건 네 안정을 돕는 주사였어. 네가 잘 기억할 수 있도록 도와주기도 하고." 사이먼 박사가 말했다.

내 머릿속을 휩싸던 분노가 어디로 사라져버렸는지 생각했다. "칼라일 씨?" 차분하게 입을 여는 순간에도 아까의 분노는 온데간데없이 느껴지지 않았다. "조이 디아즈 아저씨 이야기는 거짓말이죠?"

칼라일이 소파에서 일어나더니 바지 매무새를 매만졌다. 그러더니 커피 테이블로 다가와 내 앞에 마주 섰다. "뭐라고 했니?" 그가 물었다.

"아빠를 배신한 사람은 조이 디아즈가 아니에요. 그건 아저씨잖아요." 내가 말했다.

그 순간 칼라일이 재빨리 내 손목을 낚아챘다. 하지만 감각이 둔하고 흐릿해진 터라 사태를 제대로 파악할 수가 없었다. 사이먼 박사가 내 팔에 또다시 주삿바늘을 꽂아 넣었다. 서늘한 주사약이 온몸에 퍼지는 감각이 다시 한 번 찾아왔다.

30장

팔다리에는 거친 손길이, 피부에는 차가운 밤공기가 느껴졌다. 가죽과 오래된 커피 냄새가 났다. 저 멀리서 누군가의 목소리가 들렸고, 미국식 대형 모터가 부릉거리며 시동을 거는 소리도 들렸다. 누군가가 나에게 안전벨트를 채워 자리에 고정시키자 차가 움직이기 시작했다.

나를 다루는 방식, 남자들의 목소리에 담긴 음색, 엔진의 소리 등 몇 가지 표지들을 엉성하게 조합해봤을 때 나른하게 안정제에 취한 내가 내릴 수 있는 결론은 무언가 긴급 상황이 벌어지고 있다는 사실이었다. 모두들 긴박하게 서두르고 있었다. 지금 당장, 나를 어딘가로 재빨리 옮겨야 하는 모양이었다. 나는 정신을 집중하고 이 표지들을 분석해보려고 애썼지만, 반쯤 의식을 잃어버린 세계는 기분 좋고 따뜻해서 어쩐지 그 답을 알고 싶지 않다는 생각이 들었다.

그러다 내 옆에 칼라일이 앉아 있다는 사실을 알아차렸다. 그의 체취 때문이었다. 돈 많은 신사들이 애용하는 오크 향과 알코올 향의 향수 냄새 그리고 개의 후각을 자극하는 탐욕스러운 땀 냄새. 그 순간 칼라일의 목소리가 들렸다. "45분에 이륙해."

이륙이라고. 비행기 얘기였다. 공항으로 가는 것이다. 우리가 공항으로 간다고? 나는 번쩍 눈을 뜨고 정보를 그러모으려 애썼다. 내가 어디 있는지, 여기 누가 있는지, 그렇게 이 상황의 의미를 조합해보았다. 나는 커다란 SUV 차량 뒷좌석에 있었다. 핸들에 붙은 엠블럼을 보니 쉐보레였다. 전 세계의 미국 대사들이 애용하는 차량이었다. 그리고 이제 나는 목욕 가운 차림이 아니었다. 누군가가 옷을 갈아입힌 게 틀림없었다. 제발 칼라일만 아니길.

바깥을 내다보니 벌써 어두웠고 우리는 프라하 외곽을 지나고 있었다. 헤드라이트에 비친 외곽의 풍경은 곧 잡초투성이 공터와 자작나무 숲으로 바뀌었다. 대시보드에 표시된 시각을 보니 밤 11시 42분이었다.

칼라일은 재킷을 벗은 채 내 옆에 앉아 앞으로 몸을 기울이고 있었다. 이제는 어깨에 두르고 있는 총집과 권총을 더 이상 숨길 생각도 없는 것 같았다. 그는 팔을 운전석의 머리받침대에 지탱한 채 차가 나아가는 길을 보고 있었다. 무언가를 찾는 것처럼. 귀에는 휴대전화를 대고 있었다.

"알리예프 장군에게 연결해." 전화 상대방이 아주 먼 곳에 있는 것처럼 칼라일이 고함을 쳤다. "우리가 활주로로 가고 있다고 전하라고. 아슈가바트* 도착 예정 시간은 일곱 시간 뒤. 알아들었나? 일곱 시간 뒤다. 날 실망시키지 말도록."

아슈가바트가 어디더라. 카자흐스탄인가, 우즈베키스탄인가. 무슨 스

---

* 투르크메니스탄의 수도.

탄이었는데. 그곳에 뭐가 있지? 석유, 독재자, 비밀 감옥. 아, 투르크메니스탄이었다. 미국의 총애를 받는 대신, 전 세계의 나머지 사람들, 특히 그 나라 국민들이 모두 증오하는 대통령이 있는 나라. 미국이 손아귀에 쥐고 직접 할 용기가 없는 짓들을 대신 하게 하는 독재자 말이다.

칼라일이 전화를 끊고 휴대전화를 바지 주머니에 집어넣었다.

"아슈가바트에 뭐가 있는데요?" 나는 약 기운을 누르며 최대한 또렷한 목소리로 말했다. 나를 바라보는 칼라일은 내가 입을 열었다는 사실에 좀 놀란 모양이었다. "멋진 커피숍이 있지. 아몬드와 꿀로 만든 아주 맛있는 그 지역 케이크도 팔지." 그가 말했다. "그 커피숍은 아슈가바트의 CIA 특수 시설에서 멀지 않은 곳에 있어. 네 아버지가 너를 돌려받기로 결정할 때까지 거기서 기다리면 되겠다."

"아는 건 이미 다 이야기했잖아요." 분명 내 목소리에 묻은 공포를 그가 읽었을 것이다.

"그런데 네가 아는 사실은 정확히 뭐지, 그웬돌린?" 칼라일이 널찍한 어깨와 셔츠 단추를 막 비집고 나올 것 같은 풍만한 배를 이쪽으로 돌리며 물었다. "네 아빠가 보흐단 클라디보와 부패한 CIA 요원이 거액의 돈을 훔치지 못하도록 막은 영웅이라는 건가?"

"대충 그래요." 내가 말했다.

칼라일이 고개를 젓더니 다시 길을 바라보았다. "그웬돌린, 그 밖에 다른 이야기는 없을까? 전무후무한 완벽한 양심을 갖춘 사람이 자기의 목숨을, 심지어 딸의 목숨까지 위험에 처하게 할 만한 동기가 과연 뭐가 있겠니?"

그는 대답을 기다리지도 않고 질문만 던져놓았다. 우리가 탄 차는 고속도로를 벗어나 좌회전해 흙길로 접어들었다. 시골이었다. 아무것도 없었다. 최근에 수확한 듯 짧은 줄기만 삐죽삐죽 솟아 있는 밭들이 달빛에 빛났다.

칼라일이 하는 말이 무엇인지는 불 보듯 뻔했다. 돈. 자신의 목숨 그리고 딸의 목숨까지 위험에 처하게 둘 만한 그것이란 바로 돈이다. 나는 그 생각을 머릿속에서 쫓아내기 위해 실제로 고개를 저어버렸다. 나는 아빠가 나에게 절대 거짓말을 하지도 않고, 나를 위험에 빠뜨리지도 않는 정직한 사람이라는 것을 안다. 하지만 이런 생각이 떠오르는 그 순간, 내 기억들이 그 생각에 벽돌을 던지듯 일그러뜨려버린다. 아빠는 자신의 직업에 대해서도 거짓말을 했다. 알제리 근무를 받아들여서 엄마와 나를 위험에 처하게 했지. 그러니까 아빠는 거짓말쟁이, 최악의 남편이자 아빠인데, 도둑이 못 될 건 뭔가?

"거짓말이에요." 나는 큰 목소리로 말했다. 하지만 이 말은 자동 반사에 가까운 답변이었다. 재채기할 때 눈이 감기는 거랑 똑같은 것, 배가 아플 때 상체를 구부리는 것과 똑같은 것.

칼라일이 미소를 지었다. "딸이니까 당연히 아빠를 믿겠지. 하지만 네 아버지는 자기 자신조차 배반했어, 그웬돌린. 그는 조력의 돈을 훔치려 했다. 그러자 조셉 디아즈와 보호단 클라디보가 그 돈을 다시 빼앗아오려 했지. 그러니까 도둑들이 서로 돈을 훔친 거야. 인생은 그런 법이거든."

"입 닥쳐요." 나는 창밖만 뚫어지게 바라보며 말했다. 차는 숲으로 들어왔다. 유령처럼 헐벗은 가지들이 아무것도 없는 허공으로 간절하게 손을 뻗치고 있었다.

빌어먹을 칼라일. 만에 하나 그의 말이 맞다 해도, 칼라일 따위 죽어버렸으면 좋겠다.

"가장 슬픈 부분은 말이야, 그웬돌린, 네가 네 아빠를 구했다는 점이야. 그런데 네 아빠는 너를 버렸지. 또다시, 두 번째로 말이야."

칼라일이 잠시 나를 쳐다보다가 다시 창밖으로 눈길을 돌렸다. 자기가 뿌린 의심의 씨앗에 흡족해진 것이 분명했다. "물론, 꼭 내 말을 믿을 필요는 없다. 하지만 때가 되면 네가 알고 있는 사실이 진실인지 확인해야 해."

SUV가 모퉁이를 돌더니 갑자기 속도를 낮추었다. 칼라일과 나 모두 무슨 일인가 하며 앞 유리창을 내다보았다. 오렌지색 기업 로고 밑에 스쿠파나 체즈*라고 적힌 소형 밴 한 대가 길 한가운데에 서 있었다. 고무 고깔 여러 개가 보초처럼 버티고 서서 더 이상 앞으로 나가지 못하게 막고 있었고 노란 반사 조끼에 머리에는 단단한 헬멧을 쓴 인부가 멈춤 표시를 들고 우리 앞에 서 있었다.

"무슨 일이지?" 칼라일이 말했다.

"모르겠습니다." 운전석에 있던 남자가 대답했다. "전기 부설 공사라도 하는 것 같은데요."

밴 천장에 붙은 노란색 경고등이 빙빙 돌고 있었고 스탠드에 달린 두 개의 스포트라이트가 손에 삽을 든 다른 두 작업자가 서 있는 길의 한 지점을 비추고 있었다. 근처에서 공기압축기로 보이는 무슨 기계가 웅웅 소리를 냈다.

운전석의 남자가 차창을 내리고 소리를 질렀지만 멈춤 표시를 든 남자는 자기 귀만 가리켰다. 운전사가 한 번 더 소리를 지르자 이번에는 그가 이쪽으로 다가왔다.

---

* 체코의 전력회사.

"이봐요, 우리는 여길 지나가야 하거든요." 운전자가 말했다.

인부가 고개를 흔들며 영어로 힘겹게 말했다. "여긴 아주 나빠요. 못 가요. 못 가."

칼라일이 몸을 앞으로 뻗어 신분증을 내밀었다. "외교관 차량입니다. 알겠습니까? 법에 따르면 우리가 지나갈 수 있게 해줘야 한단 말입니다." 그가 말했다.

하지만 인부는 미안하다는 듯이 웃어 보인 뒤 다시 자기 자리로 돌아가 멈춤 표시를 집어 들었다.

"이런 제기랄." 칼라일이 손바닥으로 운전석의 머리받침을 쾅 쳤다. "가서 비키라고 해."

운전자가 서둘러 차를 세우더니 내렸다. 헤드라이트에 비친 그가 손으로 뭔가를 가리키는 몸짓을 취하는 모습이 보였지만 멈춤 표시를 든 인부는 고개만 흔들었다.

바로 그 순간, SUV 안에 푸른 경고등 불빛이 가득 찼다. 칼라일과 내가 동시에 뒤를 돌아보자 체코 경찰차 한 대가 우리 뒤에 서는 게 보였다.

"이런 젠장, 빌어먹을." 칼라일이 욕설을 내뱉었다.

이미 그가 익숙하게 알고 있는, 예전에도 처해본 패턴인 듯싶었다. 나는 다시 운전자를 쳐다보았다. 멈춤 표시를 든 남자 그리고 다른 두 명이 운전자 주위로 모여들고 있었다.

담배꽁초를 든 손 하나가 칼라일 쪽 유리창을, 무례하진 않지만 지금 권한을 가진 건 자신이라는 것을 분명히 보여주는 듯한 태도로 툭툭 쳤다. 모자 아래로 검은 곱슬머리를 늘어뜨린, 반짝이는 새 가죽 재킷을 입은 여성 경찰관이었다. 한 손에는 손전등을 들고 다른 팔로 반대쪽 겨드랑이를 받치고 있었다.

"이런 제기랄." 칼라일이 중얼거리며 차창을 반쯤 내렸다.

경찰이 명령임이 분명한 무슨 말을 체코어로 하더니 손전등을 칼라일의 얼굴에 들이댔다. 그가 마법의 신분증을 다시 한 번 꺼냈지만 경찰은 필요 없다는 듯 집어넣으라는 손짓을 했다. 정확히 무슨 말을 하는지는 알 도리가 없었지만 경찰이 칼라일에게 차에서 내리라고 명령하고 있는 건 분명했다.

문득 예상치 못하게 칼라일이 했던 말이 떠올랐다. '하지만 때가 되면 네가 아는 것이 진실인지를 확인해야 해.'

운전자와 세 명의 인부가 서 있는 쪽을 봤다. 거기서도 뭔가 이상한 일이 일어나고 있었다. 운전자 바로 뒤에 서 있던 일꾼 한 명은 손에 소음기가 달린 권총을 들고 있다.

'하지만 때가 되면.'

칼라일도 그 광경을 보았는지 가슴에 메고 있던 총집에 손을 뻗는다. 운전자 뒤에 서 있던 인부가 총을 들더니 운전자의 뒤통수를 겨눈다. 운전자는 그 사실을 까맣게 모르고 있다. 권총이 자기를 향해 겨누어진 것을 모른다. 일꾼은 천천히 수평을 맞추며, 자신이 쏠 총알이 정확히 표적에 꽂히도록 조정한다.

'네가 알고 있는 사실이.'

칼라일의 총집에서 권총이 나오더니, 전문가다운 손길로 안전장치를 풀고 들어 올린다. 이미 들어본 소리, 금속에 해머가 부딪치는 소리, 소음기가 달린 권총이 발사되는 소리다. 칼라일의 총이 아니다. 인부의 권총이다. 내가 그쪽을 바라보는 순간 피가 허공으로 쫙 퍼지더니 운전자의 몸이 바닥에 쓰러진다.

'진실인지.'

칼라일이 권총을 집어 들고 경찰을 붙든다. 그러나 경찰은 칼라일이 총을 쏘기 전에 민첩하게 자기 총을 꺼낸다.

나는 생각할 겨를도 없이, 어떤 지시도 받지 않고, 손을 앞으로 뻗어 순식간에 칼라일의 권총을 향해 손을 뻗는다. 내가 권총을 붙들고 비틀자 칼라일의 손목은 종이처럼 흐늘거리며 힘을 잃는다.

'확인해야 해.'

나는 칼라일의 몸에 총알을 여덟 번 박아 넣는다. 총알이 다 떨어지고 슬라이드가 젖혀질 때까지 칼라일의 몸을 쏜다. 총성 때문에 귀가 멍멍하고, 창문이 깨지는 소리도, 나를 차에서 끌어내는 경찰의 고함 소리도 들리지 않는다.

나는 반쯤 의식을 잃은 채 바닥에 쓰러져 경찰의 얼굴을 바라본다. 그녀가 나를 바라보며 내 몸을 확인한다. 그리고 그녀의 말을 알아들을 수는 없지만, 나는 그녀가 야엘이라는 것을 알아본다.

인부들은 카지노 앞에서 체코 경찰들이 했던 것처럼 나를 한 팔씩 부축해 일으킨다. 그들이 나를 소형 밴에 태운다. 문이 닫힌다. 바퀴가 굴러간다. 우리가 그 자리를 떠나고 있었다.

*

두 시간 뒤, 독일 국경을 건너자마자 그웬돌린 블룸은 조그만 농장주택의 거실에서 죽었다. 밴에 있던 남자들 중 한 명이 내가 파리에 있는 야엘의 스튜디오에 버리고 왔던 여권을 건네주었다. 나는 그가 시키는 대로 여권을 찢은 뒤 돌로 된 벽난로에서 타고 있는 불 속에 한 페이지씩 집어넣었다. 한 페이지가 완전히 타 없어진 다음에 다음 페이지를 집어넣으면서 조용하고 외로운 나의 죽음을 지켜보았다. 내 사진과 이름이 적힌 페이지는 마지막까지 남겨두었다가 태웠다. 불이 붙을 때까지 조금 시간이 걸렸지만 마침내 그웬돌린 블룸의 사진에도 불이 붙더니 이리저리 뒤틀리며 새까만 재가 되었다.

검게 그을린 부지깽이 끝으로 여권이 타고 남은 잔해를 뒤적이고 있는데 야엘, 혹은 야엘이라고 불리는 여자가 앞문으로 들어왔다.

그녀는 혼자 경찰차를 몰고 가 국경을 건너기 전 몇 킬로미터 앞에 세워두고 오는 길이었다. 차를 처리하러 간 거라고 남자들이 말해주었다. 야엘은 이제 경찰 유니폼을 벗고 청바지에 딱 붙는 스웨터 차림이었다.

야엘이 거실로 들어오자 나는 달려가서 그녀를 꽉 끌어안았다. 야엘에게서 가솔린과 불 냄새가 났다. 그녀는 답례로 나를 안은 팔에 힘을 한 번 주더니 내 포옹을 풀었다.

"아빠는 괜찮아요? 괜찮은가요?" 내가 헐떡거리며 물었다. "야엘, 제발 알려주세요." 그러자 야엘이 히브리어로 남자들에게 몇 마디를 건네자 그들은 우리 둘만 남겨놓고 부엌으로 갔다. 야엘은 벽난로 앞 소파에 앉아 옆자리에 앉으라는 듯 툭툭 두드렸다.

"아빠는 괜찮을 거야. 신체적으로는, 괜찮을 거야." 그녀가 말했다. 나는 몸을 수그리며 안도의 한숨을 쉬었다. "아빠는…… 이스라엘에 있는 건가요?"

"가명으로 유럽의 사설 병원에 있어. 내가 알려줄 수 있는 건 거기까지야."

"그럼 아빠를 볼 수 있겠네요, 곧."

야엘이 어깨를 으쓱했다. "몇 주 뒤에 볼 수 있을 것 같구나. 생각보다 상처가 깊어. 하지만 곧 괜찮아질 거야."

부엌으로 갔던 남자 한 명이 차가 담긴 머그컵 두 개를 들고 나와서는 우리 앞의 테이블에 올려놓고 다시 돌아갔다. 야엘은 자기 컵을 집어 들고 한 모금 마셨다. "저 친구들이 칼라일의 차 안에 있던 네 물건을 돌려줬니? 배낭이랑 옷 말이야."

"네."

"그리고 시키는 대로 여권도 태웠지?"

"네. 하지만 소피아의 여권은 없었어요." 내가 말했다.

야엘이 고개를 끄덕였다. "그래, 소피아는 어차피 죽었으니까."

우리는 한참 동안 벽난로에서 타는 불을 바라보고 있었다. 나는 심지어 차를 몇 모금 마시기까지 했다. 이대로 벽난로와 내가 느끼는 따뜻한 감사의 불길에 몸을 쬐며 한참이나 가만히 있을 수도 있을 것 같았다.

"우리는 한때 같이 작전을 펼친 적이 있지. 네 아버지와 나 말이야." 야엘이 문득 입을 열었다. "네 아버지는 좋은 사람이란다."

나는 눈을 감고 파리의 레스토랑에서 들었던 야엘의 이야기를 떠올렸다. 부다페스트에서 누군가와 사랑에 빠졌다고 했었지. 결혼한 사람이었고, 다른 나라의 정보기관 소속이었다고 했다.

내가 눈을 뜨자 야엘이 나를 바라보고 있었다. 내가 무슨 생각을 하는지 야엘이 알고 있는지 궁금해졌다. "하지만 아빠를 구한 게 그 이유만은 아니죠?" 내가 물었다. "지난번에 그런 말을 하셨잖아요. 이해관계가 일치했다고요."

"네 아버지는 제 발로 수렁에 걸어 들어갔어." 그녀가 말했다. "그래서 텔아비브에서는 네 아버지에게 거래를 제안했지."

"무슨 거래요?"

"구출해주는 대신에 정보를 달라고." 야엘은 머그에서 티백을 꺼낸 뒤 티백에 달린 실을 손가락에 돌돌 감았다. "해외에서 새로운 삶을 주겠다고 했어. 알고 있는 정보를 우리에게 말하기만 한다면."

"그 계좌번호 말이에요?"

"전부 다."

그러니까, 이스라엘의 스파이가 되어달라는 소리였다는 것이다. 미국 정부가 먼저 우리 아빠를 팔아버린 이상 애국을 떠들어대는 자들이 아빠를 비난한들 눈 하나 깜박할 일이 아니다. 하지만 그것만이 유일한 방법은 아닐 것이다. "돌아갈 수도 있잖아요." 나는 그렇게 말해보았다. "CIA에게 지금까지의 일을 알리고, 돈을 노린 건 아빠가 아니라 칼라일이라고 이야기하면 되잖아요."

한참이나 야엘이 말이 없는 바람에 나는 그녀가 내 말을 들은 게 맞을까 하는 생각을 했다. 그러나 그때, 야엘이 내 팔꿈치 위쪽에 손을 얹고 부드럽게 웃어 보였다. "가끔 나는 네가 아직 열일곱 살밖에 안 됐다는 사실을 잊어버릴 때가 있어."

"열여덟, 이제는 열여덟 살이에요." 나는 야엘의 손에서 팔을 빼냈다. "칼라일이 아빠를 함정에 빠뜨린 걸 아시잖아요. 아빠가 도둑질 같은 건 하지 않는다는 걸 믿으시죠?"

야엘의 눈빛, 비밀요원의 차가운 눈빛이 안타까움으로 가득 찼다. 그러더니 그녀가 어깨를 으쓱했다. "사실 믿고 말고는 중요한 게 아니란다.

총을 들고 있는 사람이 진실이라고 말하는 것이 진실이야."

제자리에서 벌떡 일어서는 순간 기절할 것처럼 눈앞이 깜깜해져왔다. 야엘이 따라 일어나더니 내 팔을 붙들고 나를 똑바로 세웠다.

"돌아갈래요." 내가 말했다. "조지나 이모도 있고, 벨라 할아버지와 릴리 할머니도 있어요. 만나야 해요. 만나야 할 사람은 또 있어요. 친구예요."

"테런스 말이니?" 야엘이 물었다.

나는 조금 부끄러워져서 눈을 감고 "맞아요." 하고 속삭였다.

야엘이 나를 꼭 안아준다. 다시 한 번 가솔린과 불 냄새가 느껴졌다. "그럴 순 없단다." 그녀가 말했다.

"전화 한 통만 하게 해주세요." 내가 말했다.

"전화 한 통도 안 돼. 절대 연락을 취해선 안 돼." 그녀가 말했다.

"언제까지요?" 내가 물었다.

"영영." 야엘이 대답했다.

처음에 나는 야엘이 떨고 있다고 생각했지만 다음 순간 떨고 있는 것은 나라는 걸 깨달았다.

부엌문을 누군가 똑똑 두드리더니 아까 본 남자 중 한 명이 모습을 드러냈다. 그가 야엘에게 봉투 하나를 건네주자 야엘이 그걸 내 손에 쥐여주었다.

열어보지 않는데도 무엇인지 알 수 있었다. 봉투의 무게와 모양 때문이었다. 봉투를 기울이자 아직도 따뜻한 새 여권 하나가 내 손안으로 미끄러져 들어왔다.

끝

크루얼티

1판 1쇄 인쇄 2018년 5월 14일
1판 1쇄 발행 2018년 5월 21일

지은이 | 스콧 버그스트롬
옮긴이 | 송섬별
펴낸이 | 김영곤
펴낸곳 | (주)북이십일 아르테
문학출판사업본부본부장 | 신우섭
책임편집 | 이상화
미디어믹스팀 | 강소라
미디어마케팅팀 | 정지은 정지연
영업팀 | 권장규 오서영
해외기획팀 | 임세은 장수연 채윤지
제휴팀장 | 류승은
제작팀장 | 이영민
홍보팀장 | 이혜민

출판등록 | 2000년 5월 6일 제406-2003-061호
주소 | (우 10881) 경기도 파주시 회동길 201(문발동)
대표전화 | 031-955-2100 **팩스** | 031-955-2177 **이메일** | book21@book21.co.kr

(주)북이십일 경계를 허무는 콘텐츠 리더

아르테 채널에서 도서 정보와 다양한 영상자료, 이벤트를 만나세요!
북이십일과 함께하는 팟캐스트 '[북팟21] 이게 뭐라고'
페이스북 facebook.com/21arte   블로그 arte.kro.kr
인스타그램 instagram.com/21_arte   홈페이지 arte.book21.com

ISBN 978-89-509-7395-7 03840
책값은 뒤표지에 있습니다.